U0127770

广 视 角·全 方 位·多 品 种

权威·前沿·原创

湖南蓝皮书

BLUE BOOK
OF HUNAN

2011年
湖南产业发展报告

主　编／梁志峰
副主编／唐宇文

ANNUAL REPORT ON HUNAN'S INDUSTRIAL
DEVELOPMENT(2011)

社会科学文献出版社
SOCIAL SCIENCES ACADEMIC PRESS (CHINA)

法 律 声 明

　　“皮书系列”（含蓝皮书、绿皮书、黄皮书）为社会科学文献出版社按年份出版的品牌图书。社会科学文献出版社拥有该系列图书的专有出版权和网络传播权，其 LOGO（▧）与“经济蓝皮书”、“社会蓝皮书”等皮书名称已在中华人民共和国工商行政管理总局商标局登记注册，社会科学文献出版社合法拥有其商标专用权，任何复制、模仿或以其他方式侵害（▧）和“经济蓝皮书”、“社会蓝皮书”等皮书名称商标专有权及其外观设计的行为均属于侵权行为，社会科学文献出版社将采取法律手段追究其法律责任，维护合法权益。

　　欢迎社会各界人士对侵犯社会科学文献出版社上述权利的违法行为进行举报。电话：010 - 59367121。

社会科学文献出版社

法律顾问：北京市大成律师事务所

主要编撰者简介

梁志峰　湖南省人民政府经济研究信息中心主任，管理学博士。历任中共湖南省委办公厅秘书处秘书，中共湖南省委高校工委组织部长，湘潭县委副书记，湘潭市雨湖区委书记，湘潭市委常委、秘书长、组织部长。主要研究领域为资本市场和区域经济学，先后主持多项省部级研究课题，发表 CSSCI 论文 20 多篇，著有《资产证券化的风险管理》、《网络经济的理论与实践》等。

唐宇文　湖南省人民政府经济研究信息中心副主任，研究员。1984 年毕业于武汉大学数学系，获理学学士学位，1987 年毕业于武汉大学经济管理系，获经济学硕士学位。2001～2002 年在美国加州州立大学学习，2010 年在中共中央党校一年制中青班学习。主要研究领域为区域发展战略与产业经济。先后主持国家社科基金及省部级课题多项，近年出版著作有《打造经济强省》、《区域经济互动发展论》等。

摘　要

产业经济是区域发展的基础和关键。湖南当前仍处于工业化中期阶段，正致力于以加快转变经济发展方式为主线，推动产业结构调整优化，积极构建现代产业体系，全面推进"四化两型"建设，为促进科学发展、富民强省不懈奋斗。

本蓝皮书全面回顾展示了2010年湖南产业经济运行轨迹，对"十二五"开局之年产业发展的思路与对策进行了系统研究。其中，主题报告从战略高度研究了湖南新型工业化、文化产业发展等重大问题；总报告全面总结了2010年全省产业经济发展情况，深入分析了2011年湖南产业发展环境、总体思路，并提出对策建议；行业篇对全省18个重要行业的发展进行了研究；区域篇对全省各市州产业经济发展进行了研究；园区篇选择全省代表性产业园区进行研究，相关报告在分析现状基础上，研究探讨了下一步发展的趋势与对策；"专题篇"选择全省产业发展中的重要理论与实践问题，展开具有前瞻性、战略性的研究。

总　序

　　刚刚走过的"十一五"，是湖南发展史上极不平凡的五年。在党中央、国务院坚强领导下，全省上下坚持以邓小平理论和"三个代表"重要思想为指导，深入贯彻落实科学发展观，抢抓国家实施中部崛起战略、设立长株潭城市群"两型社会"建设综合配套改革试验区、扩大内需等一系列重大历史性机遇，大力推进"一化三基"，全面推进"四化两型"建设，战胜特大低温雨雪冰冻灾害袭击、国际金融危机冲击等各种严重困难，始终保持了经济社会又好又快发展的良好态势，全面完成"十一五"发展的目标任务。全省综合经济实力显著增强，2010 年全省实现生产总值 15902 亿元，是 2005 年的 2.44 倍，年均增长 14%；财政总收入 1863 亿元，为 2005 年的 2.52 倍，年均增长 20%，其他主要经济指标均翻了一番或一番多。转方式调结构取得重要进展；工业主导地位显著提升，农业基础地位更加坚实，服务业加快发展，工业对经济增长的贡献率达到 56.1%，粮食产量稳定在 600 亿斤左右，全省培育形成了机械、有色、食品、石化、轻工、建材、冶金、文化、旅游、林业等十大千亿产业。自主创新能力大幅提高，五年累计获国家科技奖励数居全国第 5 位，科技进步对经济增长的贡献率达到 51%，涌现了一批国际国内领先的重大科技成果。发展后劲显著增强，五年全省累计完成固定资产投资 3.07 万亿元，年均增长 30.8%，新上了一批重大基础设施和产业项目，办成了一批多年想办的大事。人民生活持续改善，城乡居民人均收入分别达到 16566 元和 5622 元，年均增长 11.7% 和 12.5%。干部群众普遍认为，"十一五"时期是湖南经济发展最快、城乡面貌变化最大、人民群众得实惠最多的时期之一。

　　进入"十二五"，湖南的发展已站在一个新的历史起点上。立足新起点，顺应新形势，省委、省政府认真贯彻落实党中央、国务院关于坚持以科学发展为主题，以加快转变经济发展方式为主线的战略部署，紧密结合湖南实际，提出了全面推进"四化两型"建设的战略思路，这就是坚持以科学发展、富民强省为主题，以加快转变经济发展方式为主线，把建设"两型社会"作为加快经济发展方式转变的方向和目标，大力推进新型工业化、新型城镇化、农业现代化和信息化，着力建设绿色湖南、创新型湖南、数字湖南和法治湖南，力争率先建成资源节约型、环境友好型社会，争当科学发展排头兵。围绕这一总体思路，我们要牢牢扭住发展第一要务不动摇，把科学发展作为解决湖南一切问题的"总钥匙"，坚定不移地加快发展步伐，坚定不移地推进经济发展方式转变，实现在发展中转变、以转变促发展。要着力推动经济结构战略性调整，坚持以新型工业化为"第一推动力"，加快传统产业改造升级，大力培育发展战略性新兴产业，加快推进农业现代化和现代服务业发展，加快建设"数字湖南"，着力构建具有湖南特色、富有竞争力的现代产业体系。要着力提高自主创新能力，加强创新平台建设，组织实施重大科技专项，大力推进产学研结合，建设"创新型湖南"。要以长株潭试验区建设为龙头带动，加快全省"两型社会"建设，强化节能减排和环境保护，提高生态文明水平，着力建设"绿色湖南"。要深入推进改革开放，加快构建有利于科学发展的体制机制，全面提升对外开放与合作水平，大力发展开放型经济，不断增强发展的动力和活力。要着力推进环长株潭城市群、湘南地区、大湘西地区建设发展，加快新型城镇化步伐，加大新农村建设力度，推进城乡区域统筹协调发展。要全面落实依法治省方略，加强社会主义民主法制建设，以依法执政为核心，以依法行政和公正司法为重点，大力推进法治湖南建设。要切实保障和改善民生，加强和创新社会管理，深入实施《保障和改善民生实施纲要（2011~2015）》，着力建设八大重点民生工程，让人民群众共享改革发展成果。

发展为了人民，发展依靠人民。湖南未来发展的历史由全省7000万人民共同书写，需要最大限度地凝聚各方面的智慧和力量。值此"十二五"开局之际，由省政府经济研究信息中心组织编纂的《湖南蓝皮书》系列丛书即将付梓，这是一项很有意义的工作。丛书从经济、产业、两型社会、法治等角度，真实记录了湖南经济社会发展的闪亮足迹，广泛汇聚了省内各级各界的成果与共识，提出了许多富有真知灼见的对策与建议，集科学性、前瞻性、应用性及可读性于一体，既是宣传推介湖南的有效载体，也为各级各部门科学决策提供了重要参考。

当前，湖南正在经历由总体小康向全面小康、由农业大省向工业强省和经济强省的历史性跨越。实现全面小康社会的宏伟蓝图，需要全省干部群众以时不我待、只争朝夕的精神去拼搏、去奋斗。让我们紧密地团结在以胡锦涛同志为总书记的党中央周围，高举中国特色社会主义伟大旗帜，坚持以邓小平理论和"三个代表"重要思想为指导，深入贯彻落实科学发展观，全面推进"四化两型"建设，同心同德，扎实工作，为开创科学发展、富民强省新局面，谱写人民美好生活新篇章而努力奋斗！

中共湖南省委书记
省人大常委会主任　周强

二〇一一年五月

目 录

B I   主题报告

B II   总报告

B III   行业篇

B Ⅳ 区域篇

ℬ Ⅴ　园区篇

ℬ Ⅵ　专题篇

B Ⅶ 附 录

皮书数据库阅读**使用指南**

CONTENTS

B I   Keynote Reports

B II   General Report

B III   Industry Reports

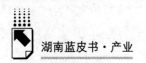

BⅣ　Region Reports

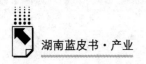
BV   Industrial Zone Reports

B VI   Specific Reports

B VII   Appendix

主题报告

Keynote Reports

B.1

继往开来 乘势而上
努力开创湖南新型工业化新局面

梅克保 *

新型工业化是我省科学发展、富民强省的第一推动力，是"四化两型"建设的首要目标和任务。在"十一五"圆满收官、"十二五"全面开局之际，系统总结湖南"十一五"时期推进新型工业化的成绩与经验，准确把握"十二五"时期推进新型工业化的目标与任务，科学统筹2011年推进新型工业化工作，具有非常重要的意义。为此，特结合工作调研与思考，形成研究报告，供各有关方面参考。

一 "十一五"时期湖南推进新型工业化的成绩与经验

"十一五"时期是湖南工业发展历程中极不平凡的五年。面对复杂多变的国

---

* 梅克保，中共湖南省委副书记。

内外环境,特别是国际金融危机的巨大冲击、历史罕见的雨雪冰冻灾害以及资源环境深度制约等多重不利因素影响,全省上下深入贯彻落实科学发展观,紧紧围绕省第九次党代会提出的"把新型工业化作为富民强省第一推动力"的决策部署,聚精会神谋工业,全力以赴抓工业,推动了工业经济加速、提质、转型、增效,为推动湖南由农业大省向经济强省转变作出了重大贡献。

1. 综合实力显著提升

"十一五"期间,湖南工业经济持续快速增长。2010 年,全部工业增加值、规模工业增加值分别完成 6275 亿元、5890 亿元,分别是 2005 年的 2.9 倍、3.8 倍,其中规模工业增加值年均增长 21.3%,比"十五"时期快 2.3 个百分点。规模工业企业主营业务收入达 1.8 万亿元,五年年均增长 31.6%;盈亏相抵后实现利润总额 855 亿元,五年年均增长 35.2%。

2. 主导作用日益凸显

一是工业在三次产业结构中的比重持续上升。工业经济强劲增长,拉动三次产业结构在 2007 年实现"三二一"向"二三一"的历史性转变;三次产业结构由 2005 年的 16.7∶39.6∶43.7 调整为 2010 年的 14.7∶46.0∶39.3。工业化率稳步提高,2010 年工业增加值占地区生产总值的比重达 39.5%,比 2005 年提高 6.2 个百分点。二是工业对经济增长、财政增收的贡献率逐步提高。工业对经济增长的贡献率由 2005 年的 37.2% 提升到 2010 年的 56.1%,创改革开放以来新高,支撑全省经济总量跻身全国"十强";全省财政收入的一半以上来自工业。三是工业对新型城镇化、农业产业化的带动作用不断增强。由于工业园区和企业的快速发展,促进了城区扩张和经济实力增强。全省城镇化率由 2005 年的 37% 提高到 2010 年的 44.4%,国家级、省级农业产业化龙头企业也由 166 家增加到了 345 家。

3. 经济质量明显改善

主要表现在五个方面。一是自主创新能力增强。2010 年,全省研发经费支出占全省 GDP 的比重达到 1.3%;专利授权量达 1.39 万件,为 2005 年的 3.8 倍;全省规模工业实现新产品产值 2489 亿元,占规模工业总产值的 13.2%,比 2005 年提高 2.8 个百分点;全省高新技术产业增加值 1951 亿元,占 GDP 的比重 12.3%,比 2005 年提高 5.1 个百分点。二是集聚发展水平提高。千亿产业从无到有,不断增多,已达 7 个(机械、石化、食品、有色、轻工、冶金和建材)。

园区集聚效应日益凸显，2006～2010年，园区规模工业增加值年均增长26%，明显高于规模工业平均水平。园区规模工业增加值占全部规模工业增加值的比重由2005年的17.9%提高到2010年的37.7%。三是非公有制经济比重提升。2010年全省非公有制经济完成增加值8936亿元，是2005年的2.7倍；非公有制经济已成为国民经济的"半壁江山"，占GDP的比重达56.2%。四是节能降耗全面达标。高耗能行业比重稳步下降，六大高耗能行业实现增加值占全部规模工业的34.9%，比2005年下降7.4个百分点。"十一五"单位规模工业增加值能耗下降25%的目标提前完成。同时，打好治污减排攻坚战，二氧化硫、化学需氧量、砷、镉等主要污染物减排任务全面完成。五是"两化融合"程度提高。广泛应用信息技术，在建材、林纸等9个传统行业开展信息化改造试点，制订并推行重点行业信息化解决方案，企业信息化取得重大进展。大力发展电子信息产业，建立了12个省级信息产业园，成为全国唯一移动电子商务试点示范省。

4. 改革开放成效显著

一是企业改革不断深化。省属国企改革阶段性任务全面完成，省属监管国企净资产五年增加2.1倍，达1104亿元，国有资产年均保值增值率达106%。国有经济结构战略性调整迈出实质性步伐，省属监管企业由41家整合为25家，进入中国500强的企业由2家增加到4家且排位大幅前移，长丰与广汽、三菱，有色与五矿，泰格林纸与中国诚通等成功实现战略重组，进一步提升了国有经济的实力、活力和竞争力。二是企业融资取得突破。全省金融体制改革不断深化，对工业发展的支撑能力不断增强。2010年，工业企业直接融资858亿元，新增上市公司11家，其中中联重科直接融资182亿元；"十一五"期间工业企业直接融资总额达1636亿元，新增上市公司27家。三是对外合作平台广泛建立。以长株潭"两型社会"建设改革试点为契机，加强全方位对外交流合作，与工信部、科技部等国家部委，新疆、贵州等兄弟省份以及12所国内著名高校、科研院所建立了战略合作关系；通过组织和参与世博湖南周、东盟博览会、台湾湖南周等活动，搭建了与长三角、珠三角、东盟、台湾等地区产业合作的平台。四是"引进来"、"走出去"步伐加快。加大工业招商引资力度，着力引进战略投资者，促进靠大联强。2010年，美国霍尼韦尔、戴尔，日本三菱、伊藤忠、住友，我国台湾富士康等8家世界500强企业进驻我省或新增投资项目，目前在湘世界500强企业累计达55家；"十一五"期间，对接央企68家，实施合作项目223

个，实际到位资金 1564 亿元，与 23 家央企签署战略合作协议，大飞机起落架系统、1000 万吨炼化一体化等一批重大项目落户湖南。加大对承接产业转移的政策扶持力度，重点支持郴州等地区先行先试，争取岳阳、衡阳等 6 市成为国家级加工贸易重点承接地，长沙成为全国首批服务外包基地城市。2010 年，全省新增承接项目 2345 个，其中境外投资在 1000 万美元以上的项目 232 个，区域产业转移投资 1 亿元以上的项目 332 个；工业实际利用外资、引进内资分别为 42 亿美元、1089 亿元，分别是 2005 年的 3.2 倍、3 倍。积极引导省内企业走出去，华菱收购 FMG 部分股权，中联重科整体并购 CIFA，三一重工在美国、德国、巴西、印度办厂，南车时代控股丹尼克斯，湘电与美国铁姆肯、雷腾公司合作，迈出了资源配置全球化、生产布局全球化、市场网络全球化的重要步伐，成长为本土跨国企业集团。

5. 发展后劲不断增强

一是投入力度明显加大。2010 年，全省完成工业固定资产投资 3879 亿元，占全社会固定资产投资的 39.5%，投资额为 2005 年的 4.3 倍，五年年均增长 35.1%。广汽菲亚特、华菱电工钢、桃江核电、比亚迪汽车、北汽控股等一批大项目、好项目相继开工和投产，中联重科、北汽福田和湘钢宽厚板等一批重大扩改项目顺利推进，促进了工程机械行业的跨越式发展，汽车产业的迅速崛起，以及轨道交通、电子信息等产业的快速发展。二是科技人才支撑能力明显增强。出台推进产学研结合创新的政策措施，成立电动汽车、风力发电装备等省级以上产业技术创新联盟 12 个（其中国家级试点 4 个）；组织实施了 50 项省科技重大专项，突破了 328 项产业关键技术瓶颈，研发重点新产品（新品种）568 个，取得了"天河一号"超级计算机、C/C 复合材料、5 兆瓦永磁直驱风力发电机等一批重大科技成果。大力实施人才强省战略，不断创新人才工作机制，人才队伍规模进一步壮大，结构进一步优化，2010 年全省专业技术人才达 211.5 万人，高技能人才达 85 万人。三是环境承载力明显改善。交通、物流、通关、园区等基础设施得到较大改善。武广高铁建成通车，沪昆高铁开工建设，将使湖南成为全国首个高铁交会区。高速公路建设加快，五年新增通车里程 983 公里，总里程达到 2386 公里；在建 4064 公里，居全国第一位。政务环境进一步优化，全省上下谋工业、抓工业的氛围日渐浓厚，支持工业发展的政策体系更加完善。

在推进新型工业化的过程中，各级各有关部门注意探索、总结、积累、提升，逐步提高了科学研判形势、驾驭市场经济、应对复杂局面的能力，进一步加深了对新型工业化发展规律的认识和把握。

第一，紧扣战略部署，始终坚持第一推动力不动摇。省委、省政府对新型工业化工作一直高度重视，特别是从省第九次党代会提出重在打基础的"一化三基"战略，到2010年提出重在转方式的"四化两型"战略，都把新型工业化作为富民强省的第一推动力。周强书记、徐守盛省长率先垂范，经常深入基层调研，亲自主持研究重大问题，协调调度重点项目建设。在工作中，各级各部门紧扣省委、省政府的战略意图和工作部署，围绕加速推进新型工业化，切实加快以综合运输体系为重点的基础设施建设，大力发展装备制造、原材料和生产性服务业等基础产业，全面加强科技创新、体制机制改革、对外开放、人才保障、要素供应等基础工作，不断强化新型工业化的主导地位、引擎作用、带动能力，促进了一、二、三产业协调发展，形成了"两型"引领、"四化"协同的良好格局，推动了全省经济社会又好又快发展。

第二，遵循经济规律，优化工业发展方式和路径。"十一五"期间，各级各部门遵循产业发展规律和市场经济规律，结合实际谋工业，跳出工业抓工业，不断创新工作思路，优化工业发展方式和路径。坚持全省"一盘棋"，加强规划统筹，优化产业布局，推动了区域工业错位互补、协调发展；立足现有基础，坚持优势优先，大力实施"双百工程"、"四千工程"，有力发挥了龙头引领和示范带动作用；加强工业园区建设，着力提升产业承载能力，促进了产业向园区集聚；引导中小企业围绕龙头企业开展社会化协作和专业化分工，提升了产业配套能力，推动了产业集群发展；充分发挥政府和市场"两只手"的作用，优化资源配置方式，提高了工业发展效率；着力强化科技人才支撑，促进工业经济加快步入创新驱动、内生增长的轨道；等等。实践证明，只有按客观规律办事，优化发展路径，工业发展才能事半功倍，新型工业化道路才会越走越宽广。

第三，注重审时度势，积极抢抓机遇和应对挑战。近年来，面对复杂多变的经济形势和一系列重大风险挑战，各级各部门注重审时度势、趋利避害，在每个阶段、各个领域突出重点、攻克难点，牢牢把握了发展主动权。一方面，抢抓国家促进中部崛起、"两型社会"建设、全球产业转移和人才加速流动等机遇，加快重大产业项目建设，积极开展跨国并购重组，着力调整优化产业结构，大力引进战略投资者和海内外人才，促进了工业提质增速。另一方面，及时妥善应对严重雨雪冰冻灾害、国际金融危机等不利影响，广泛深入开展"复产补损"、"企业服务年"等活动，帮助企业渡难关保增长调结构，取得了明显成效。

第四，坚持改革创新，凝聚强大推进合力。近年来，各级党委、政府以前所未有的力度谋工业、抓工业，切实推进体制改革和机制创新，成立加速推进新型工业化工作领导小组，建立领导联系重点产业（企业）制度，持续加大对新型工业化的财政金融支持力度，着力构建与国家部委、著名高校、科研院所、央企等全方位战略合作机制，逐步理顺了工业管理体制和运行机制。特别是各级加速推进新型工业化工作领导小组，紧扣党委、政府中心任务，切实加强对工业的组织领导、协调指导和工作督导，研究出台了一系列推进新型工业化的政策措施，制定了新型工业化考核评价体系及奖励办法，加强工业经济运行调度，及时研究解决重大关键问题，广泛汇聚一切有利因素和资源，充分调动了各方面推进新型工业化的积极性、创造性，确保了全省工业持续健康快速发展。

在总结成绩和经验的同时，也必须清醒地看到，由于历史欠账多、发展起点低等多方面原因，本省工业经济还存在一些较为突出的问题。一是总量不够大。2010 年，湖南工业增加值总量仅占全国的 3.9%，只有广东的 29%、河南的 52.5%。二是结构不够优。重化工业特征明显，六大高耗能行业增加值占规模工业的比重仍高于全国平均水平；产业组织结构不优，产业集中度不高，全省规模工业 38 个大类行业中没有一个主营业务收入比重超过 10%；大企业少，千亿企业仍是空白；自主创新能力较弱，生产性服务业发展仍较滞后，主要依赖物质投入的粗放型发展方式没有得到根本改变。三是效益不够好。全省规模工业企业主营业务收入利润率、规模工业企业平均利润在全国排名均比较靠后，与发达省市相差甚远。四是发展不平衡。2010 年，"长株潭"、"3 + 5"城市群规模工业增加值分别占全省规模工业的 43.9% 和 83.6%，而湘西地区的张家界、怀化、湘西和邵阳市规模工业增加值之和仅占全省的 10.1%，区域间的发展不平衡非常明显。总的来看，目前湖南省仍处于工业化中期，工业发展水平与"四化两型"要求相比，与人民群众的期望相比，还存在很大差距。这些问题有其复杂的历史和现实原因，受到资源、能源、科技等多方面因素影响，必须通过坚持不懈的努力，逐步加以解决。

二 "十二五"时期湖南加速推进新型
工业化的目标与任务

"十二五"时期是全面建设小康社会的关键时期,也是湖南转变发展方式、推进"四化两型"建设的关键阶段。在这一时期,湖南工业发展面临的形势仍然十分复杂,既有机遇又有挑战,但总体来说,机遇大于挑战,本省仍处于可以大有作为的重要战略机遇期。放眼全球,后国际金融危机时期,和平、发展、合作仍是时代主题,全球经济格局深刻调整,复苏形势曲折向好,国际产业加速转移,为湖南主动参与新一轮国际产业分工提供了重要契机。聚焦国内,工业化、信息化、城镇化、市场化、国际化加速推进,积累了较强的综合国力,宏观经济环境总体上对湖南工业发展有利。湖南完全可以抓住国家促进中部地区崛起、长株潭"两型社会"建设试点等历史机遇,在新一轮区域竞争中脱颖而出。立足湖南,省第九次党代会以来,"一化三基"、"四化两型"战略相继实施,本省工业综合实力稳步提升,抗风险能力明显增强,为"十二五"新型工业化发展奠定了坚实基础。与此同时,工业发展也面临宏观经济环境趋紧,银根、地根紧缩,生产成本上升,资源环境约束加大,劳动力供给出现拐点等严峻挑战。为此,各级各有关部门必须紧扣目标任务和要求,积极抢抓机遇,妥善应对挑战,创造性地开展工作,坚定不移地推进工业转型升级,努力开创湖南特色新型工业化新局面。

(一) 切实明确"十二五"时期工业发展的指导思想和目标任务

1. 指导思想

以邓小平理论和"三个代表"重要思想为指导,深入贯彻落实科学发展观,紧扣科学发展、富民强省主题和"四化两型"建设的中心任务,以转变工业发展方式、优化产业结构为主线,以技术创新和"两化融合"为动力,以深入推进项目建设为抓手,切实改造提升传统产业,加快培育发展战略性新兴产业,大力发展生产性服务业,充分发挥新型工业化的第一推动力作用,加快构建结构优化、技术先进、清洁安全、附加值高、吸纳就业能力强的现代产业体系,为推动全省经济社会又好又快发展提供强力支撑。

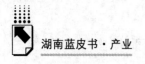

2. 发展目标

总量目标："十二五"时期，力争全省全部工业增加值年均增长14%以上，到2015年达到1.1万亿元以上，比"十一五"末翻一番。工业对经济增长的贡献率保持50%以上。结构目标：产业结构进一步优化，战略性新兴产业、高新技术产业和生产性服务业比重明显提高。战略性新兴产业增加值年均增长20%左右，到2015年达到5000亿元以上，占GDP的比重超过20%；"四千工程"目标基本实现。节能减排目标：规模工业万元增加值能耗在2010年基础上累计下降20%，工业固体废弃物综合利用率达85%；全面完成国家确定的节能减排指标。

3. 战略重点

一是着力培育壮大战略性新兴产业。按照"创新驱动、重点突破、市场主导、引领发展"的要求，加快培育发展先进装备制造、新材料、文化创意、生物、新能源、信息、节能环保等战略性新兴产业，实施新兴产业集聚、优势企业培育、核心技术攻关、名牌产品创建、人才资源开发五大基础工程，建立技术创新、投融资服务、共性技术服务三大支撑平台，推动战略性新兴产业成为我省的先导产业和支柱产业，力争成为全国的创新基地和制造基地。

二是加速改造提升传统优势产业。加快高新技术、先进适用技术在传统产业领域的应用，重点支持钢铁、有色、石化、食品、建材等传统行业的技术改造和产品研发，推动传统优势产业向价值链高端集聚；认真落实国家宏观调控措施，加快淘汰落后产能，严格"两高"行业新建项目审批，为新兴产业加快发展腾出空间。

三是积极推动产业集群化发展。以"四千工程"为抓手，引导人才、资金、技术等资源向优势产业、骨干企业、重点园区集聚，逐步衍生或吸引更多相关企业集聚，进一步改善园区条件，降低综合成本，扩大竞争优势。引导中小企业改变发展方式，加强专业化分工协作，变"小舢板"为"大舰队"，变"小而全"为"大协作"，变"小集中"为"大集聚"，形成关联协作、和谐共生、科学发展的新格局。

四是努力拓展生产性服务业。按照市场化、产业化、社会化方向，大力推动服务产品和服务模式创新，促进生产性服务业与先进制造业有机融合，借助信息化条件下强大的信息处理能力，大力发展现代物流、金融保险、工业设计、电子商务、管理咨询等生产性服务业，促进服务业拓宽领域、增强功能、优化结构，提高对工业发展的供给能力和支撑水平。

五是切实加强能源安全保障。立足当前，着眼长远，积极发展新能源，确保全省能源供给与经济社会发展相适应，逐步形成安全可靠、清洁高效的能源供应体系。当前和今后一个时期，在稳定石油和天然气供应的同时，进一步加强调煤保电工作，健全煤炭储备机制，发展壮大省内骨干煤炭企业，抓好外省煤炭调运，加快省外能源基地建设，提高能源供应和应急保障能力。

（二）准确把握"十二五"时期工业发展的基本要求

——突出转型发展。紧扣转变发展方式的主线，推动工业转型升级。在投入结构上，由要素驱动为主向要素和创新协同驱动转变；在产业结构上，由传统产业为主向传统产业与新兴产业协同发展转变；在区域结构上，加强统筹协调，优化产业布局，促进环长株潭、湘南、湘西地区错位互补协调发展。

——突出创新发展。把提高自主创新能力作为转变工业发展方式的关键环节，加快技术创新、管理创新、体制机制创新，着力打造企业和产品品牌，推动"湖南制造"向"湖南创造"转变、"贴牌产品"向"名牌产品"转变。

——突出绿色发展。紧扣节能减排要求，积极推行精致制造和清洁生产，大力发展低碳经济、绿色经济、循环经济，提高资源能源利用效率，促进形成低消耗、可循环、低排放、可持续的产业结构、运行方式和消费模式。

——突出融合发展。加速工业化与信息化融合，增强信息技术对工业发展的支撑能力，形成全行业覆盖、全流程渗透、全方位推进的发展格局；促进制造业与生产性服务业的融合，引导制造企业向高附加值服务业领域延伸，着力构建适应现代工业发展的产业服务体系；推进新型工业化与新型城镇化的融合，着力提高新型工业化的带动力和新型城镇化的承载力，推动城市与产业同步发展、良性互动。

——突出人本发展。更加注重以人为本，切实加强工业人才的培养和使用，重视发挥企业家的作用，着力提高全社会工业文明素质。更加注重财富创造和民生普惠的协调，引导企业积极履行社会责任，着力构建和谐劳动关系，促进就业和民生改善，加强安全生产和环境保护，让人民群众共享工业改革发展成果。

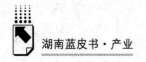

（三）妥善处理好工业发展中的几个关系

现代工业发展的开放性、关联度不断增强。加速推进新型工业化，既要立足工业抓工业，也要跳出工业抓工业，从经济发展全局优化的高度来把握工业。为适应新形势新任务要求，应正确把握和妥善处理好以下五个关系。

1. 战略性新兴产业与传统产业的关系

战略性新兴产业和传统产业是支撑工业经济发展的两个支点。一方面，传统产业并不等于落后产业，在相当长一个时期内仍然是国民经济的重要组成部分和支撑力量。另一方面，战略性新兴产业往往脱胎于传统产业并以之为发展基础，是传统产业的升级、提高和拓展，但当前在国民经济中所占的比重还不高，发展壮大还有一个过程。因此，推进新型工业化，必须坚持两条腿走路，既注重新兴技术的产业化应用，大力培育发展战略性新兴产业，又重视用先进适用技术改造提升传统产业，促进两者协同发展，全面增强工业竞争力。

2. 重点突破与整体推进的关系

"重点突破"，就是要抓住影响发展的主要矛盾和关键问题，从点上突破，进而带动全局。"整体推进"，就是要充分认识到工业发展是一个有机整体，必须科学整合系统内各要素，才能实现资源配置的最优化、综合效益的最大化。两者侧重点不同，但目标指向一致，都是为了实现高效有序发展。在我省目前财力比较紧张的情况下，发展工业必须坚持重点突破与整体推进的有机统一。一方面，要立足湖南工业发展的阶段性特征，坚持因地制宜、优势优先、突出特色，确立发展重点，以实施"四千工程"和培育发展七大战略性新兴产业为抓手，把有限的财力用在刀刃上，力求率先突破，形成龙头带动效应。另一方面，要坚持统筹兼顾，系统推进，加强工业发展内部各要素之间的协作配套，促进不同资源禀赋的区域、不同类型的产业、不同规模的企业互动互促、协调发展，提高整体竞争力，形成规模效应。

3. 新型工业化与信息化的关系

新型工业化和信息化是经济社会现代化的两个重要方面，必须遵循发展规律，切实加快推进步伐。同时，还要看到两者内容交叉、功能互促、相得益彰，新型工业化是信息化的物质基础和主要载体，信息化是新型工业化的"装备库"和"加速器"。必须从全局和战略的高度把握两者之间的关系，大力促进"两化

"融合"、互利共生。一方面，要大力发展电子信息产业，加速推进长株潭"三网融合"试点，积极推行"智慧城市"、"云计算"和物联网，切实拓展产业规模和服务领域；另一方面，要加快推进工业信息化，努力使信息技术应用渗透到工业研发设计、产品制造、市场营销、人力资源开发、新兴业态培育和节能减排等各个环节，促进工业转型升级，不断提高发展的速度、质量和效益。当前，尤其要抓好数字湖南地理空间框架建设等基础性工作，推动"两化融合"不断迈上新台阶。

4. 先进制造业与生产性服务业的关系

先进制造业与生产性服务业是现代工业发展的两个"车轮"。先进制造业是生产性服务业赖以存在的基础，生产性服务业是先进制造业的重要支撑，两者互相依存、不可分割。必须坚持"两轮驱动"，同步推进，确保两者协调发展，相互支撑。特别要以制造业服务化为重点，聚焦产业价值链"微笑曲线"两端的研发设计、营销服务等高附加值环节，促进先进制造业与生产性服务业深度融合，推进服务业规模化、品牌化、网络化经营，提升先进制造业的价值含量、整体规模和竞争能力，实现两者融合聚变、工业提质升级。

5. 深化改革与扩大开放的关系

改革是开放的内在要求，开放是改革的外部推动力。只有不断深化改革，才能打破不合时宜的体制机制框框，为扩大开放创造条件；只有不断扩大开放，才能引进先进的发展理念、经营方式和产品技术，推动改革不断深化。两者互为因果、相辅相成，统一于推动科学发展的共同目标。应坚持对内改革与对外开放并举，以改革促开放，以开放促发展，为工业发展注入强劲动力和活力。一方面，坚决推进国有企业、行政管理、要素价格、财政税收、投资融资等领域改革，通过改革优化资源配置方式，加快建立有利于科学发展的体制机制，吸引更多的海内外投资者。另一方面，加快"引进来""走出去"步伐，充分整合和利用国际国内两个市场两种资源，提高湖南工业的整体素质和国际竞争力。

三 统筹抓好 2011 年全省新型工业化工作

2011 年是中国共产党建党 90 周年，也是实施"十二五"规划的起步之年，做好各项工作意义重大。省委经济工作会议强调，战略性新兴产业作为湖南未来发展的主导产业，是抢占未来发展制高点的关键所在，也是新型工业化的重中之重。为此，应加强科学统筹，以培育发展战略性新兴产业为主攻方向，着力抓好四个方面的工作。

（一）以规划实施为着力点，全面推进战略性新兴产业培育发展

省委、省政府 2010 年 8 月出台了加快培育发展战略性新兴产业的《决定》和《规划纲要》，明确了培育发展战略性新兴产业的目标任务、时间表和路线图。各级各部门应抓紧实施，全力推进，确保尽快取得实质性进展。

1. 坚持固本强基，加速实施"五大基础工程"

培育发展战略性新兴产业的长期性、艰巨性和复杂性，决定了必须夯实基础、系统推进，才能取得良好成效。要按照规划要求，全面启动实施新兴产业集聚、优势企业培育、核心技术攻关、名牌产品创建和人才资源开发"五大基础工程"。在这一过程中，要把"三类基地"建设作为当务之急来抓。即：涵盖高校、科研院所、企业的重点科研成果研发基地，涵盖高校和职业院校的重点人才培养基地，涵盖各类园区的产业发展基地。省经信委、省发改委、省国资委、省教育厅、省科技厅、省财政厅等部门要密切配合，抓紧拿出具体实施办法，尽快组织实施。各地应因地制宜，迅速出台实施"五大基础工程"的相关配套措施，确保培育发展战略性新兴产业各项工作扎实有序推进。

2. 优化要素供给，着力打造"三大支撑平台"

当前，培育发展战略性新兴产业，企业面临技术、资金、土地等多方面的要素瓶颈。打破瓶颈制约，必须建设好优化资源配置、推动要素集聚的平台和载体。《规划纲要》明确提出着力打造技术创新、投融资服务、共性技术服务三大支撑平台，相关工作尽快启动。省财政设立的战略性新兴产业引导资金，要把平台建设作为支持的重点之一；省经信委、省财政厅要抓紧拿出资金管理使用办法。同时，要充分发挥战略性新兴产业发展专项资金和产学研结合专项资金的"捆绑效应"，重点投向战略性新兴产业领域的科技攻关和重大成果转化项目。2011 年，将重点举办战略性新兴产业银企对接洽谈会、拟上市企业工作座谈会等活动，着力化解战略性新兴产业发展面临的资金难题。此外，对于企业普遍存在的知识产权意识不强、国际贸易法规掌握不够等问题，省科技厅、省知识产权局、省商务厅等部门要高度重视，切实加强服务和培训。

3. 加快扶优汰劣，为战略性新兴产业腾出发展空间

随着资源环境约束日益趋紧，国家对用地、耗能、排污等方面的总量控制更加严格。要培育发展战略性新兴产业，就必须压缩传统产业占用的空间，加快扶优汰劣、腾笼换鸟步伐。要大力改造提升传统制造业，促进新技术、新工艺、新流程、新装备、新材料的广泛应用，大力推广集成制造、敏捷制造、柔性制造、精密制造等先进制造，进一步加快传统优势产业向高端化、"两型"化方向发展。要深入推进节能减排，加强节能减排重点企业监管和重点工程建设，严格落实节能减排责任制，积极发展低碳经济、循环经济。要综合运用各种手段，加快淘汰落后产能，限制过剩产能发展，引导不符合环保、安全条件的小企业退出市场。

（二）以项目建设为抓手，全力打造新型工业化的龙头和引擎

项目是产业发展的载体。无论是发展战略性新兴产业，还是改造提升传统产业，都必须落实到具体项目上。要充分发挥"四千工程"项目、战略性新兴产业"双百工程"项目的龙头和引擎作用，坚定不移地落实阶段性目标任务。

1. 加强项目储备

项目储备是项目工作的基础。各地各相关部门要早安排、早部署、早行动。要紧跟形势发展和国家政策导向特别是战略性新兴产业发展规划编制进展情况，不断调整充实项目库。要围绕产业发展重点，严格按照"两符三有"（符合国家产业政策、符合国家节能减排要求，有市场、有规模、有效益）的要求开发和储备项目，着力在项目储备的数量和质量上实现新突破。要重点筛选一批有利于我省优化产业结构和增强长远发展后劲的重大项目，积极主动加强与国家有关部委对口衔接，力争让更多项目进入国家"笼子"，争取更多的政策支持和资金投入。

2. 加强政策扶持

确保项目建设又好又快推进，必须切实加强政策扶持。要认真落实好项目报批、财税支持、土地供应、要素保障等方面的优惠政策，确保华菱安赛乐米塔尔汽车板电工钢、广汽菲亚特乘用车、比亚迪汽车、长沙超算中心等一批重大项目顺利推进。2011 年适当时候，将就推进生物医药、新材料、电子信息等产业发展进行专题研究部署，进一步细化扶持政策。各级各部门要结合各自职责，继续

加大对项目建设的扶持力度。

3. 加强调度考核

调度考核是确保项目顺利推进的重要抓手。对于重大项目，各地各有关部门主要领导要亲自调度，分管领导要全力协调，及时掌握进展情况，协调解决重大问题。要实施动态管理，确定合理工期，落实各方责任，加强督促检查，严格考评约束，确保项目进度和质量，力争2011年完成技改投资4000亿元。年中，省里将举办重点项目建设推进会，专题调度重点项目建设实施情况，推动签约项目早开工、在建项目早投产。

在抓好大项目的同时，也要注意配套发展上水平、着眼长远增后劲，积极推动非公经济和中小企业发展。要继续实施"小巨人"计划、"百千万"工程，落实国家扶持政策，引导中小企业走"专精特"新路子，提高与大企业的产业关联度和配套协作水平，打造产业集群，增强发展活力和市场竞争力。要进一步放宽市场、产业准入门槛，加强和改善融资服务，深入推进全民创业，加快做大企业规模，不断积蓄发展势能。

（三）以产学研结合为突破口，加快提升产业核心竞争力

全球新一轮产业调整的方向，就是发展以"科技引领、创新驱动"为灵魂的新兴产业。推动我省工业发展特别是战略性新兴产业发展，必须切实加强产学研结合创新，在重大科技成果研发和应用上率先突破，力求抢占竞争制高点，把握发展主动权。

1. 着力加快高端科技成果转化

科技成果转化率不高，一直是制约我省产业发展的一大瓶颈。要围绕我省战略性新兴产业发展，加快组织实施一批技术相对成熟、市场前景广阔、能显著提升产业整体技术水平的重大科技成果产业化项目，推动优势产业向价值链和技术链高端发展，形成具有国际竞争力的高端产业。要加强技术产权和成果交易平台建设，大力发展科技服务中介机构，加快推动知识和技术的有序转移和扩散。要认真研究制定和落实鼓励科技创新及其成果转化的税收、金融、知识产权、政府采购等政策措施，特别是要逐步加大财政对科技成果中试环节的投入，引导更多的社会资金参与到科技成果转化和产业化工作中来。

2. 重点扶持一批有实力的创新平台

坚持以企业为主体，面向重点优势领域，支持建设一批高层次、高水平的重点实验室、工程（技术）研究中心、企业技术中心，特别是支持建设湖南中国科学院技术转移中心、国防科技大学高技术研究院、中南大学粉末冶金研究院等一批辐射带动作用大的创新平台。坚持以市场为导向，积极创新平台运行机制，高效集成科技资源，切实加强产学研各方利益协调，形成更广泛、更深入、更稳固的技术创新保障体系。充分发挥现有创新平台的作用，针对制约产业发展的技术瓶颈问题，组织实施一批重大科技专项，开展联合攻关，突破一批关键共性技术，加快解决我省新型工业化高端应用技术供给不足的问题，确保产业安全，促进产业持续健康发展。

3. 加强高层次创新型科技人才培养

科技创新，人才为本。要以国家和我省出台中长期人才发展规划纲要为契机，确立人才优先发展战略，为推进产学研结合创新提供强有力的人才智力支撑。要以实施引进海外高层次人才"百人计划"为抓手，千方百计吸引一批海外科技领军人才和创新团队来湘创业。要充分发挥产业技术创新战略联盟凝聚人才的平台作用，在重大科研项目实践中培养锤炼创新人才。要深化科技体制改革，不断健全有利于人才创新创业的评价、使用、激励机制，调动各类人才创新创业的积极性和创造性，促进企业和科研单位人才"双向交流"。要重视发挥企业在集聚和培养高层次创新人才上的作用，鼓励企业采取多种措施吸引人才、培养人才、留住人才，促进人才向企业和重点产业集聚。需要特别强调的是，要下大力气解决学校人才培养与企业人才需求脱节的突出矛盾，抓紧建立健全重点产业发展人才需求预测与培养体系，切实提高省内主要高校、相关职院人才培养的针对性和实效性。

（四）以强化保障为重点，进一步优化工业发展环境

当前，工业经济发展特别是战略性新兴产业发展还面临诸多难以预见的风险和挑战，特别需要各级各有关部门加强引导、扶持、服务等保障工作，创造良好发展环境。

1. 加快改善硬环境

硬环境决定产业承载力。要进一步加强以综合运输体系为重点的基础设施建

设，加快高速公路、铁路、干线公路、机场、港口等建设，加速形成高效便捷的交通物流网络，提高物流效率，降低综合成本。要进一步加强油气煤电管网建设，加快构筑稳定可靠的能源传输通道。要进一步提升产业园区承载功能，加强园区基础设施建设，为各类企业发展创造良好条件。

2. 着力提升软环境

从某种意义上说，软环境也是"硬实力"，是一个地方核心竞争力的重要方面。要进一步解放思想，更新观念，增强服务意识、法治意识，深化政务公开，加强社会管理，简化行政审批，提高办事效率，努力为各类投资者创造公开透明的政务环境和公平竞争的市场环境。要进一步加强干部作风和执行力建设，加大监督整改力度，不断完善新型工业化考评体系，确保各项政策措施落到实处。要进一步加强企业家队伍建设，尊重企业家的劳动，维护企业家的合法权益，保护企业家的创业热情，提高企业家的综合素质。要加强宣传引导，鼓励创新、崇尚实干、倡导共赢、宽容失败，在全省上下努力营造重商、亲商、安商、富商的人文环境，进一步提升全社会工业文明素质。

3. 切实强化要素保障

充足的生产要素供应是确保工业正常运行的基本前提。面对当前宏观调控日益趋紧的态势，各级各有关部门要深入一线，靠前服务，加强工业经济运行调度，健全煤电油气运保障体系，及时协调解决企业融资、用地、用工、能源等方面的突出问题，为推动工业经济平稳运行提供强有力的保障。特别是要加快工业投融资平台建设，建立健全多元化、多渠道投融资体系，进一步发挥资本市场对工业发展的支撑作用。

B.2
抢抓机遇
加快湖南文化强省建设步伐

路建平*

一 2010 年湖南文化产业运行特点

2010 年，湖南省委、省政府加快实施文化强省战略，把文化产业作为加快经济发展方式转变的重要抓手，把文化创意产业列入全省七大战略性新兴产业之一。全省上下认真贯彻落实省委、省政府的一系列决策部署，紧紧抓住和用好战略机遇期，整合资源、优化布局、调整结构、提高效益，不断加大骨干企业培育力度，不断加快招商引资和融资上市步伐，文化产业发展迈上了新的台阶。

（一）总量扩大，比重上升

湖南文化产业连续五年保持 20% 左右的增速，是全省七大千亿产业之一，已经成为湖南经济发展的支柱性产业。2009 年，全省文化产业总产出达到 1594.26 亿元，增加值达到 682.16 亿元，占 GDP 比重达到 5.2%，成为全国文化产业增加值占 GDP 比重率先突破 5% 的 5 个省市之一，中部地区排名第一。2010 年湖南文化产业增加值达到 780 亿元。长沙市 2010 年文化产业总产出 930 亿元，增加值 450 亿元，占全市 GDP 的比重达到 10%。张家界市 2010 年文化产业增加值 19.5 亿元，占全市 GDP 比重为 8.1%。株洲、益阳、永州、湘西等市州文化产业注重特色，保持了较快增长。

（二）主体壮大，集中度提高

2010 年，电广传媒和中南传媒双双跻身中国文化企业 30 强。湖南广播电视

---

* 路建平，中共湖南省委常委、省委宣传部部长。

台和芒果传媒挂牌成立。湖南广播电视台经营创收首次突破100亿元大关，成为除央视之外规模最大、增长最快、全国第一个总收入过百亿元的省级广电媒体。中南出版传媒集团在上海证交所挂牌上市，成为国内首只全产业链整体上市的出版传媒龙头股，市值超过200亿元。天舟文化在深圳创业板上市，成为国内第一个民营出版发行上市企业。华声在线、快乐购、体坛周报、宏梦卡通等列入上市辅导名单。融资上市步伐加快，标志着湖南文化企业向现代企业制度大步迈进。文化部等中央部委评选了30个重点动漫产品和18家重点动漫企业，湖南分别占13个和6家，排名全国第一。

（三）新兴业态崛起，产业融合加快

中南国家数字出版基地顺利落户，"三网融合"试点正式启动。红网、华声在线、体坛网、金鹰网、凤网等网络新媒体各具特色，在全国同行排名靠前。媒体零售企业快乐购2010年总订购额25亿元，税收过亿元，公司员工规模达1700人，并通过业务外包间接拉动物流、制造等上下游产业就业5000多人。大型青少年职业体验文化活动中心酷贝拉欢乐城发展良好，并向上海、沈阳连锁拓展。青苹果数据中心成为国内同行中有竞争力的电子数据库，2010年10月组织了国际图书馆东亚文献合作暨全球华文报刊数字化研讨会，德国柏林国家图书馆、牛津大学图书馆、斯坦福大学图书馆等国内外200多家图书馆馆长参会。芒果网开发的游戏《梦幻情天》和《网球宝贝》即将面市。宏梦卡通公司推出了首部动漫电影《虹猫蓝兔火凤凰》。金鹰卡通频道和拓维信息打造的60部手机动漫电影《美丽人生》在央视少儿、北京卡酷等多家卫星频道同步播出，并登陆3G手机。大型演艺节目中以民族文化为主的《天门狐仙·新刘海砍樵》、以市民文化为主的琴岛歌厅演艺形成系列，已逐渐形成从长沙经常德、张家界、湘西到凤凰的文娱演艺走廊。2010年11月，湖南省文化厅、湖南省旅游局、张家界市共同承办了"首届中国国际文化旅游节"，举办文艺演出200余场，观众30余万人次，对文化旅游深度融合起到了推进作用。

（四）跨区域合作拓展，产业发展空间扩大

湖南卫视国际频道正式开播，与青海广电共同经营青海卫视初具成效，并与阿里巴巴、盛大网络、腾讯信息等著名企业结成战略合作伙伴。湖南出版集团与

日本角川集团达成战略合作。中南传媒与中国联通、华为集团结成战略合作伙伴。国家新闻出版总署、国务院新闻办公室推介湖南出版集团"走出去"经验。商务部确定我省金鹰卡通等 7 家企业、"中国文化走向世界"等 6 个项目为国家文化出口重点项目，总数列中部第一。

（五）招商引资成效明显，产业发展后劲增强

2010 年先后在深圳、上海、北京举办了三场文化产业专题推介和招商引资活动，突出了文化创新和文化人才主题，签约项目 23 个，合同资金 40 亿元。在省政府举办的融资合作洽谈会上，组织了文化产业银企对接会，贷款授信 452 亿元，占签约项目贷款授信总额的 1/5。与北京银行签署"湖南文化创意产业与金融资本对接战略合作协议"，总规模达 30 亿元的文化旅游投资基金正式成立，首期募集资金 9 亿元已经到位。

二　2011 年湖南文化产业发展面临的形势与存在的问题

（一）面临的形势

2011 年是"十二五"的开局之年，湖南文化产业站在了一个新的历史起点上，产业发展挑战与机遇并存。从国际看，文化产业竞争既是"软实力"的较量，也是"硬实力"的竞争。国际金融危机推动了科技进步和自主创新，深刻影响世界产业变革与结构调整。文化产业将成为世界各国调整产业结构，赢得竞争优势的重要选择。从国内看，工业化、信息化、城镇化、市场化、国际化深入发展，转变经济发展方式和调整经济结构步伐加快。党中央明确提出，未来五年要推动文化产业成为国民经济支柱性产业；胡锦涛总书记明确要求，加快发展文化产业，使文化产业成为加快经济发展方式转变的重要抓手，成为国民经济新的增长点。文化产业迎来了最佳发展时期，将从"十一五"时期源之于文化体制改革的释放活力、盘活存量、稳步发展的蓄势阶段，进入"十二五"时期机制创新、跨越提升、做大做强的快速发展阶段，向着"成为国民经济支柱性产业"目标迈进。从湖南省内来看，"四化两型"加快推进，"文化强省"战略持续实施，文化创意产业被确定为战略性新兴产业，这既为湖南率先破除体制机制障碍

推进文化建设提供了良好的契机，也为湖南在"十二五"时期推进文化产业大发展创造了有利的发展环境。从产业规律来看，目前湖南省人均 GDP 已超过3200 美元，人民群众对精神文化生活的需求日益增加，文化产品消费快速增长，这为湖南文化产业发展带来了广阔的市场空间和发展前景。2010 年 9 月，湖南省委宣传部、湖南省统计局对"十二五"时期人民群众精神文化生活新变化新期待开展专题调研，调查数据和情况表明，人民群众精神文化生活已经出现四个明显趋势：一是文化消费需求呈现快速增长的趋势，并随着全面推进小康社会建设而出现"井喷"态势；二是文化消费结构呈现转型升级的趋势，由单纯的休闲娱乐向休闲娱乐与求知求美并重的高层次转变；三是文化消费方式呈现互动参与的趋势，人们已不满足被动式接受精神文化，参与和互动的愿望越来越强烈；四是文化消费主体呈现拓展延伸的趋势，在城市文化消费继续增长的同时，农村文化消费内生动力强劲并日趋旺盛。从中央的要求，结合市场趋势来判断，文化产业面临着难得的历史机遇，"十二五"时期既是文化产业重要的战略机遇期，也是全面加快发展的黄金期。

（二）存在的问题

"十一五"期间我省文化产业保持了年均20%左右的增速，总产出跨入千亿产业行业，成为我省经济发展的支柱性产业。但与北京、上海、广东、江苏等经济发达省市相比，我省文化产业规模还不大，效益还不高，在国内外具有较大影响的龙头企业也不多，整体实力还不雄厚，特别是受国际金融危机影响，文化产业增速放缓。此外，传统产业、国有企业比例依然较大，新兴产业、民营企业发展不足；长株潭地区占全省文化产业半壁江山，其他市州发展还不充分。产业结构不优、产业布局不合理等问题依然存在。

三 2011 年湖南文化产业主要目标和对策措施

（一）主要目标

适应加快发展和转型升级的要求，紧紧围绕文化强省建设推进会上提出的抓产业规划、抓主体培育、抓提质升级的要求，进一步优化文化产业结构，逐步完善文化市场体系，不断提高文化产业规模化、集约化、专业化和信息化水平，进一步提升文化产品品牌竞争力和国际竞争力。文化产业实现年均20%以上的增速，2011年，全省文化产业增加值达930亿元，到"十二五"末，全省文化产业总产出达4800亿元，增加值达2000亿元以上，占GDP的比重达到7%。

（二）对策措施

1. 转变发展方式，调整产业结构

按照《湖南省"十二五"时期文化发展和改革规划纲要》和《湖南省战略性新兴产业文化创意产业专项规划》要求，从转变发展方式中获得新的推动力，从调整产业结构中获得新的增长空间。进一步改进文化产业发展方法与手段，加大理念、内容、手段和方法创新的力度，建立健全以企业为主体、以市场为导向、产学研相结合的产业发展体系。坚持突出特色，以开放、创新促进传统产业结构升级，通过利用数字、网络、信息等高新技术，提高传统文化产业的科技含量和装备技术水平，改造传统文化的创作、生产、传播和服务模式。巩固和发挥广电、出版、动漫游戏、演艺等本土优势产业，重点发展创意设计、数字媒体、数字出版、动漫游戏、节会物流等新兴产业，拉动相关服务业和制造业的发展。

2. 鼓励和支持文化企业跨区域发展，打造产业龙头

支持和鼓励大型国有文化企业、集团实现跨区域、跨行业的兼并重组，成为文化产业的战略投资者。重点扶持广电、出版等优势行业跨区域发展，加大对芒果传媒、中南传媒等骨干企业的支持力度，确保湖南广电在全国影视领域的领先地位，打造中国电视娱乐节目的生产基地；将湖南出版投资控股集团打造成我国出版传媒产业旗舰集团。

3. 发挥资源优势，构建文化产业"品"字形发展布局

遵循整合资源、形成合力、发挥优势、注重实效的原则，构建长株潭、大湘西、大湘南"品"字形文化产业发展布局。长株潭定位为湖南文化产业的核心增长极，重点发展广播影视、出版、动漫、休闲娱乐、文化旅游、演艺、艺术品及数字和网络等新兴文化产业。以"3+5"城市群为重点，着力改善交通、文化、旅游等基础设施，增强综合承载能力，促进区域内的文化要素实现良性互动，打造一批文化强市、强县，形成文化产业的中间层。立足大湘西地区的文化生态旅游资源，大力发展文化旅游、影视制作、工艺美术等文化业态，建设生态

文化产业带，把大湘西发展成湖南文化产业新的增长极。加强大湘南与湘东地区的资源整合，突出打造名人、名居、名胜品牌，着力发展历史文化和红色文化相结合的文化发展基地。

4. 促进文化与科技的融合，加快新兴业态发展

大力实施文化数字化建设工程，主动应对数字时代的文化消费习惯和需求，用信息化带动文化产业的结构升级，着力提高文化产业科技含量，增强文化产品的核心竞争力。充分利用长株潭城市群作为全国"三网融合"改革试点的先机，加快 IPTV 和手机电视集成播控平台、内容监管平台的建设，加快全省有线网络整合和数字双向改造，积极鼓励传统产业与新媒体、新业态对接融合，形成一批有规模、有影响、有竞争力的新媒体。

5. 拓展投融资渠道，加大产业投入力度

推进华声在线、快乐购、体坛周报社、宏梦卡通等公司融资上市。引导金融机构加大对文化产业的支持力度，增加文化企业的信贷投入，建立适合文化企业特点的贷款评级和授信指标体系。鼓励符合条件的文化企业通过资产证券化、发行企业债券等融资方式筹集发展资金。充分发挥文化旅游产业投资基金的促进和推动作用，努力完善文化产业引导资金扶持方式。鼓励支持更多的文化企业上市融资，鼓励支持非公有资本以多种形式进入政策许可的领域，积极推动文化产业与资本市场的对接，不断创新投融资渠道。

6. 建设重大产业项目，带动文化产业发展

加快建设一批有规模、有分量、有影响的文化创意产业园区和示范基地，积极吸引文化企业向文化产业园区聚集。重点推进中南国家数字出版基地建设，用5~8年时间，把该基地建设成入园企业不少于300家、产值不少于300亿元的具有重大国际影响力的国家级数字出版基地。加大对文化创意基地建设的政策扶持力度，特别是把长株潭绿心地区打造成全省乃至全国文化创意相关产业链的创新基地和示范基地，培育一批重点创新型文化企业。

7. 坚持统筹协调，培育和开拓农村文化市场

积极推进文化富民，通过政府引导、市场调节、机制创新等方式鼓励和扶持农村文化经营单位和个体经营企业积极参与农村文化市场的建设和开发，鼓励社会力量投资兴办演出单位，支持农村民间艺术表演团体走产业化道路；支持国有文化企业进入农村文化市场开展连锁经营、规模经营；积极推动城市有证网吧有序向农村乡镇发展，及时占领农村网络文化市场；扶持城市歌舞娱乐经营单位向有条件的乡镇转移，实现城乡文化娱乐资源的共享；以农家书屋建设为契机，大力推进农村出版物发行网点建设。

8. 发展文化生产要素市场，完善文化市场体系

重点培育文化人才市场、金融市场、产权市场和版权交易市场，发展文化市场经纪、代理、评估、鉴定、拍卖等中介机构和行业组织，提高文化产品和服务的市场化程度和专业化水平。加快建设和完善各类文化协会和文化商会，发挥电影行业协会、演出行业协会、出版发行行业协会、音像行业协会、娱乐行业协会、网络文化行业协会、艺术品经营行业协会等行业组织在市场协调、行业自律、服务维权等方面的作用，促进资本、人才、产权、信息、技术等各种要素有序流动，提高市场配置效率和社会化服务水平。

9. 积极实施"走出去"战略，增强国际市场竞争力

发挥湖南文化品牌在"走出去"中的主导作用，支持文化产业实体研发"湖湘特色、中国风格、国际气派"的外向型文化产品。支持文化产业实体与国际知名演艺、展览、电影、出版中介机构或经纪人开展合作，向规模化、品牌化方向发展。积极拓展出版物、影视节目、文艺演出、动漫游戏、工艺美术等文化产品出口和服务贸易。制定鼓励文化产品出口、扶持有文化出口能力的文化产品生产单位发展的优惠政策措施。

参考文献

《推动社会主义文化大发展大繁荣》，胡锦涛总书记在中央政治局第 22 次集体学习时的重要讲话，新华网，2010 年 7 月 23 日。

李长春：《正确认识和处理文化建设发展中的若干重大关系　努力探索中国特色社会主义文化发展道路》，《求是》2010 年第 12 期。

湖南省统计局、中共湖南省委宣传部：《2009～2010 年湖南文化产业发展统计概况》。

总 报 告

General Report

B.3

2010～2011 年湖南产业发展研究报告

湖南省人民政府经济研究信息中心课题组*

2011 年是"十二五"开局之年，湖南将深入落实"十二五"规划要求，以转变经济发展方式为主线，加快推动产业结构调整，着力培育现代产业体系，促进产业经济平稳较快发展，不断提高发展质量，力争实现"十二五"开门红。本文将深入分析 2010 年湖南产业经济发展特点，在展望 2011 年产业发展国内外环境的基础上，探讨 2011 年湖南产业经济发展思路，并提出促进发展的对策建议。

一 2010 年湖南产业经济发展分析

2010 年，湖南延续"十一五"发展的良好态势，产业经济快速增长，产业结构稳步调整，发展质量进一步改善，产业投资和商品市场总体运行良好，产业发展后劲不断增强。

---

* 课题组组长：梁志峰；课题组成员：蔡建河、禹向群、文必正。

（一）产业增长情况分析

2010年，湖南地区生产总值达到15902.12亿元，增长14.5%。三次产业增长呈现不同特点。

1. 第一产业

第一产业保持低速平稳增长态势。2010年实现增加值2339.44亿元，增长4.3%，较上年低0.7个百分点。"十一五"期间，第一产业增加值年均增长4.6%，高于全国平均水平0.1个百分点。从图1可看出，2005～2007年与2008～2010年出现了两波增速从高到低的变化过程。

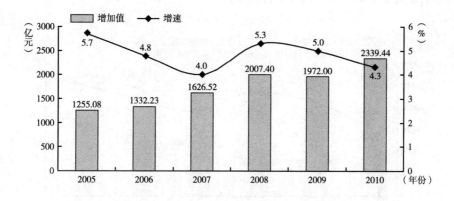

图1　2005～2010年湖南省第一产业增加值及增长速度

第一产业中，2010年农业增加值1432.69亿元，同比增长4.2%；林业增加值167.82亿元，同比增长6.9%；牧业增加值514.37亿元，同比增长3.4%；渔业增加值151亿元，同比增长5.3%。"十一五"全省农业产业化加速推进，农产品加工业销售收入年均增长20.4%。2010年，全省农产品加工企业4.85万家。国家级、省级农业产业化龙头企业达到345家，销售收入1900.00亿元，同比增长26.7%，实现利润38.10亿元，同比增长14.6%；农民专业合作社6777个，增长67.3%；合作社成员115.55万户，同比增长37.6%；新农村建设示范村3853个，新建农业标准化示范区34个。

2. 第二产业

第二产业是湖南现阶段引领经济发展的主力。2010年实现增加值7313.56

亿元，增长 20.2%，高于全省 GDP 增长速度 5.7 个百分点。"十一五"期间，第二产业增长率在 14.9%~20.2% 的区间波动，年均增长 18.0%，比全国平均水平快 5.9 个百分点。

工业经济保持高速增长。2010 年，全部工业增加值 6275 亿元，是 2005 年的 2.87 倍，同比增长 21.2%；规模工业增加值 5890 亿元，是 2005 年的 3.61 倍，同比增长 23.4%，高于全国平均水平 7.7 个百分点（见图 2）。规模工业中，轻工业增长 20.0%，重工业增长 25.1%，重工业对规模工业的增长贡献率达到 71.9%，拉动规模工业增长 16.8 个百分点。"十一五"期间，规模工业增加值年均增长 21.3%，比"十五"加快 2.3 个百分点，比全国平均水平快 6.8 个百分点，明显高于全部工业增加值增长速度。

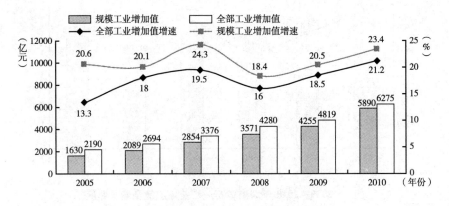

图 2 2005~2010 年湖南省工业增加值及增长速度

建筑业已成为湖南重要支柱产业。2010 年建筑业增加值首次突破 1000 亿元，达到 1038.46 亿元，增长 14.2%，占全省 GDP 的 6.5%；利润总额 110.8 亿元，增长 30%，全行业上缴税金 143 亿元；吸纳农村劳动力 270 万人，实现劳务收入 240 亿元，分别占全省劳务总量和总收入的 18% 和 20%。全省总承包和专业承包企业完成总产值首次突破 3000 亿元，达到 3134.98 亿元，增长 25%。建筑业外拓产值 819.43 亿元，增长 21.6%，占总产值的 26.14%。2010 年建筑业增加值和总产值分别是 2005 年的 2.55 倍和 2.57 倍。"十一五"建筑业增长波动较大，最低为 2008 年的 7.6%，2009 年在国家 4 万亿元投资拉动下达到 21.2% 的高点，2010 年回落 7 个百分点（见图 3）。

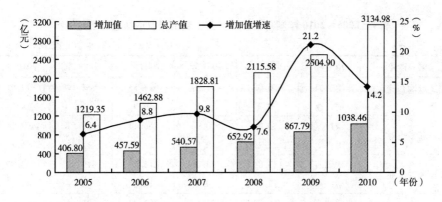

图3 2005～2010年湖南省建筑业总产值、增加值及增长速度

3. 第三产业

全省第三产业发展平稳。2010年增加值6249.12亿元，增长11.5%，比上年快0.5个百分点。"十一五"第三产业增长速度在11%～15%的区间波动（见图4），年均增长比全国平均水平快0.8个百分点。

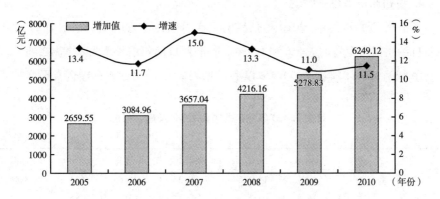

图4 2005～2010年湖南省第三产业增加值及增长速度

2010年，交通运输仓储和邮政业、批发和零售业、其他服务业增加值均在800亿元以上，并保持快速增长态势；金融业、住宿和餐饮业、房地产业实现增加值均低于500亿元，金融业与房地产业增长相对较慢。"十一五"期间，第三产业中批发和零售业、住宿和餐饮业、金融业和其他服务业增加值均实现翻番。多数行业增长出现较大波动，表明其发展动能仍有待加强（见表1）。

表1   2006～2010年湖南省第三产业主要子产业增加值及增速情况

单位：亿元，%

第三产业	指　标	2006年	2007年	2008年	2009年	2010年
交通运输仓储和邮政业	增加值	426.09	477.27	523.13	682.17	817.91
	增速	8.0	10.5	9.0	5.7	14.6
批发和零售业	增加值	558.88	650.94	766.44	1107.51	1402.7
	增速	12.2	9.6	13.4	12.8	11.4
住宿和餐饮业	增加值	143.84	174.66	215.69	319.82	343.72
	增速	12.7	9.4	10.8	8.2	10.4
房地产业	增加值	268.52	332.62	387.08	385.83	448.13
	增　速	6.7	13.7	6.7	10	6.6
金融业	增加值	184.70	211.74	245.67	402.57	443.23
	增　速	12.7	8.5	9.7	18	6.3
其他服务业	增加值	1480.14	1800.45	2078.15	2380.93	2793.39
	增　速	14.7	18.6	16.1	11.2	14.3

4. 各市州产业增长情况

各市州发展不平衡。2010年长沙的生产总值占全省的28.6%，而张家界和湘西自治州仅为全省的1.5%和1.9%。除湘西自治州增长率为8.3%之外，2010年其余13个市增长率都在14.4%以上（见表2），均接近或超过全省平均速度。

表2   2010年湖南各市州GDP及增长情况

单位：亿元，%

市　州	长沙市	岳阳市	常德市	衡阳市	株洲市	郴州市	湘潭市
GDP	4547.06	1539.36	1491.57	1420.34	1274.85	1081.76	894.01
增速	15.5	14.8	15.2	15.1	15.3	15.2	15.2
市　州	永州市	邵阳市	益阳市	娄底市	怀化市	湘西自治州	张家界市
GDP	767.16	730.33	712.27	680.72	674.92	303.44	242.48
增速	14.4	14.6	14.7	14.5	14.8	8.3	14.5

各市州第一产业均增长较慢，2010年在4.1%～4.5%。但"十一五"期间，益阳、长沙、常德、怀化和永州年均增长都在5.8%以上，其中益阳年均增长达到6.5%（见表3）。永州、邵阳和益阳第一产业比重相对较高，均在20%以上；长沙和株洲则低于10%。

表 3　2005～2010 年湖南各市州第一产业增加值及增速情况

单位：亿元，%

市　州	第一产业	2005 年	2006 年	2007 年	2008 年	2009 年	2010 年
长沙市	增加值	114.0	123.3	138.8	172.4	179.4	202.0
	增　速	6.7	5.7	6.5	6.8	6.5	4.5
株洲市	增加值	70.5	75.5	96.6	109.6	107.8	123.9
	增　速	6.6	5.3	5.5	6.1	5.6	4.2
湘潭市	增加值	56.6	60.7	83.5	92.9	89.3	96.0
	增　速	7.0	5.7	5.3	5.2	5.0	4.3
衡阳市	增加值	150.5	158.1	192.4	235.8	240.5	264.4
	增　速	6.0	3.7	4.1	5.3	5.6	4.4
邵阳市	增加值	111.1	118.3	133.9	150.6	149.9	176.8
	增　速	5.6	5.0	5.0	6.2	6.2	4.5
岳阳市	增加值	126.8	134.4	177.2	190.2	190.1	215.5
	增　速	4.1	4.8	5.4	5.5	5.7	4.2
常德市	增加值	167.0	177.5	208.2	239.3	257.4	280.1
	增　速	5.8	6.2	6.4	6.1	6.3	4.4
张家界市	增加值	19.6	20.9	25.4	31.4	26.9	31.2
	增　速	4.7	5.4	5.2	5.8	5.6	4.1
益阳市	增加值	82.9	89.2	115.0	145.0	142.9	162.4
	增　速	7.0	7.0	6.5	8.2	6.3	4.3
郴州市	增加值	84.2	86.5	100.4	120.5	109.0	126.7
	增　速	6.1	1.3	3.5	6.3	7.2	4.4
永州市	增加值	110.6	119.5	150.3	161.7	164.6	190.7
	增　速	8.0	5.9	5.5	6.4	6.7	4.4
怀化市	增加值	70.2	75.2	96.4	108.4	86.6	97.4
	增　速	5.5	5.5	5.2	5.6	8.7	4.4
娄底市	增加值	58.2	63.2	87.7	96.2	92.04	99.8
	增　速	7.7	7.1	5.6	5.7	4.6	4.2
湘西自治州	增加值	26.7	28.9	36.1	41.6	44.34	49.4
	增　速	1.9	6.0	5.2	5.0	4.9	4.1

　　多数市州第二产业快速增长。2010 年除湘西自治州增长 6.6% 外，其他市增长率在 19.2%～21.1%。长沙、株洲、湘潭、郴州、岳阳、娄底第二产业占 GDP 比重均在 53% 以上，张家界、永州、邵阳、湘西自治州则低于 40%。"十一五"期间，所有市州第二产业增加值均实现翻番，其中长沙、益阳、怀化和湘潭增长幅度较大，均是 2005 年的 3 倍以上。年均增长速度方面，益阳、衡阳、湘潭和岳阳均在 18% 以上，而湘西自治州、郴州和张家界则相对较慢（见表 4）。

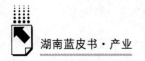

表 4   2005～2009 湖南各市州第二产业增加值及增速速度

单位：亿元，%

市 州	第二产业	2005 年	2006 年	2007 年	2008 年	2009 年	2010 年
长沙市	增加值	642.1	791.0	984.8	1567.4	1893.6	2437.0
	增速	17.6	17.5	17.0	16.8	16.3	20.7
株洲市	增加值	264.6	311.8	396.3	497.3	560.3	745.5
	增速	14.3	13.6	17.8	15.1	16.1	20.8
湘潭市	增加值	158.9	192.3	245.8	331.5	387.8	499.4
	增速	17.8	16.7	20.2	16.2	16.4	20.6
衡阳市	增加值	224.3	272.1	328.8	412.4	500.4	645.7
	增速	17.1	16.9	20.2	14.5	20.1	21.1
邵阳市	增加值	101.2	122.4	145.4	182.2	216.3	278.0
	增速	16.7	16.5	18.1	14.3	19.5	20.7
岳阳市	增加值	294.3	351.0	444.6	571.8	648.8	834.2
	增速	16.2	14.9	19.2	17.4	18.0	20.6
常德市	增加值	254.8	303.0	364.5	468.2	531	685.2
	增速	16.5	14.1	16.9	17.3	15.2	21.0
张家界市	增加值	26.8	30.8	36.0	42.9	47	60.1
	增速	12.8	10.4	13.0	8.4	17.7	19.9
益阳市	增加值	84.2	102.2	131.2	170.7	223.3	288.4
	增速	14.6	16.5	21.2	18.7	21.1	21.1
郴州市	增加值	226.6	268.6	321.2	358.1	411.9	594.4
	增速	17.8	7.4	13.6	4.1	20.3	20.9
永州市	增加值	94.6	115.0	142.7	181.5	217.3	278.6
	增速	14.2	15.2	16.7	15.9	20.9	20.3
怀化市	增加值	91.2	108.9	138.1	185.4	223.8	288.9
	增速	17.0	14.7	17.0	17.4	18.5	20.9
娄底市	增加值	143.6	172.6	213.6	266.2	290	367.3
	增速	15.0	15.6	18.2	12.8	16.1	19.2
湘西自治州	增加值	42.5	57.5	79.1	93.6	107.6	121.2
	增速	13.1	14.4	21.4	7.8	11.6	6.6

　　各市州第三产业中速增长，2010 年增长速度在 10.5%～14.4%。张家界、
邵阳、永州、常德和益阳增长相对较快，而株洲、岳阳、湘西自治州则较慢。第
三产业比重方面，张家界、湘西自治州、怀化和长沙在 40% 以上，而娄底、岳
阳、株洲、郴州和湘潭则低于 35%。"十一五"期间，长沙、常德、湘西自治
州、衡阳、张家界、岳阳、郴州、怀化、株洲、益阳十市州第三产业增加值实现
翻番，张家界、永州、常德、长沙年均增长速度在 14% 以上。

表5　2005～2010年湖南各市州第三产业增加值及增速情况

单位：亿元，%

市　州	第三产业	2005 年	2006 年	2007 年	2008 年	2009 年	2010 年
长沙市	增加值	763.8	884.8	1066.6	1261.2	1671.8	1908.0
	增　速	13.8	14.0	16.5	14.3	13.9	11.5
株洲市	增加值	189.0	218.0	258.4	302.6	354.4	405.5
	增　速	10.6	13.2	15.2	13.0	13.9	10.5
湘潭市	增加值	151.3	169.1	197.6	230.4	262.3	298.6
	增　速	10.1	12.4	13.7	13.7	13.0	11.5
衡阳市	增加值	216.0	241.9	299.7	352.0	427.2	510.2
	增　速	10.0	13.4	17.2	12.6	12.8	13.1
邵阳市	增加值	147.8	168.7	196.7	228.7	234.6	275.6
	增　速	12.1	12.7	11.7	11.6	11.0	14.4
岳阳市	增加值	213.8	248.0	294.1	343.7	433.2	489.6
	增　速	11.1	13.4	14.8	13.2	12.1	10.7
常德市	增加值	212.4	243.3	291.4	342.3	450.8	526.2
	增　速	10.7	14.2	17.8	12.8	11.7	13.9
张家界市	增加值	64.2	75.8	90.0	109.7	129.2	151.2
	增　速	13.5	14.9	17.8	16.8	13.8	14.4
益阳市	增加值	127.7	144.8	171.5	195.6	225.4	261.5
	增　速	11.7	12.3	15.6	12.2	9.5	13.7
郴州市	增加值	166.9	191.8	220.6	255.5	300.6	360.6
	增　速	10.7	13.0	12.6	11.0	13.8	11.4
永州市	增加值	156.1	180.0	213.4	249.5	258.1	297.8
	增　速	12.5	13.8	17.7	15.0	12.5	14.3
怀化市	增加值	133.8	149.8	177.2	209.9	248.7	288.6
	增　速	11.3	12.6	13.1	13.1	11.5	12.9
娄底市	增加值	109.3	123.6	145.5	165.9	187.7	213.6
	增　速	11.0	11.2	13.8	10.5	11.5	11.2
湘西自治州	增加值	54.2	62.4	75.5	91.5	117.0	132.9
	增　速	13.4	11.6	16.7	9.9	12.6	11.0

（二）产业结构演进情况分析

1. 三次产业结构：第二产业比重提升

2010年全省三次产业结构为14.7∶46.0∶39.3。与上年相比，第二产业上升2.5个百分点，第一、三产业分别下降0.4个与2.1个百分点。"十一五"期间，三次产业结构呈现第二产业比重上升，第一、三产业比重下降态势。与2005年的16.7∶39.6∶43.7相比，2010年第二产业提高6.4个百分点，第一、三产业分别降低2个和4.4个百分点（见表6）。全省三次产业结构由"三二一"向"二三一"转变，改变了以前产业"虚高度化"局面，更符合湖南工业化中期阶段的发展要求。

表6　2005～2010年湖南省三次产业比重及增长速度

单位：%

年份	第一产业		第二产业		第三产业	
	占GDP比重	增速	占GDP比重	增速	占GDP比重	增速
2005	16.7	5.7	39.6	12.2	43.7	13.4
2006	16.5	4.8	41.5	16.5	42.0	11.7
2007	17.2	4.0	42.1	18.1	40.7	15.0
2008	16.4	5.3	43.5	14.9	40.1	13.3
2009	15.1	5.0	43.5	18.9	41.4	11.0
2010	14.7	4.3	46.0	20.2	39.3	11.5

2. 工业产业组织结构：呈各类企业共同发展格局

2010年，全省大中型工业企业实现增加值2514.82亿元，同比增长18.1%，比2009年快6.5个百分点，但比规模工业慢5.3个百分点；小企业实现增加值3375.47亿元，同比增长27.67%。规模工业中大中型企业增加值占42.7%，小企业占57.3%，各类企业共同发展，但小企业发展快于大中型企业，这体现出湖南工业发展的后劲。2010年全省主营业务收入过亿元工业企业3590家，过10亿元企业134家，过百亿元工业企业11家，分别比2005年增加2987家、84家和6家；预计2010年华菱集团主营业务收入将达到600亿元，中联重科、三一重工主营业务收入将突破500亿元，而2005年湖南还没有过300亿元的工业企业。

进一步分析可见，"十一五"期间规模工业企业实力显著提升。2009年，全省拥有规模以上工业企业13311家，比2005年增加5289家，平均每年净增1300余家；全省拥有大型工业企业61家，比2005年增加3家，增加值1208.28亿元，占全部规模工业增加值的28.4%；中型工业企业844家，比2005年增加284家，增加值883.20亿元，占全部规模工业增加值的20.8%。2005～2009年，湖南规模工业企业平均主营业务收入分别为 0.57 亿元、0.66 亿元、0.81 亿元、0.96 亿元和 1.03 亿元，呈稳步上升之势。2009 年收入过亿元的企业共实现主营业务收入 9300.40 亿元，占全部规模工业的 71.1%，比 2005 年提高 6.5 个百分点。

3. 所有制结构：股份制与其他经济类型企业发展快

2010 年工业所有制结构进一步优化。按经济类型划分，国有企业实现增加值 975.02 亿元，增长 15%；集体企业 114.79 亿元，增长 18.5%；股份合作企业 50.19 亿元，增长 20%；股份制企业 3477.33 亿元，增长 25.8%；外商及港澳台商投资企业 390.31 亿元，增长 21.2%；其他经济类型企业 882.64 亿元，增长 26.6%。

从中长期趋势看，湖南工业所有制结构"十五"至"十一五"呈现"国退民进"格局。2001～2010 年，国有企业增加值占规模工业增加值比重由 2001 年的 38.95% 下降为 16.55%，降低了 22.40 个百分点，集体企业比重下降了 9.24 个百分点；股份制企业取代国有企业成为增加值占比最大的企业类型，"十五"和"十一五"比重分别上升 15.75 个和 13.34 个百分点（见表 7）。总体来看，股份制企业和其他经济类型企业发展较快，股份制企业是推进现代企业制度建设的主要方向，其他经济类型企业以经济活力较强的私营企业等非公有制经济企业为主，这两类企业均表现出强劲的增长潜力。

表 7　2001～2010 年湖南工业企业所有制结构变化

单位：%

经济类型	2010 年	2005 年	2001 年	2010 年较 2001 年企业增加值占规模工业增加值比重变动(个百分点)
国有企业	16.55	31.73	38.95	-22.40
集体企业	1.95	3.66	11.19	-9.24
股份合作企业	0.85	2.41	2.33	-1.48
股份制企业	59.03	45.69	29.94	29.09
外商及港澳台商投资企业	6.63	7.31	8.12	-1.49
其他经济类型企业	14.98	9.19	9.47	5.51

从全局看，2010 年全省非公有制经济实现增加值 8936.8 亿元，占全省生产总值的 56.2%，比上年同期提高 0.7 个百分点，比 2005 年提高 6.3 个百分点。

第二、三产业中，非公有制经济增长速度均高出产业平均增长水平（见表8）。非公有制经济三次产业构成由上年的7.8：49.6：42.6调整为6.6：52.9：40.5，第二产业比重提高3.3个百分点，第一、三产业比重分别下降1.2个和2.1个百分点。

表8 2010年湖南省三次产业中非公有制经济发展情况

单位：亿元，%

指 标	第一产业			第二产业			第三产业		
	非公	全部	占比	非公	全部	占比	非公	全部	占比
增加值	587.9	2339.4	25.13	4727.1	7313.6	64.63	3621.8	6249.1	57.96
增 速	3.9	4.3	—	23.1	20.2	—	11.8	11.5	—

4. 三次产业内部结构：呈逐步优化之势

随着经济发展方式逐步转变，2010年三次产业内部结构均出现一定程度的调整优化。

第一产业中，农业比重上升，牧业比重下降。2010年农业总产值占第一产业的54.45%，比2005年提高8.36个百分点，增加值占61.24%，提高6.5个百分点；牧业总产值占29.4%，比2005年降低11.2个百分点，增加值占22%，降低8.4个百分点。

第二产业中，工业比重进一步提高，建筑业则相应降低。2010年，工业增加值占第二产业的85.8%，比2005年提高1.34个百分点。工业内部结构表现出三个方面的鲜明特征：一是高耗能行业比重降低。2010年，规模工业六大高耗能行业增长20.7%，比全省平均水平低2.7个百分点；其增加值占全部规模工业的34.9%，比2009年和2008年分别降低0.6个和5.0个百分点。二是高加工度工业和高技术产业比重稳步提高。2010年高加工度工业和高技术产业增加值占规模工业的比重分别为32.0%和4.6%，比上年分别提高1.9个百分点和0.2个百分点；增加值分别增长33.5%和30.9%，比全省规模工业分别快10.1个和7.5个百分点。三是产业集聚集群发展水平进一步提升。全省省级及以上产业园区规模工业实现增加值占规模工业的37.7%，比重比上年提高3.7个百分点；增加值同比增长30.0%，增速比全省平均水平快6.6个百分点。建筑业内部结构也出现调整优化，施工总承包、专业承包、劳务分包三类企业的比例由2005

年的49.4:39.9:10.7调整为38.8:37.4:23.8；建筑业工程质量不断提高，7项工程获鲁班奖、102项工程获芙蓉奖、181项工程获省优质工程奖，与2005年相比，分别增加5项、67项和19项，含金量最高的鲁班奖获奖数量为历年之最。

第三产业中，生产性服务业发展迅速，新兴服务业发展势头尤为迅猛。2010年，全省限额以上生产性服务业法人单位实现收入4176.91亿元，占限额以上服务业的58.2%，增长20.9%。租赁和商务服务业、航空运输业、农林牧渔服务业、批发业、研究与实验发展服务业、计算机服务业和专业技术服务业等现代生产性服务业表现出较为强劲的增长势头，收入分别增长34.0%、29.2%、28.9%、26.2%、23.4%、20.6%和19.5%。新兴服务业中的仓储业、租赁服务业、房地产中介业、广播电视电影和音像服务业远高于服务业平均增幅，分别增长75.5%、61.8%、41.5%和39.5%。这些生产性服务业和新兴服务业的快速发展促进了服务业行业结构的进一步优化。

（三）产业发展质量分析

1. 工业效益进一步提升

2010年，全省工业38个大类行业全部实现盈利，35个行业利润同比增长，电力热力的生产和供应业扭亏为盈。规模工业企业盈亏相抵后实现利润855.49亿元，同比增长46.1%。亏损面缩小，亏损额减少。截至2010年12月底，企业亏损面为5.8%，同比下降3.6个百分点；亏损企业累计亏损63.91亿元，同比减少11.3%。全省工业企业实缴税金776.90亿元，增长20.5%，比上年提高12.2个百分点，其中工业企业实缴国税673.23亿元，增长19.9%，比上年提高12.7个百分点；实缴地税103.67亿元，增长24.4%，比上年提高8.2个百分点。工业对增加就业的拉动作用更加突出，全省规模工业吸纳就业人员255.78万人，同比增长9.6%。

2. 园区发展进一步提速

园区是产业集聚发展的重要载体。2010年，省级及以上产业园区实现规模工业增加值2221.94亿元，同比增长30.0%，对全部规模工业生产增长的贡献率达46.0%，拉动规模工业生产增长10.8个百分点。全省每公顷工业用地实现工业增加值570.20万元，增长18.2%，增幅比上年高1.2个百分点，其中产业园区每公顷工业用地实现工业增加值同比增长23.0%，比全省平均水平高4.8个百分点。"十一五"期间,产业园区规模工业增加值增速明显高于全省规模工业平均水平。产业园区形成了以工程机械为代表的专用设备制造业,以铅锌冶炼为主的有色金属冶炼及压延加工业,以轨道交通和汽车为代表的交通运输设备制造业,以饲料、粮油加工为代表的农副食品加工业,以工业化工原料、建筑涂料及日化用品等为代表的化学原料及化学制品制造业,以特种变压器、电线电缆电机、新能源材料为代表的电气机械及器材制造业,以及通用设备制造业七大行业为主导的产业集群体系,其主营业务收入占全省产业园区规模工业的六成。

3. 科技创新进一步加快

2010年全省研发经费支出达到161.79亿元,全省共有12个国家级工程技术研究中心和10个国家级企业重点实验室,分别比上年增加2个和4个;全年共取得省部级以上科技成果865项;专利申请量22381件,授权量13873件,分别增长40.3%和66.7%,其中发明专利申请量6438件,增长45.8%,发明专利授权量连续3年居中西部第1位和全国第9位。高新技术产业化步伐加快,科技对经济增长的贡献提升。全省高新技术产业增加值1951.08亿元,增长36.4%,增加值占地区生产总值的12.3%,比上年提高1.4个百分点,科技对全省经济增长的贡献率首次超过50%。规模工业新产品产值2489.70亿元,增长41.3%,占规模工业总产值的比重达13.2%,同比提高2.8个百分点;规模工业高新技术产品增加值占规模工业增加值的31.8%,提高1.5个百分点。"天河一号"超级计算机、5兆瓦永磁直驱风力发电机等一批重大科研项目达到国内国际先进水平。三一重工"工程机械技术创新平台建设"项目获得国家科技进步二等奖,该奖项是我国工程机械行业获得的国家级最高荣誉。

4. 支柱产业进一步壮大

2010年,湖南机械工业总产值达到4297.9亿元,比上年增长44.9%,增速比全国平均水平高10个百分点;完成工业增加值1315.05亿元,比上年增长33.7%,比全省工业增加值增速高10.3个百分点。工程机械、电工电器、汽车及零部件和轨道交通装备四大优势产业发展势头良好,在行业中的地位稳步提升。工程机械完成工业总产值1132亿元,增加值361亿元,分别是2005年的13倍和12倍,总产值占全国工程机械行业的25.79%;电工电器制造业工业总产值872亿元,2011年有望成为湖南机械行业第二个"千亿子产业";汽车产业规模以上企业生产整车26万辆,其中轿车近12万辆,规模企业主营收入497亿元，利润 30 亿元；轨道交通装备制造业规模企业实现工业总产值 374 亿元，主营收入 356 亿元，利润 21 亿元。有色行业完成十种有色金属产量 249.3 万吨，同比增长 26.7%，居全国第 3 位；实现工业总产值 1967.1 亿元，工业增加值 573.5 亿元，同比分别增长 47.04% 和 20.5%；实现利税 136.1 亿元，同比增长 59.89%。冶金行业销售收入突破千亿元大关。完成工业增加值 450 亿元，比上年增长 20.2%；实现销售收入 1537 亿元，比上年增长 37.4%。石化行业完成现价工业总产值 2008 亿元，比 2009 年增长 48.7%；完成工业增加值 600 亿元，同比增长 53.8%；实现利润 59 亿元，同比增长 63.9%。电子信息产业（电子信息产品制造业、软件业）实现主营业务收入 807 亿元，增长 46%，比上年提高 16 个百分点；其中制造业实现收入 510 亿元，同比增长 53%；软件业实现收入 297 亿元，增长 35.4%。轻工行业规模以上企业完成总产值 1690 亿元，增加值 530 亿元，分别增长 25.5% 和 25.6%，产销率达到 98%。食品规模工业完成总产值 2176.5 亿元，为 2005 年的 5 倍，同比增长 34.7%，增幅比上年提高 5.9 个百分点；完成工业增加值 587.8 亿元，为 2005 年的 4.6 倍，同比增长 23.3%。医药规模工业完成总产值 404.5 亿元，同比增长 23.5%；完成增加值 122.3 亿元，同比增长 15.5%。纺织规模以上企业完成工业总产值 632.50 亿元，同比增长 35.9%，增速排名全国第 11 位；完成投资 119.97 亿元，同比增长 35.7%（见表9）。

表9　2010 年湖南工业七大"千亿产业"发展情况

单位：亿元，%

行　　业	机械	有色	冶金	石化	轻工	食品	建材
工业总产值	4297.9	1967.1	1537*	2008	1690	2176.5	1378.4*
增　　速	44.9	47.04	37.4	48.7	25.5	34.7	39.7
工业增加值	1315.05	573.5	450	600	530	587.8	356.68
增　　速	33.7	20.5	20.2	53.8	25.6	23.3	28.7

　*冶金行业为销售收入，建材为主营业务收入。

5. 产业经济外向度提高

2010 年新引进外商投资项目 634 个，比上年增长 15.9%；新批项目投资总额 114.27 亿美元，增长 87.3%；实际使用外资 51.84 亿美元，增长 12.8%，实际利用内资 1733.13 亿元，增长 20.1%。全省工业招商引资实际到位资金 1377.38 亿元，增长 21.3%。其中，实际利用外商直接投资 42.50 亿美元，增长 20.8%；引进内资 1089.63 亿元，增长 21.6%。全省新批投资总额 2000 万美元以上的工业外资项目 124 个，比上年增加 48 个，占工业利用外资项目的 25.1%。工业外资主要集中在通信设备、计算机及其他电子设备制造、通用设备制造业和专业设备制造业等领域。

6. 节能减排成效明显

规模工业节能减排工作成效显著。全省万元规模工业增加值能耗下降明显，主要污染物排放总量减少。节能降耗方面：一是有效控制了规模工业能耗增幅过快的局面。全年规模工业综合能源消费量为 6744.40 万吨标准煤，同比增长 8.7%，能耗增速低于生产增速 14.7 个百分点。全省 38 个规模工业行业大类中，29 个行业增加值能耗比 2009 年下降。其中，六大高耗能行业单位增加值能耗同比下降 11.4%，比 2009 年快 2.1 个百分点。化学原料及化学制品制造业、非金属矿物制品业、黑色金属冶炼及压延加工业、有色金属冶炼及压延加工业、电力热力的生产和供应业单位增加值能耗比 2009 年分别下降 23.3%、21.1%、9.6%、1.4% 和 1.0%；石油加工、炼焦及核燃料加工业单位增加值能耗比 2009 年上升 3.7%。二是重点耗能企业能耗增幅逐步放缓。规模工业年耗能万吨标煤以上的重点耗能工业企业综合能源消费量为 4948.95 万吨标准煤，同比增长 5.6%。其中列入国家"千家节能企业"的 28 家企业综合能源消费量为 2498.97 万吨标准煤，同比增长 7.9%，全省"百家节能行动企业"的综合能源消费量为 1030.52 万吨标准煤，同比增长 3.0%。三是单位产品节能降耗形势趋好。在统计监测的 73 项产品单耗指标中，有 49 项产品能耗较上年同期下降，下降面达 67.1%，这些产品主要集中在原油加工、钢铁、有色、建材、化工、电力等几大高耗能行业，其中近 30 种产品单位产品能耗低于国家平均水平；有 24 种单位产品能耗与上年同期相比有不同程度的上升，主要集中在化工和原煤生产行业。单位规模工业增加值能耗方面，全省同比下降 11.94%。分市州来看，长沙和株洲每万元规模工业增加值能耗低于 1 吨标准煤，分别下降 13.76% 和 13.70%；单位规模工业增加值能耗仍然处于高水平的有娄底、湘潭、益阳等地（见表 10）。

表10   2010年湖南省各市州单位规模工业增加值能耗

市　州	单位规模工业增加值能耗		市　州	单位规模工业增加值能耗	
	吨标准煤/万元	上升或下降（±%）		吨标准煤/万元	上升或下降（±%）
长　沙	0.48	−13.76	张家界	1.18	−10.14
株　洲	0.99	−13.70	益　阳	1.83	−12.74
湘　潭	1.95	−12.01	郴　州	1.62	−13.36
衡　阳	1.56	−13.35	永　州	1.41	−10.47
邵　阳	1.40	−13.46	怀　化	1.36	−10.45
岳　阳	1.55	−12.89	娄　底	3.97	−11.57
常　德	1.11	−9.11	湘西自治州	1.22	−10.45

工业企业主要污染物排放总量减少。二氧化硫、化学需氧量（COD）、砷和镉的排放总量，分别削减7.4%、16.0%、17.5%和27.4%；万元工业增加值所产生的二氧化硫、COD、砷和镉，分别比上年减少4.77千克、1.5千克、0.15克和0.05克。圆满完成2008年启动实施的城镇污水处理设施建设"三年行动计划"，新建污水处理项目119个，新铺管网5139公里，新增日处理污水能力约401.1万吨，新增COD削减能力约30万吨，顺利实现县城以上城镇污水处理设施全覆盖，成为全国第六个实现城镇全覆盖的省份。三年中全省新建污水处理项目个数、新铺管网长度、新增处理能力均在全国排名第一，住房和城乡建设部将"三年行动计划"誉为"湖南模式"向全国推介。全省建成的城镇污水处理厂共134座，总处理能力538.5万吨/日，COD年削减能力约40万吨，分别为"十五"末的6倍、4倍、4倍。县城以上城镇污水处理率由2005年底的34.4%增加到2010年底的72%。全省设市城市和县城共投入运营或试运营生活垃圾填埋场28座，无害化日处理能力1.4万吨，生活垃圾无害化处理率达50.66%，比2005年提高了25.9个百分点。此外，洞庭湖综合整治、湘江流域重金属污染治理等一批重大污染防治项目实施并取得初步成效，洞庭湖水质由2007年的Ⅴ类、劣Ⅴ类提升至2010年的Ⅲ类。

（四）产业投资情况分析

2010年全省完成全社会固定资产投资9821.06亿元，是2005年的3.83倍，增长27.6%。其中，城镇固定资产投资8775.51亿元，增长27.5%。从城镇固定资产投资行业结构来看，投资额较大的有制造业，房地产业，交通运输、仓储和邮政业，科学研究、技术服务和地质勘察；同比增长较快的有租赁和商务服务业、批发和零售业、建筑业、农林牧渔业、住宿和餐饮业等，负增长的有文化、体育和娱乐业，电力、燃气和水的生产和供应业。从"十一五"累计投资来看，制造业，房地产业，交通运输、仓储和邮政业遥遥领先于其他行业；累计投资较少的行业主要有金融业，居民服务和其他服务业，租赁和商务服务业，卫生、社会保障和社会福利业，文化、体育和娱乐业等（见表11）。

表 11　2010 年湖南省按行业分城镇固定资产投资情况

单位：亿元，%

三次产业	行　　业	投资额	增速	"十一五"累计投资
第一产业	农林牧渔业	210.02	60.4	493.79
第二产业	采矿业	310.23	36.2	862.34
	制造业	2877.0	33.8	8177.06
	电力、燃气及水的生产和供应业	364.41	-4.2	1696.76
	建筑业	151.95	75.8	359.60
第三产业	交通运输、仓储和邮政业	1083.7	22.1	3297.99
	信息传输、计算机服务和软件业	120.2	18.4	428.27
	批发和零售业	284.82	77.3	787.10
	住宿和餐饮业	142.35	57.2	388.69
	金融业	15.47	25.1	44.90
	房地产业	1575.2	22.3	5523.59
	租赁和商务服务业	61.06	89.5	257.40
	科学研究、技术服务和地质勘察	941.85	18.6	1030.94
	水利、环境和公共设施管理业	—	34.2	1820.54
	居民服务和其他服务业	127.82	36.3	182.95
	教育	103.97	17.4	429.09
	卫生、社会保障和社会福利业	103.19	42.7	285.91
	文化、体育和娱乐业	153.1	-20.1	321.78

工业投资结构逐渐调整优化。一方面，投资重点领域由重化工业逐步向高加工度工业转变。2010 年，原材料工业完成投资 801.32 亿元，增长 15.7%；高新技术产业完成投资 277.48 亿元，增长 75.2%，增长速度高于重化工业 59.5 个百分点。"十一五"期间，高新技术产业完成投资 685.38 亿元，年均增长 47.3%，高于工业投资年均增速 12.2 个百分点；而原材料工业完成投资 2979.89 亿元，

年均增长 18.1%，低于高新技术产业 29.2 个百分点；另一方面，工业技术改造投资占比稳步提高。2010 年，全省工业技术改造投资 2742.5 亿元，占工业投资的 77%，比 2005 年提高 19.7 个百分点。"十一五"期间，湖南工业技术改造投资累计完成 7574.25 亿元，年均增长 43.3%，占全部工业投资的比重为 68.6%，占全部技术改造投资的比重为 76.4%。此外，2010 年全省高耗能工业投资 1373.03 亿元，占工业投资的比重达到 38.7%，表明其在湖南仍有一定的发展空间，反映出湖南处于工业化中期阶段的发展特征。

（五）市场运行情况分析

1. 商品贸易快速增长

2010 年，湖南省商品贸易繁荣：内贸增长加快，商品交易市场发展迅速；外贸进出口创历史新高，同时外贸产品结构进一步调整优化。

内贸方面：全省社会消费品零售总额达 5775.26 亿元，增长 19.1%，比上年快 2.7 个百分点，比全国平均水平快 0.8 个百分点。其中批发业 431.47 亿元，增长 21.6%，零售业 4606.19 亿元，增长 19%。商品交易市场发展迅速，规模不断壮大。亿元以上商品交易市场成交额突破 2 千亿元，达 2078.12 亿元，比 2009 年增长 21.2%；市场数量为 290 个，比 2009 年增加 23 个。龙头市场快速发展。100 亿元以上商品交易市场达到 5 个，比 2009 年新增 4 个，成交额为 688.57 亿元，增长 169.1%；10 亿元以上商品交易市场 41 个，比 2009 年增加 5 个，成交额为 1370.55 亿元，增长 29.7%。主要商品成交活跃。统计的 25 类商品中，年成交额在 100 亿元以上的商品成交额增长较快，除服装鞋帽针纺织类增长 12.3% 外，其余各类均增长 20% 以上，其中，粮油食品饮料烟酒类、五金电料类、金属材料类、建筑及装潢材料类、汽车类成交额分别为 591.79 亿元、104.42 亿元、221.49 亿元、191.28 亿元、242.22 亿元，分别增长 25.4%、36.4%、32.4%、26.0%、45.3%。

外贸方面：据海关统计，2010 年湖南进出口总额 146.89 亿美元，比上年增长 44.7%，创历史新高，超出全国平均水平 10 个百分点，进出口总额继续排全国第 20 位，居中部第 5 位。其中出口 79.55 亿美元，增长 44.8%，超出全国 13.6 个百分点；进口 67.34 亿美元，增长 44.5%，超出全国 5.8 个百分点。外贸结构出现有利调整。一方面，加工贸易强劲增长。2010 年，湖南加工贸易进出口17.89亿美元，比上年增长65.1%，比2008年增长57.3%，占全省的比重由上年的10.7%提升至12.2%。另一方面，出口产品结构调整，机电产品、高新技术产品出口高速增长。2010年，机电产品出口27.01亿美元，增长62.6%，占全省的34.0%。汽车零件、手用或机用工具出口增长较快，电子元器件等商品出口成倍增长。全年汽车零件出口0.87亿美元，增长45.0%；手用或机用工具出口0.80亿美元，增长54.4%；通断保护电路装置及零件出口1.65亿美元，增长1.2倍；二极管及类似半导体器件出口0.82亿美元，增长9倍；印刷电路出口0.69亿美元，增长1.2倍。高新技术产品出口高速增长，全年出口高新技术产品5.73亿美元，增长93.0%，占全省出口总额的7.2%。

2. 市场运行稳中有忧

2010年，湖南市场运行总体平稳，但物价水平持续走高，农产品价格上涨，工业品价格呈波浪式上行态势。一是居民消费价格涨幅逐步走高。2010年，全省居民消费价格总水平较上年上涨3.1%。其中食品价格上涨5.4%，非食品价格上涨1.9%；消费品价格上涨3.5%，服务项目价格上涨1.8%。分月看，呈前低后高走势。涨幅从1月的0.6%提高到12月的4.6%，自5月开始，连续8个月涨幅超过3.0%。调查的八大类价格全部上涨，其中食品类和居住类涨幅较大，分别上涨5.4%和5.1%。全年低收入居民基本生活费用价格上涨3.9%。二是农产品价格涨幅较大。2010年，全省农产品生产者价格总水平比上年上涨9.9%。三是工业品价格呈波浪式上行态势。2010年，全省工业品出厂价格总水平比上年上涨6.9%。其中，生产资料产品价格上涨8.1%，生活资料产品价格上涨2.7%。涨幅从1月的4.9%上升到5月的8.2%，8月回落到5.8%，12月创下9.2%的年内新高。调查的37个大类行业中，有35个行业产品出厂价格不同程度上涨，其中有色金属矿采选、化学纤维、有色金属冶炼及压延加工产品涨幅居前，分别上涨35.2%、24.7%和22.9%。全省原材料、燃料、动力购进价格上涨10.0%。此外，全年固定资产投资价格同比上涨4.0%，其中，建筑安装、装饰工程上涨4.8%，设备、工器具购置上涨1.7%，其他费用上涨3%。房地产价格持续上扬。2010年全省房屋销售价格比上年上涨9.4%，土地交易价格上涨9.7%，房屋租赁价格上涨1.9%，物业管理价格上涨0.9%。在房屋销售价格中，新建住宅销售价格上涨10.7%，二手房销售价格上涨7.2%。

综上所述，2010年湖南产业经济发展取得巨大成绩，呈现又好又快的积极发展态势。但应该看到，湖南仍处于工业化中期阶段，产业总体发展水平相对较低，发展中仍然存在诸多问题：一是服务业发展仍待加强。"十一五"期间，第三产业年均增长 13.2%，但 2009 年和 2010 年均低于这一速度，受金融危机的冲击明显。第三产业内部大多数行业增长出现较大波动。2010 年全省第三产业占 GDP 比重为 39.3%，比 2005 年降低了 4.4 个百分点，而全国第三产业占 GDP 比重为 43%，与 2005 年相比提高了 2.5 个百分点，显示出湖南服务业发展动力不及制造业，不利于产业结构的优化。二是区域产业发展不平衡。需进一步统筹区域发展，形成全省合力。三是转变经济发展方式任务艰巨，粗放型增长方式惯性强大。例如，2010 年湖南规模工业六大高耗能行业增长 20.7%，比全国六大高耗能行业增速快 7.2 个百分点；六大高耗能行业投资同比增长 35.1%，规模仍在快速扩张之中。六大高耗能行业增加值占全部规模工业 34.9%，比全国平均水平高 4.6 个百分点，其综合能源消费量占规模工业的 78.1%。高耗能行业比重大，结构调整难度大。四是科技创新能力仍需加快提升。全省"十一五"规划制定的研发经费占 GDP 比重达到 2% 的目标未能实现，2010 年研发经费占 GDP 的比重仅为 1.3%。科技投入力度不足，自主创新能力整体较弱，制约了产业核心竞争力的提高。2010 年，湖南科技进步对经济增长的贡献率达到 51%，处于历史最好水平，但与世界发达国家相比，仅相当于其 20 世纪 70 年代初的水平。五是经济运行中存在隐忧，通货膨胀压力上升。这些问题，有待在未来发展中逐步改善。

二　2011 年湖南产业经济发展环境分析

2011 年，湖南产业经济面临的国际国内环境相对复杂。全球经济增长仍然比较疲软，国内经济有望较快增长，但存在较大的通货膨胀压力，要素成本上升趋势明显，转变经济发展方式的要求更加迫切。国内外环境总体上有利于湖南产业经济保持较快发展态势，但在应对通货膨胀、加快转型发展等方面也对区域产业发展提出新的挑战。湖南产业发展必须认清形势，趋利避害。

（一）国际经济环境

1. 全球经济缓慢复苏

各方对 2011 年全球经济增长预测结论不一。总体来看，缓慢复苏将是 2011

年世界经济发展的大趋势，但增长态势仍难以恢复到金融危机前的潜在增长率水平，预计2011年增长3%～3.5%。如联合国（UN）经济与社会事务部的《2011年世界经济形势分析与展望》报告认为，当前世界经济缓慢增长状态将会延续到2011年和2012年，预计2011年和2012年世界生产总值分别增长3.1%和3.5%；世界银行（WB）的《全球经济展望2011》报告预计，2011年全球经济平均增长3.3%，少于2010年的3.9%。从主要经济体增长趋势看，2011年主要发达经济体低速复苏局面难有大的改变，联合国、世界银行、国际货币基金组织（IMF）等机构预测其增长率在1.9%～2.5%，发达国家增长放缓将继续拖累全球经济复苏。美国经济形势仍不乐观，权威机构对美国经济增长率预测从3%至4%不等；欧盟委员会预计，欧元区经济2011年GDP平均增长1.5%，2012年增长1.8%；日本经济复苏轨迹可能被2011年3月11日发生的地震改变，短期内遭受重创，但随着重建工作的开展，经济很可能呈现"V"型反弹，预计2011年日本经济增长率在2%以下。与发达经济体形成鲜明对比，新兴经济体的复苏较为强劲。UN、IMF、WB等国际组织分别预测2011年发展中国家经济增长6%、6.5%和6%。"金砖五国"是新兴市场国家的典型代表，五国经济走势总体上是稳中趋缓。对于新兴经济体而言，眼下最主要的增长风险是通胀。

2. 国际贸易持续增长，但大宗商品涨价压力大

2010年全球贸易将渐趋活跃，贸易成为经济复苏的关键动力。预计2011年世界贸易将延续目前的上升轨道而持续增长，但贸易增长率将放慢。IMF预测，2011年世界贸易量（货物和服务）将增长7%，低于2010年的11.4%；经济合作与发展组织预测，2011年世界贸易量（货物和服务）将增长8.3%，低于2010年的12.3%。从大宗商品价格看，2011年国际大宗商品价格将继续走高，石油、有色金属等资源价格仍将在高位运行。2011年推动大宗商品价格上涨主要有两股力量：一是全球经济持续复苏及新兴经济体工业化进程加快，将对大宗商品构成强大需求，促使价格持续上涨；二是发达国家宽松的货币政策导致全球流动性过剩，美元汇率持续走弱，也将助推大宗商品价格上扬。此外，一些突发事件也将引起国际大宗商品的价格波动。如中东和北非地区的紧张局势以及利比亚战争等突发事件，将刺激国际原油等资源性产品价格上涨。

3. 全球产业结构继续深化调整

后危机时代，美国等发达国家纷纷提出以重振制造业为核心的"再工业化"

战略，积极抢占未来经济发展制高点；发展中国家则纷纷利用自身优势承接国际产业转移，推动产业结构升级。全球产业结构调整有以下几个特点：一是全球产业结构的重心将继续向信息产业和知识产业偏移。未来全球经济增长的动力主要源于高科技的发展，信息技术、生物技术、新材料技术、先进制造与自动化技术、资源环境技术、航空航天技术和能源技术等高新技术产业是 21 世纪世界经济的最亮增长点。二是制造业在全球的梯度转移特征将更加突出。全球制造业领域的产业分工正在从传统的产业间分工向各个产业内部的分工，进而向以产品专业化为基础的更精细的专业化分工转变。以跨国公司为核心，在全球范围内相互协调合作的产业分工形式将会成为一种重要的全球产业组织形式。三是传统服务业和新兴服务业蓬勃发展。一些国家的信息服务、法律服务、会计纳税服务、建筑工程服务、专业设计服务以及医疗保健服务占其 GDP 的比重越来越高。印度、墨西哥、东欧逐渐成为亚洲、北美和欧洲的服务外包承接中心。四是低碳产业崛起。以应对气候变化问题为背景，世界各国掀起一股低碳经济热潮，发达国家凭借技术领先优势，大力倡导低碳经济、绿色经济，推动制定碳交易、碳关税等节能环保技术标准、贸易壁垒和准则，并通过国际生产网络的扩张推动全球产业结构的调整，发展中国家也纷纷提出雄心勃勃的低碳经济计划。

（二）国内发展环境

1. 经济有望继续保持较快增长

国家"十二五"规划年均增长 7%，更加注重经济发展质量的提升。2011 年我国宏观经济总体趋势不会改变，中央将继续实施积极的财政政策，货币政策从"适度宽松"转为"稳健"。国内投资将保持适度快速增长，消费增长速度稳中有升，对外贸易保持平稳增长，但增长速度较 2010 年明显回落。综合国内权威机构预测，预计 2011 年我国 GDP 增长稳中趋降，为 9.5% 左右。三次产业分别增长 4.6%、11.0% 和 9.7% 左右。这将使国内各区域产业增长幅度同样出现下降。

2. 通货膨胀与要素成本上升的压力较大

2011 年我国物价与要素成本面临较大的上升压力。一是最近几年劳动力、农业生产资料和土地等价格上涨较快，预计 2011 上涨态势难以逆转，非农部门劳动者报酬将提高 9% 左右。生产部门劳动力成本的提高，将进而提高产品和服务的价格，带来成本推动型的物价上涨；而发达国家实施的量化宽松货币政策导致国际大宗商品价格上涨，进口能源、原材料成本的急剧上升，将带来输入型的物价上涨。二是我国近两年来流动性过剩加剧，流动性过剩压力传导转化为物价上涨压力。为应对国际金融危机的冲击，国家采取了宽松的货币政策。2009年末狭义货币（M1）、广义货币（M2）同比分别增长32.4%、27.7%，分别比2007年末快11.3个和11.0个百分点；2010年末，M1和M2分别增长21.2%和19.7%。流动性过剩逐步积累，无法在短期内消除。三是企业原材料、燃料及动力购进价格增幅与工业品出厂价格增幅形成"倒挂"，直接挤占企业利润。过快上涨的能源、原材料价格会通过产业链向下游行业传导，并最终到消费环节，对物价稳定形成压力。但同时我国也存在着把物价上涨控制在预期目标范围内的有利条件。第一，我国稳定物价具有比较雄厚的物质基础。国内粮食连年丰收，粮食库存较充裕；工业领域，特别是制成品从总体上还是生产能力过剩的格局，大部分工业品的价格将较为稳定。第二，中央决定2011年实行稳健的货币政策。这一调整有利于控制货币的流通量，控制货币流动性将为控制物价上涨创造一个较好的条件。第三，中央加强房地产调控，房价的控制有利于形成对经济和物价的理性预期，有助于市场稳定。

3. 经济发展方式转变开始攻坚

"十二五"时期是我国加快转变经济发展方式的攻坚期。一方面，我国将以节能降耗减排治污为重点，探索建立节约、清洁、低碳的新型生产方式；以资源能源消耗高、污染物排放量大的工业行业为重点，加快推进重点工业行业、重点企业实施清洁生产；推进循环经济发展的典型模式和产业链建设，开展工业固体废弃物综合利用示范基地建设，建设一批再制造示范工程和示范基地；加强低碳技术研发与应用，推动传统产业的低碳化改造，开展低碳工业园区试点示范，探索低碳产业发展模式。2011年我国节能减排的任务将更加艰巨。与"十一五"相比，"十二五"节能减排的目标增加了二氧化碳、氨氮、氮氧化物等约束性的控制指标，这些指标的提出将对工业运行提出更高的要求。另一方面，我国推动"两型"产业发展要求更为迫切。绿色农业、战略性新兴产业、现代服务业的发展更受重视。2010年国务院下发《关于加快培育和发展战略性新兴产业的决定》，未来节能环保、新一代信息技术、生物、高端装备制造将成为我国国民经济的支柱产业，新能源、新材料、新能源汽车将成为国民经济的先导产业。2011

年新兴产业政策将进入实质性推进阶段，我国将从财税金融等方面出台一揽子政策加快培育和发展战略性新兴产业。

4. 全球与国内产业转移依然活跃

2010 年 8 月，《国务院关于中西部地区承接产业转移的指导意见》正式出台，为当前和今后一个时期中西部地区承接产业转移指明了方向。我国工业化进入高加工度工业发展时期，国内产业转移、产业整合进一步加速。全球产业转移继续看好中国市场。2011 年我国产业转移将呈现出新的特征：一是转移的主导角色转变。从政府的主导作用向企业的主导作用转变，企业主导作用越来越强；二是转移速度明显加快，不仅本土企业西移速度加快，很多跨国公司也加快了向中西部地区布局的步伐；三是转移规模、领域明显扩大，呈现东部沿海向中西部相关联产业大规模、整体性转移的趋势；四是转移层次明显提高，过去东部沿海到中西部地区投资主要以能源和劳动密集型加工制造业等产业为主，近年来，中西部一些科技实力雄厚的省份吸引高新技术产业的能力逐步增强，更多地承接汽车、电子、家电等资本密集型产业转移。这将有利于中西部地区的发展，但各省面临的区域竞争、产业承接质量问题同样不可忽视。

三 2011 年推进湖南产业经济发展总体思路

2011 年将拉开"十二五"规划的实施帷幕。湖南要顺应国内外产业经济发展大势，切实贯彻"十二五"发展要求，根据中央和省 2011 年经济工作方针，进一步明晰思路，把握发展方向，科学确立发展思路和目标。

（一）指导思想

以邓小平理论和"三个代表"重要思想为指导，深入贯彻科学发展观，立足湖南产业发展阶段性特征和国内外环境新变化，面向"十二五"发展大局，以加快"四化两型"、建设"四个湖南"为根本目标，落实省委、省政府 2011 年经济工作要求，围绕科学发展与富民强省主题，以加快转变经济发展方式为主线，加快产业结构调整，着力培育现代产业体系，不断提高发展质量，促进产业"两型"发展、创新发展、协调发展，保持又好又快发展势头，为"十二五"产业发展开好局、起好步打下坚实的基础。

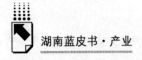

（二）总体要求

2011 年湖南产业的发展，要围绕转方式、调结构的工作中心，立足当前，着眼长远，科学确立发展方向，全面增强发展动力。要突出把握以下五个要求。

一是促发展。发展仍是湖南的首要任务。湖南经济总量虽跻身全国前十，但与沿海经济强省相比，产业总体规模仍然偏小。2010 年 GDP 占全国比重不足4%，分别为广东、江苏、山东三省的 35.0%、38.9% 和 40.3%。湖南必须通过科学发展，加快缩小与全国和发达地区的差距。2011 年，产业经济要以扩规模、强素质为目标，力争保持适度快速增长，注重提高发展质量，增强发展后劲。要大力调整产业结构，走优化发展之路；大力推进"两型社会"建设，走绿色发展之路；大力推进科技进步和自主创新，走创新发展之路；大力保障和改善民生，走人本发展之路；大力推进改革开放，增强发展的活力和动力。

二是惠民生。这是发展目标与动力所在，必须更好地落实到当前经济社会发展的全过程。产业发展方面，要注重以产业发展推动就业，增加就业岗位，提高就业质量，提升劳动者素质；以产业发展带动居民收入增长，完善收入分配机制，提高劳动收入在企业增加值中的比重，保障劳动者权益，让劳动者共享产业发展成果。要着眼于解决好人民群众最关心、最直接、最现实的利益问题，发展好与民生最相关的薄弱产业，如教育、医药、保障性住房、公共设施、面向居民创业的金融等。要不断提高供给质量，使生产过程更环保，生产出来的产品能让老百姓放心消费和使用，提高产品性价比。当前，要特别注重食品生产与流通中的安全问题。

三是抓"两型"。这是当前转变发展方式的重要内容。要着力发展"两型"产业，发展节能、节地、节水、节材型产品，积极培育发展先进装备制造、新材料、文化创意、生物、新能源、信息、节能环保等战略性新兴产业，突出发展金融服务、现代物流、总部经济、商务服务、乡村休闲旅游、生态农业等"两型"特征明显的产业。探索产业园区建设新模式，加快建设"两型"园区，走出一条用地集约、注重环保、绿色发展的新型园区发展之路。大力推动非"两型"产业的改造，力争全省重化工业和其他污染性行业节能减排尽快达到国内先进水平，特别要加快对主要的耗能、污染环节展开技术攻关。加快发展绿色低碳产业，加强低碳、清洁生产、高效节能、污染治理等绿色技术的研发，完善以资源有偿使用、生态环境补偿、绿色 GDP 考核评价为重点的发展政策体系和保障机制，建立推进节能减排的价格及补偿机制，推进主要污染物排污权交易和生态补偿试点。

四是强动力。在转变发展方式的大背景下，创新驱动成为产业转型发展的必然选择。但当前阶段，投资驱动的作用仍不可或缺。2011 年，要着力构建投资与创新"双轮驱动"的格局。一方面，要确保较大的投资力度，使实体经济投资快速增长。防止投资大起大落，特别加强重点产业项目和创业等一些关系到长远发展的投资。另一方面，加大自主创新推动力度。进一步完善以企业为主体、以市场为导向、以重大创新平台为支撑、产学研用相结合的自主创新体系，强化支持自主创新的投融资体系，建立创新激励和成果保护机制，完善科技成果评价奖励制度，为创新创造良好条件。

五是促协调。要促进产业之间的协调发展，加快构建现代产业体系，在推动各个行业健康发展的同时，深化农业、工业、服务业等各大产业之间的分工协作，强化联动发展。当前特别要加快发展生产性服务业，使其成为产业结构升级的新动力。要进一步培育产业集群，打造优势产业链，促进企业与产业部门间的优势整合，聚集强化发展动能。要进一步实施区域发展总体战略和主体功能区战略，推动形成更加合理有效的区域产业分工格局。加强省内区域之间以及与省外其他区域协作的同时，也要加强区域内城市产业与县域产业之间的协作。要推动"四化"深度融合，实现产业发展与新型城镇化、信息化互促共进。统筹考虑产业、城镇和生态空间，促进产业与城镇互动发展，加快形成产业合理布局、错位发展和城市功能完善、各具特色的空间开发格局。

（三）预期目标

2011 年湖南产业，要落实中央和全省宏观调控精神，力争保持又好又快发展。综合省内权威分析与各部门工作目标，预计全省生产总值增长 12% 以上。主要产业预期目标如下。

第一产业：全年增长 4.5% 左右。确保粮食种植面积 7900 万亩以上，总产 600 亿斤以上；肉类总产量突破 700 万吨；农产品加工业销售收入达到 3900 亿元；农机总动力突破 5000 万千瓦，水稻耕种收综合机械化水平提高 2%；农民人均纯收入增长 8% 以上；《农产品加工业振兴规划》启动实施，粮食、畜禽、

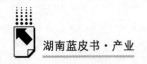

油料、果蔬、茶叶、竹木、棉麻、水产品 8 大类农产品加工业发展加快，粮食、畜禽、果蔬 3 个千亿元产业培育工作稳步推进。

第二产业：力争增长 14% 左右。全部工业增加值增长 14% 以上，规模工业增加值增长 16% 以上；建筑业总产值和增加值分别达到 3500 亿元和 1150 亿元。全省工业 500 万元以上技改投资增长 30%；规模工业万元增加值能耗下降 5% 以上；中小企业增加值增长 15% 以上，非公经济增加值增长 14% 以上。支柱产业继续保持良好发展势头。机械行业规模以上企业力争实现工业总产值 5200 亿元，同比增长 22%；工业增加值 1600 亿元，同比增长 20%。有色行业力争工业总产值 2300 亿元，同比增长 19% 以上；工业增加值 700 亿元，同比增长 21% 以上。冶金行业争取销售收入 1780 亿元，增长 15%；工业增加值 500 亿元，增长 10%。石化行业力争销售收入 2400 亿元，工业增加值达到 720 亿元；轻工业总产值 2000 亿元，增加值 630 亿元，均增长 20% 左右。食品规模工业总产值 2700 亿元，同比增长 30% 左右；工业增加值完成 680 亿元，同比增长 20% 以上。"四千工程"取得重大进展，电子信息产业及电工电器、汽车及零部件、精品钢材、有色金属材料等进入千亿产业行列，岳阳石油化工产业集群和华菱集团等迈上千亿元台阶。战略性新兴产业增加值达到 2300 亿元左右，增长 18% 以上。

第三产业：力争全年增长 12% 左右。预计社会消费品零售总额增长 16% 以上。生产性服务业将保持良好发展势头。金融、现代物流、商务服务、服务外包、创意设计、科技服务、信息和法律服务等逐步向专业化、品牌化发展，发展步伐加快。文化产业延续强劲增长态势，增加值达到 930 亿元，增长 20% 以上。房地产市场平稳发展，预计房地产开发投资 1600 亿元，增长 10%，销售商品房 4830 万平方米，增长 8%。全年接待入境旅游者 220 万人次左右，同比增长 15.8%，实现旅游外汇收入超过 10 亿美元，同比增长 16% 左右；接待国内旅游者 2.3 亿人次，实现国内旅游总收入 1600 亿元左右，同比增长 20% 左右。全年旅游总收入力争达到 1700 亿元，为 2012 年旅游总收入过 2000 亿元打下坚实基础。

四 2011 年推进湖南产业经济发展对策建议

2011 年，湖南要以转方式、调结构为重点，推动三次产业加快发展。要提升自主创新能力，加大投资力度，积极推动创业，为产业发展提供强大动力。要大力促进"两型",深化"四化"融合,提高产业经济发展质量。要着力营造良好环境,为产业发展提供有力保障。

(一) 加快发展现代工业,推进新型工业化

新型工业化仍然是经济发展的第一推动力。当前要重点从以下方面着力。一是加快工业结构调整优化。培育壮大战略性新兴产业,按照"创新驱动、重点突破、市场主导、引领发展"的要求,大力发展先进装备制造、新材料、文化创意、生物、新能源、信息、节能环保等战略性新兴产业,推动战略性新兴产业成为湖南先导产业和支柱产业,力争成为全国的创新基地和制造基地。加速改造提升传统优势产业。加快高新技术、先进适用技术在传统产业领域的应用,重点支持钢铁、有色、石化、食品、建材等传统行业的技术改造和产品研发,推动传统优势产业向价值链高端集聚,加快淘汰落后产能。二是突出强化工业转型发展动力。围绕战略性新兴产业发展,落实"753"战略。加快推动实施新兴产业集聚、优势企业培育、核心技术攻关、名牌产品创建和人才资源开发"五大基础工程",积极有序打造技术创新、投融资服务、共性技术服务三大平台,为战略性新兴产业发展创造良好条件。不断提高湖南产业创新能力,切实加强产学研结合创新,在重大科技成果研发和应用上率先突破,支持建设一批高层次、高水平、辐射带动作用大的创新平台,加快创新人才培养引进,以创新提升产业核心竞争力。积极推动产业集群化发展,以"四千工程"为抓手,引导人才、资金、技术等资源向优势产业、骨干企业、重点园区集聚。抓好工业园区建设,进一步理顺园区管理体制,简化办事程序,提高办事效率,吸引企业向园区发展,引导园区走土地集约、生态环保、布局集中、产业集聚的发展路子。引导中小企业改变发展方式,加强专业化分工协作,形成关联协作、和谐共生、科学发展的新格局。努力拓展生产性服务业,促进生产性服务业与先进制造业的有机融合。三是狠抓项目落实。建立滚动发展的项目库,筛选新型特征明显、骨干支撑作用强的大项目、好项目。加强对项目建设的调度,及时协调解决融资、用地、能源等方面的矛盾。加强银政、银企合作,支持更多的企业在境内外上市融资,构建多元化的项目建设融资渠道。加快研究制定各地区的配套工作机制,加大项目落实力度,提升产业发展质量。

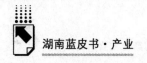
（二）加快发展现代农业，提高农业经济效益

当前，农业在国民经济中的基础性战略地位更加凸显，湖南已进入推动农业现代化的关键时期。要进一步创造良好条件，全面加快农业现代化进程。一是要加快城乡一体化的体制机制创新，构建起由市场配置各种要素、公共资源均衡覆盖、经济社会全面发展的新型工农、城乡关系。逐步调整城乡二元结构，发展户籍同管、社保同筹的新型工农关系。二是加快农业产业化步伐。按照"以工促农，以工带农"的方式，发挥新型工业化、新型城镇化和信息化对农业现代化的辐射和带动作用，积极发展农产品加工业。突出抓好大宗农产品生产，加快农业结构调整。加大粮食生产投入，确保粮食继续增产增收，推广生猪规模化养殖，扩大蔬菜基地建设规模，抓好优质油茶生产，稳定发展双低油菜和优质棉花，保障主要农产品的有效供给。重点支持龙头企业、优质农产品生产基地和加工园区建设。推进柑橘、棉花、茶叶等优势产区建设，发展苎麻、中药材等区域特色产业，实施粮油深加工及物流千亿产业工程。三是加大"三农"投入。积极争取国家财政资金支持，特别是向农业大市、县倾斜，补齐农业农村发展的历史欠账。积极建设粮食功能区和农业综合园区，集中建设一批农业基础设施。加快洞庭湖、"四水"和中小河流治理，启动新一轮病险水库除险加固，大力实施骨干山塘清淤扩容、灌区续建配套和节水改造工程。积极发展设施农业、现代高效农业，促进农民就业，增加农民收入。四是创新农业经营方式。加快农业公司化经营，按照"公司＋农户"或"公司＋基地＋农户"的发展模式，培育农民专业合作组织和专业大户。鼓励专业农业生产组织发展，通过连片开发和规模种植、规模养殖，提高农业规模效益。

（三）加快发展现代服务业，着力提升服务功能

服务业现代化是经济发展的重要保障。当前应从以下方面着力。一是加快改造提升传统服务业。用现代新技术、新业态和新服务方式改造交通运输、贸易餐饮、居民服务、中医医疗等传统服务业，实现传统服务行业的高质化和现代化。二是做大做强现代服务业。继续大力发展以生产性服务业和优势特色服务业为重点的现代服务业，优先发展金融保险、现代物流、服务外包等生产性服务业，大力发展会展、法律咨询、会计审计、企业包装策划、品牌推广、国际认证、国际

商贸、劳动力培训服务，整体推进生产性服务业发展。金融保险业方面，要努力建设长株潭区域金融中心。现代物流业方面，重点建设一批现代物流园区和物流基地，力争把长株潭建设成国家级现代物流中心，形成长株潭、岳阳、怀化、衡阳四大区域性物流中心。制定鼓励现代服务业发展的税收优惠政策措施，促进现代服务业与先进制造业的深度融合，着力构建适应新型工业化发展的产业服务体系。三是要加快发展新兴服务业。以信息、旅游、文化创意等为重点的新型服务业已成为湖南产业发展的亮点和国民经济新的增长点。信息服务业方面，要利用信息现代技术，发展动漫、电子传媒、软件等产业，积极发展多媒体综合业务和衍生增值服务。旅游业方面，要大力开发湖南优美的自然资源和丰富的文化资源，建设世界级的旅游基地。文化创意产业方面，建立研发设计、文化传媒、咨询策划、动漫制作等文化创意产业园区，注重采用科学的营销手段，妥善协调好当前五大主管部门交叉管理的现状。四是培育名牌服务项目。鼓励有条件的生产性服务业企业跨地区兼并重组，促进生产性服务业的集中化、大型化、专业化。引导企业通过发展连锁经营、加强与省内外大型服务业企业联合协作，积极开拓市场，打造一批有竞争力的龙头企业。五是要进一步创造服务业发展的良好条件。建立现代服务业发展投入的稳定增长机制，大力支持现代服务业集聚功能区建设，鼓励金融机构创新金融产品，加大服务业投入力度。提升服务业开放水平，抓紧制订引导外商直接投资方案，优化服务业利用外资结构，鼓励外商发展现代生产性服务业。

（四）加快提高自主创新能力，增强内生发展动力

自主创新是推进"四化两型"的根本动力，是当前推动产业发展方式转变的关键。一是要着力建设以企业为主体、以市场为导向、产学研相结合的技术创新体系。鼓励企业增加研发投入、加快科技成果转化、激发自主创新积极性、加大对知识产权的保护力度，出台鼓励自主创新系列政策。二是构建和完善支持自主创新的资本市场。鼓励金融机构对国家重大科技产业化项目、科技成果转化项目等给予优惠的信贷支持，建立加速科技产业化的多层次资本市场体系，制定促进创业风险投资健康发展的法律法规及相关政策，搭建多种形式的科技金融合作平台。建立和完善技术产权交易市场，促进技术与资本对接，加速知识产权资本化。三是整合多方面的资源，实施技术合作、联盟、引进等战略，加大引进、吸

收、消化力度。实施积极的高新技术引进战略，鼓励引进关键产业核心技术，通过消化吸收和再创新，提高自主创新能力。进一步扩大科技对外交流与合作，推动建立以行业龙头企业为主体、产学研共同参与的产业技术创新联盟。四是支持共性科研平台建设。采取政府资助、以企业为主体的模式，搭建共性技术服务平台、国际合作平台、科技交流平台、企业联谊平台和科技转化平台。加强政企、政校、企校合作，通过市场化运作机制，将大学和科研院所的检测、实验仪器设备纳入共性平台资源库，对企业以优惠的价格开展有偿服务，达到资源整合的目的，提高设备使用率和共同效益，降低各自设备的使用成本。五是注重创新人才培养。抓紧培养一批德才兼备、国际一流的科技尖子人才和科技领军人物，特别是培养造就一批中青年高级专家。切实营造鼓励人才干事业、支持人才干成事业、帮助人才干好事业的社会环境，形成有利于优秀人才脱颖而出的体制机制，最大限度地激发科技人员的创新激情和活力。六是加大对知识产权的保护力度，加强知识产权法制建设，建立和完善知识产权交易市场，加强知识产权对外交流与合作，激发自主创新积极性。

（五）促进内外协同，加大产业投资力度

增加投资是推动产业发展的重要保证，当前要重点从两方面着力。一是创新招商引资。积极搭建招商引资合作平台，做好项目遴选和项目储备，夯实项目库建设基础。建立信息互动交流制度，定期收集异地协会、商会、驻外机构关于经济、文化等方面的信息，把政务信息和有关企业资料信息传递给异地商会，充分发挥商会中介的招商职能，拓宽联系渠道，推行商会招商代理制，形成政府引导、市场驱动、商会推动的招商模式。发挥产业链招商、产业集群招商优势，利用一切可利用的合作交流平台，开展招商引资和经贸合作。把招商方式从节会招商向飞地招商，从大规模、大兵团招商向产业招商、小分队招商，从部门招商向区域和项目招商转变。要抓住当前世界与国内加速产业转移的机遇，完善承接产业转移的基础设施，优化发展软环境，实现产业承接规模与质量的双提升。二是要激活民间资金。抓好国务院关于鼓励引导民间投资"新36条"的落实，促进社会投资稳定增长和结构优化。完善市场准入标准和支持政策，清理、废止有悖于上位法和民间投资"新36条"精神的地方性法律法规，简化投资审批和行政许可，拓宽投资领域。逐步实施国有资本从一般竞争行业和部分垄断行业战略性

退出，鼓励和引导民间资本进入基础产业和基础设施、市政公用事业、社会事业、金融服务等领域，打破行业垄断。拓宽民间融资渠道，加大对民间投资尤其是中小企业的信贷支持力度，提高贷款审批效率，完善和健全信贷担保体系建设。积极引导金融机构创新金融产品，降低贷款门槛，扩大中小企业的贷款规模和比例。稳妥建立小额贷款公司，发挥本地金融机构对当地中小企业经营状况、企业家的能力和信用比较熟悉的优势，提升服务中小企业融资功能。对符合产业政策、发展前景好、带动能力强的民营企业，通过财政补助、减免税收、贴息贷款、参股等方式加以支持。

（六）大力扶持创业带动就业，拓展产业发展源泉

就业是民生之本，创业是就业之泉。研究表明，每 1 人创业平均可带动 3～5 人就业。大力推动创业助富民、创业促发展政策。一是加强创业引导。要引导有创业愿望和创业能力的各类人员开展创业。鼓励企业家二次创业，采取资本运作、战略重组等多种手段，不断壮大企业实力；引导农民大胆创业，鼓励和引导社会资本参与农业和农村基础设施建设、农业综合开发以及农村公用事业建设；鼓励大中专院校、技校及其他科研机构人员创业，支持各类科技人员从事技术开发、技术转让、技术咨询和技术服务；吸引省外、国（境）外湘籍人士返乡创业，鼓励省外、国（境）外资本和人员来湘投资创业。二是加大金融对创业的扶持力度。鼓励各金融机构设立中小企业信贷管理部门，稳步推广自然人担保贷款、产品订单贷款、企业联保互保贷款等业务，积极探索知识产权质押贷款、动产抵押贷款等业务，加快小额贷款公司试点，形成有利于创业的多层次融资体系；加大创业融资担保力度，鼓励担保机构为初创企业提供融资担保；加大风险投资机构投资初创企业，设立省级创业风险投资基金，规范创业投资引导基金，发展以创业种子基金为代表的创投机制。三是加强创业服务。加强创业信息服务、创业培训、创业辅导、创业项目库、公共技术服务、市场开拓服务等服务体系建设。通过举办创业培训班、建设创业实训基地、新建创业产业园等多种形式引导创业；定期发布湖南创业引导政策目录，建设创业服务公共网站、远程创业培训平台和创业项目共享资源库；加强创业项目开发推介，开辟创业服务绿色通道，建立湖南创业联盟，加强高校、科研机构、战略投资商、中小企业之间成果项目的对接和转化。四是营造有利于创业的政策环境。以建设服务型政府为抓

手，着力完善服务体系，破解创业瓶颈，优化创业环境，强化创业保障，形成全民创业合力。进一步提升行政效能，着力营造良好的审批环境，加强各类市场的监管力度，让各类创业主体平等参与竞争；减免创业行政收费，实行税费减免；积极拓展创业空间，坚持"非禁即入"原则，降低行业准入门槛；出台财税金融、收入分配、产业引导等方面的政策，在医疗、住房等社会保障上支持创业发展，解决灵活就业人员的医疗、住房、养老问题，完善社会保障体系；大力弘扬创业精神，加强创业文化建设，营造尊重创业、崇尚创业、支持创业、竞相创业的和谐创业环境和良好舆论氛围。

（七）大力促进产业"两型化"，提高发展质量

要进一步认识"两型社会"建设的重要意义，实施"环境优先"的区域发展战略。一是要因地制宜地确立科学的产业准入标准。根据国家促进产业结构调整的政策措施，结合湖南实际情况和各主体功能区定位，尽快制定"两型"产业、"两型"企业、"两型"产品标准和配套政策，发布"两型"产品和"两型"技术目录，引导企业生产向"两型"靠拢。加大对电力、钢铁、建材、铁合金、造纸、纺织等行业落后生产能力的淘汰力度。鼓励、引导外商投资节能环保领域和高技术领域，严格限制高耗能、高污染外资项目；提高加工贸易准入门槛，凡达不到节能环保要求的，严禁开展加工贸易。二是进一步加大节能减排工作力度，促进产业结构优化，切实做到节约、清洁、安全、可持续发展。突出重点领域和重点环节。强化重点企业节能减排管理考核，完善节能减排计量和统计。加快节能减排技术的推广应用。在钢铁、有色、煤炭、电力、石化、建材、纺织、造纸、建筑等重点行业，推广一批潜力大、应用面广的重大节能减排技术，鼓励和支持企业进行节能减排技术改造，采用节能减排新设备、新工艺、新技术。加大对湘江等重点流域工业污染的治理力度。加快淘汰落后产能，严控高耗能、高排放行业盲目扩张。三是大力发展循环经济。加快推进循环经济和再制造试点工作，积极探索地区、企业、园区等不同类型的循环经济发展模式，促进能源资源的循环和高效利用。积极推进清洁生产，执行清洁生产审核评估和标识制度，完善清洁生产标准体系。重点在造纸、纺织等行业推广清洁生产示范，培育壮大生态工业产业链。积极引进从事水、声、气、渣处理及再生的环保企业。培育具有产业特色的各类再生资源市场，促进再生资源产业化，重点加强废钢铁、

废有色金属、废纸、废塑料、废旧轮胎、废旧机电产品、包装废弃物等回收，抓好废弃电子产品处理再利用。四是完善推动资源节约和环境友好型产业发展的长效机制。研究出台全省绿色 GDP 核算制度，制定对各级政府和部门节能减排工作的具体评价考核办法，对各部门实行环境保护目标责任制和行政责任追究制。

（八）推进"四化"深度融合，促进协调发展

推进新型工业化、农业现代化、新型城镇化、信息化融合，是提升产业质量、促进产业协调互动发展的必然途径。一是新型工业化与信息化的融合。以工业化带动信息化，以信息化促进工业化。发展与信息技术相关联的新兴产业，培育新的经济增长点，提升产业综合竞争力。改造提升传统产业，推进传统产业设计数字化、产品智能化、生产自动化、管理网络化、营销电子化建设，重点围绕工业产品研发设计、流程控制、工程仿真、企业管理、市场营销、人力资源开发等环节，开展信息化试点示范。鼓励发展供应链管理、集成制造和敏捷制造等网络制造与管理技术，促进企业向高端制造和服务转型。积极培育高端新型电子信息产业，加快物联网建设、"三网融合"、云计算产业、新一代空间信息产业，加快新型工业化步伐。二是以信息化促进农业现代化。加大信息技术在农业上的应用，按照高产、优质、高效、生态、安全的要求，推进农业由生产向生活服务和环境生态多功能转变，深入推进农业现代化。推进北斗卫星定位导航、地理信息、遥感、自动控制等技术在农业生产经营中的应用，提高农业生产设备装备的数字化、智能化水平。发展农产品电子商务，加快大宗农产品交易平台建设，逐步实现电子订单生产和网上期货交易，促进农业现代化发展步伐。充分发挥农业龙头企业、重点农产品贸易市场、农业产业化基地、农业合作组织的价值链带动作用，通过信息化手段把分散的资源和农业企业、农贸市场、农业经纪人有机地结合起来，推动农业产业链的协调发展。加快农业应急信息系统建设，提高农业自然灾害和重大动植物病虫害的预测、预报和预警水平，加强对突发事件的监控、决策和应急处理能力。三是新型工业化和新型城镇化相互促进。以产业发展为新型城镇化提供发展动力，以环境优良、功能完善、布局优化的城镇体系为产业发展提供广阔舞台。尤其要以新型城镇化促进新型业态发展，推动网络经济、创意经济、总部经济和会展经济等多种新型经济业态兴起。四是促进信息化在新型城镇化中的应用，提升城镇承载产业与创造财富功能。以信息化提升城市化，

加强信息基础设施建设，促进城市管理方式转变和居民生活方式转变。加快长株潭城市群"三网融合"试点，大力推进长株潭"数字城市"建设，构建新一代高速信息网络。以信息技术为手段，全面提高公共事业智能化水平。促进公共设施智能化，构建互联互通的传感网络，提高电子政务在整个城市信息化中的龙头地位，加快"数字湖南"建设。

（九）创造良好发展环境，强化要素保障能力

一是进一步深化市场化改革，创造公平有序的体制环境。深化行政管理体制改革，按照服务型、法治型、效能型政府目标，建设公共服务型政府；科学发展产权、土地、劳动力、技术、房地产、信息等要素市场和各类市场中介组织，推进现代市场体系建设；深化财税金融投资体制改革，加快推进公共财政体制改革，建立国有资本经营预算制度，改革税收体制，促使产业"两型化"发展，加快投融资体制改革，规范政府投资行为，强化企业投融资主体地位。二是着力扩大有效需求，强化对产业发展的拉动。要保持合理投资规模。突出抓好"十一五"续建项目扫尾和"十二五"新开工项目启动，确保全社会固定资产投资增长20%以上。加快重大基础设施项目建设，增强产业支撑能力。落实和完善促进民间投资的政策措施，引导资金投向农村水电路气、保障性安居工程、教育卫生、节能减排、生态环保、产业升级和战略性新兴产业等领域。千方百计扩大消费需求，建立健全职工工资正常增长机制，提升消费能力。扩大消费品供给能力，加快培育文化、旅游、节庆、老龄、信用、网络、健身等消费热点，大力拓展电子商务、网络购物等新型消费业态。改善消费环境，完善鼓励低碳健康消费的财税金融政策。要积极稳定和扩大出口，培育以技术、品牌、质量和服务等为核心的国际竞争新优势，转变外贸发展方式。三是维护物价稳定，创造稳定营运环境。大力发展农业生产，维护农产品价格稳定。加强物流体系建设，搞好农超对接，特别是鲜活农副产品绿色通道，降低流通成本。打击囤积居奇、串通涨价、哄抬价格行为，维护正常的市场秩序和价格秩序，强化市场监管。四是强化能源资源保障。争取2011年全省新增发电装机容量192万千瓦，外省电力入湘260万千瓦。加快华能岳阳电厂、国电宝庆电厂、大唐华银攸县电厂等新建或改扩建，积极推进石煤综合利用，安全推进中核桃花江核电站建设。推进一批生物质、风力发电项目建设，积极发展新能源。五是强化资金保障。加强与中央、国

家部委的联系衔接，争取更多项目列入国家、部委和银行的计划。充分发挥财政资金的引导作用，带动社会投资。完善和规范融资性担保体系，促进银企合作，保持合理信贷规模，保障各类产业投资。注重培育上市后备资源，推动更多企业在境内外上市融资，积极扩大企业债券、中期票据、私募股权融资规模。六是强化用地保障。实行差别化用地政策，加强土地调控，严格用途管制，提高用地门槛和利用强度，调整优化土地利用结构和布局，盘活城镇存量土地，确保用地向新型工业化、农业现代化、新型城镇化、"两型社会"和民生等领域倾斜。七是保证劳动力供应。湖南普通劳动力充裕，但也应警惕"民工荒"现象，要积极开展各类技能培训，促使普通农民工向技工转变，提高农民工待遇，促进农民工市民化。

行 业 篇

Industry Reports

B.4
积极转变农业发展方式
加速现代农业发展

湖南省农业厅办公室

　　湖南是农业大省，农村人口众多，加快现代农业发展步伐，对转变农业发展方式，提高农业生产率，减少农业面源污染，改善农村生态环境，实现农业安全、持续发展具有十分重要的意义。从近年来特别是"十一五"期间的情况看，湖南农业发展成就显著，为全省"两型"社会建设提供了有力支撑。

　　一是农业生产能力稳步提高。2010年与2005年相比，粮食总产突破3000万吨，增产145万吨。粮食、生猪、蔬菜、柑橘、棉麻、茶叶、淡水产品等主要农产品产量继续保持全国前列，不仅用全国3.1%的耕地养活了占全国5.2%的湖南人口，而且为保障国家粮食安全和农产品有效供给作出了重大贡献。

　　二是农业经营方式不断转变。农业产业化快速发展，农产品加工企业完成销售收入3200亿元，农产品加工业增加值占全省工业增加值近1/5，成为推进新型工业化的重要力量。全省登记注册的农民专业合作组织近10000个，入社农户160万户。专业种养大户不断涌现，承租耕地30亩以上的种粮大户9.7万户。

三是科技支撑能力显著增强。"十一五"期间，先后建立了一批农业科技创新中心和示范推广基地，有效提升了农业科技创新、示范推广和支撑服务能力。杂交水稻、湘研辣椒、湘云鲫鲤技术产业化居国内领先地位，全省农业科技进步贡献率53％，比"十五"末提高4个百分点。

四是农业生态环境持续改善。全省生态防护林面积453.17万公顷，农田林网化率达50％左右。全省用沼气农村居民189万户，沼气处理畜禽粪便能力达到排泄量的20％，秸秆综合利用率达56％。全省"生态家园富民工程"示范村、新农村清洁工程示范村和生态农业示范县建设稳步推进。基本建立了农林生态复合系统，农业污染得到有效遏制，农产品产地环境不断净化，高效生态循环农业得到较快发展。

五是农村民生得到极大改善。全面取消了农业税，农村免费义务教育制度、新型合作医疗制度、农村最低生活保障制度全面建立，新型农村社会养老保险开始试点，农村水、电、路、沼气、危房改造等建设快速推进。农民人均收入连续跨过4000元、5000元两个大关，年增长率超过8％，年人均纯收入比"十五"末增加2382元。

从长远看，湖南发展现代农业、推进"两型社会"建设，具有较好的政策机遇、经济基础、资源条件和舆论环境，但也面临着许多突出的问题，如农业基础仍然薄弱，农村发展仍然滞后，农民增收仍然困难，农业农村发展的艰巨任务仍然没有改变。特别是农业投入不足，支持保护体系不完善，农村土地、资金、劳动力等要素大量外流；农业基础设施薄弱，物质装备水平不高，抗灾防灾减灾能力不强，靠天吃饭的局面尚未根本改变。只有加快推进现代农业建设，大力转变农业发展方式，才能化解制约因子，破解发展难题，确保农业农村经济的持续健康发展。

一　扎实推进粮食增量提质，努力提升保障供给能力

湖南省委、省政府高度重视粮食生产，省政府2011年3月下发了《湖南省人民政府关于进一步稳定发展粮食生产的意见》（湘政发［2011］2号），明确了十条措施。具体来讲，要着力抓好水稻扩双增面，实行严格的目标管理考核，层层落实责任，引导农民种足种好双季稻，全年恢复扩大双季稻面积100万亩以

上。同时，选择部分粮食主产县，开展水稻良种直销、集中育秧、机械化育插秧、病虫害专业化统防统治等试点，在取得经验的基础上逐步在全省推开。深入开展粮食高产创建活动，创办部省级高产示范片200个，提高粮食生产的科技含量。大力发展粮食规模化生产，使全省耕地承包面积在30亩以上的种粮大户突破10万户。深入实施做优做强湘米产业工程，在43个县建立高档优质稻基地600万亩，力争高档优质稻突破1000万亩，外销量突破150万吨。

二　扎实推进经济作物产业振兴，发展优质高效经济作物

一是大力发展蔬菜生产。认真落实"菜篮子"市长负责制，建立稳定增长的蔬菜产业发展长效投入机制；严格执行《湖南省城镇蔬菜基地管理条例》，按标准足额征收新菜地开发建设基金。认真落实菜地最低保有量制度，2011年在大中城市远郊和优势产区扩补建设10万亩专业菜地，并重点推广20个骨干品种、建设30个重点基地县。加快种苗体系建设步伐，大力推广蔬菜设施栽培。二是加快培育优势经济作物产业。加强柑橘、棉花、茶叶等经济作物产业优势产区建设，积极发展苎麻、蚕桑、中药材等区域特色产业。柑橘产业要突出桔、柚、橙、椪柑四大柑橘品种，加快打造柑橘产业第一强省。进一步实施茶叶品牌工程，集中打造十大茶叶品牌。进一步推进纤维产业振兴计划和中药材产业化行动。三是积极发展双低油菜生产。加快推进区域化布局，大力推广"棉—油"、"稻—稻—油"生产模式，全省油菜种植面积扩大到1850万亩以上。推广高油新品种和新技术，使杂交油菜品种面积达到90%以上。

三　扎实推进标准化健康养殖，加快养殖发展方式转变

一是突出抓好标准化规模养殖。继续组织实施"畜禽标准化规模养殖示范工程"和"水产健康养殖示范工程"，重点支持4000个畜禽规模养殖场、20万亩精养鱼池进行标准化改造，着力创建50个省级以上畜禽标准化规模养殖场、50个部级水产健康养殖示范场。力争年内生猪规模养殖比重提高到63%以上，其中标准化养殖水平提高到22%以上。加大畜禽水产品标准化生产推进力度，严防"瘦肉精"、激素和假劣饲料、兽药等进入养殖生产环节。二是积极构建现

代养殖业产业体系。大力推进外销生猪、家禽、草食动物、名优水产优势产区建设，优化区域布局。加大招商引资和技术改造力度，支持发展起点高、规模大、机制新的现代化屠宰和肉类加工企业，提高加工水平，延伸产业链条。加大资源整合力度，加快发展饲料加工业。加大地方良种遗传资源的保护和开发，积极组织开展鱼类人工增殖放流，增殖渔业资源。三是严格落实重大动物疫病防控措施。加强动物防疫队伍建设，逐步完善新型兽医制度。认真落实综合防疫措施，加大人畜共患病防控力度，重点做好甲型 H1N1 流感防控工作。加强动物卫生监督执法，实现产地检疫行政村开展面、屠宰检疫率、检出的病死动物及其产品无害化处理率"三个 100%"。

四 扎实推进农业产业化经营，大力发展农村第二、三产业

一要突出发展农产品加工业。启动实施《农产品加工业振兴规划》，重点发展粮食、畜禽、油料、果蔬、茶叶、竹木、棉麻、水产品 8 大类农产品加工业，集中抓好粮食、畜禽、果蔬 3 个千亿元产业发展。加强农产品加工业项目建设，支持重点龙头企业加强技术创新和品牌建设，发展优质专用农产品生产基地。二要推进产业化经营机制创新。鼓励龙头企业根据加工需要，依托当地主导产业和特色产业，多形式、多途径领办参办农民专业合作组织。指导重点农民专业合作组织建立健全组织管理、民主管理、利益分配等机制。引导龙头企业与农户建立多种形式的利益联结机制，大力推行订单农业、保护价收购等行之有效的方式，促进农企结成稳定合作关系。三要加大农产品产销对接力度。加强市场监测预警和信息服务，引导企业和农户积极应对市场变化，促进生产稳定发展。加强市场流通体系建设，大力发展直销、物流配送、网上交易、期货等现代物流。认真做好"农超对接"、"农商对接"试点。进一步加强农业会展工作，重点承办好中国中部（湖南）国际农博会。扩大农业对外交流与合作，积极拓展农业招商引资、引智、引技领域。四要促进休闲农业提质增效。鼓励发展休闲农业园区，争创一批全国休闲农业示范县和示范点，着力打造一批休闲农业品牌。同时，积极推进农村物流业和农村公共服务业等产业发展。

五 扎实推进农机产业发展，进一步提升农机化水平

一是规范实施购机补贴政策。积极争取中央补贴资金，适度扩大补贴产品种类，拉动农民投入20亿元以上。二是加快推进湖南农机产业园建设。积极开展"引外聚内"行动，引进一批省外国外知名农机企业，集聚省内有市场潜力的农机厂家，力争用3～5年时间打造出一个功能齐全、年产值过百亿元的农机专业化产业园。三是大力推广农机新技术新机具。加强先进适用农机产品研发，重点加快油菜直播、移栽及收获机械的研发推广步伐。加大先进适用农机具推广力度，重点推广水稻插秧机，加强栽培技术及机具选型配套的试验示范。四是不断完善农机社会化服务。组织创建各类新型农机服务合作组织500个以上。全力夯实农机基础设施，认真抓好农机维修服务网点建设，搞好基层农机服务推广体系改革实施工作，强化社会化服务功能。

六 扎实推进农业科技提升，增强科技支撑和引领能力

一是加强农技推广体系改革与建设。要认真执行省农业厅、省财政厅、省编办等部门联合制定的基层农业科技推广体系改革实施方案，不折不扣地落实机构、编制、经费等要求，妥善安置分流人员，2011年底前各县市区全面完成改革任务。认真抓好国家第一批条件建设工程项目和"一化四体系"乡镇农技站建设项目的组织实施，完善农技推广机构服务功能。二是加强农业科技创新平台建设。积极推进国家农业产业创新分中心、育种分中心、专业性（区域性）重点实验室等科技平台项目建设。三是加强科技攻关与成果转化应用。认真实施农业科技攻关计划，重点加大超级稻新组合选育力度，集成超级稻高产高效栽培技术和繁殖制种技术。推进农业科技进村入户，提高主导品种和主推技术到位率，大力推广节地、节水、节能、节肥、节药和生物肥料、生物农药等节本增效技术措施，做好重要季节、重点环节科技服务工作。四是加强农业科技教育和培训。结合农业各产业发展实际，推动多形式、多层次、多门类的农业科技和职业技能培训。尤其要加大农民转移就业阳光工程和蓝色证书项目等实施力度。

七　扎实推进监管体系建设，提升农产品质量安全水平

以农产品质量安全管理体系建设为基础，强化标本兼治，推进全程质量监管。加强质量安全基础体系建设。进一步完善农产品质量安全监管体系，健全市县农产品质量安全监管机构，增强乡镇监管功能。进一步完善农产品质量安全检测体系，2011年内完成一期规划的57个县级质检站项目建设，扶持农产品生产企业、批发市场、重点产地建立速测点，鼓励开展自律性检测工作。进一步完善农业标准化体系，积极开展"菜篮子"产品标准化创建活动。强化农产品全程质量监控。加大农业投入品管理，积极开展投入品专项整治活动，种植业重点整治5种禁用高毒农药，养殖业重点整治生鲜乳、饲料及饲料添加剂、兽渔药及其残留。特别是要抓紧建立健全农药管理机构，充实队伍，严格农药登记审查，深入开展安全用药指导。积极推行农产品质量安全承诺，开展质量安全追溯编码和标识试点工作，重点支持20个监管体系试点县开展蔬菜基地准出制度，在大中型农产品市场推行以蔬菜、生猪为重点的市场准入。大力发展"三品一标"农产品。积极开展农产品质量安全认证，加强绿色、有机食品基地建设，力争年内新认证登记无公害农产品、绿色食品、有机食品和地理标志农产品800个以上，新增绿色、有机食品基地700万亩以上。

八　扎实推进农业基础建设，增强农业可持续发展能力

一是抓好农田基础设施建设。大力开展农田水利设施建设，重点建设田间末级灌排沟渠、机井、泵站等配套设施，发展小型集雨蓄水设施、应急水源、喷滴灌设备等，增加有效灌溉面积。全力实施新增46亿斤粮食产能规划，建设标准农田95万亩，实现新增粮食产能3亿斤。二是提升农业信息服务水平。充分把握"四化两型"发展的战略机遇，大力发展农业信息化。加强基层农业信息服务体系建设，新建50个乡镇综合农村信息服务站。引导、支持省内60%以上的大中型农业产业化企业实现上网。三是加强农业资源与环境保护。切实加强农产品产地安全管理，实施农业环境定位监控，建立起基本覆盖全省的农业环境监测预警网络。积极推广节能减排和清洁生产技术，开展循环农业示范，加强农村废

弃物综合循环利用，减少农业面源污染。四是切实抓好农业防灾减灾。加强与气象等有关部门沟通协作，提高农业重大自然灾害监测预警水平，科学应对干旱、洪涝、风雹、低温冻害、寒露风等各类自然灾害。加强农业防灾减灾科研攻关和灾变规律研究，大力推广防灾减灾技术措施。建立完善农业防灾减灾长效机制，加快构建监测预警、应变防灾、灾后恢复等防灾减灾体系，提高应对自然灾害的能力和水平。

参考文献

湖南省农业厅：《关于做好 2011 年全省农业工作的意见》，湘农业发〔2011〕1 号，2011。

2010~2011年湖南汽车产业
发展研究报告

吴金明　范波*

汽车产业是技术密集、资金密集、劳动力密集的产业，加快汽车产业的发展，对促进湖南省经济社会发展和改善民生有着十分重要的意义。当前，全球汽车产业在我国的第二轮战略变局风暴已悄然刮起，发达国家和国内沿海地区汽车产业开始了向内陆地区转移、抢滩、布点的步伐，众多汽车整车企业进入湖南，给湖南汽车产业的发展带来了前所未有的机遇。

一　2010年湖南汽车产业运行情况

（一）汽车产业刚走出低谷徘徊困境，又急剧回落

长期以来，湖南汽车产业发展缓慢，到2005年全省整车产量只有9.26万辆，在全国排名第17位左右。近年来，湖南抢抓产业转移和扩内需政策机遇，汽车工业迎来了一个较好的发展时期。2009年，湖南省整车产量21.45万辆，同比增长47.93%；特别是轿车，产销量达7.5万辆，是2005年的20倍，占全省汽车产量比例由不到4%提升到35%。全年汽车工业总产值399.3亿元，同比增长34.9%；其中，整车企业产值182.7亿元，同比增长40.86%；零部件企业产值216.6亿元，同比增长30.32%（见表1）。进入2010年之后，湖南省汽车产业没有保持强劲的增长势头，反而回落到2006年的水平，产量只有2009年的一半。与湖南发展乏力形成鲜明对比的是，全国汽车产销量依然

---

* 吴金明，湖南省政协经济科技委员会主任，日本滋贺大学访问学者；范波，湖南省政协经济科技委员会办公室副主任。

火爆，领跑全球，2010 年分别达 1826.47 万辆和 1806.19 万辆，同比增长 32.44% 和 32.37%。

表1　2002～2009 年湖南汽车产业发展情况

年份	整车产量（万辆）	增速（%）	总产值（亿元）	增速（%）	其　中			
					整车产值（亿元）	增速（%）	零部件产值（亿元）	增速（%）
2002	2.5	21.34	109.9	23.5	49.0	20.16	60.9	-13.3
2003	6.8	172.0	163.1	48.4	84.1	71.63	79.0	29.72
2004 *	8.91	33.03	140.6	-13.8	68.5	-18.55	72.1	-8.73
2005	9.26	3.9	162.3	15.4	74.3	8.47	88.0	22.05
2006	10.07	8.75	173.9	7.15	79.9	7.54	94.0	6.82
2007	13.46	33.66	232.5	33.7	103.7	29.79	128.8	37.02
2008	14.5	7.73	295.9	27.3	129.7	25.07	166.2	29.04
2009	21.45	47.93	399.3	34.9	182.7	40.86	216.6	30.32

　　* 2004 年整车产量虽然增加，但是增加的主要是轻型载货车，价格低，而越野车产量下降，导致全行业产值缩水。

（二）汽车产能规模不断扩大，真实产销量还待观察

　　湖南省上汽车目录的企业有 40 家，现有 40 万～50 万辆整车生产能力，涵盖轿车、载货车、越野车、专用车、客车、三轮车及低速车六大类。2009 年以来，由于省委、省政府加大了企业重组和引进战略投资者的力度，湖南省整车产能规模迅速扩大。在广汽集团与湖南省长丰集团重组、广汽菲亚特落户星沙、比亚迪收购美的三湘客车、北汽福田在长沙新增 20 万辆重卡和 SUV 及皮卡项目等大项目带动下，预计到 2015 年，湖南省汽车整车产能将达到 200 万辆以上，其中以轿车为主的乘用车将达到 150 万辆以上，发动机达 100 万台，变速箱达 50 万台，全省规模以上汽车及零部件制造企业主营业务收入将突破 3000 亿元。不过，所有这些都是规划中的产能，尚未形成真实的产销量，受趋紧政策的影响，实际达成情况还待观察。

（三）汽车产业集群粗见雏形，零部件配套能力不断提高

　　湖南汽车产业已形成"一个中心区域、两个重要基地、五个特色园区"的

格局：一个中心区域为长株潭三市，两个重要基地为整车和零部件生产兼具的衡阳、永州，五个特色园区为生产零部件和轻型客货车及专用车的常德、邵阳、郴州、娄底、益阳。2009 年长株潭地区汽车工业产值达 312.6 亿元，集聚了湖南70% 以上的整车及零部件企业，占全省汽车工业总产值的 78%；吉利汽车湘潭基地、长丰集团长沙基地、北汽福田长沙汽车 3 家企业生产整车 16 万辆，占全省总产量的 74%。湖南省汽车零部件领域拥有发动机、车身、电子电器等 7 大类 160 多家规模以上生产企业，拥有一批国内知名的汽车零部件生产企业和品牌，如长沙博世的汽车电器、同心实业的汽车车身、亚新科的高压喷油泵和湖南车桥的汽车前后桥等（见附表）。在电气设备总成、商用车车身、火花塞、齿轮、活塞、电动汽车零部件等细分领域已具备较强的技术和市场优势，围绕整车企业配套协作的能力不断提高。

（四）创新研发能力较强，在新能源汽车等领域率先突破

湖南在汽车覆盖件模具设计制造技术、冲压成型技术及电控燃油喷射系统、起动机、增压器等关键零部件的研发技术处于国内领先，在新能源汽车电池、电机、电控方面的关键技术已经突破。湖南大学拥有汽车领域中国工程院院士、国内唯一的汽车车身工程国家重点实验室和国家重点学科车辆工程学科，承担了我国汽车自主创新能力建设重大专项。2009 年，全省汽车产业完成新产品产值134.81 亿元，同比增长 62.7%，新产品产值率达到 33.42%，同比增长 19.19%。节能与新能源汽车产业产值达 33 亿元，其中整车产值达 8 亿元，关键零部件产值 25 亿元。南车时代的混合动力公交车、南方宇航的"绿色"系列电动车、中联重科的纯电动环卫车、长丰和比亚迪等公司的纯电动轿车都已面世。

尽管湖南汽车产业已具有一定发展基础，但还存在不少问题，主要表现在四个方面。一是整体水平不高，"散、小、低"的局面仍未改观。2009 年，湖南整车产量仅占全国的 1.55%，排名第 19 位；汽车总产值为山东的 1/8、安徽的 1/3。同时，汽车行业集中度偏低，企业规模偏小。例如，长丰集团规模仅为吉利集团的一半，零部件企业年产值过亿元的不到 20 家，最大的零部件企业长沙博世和同心实业产值都只有浙江万向集团的 2.9%。二是零部件配套能力不强。湖南省汽车零部件本省配套率一直较低。2009 年，湖南汽车零部件为本省整车提供的配套不到 20%，而安徽的配套率是 60%。由于缺乏整车龙头企业的带动，加上

企业间互补配套性差，分工协作体系不完整，多数企业停留在各自为战的独立发展状态，没有形成高效率、高水平的协调机制。三是专业技术人才和技工紧缺。湖南省汽车工业所必需的中高级技术研发和管理人员缺乏，车工、钳工、焊工、模具工等技能型人才也十分匮乏，非技术工人占行业从业人员比例高达80.87%，严重地制约了湖南省汽车产业规模的扩大。四是新能源汽车技术尚未突破，优惠政策落实不到位。湖南省新能源汽车核心技术与关键零部件仍未得到重大突破，电池充电时间过长、驾控性能和安全系数不过关、电机系统成本过高等问题还待解决。此外，还存在汽车后市场发育不到位、政府补贴落实不到位、示范推广工作目标责任制落实不到位等问题。

二 2011 年湖南汽车行业发展趋势预测

（一）全球汽车产业发展趋势

一是中国等发展中国家汽车市场前景广阔，世界主要汽车制造商为开拓市场，正向发展中国家及其二、三线城市转移生产基地。二是节能、环保和新能源汽车成为研发与产业化重点。三是汽车零部件市场供货系统化、模块化。四是技术和成本控制成为竞争的关键。五是汽车后市场开发成为竞争发展的新战场。从全球来看，一半以上的较量和 70% 的利润将来自汽车后市场。从湖南省来看，汽车产业的后发优势主要是基于区位优势而形成的汽车整车产业转入和汽车后市场发育。

（二）中国汽车产业发展趋势

从整车发展分析，未来的 5~10 年，政府将着力点转到调结构、保增长上面，政策层面趋紧，宏观经济将温和减速。预计，2011~2015 年年均产销量增速可能会低于 10%。"十二五"期间我国汽车产量走势预测见图 1。从汽车零部件看，我国零部件产业还停留在中低端层面，高附加值的核心部件仍然依赖进口，在目前原材料价格持续上涨、人民币升值压力增大的情况下，零部件行业面临诸多风险。预计"十二五"期间，零部件行业在售后和配套市场上增幅将逐步回落（见图 2）。

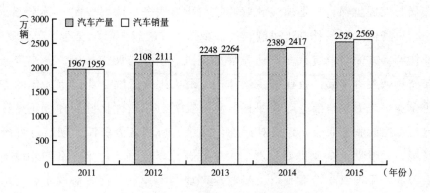

图1 "十二五"期间中国汽车产量走势预测

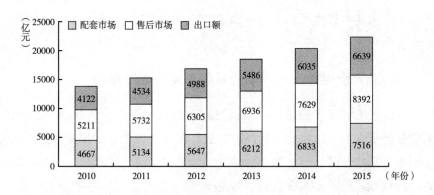

图2 "十二五"期间中国汽车零部件产值预测

三 2011年湖南汽车产业发展的对策建议

（一）深化认识，加强和改善组织领导

一是高水平、高起点地做好规划并搞好规划衔接。把对发展汽车产业的认识提高到事关湖南"转方式、调结构"的大局与高度上，以全球视野和国际化思维科学规划湖南省汽车产业的发展，做好湖南汽车产业发展的顶层设计。建议省委、省政府科学制定湖南省2011～2020年汽车产业战略发展规划，进一步清晰湖南省汽车产业发展的指导思想、发展路径及产业重点、战

略布局与发展步骤。二是加强政府调控与指导服务。建议按照"省引导、市为主、市场化"的工作推进机制,进一步强化省政府在产业规划、产业政策、产业协调等方面对全省汽车产业发展的促进、引导与调控作用,进一步强化汽车整车或关键零部件企业的主体作用,最大限度激励企业以市场化的方式推进企业扩规提质,推进产业配套与集聚发展。三是优化发展环境。充分发挥政府部门的服务职能,建立对口工作小组,协调各方资源,创造良好的投资环境,保障骨干企业良好发展。大力开发汽车金融、物流、服务外包等汽车后市场,完善汽车产业链。促进汽车产业与工业、文化的协调发展,构建汽车文化。积极推进汽车资本市场的建设,建立"湖南省汽车产业发展基金",大力发展汽车金融,扶持汽车租赁公司的发展。积极推广省产汽车,政府采购优先采购本省生产汽车且不低于70%,进一步发挥行业协会对产业发展的指导服务作用。

(二) 进一步明确汽车产业的发展思路与战略布局

一是要明确"靠大做强"的发展思路。湖南汽车产业单靠自主品牌汽车做大做强是实现不了快速发展的,因此最好的发展思路是"靠大做强",即依靠大型汽车集团,以大型整车企业为龙头,以创新发展为根本,持续保持专用车、特种车、新能源汽车优势,积极创造轿车整车优势,带动省内零部件企业协同发展,做大汽车产业规模,做强自有汽车品牌,做优引进整车企业,提升湖南汽车产业的整体竞争能力。二是要明确三足鼎立与关键零部件支撑的发展格局。湖南省汽车现有生产能力涵盖六大车型,门类齐全,将有限资源"天女散花"难以达到好的效果。因此,必须选准有基础、有优势、有市场容量和发展前景的车型与产品,集中力量进行重点突破。我们认为,湖南省应选择以"轿车、新能源汽车、专用车(含特种车)"三大车型及其关键零部件为发展重点和主攻方向,构建三足鼎立、关键零部件支撑的发展格局。三是要进一步优化产业发展的区域布局。根据现有基础,我们建议构筑"以一个中心为发展区域,以三个重要零部件基地为基础,建设四个特色产业园区,发展九大汽车零部件"的区域发展布局,即"1349"布局。一个中心发展区域,即以长株潭三市作为湖南省汽车产业中心发展区域。三个重要零部件基地,即将衡阳、永州、娄底作为湖南省汽车工业发展的三个重要基地。

四个特色产业园区，即常德发展轻型系列车桥和轻型客车底盘（湖南汽车车桥厂），邵阳发展轻型客车和载货车（湖南汽车制造有限公司），郴州发展重型载货汽车改装（南燕汽车厂），益阳发展汽车轮胎产品。发展九大汽车零部件，即重点发展汽（柴）油发动机（含大马力发动机）、变速箱、重卡底盘、高端液压元器件、车身、车桥（含重型车桥）、动力电池、汽车电器、汽车空调九大类部件产品。

（三）立足差异化战略，推进湖南汽车产业分类发展

湖南省汽车产业发展应按整车和零部件来分类思考，即使是整车也要分自有品牌整车（专用车、特种车、越野车等）和引进品牌整车来考量，采取分类推进的差异化发展战略。一是自有整车方面，采取"政府引导与市场机制相结合"模式推进发展。以关键技术为突破口，加强自主创新与技术研发，同时适时推动产业重组，促进产业组织链、产业技术链与产业价值链三链的整体升级。二是引进整车方面，采取以大型整车企业带动湖南省关键零部件技术研发及零部件企业配套、协调发展战略。三是零部件产业方面，关键是突破一级总成系统，做强次级零部件。选取关键零部件骨干企业进行重点突破，支持关键零部件企业与整车企业、配套企业同步规划，同步研发，协同发展，促进汽车核心技术的系统创新。四是节能和新能源汽车方面，以关键技术为突破口抢占市场先机。重点支持开发汽车轻量化技术、环保技术、节能技术和动力技术，实现关键零部件企业与整车企业的同步研发。

（四）构建人才技术保障体系，促进汽车产业创新发展

一是加强人才培养。组建湖南汽车工程技术学院和汽车职业技术学院，大力培育汽车专业技术人才和技工队伍，构建汽车专业技术人才和技工队伍的保障体系。二是加快产学研用结合的步伐。积极扶持企业产品进入国家公告及目录，对企业实行金融、财税等方面的支持；组建创新平台，支持企业技术研发。积极发挥湖南省军工技术特色，加快军工企业转型，促进军民合作。三是强化汽车产业技术专利、技术标准与品牌建设。围绕轿车、专用车和新能源汽车整车企业及其关键零部件企业，实施技术创新战略、专利战略、标准战略与品牌战略。

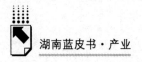

附表　2009 年汽车行业重点企业产品产销情况

单位名称	产品产量		2009 年产量	2009 年产值（万元）
	名　称	计量单位		
一、制造类企业				
广汽长丰汽车制造股份有限公司	猎豹越野车	辆	31389	512126
湖南吉利汽车部件有限公司	吉利远景轿车	辆	54262	404270
湖南江南汽车制造有限公司	江南奥拓轿车	辆	2583	5563
北汽福田汽车股份有限公司长沙汽车厂	轻型载货车	辆	95003	483586
中联重科湖南车桥有限公司	客车	辆	331	145396
	汽车底盘	辆	3259	
株洲南车时代电动汽车有限公司	大型电动客车	辆	335	23609
长沙众泰汽车工业有限公司	梦迪博朗轿车	辆	1043	——
二、改装类企业				
长丰集团有限责任公司（长丰扬子公司）（注）	皮卡	辆	6588	256178
长沙中联重工科技发展股份有限公司	泵车	辆	1533	3383297
	搅拌车	辆	2623	
	汽车起重机	辆	7804	
	垃圾车	辆	772	
	清洗车	辆	836	
	扫路车	辆	1021	
	专用车辆	辆	602	
湖南星马汽车制造有限公司	自卸改装车	辆	1086	38083
衡阳泰豪通信车辆有限公司	特种结构改装车	辆	710	35167
衡山汽车制造有限公司	客车、特种结构改装车	辆	1744	29304
湖南省金华车辆有限公司	专用汽车	辆	3989	19949
长沙梅花汽车制造有限公司	客车（改装）	辆	1400	20000
长沙环卫机械厂	环卫改装车	辆	205	3060
三、零部件企业				
湖南同心实业股份有限公司	驾驶室	台	191962	147512
株洲齿轮股份有限公司	机械变速器总成	台	82581	59932
	分动器总成	台	1710	
	螺旋伞齿轮	套	231343	
	齿轮	万只	338.01	
亚新科南岳（衡阳）有限公司	高压油泵	台	373872	71832
湖南中联重科车桥有限公司	前后桥总成	根	392978	145396
株洲湘火炬火花塞有限责任公司	火花塞	万只	9792.6	31067

续表

单位名称	产品产量		2009 年产量	2009 年产值（万元）
	名　称	计量单位		
衡阳风顺车桥有限公司	前桥	根	13850	33039
	后桥	根	40844	
	传动轴	套	29139	
	冲压件	件	378800	
湖南天雁机械有限责任公司	发动器增压器	台	431619	54575
	发动机气门	件	3644684	
湖南机油泵股份有限公司	机油泵	台	1869495	22354
华达汽车空调(湖南)有限公司	汽车空调压缩机	台	118588	8218
邵阳神风动力有限责任公司	汽缸体	台	138944	26335
	飞轮壳	只	41340	
湖南凌风车架有限责任公司	车架	辆	56704	13402
	前轴	根	36337	
湖南易通汽车配件科技发展有限公司	钢板弹簧	吨	23914	18262
湖南安福气门股份有限公司	气门	万件	745	11457
	气门座	万件	699	
中航飞机起落架有限公司	汽车零部件	万件	50.37	53963
	摩托车零部件	万件	40.28	
湖南江滨机器(集团)有限责任公司	活塞	万只	346	36796
长沙日立汽车电器有限公司	发电机	万台	55.31	35601
	起动机	万台	30.36	
株洲湘火炬汽车灯具有限责任公司	园尾灯红带灰色安装座	万件	24.58	3350
	侧标志灯	万件	5.79	
湖南长丰汽车沙发有限责任公司	汽车座椅	套	36671	18759
	天窗	套	2252	

　　注：按照省统计局的地属统计原则，长丰集团控股的长丰扬子公司位于安徽，产量是不在湖南统计的，只是长丰扬子公司需要上报长丰集团公司。此处产值不仅包括皮卡，还包括零部件。

B.6

2010～2011 年湖南电子信息
行业发展研究报告

李 球*

    2010 年，电子信息产业在工业和信息化部的指导及省委、省政府的正确领导下，以全省大力推进新型工业化、加快培育战略性新兴产业为契机，全力打造信息产业集群，投资持续高位增长，产品结构调整深入，产业效益稳步提升，实现了产业发展的总体目标，在推进新型工业化和促进两化融合中的地位和作用进一步显现。

一　2010 年湖南电子信息行业运行情况

（一）行业运行的基本情况

1. 总体情况

    2010 年湖南电子信息产业（电子信息产品制造业、软件业）实现主营业务收入 807 亿元，增长 46%，比上年提高 16 个百分点。其中制造业实现收入 510 亿元，同比增长 53%；软件业实现收入 297 亿元，增长 35.4%。从图 1 可以看出，除一季度增速只有 30.10%，低于 40% 之外，4 月以后基本保持了 40% 以上的增长速度，总体上呈现前低后高、稳步增长的发展态势。

2. 市州情况

    从地域分布情况看，湖南涉足电子信息产业的 12 个市州（除张家界、湘西自治州），有长沙、益阳、岳阳、郴州、永州、娄底、邵阳 7 个市州电子信息产

---

* 李球，湖南省经济和信息化委员会副主任。

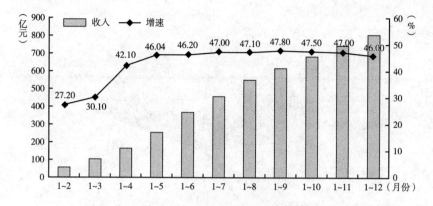

图 1　2010 年湖南电子信息产业收入及增长情况

业主营业务收入增幅高于全行业平均水平（见表 1、图 2）。增幅最高的郴州达到 85.4%，主要得益于台达电子等一批产业转移项目的产能释放。从各市州规模来看，长株潭地区仍然是湖南电子信息行业的主要集聚地，三市总量达到501.38 亿元，占全省的 62.1%，其中长沙又占了总量的 40.77%，并主要集中在软件行业。

表 1　2010 年湖南各市州电子信息产业主营业务收入及增幅情况

市　州	主营业务收入（亿元）		增幅（%）	
	1～12 月	排名	1～12 月	排名
长　沙	329.03	1	62.8	4
株　洲	112.25	2	18.1	9
湘　潭	60.10	5	18.0	10
益　阳	75.09	4	51.4	7
常　德	28.10	8	30.4	8
衡　阳	43.46	6	11.7	11
郴　州	30.56	7	85.4	1
岳　阳	80.00	3	66.0	3
娄　底	20.32	10	57.3	5
永　州	24.70	9	56.3	6
怀　化	0.71	12	-9.0	12
邵　阳	2.68	11	80.0	2

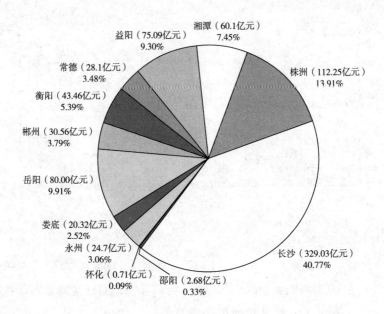

图2　2010年湖南各市州电子信息产业收入及占比

3. 省级园区情况

2010年，湖南11个省级电子信息产业园的收入增长50.42%，高出全行业增速4.42个百分点，标志着产业加快向产业园区集聚。湘潭九华、株洲田心、常德德山、益阳会龙、郴州白鹭5个省级电子信息产业园区增幅均超过50%，分别为139%、87.6%、62.7%、61.55%和50.22%。

4. 软件产业情况

2010年，湖南软件业务收入规模位居全国第14位，居中部六省第1位。2家企业入围中国软件业务收入前百家企业，3家入围国家规划布局内重点软件企业。截至2010年底，累计通过认定的软件企业696家，累计获得系统集成项目经理资格人数919人，获得高级项目经理资格人数221人。通过CMM或CMMI三级以上认证的企业7家。获得工业和信息化部计算机信息系统集成资质证书企业130家，其中一级资质4家、二级资质15家、三级资质88家、四级资质23家。

5. 固定资产投资情况

据工信部数据显示，湖南电子信息产业2010年500万元以上项目完成投资173.4亿元，同比增长53.8%，高于全国同期9.3个百分点，增幅居全国第11

位，中部第 2 位，完成投资总额居中部第 5 位。全行业 500 万元以上项目新增固定资产 96.8 亿元，增速为 74.5%，增速居全国第 6 位，中部第 1 位（见表 2）。

表 2　2010 年中部六省电子信息产业固定资产投资完成情况*

单位：亿元，%

省 份	累计完成投资			新增固定资产		
	2010 年累计	2009 年同期	增减	2010 年累计	2009 年同期	增减
山西省	52.9	49.1	7.6	6.4	7.7	-17.1
安徽省	370.6	159.1	132.9	110.9	71.8	54.4
江西省	404.2	308.0	31.2	313.7	249.8	25.6
河南省	304.2	221.6	37.3	180.0	144.9	24.2
湖北省	208.6	149.0	40.0	102.8	75.9	35.4
湖南省	173.4	112.8	53.8	96.8	55.5	74.5
全 国	5993.0	4146.6	44.5	3345.8	2621.1	27.7

* 500 万元以上项目。

（二）行业运行的主要特点

1. 发展速度保持高位运行

工信部电子信息产业运行监测月报显示，2010 年湖南电子信息产业多项主要经济指标增速位居全国前列。其中，电子信息产业制造业全年处于高位运行状态，销售收入增速居全国第 3 位，居中部第 1 位；出口交货值增速比全国平均水平高 105 个百分点，居全国第 4 位，中部第 1 位；完成投资增速高出全国平均水平 9.3 个百分点，居全国第 11 位，中部第 2 位；新增固定资产（500 万元以上项目）增速比全国平均水平高 46.8 个百分点，居全国第 6 位，中部第 1 位。

2. 产业结构调整成效明显

一是光伏产业继续保持高速增长，产业规模由 2007 年的 2 亿元跃升至 2010 年的 110 亿元。作为湖南光伏产业的龙头，中电 48 所进入“全球光伏装备制造商前十强”，同时还获评“2010 中国信息产业年度高成长性企业”，太阳能电池产能达到 1500 兆瓦，规模跃居全国第四位，2011 年有望实现销售收入 100 亿元，成为湖南电子信息产业首个百亿元企业。二是软件和信息服务业的融合发展态势进一步突出。轨道交通、金融税控、电子仪表、钢铁冶炼控制等领域的嵌入式软件成为湖南软件产业的重要支柱和改造提升传统产业的重要支撑；移动电子商务试点项目全面推进，成为全省现代信息服务业的主要增长点，到 2010 年末，全网移动电子商务用户规模已近3000万人,全年交易金额突破35亿元,相关指标居全国第一。三是显示器件产业通过结构调整走向复苏,全省显示器件产业曾占湖南电子信息产业总规模的46%,在技术更新换代导致彩色显像管全线退出市场的情况下,这几年湖南大力引进新型显示器件项目,到2010年,已发展形成蓝思科技、华磊光电、达福鑫等骨干企业。四是消费类电子整机产业承接产业转移取得重大突破,全球最大的EMS(电子制造服务)企业富士康落户衡阳和长沙。

3. 重点企业支撑作用明显

行业重点监测的64家企业,2010年完成主营收入196.52亿元,同比增长53.52%,增幅比全行业平均水平高7.52个百分点,78.13%的企业实现了增长。其中,过50亿元的1家,过10亿元的4家,过5亿元的5家。中电48所、蓝思科技(湖南)、台达电子、益阳汇盛科技、湖南力合科技、岳阳华容龙华科技6家企业增幅超过100%。

4. 产业集聚度进一步提高

11个省级电子信息产业园相继在国家级和省级开发区内设立,依托国家级和省级园区良好的基础设施和服务配套能力,已快速发展成湖南信息产业的重要集聚地区,陆续吸引了台达电子、蓝思科技、全创科技、富士康、戴尔等100多家国际国内知名电子信息企业。园区全年围绕太阳能光伏、新型显示器件、移动通信、消费电子、LED、软件外包、移动电子商务等高端领域,在谈在建重大项目占全行业的90%。

5. 发展环境得到进一步优化

2010年,围绕行业服务与管理,重心向下,服务前移。加强行业运行监测,协调解决企业自身无力解决的重大问题,做好行业日常统计工作,为领导决策及时提供各类参考数据。加强对市州和园区招商引资的沟通协调,引资100余项,合同和协议资金280.64多亿元。加强产业资金的引导作用。省电子信息产业发展专项资金全年下拨5962万元,支持项目52个。积极帮助企业争取国家支持,2010年全行业共获工信部等批准立项22个项目,获资助资金6210万元。

(三)存在的主要问题

1. 产业发展高速增长,但总体规模仍然偏小

2010年湖南电子信息制造业规模在全国的排位由2004年的第15位下降至

17 位，在中部地区的排位由 2004 年的第 4 位降至第 5 位。规模以上电子信息制造业规模仅占全国全行业的 0.67%。

2. 产业集群成效明显，但缺乏带动性强的龙头企业

行业还没有一家收入过百亿元的企业。2010 年，软件产业中只有两家企业进入全国软件业务收入 100 强，电子信息制造业尚无企业进入全国 100 强。加之本地化配套不足，产业链不完善，制约了大企业的扩张速度。产业的主体仍然是以劳动密集型为主的低端产品制造业。

3. 产业投资步伐加快，但缺少引领和带动产业发展的大项目

"十一五"期间，产业转移成为产业发展的重要推动力。如蓝思科技、爱铭数码、全创科技、台达电子等一批建设周期短、形成产能快的项目落地，为产业发展和扩大就业起到了明显的支撑作用。但总的来看，建成投产的项目中 60% 为承接产业转移的中小型项目，能够引领和带动产业发展、形成产业集群的大项目、好项目少。2010 年，湖南电子信息产业 500 万元以上项目完成投资和新增固定资产，尽管在增幅上位居中部前列，但规模较小，均居中部第 5 位，仅高于山西。

二 2011 年湖南电子信息行业发展趋势分析

2011 年，湖南电子信息产业面临的发展环境和发展趋势主要呈现以下五个特点。

（一）电子信息产业将承担更为重大的责任

面向"十二五"时期，省委、省政府作出了"四化两型"发展战略，"大力推进信息化，建设数字湖南"是其核心内容之一。特别强调，推进信息化，建设数字湖南，是转方式、调结构的重要抓手，是提升本省综合实力、经济竞争力和现代化水平的重要支撑。从目前情况看，还没有哪一个省份把信息化提到这样的战略高度。推进信息化，建设数字湖南，必须要有强大的信息产业作支撑。信息产业发展任重道远。

（二）产业发展面临新的重大战略机遇

经历国际金融危机后，全球经济结构面临深度调整，主要发达国家纷纷加大对新兴技术和新兴产业的布局。智慧地球、云计算、物联网等新概念、新技术的提出，推动了新一代网络和信息技术的深度应用，为信息产业开拓了新的巨大的发展空间。从国际上看，全球 IT 市场总体看好，新兴市场的加快回升将拉动全球 IT 市场稳步增长。我国也将继续保持较快发展态势，预计"十二五"时期，全国电子信息产业年均增长将达到 10% 左右，我国在世界电子信息产业中的市场份额将超过 20%。

电子信息产业作为高新技术的代表性产业和国民经济的先导性产业，国家加快培育战略性新兴产业规划和措施的出台，将为湖南电子信息新兴产业领域的创新发展带来重大机遇。国家大力推进电子信息产业向中西部地区转移，以及湖南承接产业转移示范区建设，使湖南承接电子信息产业转移的优势更加突出，实现跨越式发展面临新的历史性机遇。

（三）信息技术创新与融合发展加速

整个"十二五"时期，仍将是信息技术发展最为迅速、创新最为活跃的时期。信息技术发挥着经济增长"倍增器"、发展方式"转换器"、产业升级"助推器"的重要作用。工业化和信息化融合已经成为推动信息技术创新的主要动力。信息技术正面临诸多突破：集成电路进入纳米和系统集成时代；计算机向高性能、网络化、智能化演进；软件服务化、网络化与高渗透趋势更加明显；云计算等将成为信息服务热点；视听产业数字化转型基本完成，显示技术呈大屏幕、高清晰和平板化趋势；通信技术继续向宽带化、无线化、IP 化发展，网络技术向多业务、高性能、大容量深化，电信网、广播电视网、互联网"三网融合"加快推进；电子元器件向微型化、片式化、集成化、高清化、智能化、高性能、节能环保发展，特别是太阳能光伏、半导体照明发展迅速；电子材料向优质化、低成本、无铅无毒、可循环利用、纳米级发展；新能源动力技术、车载网络技术等成为汽车电子技术发展的重点。

（四）产业发展的新特征将更为明显

一是产业全球化和区域化趋势明显。电子信息产业具有最广泛的国际性，其全球性采购、全球性生产、全球性经销的趋势日益明显，产业梯次转移发展的趋势十分突出。二是竞争核心发生重大变化，产品本地化生产销售趋势明显。市场、资金和技术的国际化使得国际竞争由资源、产品的竞争转向技术、品牌、资本和市场份额的竞争，核心技术和自有品牌成为竞争力的关键因素。三是跨国公司的主导作用更加突出，以信息网络为基础的新型企业模式开始崭露头角。四是生产规模化和产品个性化成为主要趋势。电子信息产品大部分都具有显著的规模经济效益，达不到一定生产规模，产品很难在市场竞争中立足生存。门槛越来越高，没有巨额的资金投入，很难形成真正有竞争力的产业。五是数字化、网络化、智能化成为主流。2011 年，数字化、网络化、智能化技术正在发展成电子信息产业的主流技术。21 世纪，电子信息产业作为湖南经济重要的增长点和最先进的生产力，正朝着数字化、网络化和智能化方向迅猛发展。

（五）产业发展面临诸多挑战

2011 年全球市场竞争将更加激烈，贸易保护日益突出，原材料市场价格变动加剧，对我国电子信息产品出口将带来一定影响。从国内看，电子信息产业发展前景看好，但区域竞争将更加激烈，产业联动与统筹推进尚需更加有效的协调机制。随着国内外宏观环境变化，一些不确定、不稳定因素依然存在，行业面临的困难和矛盾依然突出。

三　2011 年湖南电子信息行业发展思路、发展目标和发展重点

（一）发展思路

抓住信息技术正在酝酿重大突破、信息产业升级换代和网络经济快速发展的重大历史机遇，围绕"扩大规模、改善结构、提高素质、加速集聚、融合发展"的思路，以信息化与工业化融合为主线，以先进电子信息产品制造为基础，以软件服务和网络经济为重点，以移动电子商务、物联网、"三网融合"、云计算等应用为新的增长点，大力引进战略投资者，积极承接产业转移，推动信息产业向高端、高质、高效发展，确立信息产业在湖南工业经济中的基础性、战略性、支柱性地位。

（二）发展目标

围绕上述发展思路，努力推动湖南电子信息产业实现跨越式发展。"十二

五"时期,湖南电子信息产业增加值将超过1400亿元,年均增长20%;电子信息产品制造业收入将达到2000亿元,软件和信息服务业主营业务收入将突破1000亿元;基本形成产业集聚度高、创新能力强、产业规模大、行业特色鲜明的湖南信息产业集群。

2011年,湖南电子信息产业主营业务收入将增长30%左右,跨入千亿元产业俱乐部,信息产业在推进新型工业化和构建现代产业体系中的支撑和带动作用将更加明显。

(三) 发展重点

1. 数字化整机和新型元器件

促进数字家庭智能终端产业化,推进视听产业数字化转型。开发新一代通信网和互联网终端产品,发展网络电视(IPTV)、手机电视、移动多媒体广播电视、3D电视等以信息网络技术为特征的整机产品。发展具有自主知识产权的工业控制计算机、金融及税控机具、服务器及存储设备等计算机类产品。发展定制SIM卡、POS机、手机、智能读卡设备、智能售货机等移动电子商务核心产品。发展特种计算机、显示设备、网络设备、通信指挥系统等高端军民融合电子产品。发展电力电子器件、传感器件、电路板、固态电容、微波陶瓷等各类新型元器件。发展TFT-LCD模组、玻璃基板、LED背光源、触摸屏(TP)等,增强新型显示器产业配套能力。

2. 太阳能光伏和半导体照明

紧紧抓住当前光伏产业发展的历史机遇,充分利用湖南光伏产业基础优势、技术优势和创新资源,以3000兆瓦太阳能光伏垂直一体化产业链建设为主要目标,以光伏装备制造为先导,以太阳能电池为核心,按上下游垂直一体化要求,整合资源、完善分工,基本形成与之相配套的硅材料、单晶、铸锭、硅片、组件、光伏装备、系统集成、蓄能电池、应用产品以及配套产品等完整产业链。力争湖南建设成产业链相对完整、产业聚集与规模优势明显、技术水平国内先进的光伏产业基地,使光伏产业成为湖南重要的战略性新兴产业。支持高品质、规模化的LED外延/芯片产业化和关键设备、材料研发,以湘煤华磊光电LED外延/芯片制造基地为核心,带动三升光电、益源光电、新亚胜等封装、应用企业发展。

3. 软件和集成电路

发展国产操作系统、数据库管理系统、关键中间件及其他基础类工具软件，加快国产基础软件的应用和推广，提升国产基础软件产品的可靠性和成熟度。推动行业信息化解决方案等应用软件发展；推动汽车电子、轨道交通电子、工程机械电子、医疗电子、电力电子、城市智能交通电子、航空电子等重点应用领域嵌入式软件的发展；推动工业软件在产品设计研发、生产过程控制和经营管理中的应用。加快设计开发计算机存储芯片、数字音视频处理芯片、移动通信专用芯片、信息安全芯片、嵌入式终端用 SOC 芯片、汽车电子专用芯片、数字化仪表专用芯片、RFID 芯片等，加快集成电路设计业的发展，促进全省集成电路相关技术的发展与升级。

4. 软件和信息服务外包

做大数据加工处理、软件开发测试、信息安全服务等信息技术服务外包（ITO），发展客户服务、呼叫中心等业务流程外包（BPO），积极承揽知识流程外包（KPO）。发展影视制作、数字音视频、数字多媒体、数字出版和移动电视产品等内容服务业，开发面向新闻出版、文化体育、医疗卫生、科技教育等公共文化领域的数字内容产品。推动工业数字设计、建筑装饰设计、广告设计和咨询策划、会展等数字设计与文化创意业的发展。

5. 互联网经济和移动电子商务

发挥信息网络基础设施和产业平台优势，培育壮大动漫、网络游戏、电子竞技、即时通信、搜索引擎等产业。积极发展第三方电子商务交易与服务、供应链管理、加密与电子认证、在线支付、多式联运技术与系统，支持建成在全国占据主导地位的行业电子商务服务平台。建设全国电子商务区域中心、国家移动电子商务示范省和物流信息交换中枢网络，支持建设公共物流信息平台，形成统一的物流信息化服务体系。完善全网手机支付平台，制定移动电子商务标准，推动手机支付在公共事业缴费、小额支付、手机一卡通、农村商贸流通等领域的应用，打造移动电子商务新高地。

6. 新一代网络和"三网融合"

构建以局域传感网络和由超级计算机、行业计算平台组成的云计算网络为支撑的先进计算与信息服务基础设施。推进 TD 等第三代移动通信网在"无线城市"等领域的建设和应用，推动下一代移动通信网络技术研发和产业化。加快光纤宽带网络建设，提升信息基础设施能力，引导宽带应用的发展和创新。推动移动多媒体广播电视、IPTV、手机电视、数字电视宽带上网等"三网融合"相关业务的应用，创新产业形态和市场推广模式，促进信息服务业和其他现代服务业融合发展。

7. 物联网和物流信息服务

超前部署物联网的研发和应用。加大物联网共性技术研究，积极参与标准的制定，突破传感器、芯片、关键设备制造以及智能通信等应用瓶颈。在经济、公共管理、公众服务等领域，启动实施智能农业、智能工业、智能交通、智能环保、智能医护、智能家居等一批示范工程，以带动产业发展。推广无线射频识别（RFID）、全球卫星定位系统（GPS）、地理信息系统（GIS）等自动识别和采集跟踪技术在物流等领域的应用。

四 加快湖南电子信息行业发展的对策建议

（一）加快产业结构调整

瞄准未来产业发展的制高点。大力发展数字化整机和新型元器件、太阳能光伏和 LED 照明、软件和集成电路、软件和信息服务外包、互联网经济和移动电子商务、新一代网络和"三网融合"、物联网和物流信息服务等产业集群。加快实施产业振兴规划重点工程、国家科技重大专项，积极推进企业技术改造，突破一批产业发展急需的核心技术，拓展产品应用领域，推动整机产品升级，推进产业结构调整。

（二）推动产业加速集聚

按照统筹规划、发挥优势、突出特色、集群发展的原则，依托省内技术和人才优势，加快承接产业转移，建立一批数字化整机、新型元器件、新型显示器件、太阳能光伏和 LED 照明、软件和集成电路设计、移动电子商务等特色基地和园区，促进技术、人才、资金等生产要素向优势区域集中，做大做强省级电子信息产业园。培育一批产值过百亿、集聚度高、特色明显的省级信息产业园。培育一批主营业务收入过 100 亿元、50 亿元的龙头企业。

（三）提升自主创新能力

建成一批国家级和省级工程（技术）研究中心和重点实验室，大力扶持技术创新平台和行业服务平台建设，不断增强科技创新能力和产业竞争力。支持重点领域关键技术开发，建立健全以企业为主体、以高等院校和科研机构为支撑、以产业化为目标的产学研合作机制。引导和支持企业有效利用国内外创新资源，将原始创新、集成创新、引进消化吸收再创新有机结合起来，提升技术产业化能力。

（四）加大政策支持力度

积极争取和全面落实国家支持战略性新兴产业发展的资金和优惠政策。鼓励各级政府部门设立电子信息产业创业风险投资引导基金和发展基金，引导社会资源，支持种子期、起步期的电子信息企业发展。完善风险投资机制，鼓励民间资金、私募资金、创业风险资金参与信息产业项目建设。省扶持企业上市专项引导资金优先支持信息产业领域企业上市。引导和支持企业通过境内外上市、发行公司债券、企业债券、短期融资券、中期票据等扩大直接融资。加大招商引资力度，积极承接产业转移，重点引进国内外知名大公司、大集团来湘投资，深化与央企的战略合作。

（五）实施人才支撑战略

大力实施"ICT百千万人才工程"，引进、培养百名领军人才、千名高端技术人才和企业高管、万名技术和企业管理骨干人才。制定各类高层次人才的选拔和培养目标，以重点项目、创新工程、研发基地为依托，培养和汇聚一批具有国际领先水平的产业专家和技术学术带头人，培养锻炼一批优秀的技术研发和创新团队，培养大量面向需求高层次、实战型工程技术人才。加强省内高校信息产业相关学科专业建设，加大对从事信息产业人员的专业培训，培养高素质的产业大军。

B.7

2010～2011 年湖南机械行业发展研究报告

陈丹萍*

自 2007 年产销过千亿元以来，湖南机械工业一直保持 30% 以上的发展速度，2011 年行业的产销总额预计将突破 5000 亿元。在高速、高效发展过程中，机械工业在湖南的支柱产业地位进一步巩固，对国民经济和其他行业的带动作用明显增强。2010 年是"十一五"收官之年，2011 年是"十二五"开局之年，分析研究这两个年度的情况及发展趋势，对行业发展具有现实指导意义。

一 2010 年湖南机械行业运行情况分析

（一）行业运行的特点

2010 年，湖南机械行业回升向好趋势得到进一步巩固，生产销售和经济效益高速增长，出口逐月回暖，行业运行有以下几个明显特点。

1. 产业规模和行业影响进一步扩大

2010 年，湖南省机械工业 2324 家规模企业完成工业总产值 4287.91 亿元，比上年增长 44.90%，增速比全国平均水平高 10 个百分点；"十一五"期间，湖南机械工业按产值在全国的排位依次赶超福建、北京、重庆、天津，由第 17 位上升至第 13 位。完成工业增加值 1315.05 亿元（增加值率为 30.67%），比上年增长 33.70%，比全省工业增加值增速高 10.3 个百分点；机械工业增加值占全省

---

* 陈丹萍，湖南省机械行业管理办公室主任。

工业增加值的比重在"十一五"期间由 13.25% 增至 22.33%，湖南"第一支柱产业"的地位得到确立和巩固。

2. 大部分产品产量保持较好增长

在湖南省机械行业管理办公室统计的 93 种重点产品中，75 种产品保持增长态势，占 80.65%，保持两位数以上增长的产品有 68 种，增长 30% 以上的产品有 44 种。全省共生产汽车 25.24 万辆，比上年增长 17.50%；混凝土机械 4.78 万台，比上年增长 133.8%；挖掘机械 2.27 万台，比上年增长 77.0%；变压器 10733.24 万 kV，比上年增长 33.9%；电力电缆 118.87 万千米，比上年增长 32.5%；电工仪器仪表 19.0 万台，比上年增长 51.7%。

3. 优势产业保持良好发展态势

工程机械、电工电器、汽车及零部件和轨道交通装备四大优势产业发展势头良好，在行业中的地位稳步提升。四个行业的总产值、新产品产值、工业增加值、出口交货值已分别占全行业的 67.65%、84.19%、67.77%、67.37%。

工程机械是湖南机械行业 12 个子行业中发展最快最好的子行业，也是湖南加速推进新型工业化的最大亮点。2010 年有规模企业 62 家，能生产 13 个大类、120 多个小类、600 多个品种的产品。规模企业完成工业总产值（现价）1132 亿元、工业增加值 361 亿元、主营收入 1084 亿元、利润 146 亿元，分别是 2005 年的 13 倍、12 倍、14 倍和 21 倍，总产值占全国工程机械行业的 25.79%。2010年，工程机械成为湖南首个"千亿子产业"，长沙成为全国工程机械行业首个千亿产业集群。湖南生产的混凝土拖泵、混凝土泵车、液压挖掘机、液压静力压桩机、旋挖钻机均已成为国内第一品牌。

电工电器制造业的研发和生产能力近年得到大幅提升，风电、核电设备等新领域的开发取得突破性进展，变压器类产品电压等级由原来的 220kV 提升至 1000kV，甚至达到国内最高电压等级 1200kV。2010 年，湖南年产 2 兆瓦及以上大型风电机组的总容量居全国第一，整机、电机、变流器、叶片、轴承、控制系统等综合配套能力也居全国第一，自主研发的永磁直驱式风机是世界上最先进的技术。行业内 659 家规模企业完成工业总产值 872 亿元、主营业务收入 840 亿元、利润 38 亿元，有望在 2011 年成为湖南机械行业第二个"千亿子产业"。

继北汽福田、吉利汽车、众泰汽车进入湖南后，北汽南方基地、长沙比亚迪、广汽菲亚特以及广汽三菱等重大项目相继落户湖南，在改善和提升湖南汽车产业结构的同时，也为湖南汽车及零部件产业的后续发展蓄积了充足能量。2010 年全省 252 家规模以上整车及零部件企业生产整车 26 万辆，其中轿车近 12 万辆，规模企业总产值 520 亿元、主营收入 497 亿元、利润 30亿元。

轨道交通装备制造业有国家级工程技术中心 1 家，国家级企业技术中心 3家，省级工程技术中心和企业技术中心 2 家，近年开发的 9600kW、7200kW 六轴大功率交流电力机车、A 型城轨车辆等产品是国内领先、国际一流的重大装备。已经形成以电力机车、城轨车辆、铁路货车、铁路道岔、车载电气系统、铁路工程机械为重点的多类别产品系列。2010 年规模企业实现工业总产值 374 亿元、主营收入 356 亿元、利润 21 亿元。

4. 龙头企业支撑和带动作用增强

中联重科、三一重工自 2007 年成为湖南机械行业首批"百亿企业"以来，2008 年、2009 年分别突破 200 亿元、300 亿元的规模，2010 年进而突破 500 亿元规模，产值分别达到 508 亿元和 502 亿元，成为全国工程机械企业的排头兵。南车株机 2009 年成为湖南省机械工业第 3 个"百亿企业"，2010 年产值达到 160亿元。2010 年，湘电集团和南车株所又相继突破百亿规模，湖南机械行业"百亿企业"增至 5 家。同时，衡阳特变、广汽长丰、福田长汽、湖南吉利等企业产销规模均过 50 亿元，正向百亿企业进军。"十一五"期间，上述企业年均增速都在 30%以上，对行业发展起到了强有力的支撑和带动作用。

5. 行业创新能力平稳提升

湖南省机械工业新产品产值一直高速增长，2010 年全行业规模以上企业完成新产品产值 1143.92 亿元，比上年增长 42.2%，在"十一五"期间的年均增幅达 50.49%。其中，轨道交通设备制造、机床工具、农机、仪器仪表、内燃机等行业新产品产值增速超过 50%。2010 年，湖南机械工业新产品产值率 26.68%，比 2005 年的 17.38%提高近 10 个百分点，高出全国平均水平 8 个百分点。行业自主创新不断取得突破。中联重科碳纤维泵车臂架技术和三一重工 E系列泵车制造技术的推广应用，使湖南混凝土机械的品质进一步提高，长沙成为世界上最大的混凝土机械研发生产基地。另外，K9 纯电动大巴、交流六轴 9600电力机车、AP1000 核电站凝结泵、300 吨电动轮自卸车、5 兆瓦风力发电机组、

1000 吨全路面起重机、1600 吨履带起重机等一批重点新产品的研制成功，大大提升了湖南机械工业的装备水平和装备能力。

6. 经济效益进一步向好

2010 年，湖南机械工业实现主营业务收入 4075.28 亿元，比上年增长 47.1%；经济效益综合指数 203.9%，比上年增长 26.7 个百分点；总资产贡献率 16.63%，比上年增长 2.13%；资本保值增值率 148.12%，比上年增长 14.52%；流动资产周转率 1.97 次，比上年增长 0.07；销售收入利润率 7.83%，比上年下降 0.84 个百分点；资产负债率 57.18%，比上年下降 1.57%；成本费用利用率 8.91%，比上年增长 1.08%；全员劳动生产率 123348.32 元/人，比上年增长 26.91%。实现利税 488.75 亿元，比上年增长 61.2%，其中利润 319.14 亿元，比上年增长 64.8%，行业盈利水平稳步提高。

（二）行业运行中的主要问题

（1）原材料价格上涨，成本压力较大。2010 年 1～11 月，工业原材料、燃料、动力购进价格总水平上涨 9.7%，较上年同比上涨 17.9 个百分点。企业的成本压力不断加大。

（2）人才资源问题对产业形成制约。近期各大企业举行的大型招聘会，已经很难看到过去的火爆场面。支撑产业发展的高端研发人才、高级管理人才、高级技能人才全面告急。

（3）人民币升值影响产品出口。人民币升值不仅使出口企业遭受出口收入转换成人民币时的汇兑损失，同时削弱了产品在国外的竞争优势，造成北汽福田长沙厂等企业出口订单量下滑，湘电集团等企业出口项目停建、缓建，特变电工等企业出口利润大幅下降。

（4）创新能力依然薄弱。湖南机械工业新产品产值增速自 2010 年 8 月以来累计增速低于工业总产值增速，特别是汽车行业，整车企业科技创新能力不足，导致新产品产值增长乏力。

（5）总量规模偏小。虽然湖南机械工业总产值占全国机械工业比重由 2005 年的 1.71% 增至 2010 年的 2.98%，但总量规模仍然偏小，远远落后于江苏、山东、广东等发达省份，如江苏 2010 年机械工业规模已过 3 万亿元。

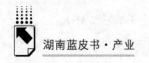

二　2011 年湖南机械行业发展趋势分析

当前，机械工业面临的形势依然是机遇与挑战并存，但机遇大于挑战。

（一）机械工业发展的机遇

一是国际金融危机后重振的机遇。国际金融危机引发了世界各国对实体经济的重新审视，一些发达国家掀起以先进制造业为核心的"再工业化"浪潮；以印度为代表的一批新兴经济体，先后由复苏转入工业化快速推进阶段。金融危机后实体经济的重振，加上战略性新兴产业的兴起和高端制造、物联网、云计算等高新技术的应用，共同推动世界装备制造业进入新一轮高速发展期。

二是"十二五"中国和平崛起的机遇。"十二五"是我国经济发展的黄金机遇期，和平发展的中国将成为世界经济增长新的发动机。新型工业化、新型城镇化、知识信息化、全球化、基础设施现代化，这新"五化"的加速推进，在给中国式发展创造最大内需的同时，也给装备制造业发展带来新的发展机遇。

三是国家大力振兴装备制造业的机遇。国家已经把振兴装备制造业上升为"国家战略"和"国家意志"。根据党中央和国务院的部署和要求，政府部门相继出台了一系列扶持装备制造业发展的措施，继国务院"若干意见"和装备制造与汽车两个"调整振兴规划"后，2009 年 8 月财政部等 6 部委局又下发了《关于调整重大技术装备进口税收政策的通知》，2010 年 10 月工业和信息化部颁布了《机械基础零部件产业振兴实施方案》。机械工业发展的政策环境将会越来越好。

四是湖南大力推进"四化两型"的机遇。"十二五"期间，湖南将以加快转变经济发展方式为主线，全面推进"四化两型"建设，大力加强节能环保和生态建设，发展循环经济和低碳技术，发展绿色产业，倡导绿色消费，建设绿色湖南，推动资源利用由高消耗、高排放、高污染的粗放型向低消耗、低排放、低污染的节约集约型转变，促进经济社会发展与人口资源环境相协调，实现可持续发展。装备制造业既是资源节约、环境友好的"两型产业"，同时又肩负为"四化两型"建设提供先进装备的重任，"四化两型"的推进必然为装备制造业带来新的发展机遇。

（二）机械工业面临的挑战

一是国际竞争进入更高层次的较量。目前新一轮技术革命正处于启动期，若干重要领域酝酿着新的突破，发达国家借助其先发优势，抢占未来竞争战略制高点日趋激烈。新技术、新产业的发展，将会改变各国各地区的比较优势和相互间的竞争关系。这种背景下，国际产业分工和贸易格局将会出现深层次的调整，而湖南机械工业在国际产业分工上还处于中低端，面临的挑战异常严峻。

二是国内发展环境面临诸多矛盾。我国经济发展持续向好的基本面不会改变，但由于体制缺陷和结构性矛盾的积累，经济发展仍面临诸多矛盾。就机械行业来讲，要素价格上升的压力持续增大，人民币汇率处于长期上升通道，从而加大了企业生产经营和出口的难度；汽车消费刺激政策的到期，货币政策由宽松转向稳健，银行利率和存款准备金率的多次调整等，都将对产业发展形成一定约束。

三是产业自身竞争实力面临考验。湖南机械工业这些年的高速发展主要受益于我国劳动力等要素价格优势和政府的大投入，企业层面的综合竞争实力并未得到同步显著提高。企业研发投入普遍偏少，产业内生性动力不足，产业基础环节薄弱，关键基础零部件严重依赖进口等，产业综合竞争力面临新的严峻考验。

（三）2011 年运行走势分析

2011 年机械工业经济运行将在 2010 年已然快速回升的基础上转向平稳增长。行业上下既要对发展前景充满信心，也要对各种困难有足够的思想准备。在行业转型升级，以及客观环境和市场压力日益加大的情况下，2011 年机械工业预计由超高速增长向平稳增长回归，有望为"十二五"进入更为健康发展的新阶段开个好头。2011 年湖南省机械行业的运行目标是：规模以上企业实现工业总产值 5200 亿元，比上年增长 22%；工业增加值 1600 亿元，比上年增长 20%；主营业务收入 5000 亿元，比上年增长 22%；利润 380 亿元，比上年增长 20%；出口交货值 145 亿元，比上年增长 20%。

四大优势产业预期如下：工程机械行业预计实现工业总产值 1500 亿元，比上年增长 30%，工业增加值 500 亿元，比上年增长 28%；电工电器行业预计实现工业总产值 1000 亿元，比上年增长 20%，工业增加值 500 亿元，比上年增长 28%；汽车行业预计产量 30 万辆，工业总产值 660 亿元，比上年增长 25%，工

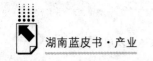

业增加值190亿元，比上年增长22%；轨道交通设备制造行业预计实现工业总产值480亿元，比上年增长35%，工业增加值160亿元，比上年增长30%。

二 2011年促进机械行业发展的对策建议

2011年乃至整个"十二五"期间，湖南机械行业都要坚持科学发展，按照"四化两型"的要求，以产业结构调整和转变经济发展方式为主线，进一步健全技术创新体系，完善零部件配套体系，发展社会化服务体系，建设产业人才培育体系；引导企业从单台产品供应商向成套设备供应商和服务供应商转型，产业从规模扩张型向国际竞争型和创新效益型转变；紧紧抓住国际金融危机后世界经济重振、我国"十二五"发展战略机遇期和我省大力推进"四化两型"建设的机遇，努力实现"万亿产业"目标；更好地发挥机械工业在"四化两型"建设中的硬支撑和带动作用，推动湖南经济在"十二五"新一轮竞争中取胜。重点要抓好以下六个方面。

一是突出抓好战略性新兴产业发展。重点支持中高端工程机械装备，高端电力牵引轨道交通装备，新能源装备，节能环保装备，新能源汽车及汽车新品种，智能电网关键装备，高档数控装备，大型冶金、矿山装备，高技术船舶及海洋工程装备，航空装备，航天装备等领域先进装备制造业的发展，强化政策支持，加大建设投入，力争使这些新兴产业成为我省机械工业新的增长点。

二是突出抓好产业结构调整。着力引导行业坚决抑制低水平产能扩张和"高水平"重复建设。引导企业在固定资产投资和技术改造中淘汰落后产能、压缩过剩产能，大力发展符合"四化两型"要求和市场需求的高附加值产品。通过加快企业兼并重组和产品更新换代，促进产业结构优化升级，形成主机企业由以单机制造为主向以系统集成为主转变，专业化零部件企业向"专、精、特"方向发展，优势互补、协调发展的产业格局。加快发展现代制造服务业，引导骨干企业利用自身优势，逐步实现由生产型制造向服务型制造转变。

三是突出抓好创新能力建设。努力把握未来国际产业发展新趋势，在低碳、节能环保的技术研发和设备产品研制上占领国际产业竞争制高点。紧紧依托十大领域的重点工程，围绕九大产业的重点项目，着力提高主机和配套产品制造水平。重点抓好重大技术装备标志性产品的自主创新工作，夯实关键基础件和基础工艺的创新基础。以国家级、省级企业技术中心、工程技术研究中心和重点实验室为骨干，发展行业共性技术开发联盟，尽快建立起行业自主创新体系并切实发挥作用。

四是突出提高对外开放水平。以提升核心竞争力为根本，坚持实施"引进来、走出去"发展战略，紧紧抓住当前世界经济大发展、大变革、大调整的机遇，充分利用国际间投资、并购等领域相对宽松的条件，统筹研究做好"引进来"和"走出去"的工作。本着"以我为主、互利共赢、立足当前、着眼长远"的原则，积极地引进优势资源、科技智力和战略投资者，避免和防止低水平引进、重复引进，进一步提高利用外资的水平。

五是突出抓好"四千工程"实施。按照《省加速推进新型工业化工作领导小组办公室、省经委关于湖南省加速推进新型工业化"四千工程"实施方案》，到 2015 年，机械行业的工程机械、轨道交通、电工电器、汽车及零部件 4 个优势子产业均要建成千亿产业；长沙工程机械产业集群、长沙汽车及零部件产业集群、株洲轨道交通装备产业集群 3 个产业集群要建设千亿产业集群；长沙中联重工科技发展有限公司、三一集团有限公司 2 家企业要建成千亿企业。按照目前的发展态势，"十二五"期间，湖南省机械工业只需保持 20% 的发展速度，就可以实现"万亿产业"目标，工程机械已经成为全省首个千亿子产业，电工电器2011 年有望过千亿元。

六是突出搞好行业的协调服务工作。2011 年，省机械行管办将协助省经信委认真抓好湖南省战略性新兴产业先进装备制造专项规划的实施。认真制订并不断完善《湖南省机械行业"十二五"发展规划》和《湖南省汽车行业"十二五"发展规划》，扎实推进规划实施。努力争取省政府支持，出台湖南省重大技术装备首台套奖励管理办法。搞好湖南机械工业进军"万亿产业"和行业应对ECFA 协议（《两岸经济合作架构协议》）的调查研究，引导企业正确认识挑战和机遇。进一步做好工程机械、汽车、输变电设备、核电设备的产需合作对接，并不断创新合作对接的形式与内容，扩大对接的领域与范围，为湖南机械工业搭建更加广阔的产需合作对接平台，为行业开拓市场服务。进一步加强新技术的推广应用，加强行业标准的制定与管理，加强产品质量的监督与检查。进一步重视职业院校建设，深化校企合作，加快人才队伍建设。

B.8

2010～2011年湖南有色金属行业发展研究报告

宋建民*

2010年，湖南有色金属行业深入贯彻落实科学发展观，认真贯彻执行省委、省政府的一系列决策部署，坚定信心，抢抓机遇，奋力拼搏，乘势而上，确保了有色金属行业平稳健康发展。

一 2010年湖南有色金属行业发展基本情况

（一）行业发展实现新跨越

2010年，湖南有色金属行业以转方式、调结构为主线，以打造"两型产业"为目标，着力培育铜、铝、钛、稀土等新的增长点，着力推动有色产业转型升级，全省有色工业发展实现新跨越：全省有色行业完成十种有色金属产量249.3万吨，同比增长26.7%，居全国第三位；实现工业总产值1967.1亿元，主营业务收入1922.8亿元，工业增加值573.5亿元，同比分别增长47.04%、51.37%和20.5%；实现利税136.1亿元，同比增长59.89%，其中，实现利润71.3亿元，同比增长81.48%。各项指标均超额完成"十一五"目标。

（二）结构调整出现新变化

2010年，湖南有色金属行业加大结构调整力度，加快促进产业升级。一是产品结构有所改善。铜、铝等金属产量占全省十种有色金属总产量的比例由

---

* 宋建民，湖南省有色金属管理局党组书记、局长。

2005 年的 7.5% 上升至 2010 年的 13%。精深加工产品比重 2010 年比 2005 年增长 72.2%。二是技术结构有所改善。采选冶及深加工的装备水平有了很大提高，新工艺、新技术得到了有效地推广应用；行业共性和关键技术的攻关和应用取得明显进展。采矿回采率、选矿回收率、冶炼回收率和综合成品率都有较大提高。三是企业组织结构明显优化。产业集中度有所提高，"散、小、弱、乱"的状况有所扭转。规模企业由 2006 年的 653 家增加到 2010 年的 1003 家。以湖南有色控股集团、晟通科技集团、湘投金天集团、金鑫黄金集团、金龙（国际）铜业集团为代表的一批龙头企业发展迅速，实现了规模化、集团化经营。铜、铝、铅、锌、钨、锑等产业集群开始形成。四是人才结构调整加快。高技能人才培养取得较大进展，"十一五"期间筹建的湖南有色金属职业技术学院于 2010 年开始招生，并被中国有色金属工业协会确定为"中国有色金属工业高技能人才培养基地"。

（三）资源勘探实现新突破

湖南省有色地质勘察局和省内重点企业积极实施探矿工程，探矿工作实现重大突破。2010 年，新发现矿产地 6 处，古丈县岩头寨矿区钒矿，共探明钒资源储量 311 万吨，达到超大型规模，潜在经济价值超过 3000 亿元，是湖南目前探明的最大规模的钒矿。新增各类金属资源储量：钒 331 万吨、铅 34.5 万吨、锌 38.2 万吨、铜 8.7 万吨、钼 13 万吨、锑 2.4 万吨、钨 1 万吨、金 359 千克、银 717 吨，潜在经济价值近 4000 亿元。

（四）科技创新取得新成果

2010 年湖南有色金属行业自主创新能力建设步伐明显加快，技术创新成果不断涌现。共获得国家级科学技术进步奖 4 项，中国有色金属工业科学技术奖 31 项，省部级科技成果奖 7 项；获得授权发明专利 761 个、实用新型专利 503 个。具有自主知识产权的纳米复合粉装备技术达到了国际领先水平，新型涂层技术也达到国际先进水平。省重大专项"短流程制备高品质铝及铝板带箔关键技术研究与开发"、"钨产业链关键技术开发及产业化"项目顺利通过省科技厅的验收。湖南有色金属研究院完成的刚果（金）SICONMES 铜矿氧化铜钴矿选矿试验项目，选矿指标取得重大突破，铜的回收率达到 85%，钴的回收率由 38% 提

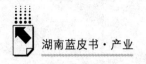

高到 61%，创下了国内外同行业研究成果新高，该成果可望冲击国家技术进步一等奖。

（五）节能减排取得新进展

2010 年，湖南有色金属行业加大技术改造和淘汰落后产能工作力度，综合能耗和主要污染物排放量明显下降。"十一五"期间，单位粗铅综合能耗、单位铅冶炼综合能耗、单位精锌（电锌）综合能耗、吨铝加工材消耗能源量分别下降 28%、10%、4%、17%。到 2010 年末，主要污染物化学需氧量、二氧化硫排放总量分别较 2005 年削减 10.1% 和 10%，砷、镉排放量均削减 25%，有色金属矿产资源利用率、共伴生有价金属回收率、冶炼废渣综合利用率、有色金属废弃物回收率分别达到 65%、45%、80% 和 90%，"两型产品"总产值达 400 亿元以上。

（六）改善民生取得新成效

2010 年，湖南有色行业与各地党委、政府一道着力解决已关闭破产企业职工的医保、住房和就业等民生问题，有效地维护了关闭破产企业职工的利益。一是积极争取省政府、省人力资源和社会保障厅的支持，圆满解决省属关闭破产原衡阳有色冶金机械总厂、原桃江稀土金属冶炼厂共 6623 人的统筹外养老保险费用纳入省社统一发放的问题。二是高度重视安居工程建设。省有色局从有限的资金中拨出 847 万元，支持了关闭破产企业社区的住房和水、电、路等基础设施建设，初步改变了原关闭破产企业社区的面貌。到 2010 年底，13 家有色破产企业社区已建成经济适用房 2685 套 248640 平方米，廉租房 460 套 21400 平方米，正在筹建 3609 套。三是积极支持引导省属关闭破产企业职工再就业。通过招商引资、危机矿山找矿等工作，创造就业岗位，并开展再就业技能培训，推动关闭破产企业重组，使省属关闭破产企业职工再就业率达 84%。

（七）行业服务迈上新台阶

2010 年，湖南有色金属管理局积极履行资源型行业管理职能，以积极有效的服务助推行业发展。一是抓好政策服务。积极向省委、省政府建言献策，争取对有色工业的重视与支持，起草并上报了《关于进一步支持湖南省有色金属产业发展的若干意见》、《关于促进湖南省稀土产业发展的意见和建议》等政策建议。二是抓好规划科技服务。先后与有色金属重点市州、园区及企业开展"十二五"对接。抓好重点产品、重点技改项目、重点企业的协调服务，帮助企业解决发展中存在的困难。组织业内专家开展科技服务，鼓励科技创新，推广新技术、新工艺、新装备，积极申报科技奖项和科研项目，推动科技进步和行业发展。三是抓好基础服务。在经济运行、质量标准、统计分析、安全生产、信息服务、劳动保护等方面积极为行业、企业服务，得到行业上下一致认可。

2010年，有色行业发展成绩斐然，但体制性、机制性、结构性等深层次矛盾仍然存在，发展方式还不能适应新形势的要求，管理粗放的问题依然突出，这些都有待于今后逐步加以解决。2011年，湖南有色金属产业挑战与机遇并存。

二 2011年加快湖南有色金属行业发展的对策建议

2011年，湖南省有色金属年度目标为：完成十种有色金属产量292万吨，同比增长10%以上；工业总产值2300亿元，同比增长19%以上；主营业务收入2250亿元，同比增长19%以上；工业增加值700亿元，同比增长21%以上；利税160亿元，同比增长20%以上；利润85亿元，同比增长25%以上；深加工产品比重达到50%以上，新产品产值率达到25%以上，全行业主要产品销售率达到98%以上。要实现上述目标，亟须从六个方面下工夫。

（一）着力推进结构调整

一是大力调整产品结构。在巩固传统优势产品的基础上，培育新的增长点，打造新的增长极。瞄准国际国内市场需求，着力完成三个转变，即从以矿产品和初级冶炼产品为主向以精深加工产品为主转变；从以传统加工产品为主向以高新技术产品为主转变；从高能耗、高污染、低附加值的产品向低能耗、低排放、高附加值的产品转变。

二是大力调整技术结构。加大技改投入力度，2011年技改投资420亿元以上，加强重点企业、重点项目的技术改造。加快引进国内外先进技术、先进装备改造提升传统装备水平。加大淘汰高能耗、高污染生产设备的力度。使采选冶及深加工的装备水平、大型企业工艺技术装备和主要技术经济指标有明显提高。加快先进技术推广应用。充分发挥中南大学和长沙矿山研究院、湖南有色金属研究院等科研院所的技术优势，重点研发推广新技术、新工艺、新产品，使有色行业工艺技术水平有明显提升。

三是大力调整企业组织结构。在认真研究的基础上，加强同类产品、同类企业的整合力度，提高产业集中度。重点扶持壮大骨干龙头企业，引导中小企业向"专、精、特、新"方向发展，与龙头企业建立密切协作配套关系，力争形成国内领先、具有国际水准的铅锌、钨、锑产业集群和国内一流、特色鲜明的铜、钛、稀土及有色金属新材料产业集群。

四是大力调整投资结构。加大增量投资，以增量带动存量结构的调整。改变单一的投资格局，形成多渠道的投资机制，加大招商引资的力度，合理利用外资；充分发挥财政引导资金的作用，引导社会投资；进一步搭建企业与银行的合作平台，争取各类银行对有色金属产业的支持；加快企业股份制改造，加大从国内外资本市场的融资力度，解决企业资本金不足的问题；争取省和国家发改委、证券委的支持，鼓励有好项目的企业上市和发行中长期债券。

五是大力调整人才结构。培养一支结构合理的专业人才队伍是加快湖南有色工业发展的保证。加快建好湖南有色金属职业技术学院，培育行业急需的高技能型人才。鼓励省内高校、有色科研院所加强与有色企业之间的合作，培育各类高级专业人才。加大科技人才的引进力度，吸引更多的科技人才来湖南有色行业创业兴业。加强对专利技术的申报和保护，创造高科技人才成长的良好氛围。加大企业家队伍的建设，不拘一格选拔和培养一批具有国际视野、有战略运筹能力的企业领军人物。着力营造企业人才成长的良好氛围，理解企业家，尊重企业家，保护企业家的合法权益。

（二）着力加大资源勘探和提高资源利用水平

一是大力探矿增储，提高资源保障能力。坚持"立足省内，辐射全国，拓展海外"的资源战略，争取省委、省政府加大对探矿的投入。全力支持省有色地质勘查局和重点企业实施"危机矿山找矿"、"重要成矿区带新区找矿"、"第二开采深度千米探测"三大找矿工程，突出重点成矿区带（南岭成矿区带、湘西成矿区带、钦杭成矿区带），突出钨、锡、锑、铋、铅、锌、铜和稀土等优势矿种，引进和应用先进的地质找矿理论、探矿技术和手段，进一步在探矿方面寻求突破。强化省外、境外资源战略。加强有色企业与有色专业地质勘察队伍的联合，以钨、锑、铅、锌、铜、镍、钴、铝土矿为重点矿种，以新疆、西藏、青海等西部省份为重点区域，建立西部勘察基地；以周边亚洲国家以及澳大利亚、赞比亚为首选对象，以国家大力支持资源行业"走出去"为契机，加强境外找矿。

二是整合矿产资源，推进规模开发。严格按照《湖南省深化非煤矿山整顿关闭专项行动工作方案》的要求，开展集中整治有色金属矿山安全开采秩序的专项行动，坚决关闭资源浪费严重、安全隐患大的小矿山。坚持政府引导、市场运作的原则，综合运用经济、法律和必要的行政手段，推动资源向投资规模大、技术水平高、市场前景好和实施深加工的大企业、大集团集中，提高优势企业资源保障能力。鼓励优势企业整合重组中小企业，支持冶炼企业和深加工企业与规模较大的矿山企业进行整合重组或相互参股，增强抵御市场风险能力。

三是注重科技环保，提高资源利用水平。坚持在开发中保护、在保护中开发的原则，最大限度地减少资源开发对生态环境的破坏，实现有色金属产业的可持续发展。大力推进矿山环境治理备用金制度，加快建立和完善"谁开采、谁保护，谁破坏、谁治理"的矿山自然生态治理和恢复机制，积极打造绿色矿山、绿色企业。采矿企业要积极推广应用新技术，提高回采率，同时做好采空区的回填和土地复垦、绿化工作；选矿企业要进一步提高资源循环利用水平，加强尾矿库建设管理，全面搞好矿山环境整治，防止次生危害发生；冶炼企业要采取有效措施，努力实现有害物质零排放，同时加强废渣及副产品的综合回收利用，最大限度地实现资源转化增值。

（三）着力加大科技创新力度

一是营造科技创新氛围。坚持市场为导向，突出企业主体地位，完善鼓励科技创新的法制保障、政策体系、激励机制、市场环境，积极建设行业科技创新体系，推进产学研结合，加快科技成果产业化进程，鼓励支持企业加强自主创新。开展有色行业"创新型"企业和省级行业科技进步奖评选，对在科技创新方面作出较大贡献、取得重大成果的企业和个人进行表彰奖励。营造重视科技创新、鼓励科技创新的良好氛围。二是培育科技创新平台。坚持高起点、高标准、高水平的目标，着力构建科技创新研发平台、产学研结合创新平台、技术推广与服务平台、技术成果及企业孵化平台。抓好信息化技术的推广运用，组织重点企业、高等院校或科研院所牵头，整合优势学科和优势技术资源。进一步建设好产学研市场相结合的创新战略联盟，共同承接国家重大研发课题，形成自主知识产权的核心技术。三是加快科技引进和消化吸收。把握未来有色金属新材料的发展趋势，优先发展资源、能源共性技术，解决行业发展重大瓶颈问题。以提高行业科技能力为目标，实现从以跟踪为主向自主创新的转变，从注重单项技术研究开发向集成创新转变，从关键技术引进向消化吸收再创新转变，实现产业技术全面升级。

（四）着力加大发展循环经济的力度

一是积极促成循环经济立法。借鉴外省发展"城市矿产"的成功经验，出台促进循环经济发展的地方性法规，将湖南有色金属循环经济纳入法制化轨道。二是巩固并扩大循环经济成果。继续抓好重点企业和循环经济工业园区。重点抓好株冶集团、水口山有色集团等一批重点企业和永兴县国家循环经济示范园、汨罗循环经济工业园、衡东工业园、郴州有色金属产业园等循环经济工业园区建设，强化上游企业的关联度，集中处理"三废"，提升行业循环经济发展水平。力争湖南有色金属行业循环经济总产值达到 500 亿元以上，占行业总产值的22%。三是着力抓好节能减排。继续协助省发改委、省环保厅抓好湘江流域重金属污染治理，抓好重点项目的实施，并以此为契机抓好节能减排工作。建立完善行业节能减排考核体系，健全激励约束机制，加强有色行业能耗标准的制定和宣传工作，大力实施重点节能减排工程。2011 年，单位工业增加值能耗和二氧化碳排放量各降低 4%，确保全年完成节能减排目标任务。

（五）着力加大改革开放力度

一是积极推动合作重组。进一步深化与央企的对接，加强与省外、国外有色企业的合作，实现互利共赢、共同发展。积极支持省内有色龙头、优势企业合作重组，形成资源、技术、资金、人才的集聚倍增效应。二是积极实施"引进来"与"走出去"战略。抓住长株潭城市群定为"两型社会建设综合配套改革试验区"所带来的历史性机遇，坚持"引资"、"引智"、"引技"相结合，进一步加大招商引资力度，广泛吸引国内外资本参与湖南有色金属产业项目的投资开发。积极"走出去"，加强境外资源合作开发，加强经贸合作。三是建立现代企业制度。深化企业改革改制，建立现代企业制度，强化内部管理和科学管理，建设特色企业文化。完善企业经营业绩考核和激励约束机制。四是大力发展生产性服务业。着力增强生产性服务业对转变有色产业增长方式的助推功能，坚持走市场化、专业化、信息化、规模化的发展路子，全面提升有色企业生产性服务业整体素质和水平。重点发展现代物流业，加强以传感技术为特征的物流体系建设，降低企业生产性营运成本，提高生产效率。

（六）着力加大行业服务力度

一是抓好有色行业"十二五"规划的修订和实施。进一步做好"十二五"规划的修订工作，使之具有科学性、前瞻性和可操作性。进一步加强与重点市州、重点企业、重点园区的联系衔接，加强对"十二五"重点项目进展实施情况的调度，协调项目实施中存在的困难，使重点项目尽早落实。二是抓好行业经济运行调度。密切关注世界经济、有色金属工业走势和行业运行动态，定期做好重点企业、重点园区经济运行调度，及时掌握行业、企业发展情况。进一步办好省有色金属信息网站和《信息快递》等刊物，及时发布主要有色金属价格行情，加强行业经济走势的分析预测，促进行业持续健康快速发展。三是抓好各项服务工作。贯彻执行国家产业政策，严格行业准入管理。完善行业标准和行业规范，积极推进标准化、规范化工作，加强行业地方标准和规范体系建设，抓好质量检测体系建设，推动名牌战略实施。进一步强化服务意识，提高工作效率，切实做好行业的政策研究、科技推广、劳动保护、标准制定、名牌创建、统计分析等各项服务工作。不断创新工作思路，努力提高服务水平。四是切实做好安全生产工作。各企业进一步明确安全责任，强化安全生产措施，构建安全工作长效机制。加大安全检查力度，消除安全生产隐患。进一步加强宣传教育培训工作，提高企业安全管理水平。在抓好有色尾矿库防汛度汛工作的同时，继续实施尾矿库综合治理。湖南省有色局将定期对有色矿山企业进行安全生产督促检查，确保安全生产事故控制在指标以内，确保在"十二五"的开局之年杜绝各类重大、特大安全事故的发生。

B.9
2010～2011年湖南石油化工行业发展研究报告

李列民*

　　石油和化工行业是我国国民经济的重要基础和支柱产业,在宏观经济的发展中占有举足轻重的地位。石化产业也是湖南重要的支柱产业,现拥有总资产800多亿元,从业人员17万余人,形成或初步形成了岳阳石油化工基地、株洲化工原料基地、衡阳盐化工基地、长沙精细化工基地和邵阳有机化工基地以及多个专业性化工工业园区。综合实力居全国同行业第15位。

一　2010年湖南石化行业发展情况

(一)　经济总量大幅增长,经济效益明显提高

　　“十一五”期间,湖南省石化行业产业规模快速增长,特别是2010年全行业产值和主要石化产品产量均已超过历史同期最好水平,市场需求总体表现积极,产销基本顺畅,价格总体稳中上扬,经济效益大为改善。2010年全行业完成现价工业总产值2008亿元,比2009年增长48.7%。其中,石油炼制及制品行业完成454亿元,同比增长30.5%;化工行业完成1554亿元,同比增长55.1%。全年实现销售收入1959亿元,比2009年增长49.9%;实现利润59亿元,同比增长63.9%;完成工业增加值600亿元,同比增长53.8%。

(二)　主要产品产量增幅较大,重点产品位居全国前列

　　“十一五”期间,湖南石化行业产品结构逐年调整,主要石化产品增幅较

---

* 李列民,湖南省石油化学行业管理办公室行业指导处处长。

大。2010 年，湖南重点跟踪的石油和化工产品产量完成情况：原油加工量完成590 万吨，同比增长 5.5%；硫酸完成 260 万吨，同比增长 17.3%；烧碱完成73.5 万吨，增长 5.8%，其中离子膜法烧碱完成 54.7 万吨，增长 9.5%；纯碱完成 45 万吨，下降 29.6%；电石完成 20.7 万吨，增长 75.5%；合成树脂及共聚物完成 48 万吨，增长 10.7%；胶鞋完成 6964 万双，增长 14.7%；合成氨完成164 万吨，下降 8.4%；化肥完成 124 万吨，下降 1.4%；农药完成 19.3 万吨，增长 19.6%；精甲醇完成 6 万吨，增长 20.9%；涂料完成 50.5 万吨，增长29.7%。

"十一五"期间湖南基本形成了比较完整的石化产业体系，在全国位居前列的重点化工产品有锂系聚合物、己内酰胺、SBS 树脂、环氧树脂、催化剂、双氧水、农药原药、涂料、橡塑机械以及部分无机盐和精细化工产品。名优产品国内市场占有率为：锂系聚合物近 60%、环己酮 71.5%、环氧树脂 32.1%、己内酰胺 50%、炼油催化剂 27%。

（三）产业集群相对集中，园区建设初具规模

目前湖南基本形成了岳阳石油化工产业集群、长沙（湘潭）精细化工产业集群、衡阳（常德、郴州）盐化工产业集群和株洲（娄底、怀化）基础化工产业集群四大产业集群。特别是岳阳石油化工产业集群在全省石化产业中占据主导地位，集群优势非常明显。2009 年岳阳石油化工产业集群实现工业总产值 560亿元、增加值 149 亿元、税收 64 亿元，分别占全省石化工业总产值、增加值和税收的 41.5%、38.2% 和 56.1%。2009 年湖南石化企业销售收入过百亿元的企业有 2 家，分别是中石化长岭分公司和中石化巴陵公司，销售收入过十亿元的企业有 10 家。

另外，岳阳云溪精细化工园、长炼工业园、衡阳松木工业园、临湘儒溪农化工业园、株洲清水塘循环经济工业园、岳阳民爆器材产业园、长沙太阳能光伏产业园、湖南（宁乡）塑胶工业园、浏阳生物医药工业园、汨罗循环经济工业园、望城铜官循环经济工业基地、辰溪 110 万吨电石基地等园区（基地）初具规模，特别是岳阳云溪工业园依托中石化在湘龙头石化企业优势，逐步形成了较完整的石油化工产业链，目前已发展为国家新型工业化产业示范园区，进入全省重点打造的"千亿园区"之列。

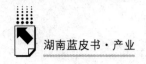

（四）创新能力明显提升，创新业绩成效显著

"十一五"期间，湖南石油化工产业领域拥有国家级企业技术中心3个（益阳橡机、时代新材、株洲兴隆）、国家级基地3个（国家南方农药创制中心湖南基地、氨基甲酸酯类农药工业性试验基地、国家农药创制工程技术研究中心），省级企业技术中心13个（巴陵石化、湖南海利、际华3517、湘江涂料、株化集团、智成化工、湖南宜化、湖南湘维、金环颜料、湖南神力、巴陵油脂、湖南至诚涂料、向红机械化工）、省级重点实验室和工程研究中心8个。申请国家专利7915项，其中发明专利4074项、实用新型专利2314项、外观设计专利572项。

"十一五"期间，湖南共完成科技成果1000余项，其中200多项获得国家和省部级奖励。由北京石科院、巴陵石化等单位共同完成的"非晶态合金催化剂和磁稳定床反应工艺的创新与集成"获国家技术发明一等奖。由湖南化工研究院、国家农药创制工程技术研究中心完成的"新型杀虫剂硫肟醚（HNPC－A9908）的创制与产业化开发"获湖南省科技进步一等奖。湖南安淳围绕氮肥生产装置的大型化、洁净化、节能降耗，实现两项成果获国家科技进步二等奖，并推广到全国27个省市区的500余家企业。湖南石化行业先后有5位同志获湖南省"光召科技奖励"（原科技兴湘奖）。

2010年湖南化工企业共争取各级各类科技计划项目65项，其中省经信委下达的技术创新计划33项、省科技厅下达的科技计划20项、其他部门计划12项。全年石化企业共争取到国家和地方各类科技开发经费约7000万元，其中中央在湘企业达到5000万元，地方企业近2000万元。湖南建长石化"新一代连续重整催化剂产业化"、湖南凯美特气体公司"超高纯二氧化碳固态、液态捕收与分离纯化"获财政部科技成果转化资金1700万元。全年由省经委、省科技厅、省石化行办等单位组织鉴定的化工科技成果项目共计10项。其中湖南化工研究院承担的"国家农药创制工程技术研究中心"通过科技部组织的现场验收，全省石化企业（不含高校）有4项重大化工成果经省人民政府批准，获湖南省科技进步奖励二、三等奖。共有8项重大技术创新项目获湖南省优秀技术创新项目称号。

（五）节能减排成效明显，生态环境逐步优化

"十一五"期间，湖南石化行业节能减排工作取得了明显的成效。2009年湖

南单位规模工业增加值能耗比 2008 年下降 13.2%，工业企业主要污染物排放总量减少，二氧化硫、化学需氧量、砷、镉排放总量分别削减 6.8%、5.2%、14.7% 和 33.4%，"三废"综合利用率达到 90%。湖南宜化、智成化工、株洲兴隆、中盐株化等一批企业积极向国家申请节能减排、资源综合利用项目，共获奖励拨款达 1 亿元。湖南宜化近几年先后投入近 3 亿元资金全面实施企业节能减排，使企业由严重亏损面临破产一跃成为湖南盈利大户。

（六）固定资产投资大幅增长，项目建设进展顺利

"十一五"期间，随着国家一系列经济政策的出台和逐步到位，特别是由于国际金融危机加剧，国家推行扩大内需和实行积极的财政政策以及适度宽松的货币政策，加大了招商引资工作的力度。全省石化行业及时把握机遇，引导企业加强技术改造，推动了一批技术改造项目的启动和实施。几年来，重点推动了四个方面的项目建设：一是化工园区、基地投资建设，如围绕石油化工产业链延伸的云溪工业园建设，围绕盐化工产业链延伸的衡阳松木工业园建设；二是重大项目投资建设，如投资 150 亿元的岳阳炼化一体化项目建设，中盐株化顺达有限公司年产 4×6 万吨电石工程项目建设，湖南海利万吨级氨基甲酸酯类农药环保技改项目建设，株化集团 PVC 扩改二期工程等；三是招商引资项目建设，如岳阳年产 8 万吨高纯异丁烯、年产 8 万吨正丁烷氧化制顺酐、津市年产 10 万吨烧碱、10 万吨双氧水项目、娄底高密度超细四氧化三钴储能新材料、株洲硫资源循环利用项目等；四是节能减排项目建设，如株化集团能量系统优化节能改造工程项目，总投资 2 亿元，工程包括热电站锅炉改造、氯气厂合成炉改造、硫酸厂制酸系统改造及余热利用等。这些项目的建成投产，实现了"节能、降耗、减排、增效"，为全省石化行业的快速发展和稳定增长奠定了坚实的基础，也为今后的发展增强了后劲。

二 2011 年湖南石化行业发展的基本思路

中央和省委、省政府相继召开的经济工作会议以及 2010 年 2 月召开的湖南省加速推进新型工业化工作会议，对国际国内形势作出了科学判断，对面临的机遇和挑战进行了深入分析，为 2011 年湖南石化行业确定了发展方向。

　　虽然湖南石化产业经过不断发展，已经建立起门类齐全、上下游衔接紧密、布局比较合理、具有一定规模的产业集群，但总体上看，湖南石化行业的发展还处在工业化中期的初始阶段。应准确把握发展的阶段性特征，遵循发展规律，立足现实基础，科学应对各种困难和挑战。在深刻认识行业发展所面临的形势的基础上，应该准确把握现阶段以下几个影响湖南石油化工发展的潜在因素。

　　一是国际国内市场竞争更加激烈。国际金融危机后，经济发展的外部环境和发展条件都发生了深刻变化。高度依赖国际市场支撑我国经济高速增长的时代正在成为过去。后危机时代发达国家提出"再工业化"、"智慧地球"、"低碳经济"等新战略新思想，抢占世界经济和科技的制高点，对推进石化行业的发展形成新的压力。由于国际市场需求受到抑制，加剧了国内市场的竞争，使得湖南石化产品的市场竞争力面临严峻考验。另外，由于产能增速远远超过需求增速，各地生产商之间的竞争将进一步加剧。

　　二是资源环境约束更加严格，资源短缺的矛盾更加突出。国家针对能源资源环境制约突出、部分行业产能过剩严重、淘汰落后产能任务艰巨等问题，在工业领域确立了工业增加值率、全员劳动生产率、工业固体废物综合利用率、单位工业增加值用水量等新的发展指标和约束目标，对湖南石化行业的发展提出了更严更高的要求。在快速发展过程中，历史积累的污染问题逐步暴露，一些工矿区周边环境隐患显现，一些重大污染区解决难度大、治理成本高，面临巨大压力。资源短缺将长期制约行业的发展。

　　三是市场要素成本压力增大。国际市场大宗商品价格高位震荡，国内劳动力供给发生变化。特别是沿海地区出现的"民工荒"、"加工资"带动了劳动力价格的上升。加上原材料、土地、燃料动力等价格持续上涨，对企业的生产经营造成较大影响。长期依靠低价原材料和廉价劳动力支撑经济增长的低成本优势将逐步减弱，传统发展模式已经难以为继。

　　四是创新能力整体不足。石油和化学工业的科技创新具有系统复杂、资金投入大、周期长等特点，大多数科技成果仍处于追随和仿制阶段，自主创新能力亟待加强。高消耗、高排放、低效率的经济增长方式亟须转变；污染物排放、三废处理技术、能源利用效率等方面仍存在较大差距，采用新的技术和装备解决这些问题还需付出更多的努力。

　　这些问题进一步凸显了湖南石化行业必须增强对转变发展方式、调整产业结构重要性和紧迫性的认识。当然，也要看到随着湖南工业和信息化进入全面发展时期，湖南石化行业也随之进入了转方式、调结构、促升级的战略机遇期。其一，经过近几年的快速发展，湖南石化行业综合实力稳步提升，抗风险能力明显增强，为"十二五"时期石化行业发展奠定了坚实基础。其二，经济全球化使区域合作共谋发展的意识增强。经济全球化为全省石油化工产业参与国际竞争和国际产业链的分工提供了舞台，也为企业深化改革、减少世界市场的波动对区域经济的消极影响创造了条件。其三，随着湖南新型城镇化的大力推进以及扩内需战略的实施，加快催生了巨大的市场需求，为石化行业的发展提供了广阔空间。其四，机械装备、汽车与轨道交通、轻工建材纺织、医药食品和电子信息等湖南重点支柱产业，需要大量的精细化工和专用化工产品与之配套，目前这些配套化工产品需求呈上升趋势，这将成为湖南化工行业新的经济增长点。要牢牢抓住这些机遇，增强忧患意识和紧迫感，化压力为动力，着力解决突出问题，努力开创湖南石化行业发展的新局面。

2011 年湖南石油化工发展的主要构想和目标是：以科学发展为主题，以转变发展方式、调整结构为主线，紧紧围绕实施"四化两型"战略，把优化产业结构、加快培育发展战略性新兴产业作为首要任务，努力建成一批"布局合理、技术先进、生产安全、三废达标、管理模范"的现代化企业，打造一批具有特色与个性的高品质、高环境质量的工业园区（基地），增强全行业的整体实力和核心竞争力；全省石油和化学工业现价销售收入由 2010 年的 2008 亿元增加到2400 亿元，工业增加值由 2010 年的 600 亿元增加到 720 亿元，实现利润税达到70 亿元。

三 2011 年促进石化行业发展的对策建议

一是抓住调结构、转方式不放松。结构调整是实现湖南石化行业转型升级、提高发展质量的着力点。既要做到立足比较优势抓好产业调整振兴、促进传统产业优化升级，又要重视培育发展战略性新兴产业，抢占未来发展制高点。在整个石化行业的产业结构调整中，农药产业和化肥产业的结构调整要放在突出位置，要通过技术创新、结构重组和品牌打造，实现全省农药、化肥产业的优化升级，做大做强农药、化肥这些有比较优势的产业。要大力调整产业布局结构，全面实施大产业、大集群、大园区、大品牌战略。发挥优势产业的辐射集聚作用，发挥核心企业的龙头带动作用，加快做大工业总量规模，大力提升核心竞争力。着力建设一批具有国际国内先进水平的重大产业基地和特色产业园区。通过加快石化产业园区化管理这种集约式发展模式，引导产业关联度高、环境污染小、量大面广的同类型企业向园区集群发展，做到企业间资源共享、优势互补和相互促进，更好地发挥产业群体的集聚效应。通过结构调整，逐步实现六个转变。即从央企与地方企业相互独立发展向协调发展转变；项目建设由过去的分散向园区集中发展转变；从以石化行业独立发展为主向有色、冶金、建材、轻工、煤炭等行业协调发展转变；从发展基础原料向发展高新化工产品转变；从规模化发展初级化工产品向发展高附加值的高端化工产品转变；从粗放型生产向资源节约、环境友好型转变。

二是抓住节能减排不放松。要把建设"两型社会"的总体要求深入贯彻到生产、建设、流通等各个方面，牢固树立节约资源和保护生态环境的思想观念。面对全省石化产业中高能耗、高污染、低效率的重化工企业占有较大比重的现状，要加大节能减排力度，实现全省石化产业的可持续发展。要推动重点企业开展清洁生产、精深加工和循环利用，严格限制高能耗、高污染、低效率项目的审批和实施；加快淘汰落后产能，对高能耗、高污染、完全不具备安全生产条件的企业及产品要坚决予以关停，对生产规模小、技术装备落后、环保不达标、存在重大安全隐患的企业要限期整改；要积极开发、引进和推广应用节能环保新产品、新技术、新工艺、新设备和新材料；加快推进再生资源回收体系建设，重力搞好副产物的资源化综合利用；增加节能环保投入，支持建设一批低碳型示范企业，推进节能减排监管体系建设；建立和完善对重点企业和重大项目进行全面评价考核的制度。2011 年，湖南石化产业要在节能和环保方面有明显改善。全省石化产业万元 GDP 能耗在 2010 年基础上下降 4%，二氧化硫、化学需氧量、氨氮和氮氧化物排放总量均削减 2% 以上，镉、砷排放量均削减 3% 以上；工业废水、废气排放均达到国家标准，工业固体废物综合利用率达到 95%。

三是抓住企业科技创新能力的提升不放松。要着力提升企业自主创新能力，加快科技成果转化，推动企业发展由要素驱动向创新驱动转变。充分发挥企业、高校、科研院所、职业技术学校和职能部门的重要作用和技术人才优势，积极推进"产学研用"战略联盟和技术创新平台建设。通过资源共享、优势互补和联合攻关，大力提升行业技术创新能力和整体竞争力。以核心企业为研发投入主体，参与"产学研用"合作全过程，形成企业、高校、科研院所联合攻关的运行模式，着力解决战略性新兴产业、传统产业优化升级和节能减排方面的技术难题。以省内高校、科研院所为主研发，由企业承接中试放大研发成果，形成由企业和高校、科研院所组成的产学研创新联盟，重点突破制约湖南石化产业发展的关键核心技术和共性技术。以行业所属的四所职业技术学校为主体，按照新兴工业化的要求，进一步调整优化职业教育发展方向和专业结构，加快推进资源整合和基础能力建设，为化工行业技术创新能力的提升源源不断输送品学兼优、全面发展的化工人才。

B.10

2010~2011年湖南冶金行业
发展研究报告

窦成利*

2010年，在国家宏观调控政策下，湖南冶金行业认真落实省委、省政府"转方式、调结构、抓改革、强基础、惠民生"的总体要求，确保了全省冶金行业生产稳健运行和快速发展。

一 2010年湖南冶金行业运行情况分析

（一）冶金工业生产持续快速增长

2010年，湖南冶金行业连续保持了大幅度增长，销售收入再次突破千亿元大关。2010年全省冶金行业完成粗钢产量1766万吨，比上年增长23%；生铁1700万吨，比上年增长22.7%；钢材1811万吨，比上年增长20.8%；铁合金282万吨，比上年增长19.0%；全行业完成工业增加值450亿元，比上年增长20.2%；实现销售收入1537亿元，比上年增长37.4%。

（二）技术改造项目进展顺利

2010年以来，冶金行业一些重大技术改造项目相继建成投产，为冶金产品结构调整和生产持续增长增添了后劲。湘钢"十一五"发展规划后期技术改造轧机项目5米宽厚板工程2010年10月28日顺利投产，填补了全省超长超宽板材产品的空白，也使湘钢宽厚板成功跻身全国前列。中冶长天国际工程有限责任

---

* 窦成利，湖南省冶金行业管理办公室党组书记、主任。

公司总投资 3.7 亿元的冶金先进成套节能环保技术装备研发和制造产业园主体项目第一期工程于 2010 年 6 月在长沙高新区投产。该项目致力于建设以中冶长天专利技术、专有技术等自主知识产权为依托，布局合理、功能齐全、协作有效的具国内外领先水平的烧结、球团、直接还原和烧结余热利用、烧结烟气脱硫脱硝成套技术装备研发及制造产业基地。

（三）节能减排取得新的进步

按照国家钢铁产业发展政策和省政府向国家发改委承诺的要求，湖南冶金行业将节能减排和淘汰落后产能作为转变经济发展方式的重要抓手，主动加压，提高标准，围绕工艺和装备节能、技术节能、"两化"融合节能、管理节能等方面，加大对工艺和装备的技术改造力度，积极调整产品结构，大力淘汰落后产能，为实现节能减排奠定了坚实的基础。2010 年实现了《钢铁产业发展政策》要求的吨钢综合能耗、可比能耗、吨钢耗新水分别下降到 0.73 吨标煤、0.685 吨标煤和 8 吨以下的政策目标。污染物综合排放合格率提高了 3%，废水处理率达到了 100%，干熄焦率达到了 100%，高炉压差发电（TRT）达到了 30.07kWh/t 铁（其中干式高炉压差发电达到了 50kWh/t 铁），全封闭铁合金矿热电炉能耗降低了 0.28 吨标煤/吨铁合金，低品位废弃碳酸锰矿通过浮选后精矿品位达到了 18% 以上，金属回收率达到了 85% 以上。

（四）技术创新成效显著

2010 年，湖南冶金行业集中技术力量开发高技术含量、高附加值的产品，抓住具有基础性、战略性、前瞻性的重大技术课题集中攻关，着力解决制约企业发展的重大关键技术瓶颈，力求实现企业关键技术和核心技术的新突破。同时，不断推广运用新技术、新工艺、新设备、新材料，进行技术改造和技术创新，解决生产中出现的瓶颈技术难题，将一大批科技成果转化为现实生产力，把技术创新项目和成果应用于冶金行业扩大生产能力。2010 年金旭冶化被评为省级技术中心。一些超前研发的市场前景广阔的新技术、新工艺、新产品、新材料、新装备，为企业的产品升级换代和形成新的经济增长点提供了强有力的技术支持。2010 年以来，华菱集团开发生产高端高效品种钢材和新产品钢材 243 万吨，实现产值 130 亿元，增加效益 1.8 亿元。

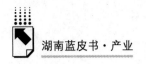

（五）企业改革取得阶段性成果

2010年，湖南冶金行业在省国企改革办的指导下，在省财政厅的督导和各市州政府的协调配合下，认真贯彻落实中共湖南省委、湖南省人民政府卜发的关于深化省属国有企业改革的一系列文件精神，全力推进企业改革改制工作，取得了阶段性成果。冶金行管办纳入本轮省属国企改革企业17家，涉及资产总额52170万元、职工总人数16281人（其中在职职工10237人，离退休人员6044人）。按照省委、省政府深化国企改革"三个一批"的思路及标准，这17家企业的改革工作分为两种类型：改制2家、关闭破产15家。其中依法破产11家、申报国家政策性计划破产4家。截至2010年12月底，2家改制企业已完成企业改制，15家实施关闭破产的企业中有14家已由法院裁定破产终结，还剩1家也已完成破产大部分工作，进入扫尾阶段。

二　2011年湖南冶金行业发展的总体思路和目标

当前，全国冶金行业总体产能过剩的矛盾明显。2011年国家将严格控制产能和产量的过快增长，坚持按国内市场需求组织生产。由于冶金行业的重要特点是市场需求的拉动，考虑到2011年国家实施扩大内需的战略，2011年粗钢生产总量仍将保持适度增长，国内钢材市场供需基本平衡，促使钢材价格恢复向上并达到合理的水平。

根据省委经济工作会议精神，结合全省冶金行业实际，2011年全省冶金行业发展总体思路是：全面贯彻党的十七大和十七届三中、四中、五中全会及省委经济工作会议精神，以邓小平理论和"三个代表"重要思想为指导，深入贯彻落实科学发展观，以加快转变冶金行业发展方式、提高发展的全面性、协调性、可持续性为主线，坚持绿色低碳、循环经济、清洁生产发展理念，秉持高端化、精品化、差异化发展战略，谋求细分市场竞争力优势，全面推进行业自主创新和科技进步，着力推进节能减排、淘汰落后，加快企业兼并联合重组，优化行业组织结构，促进冶金行业又好又快发展。

2011年冶金行业生产经营主要预期目标是：工业增加值500亿元，比2010年增长10%；销售收入1780亿元，比2010年增长15%；粗钢2100万吨，比

2010年增长18%；生铁2000万吨，比2010年增长19%；钢材2200万吨，比2010年增长23%；华菱集团实现销售收入过千亿元；完成重点项目投资80亿元。

三　2011年湖南冶金行业发展对策

2011年湖南冶金行业仍将是机遇与挑战并存，既有进一步发展的空间，也将面临更加复杂和困难的形势。淘汰落后、节能减排、结构调整压力进一步加大，品种质量要求进一步提高。面对这种情况，全省冶金行业在2011年的工作中将重点做好以下几个方面的工作。

（一）加快结构调整，转变发展方式

2011年，湖南冶金行业要继续贯彻落实《国务院办公厅关于加快钢铁工业结构调整的若干意见》（国办发［2010］34号文件）精神，加快冶金行业结构调整，转变发展方式。创新行业发展和增长方式，由规模效益型向品种质量效益型、资源能源节约型、内生增长型转变，由粗放型向内涵式延伸增值和精细化经营管理转变。调整存量，优化增量，减量或等量置换产能，彻底摆脱单纯追求产能扩张的发展模式。加快企业产品和组织结构调整，积极推进企业重组集聚，引导资源和市场向大企业转移。华菱集团力争成为全省工业领域首家销售收入过千亿元的大型企业。按照市场需求特征和企业比较优势进行结构调整。将节能、环保、低碳发展理念深度融入企业经营管理和行业发展。

（二）积极推动兼并重组，提高产业集中度

积极推进华菱集团在省内外开展兼并重组，对有区位优势、资源优势、产品结构互补优势的企业进行兼并，实现低成本扩张，促进华菱集团发展成国内3000万吨级的、具有国际竞争力的特大型企业集团。尽快解决铁合金产业布局分散、产能盲目扩张的发展局面，集中优势资源和优势企业，发展一批核心骨干企业。支持湘西自治州对电解金属锰行业进行布局调整。积极推进永州地区、怀化地区铁合金企业通过技术升级、装备大型化和组织结构调整，实现企业整合，提高产业集中度。

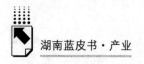

（三） 加大淘汰落后产能的力度

淘汰落后产能是贯彻落实科学发展观、转变冶金工业经济发展方式和走新型工业化道路的必然选择，是实现产业结构调整和优化升级的重要途径，也是实现节能减排目标的重要措施。贯彻落实国家产业政策，坚持淘汰落后产能与促进产业升级相结合，坚持增量发展和存量调整相结合，综合运用法律、经济、技术、标准以及必要的行政手段，统筹考虑淘汰落后、产业升级、行业发展和职工就业等问题，分析淘汰落后产能工作中存在的问题和困难，提出有关政策建议。按期淘汰 300 立方米及以下高炉产能和 20 吨及以下转炉、电炉产能，加快淘汰 5000 千伏安及以下铁合金电炉。按产业政策提高淘汰落后产能的标准。加大落后产能淘汰力度，通过差别电价、水价以及财政补偿政策，加快落后产能退出速度。会同有关部门加强对淘汰落后炼铁、炼钢、铁合金（电解锰）产能工作的督促检查，确保 2011 年淘汰落后产能任务按期完成。

（四） 推进技术创新和新技术推广

加大科技投入，引进优秀人才，打造具有国际先进水平的技术研发平台。2010 年中冶长天创建冶金行业首个国家级烧结球团装备系统工程技术研究中心。逐步形成具有自身特色的核心技术体系，全面提升自主创新能力。大力开发新工艺、新技术、新产品，着力突破制约行业转型升级的关键技术。加快先进适用新技术的推广力度，建立共性、关键性技术推广平台，实现行业共性技术共享。

B.11

加快转变经济发展方式
大力促进新材料产业发展

湖南省财政厅经济建设处

新材料产业一直是湖南高新技术产业发展规划中的战略重点。在推进新型工业化进程中，省委、省政府把新材料产业发展摆在更为重要的位置，全省新材料产业趁势发展，产业规模和应用水平不断提高。

一 湖南新材料产业发展现状

（一）发展速度快、贡献大

2001～2008年，湖南新材料产业总产值年均增长34.5%。2008年，新材料产业的总产值、增加值、利税额和出口创汇分别达1413亿元、435亿元、128亿元和25亿美元，分别占全省高技术产业的41.1%、39.6%、38.5%和46.2%，同比增长34.1%、31.8%、18.4%和21.2%，远高于全省高技术产业增速。

（二）产业特色新、优势强

湖南新材料产业关联度、集聚度较高，形成了具有资源、技术、产业集聚等优势和市场需求旺盛的先进储能材料、先进硬质材料、先进复合材料、新金属材料、化工新材料五大优势产业，拥有一批龙头企业和拳头产品，形成了比较合理的产业结构体系。先进储能材料形成了电池材料优势突出、动力电池技术领先、电动汽车潜力巨大的上下游紧密关联、产学研紧密结合的产业集群。2008年产值突破160亿元。拥有科力远新能源、瑞翔新材料、杉杉新材料、浩润科技、金瑞科技、湘潭电化等龙头企业。先进硬质材料以资源优势为基础，通过高新技术

117

改造提升，生产工艺和关键设备处于国内领先水平，产业规模和产品质量居行业之首，形成了核心企业高附加值产品比重不断提高、生产终端产品和深加工的科技型中小企业异军突起的产业发展格局。2009 年实现产值 91 亿元。拥有株硬集团、金瑞科技、伟晖科技、湖南飞碟等龙头企业。先进复合材料形成了以炭/炭复合材料及其高端产品为代表、对国防安全和经济发展具有战略影响的新兴产业态势。2009 年实现产值 90 亿元。拥有博云新材、时代新材、远大—铃木、中泰特种装备等明星企业。新金属材料形成了以高品质黑色金属材料、有色金属材料和铝型材为特色的产业体系。2009 年实现产值 700 亿元。拥有有色控股集团、华菱集团、晟通科技、金龙国际、泰嘉新材等龙头企业。化工新材料依托国家（岳阳）石化基地和湖南化工企业的基础原材料优势，形成了高分子材料、高档涂料和颜料以及农用化工中间体等优势产业。2009 年实现产值 500 亿元以上，拥有巴陵石化、中盐株化、湖南智成、湘江涂料、湖南海利等龙头企业。

在区域布局方面，已初步形成三大特色产业密集区：一是长株潭新材料产业密集区。它是科技部批准成立的国家新材料成果转化及产业化基地、国家"863"计划成果产业化基地，已形成了先进储能材料、先进硬质材料、先进复合材料三大产业链。2008 年长株潭新材料产业的规模企业数达到 200 家以上，产品 650 种以上，三市新材料产业总产值超过 550 亿元，占全省新材料产业产值的近 40%。二是岳阳精细化工材料产业密集区。截至 2009 年底，该区有新材料企业 46 家，其中化工新材料企业 26 家，高分子新材料企业 8 家，金属新材料企业 8 家。其中化工新材料完成总产值 119 亿元，占该区域新材料产业总产值的47%。三是郴州衡阳有色金属材料产业密集区。有规模以上有色金属生产企业200 多家，其中产值过亿元的企业 23 家。2008 年，新材料领域实现高新技术产业产值 219 亿元，实现利税 23.23 亿元，出口创汇 8.7 亿美元，分别占全省高新技术产业总产值、利税总额和出口总额的 20.32%、21.96% 和 41.89%。

（三）创新能力强、后劲足

湖南新材料科研资源丰富。截至 2009 年底，拥有 6 所国家级和 4 所省属高等院校，2 家国家级和 8 家省级科研机构，3 家国家级和 8 家省级重点实验室，6 家国家级和 12 家省级工程技术研究中心，4 家国家级和 35 家省级企业技术中心。拥有两院院士近 10 名，新材料科技人员 2 万余人，形成了一支结构较为合理、研究开发能力较强的人才队伍。

湖南新材料创新成果数量多，取得了一批具有影响力的科技成果。2009 年，新材料技术领域承担国家"863"计划课题 14 项、国家科技攻关计划项目 5 项、"973"计划项目 3 项。获得国家级科技进步奖励成果 6 项，省级科技成果奖 31 项。"冷轧钛带卷国家标准"由湖南湘投金天科技集团有限责任公司起草制定。中南大学黄伯云院士的 C/C 飞机材料获得国家科技进步奖，填补了国内空白；钟掘院士的"提高铝材质量的基础研究"成果，取得了 6 项拥有自主知识产权的新型高性能铝合金材料制备技术。2009 年，由晟通科技与东北大学共同承担的国家"863"计划项目"新型阴极结构高效节能铝电解技术与装备开发"通过科技部评审，据测算，这种世界首创的新型技术在全国推广后，每年可节电 47 亿千瓦时，相当于一个五强溪水电站一年的发电量。

二　湖南新材料产业发展存在的主要问题

目前，湖南新材料产业发展态势良好，已具备一定的规模和优势，逐渐成为湖南的优势产业、特色产业和支柱产业。但是，从全国来看，湖南新材料产业仍处在成长阶段，要做大做强，仍迫切需要解决一些制约产业发展的问题。

（一）产业分布不集中，总体规模偏小

新材料企业分布散，园区专业性不高，难以形成集聚效应。全省除岳阳云溪精细化工园外，其余较大规模的新材料产业园区专业性不高，布局缺乏专业规范，环保等一系列问题难以解决，制约了新材料产业的规模发展。与沿海发达省份相比，湖南新材料产业总体规模差距明显。江苏省新材料产业 2008 年产值就达到 4423.11 亿元，而湖南不足其 1/3。同时，湖南新材料企业规模偏小。2009年，全省 500 家规模以上新材料企业中，产值过亿元的企业 138 家，占 29.2%；产值在 10 亿元以上的 22 家，占 4.4%；产值在 50 亿元以上的只有 7 家，仅占 1.5%。规模最大的新材料企业，其高新技术产品产值也不到 110 亿元。

（二）本土产业链不完善，市场供需互动性差

湖南大多数新材料上下游企业间缺乏社会化专业协作，配套率太低。以长丰

汽车为例,本地配套率只有20%,绝大部分从国外进口。如果能把湖南的配套率提高到40%,甚至提高到60%,将使产业链条拉长,带动全省新材料产业产值成倍增长。同时,市场供需互动性差。一方面,市场开拓与衔接不足。新材料一些领域核心关键零部件依赖进口,有些产品省内鲜有市场。新材料企业与先进装备制造等新材料应用终端企业之间缺乏有效的产业交流与融合渠道。另一方面,市场存在无序竞争。湖南新材料领域存在一定程度的无序竞争,特别是有色金属和稀土金属的资源整合力度不够,影响了行业整体竞争力的提升。全省稀土产业一直没能上档次和规模,规模最大的企业产值也只有2亿元,且仍以初级产品为主,而稀土企业数却有上百家;岳阳云溪工业园内4家企业生产聚环己酮,产销量占据世界市场的90%以上,但该产品的世界市场规模也就是1亿元,无序竞争造成企业利润大幅下降。

(三) 科技成果转化不够,产品附加值偏低

湖南每年在新材料领域科技成果多,为全省新材料储备和蕴藏着巨大的应用和产业化潜能,但目前成果转化率较低。主要是因为:新材料研究机构重视研究而忽视成果转化,缺乏经营管理专门人才,科研设施对外开放不够;新材料企业缺乏与相应科研机构联系和开发新产品的主动性,有的科技成果是"省内开花省外结果";技术与资本的有机结合、科技专家与企业家的有机结合缺乏机制和制度等因素。这导致湖南高端新材料产品少,企业大多处于产业价值链的低端。新材料产业中,产值前20位的企业有15家是附加值偏低的新型金属材料和新型化工材料企业,而附加值高的先进复合材料和先进储能材料企业数量较少、规模小。2009年金属新材料、化工新材料等在传统领域实现的产值占70%以上。又如湖南是稀土资源大省,但稀土产业的规模却一直很小,稀土产品基本上是初级的氧化物产品。

(四) 支持政策不完善,产业做大做强难

一是投融资政策不完善。新材料产业具有高投入、高风险、高产出的特征,是技术和资金密集型产业。湖南多元化投融资体系和风险投资机制尚未成熟,面向产业化服务的中介服务体系尚不完善,致使湖南新材料科技成果转化以及产业化滞后。二是财政支持政策不完善。相关企业普遍反映政出多门,且政策衔接不

够紧密。以新能源汽车的推广为例，国家的财政补助资金主要用于整车研究，且在购车补贴、运营补贴、基地建设和产业研发四方面各部门缺乏有效的沟通协调，未能形成政策合力，大大影响了推广效果。三是配套政策亟待跟进。新材料既是其他战略性新兴产业的基础和先导，又是新兴朝阳产业。在新材料产业处于发展初期，而且当前技术、市场尚未成熟的情况下，仅靠企业自身是不够的。而湖南尚未在投资、税收、价格、财政等方面出台针对性强的激励扶持政策，未能对新材料产业的发展进行有效引导和扶持。

三　2011年促进湖南新材料产业发展的对策措施

湖南新材料产业发展要以"放眼世界、面向全国、立足本省"的战略眼光和思维，利用国内外两个市场，把它作为支柱型和战略型产业来重点扶持和引导，努力将新材料产业打造成湖南新的"五千亿产业"，为推进新型工业化、实现富民强省奠定坚实的基础。

（一）加强组织领导，明确新材料产业发展目标

按照省委、省政府对新材料产业发展的统一部署，全面贯彻落实《中共湖南省委、湖南省人民政府关于加快培育发展战略性新兴产业的决定》和《湖南省战略性新兴产业新材料产业发展专项规划》两个指导性文件，明确发展思路、发展重点和主要任务，统筹引导全省新材料产业健康有序发展。同时，应充分重视和发挥省新材料产业协会的平台作用，通过协会建立"湖南省新材料产品指南"，摸清湖南新材料家底，协助政府做好协调与服务工作，强化协会的服务工作。

（二）围绕六大方向，突出新材料产业发展重点

根据国际前沿技术的发展趋势和湖南的实际，突出湖南先进储能材料、先进复合材料、先进硬质材料、高性能金属结构材料等产业的技术优势，围绕湖南重点发展的新能源汽车、交通装备、先进装备制造、航空航天、节能环保等产业对关键材料的需求，着力扶持重点企业和重大项目，形成既有规模效益又有较强竞争力的龙头骨干企业集群。重点支持实施六大关键材料工程，有效支撑装备制造

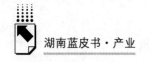

业等战略性新兴产业和优势规模材料产业的持续发展。

电动汽车关键材料工程。围绕电动汽车产业发展的需求,重点实施"大功率动力电池能量材料工程"、"新型锂离子动力电池材料工程"、"超级电容器及超级电池材料工程"和"轻量化结构车体用铝合金和复合材料工程"。

工程机械关键材料工程。围绕工程机械对高强度结构钢、高性能刀具、耐磨材料等的需求,重点组织实施"超细晶高精度硬质合金以及超粗晶、耐磨损、长寿命硬质合金工程"、"功能梯度硬质涂层材料工程"和"精密超硬材料磨具与刀具(人造金刚石及制品、金刚石复合片、立方氮化硼复合片)、高性能工程陶瓷材料工程"。

交通装备关键材料工程。围绕交通装备应用高端化、结构轻量化的需要,重点组织实施"铝合金、钛合金和炭/炭刹车材料在航空航天、高档车辆上的应用工程"、"铝合金等有色金属、高分子及其复合材料在轨道交通车体、船体、汽车车体和桥梁等上的应用工程"和"新型高分子减振降噪材料在高速轨道交通装备、桥梁和车体上的应用工程"。

新能源装备关键材料工程。围绕新能源关键装备发展的需求,重点实施"超长风电叶片复合材料工程"、"核能装备用材料工程"、"全钒液流电池材料工程"和"太阳能光伏电池材料工程"。

节能环保产品关键材料工程。围绕节约资源能源、保护环境、改善生态质量的需要,主要推动实施"环境相容和降解材料(高性能水性功能涂料、建筑节能材料、可降解塑料、塑料回收利用等)工程"、"水处理材料(高端环保水处理反渗透膜、新型净水材料等)工程"、"高效输电材料(复合材料芯倍容量铝绞股线等)工程"和"节能家电材料(高性能永磁电机磁瓦、高性能发光材料)工程"。

关键基础材料提升工程。围绕重大工程对优势规模基础材料提质升级的需要,主要推动实施"稀土及有色金属深加工工程"、"钢铁材料提升工程"、"石油化工材料提升工程"、"稀贵金属循环利用工程"和"新型精细化工材料提升工程"。

(三) 支持平台建设,加速新材料科研成果转化

湖南新材料产业发展必须建立一批新材料研发实验平台,加快技术成果转

化。通过企业主导、政府引导、社会参与，多方筹资，以及技术创新来突破关键技术、降低成本，提高新材料应用的经济价值和新材料产品的市场竞争力。

首先，要大力支持技术创新平台建设。一是高水平建设"粉末冶金国家工程研究中心"和"先进储能材料国家工程研究中心"，使之成为国际领先的综合性技术成果转化中心和产业孵化器；二是建成"大型交电装备复合材料国家工程研究中心"和"炭/炭复合材料国家工程实验室"；三是建设20多个钢铁、有色、石化等领域的国家级工程（或技术）研究中心、工程实验室以及企业技术中心等创新平台。

其次，要大力支持共性检测平台建设。根据技术创新平台建设的总体布局，在五大新材料重点领域配套建设面向产业且服务社会的共性检测平台：一是在先进储能材料领域重点建设电池材料及电池检测中心；二是在先进复合材料领域重点建设高分子复合材料检测评价中心；三是在金属新材料领域重点建设金属新材料检测中心；四是在先进硬质材料领域提升国家级硬质合金分析测试中心的技术水平；五是在化工新材料领域重点建设国家精细化工检测评价中心。

最后，要大力支持产业战略联盟建设。鼓励新材料企业与装备制造企业建立产业技术创新战略联盟，重点支持组建先进储能材料、电动汽车关键材料及应用、交通装备关键材料及应用、高性能交通用铝合金材料、工程机械关键材料及应用、有色金属钨及硬质合金、节能环保关键材料及应用等产业技术创新战略联盟。依托入盟企业开展新材料及其应用关键技术的联合攻关，推动新材料产业发展。

（四）完善财税政策，破解新材料产业发展难题

财税金融政策的有效引导，对于新材料产业的做大做强有着十分重要的作用。应从以下四个方面着力。

第一，出台财政支持措施。建议各级政府高度重视新材料产业的发展，加快制定和坚决落实新材料扶持政策，加大投入力度，支持重点产业、重点企业、重点项目以及重点技术的发展和攻关。一是建立新材料产业发展专项资金。省财政每年安排一定资金支持新材料产业的研发、共性平台建设、成果转化及六大重点项目工程建设等关键环节。二是建立新材料创业投资基金。由政府和社会共同筹集资金，建立省级新材料产业创业投资基金，重点支持创业期、成长期、未上市

的新材料中小高新技术企业。三是支持新材料企业融资做大做强。省财政对技术先进、发展潜力大且拟上市的省内新材料企业，优先安排上市引导资金，支持其在境内外上市；支持新材料企业进行债券融资以及上市公司再融资；支持新材料龙头企业并购重组，整合上下游资源，做大做强。

第二，落实税收优惠政策。结合长株潭城市群"两型社会"建设，在争取税收政策在新材料产业领域先行先试的同时，积极落实已出台的税收优惠政策。一是对获得国家高新技术企业认证的新材料企业，按15%的税率征收企业所得税。二是新材料企业开发新技术、新产品、新工艺发生的研究开发费用，提高税前列支比例。三是新材料企业从事国家和省重点扶持的公共基础设施项目符合《公共基础设施项目企业所得税优惠目录》的投资经营所得，从项目取得的第一笔生产经营收入所属年度起，第1年至第3年免征企业所得税，第4年至第6年减半征收企业所得税。四是新材料企业进口用于发展新材料产业的机器、设备和材料，符合国家有关规定的，允许从销项税额中抵扣海关进口增值税专用缴款书上注明的增值税进项税额。

第三，加大金融支持力度。应建立健全"政府引导、市场主导"的新材料产业投融资机制，引导和鼓励社会资金支持湖南新材料产业发展。一是发挥政府融资平台作用，增强新材料企业融资能力。湖南信托发挥平台作用，开发设计新材料产业信托产品和信托基金，支持新材料企业扩大融资能力，帮助新材料企业解决融资难题。鼓励各级中小企业信用担保机构对新材料企业开展融资担保。二是鼓励对新材料产业提供风险投资。积极支持新材料企业利用法人资本、民间资金、国外资金等融资渠道，广泛引导风险投资机构、创业投资资本等进入新材料领域，为新材料产业发展提供风险投资。三是引导省级金融机构优化服务。以政府举办的各种银企贸洽会为平台，加强各级金融机构与新材料企业的对接，引导银行、股权投资机构和担保机构对新材料产业项目降低门槛，提供金融服务和贷款支持。

第四，要出台其他相关配套政策。一方面，要统筹全局，完善新材料产业和项目建设的收费、用地、用水、用电等优惠政策，扶持和引导新材料产业快速健康发展；另一方面，落实技术创新成果转化政策、知识产权保护政策、技术创新人才激励政策等，允许科技人员按照有关规定分享创新收益，对作出突出贡献的科技人员按照规定实施期权、技术入股和股权奖励等形式的股权激励。

（五）加快市场培育，积极培植本土产业链

采取"龙头企业拉动、配套企业跟进"的产业链招商方式，引进和发展上下游配套项目，完善产业协作网络，提高产业集中度，使新材料产业迅速形成规模。逐步形成培育新材料龙头企业的产业链梯队：第一梯队为在国内处于领先水平的国家级产业链，第二梯队为基本成型的省级产业链，第三梯队为待培养的成长性好、配套能力强的新材料企业产业链。对于取得国家相关部门批准的国家级产业链，政府按照1∶1的比例安排配套资金；对于省级产业链中的龙头企业，省市政府给予适当的政策支持。鼓励省内重型工程机械、先进装备制造、轨道交通、汽车等下游产业优先选用本土新材料，打造省内新材料完整的产业链。对电动汽车制造企业采用本省先进储能材料产品进行配套的，给予财政补贴、贷款贴息等方面的支持。对于个人购买本省自产电动汽车，除国家政策补贴标准之外，省里争取免收购置税和在省内一定年限内的所有过路过桥费、车船使用费。

（六）突出先行先试，创新新材料产业发展机制

长株潭城市群"两型社会"综改试验区集聚了全省绝大多数新材料企业，初步形成了具有资源、技术、产业集聚优势和市场需求旺盛的先进储能材料、先进硬质材料、先进复合材料三大产业链。加快新材料产业发展，要抓住长株潭"两型社会"综改试验区先试先行的机遇。一是争取国家将长株潭地区作为全国新材料产业发展基地。当前，国家正在制订新材料产业发展规划，建议湖南尽快与国家发改委衔接，积极汇报长株潭地区作为"两型社会"试验区在先进储能材料、先进硬质材料、先进复合材料等方面的优势，争取成为全国新材料产业发展基地，并纳入国家新材料产业发展规划。二是利用长株潭试验区先行先试的政策机遇，加快发展新材料产业，培育新的经济增长点。建议省政府加强与中央部委的衔接，争取将长株潭试验区作为一个整体区域列入有关试点范围，以此进一步助推湖南新材料产业的发展。

B.12
湖南环保产业发展研究报告

湖南省环境保护厅

环保产业是环境保护的物质基础和技术保障，是极具潜力的朝阳产业。随着我国环境保护和节能减排力度的加强，环保产业已不仅局限于服务传统的污染防治和生态保护，同时也为产业转型和结构调整提供了重要支撑。大力发展环保产业对湖南省贯彻落实科学发展观、建设"两型社会"、加速推进新型工业化、促进经济社会可持续发展具有重要意义。

一　湖南环保产业发展现状

湖南环保产业起步于 20 世纪 70 年代，经过多年的努力，基本走过了开创阶段，为进一步发展打下了比较扎实的基础。省委、省政府于 2010 年把环保产业确定为湖南战略性新兴产业之一，予以重点培育，可以说环保产业将是湖南极具发展潜力的新经济增长点。湖南环保产业主要有以下几个特点。

（一）具备了一定的规模和实力

环保产业从业单位和人员逐步增加。据统计，2008 年，全省从事环保产业的单位 760 余个，从业人员 50000 余人，其中技术人员 7000 余人，占从业人员的 14%。环保产业产值迅速增长。2010 年湖南环保产业总产值已超过 500 亿元（仅统计产值超过 200 万元的企业）。环保技术与产品开发的力度不断加大。在燃煤电厂脱硫、重金属废水处理、城市生活污水和垃圾处理等领域的装备、技术水平已跻身国内先进水平，印染、电镀、线路板、造纸等行业废水治理也形成了完善的技术和装备体系。

（二）区域集聚程度较高

湖南环保产业单位主要集中在长沙、岳阳、郴州、衡阳、株洲 5 市，总产值占全省的70%以上。其中大型环保企业主要分布在长沙高新技术产业开发区、长沙经济技术开发区、湘潭九华台商投资区和株洲清水塘循环经济工业园等园区。从行业的区域分布来看，环保设备生产企业和环保服务企业主要集中在长沙，其产值分别占全省环保设备产品和环保服务业产值的70%和30%以上；资源综合利用企业主要分布在郴州、岳阳和衡阳，其产值占全省资源综合利用产品产值的60%以上。环保产业的集聚化，为湖南环保产业的集群发展、集约发展奠定了良好的基础。

（三）研发能力不断增强

全省从事环保技术研发的有湖南省环境保护科学研究院、中冶长天国际工程公司、湖南化工研究院等一批省级以上科研机构和中南大学、湖南大学、湖南师范大学、湘潭大学、长沙环保职业技术学院等一批高等院校，有3个省部级环保重点实验室、1个部级环境工程技术中心、1个省级环境工程技术研究中心。据不完全统计，2003～2008年，湖南在环保产业领域获国家及省部级奖励18项，专利221项，其中发明专利66项、实用新型技术155项。中南大学研发的"重金属废水生物制剂法深度处理与回用技术"，可低成本实现镉、铅、锌等重金属废水深度处理，已在株冶集团实施产业化；长沙华时捷环保科技公司研发的"地球守望者环境在线监测系统"等一批产品与技术开发项目获得了科技部创新基金重点支持，"总镉等水中重金属污染物监控预警装备的产业化"项目被列入国家火炬计划；长沙力合环保科技公司研发的重金属系列水质自动监测仪在全国占有一定的市场份额，大型车载式自动监测站具有广阔的市场前景；长沙威保特科技有限公司开发的"准好氧填埋技术"能够较好地实现中小城镇垃圾无害化、减量化和资源化，有较大的推广潜力。

二 湖南环保产业面临的问题

经过近四十年的发展，湖南环保产业已具备了一定的技术实力和产业基础，得到了较快的发展。但总体而言，目前湖南环保产业发展的整体水平与湖

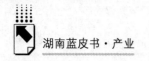

南社会经济发展还很不协调，与全国发展水平相比差距还很大。要实现到 2015 年环保工业总产值达到 1600 亿元，年均增长 20% 以上的奋斗目标还有很长的路要走。

（一）产业规模偏小

全省环保企业仍以小型规模经济单位为主，规模小、产品品种少、优质产品少。固定资产大于 5000 万元的企业占纳入统计的企业总数的 10% 左右，年收入大于 5000 万元的企业所占比例也不到企业总数的 20%，尤其缺乏在全国具有影响力的旗舰式企业。

（二）产业结构不尽合理

环保设备成套化、系列化、标准化、国产化水平低，高技术含量产品缺乏。技术研究开发、工程设计施工等机构多，规模小，服务能力弱；环保技术咨询与服务业滞后，服务网络还不健全，污染治理设施运营的专业化、社会化、市场化还刚刚起步，治理设施运转效率低。

（三）尚未形成以企业为主体的技术创新体系

全省环保技术开发力量主要分布在大专院校、研究院所，大多数环保企业的科研、设计力量薄弱，技术开发投入不足，企业技术开发投入占销售收入的比例仅为 3.4%，以企业为主体的技术开发和创新体系尚未形成。产品的质量、性能、运行成本等方面与发达国家相比还有较大差距，一些市场急需的污染治理设备还没有自己的制造技术。

（四）缺乏强有力的政策体系支持

宏观调控方面，缺少总体规划的指导，发展相对盲目，产业管理体制没有理顺，特别是针对行业发展全局的产业政策、技术政策尚属空白，行业规范建设一直落后于产业的发展。政策扶持方面，缺乏财政、税收、土地等方面的鼓励政策和扶持措施，有些现行的优惠政策由于缺少配套措施，难以兑现，环境污染治理专业化、社会化和市场化缺乏具体的支持与激励政策。

三 加快湖南环保产业发展的对策建议

发展环保产业是推进湖南新型工业化和促进"两型社会"建设的现实选择。应该主要从以下六个方面着力。

1. 建立健全环保产业政策体系

把环保产业纳入"两型社会"建设和新型工业化发展。按照"两型社会"建设和新型工业化的发展目标，完善区域经济发展中的产业结构优化导向机制，为环保产业营造良好的外部环境，树立湖南省环保产业发展的政策导向。从宏观指导、政策导向、资金投入、产业调整、产品结构、技术创新、环保装备技术水平、市场运行、发展机制和运行机制等方面提出相应的政策和指导性意见，促进环保产业的发展。

2. 建立环保产业发展的激励与约束机制

探索建立资源有偿使用和污染者付费制度，形成资源环境的补偿机制、排污权交易等，提高污水垃圾处理费标准，改革不合理的资源定价制度，使资源价格正确反映市场供求关系、资源稀缺程度和环境损害成本。制定促进环保产业发展的税收激励政策，完善促进环保产业发展的土地政策。

3. 增强环保产业的科研实力

围绕湖南环保产业发展重点，加强环保企业技术创新能力建设，加大技术创新投入，进一步推动产学研结合，加速优秀环保科技成果的转化及其产业化。引进技术与消化、吸收、创新相结合，加快环保企业的技术改造，促进环保产品的升级换代，形成具有自主知识产权的核心技术和主导产品。搭建科技服务平台，提供灵活多样的技术服务，加速科研成果在生产中的应用。

4. 搭建环保产业发展平台

设立省环保产业技术示范建设专项基金，启动骨干企业重点扶植计划。设立环保技术创新专项基金，对已经完成工业化试验、前景广阔的重点科技成果予以专项资助，促进科技成果的快速转化和市场推广。设立环保技术开发及平台建设专项基金，对环保工程中心给予重点支持，支持企业建设技术研究中心、新技术孵化基地等。

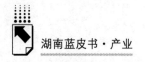

5. 加强环保产业人才队伍建设

大力培养环保产业人才，积极整合省内各高校、院所和企业的现有环保人才，发挥整体优势，要积极引进高素质环保人才，培育建设一支技术骨干队伍和领军人才，积极为环保科技人员创造良好的科研条件，采取多种激励措施和鼓励政策，留住人才，聚合人才。

6. 促进重点领域建设

要把环保装备制造业作为湖南环保产业做大做强的基础。重点发展先进的水污染防治装备、大气污染防治装备、固体废物资源循环利用装备、噪声振动控制装备、环保监测仪器以及环保材料等。在工业"三废"综合利用方面，大力发展废钢铁、废有色金属、废渣的综合回收利用，稀贵金属再生利用，报废汽车、电子废物、废旧电池的回收利用，废塑料、废旧轮胎及农业废弃资源的回收综合利用。开展城市生活垃圾资源化无害化综合利用以及餐余垃圾处理和综合利用。健全环境服务体系，重点发展环保技术、管理和信息服务，环境污染治理工程承包服务，环保设施运营的社会化、市场化、专业化服务，环境影响评价、环境监测、清洁生产审核、环境投资及风险评估等咨询服务，鼓励发展环境工程总承包服务，积极推进信息服务的市场化进程。

B.13
2010～2011年湖南医药工业
发展研究报告

湖南省经济和信息化委员会消费品工业处

2010年，湖南医药工业发展紧紧围绕省委、省政府提出的"转方式、调结构、抓改革、强基础、惠民生"总体要求，以结构调整为主线，以项目建设为抓手，着力培育战略性新兴产业，生产与效益实现较快增长，主要经济指标均超额完成了年初制定的目标任务。

一 2010年湖南医药工业经济运行情况

(一) 医药工业经济运行情况与特点

(1) 产业规模稳步增长。湖南规模医药工业完成总产值404.5亿元，居全国第14位，同比增长23.5%，增幅比上年提高1个百分点；工业增加值完成122.3亿元，同比增长15.5%。

(2) 经济效益逐步提高。湖南医药规模工业实现主营业务收入366.6亿元，同比增长23.1%；实现利税42.8亿元，同比增长23.9%，增幅比上年提高6.6个百分点；实现利润25.3亿元，居全国第16位，同比增长29.5%，增幅比上年提高19.1个百分点。

(3) 小型企业快速发展。截至2010年底，湖南规模以上工业企业285家，比上年增加22家。其中，全省医药小型工业企业完成工业总产值312亿元，同比增长30.2%，比全省医药平均增幅高7个百分点；实现利润16.8亿元，同比增长34.4%，比全省医药平均增幅高6.4个百分点。

(二) 医药工业生产效益平稳较快增长因素分析

(1) 国家新医改政策实施为医药工业发展创造了有利的外部环境。随着新

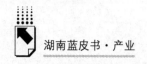

型农村合作医疗制度和城镇居民基本医疗保险制度的实施，政府加大了投入，居民消费能力提高，拉动了药品消费，促进了医药工业的发展。

（2）技术改造增强了企业发展后劲。通过实施技术改造，促进一批新产品投产，培育发展了新的经济增长点。其中，衡阳恒生制药"双百"工程项目累计投入2亿元，实现利税同比增长28%；湖南科伦先后增加6条生产线，产值和主营业务收同比增长26%。

（3）企业兼并重组发挥了规模效应。三九南开被华润集团收购，投资6000多万元建立颗粒生产线，产值同比增长90.9%；湘雅制药被方盛制药收购后，产值同比增长36.6%。

（三）2011年医药经济运行存在的主要问题

（1）中成药企业生产和效益增长缓慢。湖南中成药生产增幅比全省医药规模工业平均增幅低13.2个百分点，主要是中药材价格大幅上涨，53种常用中药材价格涨幅超过30%，其中田七、三七、泽泻、白芍、枸杞、当归等25种中药材价格涨幅超过100%，导致中成药产品成本整体上升，效益下降。

（2）新产品产值增幅回落较大。湖南医药新产品产值完成38.2亿元，同比增长5.2%，增幅同比下降61个百分点。主要是企业新药研发和技术创新投入不足，新产品开发周期长，投入大，风险大，企业对开发新产品增加投入力不从心。

（3）企业运行成本费用仍居高不下。由于水、电、煤、气涨价，人员工资和环保投入的增加，使医药企业生产成本相应提高，制约医药行业效益增长。

二 2011年湖南医药行业发展趋势分析

尽管医药行业发展面临着新一轮更为激烈的科技、市场竞争，但随着"十二五"有关生物制药、医疗事业改革以及医药行业结构调整等政策的出台，医药行业将面临新一轮发展良机。

（一）2011年湖南医药行业发展环境与趋势

（1）医药市场规模快速增长，形成强劲的产业发展拉动力。随着世界人口总量增长、社会老龄化程度提高、日益增长的健康需求和各国对健康产业投入的加大，将有力推动全球医药市场规模持续增长。2010 年我国人均国内生产总值超过 4000 美元，有力地促进了消费结构调整和升级，人均药品消费水平将快速提高。未来 5～10 年，我国药品市场增速保持在 15%～20%。

（2）新医改稳步推进，促成医药产业发展新格局。随着湖南医药卫生体制改革的稳步推进和深入，医疗保障、医药供应体系不断完善，医保用药不断扩容，城镇社区和农村基层药品市场空间得到快速释放，将有力推动药品市场结构发生新的变化。药品生产经营模式不断转变，企业联合、兼并重组异常活跃，高科技和品牌竞争效应进一步放大，行业集中度将不断提升，产业资源进一步向优势领域、地域和企业集中，加速形成医药产业发展新格局。

（3）政策支持力度加强，带来产业发展新活力。国家将生物产业列为战略性新兴产业之一，出台了《关于促进生物产业加速发展的若干政策》等系列政策，并继续实施积极的财政政策，拉动内需，医药产业步入新的发展时期。湖南将生物产业列入七大战略性新兴产业之一，国家"两型社会"试验区、生物产业基地、高技术产业基地在湖南成功布局，为湖南对接国家调整医药产业布局、国际医药产业转移、抢先高速发展提供了新机遇、新平台、新动力。

（4）科技和经济全球化，加速医药产业的调整与转移。高科技竞争推动全球医药产业快速升级转型，现代生物技术与医药产业高度融合，经济全球化将进一步加快医药产业特别是化学原料制药业在全球范围内的转移步伐，跨国医药集团不断向发展中国家扩张与渗透，将有力推动发展中国家医药产业的快速发展。

（二）2011 年湖南医药行业发展重点

2011 年，湖南医药行业发展要以加快转变经济发展方式为主线，以调整优化产业结构为重点，紧紧围绕"四化两型"战略，以大力实施技术改造、品牌建设为主要抓手，加速自主创新，推动兼并重组，打造大企业集团，增强医药工业经济整体实力和核心竞争力，着力培育发展战略性新兴产业，促进全省医药工业经济又好又快发展。全年力争医药规模工业总产值完成 490 亿元，同比增长 25%；工业增加值完成 140 亿元，同比增长 17.1%。围绕上述目标，全省医药行业应重点抓好四方面工作。

（1）加快产业结构调整，促进产业提质升级。一是加强规划和产业政策引导。争取以省委、省政府名义出台《关于加快发展生物医药产业的意见》，发布并实施《湖南省医药行业"十二五"发展规划》，落实加快医药产业发展的政策措施。按照《关于加快医药行业结构调整的指导意见》调整优化医药结构，淘汰落后生产能力，推进医药产业结构调整升级。二是支持产业集聚发展。立足区域资源优势，重点培育长沙现代中药及生物医药等医药产业集群。以"四千工程"、战略性新兴产业重点企业和医药产业集群核心骨干企业为重点，鼓励和引导优势企业通过兼并重组，实现资源整合，打造医药行业旗舰企业。抓好一批医药产业园区（基地）建设，引导和支持中小医药企业向园区（基地）集聚发展。三是组织召开生物医药产业发展工作会议。提请省委、省政府召开湖南省加速推进生物医药产业发展工作会议，明确"十二五"湖南医药产业发展目标、思路和工作重点，进一步统一全省对发展生物医药产业的思想认识，营造加快湖南生物医药产业发展的良好氛围。

（2）推进重点项目建设，带动行业整体快速发展。发挥医药专项资金的引导和激励作用，加强医药重点项目调度，建立项目库，重点支持和实施一批具有较强带动作用的产业化项目，推进新成果、新技术转化和重大产业技术改造。一是生产基地和科研平台新建项目。推进产业基地、园区建设，加快重点生产项目建设，加快科研平台建设和新成果、新产品产业化步伐，培育新的经济增长点。二是技术改造项目。推动企业开展新版 GMP 认证，加快技术改造、工艺创新，提升生产装备技术水平，提高产品质量，扩大生产规模。三是物流基地建设项目。推进重点医药商业 GSP 基地扩建、异地新建，改善硬件设施条件，提升现代化、专业化、自动化、信息化管理水平，降低经营成本，提升竞争力，提高行业集中度。

（3）推进产业发展支撑体系建设，提高专业化服务水平。一是科技支撑体系。重点建立医药研发、公共服务等专业平台，突破研发、产业化关键技术瓶颈。从创新、保护、维权、利用等不同环节，实施医药科技知识产权战略。建立产学研高效结合的创新机制，拓展产学研合作领域，提升合作水平，支持本土科技成果优先转化，推动产业技术创新战略联盟的构建与发展。二是智力支撑体系。实施"外引内培"的人才发展战略，加快医药专业学科建设，满足产业发展对人才的需求。以各种形式引进国内外医药领军人物和医药研发、管理人才等来湘开展项目、技术合作和创业。大力引进掌握生物医药前沿技术、拥有医药高新项目、具有自主知识产权的创新型人才和高素质的复合人才，推动技术研发人才向医药产业集聚区流动。鼓励各类院校培养医药产业发展急需的技能型人才，加强对生物医药原创、生物技术工程、复合型人才的培养。

（4）推进名牌发展战略和国际合作，提升行业竞争力。一是名牌发展战略。支持优势、特色产品开展技术创新与技术改造，加强新技术、新产品的开发，提高产品科技含量，引导和扶持优势企业实施品牌战略。二是加强国际合作。加快与国际接轨的步伐，加强与世界各个国家和地区在医药政策、法规及市场研究等方面的交流与合作，积极推进各类国际认证和产品国外注册，提高应对国际争端的能力，开拓国际市场。

三　湖南医药行业发展的对策建议

医药产业是关系国计民生的重要战略产业。加快医药行业发展已成为加速推进湖南新型工业化的重要内容，关系改善民生和维护社会稳定的重大任务。各级各有关部门要认真贯彻已出台的医药政策文件精神，进一步营造有利于医药行业发展的良好环境，促进医药工业加快发展。

（一）加大项目资金和财税支持

各级各有关职能部门要积极争取国家各类专项计划对湖南医药产业的投资项目资金支持，加大产业投入。省直各部门要使用好全省现有用于支持医药产业发展的专项资金，优化项目配置和支持的重点环节，加强在公共基础设施和专业化服务平台建设、项目引进及兼并重组、技术改造及引导资金安排等方面的支持，提高财政性资金的使用效率。要用足用活现有各类高新技术产业和基地（园区）的财税优惠政策，鼓励与生物医药产业相关的企业、人才、资金等向产业基地或专业园区集聚，推动医药基地或园区（园中园）发展。

（二）加大科技创新和人才奖励

扶植市场潜力大、进入医保目录和有自主知识产权的新产品的开发，防止重复开发。落实湖南"重大创新品种的奖励制度"，对原创性生物制品、化学药五类、中成药六类以上新药研制给予专项补贴，在科研立项、经费补助、新药审

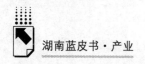

批、投产上市等方面给予重点支持。建立和完善高端人才引进、知识产权保护和企业技术创新鼓励政策，支持建立国家级、省级工程（企业技术）中心。

（三）强化行业指导和帮扶机制

提高各级政府及相关职能部门对新兴生物产业的认识，强化产业服务意识。指导和支持医药园区深入开展创建国家、省新型工业化产业示范基地工作，积极构建"部、省、市"三级共建发展模式。各职能部门要侧重在医药产业链的各主导环节，积极支持医药园区、企业、项目、产品进入国家医药产业发展体系，并在省级权限内落实相关配套政策、资金和工作措施。推进各主要职能部门定点联系和帮扶重点企业的工作机制，研究制定促进省内医疗机构、医药生产企业、商业企业联动协作的长效机制。

$\mathbb{B}.14$
2010～2011年湖南煤炭行业
发展研究报告

李联山*

煤炭是湖南重要的基础能源和工业原料，占一次能源消费构成的70%左右。湖南煤炭保有储量31.6亿吨（其中无烟煤占72%，烟煤占28%），人均煤炭资源占有量仅为全国平均水平的5.5%。湖南的煤炭资源分布散、条件差、灾害重、井型小、煤层薄、变化大、构造复杂，薄煤层占总量的80%，2/3以上煤层为透镜状或鸡窝状赋存，大多数井田构造类型为复杂或极复杂类型。

一 2010年湖南煤炭行业发展现状

（一）湖南煤炭行业发展基本情况

经过全系统的不懈努力，2010年湖南煤炭工作取得了积极进展和明显成效。"十一五"规划目标全面实现，煤炭产量大幅度提高，由2005年5735万吨增加到2010年7920万吨，增长37.8%。单井规模大幅度提高，由2005年2.4万吨提高到目前的7.2万吨。煤矿数量大幅度减少，由2005年2256处减少到2010年的1002处。煤矿事故死亡人数大幅度减少，由2005年510人减少到2010年的237人，下降53.5%；百万吨死亡率大幅度下降，由2005年的8.89下降到2010年的3.03，下降65.9%。特别是省属煤矿安全生产形势明显好转，死亡人数由2005年的38人减少至2010年的5人，下降86.8%。煤矿重特大瓦斯事故得到有效遏制，重大事故由"十五"时期26起、死亡404人，减少至"十一五"时期14起、死亡224人，同比下降46.2%和44.6%。

---

* 李联山，湖南省煤炭工业局党组书记、局长。

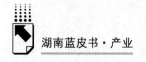

（二）2010年湖南煤炭行业发展采取的主要措施

1. 认真宣传贯彻国务院精神

《国务院关于进一步加强企业安全生产工作的通知》（以下简称《通知》）下发后，省煤炭工业局认真贯彻《通知》精神，研究制定了《湖南省煤矿领导带班下井及安全监督检查规定的实施意见》、《湖南省省属煤矿重大安全隐患挂牌督办意见》和《关于建设完善煤矿井下安全避险"六大系统"的通知》等规范性文件，加大宣传贯彻力度，推动落实煤矿领导带班下井和省属煤矿重大安全隐患挂牌督办制度的落实，对省属大岭等4处存在重大安全隐患的煤矿进行了挂牌督办。

2. 开展深化煤矿整顿关闭专项行动

为进一步巩固煤矿整顿关闭成果，有效遏制重特大事故的发生，省政府决定开展深化煤矿整顿关闭专项行动。各地按照专项行动方案的目标要求，关闭设计不予以利用的井筒346处，取缔非法反弹煤矿43处，关闭事故煤矿7处，继续淘汰关闭了105处保留煤矿，30个煤矿限期退出。郴州市委、市政府还成立了以市长为组长的专项整治领导小组，提出"暂保"170、"先关"100的总体目标，依法关闭淘汰了100个证照齐全煤矿。通过专项行动，进一步规范了煤炭矿业秩序，有效遏制了重特大事故的发生。

3. 强化安全监管

各级煤炭管理部门认真开展隐患排查治理活动，严格煤矿安全监管执法。对省属煤矿企业，坚持重点矿每月一次、其他矿每季度一次安全检查；坚持每季度召开一次办公会，通报排查发现的隐患和问题，提出整改意见和要求，对存在重大安全隐患的省属4对矿井挂牌督办。针对不同时段安全工作的特点，组织开展了5次全省性的煤矿安全生产大检查和瓦斯、水害、监控系统管理、带班下井等专项督察。对技术力量薄弱、办矿水平较低的部分县市区开展了为期4个月的专家现场服务活动。全年煤矿安全生产保持总体稳定、趋向好转的态势。

4. 深化煤矿整合技改攻坚

按照"坚决停、继续关、加快改"的要求，对403处边生产、边技改矿井下达停产技改指令，倒排时间表，派驻监管督导组，督促和指导煤矿加快技改。通过努力，湖南煤矿整合技改取得了阶段性成果，除郴州因兼并重组，湘潭、怀化因事故长期停工停产影响进度外，大部分技改煤矿按要求完成了技改工程，已有 570 处矿井完成技改申请验收，有 312 处矿井通过市级联合验收申请核发证照，有 259 处技改矿井重新核发了全部证照。通过技改扩能，较好地解决了开拓系统不合理、提升和排水环节多、供电和通风系统不可靠等突出问题。

5. 狠抓矿井质量标准化建设

按照国家的统一部署，湖南结合实际制定了《湖南省煤矿安全质量标准化矿井考核标准及考核评级办法》，编制了《湖南省煤矿安全质量标准化矿井建设规划》，进一步明确总体目标，分解了年度计划。下发了《关于深入开展煤矿安全质量标准化工作的通知》，进一步突出重点，强化考核，抓好正规工作面建设、支护改革和采掘机械化水平，选树 30 个矿井为全省第一批示范典型。在整顿关闭补助资金中，安排 5839 万元用于引导矿井采掘机械化、正规工作面建设和支护改革。通过努力，2010 年湖南建成 547 个正规回采工作面，其中有 334 个工作面实现单体液压支柱支护，有 16 个回采工作面实现了机械化开采，有 20 个掘进工作面实现了机械化掘进或机械装载，有 148 个矿井达标。

6. 开展瓦斯治理与利用攻坚

湖南瓦斯治理与利用工作会议后，研究出台了《湖南省关于进一步加强煤矿瓦斯治理与利用工作的实施意见》和《湖南省煤矿瓦斯抽采与利用考核奖励办法》。安排了专项资金，对每建立 1 个瓦斯发电站给予 80 万～100 万元奖励。安排瓦斯发电项目 28 个，已经建成 14 个。对每抽采和利用 1 立方米瓦斯分别补助 0.1 元。

二　2011 年煤炭行业发展展望

（一）煤炭在我国能源中的地位及未来需求变化趋势

我国人口众多，能源资源相对不足，自 2001 年以来，我国的能源供给长期处于偏紧状态。在煤电方面，2010 年煤炭产量达到了历史新高，仍供不应求。供电紧张地区的数量增加，缺电程度更加严重。作为世界上最大的发展中国家，中国已成为一个能源生产和消费大国。能源生产量仅次于美国和俄罗斯，居世界第三位；基本能源消费量占世界总消费量的 1/10，仅次于美国，居世界第二位。

我国能源资源的基本特点是富煤、贫油、少气，这就决定了煤炭在一次能源中的重要地位。据资料显示，我国 2000 米以浅的预测煤炭资源量为 55697 亿吨，已探明煤炭资源量为 10176 亿吨，其中可采储量为 1145 亿吨。在全国已探明石化能源储量中，煤炭占 94%，石油和天然气仅占 6%。世界总储量中，我国的煤炭储量占 12.6%，仅次于美国、俄罗斯，居世界第三位，而石油仅占 2.4%，天然气仅占 1.2%（见表 1）。

表 1   2006 年全球煤炭探明储量排行

排　名	国　家	探明储量(百万吨)	所占份额(%)	储采比(R/P)
1	美国	246643	27.1	234
2	俄罗斯	157010	17.3	>500
3	中国	114500	12.6	48
4	印度	92445	10.2	207
5	澳大利亚	78500	8.6	210
6	南非	48750	5.4	190
7	乌克兰	34153	3.8	424
8	哈萨克斯坦	31279	3.4	325
9	波兰	14000	1.5	90
10	巴西	10113	1.1	>500

国际能源署在其发布的《世界能源展望 2007》中，对中国的一次能源需求进行了预测：中国的一次能源需求量在 2005～2015 年年均增长将达到 5.1%，在 2005～2030 年的整个预测期内，年均将增长 3.2%。这意味着，中国的能源需求量将从 2005 年的 17.42 亿吨标准油增至 2015 年的 28.51 亿吨标准油，到 2030 年，中国能源需求量将达到 38.19 亿吨标准油。《中国可持续能源发展战略》研究报告指出，到 2050 年，煤炭在一次性能源生产和消费中所占比例不会低于 50%。同时，与其他能源相比，煤炭具有明显的成本优势。2011 年以来，煤炭价格上涨加快，但与其他矿物能源相比，煤炭仍是最便宜的一种能源，同等的发热量，用煤的成本只相当于用油的 30%、天然气的 40%。因此，在可以预见未来的几十年内，煤炭仍将是确保我国经济可持续发展的主要能源和重要的战略物资，具有不可替代性，煤炭工业在国民经济中的基础地位将是长期的、稳固的。

（二）湖南煤炭的需求趋势预测

煤炭行业在湖南国民经济发展中地位更具特殊性。煤炭是湖南最主要的一次能源。湖南常规化石能源贫乏，但煤炭相对丰富。到目前为止，省内尚未发现可供开采的天然气和石油。煤炭在湖南一次能源生产和消费的比重比全国平均水平还高。《湖南省人民政府关于促进煤炭工业健康发展的实施意见》明确指出：煤炭是重要的基础能源，在湖南一次能源消费中占70%，今后相当长时期内，煤炭作为湖南基础能源的主体地位不会改变，湖南工业和经济发展对本省煤炭的依存度不会改变，立足省内供给的局面不会改变。

立足省内煤炭供应，是解决湖南能源安全的现实选择。随着湖南国民经济的持续稳定发展，特别是一些高耗能行业的快速发展，湖南煤炭消费急剧增加。从2003年开始，湖南由煤炭净调出省份转为净调入省份，煤炭需求缺口在逐年加大。据预测，2015年湖南煤炭消费总量将达到9000万吨，净缺口3400万吨。湖南是中部内陆省份，能源资源相对贫乏，经济发展对铁路运输的依存度非常高。近几年，随着湖南工业经济的快速发展，货物运输大幅度增加，交通运输瓶颈制约作用凸显。从铁路运输来看，进入湖南的主要铁路通道运力均已处于饱和状态，最近几年，铁路新增运输能力不足，远不能适应新增运量的需求。水路运输湘江目前只能通行千吨级船只，且近几年枯水期长达半年，运力先天不足，难以满足稳定供应的要求。公路运输成本高、运量小，难以满足电厂的巨量需要。湖南各种运输方式的煤炭调入量不足3000万吨，"北煤南调"短期内很难突破交通运输的瓶颈。因此，要保障湖南经济社会的可持续发展，立足省内，确保湖南煤炭生产和供给的稳定是最现实的选择。

（三）湖南煤炭工业生产面临的困难和存在的问题

一是湖南煤层赋存条件差，不稳定，构造复杂，不具备建大矿的条件。目前仍保留了近千处煤矿，点多面广，管理难度大，推广正规工作面、扩大单井规模、提高机械化水平和劳动效率难度大。二是湖南煤矿灾害严重，煤与瓦斯突出矿井占全国的一半，随着开采深度不断加大和近年来关闭矿井的增多，瓦斯治理和矿井老窿水防治难度大。三是煤炭市场需求持续旺盛，受市场拉动和利益驱动，煤矿企业增加产量、突击生产的冲动强烈，已经关闭的煤矿随时有可能死灰复燃；煤矿技改扩能进入攻坚阶段，超深越界问题严重，打击违法非法生产、巩固整顿关闭成果压力大。四是从业人员流动性大，专业技术人员匮乏，技术管理、现场管理难以到位，隐患整改难以到位，企业安全生产主体责任难以落实。对于这些问题，必须采取有效措施，切实加以解决。

三 2011年加快湖南煤炭行业发展的对策建议

2011年湖南煤炭工作的总体要求是：深入贯彻落实科学发展观，以落实国务院《通知》为强大动力，以整合技改和管理强矿为主线，以矿井质量标准化建设和淘汰落后产能为抓手，以严格安全监管为重点，转变煤炭发展方式，不断提高煤矿整体素质和安全保障能力，促进煤炭工业安全、健康和可持续发展，为湖南"四化两型"建设提供能源支撑。2011年湖南煤炭工作的预期目标是：煤炭产量稳定在7800万吨，省内电煤供应2000万吨；湖南煤矿事故死亡人数控制在220人以下，百万吨死亡率下降到3以下。要实现上述目标，湖南煤炭行业应抓好六个方面的工作，简要讲就是"三深化"、"三推进"。

（一）深化依法监管和行政执法，加强和改进行业管理，落实企业安全生产主体责任

坚持关口前移、重心下移，按照分级管理、分级负责原则，每季度对所属煤矿开展一次全面检查对重点煤矿每月开展一次重点检查。依法严格执法，解决安全监管问题。坚持安全目标管理考核制度，分解下达各市州和重点产煤县的控制指标，层层签订责任状，严格考核兑现，严格"一票否决"。落实领导班子成员轮流下井带班制度，强化企业生产过程的领导责任。严厉查处"三违"行为，加强现场管理。建立以安全生产专业人员为主导的重大隐患整改效果评价制度，并实行逐级挂牌督办、公告和跟踪整改，确保整改到位。加大水害防治工作力度，开展水害普查，摸清被整合矿井、关闭矿井和附近老窑的情况。要利用地质雷达等先进设备，探明水情，编制矿井水文地质图，在采掘工程平面图上设立警戒线。要坚持"有疑必探、先探后掘、先治后采"，针对不同时期安全生产特点，组织开展安全生产大检查。

（二）深化煤矿瓦斯治理攻坚，抓好瓦斯防治与综合利用

一是针对2010年瓦斯爆炸较大事故多发情况，开展专项整治。严格通风和

瓦斯管理，落实瓦斯检查和排放措施，严禁瓦斯超限作业。加强机电设备管理和维护，严防机电设备失爆。加强监控系统维护和升级，确保系统运行可靠。二是强力推进先抽后采，坚决遏制煤与瓦斯突出事故的发生。必须建立健全防止煤与瓦斯突出事故的机构，全面落实"两个四位一体"综合防突措施，实行全井撤人、地面放炮制度。坚持理念、计划、机构、装备和资金"五个到位"。分解下达瓦斯抽采工程计划、抽采量等指标，并与班子成员年薪挂钩，严格考核。三是要做好瓦斯防治基础工作，全面完成瓦斯地质图的编制工作。四是抓好瓦斯综合利用，化害为利，变废为宝。进一步加大综合利用力度，积极扶持，在条件较好的煤矿再建设一批瓦斯发电厂。

（三）深化整顿关闭和整合技改，巩固成果，淘汰落后产能

按照省政府的统一部署，善始善终抓好深化煤矿整顿关闭和整合技改工作。对未按规定期限申请验收的煤矿，无条件停止作业，由县级人民政府审查把关，区别对待。对只生产不技改、故意拖延工期的煤矿，坚决予以关闭。对坚持停产技改，但确有客观因素不能如期申请验收的矿井，向县级人民政府书面报告理由，由县级政府根据矿井设计技改工程量，初步重新核定最终技改竣工期限，经市级煤矿安全专项整治领导小组审查，报省有关部门。对验收合格的煤矿，抓紧整改完善，尽快发证，尽快组织合法生产。继续保持整顿关闭高压态势，严厉打击非法违法生产，加强巡查，对非法反弹煤矿及时打击关闭到位。坚决关闭发生较大事故的煤矿，整治越界开采。进一步强化技改煤矿和限期退出矿井监管，组成监管工作小组，进驻煤矿持续监管，发现违法组织生产的，要依法顶格处罚，对屡禁不止或延期后仍不能如期申请验收的煤矿，要提请县级人民政府坚决依法予以关闭。

（四）推进矿井标准化建设，强化安全基层基础工作

按照"质量标准化、采掘机械化、管理精细化、企业集团化、矿区园林化"的要求，强力推进标准化矿井建设。从班组和岗位安全生产标准化这个基点抓起，推动专业和企业达标。把矿井作为标准化工作的基本单位，逐个矿井抓达标。要鼓励煤矿企业采用新技术、新工艺、新装备，及时淘汰落后的装备和工艺，加快煤炭生产信息化建设，提升全行业的技术装备水平和煤矿安全生产水

平。重点抓好支护方式改革，重点推广岩巷锚喷支护。强力推进煤矿"六大系统"建设。要进一步完善煤矿质量标准化标准及考核办法，分解下达各市州年度达标计划，继续开展质量标准化示范，以点带面，全面推广，要建成10个机采工作面、20个机掘工作面、100个单体液压支柱工作面，湖南煤矿达到三级以上标准化水平，创建6个国家级标准化矿井、30个一级标准化矿井。年内达不到三级标准化的矿井，要按照国家有关规定，责令停产整顿，直至依法关闭。

（五）推进煤矿兼并重组，努力提高煤炭产业集中度

积极实施大公司、大集团战略，加快推进煤矿企业兼并重组，减少煤炭开采主体数量。各级煤炭管理部门加大对兼并重组工作的重视力度，科学编制兼并重组方案，确定兼并重组主体企业。发挥市场机制作用，依法整合资源，支持具备条件的国有和民营煤矿企业成为兼并重组主体。鼓励各种所有制煤矿及电力等行业企业参与兼并重组。支持具有经济、技术管理优势的企业兼并重组落后企业，支持优势企业开展跨地区、跨行业、跨所有制兼并重组。鼓励优势企业强强联合，鼓励煤、电、运一体化经营，实现规模化、集约化发展。研究促进兼并重组工作的措施和办法，争取用2~3年的时间，形成一批年产100万吨以上的煤矿企业集团，80%的煤矿企业年均产能达到30万吨以上，到2013年底，湖南煤矿企业总数控制在180个以内。

（六）推进安全教育培训，努力提高从业人员素质

坚持"管理、装备、培训"并重原则，强化管理部门、煤矿企业、培训机构的监管和主体工作责任。要加大"三项岗位人员"培训力度，坚持"教考分离"，变招工为招生，把煤矿变成学校，把管理变为培训，把员工变为学员，形成培训工作格局和良好氛围，确保"三项岗位人员"100%持证上岗。抓好煤矿带班下井领导的安全资格培训，领导下井带班必须持安全资格证。加强煤炭管理部门领导干部和安全监管人员培训，建立任前培训制度和轮训制度，争取年内对省、市、县三级煤炭管理部门的领导干部和监管人员轮训一次，强化管理能力。加大专业技术人员的引进和培养，通过引进人才、对口单招、校企联合办学、委托培养等途径，增加专业技术人员。

B.15

2010～2011年湖南轻工行业
发展研究报告

廖廷球　汪良松*

2010年，在湖南省委、省政府的正确领导下，全省轻工行业广大干部职工认真贯彻落实"三个代表"重要思想及中央、省委经济工作会议精神，深入学习实践科学发展观，努力克服各种困难，扎实推进园区建设，优化行业工作管理，实现了行业经济的较快增长。

一　2010年湖南轻工行业运行情况

（一）总体规模不断扩大

2010年，湖南省轻工全行业规模以上企业共完成工业总产值1690亿元（不含食品饮料工业），比上年增长25.5%，连续8年保持了20%以上的增长速度。其中，实现增加值530亿元，增长25.6%；全年行业产销率达到98%。1～11月皮革毛皮羽毛及制品、木材及竹藤棕草制品、家具制造业、造纸及纸制品业、印刷和记录媒介复制、文教体育用品制造业、塑料制品业和工艺品及其他制造业8个子行业实现利税114.67亿元，其中利润58.50亿元，同比分别增长70.3%和56.8%，超额完成年初制定的各项工作目标。

（二）行业地位不断提升

2007～2009年，轻工行业（未含食品饮料工业）共有75个湖南名牌产品，

---

* 廖廷球、汪良松，湖南省轻工行业管理办公室。

约占全省名牌产品总额的 15%。2009 年，湖南轻工行业一跃成为全省第 5 个工业总产值过千亿元的产业。2010 年，全省共有中国驰名商标 47 件，其中轻工行业就有 26 件，占全省中国驰名商标数的 55%。目前，湖南轻工行业在全国排第 13 位，其中造纸排第 8 位，日用陶瓷排第 2 位，烟花爆竹排第 1 位，塑料制品排第 13 位，皮革（轻革）排第 6 位，合成洗涤剂排第 5 位，原电池排第 6 位，原盐排第 9 位，产业地位不断提升。

（三）产业优势不断扩大

一是传统优势得到巩固。制浆造纸工业、木材及竹藤棕草制品等传统优势产业，日用陶瓷制品、烟花爆竹工业等地方特色产业，以及前景广阔的塑料制品产业都具有比较优势，有较好的资源基础和发展潜力。2010 年，全省造纸、木竹制品、日用陶瓷、烟花爆竹和塑料制品五大产业实现工业总产值 1170 亿元，约占全省轻工行业总产值的 70%。二是技术优势逐步增强。2010 年，轻工行业狠抓技术改造，技术装备水平得到明显提高，企业技术得到增强。目前全省轻工企业共建有省级以上技术中心 16 个，占全省省级及以上技术中心的 13% 左右，其中国家级技术中心 2 个，一些轻工企业正逐步成为技术开发的主体。

（四）园区建设扎实推进

中国（湖南）轻工产业园是为了贯彻落实国务院颁发的《轻工业调整和振兴规划》和湖南省人民政府颁发的《湖南省轻工业振兴实施规划（2009～2011 年)》，应对国际金融危机对实体经济的冲击，顺应国际竞争及产业发展的实际需要而创建的。产业园规划总面积 15.3 平方公里，计划用 8 年的时间建设，建成后可吸纳总投资约 260 亿元人民币，入园企业约 300 家，年产值预计可达 1000 多亿元人民币，解决就业约 10 万人，产值和利税可超过全省轻工行业的 1/3，将为湖南跨进全国轻工行业十强的目标作出贡献。目前第一期工程已开工建设，已签约入园的企业 37 家，意向购地 3600 亩，首批入园企业 12 家，购地 1363 亩，各项工作正在有序推进，发展态势良好。

二 2011 年湖南轻工行业发展面临的形势

(一) 面临的有利条件

《国务院关于进一步促进中小企业发展的若干意见》的实施，对以中小企业居多的湖南轻工产业发展无疑是一大利好消息。"家电下乡"、"建材下乡"、"以旧换新"政策的实施，对促进居民轻工产品消费、缓解轻工企业困难、为轻工业走出低谷加快发展提供了保障。国内工业化、信息化、城镇化、市场化、国际化深入发展，人均国民收入逐步增加，经济结构转型加快，内需市场进一步被激活，将有力推动湖南轻工业核心竞争力的提升。同时，相对沿海发达地区，湖南轻工业受金融危机的直接影响较小。作为中部大省，湖南具有得天独厚的自然资源、区位优势、市场优势和人力资源优势，是沿海地区产业转移的极佳承接地。工业化与城镇化密切相关，与轻工业尤为密切。"十二五"时期，国家积极实施城镇化战略，城镇化建设将提高地区分工水平，改变居民收入结构，促进居民增收，进而会提高居民轻工产品的消费能力。加上湖南"四化两型"、"四千工程"建设的稳步推进，国家轻工产业振兴规划和湖南省轻工业振兴实施规划各项政策的贯彻落实，为轻工业的快速发展创造了历史机遇。

(二) 存在的问题及不利因素

1. 结构性矛盾突出

一是企业结构不合理。在湖南轻工企业中，中小型企业居多，占企业总数的95%以上，并且布局分散、专业化程度低。如全省2700多家烟花爆竹生产企业平均年产值不足500万元，分布在13个市州的79个县市，难以形成产业集群效应。因而导致行业技术改造、技术创新、产品开发等方面投入十分有限，企业融资困难，做大做强面临压力。二是技术结构不合理。全省大部分轻工企业技术装备水平落后，达到国际20世纪90年代水平的设备不足10%，科技含量高的技术装备投入不足，与提高产品质量和档次存在很大的矛盾，导致产品档次低，消耗高，结构调整应变能力差，缺乏市场竞争力。普遍存在产品单一、花色品种少、结构不合理、产业发展趋同现象。

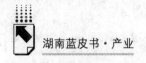
2. 科技投入严重不足

技术进步虽然已经得到了大多数企业的重视，但是企业技术开发费用提取仍然不足。企业技术人员匮乏，缺少必要的科研设备和资金，欠缺技术开发能力，产品科技含量不高。企业拥有的知识产权和专利成果，主要集中在外观设计方面，真正属于发明和实用新型专利少。轻工科研院所和企业、市场的结合不够紧密，一些大型企业没有建立完善的科研机构，产品难以适应市场需求的变化和国际技术发展的趋势。全省轻工业发展跟不上中部崛起的建设步伐，竞争能力不强。目前全省轻工业万元产值能耗和万元工业增加值能耗都远高于国际同类产品水平，平均高出 20% 左右，造纸、皮革、日化等行业污染物排放严重，推行清洁生产工艺和治理污染的任务十分艰巨。

三　2011 年湖南轻工行业发展目标及发展对策

2011 年，湖南轻工行业力争实现规模以上工业企业完成工业总产值 2000 亿元，其中增加值 630 亿元，增长 20% 左右，产销率达到 98% 以上，利税增长 15%；省属国有企业开发新产品 15 项，完成固定资产投资 40 亿元，增长 30%。为此，应在以下五个方面着力。

（一）继续做好产业、企业、产品结构调整工作

要争取国家和省里支持，重点抓好行业优势产业发展，依靠科技进步和技术创新手段，用信息技术改造和提升轻工传统产业。建立健全企业技术创新机制，增强企业发展的核心竞争力。抓住国家大力支持节能减排和发展循环经济的机遇，认真落实节能减排综合性工作方案，推动企业节能减排，促进节约发展、可持续发展。继续引导和扶植企业建立健全技术创新体系，抓好技术开发中心建设，为企业创建好的技术创新环境。要依托现有国家级企业技术中心、省级企业技术中心，发挥企业的技术优势，提升产品档次和质量。鼓励企业在技术上加强与科研院所和高等院校的联合，充分发挥轻工行业造纸、陶瓷、塑料、皮革等省级研究院所的作用，以各种形式与企业共建联合开发机构，着力突破制约产业升级的共性关键技术，引导企业不断开发新产品，实现产业整体升级。

（二）着力培育轻工行业新的经济增长点

轻工行业已经在 2009 年成为第五个千亿产业。要在 2011 年计划突破 2000 亿元大关，就必须举全省轻工行业之力，重点抓好湘阴"中国（湖南）轻工产业园"建设，努力为产业园建设做好各项协调服务工作。力争轻工产业园完成投资 4.5 亿元，征地 2400 亩。要在招商引资上加大工作力度，多做考察工作，把好的企业引进园区。要帮助入园企业科学规划建设项目，督促入园企业严把项目建设工程质量。着力把园区培育成轻工行业新的经济增长集，为行业"十二五"发展和"四千工程"作出新的贡献。继续扶持大型企业（集团）发展，充分发挥核心骨干作用。认真抓好岳阳纸业股份公司新增 40 万吨文化用纸、湘衡盐矿 60 万吨精制盐等项目的达产达效工作，培育行业新的经济增长点，促进轻工行业稳步发展。

（三）进一步优化发展环境，促进行业健康发展

各级轻工行管部门要牢固树立服务意识，继续做好各项协调、沟通、衔接、联系、服务工作，努力为企业办实事。要加强对重点企业（集团）和重点行业的协调，积极帮助它们解决生产经营过程中出现的资金、电力、运输等问题，为行业的发展创造宽松环境。大力推动本省家电产品下乡销售。加大本省产品采购力度，企事业单位日常办公及公务活动，在同等条件下，应优先采购和使用本省产纸张、工艺美术品等轻工业产品。充分发挥行业管理部门、行业协会在产业发展、标准制定、技术进步、行业准入和公共服务等方面的作用。建立轻工业经济运行及预测预警信息平台，为政府、地区、行业和企业提供信息服务，探索开展对规模以下企业的信息统计。加强行业自律，促进行业有序发展。

（四）加强财政支持，创新中小企业融资平台

根据轻工业行业特点和当前的形势需要，在充分发挥现有财政专项资金作用的基础上，加大对轻工业项目的支持力度，重点用于原材料基地建设、落后产能退出补偿和新增就业奖励等方面。及时清理各种不合理收费，减轻企业负担。政府要协调金融机构加大对轻工业的信贷支持力度，对一些基本面较好、带动就业明显、信用记录较好、有竞争力、有市场但暂时出现经营和财务困难的企业给予

信贷支持，允许到期的贷款适当展期。简化审批程序，拓展企业融资渠道，支持符合条件的企业发行公司债券、企业债券、中小企业集合债券、短期融资券等。加大对中小企业信用担保机构的支持力度，鼓励担保机构为轻工中小企业提供信用担保和融资服务，创新轻工业中小企业融资平台。

（五）强化职业培训，强化人才保障

加强专业技术人才培养和职业技能培训。充分发挥以湖南科技职业学院、湖南省轻工高级技工学校等为基础组建的湖南轻工职业教育集团、湖南工艺美术职业教育集团的作用，培养掌握行业先进技术的专业人才。把湖南科技职业学院、湖南工艺美术职业学院、湖南省轻工高级技工学校建设成湖南轻工产业人才培养培训基地，加快培养技术技能劳动者，提升从业人员整体素质，为促进湖南轻工业健康发展提供人才保障。

2010～2011 年湖南食品行业发展研究报告

湖南省经济和信息化委员会消费品工业处

2010 年，湖南食品行业发展紧紧围绕省委、省政府提出的"转方式、调结构、抓改革、强基础、惠民生"的总体要求，以结构调整为主线，以项目建设为抓手，着力培育发展惠农富民产业，实现生产与效益同步快速增长。

一　2010 年湖南食品行业运行情况分析

（一）2010 年湖南食品工业经济运行情况及特点

（1）生产快速增长。湖南规模食品工业完成总产值 2176.5 亿元（除烟草），为 2005 年的 5 倍，居全国第 11 位，比"十五"末前移 3 位，同比增长 34.7%，增幅比上年提高 5.9 个百分点；完成工业增加值 587.8 亿元，为"十五"末的 4.6 倍，同比增长 23.3%；产销率为 98.8%。

（2）主要产品产量快速增长。白酒完成 129476 千升，同比增长 45.8%；大米 829.1 万吨，增长 42.1%；罐头 92.3 万吨，增长 33.7%；鲜冷冻肉 32.8 万吨，增长 33%；食用植物油 219.3 万吨，增长 25.2%；精制茶 22.5 万吨，增长 21%。

（3）经济效益稳步提高。湖南规模食品工业完成主营业务收入 2087.9 亿元，同比增长 35.6%，比上年提高了 5.3 个百分点；实现利税总额 133 亿元，同比增长 39.7%，比上年提高了 1.9 个百分点；实现利润 73.9 亿元，同比增长 25.6%。

（4）小型规模企业快速发展。湖南小型规模食品企业共有 1584 家，比上年增加 206 家，比"十五"末增加了 880 家。累计完成工业总产值 1697.5 亿元，同比增长 40.7%，增幅比全省规模食品工业平均水平高 6 个百分点，对全省规模食品工业增长贡献率为 88.6%。实现利税、利润分别为 100.9 亿元、56.1 亿元，同比分别增长 47.7%、30%，对全省规模食品工业增长贡献率为 86% 和 86.2%。

（二）湖南食品工业生产效益保持快速增长的原因分析

（1）食品产业发展氛围良好。2009 年，湖南省召开了加速推进食品产业发展工作会议，并于 2010 年 1 月出台了《中共湖南省委办公厅、湖南省人民政府办公厅关于加快发展食品产业的意见》（湘办〔2010〕4 号），设立食品产业发展专项资金 3000 万元。益阳、湘潭、常德等市也加大了对食品产业发展的支持力度，全省上下形成了加速推进食品产业发展的良好氛围。

（2）重点企业项目竣工投产，培育了新的经济增长点。2010 年，湖南规模食品企业完成技术改造投资 226.8 亿元，同比增长 33%。其中，巴陵油脂云溪新港食用油加工综合项目一期工程、银光粮油年产 10 万吨山茶油生产线、省茶业公司湘茶科技产业园等一批重点食品项目建成投产，为食品工业经济发展培育了新的经济增长点。其中，巴陵油脂、银光粮油、义丰祥、唐人神、省茶业公司等一批重点企业实现产值分别增长 59%、53.8%、40.3%、39.8%、38.2%。

（3）企业调整优化产品结构实现较快发展。食品企业加大产品研发和营销推广力度，全省规模食品工业研发经费支出同比增长 28.1%，比上年同期提高了 11.5 个百分点；完成新产品产值同比增长 46.1%，比上年同期提高了 7.6 个百分点。其中，加加酱油新产品"面条鲜"销售取得决定性突破；娃哈哈集团长沙公司新上市的运动型饮料，在湖南的市场占有率达到 30%，全年产值超过 16 亿元。

（三）湖南食品工业经济运行存在的主要问题

（1）行业利润增速减缓。由于农产品价格、原辅料、交通、能源价格上涨及用工成本增加，湖南食品工业实现利润增速比上年同期下降了 29.8 个百分点。其中，食品制造业和饮料制造业实现利润仅分别增长 13.6% 和 2.4%，而上年同期分别增长 114.6% 和 65.6%。

（2）乳制品行业发展困难。受问题奶粉重新流入市场以及生产成本上涨等因素影响，省产乳制品销售市场疲软，利润空间缩小。2010年，全省乳制品加工业实现工业总产值42.8亿元，同比下降3.5%；实现利润1.3亿元，同比下降60.7%。

（3）企业亏损面有所增加。2010年湖南规模食品工业亏损企业有53家，企业亏损面为3.2%，比上年同期提高了0.2个百分点。

二　2011年湖南食品行业发展趋势分析

（一）2011年湖南食品行业发展环境与趋势

（1）国际经济复苏有利于稳定食品出口。2010年，世界经济基本实现复苏，全球贸易增长达到13.5%。根据国际货币基金组织和世界银行预测，2011年世界经济增长水平分别为4.7%、3.3%。国际经济复苏，全球食品需求总量仍将增长，将有利于进一步稳定和扩大食品出口。

（2）结构调整和扩大内需有利于拓展食品市场空间。2011年，我国把进一步扩大内需，特别是居民消费需求，保障改善民生作为政府工作重点，这为食品工业发展提供了广阔的市场空间。我国人均GDP已超过4000美元，湖南超过3000美元，居民消费正处于加速升级的黄金阶段，将有力地促进食品消费结构调整和升级。

（3）产业政策支持力度加强。国家已出台了《关于进一步促进中小企业发展的若干意见》（国发〔2009〕36号）等系列政策，湖南也出台了《中共湖南省委办公厅、湖南省人民政府办公厅关于加快发展食品产业的意见》（湘办〔2010〕4号），为湖南食品产业发展提供了强有力的政策支持。同时，国家"两型社会"试验区、高技术产业基地在湖南成功布局，为湖南食品工业对接国家调整产业布局、承接产业转移、抢先发展提供了新机遇、新平台。

（4）食品市场竞争更趋激烈。随着经济全球化的不断发展，国外大公司、大集团加快实施全球化发展战略，湖南食品产业发展将面临国际的市场竞争压力。同时，国内食品产业强省的快速发展也对我们构成了较大压力。如邻近省份湖北的食品产业也呈快速发展态势，其产品不断挤占湖南市场，进一步加剧了湖

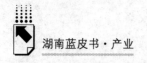

南食品市场的竞争激烈程度。

（5）生产要素价格上涨将成为制约食品工业发展的重要因素。近年来，劳动力、原材料、土地、燃料动力等价格持续上涨，银行存款准备金率和基准利率的上调，企业综合成本上升态势明显。特别是 2011 年初，北半球受到强烈寒流和大雪侵袭，赤道地区和南半球则暴雨成灾，全球气候异常必然助推粮食等农副产品价格持续走高，湖南食品工业发展将面临生产成本增长的制约。

（6）结构调整任务艰巨。湖南食品产业虽然整体发展快速，但产业结构性矛盾仍然突出。一是缺乏大企业集团。食品经济发达省份大多有销售收入过 100 亿元的食品企业集团，而湖南排名第一的食品企业年销售收入仅 82 亿元，差距明显。二是缺乏大品牌。缺乏像河南"三全"、"思念"这样的大品牌。三是缺乏大园区基地。这些问题进一步凸显了湖南食品工业调整产业结构、转变发展方式的重要性和紧迫性。

（二）2011 年湖南食品行业发展重点

2011 年，力争全省食品规模工业总产值完成 2700 亿元，同比增长 28%；工业增加值完成 680 亿元，同比增长 23%。围绕上述目标，要重点从以下四个方面着力。

1. 加快结构调整步伐，提高经济运行质量和效益

一是加强规划和产业政策引导。贯彻落实省委、省政府关于加快发展食品产业的意见精神，编制并实施《岳阳粮油调味品茶加工产业集群"十二五"发展规划》、《湖南省食品产业发展规划（2009～2015 年)》。从做好乳品工业项目（企业）审核清理工作入手，淘汰落后生产能力，推进食品工业结构调整升级。二是加大技术改造力度。发挥食品专项资金的引导和激励作用，支持鼓励运用先进适用技术改造提升食品工业；加强食品重点项目调度，建立项目库，积极支持符合国家产业政策和产业结构调整方向的重点项目争取国家和省各类专项资金扶持。三是培育壮大龙头企业。以"四千工程"和食品产业集群核心骨干企业为重点，突出重大项目建设，做大做强唐人神等一批龙头企业，力争工业总产值过 10 亿元企业达到 13 家，其中，唐人神力争工业总产值过 100 亿元。鼓励和引导省内外优势企业通过兼并重组实现整合资源，组建企业集团，打造食品行业旗舰。四是支持产业集聚发展。立足区域资源优势，重点培育常德粮油水产品加工

食品产业集群，全力打造岳阳千亿食品产业集群，力争 2011 年实现工业总产值过 800 亿元。

2. 推进企业诚信建设，提高安全保障能力

一是组织制订《湖南省食品工业企业诚信体系建设工作实施方案》，建立湖南食品工业企业诚信体系建设工作部门联席会议制度，加快建立食品安全长效机制。二是组织食品企业特别是试点企业从业人员开展诚信体系建设相关标准培训，指导企业建立诚信质量管理体系。三是组织召开试点阶段总结交流会，开展 25 家试点企业诚信体系建设绩效评估，总结工作经验，以点带面，逐步推广。四是建立诚信信息征集和披露体系，实现企业诚信信息共享，逐步建立全省统一的食品企业诚信信息管理平台。

3. 推进技术进步，增强企业竞争力

一是鼓励技术创新。推进食品企业与高校、科研院所深度合作，构筑产学研战略联盟，积极创建企业技术中心。支持拥有自主知识产权的新产品的研发，提升企业核心竞争力。二是加强平台建设。以望城国家农业科技园等园区（基地）为重点，加强食品技术研发、检测、物流等公共服务平台建设，构建特色鲜明的产业服务支撑体系。充分利用和整合现有检疫检测技术和设备，加强食品检测中心或检测实验室建设。三是推进"两化"融合。引导食品工业园区申报省级"两化"融合试验区，支持符合条件的食品企业纳入省级中小企业信息化试点，鼓励条件较好的食品企业申报国家"两化"融合项目，加速信息技术改造。

4. 加强经济运行监测，做好协调服务工作

一是加强监测分析。健全食品行业统计调度体系，实行"四千工程"食品重点企业联系制度，抓好跟踪调度和监测分析。二是拓展销售市场。搭建交流合作平台，组织食品企业参加重点经贸及产业对接活动，帮助企业拓展国内外市场，引导和支持优势企业参与国际竞争。三是做好协调服务。围绕食品行业发展中的热点、难点问题，努力做好协调服务工作，营造良好的行业发展外部环境。

三　加快湖南食品行业发展的对策建议

在扩大内需、保障民生的战略指引下，加快食品行业发展已成为保持湖南经

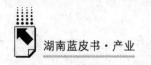

济持续稳定快速发展的重要保障。要认真贯彻各级文件精神，进一步营造有利于食品行业发展的良好环境，促进食品工业加快发展。

（一）加快建立现代食品企业管理体系，促进产业升级

推进现代食品企业管理体系建设，是转变食品工业经济发展方式、保持行业健康发展的关键之举。各级各有关部门要围绕现代食品企业管理体系的建立，制定相应的政策和措施并督促实施，促进食品企业加强财务管理，规范经营行为，树立诚信意识，建立和完善食品企业信用信息征集机制和评价体系，尽快实现食品企业信用建设工作科学化、规范化、信息化。要紧扣现代食品企业管理体系建设需要，发展壮大商贸、现代物流、餐饮等现代服务业，扶持发展食品信息、科技服务等新型服务业。加快产业集聚，培育食品产业集群，支持龙头企业采用多种方式，对其上下游配套企业进行重组、改造。

（二）加大金融支持力度，缓解食品企业融资难问题

食品企业大多是中小企业，资金瓶颈仍是制约食品企业发展的主要因素。各级各有关部门要采取有效措施，加大金融支持力度，缓解食品企业融资难问题。一是要用活用足支持中小企业发展的金融政策，进一步完善食品企业金融服务，积极引导银行业金融机构创新体制机制，创新金融产品、服务和贷款抵质押方式，扩大对食品企业的贷款规模和比例。二是要稳妥建立小额贷款公司，发挥本地金融机构对当地食品企业经营状况、企业家的能力和信用比较熟悉的优势，有效拓宽食品企业融资渠道。三是要建立食品企业信用担保体系。各级财政要进一步加大对政策性担保公司的注资力度，使之做大做强。鼓励各种经济成分的资本参与担保公司投资，形成多元化、多层次的信用担保体系。探索发展食品企业互助性会员制担保机构，借助食品行业协会的作用，以牵头行业内企业联保等形式为食品企业贷款创造条件。

（三）健全和完善食品行业社会服务体系

一是完善食品行业信息化服务平台。及时向食品企业发布政务信息，宣传出台的各项政策措施和食品行业发展规划；推介食品企业发展项目，推动项目招商引资；开展信息咨询服务，为食品企业提供市场、技术、人才等方面的服务；宣

传食品品牌产品，提高湖南品牌食品知名度。二是加快建立食品技术创新体系。引导和支持创新要素向食品企业集聚，为食品企业提供与高校及研究机构交流合作的机会，加强产学研的结合，促进公共技术服务平台的建立和科技成果的转化，增强食品企业的自主创新能力，提升其产业竞争力。三是优化食品企业人才队伍。引导食品企业逐步改变传统的家族式管理模式，培养一批有市场经济意识、懂专业技术、善经营管理的企业家。建立一套能引得进、管得好、留得住的人才管理长效机制，促进人才队伍不断壮大。

B.17

2010～2011 年湖南纺织行业
发展研究报告

刘 辉*

2010 年，湖南纺织行业按照"更加注重提高经济增长质量和效益、更加注重推动经济发展方式和经济结构调整"的总体要求，认真落实《湖南省纺织产业调整与振兴实施规划》，积极推动产业结构调整和产品升级，产业竞争力不断提升。

一 2010 年湖南纺织工业发展情况分析

（一）产业规模快速增长

2010 年，全省 507 家规模以上纺织企业完成工业总产值 632.50 亿元，同比增长 35.9%，增速排名全国第 11 位，其中规模以上企业实现新产品产值 39.42 亿元，同比增长 72.5%，新产品产值率达 6.2%，增幅位居同行业前列。完成投资 119.97 亿元，同比增长 35.7%；现有产值过 10 亿元企业 1 家，过 5 亿元企业 7 家，上市公司 2 家。生产的主要产品中，纱 78.53 万吨，同比增长 23.2%；布 4.65 亿米，同比减少 3.5%；服装 2.86 亿件，同比增长 52.0%；化纤 4.55 万吨，同比减少 12.3%。主要纺织产品纱、服装产量增速均高于全国平均水平，其中服装产量增速居全国第 3 位。全年通过省级新产品鉴定 23 项，居全省工业行业首位，其中有 4 项居国际领先水平、19 项居国内领先或填补省内空白。

---

* 刘辉，湖南省纺织行业管理办公室主任。

（二）创新能力不断增强

一是产学研结合加强。2010 年湖南纺织企业与大专院校联合研究得到进一步加强，全省纺织行业已建成国家级技术中心 1 家、省级技术中心 11 家。湖南中泰特种装备有限公司与东华大学联合，生产的高强高模聚乙烯纤维高科技产品，全世界仅有三个国家能生产，其产品性能与各项技术指标达到国际先进水平。二是新技术不断突破。2010 年湖南纺织行业申报的 8 项关键技术，有 3 项获得专项资金支持，位列全省工业行业之首。全行业有 4 项技术通过省级科技成果鉴定，其中常德纺织机械有限公司研制的 E2528 型经编机、E2178 型经编机居国际先进水平，列入中国纺织工业协会"十一五"《纺织工业科技进步发展纲要》攻关项目。邵阳纺织机械有限公司研制的 M5471 针织定型机技术先进，填补了国内空白，居国际先进水平。香港桑麻奖 2010 年共评出 16 个奖项，湖南纺织行业就有 4 人分别荣获二等奖，占奖项总数的 25%，位居全国第一。

（三）品牌建设不断提速

近年来，湖南纺织产业的集约化生产呈现出强劲的发展势头，产业集聚度逐渐提高，带动行业发展提速。目前已初步形成了常德棉纺织、益阳棉麻纺织、株洲纺织服装 3 个产业集群和华容县棉纺织、汉寿苎麻纺织等 8 个产业基地，涌现了一批有影响的名牌产品，其中中国名牌 2 个（梦洁、益鑫泰）、湖南名牌 38 个，创中国驰名商标 6 个。2010 年，在已认定 22 家省级龙头企业的基础上，继续审核、审批认定了 4 家省级龙头企业，并对 5 家 2007 年认定的龙头企业进行了复评和重新认定，其中 4 家通过评审。全年新增中国驰名商标 3 项，省著名商标 3 项。根据中国纺织工业协会发布的"2009～2010 年度中国纺织服装企业竞争力 500 强"，湖南有 12 家企业上榜。其中，麻纺行业中，华升集团排名第一，湘南麻业排名第十；梦洁家纺集团综合实力位居全国家纺行业首位；东信集团位列全国棉纺行业前 30 强；圣得西为全国十大服饰品牌之一；忘不了的综合实力位列全国服装行业前 70 位。

（四）发展模式更趋友好

2010 年纺织行业按照工信部《关于开展重点用能行业单位产品能耗限额标

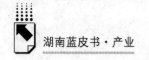

准执行情况监督检查的通知》精神和省经信委的统一部署，对省内生产正常运转的苎麻脱胶企业，进行了精干麻能耗标准情况贯标检查。从核查情况来看，全省企业普遍进行了锅炉改烧谷壳、热水回收循环利用、生物脱胶等节能环保技术改造，降低了能耗，减少了排放，单位产品能耗普遍达到能耗限额标准，发展模式更趋友好。

（五）发展环境不断优化

一是行管部门服务工作扎实。积极开展调研座谈，起草了《湖南省纺织行业"十二五"发展规划》。组织东信、银太、梦洁等企业参加湖南—新疆工业产业合作专场对接洽谈活动；组织金鹰、圣得西等7家省内著名服装、家纺企业到宁夏银川参加了第二届中国西部服装服饰艺术节。针对棉花价格快速上涨、人民币升值等困难形势，对省内重点纺织服装企业的生产经营情况进行了调研，为企业争取了棉花进口配额。二是政策支持力度加大。通过调研，初拟了《湖南省人民政府关于进一步加速发展湖南纺织产业的意见》（代拟稿），并经多次论证，将于近期出台。组织了"创建全国纺织劳动关系和谐企业"评比活动，极大地鼓舞了全省纺织行业的干部职工，提高了干事成才的积极性。

尽管湖南纺织工业在2010年取得了同比增长35.9%的好成绩，但与周边省份相比仍存在一定差距。据测算，湖南纺织行业的投入产出比在中部六省中是最高的，加上行业投入远远落后于周边省份，导致发展后劲不足。从2005年起，周边的江西规模以上纺织企业生产总值开始超过湖南，增速多年保持在30%以上。在优化投资环境方面，河南郑州市政府出台了《关于进一步加快纺织服装产业发展的意见》，每年拿出3000万元专项资金大力促进纺织服装业发展。江西、安徽等省也出台了很多优惠政策，吸引了大批投资者到当地落户。省际竞争的加剧是导致湖南纺织产业相对落后的重要原因。

二 2010湖南年纺织行业发展面临的形势

（一）发展的机遇

从国际看，国际市场正从金融危机中缓慢复苏，以纺织服装为代表的日用消费品逐步复苏，美、欧、日三大发达经济体仍将是国际纺织品服装出口的主要市场，新兴经济体市场需求也将进一步释放，都将有利于我国纺织工业的发展。从国内看，"十二五"时期，我国将全面建设小康社会以顺应各族人民过上更好生活的新期待，纺织服装消费需求将不断升级，对纺织工业的发展将提出更高要求。目前占我国人口54%的农村居民人均衣着支出只有城镇居民的18%，城镇化的加快将直接带动衣着消费的快速增长。纺织工业新材料、新技术的应用，以产品创新所引领的绿色、低碳、文明、时尚的生活方式，将进一步挖掘出我国内需的巨大潜力。从省内看，随着《湖南省纺织产业振兴实施规划》的深入实施，及《湖南省人民政府关于进一步加快发展湖南纺织产业的意见》的即将出台，湖南纺织产业必将在承接产业转移、转变发展方式等方面迈上新的台阶。

（二）面临的挑战

国际金融危机对我国的不利影响仍在持续，经济增长动力不足，美、欧等主要经济体失业率和居民储蓄率持续上升，外需增长过缓，制约了纺织工业复苏的步伐。发达国家在产业链高端、发展中国家在产业链低端的双重竞争将更加激烈，国际贸易保护主义抬头，对纺织品出口带来较大的影响。水、电、气等生产要素价格上涨，美元贬值预期增强，也使得棉、麻、化纤等原料价格持续上涨，产品出口竞争力下降。国家宏观政策的变化，企业加薪压力越来越大，工资性支出比重提高，加上国家货币政策有所收紧，银行对中小企业的贷款审批较严，制约了纺织类中小企业的扩大再生产。这些都是湖南纺织工业需要克服的重要挑战。

三 加快湖南纺织工业发展对策建议

2011年，湖南纺织行业将以创新提高科技和品牌对经济增长的贡献率作为转变发展方式的重点，继续实施产业升级和结构调整，促进行业快速发展。

（一）改造提升传统优势产业

以技术改造为手段，采用先进适用技术改造传统产业，提高装备水平和生产效率，优化产品结构，增强市场有效供给能力和行业的抗风险能力。一是采用先进的清梳联、细络联、精梳机、紧密纺、高档气流纺、细纱长车、自动络筒机、无梭织机，改造装备企业，带动纺织行业的技术进步。二是全面推广苎麻生物脱胶的产业化生产。更新改造梳理设备，推广紧密纺等新型纺纱技术和自动络筒机的应用，深入研究和推广水理、牵切纺工艺与技术，装备新型苎麻纺织设备，大力发展轻、薄、混纺、交织、色织等高技术含量、高附加值的产品。三是采用国际国内先进技术进行印染装备升级。积极开发抗皱防缩、防霉、抗静电、阻燃、仿真、多种纤维复合染整等特种印染后整理新技术，提高服装面料的质量和档次。淘汰使用有害染料的印染工艺以及其他高耗能、高耗水的落后生产工艺、装备，重点解决印染行业产品质量稳定性差、能耗和水耗高、环境污染严重等问题。四是采用高新技术、先进装备提升传统化纤工艺。加快高性能纤维、功能性纤维、差别化纤维、复合纤维的开发与应用。重点扩大高强高模聚乙烯纤维、高强维纶、粘胶纤维、锦纶纤维的生产能力，新增适应市场需求的粘胶短纤和以竹、麻为原料的新型纤维的生产。五是以适应市场变化为目标，以设计为中心，鼓励有条件的企业和院校合作组建纺织服装新技术、新材料、新工艺开发与设计中心，采用服装面料监测评价系统、自动裁剪系统、服装设计三维虚拟图形系统、生产吊挂传输系统、立体整烫系统、立体仓储系统、产品配送中心等先进服装加工设备和技术，引进国内外高端人才和培育本土高水平设计人才，提升服装设计开发水平，扩大新型高档品牌服装生产，提高出口比例，争创国际国内知名品牌。六是采用先进的织造、染整、提花、绣花设备，巩固提高家纺产品的生产水平。采用不同纤维开发日用毛巾类和旅游类产品，大力发展高附加值的床上用品和家用装饰类产品。

（二）改善优化产业发展环境

继续加大对全行业的调查摸底，争取相关部门的理解和支持，尽快出台《湖南省人民政府关于进一步加速发展湖南纺织产业的意见》。继续做好行业经济运行监测分析，及时把握行业运行态势，增强行业管理工作的针对性和实效性，引导行业健康发展。积极推进棉花收购体制改革，稳定棉花价格。积极争取中央投资专项资金、省新型工业化引导资金、技术改造资金、工业发展资金对湖南重点纺织企业和重点纺织项目的支持，跟踪在建项目的进展情况，以项目建设加速龙头企业的发展，带动行业整体实力提升。加大对纺织中小企业的信贷和财政支持力度。要同等条件下优先考虑纺织服装企业享受中小企业发展专项资金和贷款贴息资金，鼓励各金融机构调整现有信贷政策，增加对纺织企业特别是中小纺织企业的信贷额度。完善中小企业信用担保办法，在执行中适当向中小纺织企业倾斜。

（三）以品牌建设促进产业集聚

大力实施品牌战略，加大品牌培育和推广力度，提高品牌经济比重。以服装、家纺等终端产品自主品牌建设为突破口，建设和完善设计创意中心、技术研发中心、品牌推广中心，通过技术进步提高企业整体质量水平。扶优扶强，支持优势品牌企业兼并重组、产业整合，提高产业集中度，增强品牌企业的市场控制力。鼓励和引导品牌企业"走出去"，通过收购、入股等形式进行与境内外品牌企业的合作和收购，以提高产品质量和增加产品附加值。以市场为导向，加快产业组合，重点打造已列入省政府五十个产业集群的"常德棉纺织产业集群"、"益阳棉麻产业集群"、"株洲纺织服装产业集群"，引导中小企业产业集聚。培育壮大湖南纺织原料、产品市场，积极发展以株洲芦淞服饰市场为中心的服装市场，以汉寿、沅江为龙头的精干麻市场，以华容为龙头的棉花加工市场，以益阳赫山为中心的袜业、针织市场。充分利用地域和资源优势，出台优惠政策，改善投资环境，筑巢引凤，加大招商引资力度，积极承接沿海地区的产业转移。

B.18

大力发展服务外包产业
推进湖南产业结构升级

刘 权*

20 世纪 90 年代以后，随着信息和通信技术的突飞猛进，知识与信息的数字化、标准化和物化，从根本上改变了原来许多服务的不可储存性和不可运输性特征，导致全球出现了以现代服务业和研发环节转移为特征的世界经济新一轮产业转移，世界经济开始全面向服务经济转型，服务外包成为了新一轮国际产业转移的主角。

一　服务外包的概念以及服务外包产业的特征

简单说来，服务外包就是以信息技术为依托，利用外部专业服务商的知识劳力，来完成原来由企业内部完成的工作，从而达到降低成本、优化产业链、提高效率、提升企业核心竞争力的一种服务模式。

根据承接商的地理分布状况，服务外包可以分为离岸外包和在岸外包，其中离岸外包跨境完成，而在岸外包是在同一境内完成。按照业务类型，服务外包又可以分为信息技术外包、业务流程外包和知识流程外包。信息技术外包（ITO）是指服务外包发包商委托服务外包提供商向企业提供部分或全部信息技术服务功能，主要包括软件研发外包、信息技术研发外包、信息系统运营维护外包等。业务流程外包（BPO）是指企业将一些非核心的业务流程委托给专业化服务提供商，由其按照服务协议要求进行管理、运营和维护服务，服务内容涵盖金融财务管理、人力资源管理、供应链管理、客户服务等。知识流程外包（KPO）是指将知识密集的业务或者那些需要先进的研究与分析、技术与决策技能的流程交给第三方来执行的行为，其服务内容主要涉及制造研发与设计、知识产权研究、金融保险研究、生物医药研发、文化创意研发和认证咨询外包等多个领域。

服务外包产业看不到巨大的厂房、高耸的烟囱，听不到机器的轰鸣，取而代之的是舒适优雅的办公环境和高素质的员工，就在鼠标点击之间，创造出高利润与高附加值，相较于制造业来料加工 2%~5%，最高不超过 15% 的增值幅度，服务外包的增值幅度超过 90%，在大连软件园，一平方米土地每年的产值达 2 万~3 万元，是来料加工型制造业的 20 倍——而其单位 GDP 能耗还不足制造业的 20%。

服务外包产业能够极大地吸纳受过良好高等教育的大、中专以上学历毕业生就业，根据商务部统计，截至 2010 年，全国服务外包从业人员共 232.8 万人，其中大学以上学历 165 万人，占 70.9%。有研究表明，美国潜在的服务外包将给承接服务的国家创造高达 1400 万个就业岗位，仅金融服务业，服务外包给承接国创造的就业机会就将有 200 万个。大力发展服务外包产业，将为湖南创造大量的服务型就业岗位，缓解湖南大、中专毕业生的就业压力。

总体来说，服务外包属于绿色产业，它以互联网为载体，没有地理区位、口岸、物流上不可逾越的障碍，其核心是人才和教育，是现代高端服务业的重要组成部分，概括来说具有“六高、两低、两少”的特征。“六高”即科技含量高，产出高，附加值高，吸纳大、中专毕业生就业能力高，国际化水平高，出口额高；“两低”即投入低、能耗低；“两少”即环境污染少、占用土地资源少。大力发展服务外包产业，不仅在于它能够带来巨大的经济利益，更在于这一新型的产业经济，将对缓解湖南大、中专毕业生就业，转变经济增长方式，调整经济结构，推动区域经济长期、均衡和可持续发展，促进湖南“四化两型”建设具有重要的战略意义。

二　湖南服务外包产业发展现状

在国家商务部的大力支持下，在省委、省政府的高度重视和正确领导下，湖南省会长沙进入了 21 个“国家服务外包示范城市”，在新一轮对外开放中，与北京、上海、深圳等城市站在了同一起跑线上，服务外包产业起步良好。通过各有关部门的共同努力，湖南抢抓新一轮国际服务业转移机遇，加强组织领导，制

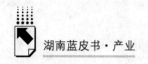
订行动计划，出台扶持政策，加强业务培训，开展推介活动，充分利用人力资源丰富、教育基础好等有利条件，有力地促进了全省服务外包产业的快速发展。在国际金融危机形势下，湖南服务外包产业逆势迅猛增长，已成为全省开放型经济发展中的一大亮点。

从湖南情况来看，2010年全省服务外包合同执行金额5.39亿美元，同比增长62.3%，从2007年以来，全省服务外包产业持续以年均70%以上的速度高速增长。主要特点有：一是服务外包保持高速增长，服务外包业务主体迅速增强和扩大。2010年全省新增服务外包企业94家，新增服务外包培训机构15家，年培训能力超过万人。截至2010年底，湖南服务外包企业登记数共208家，服务外包培训机构43家，全省服务外包产业从业人数约5万人，其中大学毕业生（含大专）占78.7%。二是重点外包企业引领了全省服务外包产业的快速发展。青苹果数据、拓维信息、快乐购物、中软国际、山猫、源数科技、海普科技等一批数据处理、软件开发、电信后台、文化创意、呼叫中心的重点外包企业，在国内外市场上已显示出较强的接包能力，合同执行额占全省70%，引领了全省服务外包产业高速发展。三是服务外包继续由长沙向"3＋5"城市群拓展，服务出口的国家和地区仍以亚洲为主。2010年，株洲、衡阳、湘潭、邵阳等其他城市新增服务外包企业数占全省新增企业总数的14.7%。服务出口的国家和地区中亚洲市场占59.2%，日本、美国、韩国仍是湖南服务出口的主要国家，分别占28.9%、23%和13.3%。

湖南服务外包产业经过近几年的努力获得了较快的发展，但相对发达省份仍存在较大差距，当前存在的主要问题有：（1）服务外包发展的载体太弱，支持手段不强。特别是供服务外包企业租用的标准工作室缺乏，制约了外包企业，特别是有一定规模的BPO企业的落户。（2）中高级服务外包专业人才，特别是国际市场"接单"的人才短缺。（3）各级政府、各部门对发展服务外包的认知问题仍是制约湖南服务外包发展的主要因素，推动工作难度较大，相对兄弟省市来说处于落后的位置。

三　湖南推进服务外包产业发展的下一步措施

国务院分别于2009年、2010年颁布了《国务院办公厅关于促进服务外包产业发展问题的复函》和《国务院办公厅关于鼓励服务外包产业加快发展的复函》两个重要文件，全方位支持和鼓励服务外包产业的发展。湖南更是早在 2008 年 7 月就出台了《湖南省人民政府关于加快发展服务外包产业的意见》，同时，省财政还专门设立了"承接产业转移引导资金"，专项支持加工贸易和服务外包，重点支持和引导服务外包园区的基础设施、公共服务平台建设、人才培训、国际市场开拓和技术创新。下一步，湖南将充分利用现有条件，通过更紧密的合作机制，密切配合，形成合力，扶持服务外包企业做大做强，提升参与国际分工的能力，推动全省服务外包产业健康、快速发展。

（一）加强规划引导，促进产业集聚

湖南以"加强政策引导、强化载体建设、创新发展方式、完善服务功能、离岸在岸并重、促进产业集聚"的思路制订了"十二五"服务外包发展规划。以长沙中国服务外包示范城市为中心，重点打造产业特色鲜明、产业集聚度高、辐射带动作用大、公共服务平台完善、产业发展环境优良的长株潭服务外包产业城市群，积极培育湘南、湘北、湘西地区服务外包产业发展。鼓励各地发展具有鲜明地方产业特色的服务外包产业，创建地方服务外包产业品牌，重点促进数据处理、动漫创意、软件开发、呼叫中心、医药研发、医疗和金融后台服务、设计研发、供应链管理等服务外包产业集群加快发展。力争到 2015 年，湖南服务外包产业体系基本成熟，业务实现中高端化，"湖南服务"成为国内外较高知名度的品牌，湖南服务外包执行额达到 20 亿美元，年均增长 40%；建成 10 个左右省级服务外包示范区；服务外包从业人员达到 20 万人，千人以上企业达到 20 家以上。

（二）强化组织领导，完善部门合作

一是加强部门协作，进一步完善合作机制。根据产业发展规划和思路，制定具体发展目标，细化考核指标，通报情况，协调工作，解决具体问题。二是推进"省服务外包产业发展领导小组"各成员单位与各市州之间建立健全合作机制，充分发挥各级各部门的积极性，在宏观政策、招商引资、综合协调等方面给予支持，在市场准入、税费、就业、融资、用地、价格、产权变更等方面研究具体政策，加大探索和突破力度，共同促进湖南服务外包产业的发展。

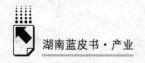

（三）加大扶持力度，落实政策优惠

政府推动、政策支持是推动处于起步阶段的服务外包产业快速发展的有力抓手。为推动服务外包产业发展，商务部等部委出台了一系列政策措施。结合实际，湖南也出台了促进湖南服务外包产业发展的鼓励政策配套措施，长沙等城市和各示范园区也先后出台了促进本地服务外包产业发展的鼓励政策措施，形成了国家、省、市、园区上下联动，协调支持和鼓励服务外包产业发展的政策体系，吸引了一批服务外包企业落户湖南。今后，一是继续积极组织项目，申报国家服务外包业务发展资金，争取商务部等有关部委更多的支持；二是扩大省级服务外包专项资金的规模，研究制定新政策；三是积极协调省直有关部门以及各市州，加大对服务外包产业的政策支持力度。

（四）创新培训机制，培养、引进人才

人才和教育是服务外包产业发展的核心，为应对新的产业要求，扶持服务外包企业做大做强，应该继续大力支持服务外包人才培训，加强省级服务外包人才培训基地认定管理工作，组织开展服务外包培训机构和湖南外包企业的供需对接活动；充分利用湖南高校、科研机构、大型企业人才教培资源优势，引入国际领先的人才培养经验和模式，积极开展企业定制岗前培训、委托培训、学历培训、资质认证培训等多种培训形式；支持服务外包人才实训基地建设，鼓励高校毕业生积极参加服务外包培训项目，引导进入外包企业就业发展；大力支持服务外包企业积极引进高端人才，推动海外留学人员回国创业，研究出台具有吸引力的服务外包高端人才引进政策，做好服务外包与引进外智的结合，为服务外包产业持续发展提供强有力的人才支撑。

（五）加强载体建设，创建特色园区

集中政策资源，重点支持和大力推进建设集工作、研发、办公、生活等功能于一体的特色服务外包园区，不断完善和提高服务外包园区的承载层次和功能。支持园区规划和公共服务平台建设，支持园区建设适合外包企业租用的标准工作室，强化示范园区的服务功能，重点支持和引导各类技术支撑平台和信息服务平台建设，为服务外包企业提供基于技术研发、质量保证、测试、演示、验证、培

训、项目管理、知识产权保护以及政策辅导、产品推介、市场开拓等方面的优质服务。按照国际化、规模化、集约化的发展模式，尽快在全省形成一批具有国际水准和产业特色的服务外包集聚园区，吸引国内外知名服务外包企业入园落户。

（六）引进培育并重，做大重点企业

一是抓住国际服务业转移的机遇，研究出台具有吸引力的优惠政策，吸引境内外大型跨国服务外包企业在湖南设立分公司或接包中心，加强湖南企业与国际先进企业的交流与合作，提升湖南服务外包企业的国际竞争力。二是加大对重点服务外包企业的培育支持力度，加强政策引导和咨询服务，积极争取财政担保补贴，支持鼓励中小企业担保公司为业务拓展能力较强的重点服务外包企业进行融资担保，解决企业资金困难。鼓励支持有条件的重点企业在境外设立海外接包中心。支持鼓励湖南外包企业通过联合、并购、重组等方式做大做强，尽快在全省形成一批人数在千人以上、服务外包出口额在千万美元以上、在国内外市场具有一定竞争力的大型服务外包企业。三是结合湖南实际，鼓励在湖南创设各类服务外包中小企业，积极吸引大企业入园、小企业进楼，切实发挥各类载体对产业发展的承载、孵化和促进作用，形成大、中、小企业共同发展的互动机制和集群效应。

（七）大胆创新模式，积极开拓市场

一是继续用好财政扶持政策，搭建平台，加强对接，拓宽"接单"渠道，增强企业承接国际业务的能力。鼓励支持企业参加国际专业展会、洽谈会、论坛等，加大对湖南服务外包产业和企业的海外推介力度，树立湖南服务外包品牌形象。二是要充分利用长株潭城市群综改试验区和长沙国家服务外包示范城市的品牌，积极探索，加大对外宣传推介，吸引境内外知名服务外包企业到长株潭落户。三是坚持离岸外包与在岸外包相结合，顺应国内信息化与工业化融合的大趋势，鼓励承接在岸外包业务，积累经验，提升水平，为承接离岸外包业务打好基础；鼓励湖南政府部门、大型企业、在湘跨国公司将有关业务进行外包。四是引导和帮助有条件的市州建立专门的服务外包招商团队，加大对服务外包招商人员的培训工作。

B.19
2010～2011年湖南省旅游业
发展研究报告

裴泽生　黄得意*

在省委、省政府的正确领导和各级各部门的共同努力下，2010年，湖南旅游工作进一步提升思路，创新举措，加大力度，强化落实，各项工作取得了新的成绩。

一　2010年湖南旅游业发展总体回顾

（一）湖南旅游业发展的基本情况

（1）各项指标再创新高。湖南旅游系统按照"把旅游业建成人民群众更加满意的现代服务业和国民经济的战略性支柱产业"的战略目标，抢抓机遇，乘势而上，加快发展，各项旅游经济指标再创新高。2010年全年接待入境旅游者189.87万人次，同比增长45.09%，旅游创汇8.87亿美元，同比增长31.82%；接待国内旅游者2.02亿人次，同比增长26.82%，实现国内旅游收入1365.54亿元人民币，同比增长29.62%；实现旅游总收入1425.80亿元人民币，同比增长29.68%，相当于全省GDP的9%。

（2）产业规模显著扩大。截至2010年底，全省星级宾馆达到549家，其中，五星级宾馆17家，四星级宾馆60家，三星级宾馆235家；旅行社678家，其中出境游组团社24家，经营国内旅游与入境旅游旅行社654家；国家等级旅游区点143家，其中，5A级旅游区点2家，4A级旅游区点42家，3A级旅游区点64

---

* 裴泽生、黄得意，湖南省旅游局办公室。

家；国家级工业旅游示范点 5 家，国家级农业旅游示范点 10 家，省级工业旅游示范点 18 家，省级农业旅游示范点 61 家。省中青旅年收入突破 10 亿元，华天国旅等 5 家旅行社年收入在 4 亿元以上。全省有 3 家星级旅游饭店年收入在 2 亿元以上，有 4 个旅游区（点）年门票收入在 1 亿元以上。

（二）湖南旅游业发展的主要特点

一是发展速度快。从各项旅游经济指标的完成情况来看，全省旅游业发展速度明显加快。入境游方面，接待入境游客接近 190 万人次，同比大幅增长，超过 45%。接待的美国、英国旅游者增幅超过 50%，马来西亚、德国、新加坡、法国、俄罗斯等国家增幅超过 100%，加拿大、澳大利亚、意大利、菲律宾等七国增幅超过 200%。在国内旅游发展上，接待游客人数和实现的国内旅游收入增幅都超过 25%。

二是发展思路清。省旅游局按照"明确一个目标，加快一个转型，强化'一体两翼'，服务一个大局"的工作思路，为湖南旅游业发展提供了政策支持。"明确一个目标"就是明确努力建设旅游强省。"加快一个转型"就是继续推进旅游工作由行业管理型向产业培育型转变。"强化'一体两翼'"就是继续把加快旅游项目建设作为"一体"，全面实施"251"旅游项目工程，把强化市场开发和行业管理作为"两翼"，通过"强体丰翼"，打造湖南旅游核心竞争力。"服务一个大局"就是更好地服从和服务于全省经济社会发展大局，为全省对外开放、文化交流、形象提升和扩大影响服务好。

三是发展举措实。项目建设方面，举办了首届旅游项目建设银企合作洽谈会、首届旅游商品博览会，首次发布了《湖南省旅游重点建设项目贷款贴息资金管理办法》，召开了全省旅游项目建设会议。截至 2010 年底，全省在建旅游项目达 620 个，总投资 3212 亿元，累计完成投资 763 亿元。经省政府同意，全省启动实施了"3521"乡村旅游创建工程（即从 2010 年至 2012 年，在全省创建 30 个旅游强县、50 个特色旅游名镇、200 个特色旅游名村、10000 个星级"农家乐"和家庭旅馆）。市场促销方面，成功主办了以"畅游中国，赏阅华夏"为主题的首届中国国际文化旅游节、以"红色湘鄂粤、高铁一线牵"为主题的中国（湖南）红色旅游文化节等活动。在境内外开展了一系列促销活动，抓住武广高铁开通、上海世博会召开的机遇，在武汉、广州、上海、南京、杭州以及新疆举办了湖南旅游推介会；赴美国、欧洲、日本、韩国、东南亚及中国香港、台湾、澳门等主要市场开展了系列促销。通过在央视、机场高速投放旅游形象广告，推出首批"快乐湖南"国民旅游休闲卡，推出《中国旅游报》"快乐湖南"专版、《湖南日报》"湖南印象"旅游副刊以及《湖南印象》合订本、《湖南旅游》杂志、湖南旅游黄页，提升了湖南旅游整体品牌形象。行业管理方面，以"旅游满意在湖南"为主题，首次制定并实施了乡村旅游服务、星级旅行社、家庭旅馆三个地方旅游行业标准，首次印发了《关于扶持旅行社做大做强的若干意见》，首次开通了"12301"旅游公益服务热线。组织开展了旅游服务质量游客满意度调查、"企业创品牌，员工当明星"、"品质旅游伴你行"公益宣传、全省导游大赛等活动。全年培训旅游从业人员达 32 多万人次。成功举办了湖南省第二届大型旅游企业人才招聘会。

四是发展氛围浓。全省上下认真学习贯彻《国务院关于加快发展旅游业的意见》，加大了对旅游业发展的重视支持力度。省委、省政府在《关于加快经济发展方式 转变推进"两型社会"建设的决定》中明确要求"加快发展旅游业"，并就中国（湖南）文化旅游节、张家界世界旅游精品建设、崀山申遗、湘江旅游风光带、大湘西生态旅游文化圈建设等提出了明确要求。尤其是首届中国国际文化旅游节的成功举办，大大提高了湖南旅游的知名度和美誉度。各市（州）党委、政府相继明确了旅游业的支柱产业地位，纷纷从出台支持政策、加大资金投入、加快项目建设等方面强力推动旅游业发展。旅游业发展的社会影响越来越大，社会资本投资旅游业的积极性越来越高，社会各界支持、参与旅游业发展的氛围越来越浓。

二 2011 年湖南旅游业发展思路

（一）指导思想

以邓小平理论和"三个代表"重要思想为指导，深入贯彻落实党的十七届五中全会精神，根据省委、省政府的总体部署，以建设旅游强省为目标，以转变发展方式为主线，以加快转型升级为重点，以体制机制创新为动力，以推进"一体两翼"为抓手，以加强队伍建设为保障，不断提高湖南旅游的核心竞争力和国际化水平，为加快湖南"四化两型"和富民强省建设作出新的更大贡献。

（二）发展目标

力争全年接待入境旅游者 220 万人次，同比增长 16%；实现入境旅游收入 10.3 亿美元，同比增长 16%；接待国内旅游者 2.4 亿人次，同比增长 20%；实现国内旅游总收入 1640 亿元，同比增长 20%；实现旅游总收入 1718 亿元，同比增长 20%，为 2012 年旅游总收入过 2000 亿元打下坚实基础。

三 2011 年促进湖南旅游业发展的对策建议

（一）围绕省委、省政府的战略部署，进一步加大政府主导力度

一是要召开一次高规格的全省推进旅游强省建设工作会议，响亮提出"旅游强省"的建设目标，确定建设旅游强省的指导思想、发展原则、发展目标、战略举措和政策保障。二是出台相关文件。深入贯彻落实《国务院关于加快发展旅游业的意见》，争取以省委、省政府名义出台《关于加快建设旅游强省实施纲要》、《关于建设大湘西生态文化旅游经济圈的若干意见》和《关于支持张家界旅游综合改革试点城市的意见》。三是增加旅游投入。进一步增加各级政府对旅游业发展的投入。科学构筑湖南旅游业发展投融资平台，加大旅游招商引资力度。四是继续推进市（州）、县（市、区）政府主导力度。继续推动市（州）、县（市、区）党委、政府明确旅游业的战略性支柱产业地位，从政策、资金、机构编制等方面加大扶持力度，形成支持旅游业发展的强大合力。

（二）围绕加快旅游产品的转型升级，进一步推进旅游项目建设

一是加快旅游项目建设。深入实施"251"重点旅游项目建设工程，积极有序地推进全省乡村旅游"3521"创建工程，继续加强旅游项目的银企合作。二是加强旅游规划及景区建设。完善省、市、县三级旅游规划体系，加强旅游区（点）的旅游规划编制。以等级旅游区点的建设为重点，加快旅游目的地建设，完善旅游区点的公共服务设施。三是壮大旅游市场主体。深入落实现有的扶持旅

游企业发展的政策，适时出台新的扶持政策。培育一批全国知名的"湘"字号旅游集团。支持组建跨行业的旅游龙头企业。鼓励并支持湖南旅游企业与入湘的境外品牌旅游企业的深度合作。四是完善旅游业体系。深度开发旅游商品，继续举办旅游商品博览会，建设和完善旅游城市、重点旅游区游客集中购物场所和特色旅游购物街区。鼓励并支持在韶山、岳阳、南岳、崀山和郴州等重点景区策划编排大型主题旅游演艺节目。五是拓展旅游业态。加强对探险、漂流、体育旅游、水利旅游、露营、自驾车俱乐部和旅游营销、旅游策划咨询、旅游会展、旅游地产、网络旅游等旅游新业态的规范、引导和管理，尽快出台《湖南省国民旅游休闲计划》。六是提升国际化水平。积极引进国际知名旅游企业品牌。大力支持张家界世界旅游精品建设和南岳衡山、凤凰古城申报世界遗产。科学吸收运用国际旅游标准规范。

（三）围绕旅游整体形象提升，进一步优化客源市场结构

一是强化品牌营销。积极利用网络、电视、广播、杂志、报纸等境内外主流媒体，加强"锦绣潇湘、快乐湖南"整体品牌形象的促销，不断丰富品牌形象内涵，树立湖南鲜明的品牌旅游目的地形象。二是大力拓展入境市场。继续巩固周边市场，深度开拓欧盟和北美市场，强力拓展新兴市场，优化完善入境旅游客源市场结构，提升入境旅游综合效益。三是继续办好品牌节庆活动。继续高水平办好中国湖南国际旅游节和中国湖南红色旅游文化节。深入开展"湘景·湘游——湖南人游湖南"、"湘景·湘约——中国人游湖南"和"湘景·相邀——外国人游湖南"活动。四是深化国际交流合作。加大与国际旅游组织、国外同业同行的双向旅游合作交流力度。实施"走出去"战略，鼓励大企业在重点客源国家和地区设立境外旅游办事处。

（四）围绕体制机制创新，进一步增强旅游产业的发展活力

一是创新产业发展领导机制和部门协调机制。发挥各级旅游业发展领导小组及其办公室的作用，上下联动，形成强大发展合力。加大旅游业与相关产业的融合，建立和完善旅游业与农业、林业、水利、国土、文化、建设等部门的统筹协调发展机制，加大整合力度，共推产业发展，进一步构建大旅游发展格局。二是创新产业发展工作机制。将一年一度的中国湖南国际旅游节、中国湖南红色旅游

文化节、全省旅游人才招聘会、旅游项目建设招商会、旅游项目建设会议、旅游商品博览会等重要工作和重大活动常态化。三是创新产业发展模式。稳妥推进"一带一圈一点"（湘江旅游带、大湘西生态文化旅游圈和张家界旅游综合改革试点）建设，鼓励和支持有条件的地方探索旅游资源一体化管理。充分利用湖南文化旅游投资基金，积极培育符合条件的企业上市融资。加快开发适合旅游企业发展的金融产品，积极支持各地旅游投融资平台建设，通过多种方式，加大对旅游业发展的投入。

（五）围绕公共服务水平提升，进一步优化旅游业的发展环境

一是努力提升旅游管理法制化水平。依法推进政务公开工作，建立健全政府主导、部门协调、分级管理、责任明确的旅游市场联合执法机制。提高旅游市场监督管理和联合执法的水平和效率。二是加强旅游标准化体系建设。从旅游六要素和新兴业态的管理服务方面制定一套完整的标准体系，提升相关环节和要素的旅游服务质量。三是大力推进旅游信息化建设。办好湖南旅游网、湖南旅游投资网，推广和维护好"诚信旅游服务管理系统"，完善和加强"12301"旅游热线服务。四是继续在湖南旅游行业开展"旅游满意在湖南"主题活动。以提升游客满意度为目标，以诚信旅游建设促进旅游服务质量不断提升，树立湖南旅游的良好形象。五是加强旅游公共服务设施建设。完善全省旅游信息化、旅游标识牌、旅游厕所、旅游服务中心四个旅游公共服务体系。六是持续加强人才队伍建设。高起点、高标准、高水平编制好《湖南省旅游人才建设"十二五"规划》，整合旅游教育培训资源，加强校企人才培养对接。

B.20

2010～2011 年湖南房地产业
发展研究报告

宋路明　王宇晗*

　　房地产是湖南省支柱产业。2009 年 12 月以来，国务院及各有关部门出台了一系列调控措施，坚决抑制部分城市房价过快上涨，政策文件之密集、调控措施之严厉前所未有，全国房地产业出现了市场起伏震荡的局面，调控政策效应逐步显现。随着"新国八条"的诞生，2010 年湖南楼市逐步步入低位运行阶段，整体形势较好。

一　2010 年湖南房地产市场运行基本情况

（一）开发投资较快增长

　　2010 年，湖南省共完成房地产开发投资 1469.3 亿元，同比增长 35.5%，增速比上年同期提高 22 个百分点，比全社会固定资产投资增速高 8.3 个百分点，比全国平均增速高 2.3 个百分点。投资额居中部第 4 位、全国第 15 位，占全社会固定资产投资的 15%。其中长株潭地区完成开发投资 890.5 亿元，增长 37.1%，比全省平均增速高 1.6 个百分点，占全省的 60.6%。郴州、衡阳、娄底的增速分别为 61.5%、58.2% 和 45.5%，带动了全省房地产开发投资的增长。

（二）房地产用地需求强劲反弹，出让单价上涨

　　湖南供应房地产建设用地 5141.6 公顷，增长 77.8%，占全省供地总量的

---

* 宋路明、王宇晗，湖南省建设厅房地产监管处。

176

38.7%。其中商服用地1251.4公顷，增长78.3%；住宅用地3890.2公顷，增长77.6%。房地产用地需求的回升带动了土地出让单价上涨。2010年房地产用地出让单价为881.2元/平方米（合58.7万元/亩），同比上涨20.9%。其中商服用地988.7元/平方米（合65.9万元/亩），同比上涨20.7%；住宅用地843.1元/平方米（合56.2万元/亩），同比上涨21.4%。用地需求反弹的主要原因：一是商品房销售较好，开发企业积极入市拿地，地产市场活跃，流拍流标现象销声匿迹，竞价竞买取而代之；二是2009年供地萎缩5.1%，对比基数较小；三是保障性住房和棚户区改造用地明显增加。

（三）房地产信贷快速增长

截至2010年12月底，湖南省金融机构房地产贷款余额2137.6亿元，增长39%，增速高于全省贷款平均增速18个百分点。房地产贷款余额占全省贷款余额的18.6%，比上年提高0.3个百分点。全年新增房地产贷款600.1亿元，增长39.2%，占全省新增贷款的29.9%。从贷款投向来看，开发贷款余额550.7亿元，占房地产贷款的25.8%；购房贷款余额1280.8亿元，占房地产贷款的59.9%；政策性住房贷款余额306.1亿元，占房地产贷款的14.3%。

（四）商品房供应量有效增加

湖南全年商品房施工面积1.68亿平方米，增长22.5%，增速比上年同期回落5.7个百分点，其中住宅面积1.38亿平方米，增长22.0%。商品房新开工面积6460.9万平方米，增长21.6%，增速比上年同期回落4个百分点，新开工量居全国第10位，其中住宅面积5383.3万平方米，增长22.0%。

（五）住房消费稳步增长

湖南全年商品房累计销售面积4473.0万平方米，增长27.3%，增速比上年同期回落5个百分点，销售面积在全国排第9位，增速比全国高17个百分点。完成销售额1406.5亿元，增长49.4%，占全社会商品零售总额的24.4%，占比提高5.2个百分点。其中商品住宅销售面积4143.1万平方米，增长27%；完成销售额1247.9亿元，增长51.1%。

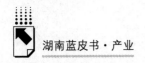

（六）供求结构基本合理，中套型住宅占市场主体

从住房供应结构看，小套型占比上升，中套型和大套型占比有所下降。全省商品住宅竣工23.85万套，其中小套型6.70万套，占28.1%，占比提高3.7个百分点；中套型11.83万套，占49.6%，占比下降1.8个百分点；大套型5.32万套，占22.3%，占比下降1.9个百分点。从住房需求结构看，小套型占比上升，中套型和大套型占比下降。全省商品住宅销售35.17万套，其中小套型8.95万套，占25.4%，占比提高1.1个百分点；中套型18.91万套，占53.8%，占比下降1个百分点；大套型7.31万套，占20.8%，占比下降0.1个百分点。对照供应结构与需求结构，中户型供求偏紧，小户型、大户型供应偏多。

（七）房价上涨较快，空置面积回落

湖南2010年全年商品住宅均价为3012元/平方米，同比上涨10.7%，比第一季度回落10.5个百分点，房价在全国排第23位。长沙市内五区商品住宅均价为5230元/平方米，同比上涨9.6%，比第一季度回落9.1个百分点。商品房待售面积731.0万平方米，增长59.4%，增速环比11月回落25.8个百分点，其中住宅473.7万平方米，增长56.7%，增速环比11月回落27.9个百分点。

综上所述，湖南房地产市场保持了持续健康发展，呈现出开发投资、房地产信贷、商品房供应、住房消费稳步增长，土地供应增势强劲，市场总体供求基本平衡的良好局面。但仍然存在房价上涨较快的问题，全省涨幅比全国高3.1个百分点，长沙比全国高2个百分点，主要原因是：第一，投放货币较多造成流动性过剩，资金供应充足，大量资金流向楼市，推高不动产价格；第二，CPI连续6个月超过3%，通胀预期明显，居民存款实际利率处于负利率状态，居民缺乏有效的保值、增值途径，造成住房需求非正常膨胀；第三，开发成本直线上升，地价加速上涨，钢材上涨8.3%，机械上涨4.9%，人员工资上涨9.7%，长沙市精装楼盘激增，也推高成本；第四，房地产交易涉及土地增值税、所得税、契税的调整，增加了交易成本。

二　2011年湖南房地产市场走势

2011年国家全速实行严厉的房地产市场调控措施，湖南房地产市场高速发

展存在一定困难，但也有一些有利因素：一是省委、省政府实施"四化两型"战略，湖南经济社会进入发展快车道，居民收入明显增加，住房需求将保持旺盛势头；二是城镇化进程加快，城市进一步扩容提质，加大基础设施和基本民生投入，开展大规模棚户区改造，将产生大量刚性需求；三是开发企业、消费者普遍认为湖南房价相对合理，泡沫成分较少，房地产市场发展潜力较大。

（一）主要走势特征

2011 年全省房地产市场形势比较复杂，总体仍将持续平稳发展，呈现以下 5 个特点。

（1）房地产开发投资增速放缓。开发企业资金量相对充足，2010 年开发企业到位资金 2366.5 亿元，增长 46.6%，后续投资有充分保障。同时湖南住房刚性需求强劲，随着投资环境继续优化，外来投资增加，投资将保持增长态势。但受调控政策影响，开发企业投资信心下挫，投资增速会出现一定程度回落。

（2）房地产用地供应保持增长。2011 年，国家将加大土地有效供应，增加中小套型住房和保障性住房的土地供应，对保障性住房应保尽保，棚户区改造用地将大幅度增加，用地政策比较宽松，房地产用地供应依然保持增势。

（3）房地产信贷增长放缓。在稳健的货币政策下，流动性过剩问题将有所缓解，房地产信贷政策总体趋紧。金融管理部门将加大房地产贷款领域风险提示和预警，商业银行提高开发贷款审批门槛，严格实施差别化住房信贷政策。预计房地产贷款政策不会出现松动，房地产信贷增速将明显回落。

（4）保障性住房需求持续增长。城镇化进程的加快推动了住房刚性需求的增长。2011 年，政府将加大经济适用住房、公共租赁住房、廉租住房、棚户区改造等保障性住房的建设力度，全省保障性住房供应量将大幅度增加，保障面迅速扩大，城市中低收入家庭住房需求将得到有效满足。

（5）商品房需求有所减少。二套房贷首付比例提至 60%、禁止发放三套房贷的政策将有效抑制改善型需求、投资型需求和投机型需求，投机炒楼将受到严厉税收政策的限制。因此商品房的需求量将相对减少，商品房旺销势头将有所减弱。

（二）存在的主要问题

2011 年 1 月 26 日，国务院办公厅下发了《关于进一步做好房地产市场调控工作有关问题的通知》（国办发〔2011〕1号），堪称史上最严厉的房地产调控政策，坚决抑制房价过快上涨，责任更明确，要求更紧迫，措施更严厉。新"国八条"颁布后，各地楼市出现交易量大幅萎缩、房价开始松动的迹象。从2011年1~2月湖南房地产市场形势看，开发投资、土地供应和住房供应有所回落，住房需求迅速萎缩。1~2月全省房地产开发投资138亿元，增速坏比上年12月回落25.5个百分点；全省供应房地产用地470.3公顷，增速比上年同期回落21.7个百分点；全省商品房新开工面积672.1万平方米，同比减少13.5%，比上年同期回落34.7个百分点；住房消费有所回调，全省商品房累计销售面积361.6万平方米，增速比上年同期回落31.1个百分点。长沙、株洲、常德的商品房成交量环比新"国八条"颁布前，分别减少25.2%、51.7%和14.3%。

尽管目前全省房地产调控效果不断显现，但是也存在一些不容忽视的问题值得我们去解决。一是民间资本流出房地产，房地产开发企业销售回笼资金减少，从金融机构间接融资困难，资金链可能断裂。二是房地产涉及相关五十多个产业，对上下游产业影响巨大，房地产市场动荡直接制约经济增长。目前全省房地产信贷资产2137亿元，其中以不动产抵押的融资平台信贷资产就有2200亿元，信贷风险增大。三是国务院2011年1月21日发布的《国有土地上房屋征收与补偿条例》（国务院590号令，以下简称《新条例》）有可能对房地产市场形成大的影响。目前各市、县级人民政府尚未设立房屋征收部门和征收实施单位，征收工作启动缺乏执行主体，市县级政府在实施征收时存在操作上的困难。这些因素都将在一定程度上制约湖南房地产业的快速发展。

三 2011年促进湖南房地产发展的对策建议

2011年，房地产业要认真贯彻国家宏观调控精神，落实省委、省政府的决策部署，从湖南实际出发，以扩大住房消费为核心，优化发展环境，强化市场监管，转变增长方式，确保房地产市场持续健康发展。力争完成房地产开发投资1600亿元，增长10%，销售商品房4830万平方米，增长8%。

（一）认真贯彻落实国家宏观调控政策

随着调控措施的逐步落实，2011年湖南房地产市场将会步入低位运行阶段，开发投资、土地供应、住房消费下降，待售面积上升，市场总体出现供过于求的现象。为此，各地房地产市场监管部门一方面，要坚决贯彻国务院关于抑制房价过快上涨的一系列政策措施，采取有效措施加强房地产市场监管，切实稳控新建住房价格。按照《湖南省人民政府关于加强房地产市场调控工作的通知》，2011年各地级城市人民政府要在物价水平总体稳定的前提下，将市本级新建住房价格涨幅控制在城市人均可支配收入增幅以内，并向省人民政府备案；对未如期公布新建住房价格控制目标、未完成住房保障工作任务和新建住房价格涨幅超过公布控制目标的，由当地政府向省人民政府作出报告，省人民政府组织价格、监察、建设、国土、税务、统计、银监等部门进行约谈和问责。另一方面，要想方设法促进住房消费，确保房地产市场不出现大的滑坡，坚决保持湖南房地产市场的健康平稳发展。

（二）切实加强保障性安居工程建设

各级房地产市场监管部门要从扩大消费、改善民生的高度来看待保障性安居工程建设对房地产市场发展的重要性，不断加大保障性安居工程建设力度。要配合当地人民政府认真组织编制住房保障发展规划，合理确定住房保障范围，大规模建设保障性安居工程，多渠道增加保障性住房供应，确保 2011 年全省保障性住房和棚户区 44.72 万套任务顺利完成。同时，创新住房保障方式，积极推进廉租住房共有产权改革，加快廉租住房建设。完善经济适用住房上市交易收益分配机制，继续实施经济适用住房建设。多种方式推进公共租赁住房建设，切实增加公共租赁住房供应。认真落实保障性安居工程各项政策措施，确保用地供应，增加政府投入，实行税费减免，积极探索多种筹资办法加大信贷支持，建立健全保障性住房公平分配制度及产权监督管理制度，实现可持续运转。

（三）积极稳妥推进国有土地上房屋征收工作

要通过学习、运用《国有土地上房屋征收与补偿条例》（以下简称《条例》），发挥政府、企业和住户多方面积极性，加快推进城市、国有工矿、林区、垦区和煤矿棚户区改造，刺激城市房地产市场的需求，从而促进房地产市场的较快发展。一是督促各市、县级人民政府尽快明确房屋征收部门和房屋征收实施单位的机构设置。原则上各地可以将现有的城市房屋拆迁管理部门确定为房屋征收部门。市级人民政府房屋征收部门应当对县级人民政府房屋征收部门的房屋征收与补偿工作实施指导，以确保同一地区特别是设区的城市补偿政策的统一和平衡。各地可以根据实际情况，成立不以营利为目的的事业单位，如房屋征收事务所或房屋征收中心作为房屋征收实施单位。市县级人民政府应对征收机构人员、编制、经费等予以保障，确保征收工作顺利进行。原则上征收实施单位经费可以从项目征收补偿经费总费用中列支。二是做好新老《条例》的衔接工作。按照《条例》规定，2011 年 1 月 21 日之前已经核发拆迁许可证的项目，继续沿用原有规定办理，但不得责成有关部门强制拆迁。对已经核发拆迁许可证的项目，各地要尽快完成项目拆迁扫尾工作。对已经依法履行行政强拆的前期程序，但还未实施行政强制执行的，应商人民法院改为实施司法强制执行，确保《条例》执行到位。

（四） 加快调整房地产业结构，转变房地产业发展方式

一要调整开发企业的结构，保护实力强、品质高、有实力的企业，逐步淘汰实力不济、失信的企业。通过高门槛、严监管、扶优扶强等措施，提高市场集中度，鼓励品牌企业做大做强。二要调整住房结构，加大保障住房、限价商品房和普通商品房的供应力度，形成保障与市场相结合的供应体系。三要改善开发品质结构，建设更多的宜居小区，对节能减排、节地节材、环境建设等指标进行调整，提高全装修房的比重，推动湖南的住宅工业化的发展。

（五） 夯实房地产市场监管基础

各级房地产监管部门进一步健全市场监管体系，强化工作职能，夯实监管基础。一是完善房地产市场准入制度。严格审批程序，提高准入门槛，加强项目资本金监管，对项目资本金不符合国家有关规定的，建设部门不予颁发建设工程施工许可证。二是加强商品房预售行为监管。各级房产管理部门要严格审批商品房预售许可，落实预售许可价格申报和公示制度，跟踪预售价格变动幅度。制定并实行商品房预售资金监管制度，项目预售资金全部纳入监管账户。三是加强房地产信用信息体系及个人住房信息系统建设。要抓紧建立房地产企业信用信息管理系统建设，并尽快运行。建立完善个人住房信息系统，推行存量房网上交易和资金结算管理制度，争取 2011 年底提供个人住房信息系统查询服务。四是规范服

务标准。制定《湖南省实施〈物业管理条例〉办法》、《物业维修资金管理办法》，广泛开展全省物业企业文明创建活动，提高物业服务水平。积极推行房屋交易与登记规范化管理，建立房屋测量交流检查制度。五是建立房地产开发企业不良行为记录工作机制，采取部门联动的措施，依法严厉打击违法圈地、违规预售、擅自改变用地性质和规划控制指标、工程质量低劣、损害消费者权益等不法行为，加大典型案例查处力度。

参考文献

高东山：《认清形势 强化监管 推动我省房地产市场平稳健康发展》，湖南住宅与房地产信息网，http：//www. hunfdc. com/newsdetail. asp？ id＝3143，2001 年 3 月 17 日。

B.21

2010～2011年湖南省物流业
发展现状、趋势及对策

黄福华*

一 湖南省物流业发展基本现状

（一）物流业规模不断扩大

2010年，湖南物流业增加值实现946.03亿元，比2005年的498.47亿元增加447.56亿元，增长了89.79%；社会物流总费用达到2962亿元，比2005年的1223.51亿元增长1.42倍；各种运输方式完成的货运周转量增加到2873亿吨公里，比2005年的1661.5亿吨公里增长72.92%；港口完成货物吞吐量增加到26267.16万吨，比2005年的5290万吨增长3.97倍。

（二）物流发展所需的基础设施大为改善

2006～2010年，湖南共完成交通固定资产投资2252.61亿元；高速公路总里程从2005年的1403公里增加到2010年的3000公里，增长了1597公里，增长幅度达到113.83%；公路密度从2005年的41.64公里/百平方公里提升至2010年的117.02公里/百平方公里，增长了1.81倍。全省铁路通车里程从2005年的2802公里提升至2010年的4893公里，增长了74.63%。现有通航河流373条，居全国第3位，千吨级航道达到607公里，建成千吨级泊位49个；形成了以长沙黄花国际机场为中心、5个机场相互配合、辐射全国的航空运输网络。

---

* 黄福华，管理学教授，现任国家物流师职业资格认证专家委员会委员，湖南物流研究中心主任，湖南省物流与采购联合会副会长，湖南省市场学会副会长兼秘书长。

（三） 物流市场主体进一步壮大

截至 2010 年底，湖南物流行业工商登记的企业法人超过 3000 家，个体工商户达 5 万多家，发展迅速；一批传统运输、仓储企业加快改制或改造步伐，积极向第三方物流企业转化，如长沙商业储运物流、湖南中邮物流等；一些民营物流企业得到较快发展。现有 62 家物流企业通过国家 A 级标准评估，其中 2 家 5A 级企业、15 家 4A 级企业。湖南一力股份有限公司物流主营业务收入超过 10 亿元，进入全国物流企业 50 强。同时，一批大的园区和物流基地影响日甚，湖南金霞现代物流园被授予全国物流示范基地，长沙金霞保税中心正式封关运行，郴州出口加工区获批拓展保税物流功能。物流市场主体进一步壮大，区域物流特色基本显现，为物流业发展奠定了良好的基础。

（四） 物流业对经济增长的贡献率显著提升

2010 年湖南全社会货物周转量为 2600 亿吨公里，比 2005 年的 1657.1 亿吨公里增长了 56.9%；物流业增加值占 GDP 的比重为 6.31%，高于 2005 年的 4.12%，对 GDP 的拉动作用不断加大。物流业对就业带动作用也越来越明显，截至 2010 年底，湖南省物流行业从业人员 135 万人，比 2005 年的 62.02 万人增加了 72.98 万人，增长了 1.18 倍，成为吸纳社会就业的重要产业之一。根据《湖南省投入产出表》数据分析，"十一五"期间比"十五"期间的物流业影响力系数和感应度系数有较大程度提升，物流业对其他产业活动影响力程度显著增加，大大超过平均水平，充分证实了物流业的基础产业地位和对国民经济的推动作用。

（五） 物流业发展的外部环境持续优化

"十一五"期间，成立了湖南省推进现代物流业发展工作领导小组和促进物流业发展专家委员会等机构，建立了物流工作协调机制，出台了《关于促进生产性服务业加快发展的指导意见》、《关于进一步加快现代物流业发展的若干意见》和《湖南省物流业振兴与实施规划（2009～2011 年)》等文件，积极开展物流业宏观指导和调控工作，大力推广现代物流理念，物流业发展环境持续优化。

同时，我们也要看到，湖南省物流业起步晚，发展快，产业内在要素关系未能理顺，还存在几个方面问题：（1）物流企业组织化程度低，产业集中度不高，物流资源整合不够，物流企业总体规模偏小，服务功能单一；（2）物流市场机制不健全，存在着条块分割现象，物流供求矛盾较为突出；（3）物流产业区域与行业失衡并重，部分行业物流链条脆弱，交通基础设施与物流服务设施衔接不合理，物流业布局不优，多业联动发展效应未能显现；（4）物流业基础设施建设投入不足，物流供给能力相对滞后。

二　湖南省物流业发展机遇与趋势

（一）湖南省物流业的发展机遇

（1）市场需求机遇。"十二五"期间，全省经济的持续快速发展，经济规模的快速增长及工业化、城市化的加快发展将为湖南省现代物流业的发展提供了强大的市场需求支持。

（2）交通区位机遇。湖南省位于东南沿海与内陆中西部地区的结合部，北枕长江，南临粤港，东接沿海，又是西进门户。地处中部的湖南一直具有承东启西、贯通南北、通江达海的交通区位优势，目前全省高速公路通车总里程达2226公里，共有码头泊位1884个，千吨级泊位87个，特别是武广高铁的正式投入运营，极大地拉近了湖南与珠三角经济圈的时空距离。高速公路、铁路、机场、码头等交通基础设施的建设和完善，将为湖南省现代物流业的快速发展提供强有力的基础保障和支撑。

（3）"两型"政策机遇。中央及各级政府越来越重视物流业的发展，相继制定出台了一系列优惠政策。长株潭城市群获批"两型社会"改革试验区使湖南能在产业发展、资源节约、环境保护、科技创新、土地管理等关键环节率先启动一批重大改革，为湖南现代物流体系的建设发展赢得了"先走一步"的优势。

（二）湖南省物流业发展的主要趋势

（1）物流发展加速化。随着湖南社会经济总量、工业化及城市化的加快发展，湖南物流业进入高速发展时期。

（2）物流系统绿色化。围绕"四化两型"战略目标，湖南现代物流业必将把有效利用资源和保护环境作为重要目标，建立全新的从生产到废弃全过程的绿色物流系统。

（3）物流规模集聚化。随着湖南经济社会发展，湖南现代物流业必将进行物流资源整合，物流功能集成和物流企业集群发展。

（4）物流服务市场化。湖南物流需求日益扩大并不断释放，湖南现代物流业必将以需求为导向，充分运用市场调节机制合理配置物流资源，提供更优质的物流服务。

（5）物流管理智能化。随着物流经营竞争需求，湖南现代物流业必将加快信息技术应用，加强物流管理智能化改造。

三　当前湖南省物流业发展的主要任务

（一）突出科学规划，优化空间布局

围绕"四化两型"战略要求，结合省内不同区域经济发展特点和产业特色，有效整合资源，强化集约发展，按照物流节点、物流通道和物流区域三大层次进行空间布局。首先，重点发展四大物流区域：以长株潭物流区为全省物流业发展的中心枢纽，形成全省物流发展的核心增长极；以岳阳为中心，辐射常德和益阳，形成环洞庭湖湘北物流圈；以怀化为中心，辐射张家界、邵阳、娄底和湘西自治州，形成大湘西物流圈；以衡阳为中心，辐射郴州、永州，形成湘南物流圈。其次，强化物流通道建设，充分利用省内"三纵三横"交通干线，组织和布局物流活动，构建省内物流通道网络体系。合理布局物流节点，根据各区域物流需要对不同业态不同规模的物流园区、物流中心和物流企业项目进行集中布局。合理布局区域性物流基地和配送节点，形成层次清晰、衔接合理、运作高效的现代物流网络。

（二）创新发展模式，提升服务水平

运用现代物流理念、方法和技术，积极推广实施采购、生产、销售和物品回收的物流一体化运作方式；鼓励物流业与其他产业联动发展创新，实施流程再

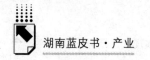

造，提高全供应链的核心竞争力；鼓励现有运输、仓储、货代、联运、快递等企业实施资源整合和服务延伸，加快推进传统物流企业向现代物流企业转型，进一步提高物流服务能力和服务水平；积极发展多式联运、甩挂运输等现代运输方式，建立高效、安全、低成本的运输系统；大力倡导绿色物流理念，鼓励和支持物流业节能减排；鼓励物流企业服务内容创新，满足多样化、个性化的物流需求。

（三）加强基础建设，搭建发展平台

根据物流业发展需要，加大基础设施建设投入；形成覆盖全省的公路、铁路、航空、水路多维立体交通运输平台；建立省市两级物流公共信息服务平台；构建数量和规模适当的应急配送系统平台；完善冷链物流及其他专业物流设施设备体系；注重各物流基础设施之间的连接，初步形成湖南现代化共同物流体系。

（四）培育优势企业，壮大市场主体

鼓励整合市场资源，推动物流企业运用现代物流理念，提高管理服务水平；积极培育和扶持专业化的第三方物流企业，加强规划引导和政策扶持，促进物流服务社会化、专业化和规模化；大力扶持省内主营业务突出、管理基础好、具有一定规模、覆盖面广、配送功能完善的物流企业；积极引进外地知名物流企业，通过多形式、多层次的合作，建立优势互补、合作共进的物流服务体系。

（五）实施标准带动，推进技术创新

积极推动物流国家标准普及推广工作，在省级重点物流园区和骨干物流企业中启动一批物流标准化示范工程；重点推动国际物流、制造业物流、城市配送物流标准化应用示范工程建设，提升示范工程的带动辐射能力；加快对现有仓储、转运设施和运输工具的标准化改造，鼓励企业采用标准化的物流设施和设备，实现物流设施、设备的标准化。加强物流产业技术研发、知识产权和技术标准政策的协调，走"技术专利化、专利标准化、标准国际化"的道路，加快把自主知识产权科研成果转化为生产力，提高物流产业核心竞争力。

（六）发展保税物流，开拓国际物流

充分利用国际、国内"两个市场、两种资源"，大力发展国际物流，为承接

沿海产业转移、在更大范围内参与国际和区域竞争与合作提供有力支撑。统筹规划,合理布局,积极推进各地海关特殊监管区和保税监管场所建设,规划和预留保税物流项目建设空间。加快保税物流中心及大通关基地建设,建立"大通关"长效运作机制,建设集海关监管、商品检疫、地面服务于一体的货物进出境快速处理通道。

(七) 提高信息化水平,推广物联网技术应用

加快建立全省物流公共信息平台,推进各类物流信息资源的整合;积极推进物流企业管理信息化,引导物流企业建设好内部信息网络,支持企业运用现代化信息技术;推广应用先进物流信息系统和装备设施,支持物流企业采用自动化、智能化的物流设施设备;大力推广物联网技术在多式联运、大型物流园区、城市配送、冷链物流等方面的应用,探索利用物联网技术对物流环节的全过程管理;重点建设危险品运输车智能调度监控系统、集装箱智能调度系统、食品药品追溯系统三大物联网应用示范工程。

四 湖南物流业发展的对策与保障措施

(一) 理顺管理体制,形成发展合力

深化物流业发展的改革开放,理顺物流管理体制,充分发挥领导机构的协调作用,加强对物流业发展的宏观指导、政策扶持和综合协调,形成加快物流业发展的工作合力。切实加强发改、经信、交通、商务、财政、国土、工商、税务、金融等政府相关职能部门间的协调配合,进一步明确目标任务,细化分工责任,形成政府领导、部门配合、齐抓共管的工作格局。

(二) 完善落实支持政策体系

在用地政策上,创新物流业用地供给方式,对规划的重点园区、重大物流项目用地实行预留制度。对列入省物流业发展重点工程的项目,建设用地由省国土资源厅每年安排专项指标解决,享受工业用地价格。对传统的运输、仓储、商贸流通企业和经过批准以原划拨土地自行改造或合资、合作为物流企业的其他企

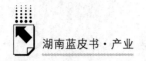

业，给予减免相关费用等优惠政策。鼓励物流企业集约、节约用地，对退城进郊、建设多层库房的物流企业给予减免相关费用等优惠政策。

税收政策方面，对列入省级示范物流园区的项目可以享受省级经济技术开发区的税收优惠政策。物流企业将承揽的运输、仓储等业务分包给其他企业并由其统一收取价款的，应按照国家税务总局有关规定，以该企业取得的全部收入减去其他项目支出后的余额，为营业税的计税基数。物流企业在省内设立的跨区域分支机构，凡在总部领导下统一经营、统一核算，不设银行结算账户，不编制财务报表和账簿的，经省级主管税务机关审核确认后，其企业所得税由总部统一缴纳。

通关政策方面，深化口岸快速通关改革，积极探索有内陆省份特色的通关模式，改善通关环境。边防、海关、检验检疫、税务、外汇等部门要在有效监管的前提下，简化审批手续，优化口岸通关作业流程，实行申办手续电子化和一站式服务，对进出口货物实施"提前报检、提前报关、实货放行"的新模式。推广应用"口岸电子执法系统"，建立"大通关"信息平台，积极推进"大通关"工程建设。

用电用水等其他政策方面，物流业的动力用电与普通工业用电同价格收取，并按照国家电价改革进程逐步实现生产性服务业照明用电与普通工业用电价格并轨。对物流企业应缴纳的各种资格认证、考试、培训费以及行政事业性费用，其收费标准由省物价局核定后，可享受有关的政策优惠。对物流领域积极推进电子商务、供应链管理的企业进行高新技术企业认定后，可按规定享受相关优惠政策。

（三）拓宽物流业投融资渠道

省财政预算每年从服务业引导资金中安排一定比例的专项引导资金，主要用于重点物流企业发展和重点物流项目贷款贴息，以及公共物流信息系统、物流人才培训、物流标准化、物流统计体系建设等。鼓励符合条件的物流企业进入境内外资本市场融资，鼓励物流企业通过发行债券、增资扩股、内联引资、中外合资、仓单质押以及供应链融资等途径筹集项目建设资金。鼓励金融机构对列入重点物流项目的企业予以信贷支持，在控制风险的前提下，加快开发适应企业需要的金融产品。

（四） 发挥省级示范园区和项目的带动引领作用

对重点园区、中心、企业进行认定，选择规范化经营、服务水平高的重点物流园区进行示范。建立重点物流企业（项目）认定机制，定期对物流企业进行评估，确定重点扶持对象，树立行业标杆，发挥典型示范带动作用。对国家认定的 A 级企业给予适当奖励。重点支持为制造业、商贸业和农业现代化提供社会化、专业化服务的物流企业形成综合型服务第三方物流企业，支持物流企业构筑城市间区域配送和集中配送相结合的物流服务网络，组建物流业发展的战略联盟。

（五） 加强物流专业人才引进与培养

积极引进优秀人才，对高层次人才来湘工作的，采取户口迁移自由、来去自由的流动方式，人员编制、工资收入分配等按国家和省对高层次人才的激励政策执行。积极引导高校与科研机构、国内外知名物流企业的交流与合作，建立校企结合的物流综合培训和实验基地，鼓励高等院校、职业学校开办相关物流工程与管理专业课程。鼓励社会力量兴办专门学校，培养高素质、高技能和应用型人才。加强对物流企业从业人员的岗前培训、在职培训，完善开展物流领域的职业资质培训与认证体系。

（六） 发挥物流行业中介组织的作用

积极培育和发展货代、船代、报关、报检等物流中介服务组织，为物流企业的发展提供社会化、专业化服务。支持专业人才领办或创办从事物流信息、物流技术服务、从业人员培训、市场行情分析、国际物流交流、法律规章咨询等方面的中介物流服务组织。同时，充分发挥各类行业协会在政府、企业间的沟通桥梁作用。加快建设湖南省物流与采购联合会等行业组织，引导协会履行服务、自律和协调职能，发挥协会在规划研究、规范市场行为、统计与信息、技术合作、人才培训和咨询服务等方面的中介作用，促进物流行业规范自律，推动物流市场有序健康发展。

区 域 篇

Regional Industry Reports

B.22
长沙市重点优势产业集群发展调查报告

蒋集政*

产业是经济发展的重要支撑，促进重点优势产业集群化发展是优化产业结构、提升产业竞争力的重大举措。近年来，长沙市大力培育和扶持产业集群发展，重点从投资、税收、鼓励创新、人才培训等方面制定实施优惠政策，形成了工程机械、汽车及零部件、电子信息、中成药及生物医药、新材料、家用电器等优势产业集群。

一 长沙重点优势产业集群的发展现状

经过多年的精心培育，长沙市重点优势产业集群持续快速发展，呈现出以下四个方面的明显特征。

一是发展规模持续壮大。2010 年，长沙产业集群继续保持良好发展态势，

---

* 蒋集政，长沙市副秘书长、市政府研究室主任。

全市六大产业集群共有规模以上工业企业579家，实现工业增加值663.52亿元（见表1），比2009年增长32.4%，拉动规模工业增长13.7个百分点，对规模工业增长的贡献率达57.0%。六大产业集群以占全市22.6%的企业数完成了43.4%的工业增加值。其中工程机械产业集群完成工业总产值1168.49亿元，比2009年增长54.7%，率先实现了产值过千亿元，成为全省第一个产值过千亿元的产业集群。产业集群的持续快速发展，为长沙工业经济的腾飞注入了动力。

二是经济效益持续提升。2010年，长沙产业集群企业整体效益良好，对提升全市工业经济运行质量贡献增强。全市六大产业集群实现规模工业主营业务收入2140.60亿元，比2009年增加645.93亿元，增长43.2%；实现利润209.75亿元，比2009年增加87.44亿元，增长71.5%；完成利税301.38亿元，比2009年增加117.15亿元，增长63.6%；实现资产利税率14.7%，比2009年提高1.2个百分点（见表1）。

表1　2010年长沙市六大产业集群主要经济指标

单位：亿元，%

产业集群	工业增加值		主营业务收入		利 润		利 税	
	总量	增长	总量	增长	总量	增长	总量	增长
工程机械	371.25	46.1	1113.61	50.6	145.14	86.1	193.94	83.1
汽车及零部件	60.23	12.2	228.54	21.0	10.69	19.8	25.06	28.7
电子信息	38.49	42.6	121.61	48.4	11.75	92.7	16.83	72.6
家用电器	13.47	40.3	47.85	132.8	1.75	-6.5	3.11	3.6
中成药及生物医药	39.32	8.8	132.08	14.3	12.61	39.0	18.64	27.5
新材料	140.76	24.5	496.91	42.8	27.81	51.6	43.8	39.3
合　　计	663.52	34.4	2140.60	43.2	209.75	71.5	301.38	63.6

三是创新能力持续增强。产业集群创新机制和创新网络已初步建成，研发机构和研发队伍不断壮大，各专业技术人才的教育和培训体系日益完善，科技投入力度不断加强。2010年，六大产业集群研究与试验费用支出为42.37亿元，比2009年增长53.3%，占全部规模工业的83.5%。研究与开发人员约2.0万人，比2009年增长22.7%，占六大产业集群从业人员数的9.6%。

四是信息化水平持续改善。近年来，长沙工业企业加大了对信息化的投入力度，企业信息化水平不断提升。2010年，全市六大产业集群企业信息化投入

3.32亿元，比2009年增长36.1%；企业资源管理系统等主要信息系统拥有率达20.2%，高出全市平均水平9.1个百分点。在加大信息化投入的同时，六大产业集群企业也加大了对专业技术人员的引进力度。2010年，六大产业集群企业拥有专业技术人员40131人，比2009年增长32.1%，专业技术人员占全市规模工业的比例超过六成（见表2）。

表2　2010年长沙市六大产业集群信息化水平

指　标	计量单位	2010年	比2009年增长(%)	占全市的比重(%)
信息化投入	亿元	3.32	36.1	59.7
拥有主要信息管理系统企业数	个	117	38.6	41.1
企业专业技术人员数	人	40131	32.1	61.8

二　长沙重点优势产业集群发展面临的主要问题

（一）产业链不完善，产业配套滞后

主要表现为产前的孵化缺失，好的产品设计难以付诸生产的现象较为严重；产中的配套企业缺少，没有形成产业集聚发展的格局，龙头企业规模化生产受到限制。比如长沙的三一重工，零部件和重要部件主要依靠国外企业和国内江浙地区的企业配套，2010年因发动机、底盘配套企业不能按时供货直接影响产值305亿元。外部环境持续优化不够，知识产权保护滞后。产业发展的个性化服务不够，有针对性的根据产业发展遇到的具体困难与问题的扶持较少。比如，长沙动漫产业中的翻译、配音等配套服务至今仍主要依靠国外技术力量，动漫产品进入国际市场也缺乏有效的指导意见和扶持政策，极大地削弱了产品的国际竞争力。

（二）产业集群内中小企业融资困难

据对长沙市"两区九园"110家企业的抽样调查显示，企业自有资金占58.03%，银行贷款占13.11%，民间借贷占26.85%，上市融资占2.01%。产业集群企业，尤其是中小企业融资比较困难，主要原因是中小企业财务制度不健全或缺乏抵押物。据统计，长沙企业因无担保、无抵押、财务制度不健全等原因被

拒的高达83.2%。银行贷款少，上市融资门槛太高、渠道不畅，民间借贷资金比重较大，增加了中小企业的融资成本和融资风险。

（三）缺乏完善的集群社会化服务体系

在经济全球化背景下，资金、信息、技术、人才等生产要素在全世界范围内配置，哪个区域各种基础设施等硬环境好，资源就可能流向该地区。长沙产业集群的发展中，还没有一个完善的行业协会来把众多规模较小的企业连成一个整体，以便协调各个企业主体的利益，为企业发展提供各种信息。所以，很多集群企业间合作意识差、信息不对称，从而阻碍集群的壮大和进一步发展。以政府为主导、以企业为主体、产学研相结合的研发体系不健全，技术服务、信息共享、人才培训、金融服务、行业协会等公共平台建设滞后。

（四）政府的产业扶持力度有待增强

产业规划有待进一步完善，尤其是工业园区的规划不够合理，有的园区名不符实，有的发展定位不清，园区之间存在一定程度的同质竞争，没有形成统筹发展、各具特色的园区发展格局。比如，长沙现在的工业园区，大部分分布在主城区，由于城市化进程的加速，发展呈现"城郊区域中心化"趋势，土地资源不足，发展受到限制，有的园区迫切需要通过"退二进三"，另辟新的发展空间。另外，产业扶持政策有待进一步明确，目前长沙市对企业、项目的优惠政策一般是大项目大优惠，一事一议，一般项目难优惠，而且没有分解到行业，需要针对不同产业集群发展状况分别制定相应的具有可操作性的产业优惠政策。

三　对重点优势产业集群发展的对策建议

（一）进一步加大扶持力度，加快产业集群发展

给予产业集群企业更多的政策扶持和资金帮助，例如设立扶持产业集群企业的专项资金，给予其贷款上的优惠政策，为产业集群企业搭建全国性合作平台，帮助其在资金上"引进来"，在产品上"走出去"。加大对重点企业的宣传，努力扩大其在国内外的影响力，从而提高整个产业集群的知名度。

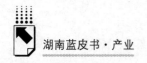
（二）进一步增加科技投入，提高企业现代化水平

一是通过宣传信息化对企业生产效率提高的作用，鼓励企业加大信息化投入，引导企业成为科技投入主体，建立以企业为主体的科技投入体系。二是加大政府财政对科技投入的力度，优化科技投入结构，加大对科技成果转化和高新技术产业化的支持力度，加大对重大科技项目和科技型中小企业创新的投入，不断提高企业的现代化水平。三是鼓励民间资本对科技的投入，加快培育民间资本市场，引导更多的民间资本投入科技产业，增加产业集群企业科技创新的融资渠道。

（三）进一步完善服务体系，增强产业集群的集聚力

为企业提供信息、制定技术标准、保护知识产权、制定竞争规范，以及鼓励发展产业协会、商会、行会等。采取政府引导、市场运作的方式，鼓励产业集群企业建立社会公共服务平台。重点扶持技术创新能力强、辐射范围广的龙头或骨干企业建立产业共性技术和关键技术研发中心、服务中心和产品检测检验中心，促进新技术的广泛应用和成果资源共享。

（四）进一步加强服务协作，提高产业集群的关联度

积极推动产业集群的专业性外部服务业和配套设施的发展，在结构上构建完整的产业链。通过政策引导核心产业主体不断将一些配套及特定生产工艺（如物流、原材料供应等）分离出来，形成一批专业化配套企业，各自发挥核心能力，构筑高效率、高关联度的完整产业链。

株洲市 2010～2011 年产业经济发展研究报告

株洲市人民政府办公室、株洲市人民政府研究室

株洲是国家"一五"、"二五"时期重点建设的 8 个工业城市之一，经过 60 年的发展，逐步形成了以第二产业为主导，以第一、三产业为补充的产业发展模式。2010 年株洲市产业经济发展成效显著。

一　2010 年株洲市产业运行的基本情况

（一）产业经济发展特点

2010 年，株洲全市上下紧紧围绕市委、市政府各项重大决策部署，大力实施"三大战役"，积极推动产业结构调整，加快转变经济发展方式，全市经济呈现平稳较快发展的良好态势，为"十二五"开局奠定了坚实基础。综合分析，全市产业经济发展主要呈现以下三个特点。

1. 产业发展明显加快

2010 年，全市实现生产总值 1274.8 亿元，增长 15.3%，增幅居全省第 2 位。第一产业实现增加值 123.8 亿元，增长 4.2%。粮食播种面积 395 万亩，生产粮食 184.5 万吨，连续七年保持平稳增长。出栏生猪 441.4 万头，增长 2.1%。农产品加工业实现增加值 100 亿元，增长 31%。第二产业实现增加值 745.5 亿元，增长 20.8%，占 GDP 的比重达 58.5%。全年工业实现增加值 665 亿元，增长 21.6%。实现规模工业增加值 605.8 亿元，增长 25.2%。交通运输装备制造业、化学原料及化学制品制造业、有色金属冶炼及压延加工业、非金属矿物制品业、医药食品加工制造业和纺织服装鞋帽制造业六大支柱产业贡献突出，实现工

业增加值 53.7 亿元。第三产业实现增加值 405.5 亿元,增长 10.5%。交通运输邮电业、房地产业、批发零售业、金融业和住宿餐饮业成为第三产业发展的主力。

2. 产业结构不断优化

2010 年全市三次产业结构由上年的 10.5:54.7:34.8 调整为 9.7:58.5:31.8(按现价 GDP 计算)。第一产业比重首次降到 10% 以下,成为全省第二个比重在 10% 以下的地级市;第二产业占生产总值比重上升了 3.8 个百分点,其中工业占 GDP 的比重为 52.2%,提高了 4.2 个百分点,工业化水平稳居全省第一,高新技术产品增加值占工业增加值比重为 40.4%;规模工业增加值占全部工业比重为 81.3%,提高 9.6 个百分点。非公有制经济占全市规模工业比重为 53.9%,提高 2.1 个百分点。

3. 产业投资持续扩大

2010 年,株洲市投资结构进一步优化。在城镇投资中,第二产业投资完成 391.1 亿元,增长 37.1%,第三产业投资完成 355.3 亿元,增长 49.1%。工业投资拉动作用显著,对全市经济发展带来积极的影响。2010 年工业投资达到 419.1 亿元,同比增长 35.9%。在城镇投资中,公有制经济投资 238.9 亿元,增长 23.3%,占城镇固定资产投资额的 31.9%;非公有制经济投资 510.1 亿元,增长 53.2%,占 GDP 的比重达到 76.7%。非公有制经济投资的高增长有力拉动了投资的稳定持续增长。

(二) 产业经济发展中存在的主要问题

2010 年株洲市产业经济取得了较大的发展,但也存在着一些问题,主要表现为以下四个方面。

(1) 经济总量不大。从总量上看,2010 年虽然已经迈上 1200 亿元台阶,但从全国和全省范围来看,总量仍然偏小。2010 年株洲市 GDP 占全国的比重仅为 0.3%,占全省 GDP 的比重为 8%,只有长沙的 28%。

(2) 产业结构调整缓慢。三次产业结构从 1990 年的 28.4:47.1:24.5 调整到 2010 年的 9.7:58.5:31.8,而同期全国的三次产业结构由 27.1:41.6:31.3 调整为 10.2:46.9:42.9。相对全国产业结构调整的力度,株洲市的第三产业上升的幅度滞后于全国,仅上升了 7.3 个百分点,而全国第三产业比重提高了 11.6

个百分点。同时，由于株洲重工业比重大，"两高一资"企业比重过大，工业内部结构调整任务艰巨。

（3）产业转型困难重重。目前株洲市具有竞争优势的领域基本上还是一些只有低或中低技术密集的产品和产业，工业结构层次仍然偏低，资源型和粗加工型产业占工业较大份额。据不完全统计，全市 60% 以上工业产品属资源型产品，产业链延伸不够，附加值低，对资源依赖度大，产业高端化困难重重。

（4）产业集聚程度不高。各组团骨干企业大多为中央企业，产业配套和产业补充主要在行业内部，生产要素在区域间的联系和流动较少。大企业与中小企业之间没有形成产业链上的良好对接。由株冶、株硬等龙头企业组成的铅锌硬质合金及深加工产业是株洲市的支柱产业。但产业链的发展远远落后于主导产业的发展，株硬产品属资金和技术密集型产业，生产工艺和技术装备先进，在本省、本市采购的相对较少。

二 2011 年株洲产业经济发展形势分析

（一）产业发展的环境与条件

优势：一是战略区位优势明显。株洲南靠广东，北接长江，东眺上海、江浙，西连巴蜀、云贵，是联系华东、华南、华中和西南的经济纽带区域，同时又是湖南经济最发达的长株潭"金三角"区域及"两型社会"综合配套改革试验区的重要一极。铁路、公路、水路、航空综合交通网络等基础设施条件比较完善。二是主导产业优势明显。株洲市现已形成了以交通装备制造、有色金属冶金、化工原料、新材料、健康食品与生物医药和陶瓷等产业为支柱、以"5115"工程企业为骨干，以原材料生产和制造工业为主体，高新技术产业加快发展的工业体系。市内有亚洲最大的铅锌等有色金属冶炼基地、硬质合金研发和制造基地，全国最大的电力机车研发和制造基地，江南地区最大的铁路货车、中小航空发动机和汽车零部（配）件研发和生产基地。三是研发创新优势明显。拥有一批在全省或全国有较高知名度和权威性的技术开发中心或研究机构。有博士后工作站 7 个，国家级工程技术研究中心 1 家，国家级技术中心 4 家，省级工程技术研究中心 4 家，省级技术中心 6 家，工程院院士 2 名。大中型工业企业工程技术人员占企业从业人员的比重达 17%。申报发明和科技专利数量一直保持在全省前列。四是人力资源优势明显。株洲市具有良好的产业发展基础、完备的产业体系、较为雄厚的科技教育力量，已形成了一批较高专业技术、掌握实际操作技能的高级技术人员和产业工人队伍。

劣势：一是转方式、调结构任务艰巨。株洲传统重化型工业比重偏高，资源开发型和劳动密集型企业多，资源深加工、资金技术密集型企业少，新兴战略性产业粗具雏形，服务业发展基础还很薄弱。经济发展方式由粗放型向集约型转变有待加快。二是产品关联性不够强。在主导产品中，除轨道交通行业产品外，多数行业产品关联性不强，产业链条较短，企业间相互配套、协作生产的能力较弱。三是制约农业稳定发展和农民持续增收的因素较多。农田水利基础设施薄弱，农业抗灾能力不强，农业标准化生产、集约化经营和组织化程度较低，短期内大幅度提高种养效益的空间有限。

机遇：一是国内外良好的宏观经济形势，为株洲市产业发展提供了良好的大环境。国家将支持新兴战略性产业、民生、消费和社会事业等领域的投资，为株洲市产业发展提供了良好的机遇。二是政策支持，为株洲市产业发展提供了强劲动力。株洲市享有国务院批准的高新技术开发区、老工业基地改造、中部崛起、循环经济、综合性国家高技术基地和"两型社会"建设综合配套改革六大产业优惠政策，为实现株洲产业转型、创新发展模式、拓展新型工业化和新型城镇化发展空间、率先突破体制机制约束和障碍、吸引国内外生产要素集聚提供了难得机遇。三是国家发展战略性新兴产业的机遇。国家确定节能环保、新一代信息技术、生物、高端装备制造、新能源、新材料和新能源汽车七大战略性新兴产业。株洲市在很多方面都具有较好的发展基础和优势。四是湖南省实施"四化两型"战略的机遇。省委提出实施"四化两型"战略，加快长株潭一体化进程，将为株洲市产业发展以及解决清水塘污染等重大历史遗留问题带来机遇。

挑战：一是外部经济环境不确定性带来的挑战。从国际来看，尽管世界经济呈现复苏态势，但影响世界经济复苏的风险仍然较多。从国内来看，处理好管理通胀预期、调整经济结构、转变发展方式与保持经济平稳较快发展的关系任务非常艰巨。二是来自全国区域间、产业间综合竞争的挑战。中部各省崛起态势强劲，省内各市州之间的竞争态势愈见激烈，对株洲市承接产业转移和招商引资等方面的工作形成了巨大的竞争压力。三是来自国内外节能减排和绿色发展的挑战。从长远看，资源主导型的产业结构较大程度上影响了株洲产业结构的优化升级。国家将进一步加强节能减排和环境保护，限制高排放、高污染的产业，这对株洲有色冶炼、化工等产业的发展将产生重大影响。

（二）株洲市产业发展的目标思路

株洲市产业发展必须注重提升主导产业水平（从高耗能、高污染型发展为高科技型），寻求新的产业支撑（从传统产业发展到新型产业），调整现有产业结构（从工业主导发展到三次产业协调发展），转变旧的发展模式（从企业的集聚发展到产业的集聚），基于这样的考虑，提出株洲产业发展的初步设想。

（1）发展定位。按照"十二五"规划纲要的总体要求，初步设想将株洲的产业发展定位为建设以工业为主导的三次产业协调发展的新格局。农业方面致力于提高综合生产能力和效益，工业方面致力于提升、改造、创新，力争新型工业化水平全省第一，服务业方面致力于发展生产性服务业。在此基础上着力打造"七大基地"，即高效农业基地、先进制造业基地、新能源产业基地、高技术产业基地、现代物流基地、职业教育基地和循环经济示范基地。

（2）发展原则。按照"三低"（低能耗、低排放、低投入）、"三高"（科技含量高、经济效益高、产业带动能力高）、"一强"（提供就业岗位能力强）的要求，株洲产业发展中要注重坚持以下四个原则：一是坚持科学发展的原则。大力转变发展方式，强化能源资源节约和环境生态保护，积极推广循环经济发展模式，不断提高产业发展的质量和效益。二是坚持集聚发展的原则。发展壮大产业集群，集中力量建设一批核心竞争力强、规模较大、能参与国际国内产业分工的产业集群，以核心龙头企业的发展带动中小企业的发展。三是坚持优势优先的原则。推动具有良好发展条件的优势区域和优势产业优先发展，增强聚合辐射能力。四是坚持创新发展的原则。深化改革，创新发展领域、模式和机制，最大限度地激发发展活力。大力扶持科技创新，提高产业科技水平。

（3）发展目标。总量目标：确保实现 2011 年 GDP 突破 1446 亿元，增长13.5%，力争到 2015 年达到 2400 亿元，年均增长 13%。结构目标：加快经济结构调整，在三次产业中，逐步降低第一产业比重，保持第二产业比重相对稳定，逐步提高第三产业比重，到 2011 年基本形成 9∶57∶34 的格局，争取到 2015 年达到 5∶55∶40。产业内部结构目标：2011 年，科技对经济增长的贡献率大幅提高；高效农业产值占农业总产值的比重超过 85%；工业产品结构明显改善，高科技产品比重有明显提高，"两高一资"产品比重有明显降低；现代服务业占第三产业比重超过 65%。生态环保目标：万元 GDP 能耗、主要污染物排放量均下降5% 左右；农业面源污染基本得到控制；主要污染物排放总量下降 5% 左右。

三　推动株洲市产业经济发展的政策措施

2011 年，抓好株洲产业经济的发展，对"十二五"开好局、起好步，对"两型社会"建设具有十分重要的意义。结合株洲实际，为加快产业经济发展，提出以下建议。

（一）构建现代产业体系，促进产业优化转型

加快结构调整，强化优势，突出重点，围绕构建具有核心竞争优势的现代产业体系，形成以现代农业为基础、以现代工业为核心、以现代服务业为支撑的新型产业结构。推动经济增长由以工业为主向三次产业协调发展转型，力争到2015 年，全市三次产业结构调整为 5∶55∶40 左右。稳步发展现代农业。加快农业科技进步，调整优化农业内部结构，推进优质粮食和商品粮基地两大工程建设。加快推进农业产业化经营，加强农村现代流通体系建设，积极推进农产品批发市场升级。做大做强新型工业。加大工业投入，运用高新技术特别是信息化提升和改造传统支柱产业和优势产业，大力培育战略性新兴产业，深入实施"5115"工程，提高工业整体竞争能力。大力发展第三产业。坚持市场化、产业化、社会化方向，大力发展金融、保险、物流、信息和法律服务等现代服务业，大力提升旅游、文化、社区服务等需求潜力大的产业，提高服务业的比重和水平，增强城市综合服务功能。

（二）保持投资持续较快增长，提高产业发展水平

投资是拉动经济发展的三驾马车之一。对株洲而言，投资更是经济发展的主

动力。通过大抓项目、抓大项目，扩大投资总量，改善投资结构。加大资金投入。进一步加强上级政策研究与对接，积极向上争取资金；加强与央企、国内外优势企业的对接合作，积极引进战略投资者；不断完善政银企合作机制，引导银行扩大贷款规模，提高株洲市存贷比；积极鼓励和引导民间投资，建立公平合理、竞争有序的投资环境；健全融资体制机制，鼓励企业特别是中小企业直接上市融资和再融资。加快推进投资结构调整。将投资引导到农村水电路气、保障性安居工程、教育卫生、节能减排、生态环境保护、自主创新和战略性新兴产业等领域，以投资结构调整推动产业经济结构调整。

（三）建设重大项目，增强产业发展后劲

产业经济发展要以项目为抓手，通过大项目带动大投入、促进大发展。围绕重点产业开发建设一批重大项目，做到策划一批、储备一批、开工一批、竣工投产一批，进一步完善重大项目建设库。突出抓好项目策划和包装，组织专门力量，邀请或招标国内外知名研发机构和咨询机构，协助企业开发包装一批切合省情市情、具有前瞻性的大项目，采取分工负责制推进前期工作，力争尽早开工建设。切实抓好新开工项目，建立项目管理部门联动机制，按照国家提出的新开工项目"六项必要条件"，加强环境评价、土地报批、节能降耗、安全标准等前期工作，确保列入年度开工计划的项目都能够按期开工建设，增强产业发展后劲。

（四）加快园区攻坚，加速产业集聚进程

培育、发展和提升产业集群是推进产业发展的着力点。就株洲而言，首要任务是加强产业整合，延伸产业链条，增强配套能力，培育发展专业分工突出、协作配套紧密、规模效应显著的产业集群。充分发挥园区在推进产业经济发展的作用，促进新上项目向园区集中，用市场化的手段经营园区，不断探索园区发展新模式。把境外招商与自主创新结合起来，加大加强园区基础、配套设施建设，不断营造宽松的发展环境，提供优惠的政策、优质高效的软环境服务。努力做到园区产业发展与集约开发并重，形成产业特色优势，打造特色园区。重点壮大交通装备制造、有色金属冶炼及深加工、农副产品加工、基础化工、陶瓷、服饰纺织六大支柱产业集群，培育医药、电子信息、风电装备三大新兴产业集群，提升建材、花炮、能源等传统产业集群。

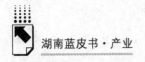

（五） 加大政策支持力度，营造良好的产业发展环境

产业经济的发展离不开宽松的政务环境和不断完善的基础设施。下大力气改善政务环境，确保产业经济加速发展；整顿规范市场秩序，保护公平竞争，建立以道德为支撑、以产权为基础、以法律为保障的社会信用体系；努力营造统一透明的政策环境，实行更加开放的投资政策。对产业特别是战略性新兴产业，在市场准入、土地使用、税收、财政支持、政府采购、专项资金扶持等方面，给予更加宽松的发展环境和更加优惠的扶持政策。同时，进一步加大投入力度，完善交通、水利、电力、通信等基础设施，建设高效便捷的综合交通体系和高标准的城市水、电、气设施，为产业发展创造有利条件。

（六） 加强自主创新，提升产业核心竞争能力

自主创新能力的提升，是实现经济发展方式转变的根本要求。集中力量在轨道交通、新材料、新能源等重点行业和关键领域突破一批制约产业发展的关键核心技术，创造一批拥有自主知识产权的创新产品，制定一批引导产业发展的技术标准，提高产业的核心竞争力。建立健全企业技术创新中心，提高企业自主研究、开发和应用高新技术的能力。引导所有大中型企业，特别是"5115"工程企业建立技术创新中心。加强产学研联合，积极探索多种形式的产学研合作模式，形成以企业为主体、高校和科研院所广泛参与、利益共享、风险共担的产学研合作机制，加速研制开发符合市场需求、拥有自主知识产权的科技产品和新型产品。

（七） 发展循环经济，以节能减排促进结构调整

大力发展循环经济、全力推进节能减排是加快产业结构调整的重要手段。把大力发展循环经济放在战略位置，推进资源深度开发和工业废弃物综合利用，降低资源能源消耗，提高土地产出效率和资源综合利用率，逐步建立低投入、高产出、低消耗、少排放、可持续的绿色经济体系。采取综合措施，推动形成节能减排的长效机制。全面实施节能重点工程，着力抓好重点行业的节能减排，加快重点用能企业节能技术改造。严格项目审批，提高新建项目节能减排门槛，建立健全节能减排评估审查机制，强化节能减排硬约束。

（八）加强人才队伍建设，为产业发展提供智力支撑

产业经济的发展靠人才支撑。要切实加强产业人才队伍建设，为产业发展提供强有力的人才保障和智力支持。制定吸引国内外高层次人才的优惠政策，形成开放、流动、人尽其才的用人机制，为优秀人才的脱颖而出创造机会和环境。加强与高校、科研院所的联合，培养一批具有战略眼光、创新意识、现代经营管理水平和社会责任感的创新型人才。加快培养先进制造业、现代农业、生物医药等产业发展急需的人才。

B.24
湘潭市 2010～2011 年产业经济
发展研究报告

史耀斌*

　　2010 年，湘潭市深入贯彻科学发展观，认真落实国家和省里的决策部署，着力转方式、调结构，社会经济继续保持又好又快的良好发展态势。全年实现地区生产总值 894 亿元，同比增长 15.2%。

一　2010 年湘潭市产业经济运行基本情况

（一）加快工业转型升级，强化富民强市第一推动力

　　湘潭市全年完成规模工业总产值 1489 亿元，增加值 451 亿元，同比分别增长 37.1% 和 23.4%，工业对税收的贡献率达到 70%，工业化率达 50.6%，居全省第二位。规模以上工业企业实现利税 86.3 亿元，同比增长 40.5%。先进装备制造、精品钢材及深加工、汽车及零部件制造、电子信息四大战略性产业增加值占规模工业增加值的比重达到 60% 以上。全年完成工业技改投入 295.5 亿元，增长 35.1%，占全市固定资产投资的 48.5%。园区经济快速发展，规模工业总产值突破 500 亿元，技工贸总收入 709.8 亿元，增长 70% 以上。国内唯一的兆瓦级风力发电技术检测中心、湖南环保装备制造业基地分别落户湘潭高新区和九华示范区，园区高新技术产业增加值 216 亿元，占规模工业增加值的比重达 47.8%。单位规模工业增加值能耗同比下降 12.5%。

---

　　* 史耀斌，中共湘潭市委副书记、湘潭市人民政府市长。

（二） 突出以工业的理念发展农业，巩固农业基础地位

湘潭市全年实现农业总产值 162.5 亿元，增长 4.4%。粮食播种面积 330 万亩，总产 153 万吨，粮食单产、复种指数、万亩高产创建和双超配套 4 个指标全省第一。生猪产业继续保持全国领先水平，全年出栏生猪 574 万头，规模养殖水平达到 66%，生猪出栏头数、出栏率、产业化率居全省第一。大力推进农业产业化经营，拥有市级以上农业产业化龙头企业 90 家，其中国家级 3 家、省级 17 家，实现贸工农产值 272 亿元，农产品加工产值与农业产值比为 0.7:1。

（三） 加快发展现代服务业，促进产业高度融合

湘潭市全年实现第三产业增加值 298.58 亿元，同比增长 11.5%。非公经济发展活跃，实现增加值 465 亿元，占地区生产总值的 52%。以现代物流业为重点的生产性服务业快速发展，湘潭成为全国流通领域现代物流示范城市。金融业稳健发展，全市银行业金融机构贷款余额达到 540 亿元以上，比 2010 年初增加 105 亿元，贷款年增量连续四年位居全省前列。

（四） 推进重大项目建设，强化产业发展支撑

湘潭市全年建设重点项目 129 个，完成投资 276 亿元，同比增长 32.7%。湘电风能、湘钢宽厚板二期、江麓工程机械九华基地、吉利汽车产业集群等一批重大产业项目进展顺利，九华钢材物流园、湘潭汽车物流中心等商贸物流项目加快推进，一批优势产业项目纷纷落户园区。着力承接产业转移，先后引进台湾联电、韩国三星、美国通用、德国西门子、中国五矿集团等世界 500 强企业和吉利汽车、中冶京诚、中国建材、北京瑞泰、重庆四维等一大批战略投资者。产业、民生工程和基础设施等重点领域的投资增幅分别达到 30%、40% 和 30%，投资对经济增长的贡献率保持在 60% 以上。

纵向看，湘潭这几年产业经济连续多年保持两位数以上的增幅；横向比，发展的步子仍然偏慢。一是产业结构不优。2010 年，全市三次产业结构比为 10.7:55.9:33.4。重化工业比重过大，其规模工业增加值占到全部规模工业增加值的 82.1%，战略性新兴产业总产值仅占全市工业总产值的 30%；第三产业发展明显滞后于全市经济整体增长速度，第三产业占比 2005 年反而下降了 7 个

百分点。二是产业层次不高。从工业看，主导产业和产品大多属原料加工型，处于价值链的低端，高档终端消费品比重小。2010 年，全市高附加值的通信设备、计算机及电子设备制造业增加值仅占规模工业的 1.2%。从农业看，农产品生产大多停留在出售初级产品的阶段，精深加工和产业化仍存在较大的差距。从第三产业看，总量规模仍然偏小，对经济的协同带动作用偏低，且现代物流、信息服务、科技服务、文化旅游等新兴现代服务业仍在低水平上发展，实现做大做强仍然任重道远。三是产业集聚不够。产业布局较为分散，工业园区产值仅占全市工业总产值的 1/3，与长沙、株洲相比差距较大。主导产业的龙头企业规模不大，配套企业较少，产业链不长，关联度不高，本地配套率不高。四是节能减排压力大。冶金、化工、建材、火电等"两高一资"产业比重仍然过大，2010 年，"两高一资"产业产值占全市工业总产值的 46.2%，而能耗占全市工业能耗的 90.4%。

二 2011 年湘潭市产业经济发展趋势分析

（一）外部环境分析

从国际看，全球经济一体化继续深入发展，国际和沿海产业转移加速，这为中部内陆城市扩大开放，加快"引进来"、"走出去"提供了宝贵机遇；国际金融危机催生新一轮科技革命，全球进入空前的创新集聚爆发和新兴产业加速成长期，新能源、新材料、生物医药、节能环保、低碳技术和绿色经济方兴未艾。从国内看，中部崛起战略深入实施，长株潭"两型社会"试验区建设加速推进，带来了很多重大改革试点、建设项目。中央实施积极的财政政策和稳健的货币政策，重点加大对"三农"、民生和社会事业、产业结构调整等的财政支持力度，为湘潭持续巩固、壮大、提升粮猪产业，保持农业大市优势地位，建设现代农业带来了新机遇。从省内看，省委、省政府强力推进"四化两型"建设，突出加快项目建设，启动实施一批"十二五"规划的重大产业、基础设施、生态环保、民生和社会发展重大项目，为湘潭推进产业结构调整、加快发展速度、提升发展质量明确了重点，指明了方向，提供了机遇。

（二）自身条件分析

工业方面，目前湘潭市已形成了以先进装备制造、清洁能源装备制造、精品钢材及深加工、汽车及零部件制造、电子信息等产业为主体的门类较为齐全的工业体系。全市工业企业达 3160 家，其中，规模以上工业企业 867 家，拥有湘钢、湘电、江南、江麓、湘潭电厂、湘潭电化、迅达集团等 9 家大型工业企业和湖铁集团、吉利汽车（湘潭生产基地）等 37 家中型工业企业。从产业结构来看，2010 年，重工业完成规模工业增加值 370.43 亿元，占规模工业的 82.1%，轻工业完成规模工业增加值 80.89 亿元，占规模工业的 17.9%。

农业方面，湘潭是全国重要的粮猪生产基地，最大的湘莲集散地和槟榔加工销售基地。"伟鸿"系列肉制品、"港越"系列中乳猪制品、"金锣"系列火腿肠、"恒盾"系列竹制品、"宏兴隆"系列湘莲产品等，远销东南亚和欧美地区。目前，全市不仅市、县、乡、村四级农技推广网络基本建立健全，而且吸引了省林科院、中国农大等科研院所和荷兰泰高、泰国正大、新五丰等一批国际知名企业合作发展。国家杂交水稻工程技术中心中试基地、"隆平论坛"等农业科技研发示范项目也落户湘潭。农村基础设施较为完善，全市农村道路硬化里程达5000 多公里，通村公路硬化率达 95% 以上。

第三产业方面，湘潭现代服务业近年来快速发展，特别是现代物流业正加速打造成全市主导产业之一，全市 90 家规模以上物流企业中已有 13 家 A 级企业，数量位居全省第二。2010 年全市实现社会物流总额 2100 亿元，比上年增长 15%，物流业增加值 70 亿元，比上年增长 13%，约占全市地区生产总值的 7.3%，成功获批为全国流通领域现代物流示范城市。湘潭文化旅游资源丰富，旅游业发展迅速，2010 年，全市接待游客超过 1500 万人次，同比增长 20%，实现旅游综合收入 90 亿元，同比增长 40%。文化产业实现增加值 18.2 亿元，占GDP 的 2.1%。

此外，近年强力推进园区建设，高新区已升级为国家级高新区，九华示范区保持强劲发展势头，全市园区规模工业总产值近年均保持 60% 左右的增速。基础设施建设方面，立体综合交通网络不断完善，市域、市际两个"1 小时经济圈"基本形成。科技创新方面，在科研能力、创新平台建设、产学研结合、科

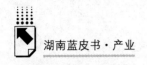

技成果转化等方面一直居于全省前列。长株潭"两型社会"建设试验区的要素吸聚能力也越来越强。这些为湘潭加快产业经济发展提供了强劲支撑。

三　湘潭市推进产业经济发展的对策与建议

2011 年,湘潭力争全市工业总产值达到 1800 亿元,工业增加值达到 540 亿元,其中战略性新兴产业销售收入达到 600 亿元,增加值达到 180 亿元,占全部工业的 1/3;农业产业化产值突破 300 亿元,农业增加值达到 100 亿元,增长 4%,农民人均纯收入达到 8833 元,增长 13% 以上;第三产业实现增加值 329 亿元,增长 13%。全力确保全市 2011 年实现地区生产总值过 1000 亿元、财政总收入过 100 亿元的目标。

(一)　加速推进新型工业化,提升产业核心竞争力

大力实施"22335"工程,加快构建现代产业体系,力争实现工业总产值 1800 亿元,高新技术产业增加值增速保持在 30% 以上。一是加快提升产业素质。对精品钢材及深加工、装备制造、汽车及零部件制造等传统产业加大自主创新和技术改造力度,提升产品档次,实现升级换代,促进向高端化、集群化、品牌化发展。对先进装备制造、新能源、电子信息、节能环保、商贸物流等战略性新兴产业,加大培育扶持力度,将之打造成市域经济发展的支柱产业。二是突出抓好工业园区建设。坚持把园区建设作为加快工业发展的重大战略举措来抓,进一步完善园区基础设施,增强园区对产业的吸纳力和承载力;完善园区体制机制,简化办事手续,提高办事效率,以优质服务吸引投资者,支持已入园的企业加快发展;推动园区经营理念创新和错位发展,重点建设湘潭高新区和九华示范区两个主营业务收入过千亿元的园区,加快形成产业集聚、特色鲜明的经济板块。三是提高信息化水平。运用信息技术改造提升传统产业,推进信息化和工业化深度融合,着力建设"数字城市",打造"智慧湘潭"。重点推进工业生产装备数字化、生产过程控制自动化,运用信息技术改造企业业务流程,优化商务模式,推动大型骨干企业的信息管理和决策系统进入应用集成阶段。四是坚决抓好节能减排。围绕落实好节能减排控制性指标,突出抓好重点领域、重点园区、重点行业的节能减排,全面加强城市污染、工业源头污染和农村面源污染防治,加快淘汰落后

产能。继续推进节能减排科技支撑行动，确保万元规模工业增加值能耗下降 7%以上，全面完成省下达的主要污染物减排年度指标任务。

（二）推进农业现代化，建设统筹城乡发展示范市

按照率先在湖南省建成统筹发展示范市的要求，力争在促进城乡互补互动、一体化发展上迈出实质性步伐。一是实施"2211"工程，加快发展现代农业。突出发展都市农业和生猪产业两大支柱产业。在稳定粮食生产的前提下，加快发展以服务长株潭城市群为重点的蔬菜、花卉苗木、农业休闲及其他特色农业一体发展的都市农业；抓住砂子岭种猪获批国家地理标志的有利时机，加快构筑较为完整的集生猪养殖、深加工及相关产业一体发展的生猪产业链。二是强化农村公共服务，夯实农业农村基础。结合新农村建设"双百工程"，突出加强以水利为重点的农村水、电、路、气等基础设施建设，力争完成水利建设投入 4 亿元以上，95% 以上的村级公路实现硬化，完成 170 个农网未改村的农网改造和200 个村的农网升级，建设 4000 口户用沼气池。同时，统筹发展农村社会事业，推进城乡基本公共服务均等化，重点完善农村教育、卫生、文化、社保等公共服务体系。三是拓宽农民增收渠道，构建农民增收长效机制。抓好劳务经济发展，力争转移输出农村劳动力 72 万人，创劳务收入 80 亿元；实施新型农民科技培训工程、农村劳动力转移培训"阳光工程"和农民创业促进工程，完成农民技能培训 20 万人次，提高农民劳动技能和创业本领；落实农业补贴等支持保护制度，鼓励农民优化种养结构、提高效益，增加农民生产经营收入；大力发展特色农产品，着力培育农业支柱产业和骨干企业，引导农产品加工业合理布局，大力发展配套产业和企业，促进农村劳动力就地就近转移就业，增加工资性收入。

（三）大力发展现代服务业，优化三次产业结构

把推动现代服务业大发展作为带动产业结构优化升级的战略重点，实施"2331"工程，突出发展现代商贸物流、文化旅游两大产业，加快构建产业互动、特色鲜明、功能完善的现代服务业体系。一是大力发展以现代物流业为重点的生产性服务业。以建设全国流通领域现代物流示范城市为载体，加快发展现代物流业。科学规划布局重大物流项目，大力发展第三方物流。加快九华现代工业

物流园、荷塘现代综合物流园、湘潭西商贸物流园三个重点物流园区建设，努力将其建设成为营业收入过百亿元的物流园区。重点扶持宏盛、龙畅等龙头企业发展，抓好湖南工程机械现代物流中心等专业物流项目建设，努力打造"布局集中、用地集约、产业集聚、功能集成"的现代物流体系。二是做大做强以商贸流通业为主的生活性服务业。完善业态结构和网点布局，大力发展大型一体化综合购物中心，培育大型高级商贸市场群，发展连锁经营、物流配送、电子商务、新型批发等现代流通业态。加快打造河西中央商务区和建设路口等核心商圈，加快提升砂子岭市场群，加快板塘铺商贸集中区建设。加快壮大步步高、心连心等商贸龙头企业，积极引进国内外知名连锁企业落户湘潭，大力推进湘潭国际商业中心、九华汽车大世界等重点商贸项目建设。三是提质增效文化旅游业。充分挖掘、保护和利用湘潭市丰富的文化旅游资源，促进文化与旅游融合发展。以韶山红色文化旅游为核心，加快发展湘江风光带历史文化旅游，白石文化艺术旅游，隐山湖湘文化旅游，东山励志旅游，水府、昭山山水生态旅游，积极发展乡村休闲旅游和工业文化旅游。着力培育发展大型文化企业集团和红色旅游集团，大力发展文艺演出、广播影视、网络传媒等文化创意产业，打造一批具有浓郁地方特色的文化精品和知名品牌。

（四）突出抓好项目建设，夯实产业经济发展基础

把项目建设作为推进产业发展的主要载体和平台，2011年全年安排重点建设项目154个，年度计划投资确保完成312亿元，较上年增加72亿元，增长30%，力争完成投资350亿元。新型工业化方面，安排工业及园区建设项目20个，年计划投资119.5亿元。突出抓好湘钢技改、风电产业园、大型露天矿山电动自卸车、兴业太阳能（湖南）产业园项目建设，推动工业转型升级，促进产业集群发展。安排节能环保项目11个，年计划投资11.2亿元。突出抓好节能及新能源汽车整车开发、大中型电机节能改造及产业化两个节能项目，竹埠港重金属废渣场污染治理、九华与河西污水处理厂建设、河东与河西污水管网建设、湘潭静脉产业园等9个环保项目，推动节能减排工作落到实处、取得实效。农业建设方面，安排项目8个，年计划投资6.1亿元。突出抓好农业综合开发、土地整理、油茶基地建设及深加工、千亿斤粮食产能田间工程及配套项目等，力促农业增效、农民增收。第三产业方面，安排商贸物流业项目22个，年计划投资19亿

元。重点抓好湖南工程机械现代物流中心、伟鸿冷链物流、湖南九华汽车大世界、义乌小商品城、步步高城市摩尔等项目建设，促进第二、三产业高度融合。安排旅游及休闲项目 7 个，年计划投资 11.5 亿元，较上年增长 76.9%。重点抓好长株潭"两型社会"生态休闲度假服务基地（水府旅游区）、隆平科技创新博览园、盘龙现代农业示范园、华银五星国际大酒店、黄河索菲特大酒店及国际新城等项目建设，实现现代服务业大发展、大提升。

B.25

衡阳市 2010～2011 年产业经济发展研究报告

张自银*

2010 年，在湖南省委、省政府的正确领导下，衡阳市认真贯彻落实科学发展观，着力推进"四化两型"建设，产业发展取得了显著的成绩。

一　2010 年衡阳市产业经济运行情况

（一）产业经济跃上新台阶

一是工业主导地位加强。2010 年，完成规模工业总产值 1865 亿元，实现增加值 538.6 亿元，分别增长 41.1% 和 23.8%。全市规模以上企业达到 1110 户，规模工业增加值占全部工业的比重达到 90%。工业增加值占 GDP 的比重接近 40%，工业对全市经济增长的贡献率达到 57.6% 以上，规模工业增加值总量在全省排第四位。二是农业产业化进程加快。2010 年，粮食总产 333.63 万吨，连续 7 年实现增产。粮、油、禽、畜、蔬菜、席草、烟叶、竹木及特色农产品加工等十大产业链基本形成。农业产业效益趋好，市级以上龙头企业发展到 191 家，建设基地 135 万亩，带动农户 32 万户。24 家国家及省级龙头企业实现销售收入、利税分别增长 28.5%、18.5%。涌现了一批农产品品牌，古汉养生精成为中国驰名商标，爱平牌活大猪、天天见牌梳篦、恒星地板、金雁优洁米、金拓天山茶油、金星咸蛋黄等 65 个省级品牌农产品享誉国内外市场。三是服务产业发展加速。服务业总量规模不断扩大，对经济增长的贡献不断增强，结构不断优化，发

---

* 张自银，中共衡阳市委副书记、衡阳市人民政府市长。

展质量效益显著提升。传统服务业比重逐步降低，生产性服务业和新兴服务业成为经济的主要增长点。近年来，衡阳市生产性服务业平均增速高达 28.8%，快于 GDP 和服务业年均增速近一倍，2010 年，生产性服务业增加值达到 209 亿元，占服务业的比重快速上升到 37.9%。

（二）产业结构不断优化

一是工业提质提效。2010 年，规模工业主营收入 1722 亿元，实现利润 62.8 亿元，经营规模过亿元的企业 487 家，其中衡钢过 50 亿元，特变过 100 亿元。全市规模工业综合经济效益指数为 291.23%，同比提高 51.32 个百分点。一批效益好、带动力强的产能项目相继投产。瑞达电源二期等 101 个项目先后投产，特变电工输变电产业园、金杯电缆核电电缆等 102 个项目相继开工，全年新签约 5000 万元以上重大工业项目 155 个，完成投资 101.51 亿元。二是产业集群集聚发展态势良好。现代装备制造、盐卤化工和精细化工、食品加工、现代物流等六大主导产业规模不断扩张，集群态势强劲，2010 年累计完成产值 1380.5 亿元，增长 40% 以上，占工业总产值的 73.9%。园区发展平台不断夯实，2010 年底，全市工业园区累计完成 73.6 平方公里建设面积，建成 420 平方米的标准厂房，园区规模工业增加值占全部规模工业的 35.85%。三是产业层次大幅提升。2010 年，成功与中钢、中国五矿、中建材等 16 家央企实现对接，引进了富士康、欧姆龙等 7 家世界 500 强企业，引进招商局集团、中盐集团、广汽集团、中兴通信、娃哈哈、玖龙纸业 6 家中国 500 强和国药集团等一批国内行业龙头企业及上市公司，很大程度上改变了衡阳产业发展面貌。四是发展方式有了巨大转变。以特变电工、金杯电缆、亚新科、共创光伏、凯迪生物、古汉医药为代表的先进制造业和新能源、新材料、生物医药等新兴产业，有力地推动了衡阳经济质量的全面提升。通过转方式、调结构，节能减排取得显著成效，全面完成"十一五"规划目标，全市实现万元 GDP 能耗和万元工业增加值综合能耗分别下降 4.4% 和 13.6%，二氧化硫、化学需氧量排放量分别削减 1.1%、6%。

（三）产业经济信息化水平和创新能力提升

一是积极推进信息化与工业化融合。开展利用信息技术改造和提升传统产业试点，推荐松木工业园为省级"两化融合"工业园区，积极开展信息技术应用

"倍增计划"项目、传统产业企业信息化改造试点、信息产业发展专项补助资金等申报工作，欧姆龙、飞翔电子等获得资金或设备支持。二是启动"三网融合"试点工作。通过积极申报，衡阳市已正式纳入省"三网融合"试点城市，组建了"三网融合"工作小公室，与富士康、美国并行计算机集团高层领导进行了多方交流，与金蝶软件签订战略合作协议。三是提高社会信息化水平。积极组织公安、工商、质检等部门开展"智慧城市"问卷调查，撰写调研报告，进一步协调完善全市人口、法人、自然资源和地理空间等基础信息库，推进社会重点行业信息化工作。四是企业自主创新能力不断增强。出台了《关于鼓励支持企业自主创新的意见》，引导、支持企业进行技术改造和自主创新。2010年，工业技改完成投资359.44亿元，增长57.3%，占全部工业投资的94.1%。新增省、市级技术中心8个；共完成省级及省级以上新产品开发项目606项，其中达到国际先进水平的105项；大中型企业技术开发经费占销售收入的比例达到3.0%以上。

（四）产业投资结构逐步优化

2010年，从三次产业投资结构看，第一产业在中央各项惠农政策的推动下，一改多年以来低迷状态，呈现高速增长态势，第一产业完成投资13.4亿元，同比增长61.4%，为提升新农村建设品质奠定了坚实基础；第二产业重点围绕工业立市的振兴战略，加大了工业项目的建设力度，投资呈现出高速增长态势，共完成投资382.2亿元，同比增长51.1%；第三产业完成投资202.5亿元，同比增长12.1%。基础设施投资快速增长。2010年，基础设施投资117.2亿元，增长38.7%。衡邵、潭衡西高速公路和市体育中心、蒸湘北路改造等重大项目如期竣工，衡桂、南岳高速公路以及湘桂铁路、衡茶吉铁路、衡州大道、衡云快速干道等快速推进，开工建设怀邵衡铁路、土谷塘航电枢纽等项目，获批建设衡阳南岳机场。

虽然发展态势良好，但是困扰产业发展的结构性问题依然存在，制约发展的瓶颈亟须解决。一是产业结构调整的步伐比其他地区更艰巨。2010年，衡阳第一产业比重虽然下降到20%以下，但与湖南省和全国比较来看，产业结构调整的步伐仍然相对较慢，第一产业下降到20%以下的时间节点比全省平均水平（2003年，19%）晚了7年，比全国平均水平（1993年，19.7%）晚了17年。二是节能减排任务更重。2010年，六大高耗能规模工业企业产值达723亿元，占全部规模工业企业产值的 41%。随着节能减排任务的进一步加重，如果不加快工业产业结构调整和资源整合利用步伐，将直接影响衡阳工业的又好又快发展。三是工业化与信息化融合程度不高。2010 年，全市高新技术企业为 55 家，占全市规模工业企业总数不足 5%；规模工业企业信息化投入 2.28 亿元，仅占规模工业主营收入的 0.13%；规模工业企业主要信息系统拥有率也仅为 6.2%。

二　2011 年衡阳市产业经济发展趋势分析

2011 年是"十二五"规划的开局之年，也是衡阳抢抓机遇、奋力推进"四化两型"、争做科学发展排头兵的关键之年。因此，必须准确把握衡阳市产业发展的趋势，充分发挥自身优势，趋利避害，扬长避短。

（一）清醒认识产业经济发展面临的困难和挑战

一是国际竞争更趋激烈。国际金融危机后，发达国家提出"再工业化"、"智慧地球"、"绿色增长"等新战略，通过发展新能源、新材料、信息网络等产业来抢占世界经济和科技发展的制高点，对衡阳推进工业和信息化发展形成新的压力。贸易保护主义抬头，国际局势动荡，汇率战争、技术壁垒等手段不断翻新，对扩大产品出口、拓展国际市场等方面形成新的压力。二是资源环境约束趋紧。针对能源资源环境制约突出、部分行业产能过剩严重、淘汰落后产能任务艰巨等问题，国家在工业领域确立了工业增加值率、全员劳动生产率、工业固体废物综合利用率、单位工业增加值用水量等新的发展指标或约束目标，对衡阳工业发展提出了新的更严更高的要求。三是生产要素成本压力加大。近年来，劳动力、原材料、土地、燃料动力等价格持续上涨，对衡阳企业生产经营造成较大影响。与此同时，衡阳工业发展还存在工业总量规模偏小、结构调整任务艰巨、自主创新能力有待提高、"两化"融合层次不高等突出的问题。

（二）把握产业经济发展和结构调整的重大机遇

一是深入研究国家产业和宏观调控政策。国务院"十二五"规划关于产业转型升级指出具体的道路，包括改造提升制造业、培育发展战略性新兴产业、推动能源生产和利用方式变革等。衡阳要深入研究相关政策，找准产业发展的方向、着力点，进一步加强与国家部委、省直部门的汇报衔接，争取更多的政策支持。二是抓住国内外产业升级转移的机遇。2010年3月，衡阳以"走马湘南谋衡阳"为契机，积极推进，高端承接，取得了显著成绩，全市共引进项目456个，总拟引资额1141亿元，其中，承接产业转移内外资企业408家。今后要进一步抓住机遇，深度认识产业转移呈现出的产业链抱团转移、科技含量逐步提高、区域生产布局调整等变化趋势，有针对性地引进投资强度大、技术含量高的大项目、好项目。三是抓住重大政策平台的机遇。国家将积极发展新一代信息技术产业，建设高性能宽带信息网，加快"三网融合"，促进物联网示范应用，这正是衡阳传统产业改造升级的难得机遇。此外，还要抓住国家服务业综合改革试点、国家级加工贸易梯度转移重点承接地、湘南开发开放先行先试的重大政策平台，用好用活用足国家支持政策，实现衡阳在湖南率先崛起。

基于对衡阳经济发展形势的研判，基于"3+5"城市群总体发展战略，衡阳将致力于打造湖南先进制造业基地、湘南区域性中心城市。预期2011年地区生产总值增长13%以上，达到1668亿元，其中第一、二、三产业分别增长4%、16%、15%，分别达到288亿元、785亿元和615亿元以上，其中工业增长17%以上、增加值达到690亿元；全社会固定资产投资增长30%以上。产业总量目标：力争实现规模工业增加值646亿元，增长20%；新增规模企业60家以上；万元规模工业增加值能耗下降6%；全市信息化和工业化融合综合指数达到0.55。

三　2011年衡阳市产业经济发展对策

（一）推进新型工业化，促进产业升级发展

一是改造提升传统优势产业。抢抓新一轮老工业基地调整改造政策机遇，着力推进"工业倍增"行动。落实技改补助贴息政策，重点抓好一批传统产业技改项目实施。以制造业的信息化为重点，以智能化、数字化为方向，对传统企业设计、生产流程进行再造，着力提升传统优势产业装备水平和科技含量。装备制造业重点要提高整机制造能力，完善零部件配套体系；原材料工业重点要推进精深加工，延伸产业链条，淘汰落后产能；消费品工业重点要优化产品结构，培育

自主品牌，提高附加值。重点支持一批工业骨干企业做大做强，着力打造一批年产值过 200 亿元、100 亿元、50 亿元的"工业航母"，带动相关产业发展壮大。围绕龙头企业抓好产业配套、产业链延伸，促进产业集群集聚发展。重点抓好一批特色专业园区的规划建设步伐。二是大力发展战略性新兴产业。围绕培育发展战略性新兴产业，选择具有比较优势和发展潜力的先进装备制造、新材料、新能源、电子信息等领域，支持实施重点成果转化项目，力争突破共性关键技术。壮大电子信息、新能源、新材料、核产业、生物医药等战略性新兴产业，不断引进战略投资者。提质工业园区发展，为产业发展提供平台，加快园区水电路气信等基础设施、科研中心、创业园和安置小区建设。三是大力发展生产性服务业，助推新型工业化。抓住制造业企业服务外部化趋势，推动一批在行业内具有比较优势的骨干企业转型进入生产性服务业领域。支持特变电工、衡钢、中钢衡重、运输机械等制造业骨干企业，从单个产品制造商向成套供应服务商转变，探索新的服务形态，开展增值服务，推动衡阳制造业转型升级。

（二）大力推进农业产业化

一是加大农业结构调整力度。充分发挥衡阳特色资源优势，提高农业科技技术应用力度，积极发展优质高效经济作物，发展外向型、无公害农产品生产。重点建设优质稻、优质生猪、湘黄鸡、双低油菜、油茶、黄花菜、烤烟、席草、茶叶、蔬菜十大农产品生产基地。依靠政策推动土地流转，培植粮食种植大户及农业经济合作组织，依托科技进步、农机化水平的提高，促进耕地从种粮散户向种粮大户转移。开展标准果园创建活动，推进规模化种植、标准化生产和产业化经营，建设好标准果园。大力加强优质良种引进筛选工程建设，引进植物新品种和新种质资源。二是积极扶强做大龙头加工企业。依托产业，依靠基地，建设大规模、高科技、外向型、各具特色的龙头加工企业。重点培植金雁、绿海、金拓天、南天、天福、爱平、京湘藤茶、东方牧业、湘旗农牧、逢缘草艺十大龙头企业；做大做强天天见、绿海、酃渌、开福、三和、金雁、金鲲、京湘、环球、逢缘十大农产品知名品牌，打造 1～2 个中国名牌和驰名商标。三是大力发展休闲农业。将龙头企业、观光园区的建设与生产性项目有机结合，建立观光旅游休闲农业基地，为旅客提供各种果园、菜园、花园及农业科技园等观光景点和农业、农庄、农民等"农"字头的旅游产品。

（三）启动综合改革，培育壮大现代服务业

一是建立健全服务业发展体制机制。以全国服务业综合改革试点为契机，推进相关领域改革，着眼于体制的完善，努力发掘新的经济增长点。编制全市服务业综合改革试点发展规划和实施方案。调整土地、水、电、气等要素价格政策，营造有利于服务业发展的政策和体制环境。加快组建服务行业协会（商会），探索建立物流、信息、科技、商务等行业服务标准和规范。放宽市场准入，启动部分行业服务外包试点，促进服务外包剥离，加快后勤服务社会化。积极争取国家、省服务业引导资金，大力引进国内外服务业旗舰企业，推进服务业重大项目实施。二是着力发展现代服务业。重点发展物流业、金融服务业、商务服务业，提质发展旅游业。积极发展第三方物流，建设白沙物流园、松茶物流园、云集空港物流中心、公铁口岸和千吨级码头、中电大件物流中心、"万村千乡"配送工程等物流项目。加快引导多元化的金融机构在衡阳落户，建设华新、酃湖等核心金融区，努力提升衡阳金融服务业的水平和档次。大力发展专业批发市场，四个城区各启动2个专业批发市场的建设，加快商业步行街、晶珠购物公园、商用汽车贸易城、杨柳乘用车4S街区等项目建设。打造都市中心商业区，建设连湖CBD、华新中央商务区、武广新城商务区、影视文化创意区、杨柳综合商务区。三是继续扩大消费需求，刺激产业发展。加快体制改革步伐，构建"消费性"社会，增加中等收入人群，提高农村人口消费能力，以此增强居民消费能力，改善消费环境。不断促进旅游、房地产、文化以及养老、体育等产业的发展。规范发展住房二级市场，引导合理的房地产投资和住房消费。加快发展居民服务业，推进居民服务业市场化、产业化、社会化。

（四）着力培养引进产业要素

一是增强企业的技术创新主体地位。支持企业以市场为导向建立产学研相结合的技术创新体系。调整、完善中小企业"小巨人"计划，新增一批符合国家产业政策、科技含量高、成长性好、创新能力强的企业，加大资金扶持力度。大力推进全民创业。加大国家级、省级、市级创业基地的争创和建设力度，建立初创企业项目库，加强创业引导扶持，提高创业成功率。力争2011年新增国家级创业基地1～2家、省级创业基地3～5家。组织评选一批"最具成长性民营中小

企业"，充分调动民营企业创新的积极性。出台相关政策措施，支持企业引进培养高级管理人才、技术带头人才、科研人才、营销专家等高级人才。营造关心企业家、尊重企业家、爱护企业家的良好社会氛围，着力打造重商、亲商文化。二是突破产业发展瓶颈。做好煤、电、油、气、运等生产要素保障。强化电力供应侧和需求侧管理，科学合理地做好电力供应，有力保障电网安全运行。积极与铁路部门协调，加强铁路专用线管理，确保货物运输快速畅通。认真抓好成品油和天然气供应协调工作，确保成品油和天然气企业充足供应。未雨绸缪，高度重视用工荒问题，根据产业发展需求，通过校企联合办学，采取订单式培训、定点供应的方式来解决用工问题。积极引进或成立劳务派送公司，解决企业用工特别是高级技术人员的问题。土地供给是保障产业发展的关键要素，一定要积极争取、统筹安排好用地指标。三是加强产业发展资金保障。健全投融资体系，加快推动各类企业利用资本市场直接融资，完善支持扶持发展的政策体系。进一步推进政府主导、银企合作的模式，加大金融机构与企业深层次合作力度。鼓励推广和创新金融衍生产品，完善中小企业金融支持工程，加快保险市场发展，引导保险资金投资基础设施建设，完善信贷征信体制。加强中小企业担保体系和公共服务平台建设，培育、认定一批核心服务机构，完善中小企业信息服务、法律咨询、人才培训等服务平台。推动担保和再担保业务发展，鼓励创业风险投资、基金等各类投资机构开展中小企业投资，支持中小企业上市，发行中小企业集合票据，进一步拓宽融资渠道。

（五）推进节能降耗和淘汰落后产能

一是强化工业节能降耗，把好新上项目能耗准入关。建立工业固定资产投资项目节能评估和审查制度，严控"两高"和产能过剩行业新上项目，防止低水平重复建设和盲目发展。深入开展企业节能行动，深化行业能效水平对标达标，推行合同能源管理，推进企业能源管理师制度试点。加快健全市、县两级节能监察体系，突出抓好能耗限额标准执行情况、高耗能落后机电设备淘汰情况专项监督检查。大力推进节能技术进步。继续实施一批重点节能工程，加大节能技改力度，加大钢铁、水泥等重点行业节能技术和工艺的推广应用，推广工业节能新技术、新产品。二是大力推进清洁生产和循环经济。引导开展清洁生产技术咨询服务，推进清洁生产审核，重点在有色金属、化工等行业开展清洁生产示范，实施一批清洁生产示范项目，加强先进清洁生产技术推广应用。三是继续推进落后产能淘汰。按照国家淘汰落后生产工艺装备和产品指导目录，完成国家和省里下达的淘汰落后产能目标任务。充分发挥市场基础性作用，通过运用差别电价、环境执法、质量监督等经济和法律手段，解决落后产能中的能耗高、污染重、质量差的问题，引导不符合环保、安全条件的小企业退出市场。

（六）加强招商引资力度，增强产业发展活力

坚持对外开放与对内开放并重、"引资"与"引智"并重、吸引投资与对外投资并重，大力承接产业和资本转移，切实抓好产业对接。深化资源要素市场改革，进一步明晰资源资产产权关系，引导优势资源向战略投资者集聚，增强产业发展实力。大力建设国家级加工贸易梯度转移重点承接地，积极承接战略性新兴产业。巩固一般贸易，大力发展电子产品、轻纺服装等加工贸易，提升产业发展的国际化水平。按照《国务院关于中西部地区承接产业转移的指导意见》，完善承接产业转移的工作机制。进一步优化发展环境，着力改善投资环境，促进产业集中布局，提升配套服务水平。加强统筹规划，合理调整产业布局，促进承接产业集中布局，培育和壮大一批重点产业承接园区，引导转移产业向园区集中，产业园区要向规范化、集约化、特色化的方向发展。坚持因地制宜，加强分类指导，根据各个工业园区、各个县市区的特色，合理确定产业承接发展重点，避免产业雷同和低水平重复建设。把承接产业转移与城镇化有机结合，着力引导劳动力就地就近转移就业，促进产业和人口集聚，加速城镇化进程。

B.26
邵阳市工业经济发展研究报告

邵阳市经济和信息化委员会

"十一五"以来，邵阳市以"兴工强市"战略为重点，以新型工业化为"第一推动力"，不断加快经济发展，全市工业经济呈现蓬勃的发展势头。

一 "十一五"以来邵阳市工业经济发展情况

（一）工业经济实力不断增强

2010年，全市完成工业总产值907亿元；实现工业增加值283.5亿元，占全市GDP的35.4%，比2005年提高了12个百分点，"十一五"期间工业增加值年均增长24.4%。全市三次产业结构由2005年的30.1∶28.8∶41.1转变为22.5∶40.9∶36.6，工业化进程明显加快。工业集中度明显提高，全市现有34335个工业企业，其中规模企业872家，实现规模工业总产值700亿元，占全部工业总产值907亿元的77.2%，工业增加值210亿元，占全部工业增加值283.5亿元的74.1%；企业经济效益增长迅速，2010年全市规模工业盈亏相抵后实现利润20亿元，是2005年的近6倍；工业对财政收入贡献明显，2010年工业完成两税额28.7亿元，占财政总收入55.2%以上，比2005年提高了27.2个百分点。

（二）优势产业集群初步形成

按我国经济行业标准分类，全部工业行业划分为40个，邵阳市除石油和天然气开采、采盐业、其他矿采业以外，其他37个行业均有分布。在国内占有较大市场份额和处于领先地位的有纺织机械、混凝土搅拌车、液压基础件、绝缘纸板等7类产品。初步形成三大产业集群：以混凝土搅拌车、纺织机械、水轮发电机、液压基础件、印刷机械为主体的机械冶金制造产业集群；以湘窖酒业、南山乳业、李文食品、豫湘工贸、恭兵食品、华鹏食品、华湘米业、浩天米业为主体的食品产业集群；以广信电工、绥宁联纸、湘丰造纸为代表的特种纸产业集群。此外，邵东打火机、小五金、皮革制品、铝制品、中药材加工五大特色产业规模不断扩大。打火机已占领全国60%的低端市场，廉桥药都已成为全国四大药都之一，隆回金银花综合开发和利用效益日显。

（三）自主创新能力不断增强

"十一五"期间，企业技术创新支出比重由0.5%上升到1%。2010年全市工业企业完成科技项目150项，比2005年增加80项，高新产业增加值由2005年的8.3亿元增加到37.8亿元，占GDP的比重由2.3%提高到5.3%；实现新产品产值126亿元，是2005年的3.2倍；拥有授权专利由2005年的2728件增加到6096件。高压低噪音柱塞泵、超高压绝缘纸板、新型纺织机械等一批具有国内行业领先水平的新产品成功投产，风力发电、太阳能光伏玻璃等一批高新技术产业项目正在加紧建设。同时，技术改造投资力度加大。五年累计完成技术改造投资368亿元，是"十五"期间的8.8倍，企业技术改造投资占全社会固定资产投资总额比重由"十五"期间的10.1%提高到18.8%。

（四）节能减排成效显著

全市"十一五"规模工业万元增加值能耗下降40%；全社会二氧化硫总量减排10%的目标提前完成，工业企业主要污染物排放总量大幅减少。"十二五"期间，小火电机组全部关停；铁合金企业由53家减少到15家；造纸企业由138家减少到72家；小水泥厂由34家调整为24家，其中新型干法熟料生产企业3家、粉磨站5家。

二 邵阳工业经济发展存在的问题和发展机遇

主要问题：一是缺少大规模优势企业。目前，邵阳市没有一家世界500强、中国500强企业，省"四千工程"没有一项，省内50个大型企业集团也只有一家（三一湖汽）。二是工业投入严重不足。邵阳市"十一五"技改投资虽然大幅增长，但也只有368亿元，其中，2010年技改投资151亿元，仅占全省投资总额的 4.7%。工业企业大部分设备陈旧、水平低下。三是企业缺乏核心竞争能力。截至 2010 年，全市仅纺织机械公司、维克液压、广信电工、湘窖酒业四家企业拥有省级企业技术中心，大部分企业产品科技含量低、附加值低。四是品牌意识不强。邵阳市上万个产品中只有 3 个国家驰名商标产品，即南山、开口笑、华鹏，54 个湖南省著名商标产品。五是人才资源匮乏。由于企业效益不好，对技术人才培养和引进不够，特别是高端技术人才的培养和引进十分困难。

发展机遇：尽管国际金融危机的影响依然存在，内外部环境的不确定因素较多，但经济向好是总的趋势，给邵阳市工业经济带来良好的发展机遇。一是宏观发展环境有利。世界经济复苏加快，我国国际地位和综合国力显著提升，国家更加重视中部崛起和内陆发展；湖南加快推行"四化两型"战略，加大对包括邵阳在内的大湘西地区的开发扶持力度。二是产业的转移机遇明显。邵阳拥有人力资源和旅游文化生态资源的叠加优势，随着交通区位条件的不断改善，必将成为承接沿海产业转移和对接产业转型升级的优势区域。三是增长的内生动力较强。"十一五"以来，邵阳基础设施进一步改善、优势产业进一步壮大、综合实力进一步提升，为加快工业发展积累了能量。

三 邵阳市工业经济发展思路

以十七大精神为指导，深入贯彻实践科学发展观，抓住中部崛起、中央扩内需和积极财政政策契机，以信息化带动工业化，大力发展循环经济和低碳经济。以园区为平台，转变产业发展思路，由扶植单个企业向扶植产业集群、打造产业链转变，由"大办工业"向"办大工业"转变，大力培育战略性新兴产业，着力发展绿色产业，通过优势产业新格局的构建，实现工业持续、快速、健康发展。

（一）产业结构

一是重点发展三大产业集群。即以混凝土搅拌车、纺织机械、印刷机械、液压基础件及成套液压系统、发动机总成、水轮发电机组、炼焦、铝材、锑冶炼为主的机冶工业产业集群；以生态酿酒、果蔬罐头、奶制品、食用油、卤制品、冷鲜肉、大米加工为主的食品工业产业集群；以工业纸板、包装纸、卷烟纸、发票纸等特种纸为主，其他用纸为辅的造纸工业产业集群。二是巩固发展纺织、化工、建材三大工业。即以粘胶纤维、棉纱棉布、服装为主的纺织工业；以生产基本化工原料、精细化工产品、农化产品为主的化学工业；以新型干法水泥、石膏、竹木制品为主的建材业。三是着力打造战略性新兴产业。即以超高压绝缘纸板、高效节能稀土发光荧光粉、超薄铝板、箔、带、超白压延光伏玻璃为主的新材料工业；以甾体激素、神经系统用药、中成药、中药提取物为主的生物工业；以风力发电、沼气发电、生物柴油、生物质能源为主的新能源产业；以彩色液晶显示器、新型电子元件、工程车线束、电解金属锰、高密度二氧化锰、电子级四氧化锰、电容式触摸屏为主的信息产业；以工业垃圾处理（宝庆电厂）、高效污水处理剂（佑华）为主的节能环保产业。

（二）组织结构

一是全力打造"三座新城"。即支持三一湖汽的2万台混凝土搅拌车生产基地项目、湘窖酒业生态酿酒园二期工程项目、国电湖南宝庆电厂煤电一体化项目建设。到2015年，基本建成汽车城、酒文化城、能源城。二是做大做强六大企业。即以中国恒天集团为依托、以邵阳纺织机械厂为主体的退城进园异地扩建项目；以新的战略投资者为依托、以湖南合力化纤为主体的年产9万吨粘胶纤维工程；宝兴科肥的年产15万吨硝酸铵系列产品扩改工程；立得皮革猪牛皮深加工异地扩改工程；中南制药的黄姜提取物二次深度开发工程；以湖南广信电工为龙头的全球最大绝缘材料生产基地建设项目。三是实施强强联合战略。扶持一批企业背靠大树寻求发展，采取股权出售、资产重组等多种形式实现产权多元化。如湘中制药，引进重庆医化集团实施股权重组，谋求产业升级。四是整合企业发展资源。重点支持200家重点企业做大做强。到2015年，力争三一湖汽成为邵阳首家产值过百亿元的企业，湘窖酒业和宝庆电厂两家企业成为产值过50亿元的企业，邵阳纺机、亚华南山、合力化纤、豫湘工贸、邵东新仁铝业、立得皮革、宝兴科肥等20家企业产值超过10亿元，神风动力、维克液压、李文食品、万事达、湘中制药、中富油脂、华湘米业、恭兵食品等100家各行业中的高成长性企业产值达1亿~10亿元。

（三）产品结构

邵阳工业产品上千个，品种上万种，主要产品有400多种，拟重点扶持20

种拳头产品及新产品。一是对搅拌汽车、纺织机械、印刷机械（含折页机）、液压件（含系）、中小型水轮发电机组、汽车零部件、奶制品、名优曲酒等 20 种（类）优势拳头产品实行强化性调整，予以重点扶持。对国内市场有一定影响力的邵液牌柱塞泵、宝颖牌粘胶长丝、南山奶粉、开口笑系列酒等 10 个优质名牌产品，进一步做强做大，力争 8 个品牌成为国家驰名商标，湖南省著名商标保有量 100 个以上，并扩大国际影响力。二是对一些有市场、有效益，但需要优化升级的产品，通过招商引资等方式进行重组优化，更好地适应市场发展，如水泥产品、造纸、汽车零部件等。

四 促进邵阳工业经济发展的主要措施

（一）加强组织领导，全面实施"后发赶超"战略

把工业发展作为邵阳发展的第一要务，继续推进"兴工强市"战略，坚持实施"市级领导挂点重点企业重点项目制度"，全面推行"市级领导联点重点产业帮扶发展制度"，形成联企业、扶产业、强工业的全方位、立体式促进工业发展体制。

（二）搭建服务平台，促进中小企业发展

（1）搭建企业融资平台。一是充分利用已建成的中小企业担保公司，加大对中小企业贷款担保的力度，扩大总量，力争市担保公司为市内三区企业担保 4 亿元以上。二是将邵阳市的"银企洽谈会"建成长效机制，加大市委、市政府对经济的调控能力和影响力。三是积极引导跨国金融机构、风险投资公司、民间资本将资金投向工业企业。四是各部门主动为企业包装项目，争取国家及省专项资金支持。

（2）搭建企业招商引资平台。要针对重点企业、重点项目，采取走出去、请进来、网上招商、小分队敲门招商、亲情招商、老乡招商等多种形式，继续开展好招商工作，建好政府招商网，扩大工业项目信息发布量。加强与 500 强企业、央企及民营大企业集团的对接，促进优势企业、产业实现跨越式发展。

（3）搭建企业人才建设和引进平台。近年来邵阳市工业企业也已遇到民工

荒的冲击，一要积极帮助企业引进各类急需人才，提高企业经营管理人员和员工的素质；二要利用现有教育资源，进行整合调整，培育企业急需人才。

（4）搭建创业平台。加大对宝庆科技工业园、江北工业园及各县（市）工业园中小企业孵化器的支持力度，鼓励支持科研院所及高学历人才进入园区创业，促进中小型及高科技企业成长与蜕变。

（5）搭建企业服务平台。一是加大企业服务中心建设力度，尽快建成市级节能检测中心和食品、机械、医药等行业公共检测中心、职工培训中心。二是支持恭兵食品建设"湘中辐照中心"，推进其用先进适用技术为传统的食品产业、医药、科研等提供消毒、杀菌的公共服务。三是支持申报国家和省级技术中心，促进企业技术中心的社会化有偿服务工作的开展。

（三）狠抓产业配套，壮大优势产业

围绕汽车、液压、食品、纺机、水轮机等产业中的龙头企业，狠抓配套扩散工作，引导企业改变"大而全、小而全"的发展模式，充分发挥其在产业中的龙头作用和集聚带动效应，提高产业集中度和产业同步升级。一是定期组织龙头企业配套产品开展活动和对接洽谈会，形成汽车、液压、水轮机等以骨干企业为中心的配套产业集群。二是支持三一湖汽、邵纺机等龙头企业主、辅业分离，把产业链延伸的产品、新开发的产品和新合作的项目裂变成新的企业，形成主导产品集约化、一般零件市场化的生产模式。三是积极与省内主导产业配套。积极鼓励神风动力柴油机、立得皮革沙发皮套、通达汽零气弹簧、汽附一厂座椅支架、油箱等企业积极与省内汽车厂家配套，形成产业联动发展格局。

（四）加大财税支持力度

一是设立市级工业发展基金，用于对企业技术创新奖励、技改贴息、上市公司培育、品牌创建等的支持。二是对外来投资者在初创期，要建立给予土地优惠、相关税费减免及税收留成比例等统一的制度。三是对退城进园的本土优势企业，一方面给予新征土地优惠，另一方面对老厂区变更为商业用地，将土地出让金用于企业搬迁、水电路等基础设施建设。四是落实国家和省已出台的优惠政策，如就业基地税收政策、产业振兴中的国家补助地方配套政策。五是优化税收服务，简化程序。

（五）推动产学研结合，加强创新能力建设

建立健全以企业为主体、以高等院校和科研机构为支撑、以产业化为目标的产学研合作机制。支持企业与高等院校、科研院所共建以前瞻性应用基础研究为主的技术中心、工程中心、实验实，鼓励高等院校、科研院所主动服务企业，为企业提供检测、标准等服务，引导和支持企业有效利用国内外创新资源，将原始创新、集成创新、引进消化吸收再创新有机结合起来，提升技术转化和规模产业化能力。

（六）突出抓好工业园区建设，加快提高园区对经济的贡献率

"十二五"期间，要继续突出抓好工业园区建设，努力提高工业园区对整个工业的集聚、拉动、带动作用。到2015年力争园区工业总产值占工业总产值的比重达到50%，比"十一五"期间提高10个百分点。一是要鼓励支持园区积极承接沿海和发达地区的产业转移和资本转移，用好用活国家、省、市业已出台的各项优惠政策。二是改革园区管理体制和机制，设立国土、规划、工商、税务、行政等一体化的相对独立的政务体制，简化办事程序、提高办事效率。三是要加大对园区创业平台、产业集群的资金支持力度，每年向国家、省里争取的资金30%以上用于园区项目。四是要科学规划、合理布局。市区以宝庆科技工业园为主体，继续实施"东拓、南进、北展"战略，按高标准规划，高起点建设，积极引导高科技产品和科研院所落户，重点发展先进制造业、新材料、电子、现代中药加工、纺织服装等轻污染产业。尤其要吸引欧美、港、澳、台等先进制造业的代表企业入园发展和扩张为专业小区或建立园中园。

B.27
推进"四化两型" 建设"五市一极"

易炼红*

"十一五"时期,岳阳经济实力实现历史性跨越。站在新的历史起点,岳阳将以"科学发展、富民强市"为主题,以"转型升级、更大更强"为主线,强力推进"四化两型"和"五市一极"建设。将岳阳打造成现代工业大市、现代农业强市、现代航运物流旺市、现代旅游热市、现代生态宜居城市和湖南经济新增长极。

一 突出项目带动,努力建设现代工业大市

建设现代工业大市,加快推进新型工业化,是发挥岳阳工业基础优势、扩大经济总量的战略选择,是加快转型升级、实现更大更强的第一动力。一是立足高速度,加快产业项目扩张。围绕岳阳的优势资源、优势产业、优质品牌,加快石油化工、机械制造、电力能源、造纸印刷等领域项目的策划包装,对接国家、省产业调整振兴规划,对接全球500强、全国500强战略投资者,对接沿海先进产业转移。二是立足高集群,加快支柱产业打造。以优化产业结构、转变发展方式为主线,推动工业集群式发展,实现由单体式发展向集团式发展转变,由横向式联合向纵向式集群转变,由单向承接产业转移向引进吸收再创新相结合转变。全力打造石化、食品"千亿产业集群"和造纸印刷、电力能源、生物医药、机械制造、建材、纺织、电子信息与光伏、再生资源等"百亿产业集群"。三是立足高集约,加快项目满园扩园。继续开展集群式项目满园扩园行动,做大做强工业园区。城陵矶临港产业新区重点发展现代航运物流、装备制造和新兴产业。岳阳经济技术开发区重点发展现代机械、生物医药、食品加工和高新技术产业。加速

---

* 易炼红,中共岳阳市委书记。

汨罗循环经济产业园、云溪精细化工产业园、岳阳县生态工业园、中国（湖南）轻工业园、华容纺织印染医药卫材工业园、平江福坤汽车工业园、临湘化工农药工业园等园区建设，建设10个科技型、生态型、特色型的"百亿工业园区"。四是立足高科技，加快自主创新步伐。加快科技平台建设，深化精细化工、电磁装备等行业产学研结合，组建电子信息与光伏、棉纺织、生物制药、建筑陶瓷等产学研战略联盟。加快培育发展新型能源、先进制造、精细化工、电子信息、生物医药等战略性新兴产业。鼓励运用现代技术加快对传统产业的改造升级，促进传统产业向现代产业转变。五是立足高环保，加大节能减排力度。大力实施节能减排行动计划，推进节能减排重点工程，坚决淘汰"三高"项目和落后产能。抓好湘江流域重金属污染治理等项目建设；加快推进汨罗国家"城市矿产"示范基地建设；扎实做好泰格林纸和云溪精细化工园循环经济试点工作。

二 突出产业支撑，努力建设现代农业强市

按照"提升农业、改造农村、致富农民"的总体思路和要求，突出现代农业支撑，强化新农村建设引领，以工促农、以城带乡，统筹城乡发展。一是大力推进城乡发展一体化。科学布局城乡产业，统筹推进基础建设、公共服务和生态保护。积极推进"一核三圈"城镇梯级发展，推进中心集镇向小城镇发展、小城镇向小城市发展。创新农村土地流转、扶贫开发、金融信贷、公共管理机制，激活农村发展内生动力。二是大力推进农业产业现代化。大力发展规模化、标准化的种养业，工厂化、园区化的加工业，专业化、社会化的农业服务业，生态化、多样化的涉农新产业，实现传统农业向现代农业转变、农业大市向农业强市转变。三是大力推进村庄基础建设城镇化。按照"乡村化的城镇、城镇化的乡村"的要求，加快建设"富裕之村、秀美之村、文明之村、和谐之村"。统筹城乡基础设施建设，有效整合涉农资金，加大农村水利、电力等方面的投入。切实抓好"五下乡"、"农家书屋"和"清洁家园"行动，保护好农村田园风光，保护好农村青山绿水，保护好农村淳朴风尚。四是大力推进公共服务均等化。坚持财政支出优先支持农业农村发展，预算内固定资产投资优先投向农业基础设施和农村民生工程，土地出让收益优先用于农业土地开发和农村基础设施建设。健全

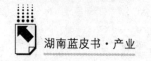

区域性农技推广、动植物疫病防治、农产品质量监督等公共服务机构，不断提升服务水平。

三 突出港口开发，努力建设现代航运物流旺市

充分发挥岳阳得天独厚的交通区位优势，加快港口开发，提升交通网络，繁荣商贸流通，兴旺临港产业，努力把岳阳建设成长江中下游区域性航运物流中心。一是建设港区大口岸。加快水运口岸建设，积极推进城陵矶新港二期工程，统筹开发重要港区和一般港区，统筹配置中小港口和客货专运码头；加快公路口岸建设，配套发展多式联运，促进港口运输与铁路运输、公路运输无缝对接；切实加强"大通关"协作，建好电子口岸平台，提高口岸现代化、信息化水平。二是兴旺临港大产业。着力引进大公司、大集团设立生产基地、研发中心、采购中心和区域总部，建设港口带动型的工业经济走廊；积极争取建设临港产业新区出口加工区，形成港口、物流、保税、工业"四位一体"发展的新型港口经济。三是提升交通大格局。加快提升水运通航能力，重点疏浚整治长江海轮航道和湘江航道岳阳段；加快提升公路网络，重点建设"四纵三横"高速公路网和"八纵七横"干线公路网；加快荆岳铁路建设，做好岳九、岳常铁路前期工作；加快推进岳阳机场规划建设，实现各种交通方式"无缝衔接"和"零距离换乘"，构建水、陆、空立体化的现代交通运输网络。四是繁荣商贸大流通。着力健全市场网络，建设现代物流基地，培育发展特色商业街区和特色边贸物流；积极发展培育新的消费模式和消费热点。

四 突出品牌打造，努力建设现代旅游热市

坚持"大旅游、大产业、大发展"的思路，着力打造精品旅游景区，开发精美旅游产品，开展精诚旅游合作，组织精彩旅游宣传，使游客流连忘返，回味无穷，真正实现岳阳旅游由观光型向生态休闲度假型和观光型相结合转变、由过境游向目的地游转变。一是加强资源整合，打造精品景区。整合环湖旅游景点，打造岳阳楼—君山岛5A级旅游景区，申报洞庭湖国家级旅游度假区，打造岳阳旅游的核心品牌；整合端午习俗、龙舟节、屈子文化园等，打造龙舟文化品牌；

整合任弼时同志故居、平江起义旧址等，打造红色旅游品牌；整合张谷英村民俗、巴陵戏、岳阳花鼓戏等非物质文化遗产，打造民俗文化品牌；整合东洞庭湖湿地、国际观鸟、团湖野生荷花和平江山水，打造洞庭生态品牌。把全市旅游资源串珠成链、结线成网，使岳阳旅游品牌更具实力和魅力。二是加强产品开发，拉长产业链条。促进旅游产业与新型工业化融合，让更多的工艺产品进入旅游市场，让更多的工业项目成为新的旅游景点；促进旅游产业与新型城市化融合，开发城市旅游景点景观；促进旅游产业与新农村建设融合，开发休闲农庄、农业生态休闲等特色产品。三是加强区域合作，拓展市场空间。充分发挥"五湖牵手五岳"旅游同盟的平台作用，推进资源同享、效益同创、产业同兴，合力打造中华山水的"旅游航母"；进一步促进精品景区强强联手，开创区域旅游合作的新模式；加强与"两带"、"两圈"的旅游合作，打造区域性旅游精品线路，推动旅游产业合作共荣。四是加强设计策划，提升旅游人气。高层次设计、高水准策划旅游节会，进一步办好端午龙舟节、爱情文化节、观鸟节、野生荷花节、湖鲜美食节等一系列特色市场营销活动，不断提高岳阳旅游的知名度与吸引力，以旺盛的人流带动资金流、信息流和商贸流。

五 突出"五创"提质，努力建设现代生态宜居城市

岳阳山川秀美、人文厚重，建设现代生态宜居城市有着得天独厚、无与伦比的优势和条件。把"五创"提质这项民生工程、民心工程作为建设现代生态宜居城市的重中之重，广泛深入、持之以恒大力推进。一是大力提升城市品位，打造文明新城。续建环南湖旅游走廊，启动洞庭湖风光带三期，加快体育中心建设。继续组织开展"拉通断头路、改造低质路、美化主干道"攻坚战。按照"整体规划、分步实施"原则，力争两到三年内全面完成背街小巷和集贸市场改造提质任务。充分挖掘、彰显岳阳的文化内涵，使之物化到每一座建筑之上，植根于每一条街道之中。二是大力办好民生实事，打造幸福吉城。实施更加积极的就业政策，拓宽就业、择业、创业渠道；努力提高城乡居民收入，对最低工资、城乡低保实行动态科学管理；不断完善"五大保险"体系，积极推进新型农村社会养老保险试点，构建更加完善的社会保障安全网；加大保障性安居工程和农村危房改造力度，全面完成廉租房、公共租赁房和棚户区改造任务；坚持教育优

先发展，加大教育事业投入，加强教师队伍建设，推进各类教育协调发展；深化医疗卫生体制改革，加快实现基本药物制度全覆盖、新农合扩面提标和基本公共卫生服务均等化。三是大力创新社会管理，打造和谐祥城。深入推行"两个维护"，最大限度地增加和谐因素、减少不和谐因素，把岳阳打造成平安祥和、安居乐业的和谐祥城；健全科学民主决策机制，避免因决策失误引发社会矛盾；坚持以群众工作统揽信访工作，畅通群众诉求表达、利益协调、权益保障渠道；进一步完善人民调解、行政调解和司法调解相互衔接配合的大调解工作体系，构建社区调解、社区听证、社区开庭、社区警务的社会矛盾基层化解网络；强化严打整治，保持对犯罪的高压态势，全面排查化解安全生产隐患风险，切实保障人民群众生命财产安全。四是大力保护城乡环境，打造生态绿城。加快城区产业"退二进三"步伐，让市民自由地呼吸新鲜空气；对城区水系整体规划、严格保护、科学管理、适度开发，加快根治南湖水污染，筹划启动王家河、东风湖等水域综合整治，进一步加大东洞庭湖湿地和候鸟保护力度，彰显岳阳城水共生、人鸟相依、碧波荡漾的迷人风情；加快森林进城、上路、入村，打造"城在林中、林在城中"、人与自然和谐相处的诱人风景。

B.28

常德市 2010～2011 年产业经济
发展研究报告

常德市人民政府经济发展研究中心

2010 年，常德市坚持以科学发展观为指导，认真贯彻省委、省政府工作部署，着力推进经济发展方式转变，优化产业结构，经济社会保持了持续稳定健康发展的良好局面，为 2011 年产业发展奠定了坚实基础。

一 2010 年常德市产业经济运行基本情况

2010 年，常德市完成地区生产总值 1491.6 亿元，增长 15.2%，增速创历史新高。三次产业均保持稳步增长势头，其中第一产业完成增加值 280.1 亿元，增长 4.4%；第二产业完成增加值 685.3 亿元，增长 21%；第三产业完成增加值 526.2 亿元，增长 13.9%。三次产业结构由上年的 20.8∶42.8∶36.4 调整为 18.8∶45.9∶35.3，第一产业比重首次降至 20% 以下。

农村经济保持良好势头。一是粮食播种面积和农产品产量双增长。粮食播种面积达到 674.5 千公顷，增长 1.7%，总产量 379.5 万吨，增长 0.3%；油料作物播种面积 299.6 千公顷，增长 1.3%，总产量 55.2 万吨，增长 4.6%；棉花种植面积 88.6 千公顷，增长 12.7%，总产量 13.4 万吨，增长 11.5%。全年生猪出栏 614 万头，增长 1.9%；出笼家禽 11421 万羽，增长 3.8%；禽蛋 33.6 万吨，增长 4.8%；水产品产量 35.2 万吨，增长 7%。二是新农村建设加快。市本级财政对新农村建设投入资金 1.23 亿元，全市新农村建设示范村达到 700 个，受益人口达到 140 万，硬化通乡通村公路 1253 公里，新解决 31 万农村人口饮水安全问题，疏浚渠道 7000 公里，清淤山塘 2 万口。三是加强标准农业和农民专业合作社建设。澧县葡萄、石门柑橘、桃源和石门茶叶、汉寿和安乡水产等一批特色农产品规模扩大，津市菌果、汉寿甲鱼获国家地理标志产品认定。全市"三品"认证数量达到508个；农民专业合作社发展到603家，带动农户31万户；规模以上农产品加工企业发展到314家。

工业生产保持较快增长。一是规模迅速扩大。2010年，全市第二产业完成增加值685.3亿元，增长21%，规模以上工业增加值达到519.1亿元，增长24.7%，增速排全省第2位。规模以上工业企业户数和工业总产值在2010年双双突破"千户"、"千亿"大关，分别达到1006户和1253.1亿元。二是重点企业强力拉动。2010年，规模以上工业实现增加值过亿元的企业达到48家，增加值占全市规模以上工业总产值的71.3%，其中有7家企业增加值过5亿元；湖南中烟工业公司常德卷烟厂实现增加值249.8亿元，占全市规模以上工业增加值的48.1%。三是园区建设成效显著。园区内规模企业达到435家，是2005年的3.8倍；完成规模工业总产值542.2亿元，是2005年的5.7倍，占全部规模工业总产值的43%以上。常德经济技术开发区跻身国家级开发区行列，全年完成规模工业总产值126亿元，创元工业园、灌溪工业园分别完成产值72亿元、73.2亿元。四是产业规模不断壮大。烟草产业产值突破300亿元，装备制造、食品产业突破150亿元，有色金属产业突破100亿元。五是企业效益进一步提高。全年规模以上工业实现主营业务收入827.2亿元，增长41.6%，增幅较上年高22.6个百分点；实现利税63.6亿元，增长46.7%，较上年高32.3个百分点；实现利润36.9亿元，增长52.3%，较上年高49.2个百分点；工业企业经济效益综合指数为298.4%，较上年提高41.8个百分点。

第三产业繁荣发展。常德市第三产业实现增加值526.2亿元，增长13.9%。其中批零贸易业实现400.9亿元，增长18.8%；住宿和餐饮业实现68.5亿元，增长18.1%；城镇消费品零售总额409.6亿元，增长18.7%；农村消费品零售总额59.8亿元，增长18.4%。旅游产业发展良好。通过举办第四届湘商大会、第五届中国·常德诗人节、首届世界围棋名人争霸战，打造柳叶湖"梦幻桃花源"旅游项目，实现柳叶湖荣升国家4A级旅游景区等举措，全市旅游产业发展势头良好，常德旅游知名度得到较大的提升。全年共接待海内外游客1453.7万人次，增长率为21.1%，其中国内游客1438.2万人次，入境旅游者15.5万人次；实现旅游总收入80.8亿元，增长27.8%。

产业投资增长强劲。2010年，常德市固定资产投资继续快速增长，全社会固定资产投资总额达 613.2 亿元，增长 37.2%，增速在全省的排位由 2005 年的第 10 位跃升到 2010 年的第 2 位。完成城镇以上固定资产投资 507.2 亿元，增长 37.2%。从 2010 年 3 月开始，全市投资增速明显快于全国、全省平均水平，城镇以上固定资产投资增速最快月份为 12 月，增速达到了 37.2%，高出全省 9.6 个百分点，高出全国 12.7 个百分点。全市在建项目共计 2104 个，计划总投资 1146.5 亿元。计划总投资 3000 万元以上的大中型项目共完成投资 353.8 亿元，占全市城镇以上投资总额的 69.8%，增长 37.3%，对全市投资的贡献率达 62.6%，拉动投资增长 23.3 个百分点。

二 2011 年常德市产业经济发展面临的形势

（一）物价上涨较快，影响消费预期和投资信心

2010 年物价持续攀升，全国 CPI 同比上涨 3.3%，农产品、能源及主要原材料纷纷涨价。2011 年物价上涨压力仍然较大，与老百姓生活密切相关的米、油、菜等刚性日常生活用品等均在涨价范围之内，不仅影响到了低收入群体的生活质量，更让广大群众对各类消费都持观望态度。物价上涨从生产要素向消费、投资环节以及服务业传导的压力加大，成为影响当前及今后一段时间企业效益和经济健康发展的重要因素。

（二）生产成本增加，企业利润受挤压

一是货币政策持续收紧。2010 年以来，央行连续六次上调存款准备金率。2011 年初，又两次上调大型商业银行的存款准备金率，创下历史最高水平。信贷投放从适度宽松走向稳健，将直接影响常德市中小企业发展。二是劳动力成本上涨。从 2010 年全国各地轮番上调最低工资标准来看，常德市企业工资性支出增加将是趋势，劳动密集型产业将受到冲击。三是原材料价格持续上涨，企业主营业务成本增加，资金周转周期延长，资金紧张状况加剧。货币收紧、原材料成本和用工成本增加，将挤压企业利润空间。

（三）投资增长拉动经济快速发展的难度加大

一是宏观政策调整。随着经济复苏的态势趋稳，通货膨胀压力加大，扩张性

的宏观政策正逐步收紧，同时，我国节能减排力度加大，将进一步抑制"两高一资"行业的投资。而常德市目前拉动经济增长比较有力的主要是能耗高的企业，如电厂、水泥厂、铝材厂等，在转方式过程中压力很大。二是房地产调控政策。从目前看，房地产价格与居民收入水平之间的矛盾短期内难以改变，保障性住房的供给不足。因此，国家房地产调控政策将会使开发商资金链问题逐步暴露，进而影响房地产投资增速。三是清理规范融资平台。2010 年 6 月，中央发出了《关于加强地方政府融资平台公司管理有关问题》的通知，银行暂停发放地方政府融资平台贷款，一定程度上影响了常德市投资的增长。

总体来看，尽管 2011 年国际国内经济不确定因素仍然较多，但常德市产业经济增长的趋势仍是肯定可期的。其原因主要有以下几点：一是财政支农力度在逐步强化，农业现代化有序推进，农业增产、农民增收的基础进一步巩固；二是招商引资力度不断加大，承接沿海产业转移步伐加快，一批重大工业项目上马，工业发展增势强劲；三是城镇化速度加快，居民消费结构加快升级，通信、住房、汽车等大宗消费品不断进入百姓家庭，新的消费热点和经济增长点将会形成，资金将更多地向服务业和高技术、高附加值产业倾斜，从而带动整个产业经济的快速发展。

三 常德市产业经济发展的对策建议

（一）发展现代农业，推进新农村建设

一是加强农业标准化建设。完善农业标准体系，全面完成农业主导产业生产技术规程的修订。积极发展高效管理、集约经营、特色鲜明的园区农业，抓好粮棉油等大宗农产品生产，稳定种植面积，提高综合产能。加快农业产业化步伐，发展农产品精深加工，支持和加强农产品加工专业园区、标志性企业、重点项目建设。健全农业服务体系，抓好农机推广运用，加强基层农业技术推广、农产品质量检测等服务体系建设；增强抗灾减灾意识，抓好防汛抗旱工作，做好动植物疫病防控和森林防火，确保农业安全。二是发展农民专业合作社。落实优惠政策，加大投入力度，大力发展农民专业合作社，组建柑橘、茶叶、生猪、家禽等产业合作社，支持各县市区试办农村资金互助社、农村土地股份合作社，努力把

农民专业合作社打造成农业农村发展的建设平台、营销平台、服务平台和投融资平台。三是强化农村基础建设。全面开展农田水利基本建设，推进田、水、路、林、村综合整治，加强农村公路、安全饮水、农村能源等基础设施建设，推进农业综合开发，改造中低产田。继续实施镇村同治，扩大新农村示范片建设范围和受益人口。开展水源清洁、田园清洁、庭园清洁工程，启动市到县城主干道沿线环境综合整治，突出抓好环境净化、房屋美化、村庄绿化、路街亮化。完善农村水、电、路、气等基础设施长效运行机制，加强后续管理，确保长期受益。

（二）发展现代工业，推进产业升级

一是积极打造旗舰企业。支持常德卷烟厂、中联重科、三一重工、创元铝业、金健米业、金天钛业等一批骨干企业做大做强，力争全市亿元企业达到170家，创建中国驰名商标 2 个以上。通过 3～5 年努力，在全市形成一批产值过 50亿元、100 亿元、1000 亿元的旗舰企业。二是加快壮大优势产业。实施产业集聚战略，支持烟草、装备制造、食品、有色金属等优势产业集群加快发展。改造提升传统产业，引导纺织、建材、造纸、盐化工、酿酒等传统产业改造提升，支持重点骨干企业开展技术改造，加大新产品开发力度。三是大力发展战略性新兴产业。把握国家发展战略性新兴产业的机遇，结合常德市产业特点，着力抓好电子信息、新材料、生物医药、新能源、节能环保等战略性新兴产业培育。抓紧研究出台战略性新兴产业发展的财税政策、环保政策、金融政策、土地政策，引导战略性新兴产业向园区集中，打造一批产业特色园区，培育新的经济增长点。四是加强招商引资。继续推行一把手招商，大力开展产业链招商，积极承接产业转移，提高招商实效。依托优势产业、优势企业和优势资源，搞好珠三角、长三角等重点区域的招商，把招商重点放在上市公司、大企业集团和战略投资者上。注重招商引资质量和效益，优先引进就业容量大和符合生态环保要求的好项目。

（三）突出第三产业，提升现代服务水平

一是发展旅游业。按照国家级旅游度假区和国家5A级旅游景区的标准，抓好桃花源、柳叶湖两大核心景区的开发建设。提升一批历史文化旅游景点、自然生态旅游景点的建设运行水平，加强红色旅游景点建设。实施旅游项目建设"双十"工程。开发建设一批休闲旅游产品，拓展会议会展、乡村旅游等领域。

落实旅游产业扶持政策，发展壮大旅游企业，开展星级饭店、等级旅游区、星级旅游点等旅游品牌创建。加强旅游宣传促销，精心组织第二届中国常德桃花源旅游节。二是发展现代金融业。积极引进金融机构，力争民生银行、华融湘江银行落户常德。引导金融机构扩大信贷投放，新增银行贷款70亿元以上。加快组建农村商业银行，鼓励和支持发展证券、期货、保险、担保、小额贷款、融资租赁等行业。继续推行农业政策性保险。进一步创新金融产品和金融服务，提升金融服务发展的能力。三是发展现代物流业。加快常德综合物流园和各县市物流中心建设。大力引进国际国内知名物流企业，积极推进大型工业企业和商贸企业剥离物流业务，组建专业物流公司，整合提升邮政、烟草、粮食、钢材等行业物流。加强物流信息综合平台建设，优化物流供应链，提高物流业发展水平。

（四）突出优势产业，打造地域发展特色

一是重点抓好工程机械发展。依托三一重工、中联重科等大型工程机械企业，加快关键技术、关键零配件等核心技术研究，提高工程机械产业竞争力。二是重点抓好烟草产业发展。常德卷烟厂异地扩建工程投入60亿元以上，形成200万大箱的"芙蓉王"品牌生产能力和1000亿元的品牌收入。三是实施新增粮食产能工程。抓好油茶产业基地、楠竹产业基地、高效葡萄产业基地、林套禽高效立体养殖基地等项目。四是加快文化产业发展。培育引进一批重点文化企业，培养引进文化产业领军人物，打造文化知名品牌。抓好文化基础设施建设，高起点、高水平建设一批标志性文化工程。

（五）加强人才建设，增强科技创新能力

一是重点抓好高层次人才的引进培养，积极引进和大力培养高端专业技术人才、高层经营管理人才、高级金融人才。加强技能人才培训，为产业发展输送合格的员工。实施农村实用人才培训工程，培养适应现代农业发展需要的科技人才和致富带头人。二是加快实施重大科技专项，促进科技成果转化，引进建设科研成果转化基地和产业孵化基地。引导和支持创新要素向企业、园区、专业合作社集聚，加快企业技术中心等平台建设，组建产业技术创新联盟，逐步在每个产业内部建立产学研相结合的技术创新体系。促进金融资本与创新要素有效对接，扶持具有自主知识产权的科技型中小企业加快发展。三是加强知识产权保护，提高

知识产权创造、运用和管理能力。继续加大财政对科技创新的投入力度，鼓励和支持企业加大研发投入。

（六）突出生态环境，提高科学发展水平

一是加强生态保护。有效控制城市大气、噪声污染，加强农村面源污染和畜禽集中养殖污染治理，继续推进水库和河湖禁止投肥养殖。抓好植树造林，增加森林碳汇。合理开发利用土地和矿产资源，严格保护耕地和基本农田。扎实推进生态市建设，加大生态县、生态乡镇和生态村创建力度。二是推进节能减排。继续实施限制类和淘汰类企业差别电价政策，淘汰建材、化工、造纸、食品等行业的落后产能。严格环评审批，严禁高能耗、高污染和产能过剩行业项目上马。突出抓好重点工程、重点领域和重点企业的节能减排，实施节能减排科技专项行动，推广先进节能技术和产品。推进全民节能减排，倡导文明、节约、绿色、低碳的生活方式和消费模式。三是发展循环经济。引导和支持重点企业建设资源循环利用项目，推广资源循环利用技术。鼓励企业建立循环经济联合体，推行产品生态设计，强化原料消耗管理，实现能源梯级利用和物料循环使用。加强城市生活垃圾分类收集和综合利用。推进循环农业示范市建设，建设一批循环农业示范区。

（七）壮大民营经济，强化发展内生动力

着力优化企业发展环境，加强内生性的经济增长动力，形成企业数量不断增加、企业规模不断扩大、企业竞争力不断增强的发展态势。放宽民营企业投资领域，支持民间资本参与基础产业、基础设施、公用事业、商贸流通、社会发展等领域的建设经营。加大对民营企业特别是中小企业的扶持力度，支持民营企业的产品和服务进入政府采购目录，完善中小企业融资担保体系。引导民营企业加快股份制改造，完善和落实促进企业上市的政策措施，加快企业上市步伐。进一步清理和规范涉企收费，切实减轻民营企业负担。鼓励全民创业，加强民营企业家队伍建设。

B.29

加快转变经济发展方式
科学建设世界旅游精品

——张家界市产业经济发展研究报告

赵小明[*]

"十二五"时期是我国全面建设小康社会的关键时期和深化改革开放、加快转变经济发展方式的攻坚时期，也是张家界市致力于国家旅游综合改革试点、加快推进世界旅游精品建设和富民强市的重要时期。

一 转型升级建设实践是张家界转变经济
发展方式的有益探索

这几年，尽管张家界市遭遇了特大冰雪冻雨灾害、汶川大地震、甲型 H1N1 流感、国际金融危机等连环冲击，但全市经济社会发展取得了显著成效。

（一）综合实力不断增强

张家界市生产总值由 2005 年 107.8 亿元增至 2010 年的 242.5 亿元，年均增长 13.6%，比"十五"时期年均高 3 个百分点；人均 GDP 由 2005 年的 902 美元增至 2010 年的 2400 美元。财政总收入和一般预算收入各增长 2 倍，分别达到 21.15 亿元和 14.31 亿元。"十一五"期间，张家界市先后摘取了全国首批 5A 级旅游区、全国文明风景区、湖南"文化强省"先进市、世界特色魅力城市 200 强、中国最具海外影响力城市等桂冠，成为首批国家旅游综合改革试点城市，国际空港也即将开通。

---

[*] 赵小明，中共张家界市委副书记、张家界市人民政府市长。

（二）产业结构有效改善

　　旅游主导产业继续做大做强，转型升级迈出实质性步伐。2010 年全市旅游接待总规模和旅游总收入比 2005 年分别增长 65.5％和 94.7％，休闲度假、商务会展等现代旅游产品应运而生，境外客源市场日趋多元化，旅游企业呈现跨行业、集团化、国际化发展趋势。文化产业异军突起，一跃成为新的支柱产业。新型工业快速成长，在全市经济中的比重上升了 2.4 个百分点。商贸流通改造提质，城市农业、旅游农业、品牌农业和生态农业不断发展。三次产业结构由 2005 年的 15.1∶24.2∶60.7 调整为 12.9∶24.8∶62.3，第二、三产业在国民经济中的比重分别提升了 0.6 个和 1.6 个百分点。

（三）城乡面貌明显改观

　　"十一五"期间，新增城市道路 109 公里、城市绿地 274 公顷，扩大城市建成区面积 6.31 平方公里，城市道路骨架基本形成，市工业园新区初具规模，全市城镇化率由 32％上升到 40.1％。新增等级公路 1472 公里，实现市城区到区县一小时通勤，新建和改造农村公路 5000 公里，基本实现村村通公路、乡乡通油路目标。发电装机接近百万千瓦，城市供电可靠率达到 99.9％，农村电网改造面和沼气普及率分别达到 59％和 26％。市城区和县城实现 3G 网络覆盖和有线电视数字化转换，建成了电子政务外网平台，实现了农村村村通电话、乡乡通宽带。

（四）群众生活水平大幅提升

　　"十一五"期间，全市城乡就业和各类社会保险规模不断扩大，新型农村养老保险试点业已启动，城乡医保全覆盖、城乡低保应保尽保、乡乡镇镇有敬老院等目标已经实现。随着各项社会事业的快速发展，基本公共服务体系建设加快推进，人民群众上学、就医、娱乐、健身等生活条件明显改善。2010 年，全市城镇居民人均可支配收入达到 12705 元，农民人均纯收入达到 3668 元，"十一五"时期年均分别增长 10.9％和 10.6％，比"十五"时期分别提高 3 个和 5.5 个百分点。

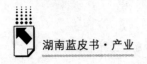

二 强基础、增实力仍然是张家界市转变 经济发展方式的突出任务

张家界市作为后发地区，基础差、实力弱的基本市情没有根本改变，观光旅游主导型的经济构架没有根本改变，以低层级、粗放型、外延扩张为主体的发展格局没有根本改变。这种状况严重制约着张家界市经济发展方式的转变。

（一）经济结构性矛盾仍然突出，严重制约综合实力的快速提升

1. 张家界市经济总体结构层级低，抗风险能力弱，财税效益差

考察三次产业结构演进过程可以看出，张家界市"三二一"的高级化结构，主要依靠第一、三产业的"＜"形调整（见图1），实质上仍是一种没有经过第二产业充分发展的低水平经济结构。一方面，全市经济主要依靠以旅游为主体的第三产业支撑，"十一五"期间旅游总收入占 GDP 的比重平均为 53.14%，最高年份达到了 62.59%。这种结构单一又高度依赖旅游业的经济结构，很容易受政治因素、经济气候、自然条件等外部环境影响而出现大起大落。另一方面，以工业为主体的第二产业占 GDP 比重一直没有超过 25%，在当前以生产型增值税为主体的税收体制下，对提高财税效益极为不利。2010 年，全市财政总收入占GDP 的比重仅为 8.72%，比全省低 2.99 个百分点；万元 GDP 财税贡献 872 元，仅相当于全省的 74.5%。

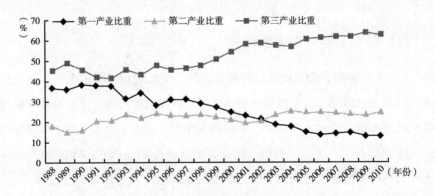

图1　1988～2010 年张家界市三次产业结构演变

2. 产业内部结构不合理，发展质量和效益不高

旅游产业层级较低，产品以观光旅游为主，休闲度假、商务会展等现代旅游产品尚未形成规模；客源以国内为主，国际化程度不高，目前境外游客占全部游客的比重仅为 6.2%，只相当于全国平均水平；旅游综合效益偏低，2010 年游客消费仍主要局限在吃、住、行等刚性支出项目，而购物和娱乐消费仅占 26%，其中境外游客购物消费占比仅为 14.2%，比全国平均水平低 8.9 个百分点。工业尚处于起步阶段，规模小、效益差。2010 年，全市工业化率为 19.9%，还只是刚刚进入工业化初期（工业化率 20%~40%）的门槛。2009 年，全市规模工业企业只有 127 家，户均资产 4373 万元、年主营业务收入 4782 万元、利润 101 万元，分别为全省平均水平的 57.2%、48.7%、17.8%，全国平均水平的 38.5%、38.3%、12.7%；企业总资产贡献率 7%，分别仅为全省的 36.1%、全国的 52.2%；高新技术产业占全部工业增加值的 10.8%，比全省低 10.5 个百分点。传统农业比重大，产品结构与城市和旅游市场需求不相适应。2009 年，第一产业从业人员人均耕种土地 2.24 亩，分别仅为全国、全省平均水平的 36.5% 和 74%。全市耕地产出率（种植业亩产值）为 1917 元/亩，仅为全省平均水平的 68.2%。虽然这几年城市农业、旅游农业、品牌农业、生态农业有所发展，但有亮点无规模，蔬菜、猪肉市场自给率均未达到 50%。大量的农副产品仍需从外地调入，导致 CPI 居高不下。

（二）城镇化进程缓慢，难以有效破解城乡二元结构

1. 城市化水平低，城镇规模小，集聚和带动能力不强

2009 年，全市城镇化率为 38.6%，比全国、全省分别低 8 个和 4.6 个百分点。中心城市规模过小，城区人口约 20 万人，只有全国、全省地级以上城市平均规模的 14.5% 和 21.4%；建成区面积 24.51 平方公里，只有全国、全省地级以上城市平均规模的 18.4% 和 25.7%，为全国最小地级城市之一，对区域经济的辐射和带动作用有限。城镇化体系建设水平低，全市 32 个建制镇，除零阳、澧源两个城关镇镇区人口超过 5 万人、江垭超过 1 万人外，其余各镇均在 7000 人以下，且以 2000~3000 人居多。国内外研究成果显示，5 万人左右的城镇，在规模效益、经济发展和环境保护等方面是城镇规模最优选择，最适宜人们居住，如果城镇规模过小，则起不到集聚作用。

2. 城镇设施水平低，产业承载能力严重不足

从表1可以看出，2009年张家界市中心城市设施水平指标，除人均城市道路面积、用水普及率较高外，其他指标均明显低于全国、全省平均水平。城市地表建筑发展极不平衡，现代建筑与棚户区并存，没有自己的城市格调色彩，没有形成比较明晰的功能分区；由于地下管网、停车场地等设施不配套，导致雨污不能分流、线缆不能入地、城区中心地段经常出现车辆拥堵和占据人行道现象。现代物流和专业市场发展滞后，城市产业集聚和市场辐射功能不强。至于各建制镇，由于规模普遍偏小，交通、文化、教育、卫生、环保、绿化等基础设施不全，基本没有形成自己的风格，产业承载能力严重不足，绝大部分没有形成优势产业。辖区农民的务工和农业积累，多随子女置业或事业发展直接转移到城市，形成了"三农"支援城市的主流趋势。

表1　2009年张家界市城市设施水平与全国、全省比较

地　域	人均城市道路面积（平方米）	用水普及率（%）	燃气普及率（%）	人均公园绿地面积（平方米）	每万人拥有公交车辆（标台）	每万人拥有公共厕所（座）
张家界	13.76	98.01	76.60	7.57	9.50	0.90
湖　南	12.59	94.82	85.60	8.47	10.59	2.43
全　国	12.79	96.12	91.41	10.66	11.12	3.15

3. 城乡差距较大，且呈扩大趋势

全市城乡居民人均收入差距总体呈现扩大趋势。1992年，全市城镇居民人均收入是农村居民人均收入的1.64倍，到2010年已扩大到3.46倍，张家界的城乡居民人均收入比，分别高出全国0.23个、全省0.51个百分点。全市二元结构对比系数自1998年以来总体呈现下降趋势，直到"十一五"时期才有所回升（见图2）。二元结构对比系数，即农业劳动生产率与非农业劳动生产率的比值，其值越小，表明城乡二元差异性越强。可见，全市城乡二元反差在一定程度上拉大。农村局部地区还十分贫困，按现行贫困标准，全市尚有9.02万人生活在贫困线以下，占农村人口的8.9%，扶贫攻坚任务十分艰巨。

（三）基础设施不完善，严重制约产业结构的转型升级和社会事业的全面进步

1. 交通物流发展滞后，商务成本偏高

张家界作为国内外知名的旅游城市和长渝之间最重要的节点城市，当前，航

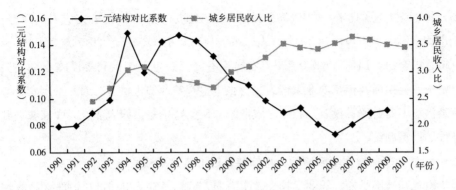

图2　1990～2010年张家界市城乡差别变动趋势

空不能直达桂林、黄山、南京、昆明、武汉等国内重要景区和客源地城市，尚未实现境外游客落地签证，没有开通国际定期航班；铁路网密度仅相当于全省平均水平的77.9%，西不能直达成渝，北不能直上西安；高速公路、等级公路通车里程分别只有87.2公里和3376公里，在全省各市州均排在末位，高速公路、等级公路网密度仅为全省平均水平的86.6%和50.2%，特别是高速公路西不能进、北不能上、南不能下；通航河道里程虽有607公里，但航道均被没有船闸的电站大坝隔断，不能通江达海，作为最经济运输方式的水运日渐衰微；物流仓储体系很不健全，至今没有规模相当、功能配套的物流中心。由于交通物流发展滞后，在张家界市投资兴业的商务成本居高不下，竞争优势大大削弱甚至丧失，特别是与物流密切相关的工业、商业，面临着外地大型企业难引进、本土企业易流失的尴尬局面，成为张家界市工业、商业长期难以做大做强的一个重要原因。

2. 能源、信息及环保基础相对不足，难以适应现代产业发展的需要

能源方面，亟须建设常张燃气运输管道、全市高/中低压配电网、经济开发区变电站、农村小水电代燃等项目。信息方面，亟须实现无线高速上网全覆盖，建设能及时准确测报主要景区景点天气的新一代天气雷达。环保方面，各工业园区均没有污水处理厂，市县城市污水处理厂尚未正常运转，城市截污管网尚不完善，城区生活污水直排现象还大量存在；垃圾无害化处理仅有一个服务期限不到10年的三望坡垃圾填埋场，乡村垃圾收集尚处于起步阶段；武陵源核心景区原住居民搬迁尚未完成；全市森林火灾、地质灾害等防灾减灾体系仍不健全。

3. 农业和农村基础设施薄弱，不适应农业结构调整的需要

截至2009年底，全市1513个行政村中，有108个村不通公路或公路不通畅，962 个村不通自来水，1059 个村无医疗卫生室，534 个村未完成农网改造；全市饮水不安全人口尚达 30 余万人，占乡村人口的 1/5；天水田和缺水田达 24 万亩，占全市水田面积的 30.3%。农村现有公路、电网、水利等设施布局主要以解决人们生活及传统农业生产为主，很多生产基地的机耕道、渠系不配套，一些经济点不通公路、没有三相电，农业结构调整特别是设施农业发展面临着基础条件的严重制约。

4. 社会事业发展基础滞后，与旅游目的地建设不相适应

教育基础不平衡，职业学校少、实力弱，特别是缺乏专门的旅游职业高等院校；城区中小学建设滞后，大班额现象严重；农村校舍安全率仅为 64%，需重建的危房面积达 31 万平方米，需维修和加固的危房面积达 40 万平方米，分别占校舍总面积的 16% 和 20%。医疗卫生基础薄弱，市人民医院设施处于省内三级医院的较差水平，区县医院配套设施均未达到二级医院标准，全市尚无针对游客的特护医院和适应现代旅游需要的康复医疗中心，市、区县卫生监督所均无办公大楼，93 个乡镇卫生院没有公用周转房，16 个被撤并的小乡镇没有卫生分院。文化基础设施建滞后，目前，张家界仍是全省唯一没有图书馆和博物馆的市州，尚有 33 个乡镇没有文化站，29 个乡镇文化站不达标，1159 个村（居）没有农家书屋，社区文化活动室基本上是空白。

（四）体制机制不相适应，严重制约着科学跨越发展

一是行政管理体制机制还比较僵化，办事效率不高，政务服务不优。比如，有些部门的职能设置上重叠交叉问题突出，导致相互诿过、争利；有的部门坚持部门利益至上，该取消的审批不取消，该下放的权力不下放，该进政务公开大厅的不进或进了仍送回原单位审批；有的部门墨守成规，不积极推广应用网上公开、无纸办公、联网审批等新技术、新手段、新形式。

二是市场运行体制机制不活，资源配置效益不高，市场监管不到位。市场在资源配置中的基础性作用发挥不够，比如旅游大巴和班线车营运权、城市商住用地使用权、矿山勘探权和开采权等资源要素配置没有形成有效的市场竞争机制，公交等公用事业社会化民营、BOT 和 TOT 融资、商业净地出让、工业园区"七通一平"配套等沿海及周边地区已经广泛采用的手段和方式没有或难以推行。市场监管漏洞较多，制假售假、色情敲诈、价格欺诈、黑导黑车等问题突出，严

重扰乱了市场经济秩序。

三是社会管理体制机制跟进创新不够，热点和新兴领域管控缺位。对一些因城市快速发展而伴生的问题管理乏力，比如违法建设屡禁不止，使得征地拆迁安置难度和成本大增，成为推进项目建设的一大难题。由于被拆迁农民教育管理特别是投资就业引导服务缺位，巨额补偿款未能充分转化为新的生产力，甚至有的用于赌博、买码、吸毒，形成社会隐患。

四是对外开放力度不够，制约张家界品牌优势发挥。招商引资优惠政策以照搬、模仿发达地区或其他后发地区为主，首创设立的优惠措施很少，没有什么比较优势，部分还没有落实。招才引智还基本停留在口头和文件上，没有具体可操作的措施。对外特别是国际交流协作主要依靠各种既有人脉资源，缺乏广交朋友、广泛交流的推进手段，旅游品牌优势没有得到充分发挥。

三 实施"两轮驱动"是张家界市加快转变发展方式的现实选择

"十二五"时期，紧扣世界旅游精品建设目标，坚持"以旅游为主导、新型工业强市、现代服务业兴市、加快城市建设、发展现代农业、促进扶贫攻坚"的基本路径，两轮驱动，强基转型，民生为本，统筹发展，努力把张家界建设成"功能齐全、交通便捷、产业发达、经济繁荣、人民富足、开放包容、文明和谐、具有优良生态环境和特有文化气质、绿色低碳、宜居宜游"的国际旅游目的地，必须突出抓好以下五大战略重点。

（一）着力调整经济结构，加快推进产业结构转型升级

一是以开展国家旅游综合改革试点为载体，加快发展休闲度假、商务会展、文化旅游等现代旅游业，大力推进旅游国际化进程，全面增强旅游产业素质和市场竞争力。二是按照"资源与产品对接，项目向园区集中，产业成集群发展"的要求，突出园区建设和引进、培育骨干企业，把新型工业打造成加快发展的重要引擎，实现工业经济跨越发展。三是以市场化为导向，深化农业结构调整，实现城市农业、旅游农业、品牌农业和生态农业专业化、标准化、规模化、集约化发展。四是把握国家扶持服务业大发展的黄金时期，充分发挥第三产业发展的相

对优势，把现代服务业培育成新的经济增长点。五是大力推进文化与旅游的深度融合，优化文化产业结构，力争把张家界打造成湖湘文化的对外窗口，抢占全国文化旅游的制高点。

（二）着力打造区域经济发展引擎，加快推进新型城镇化

未来五年，张家界必须加速推进以中心城市为核心、以县城为骨干、以建制镇和重点中心镇为支撑的新型城镇化进程。一是以打造国际风景旅游休闲度假城市为重点，全面实施新一轮城市规划和城乡一体化规划，加快推进中心城市和中心城镇基础设施和功能配套建设，大力打造旅游城市风貌特色；二是强力推动城乡区域协调发展，统筹城乡基础设施建设，统筹城乡产业发展，统筹城乡基本公共服务，推动城镇资本、技术、产业优势与农村资源优势相对接，形成以旅游业带动农业、以城市带动农村、城乡一体化发展的新格局；三是加快发展城市产业，大力培植新型工业，发展壮大城市休闲业，加快发展商务会展业，改造提升旅游美食业，培育发展旅游城市创意产业，做大做强旅游房地产业，全面搞活城市经济。

（三）着力增强经济社会发展后劲，加快推进重大基础设施建设

围绕强基转型，加快推进六大基础设施体系建设。一是加快构建现代交通体系。打造与重庆、武汉、贵阳等中心城市"五小时交通经济圈"，完善市域交通功能，基本形成四方通达、立体布局、方便快捷的现代交通网络。二是加快构建能源供应和资源配置体系。全面加强能源供应体系建设，大力创新投融资方式和平台，努力提高单位面积土地利用效益，多途径开发人才资源，千方百计突破瓶颈制约，为加快发展提供要素保障。三是加快构建城乡水利保障体系。加强大中型水利基础设施建设，切实强化水资源保护，深入开展澧水流域综合治理开发，大力实施病险水库整治和城市防洪减灾、农田水利等配套工程建设。四是加快构建生态安全体系。大力推进生态保护和环境治理工程建设，大力发展绿色、低碳、循环经济，积极构建节约能源资源和保护生态环境的产业结构、增长方式和消费模式，全面打造资源节约型和环境友好型社会。五是加快构建"数字城市"管控体系，扎实推进社会信息化进程。六是加快构建社会公共安全防范体系，有效提高公共安全保障能力。

（四）着力统筹城乡发展，加快推进新农村建设

大力调整农业结构，坚持以市场化为导向，以城市发展和旅游市场需要为引领，加快传统农业向现代农业转变。必须围绕农业结构调整，加快农业农村基础设施建设，不断提高农业综合生产能力。必须深化农村综合改革，加快构建以农民合作经济组织为基础、以骨干企业为龙头、以公共服务机构为依托、公益性和经营性服务相结合的新型农业社会化服务体系。必须加大扶贫攻坚力度，以产业开发为重点，努力探索扶贫开发与投入的新模式和新机制，取得更大更实的扶贫成效。必须着力推进新农村建设，按照"生产发展、生活富裕、乡风文明、村容整洁、管理民主"的总要求，点面结合，梯次推进，逐步扩大新农村建设示范片的覆盖范围。

（五）着力保障和改善民生，加快推进和谐社会建设

保障和改善民生，最重要的是加快推进基本公共服务均等化。一是加快推进社会事业与经济建设协调发展，大力实施建设教育强市战略，形成与建设世界旅游精品相适应的现代教育格局；大力实施科技强市战略，全面推进产学研结合，培育壮大科技创新能力；大力实施文化强市战略，深化文化体制改革，实现文化事业和文化产业大发展；大力实施医药卫生体制五项重点改革，全面提高人民群众医药卫生保障水平。二是始终把扩大就业放在提高人民生活水平的突出位置，强化政府促进就业的公共服务职能，不断完善劳动力市场体系，加大劳动力就业培训，多渠道增加就业岗位，实现经济增长与就业增长的良性互动。三是切实加强社会保障，全面提高保障水平。四是加强和创新社会管理，深入做好新形势下的群众工作，深入推进民主法制和精神文明建设，深入开展"平安满意在张家界"专项活动，努力营造安定和谐的社会环境。

B.30

益阳市 2010～2011 年工业经济
发展研究报告

胡立安*

一 2010 年益阳市工业经济运行情况

（一）益阳市工业经济运行特点

（1）经济总量实现倍增。2010 年，益阳市实现工业总产值 890 亿元，同比增长 26.8%，"十一五"期间年均递增 28.3%；实现工业增加值 266 亿元，同比增长 22.8%，完成"十一五"目标的 143.2%，年均递增 30.2%；规模以上工业完成总产值 795 亿元，同比增长 38.1%，比 2005 年增长 3 倍，年均递增 39.1%；规模以上工业实现增加值 227.8 亿元，同比增长 24.1%，完成"十一五"目标的 175%，年均递增 38.1%。

（2）整体实力得到加强。到 2010 年末，益阳市规模以上工业企业 787 家，比 2005 年增加 379 家；产销过亿元的企业达到 183 家，其中益阳电厂、中联重科沅江公司、科力远、益阳电业局、艾华集团、益阳橡塑集团、纳爱斯、金沙钢铁 8 家企业年产值过 10 亿元。

（3）效益与贡献率大幅提高。2010 年，益阳市实现利润在 100 万元以上的企业达 310 家，其中盈利在 1000 万元以上的企业 24 家。规模以上工业实现利润 18 亿元，实现税金 17 亿元，自 2005 年以来年均分别递增 20% 和 25%。2010 年工业对全市生产总值增长的贡献率达 52.1%，拉动生产总值增长 7.6 个百分点；工业增加值占生产总值的比重为 36.9%，比上年同期提高 3.1 个百分点。

---

* 胡立安，益阳市人民政府副市长。

（4）技改投资快速增长。2010 年，益阳市完成工业投资 255.17 亿元，同比增长 56.1%；工业技改完成投资 126.94 亿元，同比增长 60.1%，增速在全省由 2009 年的第 12 位提升到第 1 位。"十一五"期间，全市工业固定资产累计投资 600 亿元，年均增长 33%；累计完成技改投资 500 亿元，年均增长 53.4%，其中工业技改累计完成投资 245 亿元，年均增长 37.5%。

（5）产业结构明显优化。一是加快落后产能的淘汰。按照国家产业政策的要求，益阳市"十一五"期间先后关停了造纸企业 138 家、涉锑企业 8 家、炼钒企业 25 家、苎麻脱胶企业 41 家、小立窑水泥生产企业 38 家。二是大力发展高新技术产业。到 2010 年底，全市已有高新技术企业 96 家，完成总产值 155 亿元，比上年增长 30%；完成工业增加值 40 亿元，占全市规模工业增加值的 25%。

（6）园区产业集聚加快。益阳市委、市政府坚持"园区兴工"的思路，努力把园区打造成改革开放的示范区、产业转移的承载区和区域经济的增长极。到 2010 年底，全市共有各类园区 24 个，包括省级园区 7 个，市级园区 2 个，重点乡镇工业小区 15 个，其中高新区已纳入省"四千工程"千亿园区。"十一五"期间投入园区基础设施建设资金超过 120 亿元，入园企业达 1972 家，其中规模企业 336 家。产业集中度逐步提高，布局日趋合理。2010 年园区工业增加值占全部工业增加值的 47.3%，居全省第 3 位，对全市工业的拉动作用明显。

（7）企业竞争力明显增强。截至 2010 年，益阳市有益阳橡塑集团公司等企业被认定为国家级企业技术中心，克明面业产品获得"中国驰名商标"殊荣，益鑫泰获得"中国名牌"产品，还有益阳橡塑集团密炼机、湖南辣妹子食品辣椒酱等 42 家企业的产品先后获得"湖南省名牌产品"称号，26 家企业获得"湖南省著名商标"。

（二）益阳市重点产业发展情况

（1）装备制造业。2010 年，益阳市完成总产值 154.1 亿元，同比增长 43.5%，实现增加值 52 亿元，增加值完成"十一五"目标的 260%。目前已有规模企业 107 家。中联重科沅江公司已成为年产值近 50 亿元的龙头企业；益阳橡塑集团通过兼并和整合本地资源，年产值已过 10 亿元；太阳鸟游艇享誉全国，且已成功上市，工程船、运输船已占据全省 70% 的市场份额。目前正在抓紧编制农业机械发展规划，加快益阳船舶工业园和东部新区汽车零部件产业园的建设，促进装备制造业更快发展。

（2）食品加工业。2010 年，完成总产值 143.3 亿元，增长 36.9%，完成"十一五"目标的 130%；实现增加值 37.2 亿元，完成"十一五"目标的 137.7%。目前已有规模企业 115 家。粮食加工、畜禽肉类、水产品、禽蛋、食用油、茶叶、酒类饮料、果蔬加工等门类众多、品种齐全。克明面业、益华水产、顺祥水产、辣妹子食品、口口香米业、粒粒晶米业、口味王槟榔、油中王等一批龙头骨干企业蓬勃发展，其中克明面业获"全国驰名商标"，益华水产的淡水产品居全省第一。2010 年出台了《益阳市关于加快发展食品产业的意见》，促进食品产业的快速发展。

（3）电子信息业。2010 年，完成总产值 78.3 亿元，增长 60.1%，实现增加值 20 亿元，完成"十一五"规划任务的 200%。目前已有规模企业 52 家，资江电子的电容器、龙建达（益阳）的电阻在国内市场份额中均占到了 30%，汇盛科技的 TFT 液晶显示器和笔记本电脑项目、欧新通信设备公司的手机生产项目、笔电锋笔记本电脑项目将成为拉动益阳电子信息产业发展的新亮点。2010 年，国家授予益阳"中国电容器之乡"称号，益阳会龙电子信息产业园已纳入国家高技术产业基地。

（4）生产性服务业。近年来益阳市生产性服务业得到了较快发展。企业融资平台日臻完善。目前全市共有融资担保公司 17 家，其中获得省批准的 4 家，益阳市中小企业担保公司获得湖南省中小企业担保公司再担保资质。2010 年，桃江县 50 家中小企业乡村镇银行贷款 1.12 亿元，益阳工业企业多渠道融资的机制正在形成。现代物流快速发展。以城区现代物流园为中心，南县茅草街、沅江琼湖镇、桃江灰山港、安化平口镇、赫山区沧水铺镇物流园正在规划建设，益阳千吨级港口和通港公路已经动工，安化平口火车站扩建已于 2010 年 11 月启动；第三方物流在全部物流服务业的比重不断上升。服务外包稳步推进。2011 年 1 月成功引进金蝶软件，成立金蝶软件益阳公司，迪赛科技、搜空高科正在为企业搭建信息化服务平台，目前正在推进软件企业、物流企业与工业企业间主、辅业务分离和服务外包谈判。

二 益阳市工业经济面临的发展形势

（一） 面临的主要发展机遇

一是经济形势逐步好转的机遇。国际国内经济开始复苏，国际金融市场趋稳，全球贸易止跌回升，世界经济在恢复增长中进入"后国际金融危机时代"。

二是实施中部崛起的机遇。2006 年国家实施中部崛起的战略部署以来，促进中部崛起的政策效应逐步显现。益阳市一批工业建设项目得到国家核准，铁路、公路等项目建设加快，桃花江核电站前期准备工作基本完成，工业发展的基础设施得到完善和加强。

三是承接产业转移的机遇。2007 年被国家批准为中部地区加工贸易梯度转移重点承接地以来，益阳市承接了一大批沿海产业转移项目。随着"两型社会"综合配套改革试验区建设和沿海产业梯度转移步伐的加快，必将促进更多的生产要素和创新资源向益阳集聚。

四是建设"两型社会"的机遇。长株潭"两型社会"综合配套改革试验区对益阳市经济社会有重大影响。益阳毗邻省会长沙，自然资源丰富，交通快捷，可与长株潭实现资源互补、产业配套、错位发展，把益阳打造成中部地区乃至全国的综合能源基地、绿色农产品加工基地、长株潭先进制造业产业配套基地和加工贸易产业转移重点承接地。

五是加快发展方式转变的机遇。中央提出加快转变发展方式，由主要依靠投资、出口拉动向依靠消费、投资、出口协调拉动转变，由主要依靠第二产业带动向依靠第一、二、三产业协同带动转变，由主要增加物质资源消耗向主要依靠科技进步、劳动者素质提高、管理创新转变，对加速推进益阳新型工业化是难得的机遇。

（二） 面临的主要挑战

第一，宏观经济形势的压力加大。一是金融危机的影响短期内难以消除，全球经济复苏将是一个缓慢曲折的过程，不稳定不确定因素增多。二是美国、欧盟等世界主要经济体加快抢占未来科技和产业发展的制高点，客观上对发展中国家形成新的压力和制约。三是中央为抗通胀，偏紧的"银根"、"地根"，力度更大的结构调整政策，工业发展所依赖的人力资源、土地、资金、能源等要素市场将面临更大的压力。

第二，资源环境压力加大。益阳正处在工业化和城镇化加快发展的时期，资源承载力和环境容量压力加大，经济社会发展和资源环境的矛盾日益突出。工业经济发展还处于打基础阶段，工业经济发展方式粗放，产业结构不合理，自主创新能力不足，资源和环境瓶颈制约严重等问题仍然突出。

第三，产业结构调整带来的压力加大。调结构、转方式将成为今后一段时期国家宏观政策的主基调。国家新兴产业发展规划将重点支持生物、节能环保、新能源、新材料、电子信息等产业的发展，一方面有利于益阳推动产业升级，加快优势产业发展，同时将抑制钢铁、水泥、多晶硅、化肥等部分产能过剩和重复建设的行业，对益阳形成巨大压力。

（三）可以依托的主要优势和潜力

一是产业优势。装备制造、食品加工、电子信息、能源等产业迅速成长壮大，装备制造、食品加工两个产业年产值突破了100亿元，基本形成了益阳特色的产业集群。市、区县（市）两级工业园区和乡镇工业小区得到迅速发展，全市产销过5亿元的企业达12家，一大批中央企业、上市公司进驻，一大批重点产业项目建成或即将建成投产。

二是资源优势。益阳粮食、竹木等农产品资源极为丰富。锰、锑等10多种矿产资源储量丰富，极具开采价值。水力、火力、风力、太阳能和生物质能发电齐全，加上桃花江核电站落户益阳，益阳电力资源将处于全省首位，是湖南省重要的能源基地。

三是区位优势。益阳位于湖南中部偏北，紧靠长株潭城市群，其得天独厚的地理位置极利于经济发展。益阳铁路通达全国，继长益高速之后，又有18条贯穿益阳境内的高速公路在建，宁益城际干道拉近了益阳与长沙的距离。

四是政策和环境优势。各级出台了支持新型工业化加速发展的文件和重点产业扶持政策，设立了新型工业化引导资金，建立了新型工业化考评体系，为加速推进新型工业化营造了良好的政策环境；加强了优化工业经济建设软环境的各项工作，全社会形成了关心工业、支持工业、服务工业的良好氛围。

三 益阳市工业经济 2011 年及"十二五"发展思路

（一）发展目标

（1）2011 年工作目标。根据 2010 年工业经济指标完成情况预计和对 2011 年新增因素预测，2011 年计划完成规模工业总产值 960 亿元，增速 21%；完成规模工业增加值 270 亿元，增速 20%；完成工业技改投资 150 亿元，增速 30%。

（2）"十二五"发展目标。工业经济增长目标：工业经济整体实力显著增强，工业总量进入全省第二方阵，到"十二五"末全部工业增加值达 680 亿元，年均增长 23%，其中规模以上工业增加值达到 580 亿元，年均增长 24%；工业增加值占全市国内生产总值的比重达到 40%，工业化水平跃上一个新台阶。

（二）战略重点

（1）优势优先发展战略。突出食品加工、装备制造、电子信息、能源等具有比较优势的产业发展，制订优势产业发展规划，加强政策扶持引导，发挥龙头企业带动作用，加快产业发展速度，打造产业发展旗舰，形成具有益阳特色的产业集群和产业体系，壮大工业经济总量，优化工业经济结构。

（2）新兴产业培育发展战略。紧紧围绕国家和省支持的方向和重点，培育发展新能源、新材料、先进制造、信息、生物医药、节能环保、创意设计等具有比较优势和发展潜力的战略性新兴产业，培育新的增长点，同时抓好纺织、建材、冶金、造纸等传统产业的改造升级。坚持以科技创新引领产业、企业发展，增强自主创新能力，扶持重点产业、重点企业做大做强，抢占战略性新兴产业发展制高点。

（3）信息化带动工业化战略。以"三网融合"为契机，加快电子信息产业的发展，加快发展新型信息服务业。利用信息技术改变传统工业的竞争模式、产业结构、产品结构和传统组织方式，促进工业产业的优化升级。加快信息化与工业化的相互融合与相互促进，以实现信息化带动工业化，工业化促进信息化，建设"数字益阳"。

（4）园区集聚发展战略。建立完善以高新区为龙头、以县市区工业园区为主体、乡镇工业小区配套的工业园区发展体系，制订园区发展规划，确定产业发展方向，促进产业集聚，立足项目兴园、特色立园、科技强园，打造体制创新的平台、对外开放的载体、产业转移的基地。加快高新区东部新区建设，实现产业东接东进。重点打造好汽车机械配套工业园和中国品牌食品产业园，把东部新区建设成益阳市工业经济的增长极。

（5）"两型"工业发展战略。加快建设资源节约型、环境友好型工业体系，推动工业发展方式转变。加强资源高效利用和综合利用，全面推行清洁生产，积极发展循环经济，大力发展低碳产业，广泛运用低碳技术，积极倡导低碳生活，积极推进传统工业低碳化改造，促进服务外包、节能环保等产业的发展。大力推进节能减排，切实抓好淘汰落后产能、污染治理和循环经济试点，突出抓好重点区域、行业和企业的污染防治，建设"绿色益阳"。

（三）发展措施

1. 突出产业集聚发展，推动产业结构调整

大力扶持发展食品加工、装备制造、电子信息、新能源新材料、船舶制造以及汽车零部件等优势产业，集中打造一批生产规模大、技术含量高、成长性强的大产业和产业集群。突出高新区东部新区等重点区域的发展，坚持以高新技术产业为主导，大力发展"两型"产业，大力发展循环经济，重点发展装备制造、电子信息、食品加工等产业，把东部新区起步区建设成生态工业新区，以新型工业化带动和促进新型城市化。突出益阳高新区等重点园区的发展，按照布局集中、产业集聚、土地集约、生态环保的原则，抓好工业园区体系建设，培育一批核心园区，形成一批具有较强竞争力的优势产业发展高地。突出龙头骨干企业的发展，引进世界和中国500强等一大批重要战略投资者，大力扶持、发展益阳橡机等一批本土优势企业，支持帮助艾华集团等一批优势企业做好上市工作，推进企业发展跃上新台阶。

2. 坚持绿色和可持续发展，转变工业发展方式

按照《建设绿色益阳行动纲要》，强力推进节能减排工作。加快发展高新技术产业，努力做大电子信息产业、生物与新医药产业、光伏太阳能等新能源以及高效节能产业，同时加快高新技术在产业中的应用，加强先进制造技术与传统产业的嫁接。认真落实节能减排措施，进一步加大造纸、建材、冶金、麻纺等行业

的整合力度，淘汰落后产能。鼓励和支持企业进行节能减排技术改造，采用节能减排新设备、新工艺、新技术，提高产业节能环保的整体水平。积极发展低碳经济和循环经济，推进"两型"工业发展，开展"两型"产业、"两型"企业试点工作，提升工业经济的"两型"水平。加大政策支持和自主创新力度，扶持龙头企业，推广合同能源管理，大力发展再制造和节能环保产业。

3. 突出自主创新，为新型工业化提供强大动力

利用高校和人才优势，发展以工业创意和设计为重点的创意产业，加强自主品牌建设，促进企业转型升级。围绕食品加工等重点产业，加大技术改造力度，促进产品升级换代。运用高新技术改造提升有色金属冶炼等传统产业。努力提高原始创新、集成创新和引进消化吸收再创新能力，提高重点产业整体创新能力。强化企业自主创新的主体意识，开发具有自主知识产权的新技术、新产品、新工艺。研究建立新技术、新产品开发激励约束机制，调动企业自主创新的积极性。进一步推动产学研结合，鼓励企业与高等院校、科研机构建立技术创新联合体，组织产学研对接洽谈。鼓励企业创新管理体制和分配机制，采用技术入股、期股期权等多种分配形式，激发各种力量参与企业自主创新。

4. 推进"两化"融合，推动新型工业化跃上新台阶

加快发展科技咨询、现代物流、软件服务、信息发布等新兴信息服务业，延伸产业链条，推动工业经济结构优化升级。依托益阳资源、技术和设备优势，大力发展太阳能光伏、电子元器件和消费类整机产品等信息产业集群，壮大信息产业实力。建立覆盖全市的企业信息化公共服务平台，引导更多的中小企业深化利用信息技术，大力推动装备制造、食品加工、纺织等传统产业的信息化应用，加快信息技术改造提升传统产业步伐。加快信息技术在经济社会领域的推广应用，推动社会领域信息化，培育信息产业新的经济增长点。加强信息基础设施和服务体系建设，搭建信息化与工业化融合平台，积极推进移动电子商务示范市试点工作，加快服务外包产业发展。

5. 加强人才培养，为新型工业化提供人才支撑

发挥政府的引导和支持作用，发挥企业自身的主体作用，切实加强工业人才培养工作。加快培养和引进一批科技领军人物、科技骨干和创新人才团队，广泛吸引海内外高级人才参与益阳重大项目的研发。建立激励创新创造的人才工作机制，不拘一格选用人才。通过组织选拔和市场配置相结合的方式，引导科技人才

向重要领域、重点行业企业、科研和生产一线集聚，鼓励和支持科技人员创办科技型企业，最大限度地激发科技人才的创新激情和创新活力。发展职业教育，推进校企合作，推动职业教育与新型工业化的互动发展，为新型工业化培养和储备具有较强研发能力的科技创新人才队伍和较高技术水平的熟练产业技工队伍。

6. 夯实发展基础，为新型工业化提供坚强保障

不断夯实基础设施、基础产业、基础工作，形成产业发展的强力支撑。促进城市化与工业化的深度融合，把新型城市化与新型工业化、现代服务业发展有机结合起来，实现城市与产业的同步发展和良性互动。进一步完善基础设施建设。加强以交通为先导的基础设施工程建设，加快桃花江核电站等项目建设，提高新能源保障能力。加快现代服务业发展步伐，切实加大在物流、现代服务业等方面的工作力度，抓好益阳物流园建设，支持海关、商检机构升级发展，改善产业配套环境，形成支撑新型工业化发展的产业服务体系。同时，逐步建立公开、公平、公正的中介服务市场，促进劳务等中介行业健康发展，支持服务外包等新兴服务业的发展。

7. 扩大招商引资，为新型工业化注入活力

积极引进世界500强、中国500强企业和国内行业领军企业以及资源节约型、科技创新型、生态环保型和基地型的大型、特大型工业项目。充分发挥益阳列入"中部地区加工贸易梯度转移重点承接地"的政策优势，主动承接沿海产业梯度转移，加大项目推介力度，以益阳高新区和各区县（市）工业园区为重点，打造加工贸易产业优势承接平台，力争在集群式产业承接上取得突破。进一步清理和削减行政审批项目，落实供地、税收、规费减免等各方面的优惠政策，切实降低营商成本。加强各级政务服务中心建设，大力推进政务公开，不断提高行政效能，进一步优化投资环境。

8. 扶持发展中小企业，为新型工业化增添发展后劲

加强市场主体建设，充分发挥中小企业在解决就业、产业配套等方面的优势和作用。推进市中小企业担保体系建设，着力构建中小企业融资担保平台。创建信息服务平台，为中小企业提供技术咨询和服务。加强公共技术服务平台建设，为中小企业提供政策、技术、管理和市场信息等服务。搭建企业交流平台，宣传推介益阳中小企业，为中小企业发展提供优质、高效、全方位服务。抓好创业基地建设，为中小企业和全民创业提供发展载体。加强银企协调和沟通，鼓励企业

通过发行企业债券、转让股权、上市等形式进行直接融资，拓宽中小企业融资渠道。围绕"创办小企业，创造新岗位"大力推进全民创业，促进益阳民营经济健康有序发展。

9. 加强领导，为新型工业化营造良好环境

加强对新型工业化工作的组织领导，强化各级各部门推进新型工业化工作的责任。加强引导和扶持，做优做强做大一大批"标志性工程"企业和产业集群核心企业、重点配套企业。加强新型工业化考核奖励工作，充分调动区县（市）、部门和企业推进新型工业化工作的积极性。加强优化发展环境和舆论宣传工作，营造推进新型工业化的良好环境。

B.31

永州市 2010～2011 年产业经济
发展研究报告

永州市人民政府研究室

2010 年，永州市委、市政府坚持以科学发展观为指导，按照湖南省委、省政府加快推进"四化两型"建设的总体要求，积极应对宏观经济形势变化，着力抓项目增投入、调结构兴产业、抢机遇促承接，经济社会保持快速健康发展。

一　2010 年永州市产业经济运行情况

（一）工业呈现加速发展

2010 年，永州市完成工业总产值 790 亿元、增加值 236.8 亿元，同比分别增长 36% 和 19%，其中规模工业完成产值 600.5 亿元、增加值 182.4 亿元，分别增长 41.4% 和 24.1%，全市规模工业企业达到 776 家，新增 116 家，产值过亿元企业达到 112 家，新增 36 家。工业总产值占地方生产总值比重达到 30.86%，同比提高 2.8 个百分点。工业经济对财政收入的贡献率达到 62%，同比提高 3.1 个百分点。

1. 加大整合力度，工业结构进一步优化

水泥、冶炼、造纸等传统产业整合取得实效，新型干法旋窑水泥建成和在建规模达到 900 万吨，硅锰合金和电解金属锰达到 50 万吨，造纸达到 60 万吨，传统工业散小弱状况明显改观。落后产能淘汰到位，按照工信部和省政府的要求，2010 年新下达的淘汰道县潇水、道县谷源、祁阳祁峰 3 家 35.4 万吨水泥和江华金华林纸公司 2 万吨造纸落后产能已关停到位。电子信息、新能源、生物医药等战略性新兴产业形势较好，全市规模电子企业达到 30 家，主营业务收入 25 亿

元，增长 50%，天润单晶硅、华威多晶硅先后产出"永州第一棒"、切出"湖南第一片"。

2. 推动技术进步，企业发展后劲进一步增强

技改投入进一步加大，永州市 2010 年完成工业技改投资 132 亿元，同比增长 42%，技改投资增长率在全省排第二位。全年为 48 家企业申报了国家、省技改专项资金项目，争取资金 3000 多万元。全年实施重点工业项目 259 个，完成投资 135 亿元，同比增长 68.7%，竣工投产项目 130 个。东安天润、华威光伏、湘龙铜业一期、华新一期、达福鑫电子 LCD 平板显示器等项目先后竣工投产。一些用地少、产出高、产品新的科技型项目不断增多。

3. 加快园区建设，工业发展平台进一步完善

坚持把园区建设作为加速推进新型工业化的战略重点，园区规模快速扩张。全市 11 个县区都拥有 1 个工业园区，其中省级工业园区 7 个。工业园区新扩园面积 20 平方公里，在建和已建标准厂房 103 万平方米。园区配套日臻完善。全市工业园区完成固定资产投资 40.5 亿元，增长 41%，其中基础设施投资 22.5 亿元，园区水、电、路、信等基础条件不断改善，承载能力明显增强。园区集聚效应明显。新引进的工业项目 90% 以上都集中在园区，其中新引进 500 万元以上项目 95 个，新开工项目 61 个。园区规模企业达 352 家，占全市规模企业的45.3%。园区经济稳步增长。全市工业园区实现规模工业总产值 320 亿元，增长33%；实现规模工业增加值 100 亿元，增长 34%；园区企业实缴税金 12 亿元，增长 36%。

4. 强化政策扶持，中小企业进一步发展壮大

认真贯彻落实国家、省《关于进一步促进中小企业和非公经济发展的若干意见》等政策性文件，加快实施中小企业"成长工程"。全市第一批列入省"小巨人"计划的企业 13 家、列入省"创业计划"的企业 17 家。推荐了 9 家中小企业申报省中小企业发展专项资金项目，获得资金 200 多万元。推进创业基地建设，全市共建成零陵、凤凰园、祁阳、宁远等 8 个创业基地，新建厂房 42 万平方米，其中有 4 个被列为省级创业示范基地，6 个创业基地获得国家和省创业基地扶持资金 870 万元。加快担保体系建设，全市担保机构发展到 9 家，担保注册资本金 8.1 亿元，实收资本 6.4 亿元，担保能力达 20 亿元以上，累计为 254 家工业企业提供担保贷款 12 亿元，缓解了中小企业融资难题。

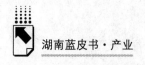

（二）农业实现稳产增收

坚持以工业化带动农业产业化，农业在大灾之年夺得丰收，实现农业总产值325亿元，增长5.9%，主要农产品实现增产增收。

（1）现代农业强力推进。粮食生产连续7年丰收，全年完成粮食播种面积852.4万亩，粮食总产量320.7万吨，分别比上年增长1.49%和0.74%。零陵区获全国粮食生产先进县，冷水滩区、祁阳县获全省粮食生产标兵县，道县获全省粮食生产先进县；畜牧业趋稳向好，出栏（笼）生猪821.8万头、家禽8114.2万羽，新增千头以上标准化规模养猪场126个；蔬菜播种面积达180万亩，总产量290万吨，产值37亿元；水果、烟叶、茶叶等10种经济作物种植面积220万亩，比上年增加10万亩。完成油茶新造7.93万亩和低改21.1万亩。

（2）农业结构优化升级。以粮食生产为主，畜牧业、林业、农产品加工业持续较快发展，形成了多业并举、互促共进、良性发展的新格局。农产品加工企业发展到2895家，其中年销售收入过亿元企业达到20家，比上年增加6家。农产品加工业实现销售收入148.7亿元，同比增长27.1%，成为全市三大百亿产业集群之一。全市农产品加工业已经拥有"中国名牌"2个、"中国驰名商标"3个。花卉苗木、森林旅游和休闲农业等也成为新的发展亮点。

（3）农业基础全面加强。涔天河改扩建工程获国家发改委批复立项，市现代农业科技示范园被科技部批准为国家级农业科技园区。2010年全年完成水利建设投资16.49亿元，完成山塘清淤防渗2600口，完成7座中型、37座小型病险水库的除险加固，完成3个中型灌区的渠系改造和8.6万亩中低产田的改造。完成春季造林55.98万亩，新增农业机械6.8万台。新启动了300个新农村示范村建设。

（三）第三产业持续兴旺

2010年，永州市完成第三产业增加值297.8亿元，增长14.3%。

（1）房地产业健康发展。全年完成房地产投资54.2亿元，同比增长23.2%；完成住房建筑面积425.49万平方米，同比增长25.62%；完成房产交易面积375.7万平方米，交易金额37.6亿元，同比分别增长36.2%和45.6%。房产信贷支持力度加大，全市房地产抵押面积285万平方米，同比增长18.47%，抵押金额 26.5 亿元，同比增长 36.4%。保障性住房建设步伐加快，全年新增廉租住房 8155 套，建设筹集房屋面积 36.2 万平方米，新增发放租赁补贴 3172 户，新建经济适用住房 210 套。

（2）旅游产业不断壮大。2010 年，永州市接待游客 1091 万人次，完成旅游总收入 58.6 亿元，同比分别增长 31.4% 和 32.1%，其中，接待入境游客 4.32 万人次，创汇 408.6 万美元，同比分别增长 35.5% 和 36.8%。景区建设全面提速，零陵柳子庙、祁阳李家大院完成创 3A 工作，阳明山、舜皇山创 4A 工作顺利推进。旅游宣传促销力度加大，先后举办了第四届阳明山"和"文化旅游节暨杜鹃花会、中国（道州）首届周敦颐国际理学文化旅游节暨第三届中和节、第四届"潇湘丽人"风采大赛暨 2010 永州旅游形象大使选拔赛等活动。区域合作取得实际成果，签署了湘粤桂赣四省六市区域旅游合作协议。旅游配套设施进一步完善，新评 1 家三星级旅游饭店，启动了 2 家四星级旅游饭店创评工作；新增 2 家旅行社，新评了 3 家星级旅行社。

（3）现代服务业形势较好。金融机构新增存款 93 亿元、贷款 44.6 亿元，保费收入完成 21.6 亿元，增长 21%。广播电视人口覆盖率达到 98%。固定电话用户发展到 72 万户，移动电话使用量达到 183.6 万台，互联网用户达到 21.6 万户，行政村通电话率和互联网开通率分别达到 86% 和 62%。电子商务、电子政务、电子预测预警迅速发展，网上购物、物流配送、连锁经营等新型业态不断涌现，一批商贸物流项目相继建成。

（四）开放型经济势头强劲

抢抓中国—东盟自贸区正式成立，沿海产业加速内移，省委、省政府鼓励湘南开放开发的难得机遇，坚持一手抓承接，一手抓对接，强力推动开放型经济发展。

（1）产业承接成果丰硕。积极组织参加省里举办的粤洽周、沪洽周、中博会等重大招商活动，并在大力"走出去"的同时，积极"请进来"，举办了永州市电子信息产业招商推介会及"在台永州籍后裔潇湘行"等活动，招商引资取得实效。2010 年全市共审批外资企业 22 家，实际利用外资 3.85 亿美元，内联引资 165 亿元，连续八年荣获全省招商引资工作先进单位。

（2）对接东盟走在全省前列。2010 年 8 月，在北京举办了永州走进东盟推介会；同年10月，市长率团参加第七届中国—东盟博览会，作为国内唯一地级市政府领导代表在商会领袖论坛上发言。2010年新引进东盟企业4家，市内30多家企业与东盟开展贸易合作，100多种产品进入东盟市场，马来西亚隆基马中集团投资10亿美元的永州国际多元贸易区项目开始启动。

（3）与央企、省企合作取得突破。南岭民爆与中国兵装集团合作取得实效；市政府与湖南有色集团就整合资源、做大永州稀土产业达成了原则共识；江华、蓝山引进中铀公司开发718铀矿；宁远引进中联重科共同建设莲花水泥二期工程。

（4）对外贸易大幅增长。抓住国际市场回暖的机遇，永州市全力推动加工贸易企业出口，对外贸易增长势头强劲，完成进出口总额1.2亿美元，增长51%，其中出口1.05亿美元，增长52.3%。

近些年永州产业建设发展较好，但总体上讲支撑能力还不强，特别是工业问题比较突出。一是总量偏小。全市工业增加值占GDP的比重仅为30.86%，比全省平均水平低8.6个百分点。全市工业增加值仅占全省工业增加值的3.76%。二是结构不优。大企业少，年产值过10亿元的企业只有2家，过50亿元、100亿元的企业仍是空白。"两高一资"企业多，占比高达32%，2011年按照新的入统标准（2000万元以上）全市规模企业将减少100多家，但高污染、高能耗企业却全部入列，所占比重高达38%。在建工业大项目、好项目不多。三是集群度不高。永州市过百亿的产业只有矿产品加工业，列入全省产业集群规划的只有汽车和农副产品加工两个产业，农副产品加工业大而不强。四是技术层次较低。大部分企业没有形成技术创新机制，拥有自主知识产权的产品不多，信息化应用程度低、投资少。高新技术产品增加值占规模工业增加值的比重仅为10.7%，低于全省平均水平21.1个百分点。

二　2011年永州产业经济发展趋势

中央和省委经济工作会议指出，2011年经济工作面临的形势仍然十分复杂，既有不少有利条件，也面临诸多困难和挑战。

从不利因素看，一是世界经济恢复增长中的曲折过程。2011年世界经济有望继续恢复增长，但增长的动力不足，欧洲主权债务危机隐患仍未消除，全球性通货膨胀压力加大，贸易保护主义继续升温，国际市场竞争更加激烈。二是国内经济平衡运行中的潜在压力。2011 年宏观环境和经济发展继续向好的趋势没有改变，但是经济发展中不平衡、不协调、不可持续问题依然突出，通胀预期增强，使国内宏观经济平衡运行仍面临着复杂的形势。三是加速后发赶超中的制约因素。如国家实施稳健的货币政策对永州这样的欠发达地区扩大投入、大上项目将增加一些工作难度；广东"双转移"战略的实施，使得沿海发达省份纷纷仿效，拦截珠三角产业北上和长三角产业东进的屏障正在逐步加厚；国内中西部各地和东南亚一些发展中国家也在争抢发达国家和地区的产业转移，已经形成比拼态势，正在挤压永州承接和对接的空间。

从有利条件看，要善于发现和把握三大机遇。一是国家宏观调控中的政策机遇。国家继续实施积极的财政政策，财政重点向三农、民生、社会事业、经济结构调整等方面倾斜。此外，国家为促进区域协调发展，实施中部地区崛起战略，明确加大财税、金融、投资、土地等政策支持力度，也给永州带来了重大发展机遇。二是世界经济调整中的产业转移机遇。国际金融危机导致世界经济结构深度调整，带来了全球范围内的生产要素流动和生产力重新布局，国际和沿海产业转移加速，这为永州进一步扩大开放对接、加快承接沿海产业转移和深化与东盟国家的经贸合作提供了难得机遇。同时，国际金融危机催生新的科技革命，各国和地区都在加快调整科技和产业发展战略，着力发展新能源、新材料、生物医药、节能环保、低碳技术和绿色经济，这为产业结构调整带来机遇。三是湖南省"四化两型"建设中的项目机遇。省委推进实施"四化两型"战略，既要求长株潭城市群率先发展，也要求其他市州积极跟进。具体到永州，不仅有"先行先试"的政策扶持，也有打造"对接东盟桥头堡"的殷切希望，还有治理湘江源头的建设任务，这些都将给永州带来重大的项目机遇。

三　永州市产业经济发展的对策措施

"十二五"时期是永州市全面建设小康社会的重要时期，是实现后发赶超的关键时期，也是转方式调结构的攻坚时期，永州市以科学发展、富民强市为主题，以转方式调结构为主线，以改革开放和科技创新为动力，着力强基础、兴产业、建新城、重环保、惠民生，力争"十二五"末，全市综合经济实力进入全省第二方阵前列。实现这一目标，要突出抓好五方面战略重点。

（一）强基础

一是构建立体交通体系。以打造湘粤桂边界区域交通枢纽和物流中心为目标，抓好铁路、公路、航空、水运建设，构筑四位一体的交通网络。二是强化电力能源支撑。继续加强电网建设和改造，完善城乡电网功能。切实抓好水电开发，加快推进风能、太阳能、生物质能源建设，全力争取新上核电或火电项目，努力构建以核电或火电为支撑，以水能、风能、太阳能、生物质能源为辅助，与经济社会发展相适应的能源保障体系。三是改善农田水利条件。切实抓好涔天河水库扩建及流域土地开发综合整治工程，全面完成大中型水库和重点小型水库除险加固，新规划建设5座以上中型水库，加强大中型灌区配套和小型农田水利建设，实施中小河流治理和山洪地质灾害防治，建好中心城区和9县县城防洪工程。新解决180万农村人口饮水安全问题。四是加强信息网络建设。把推进信息化、建设"数字永州"作为抢占发展制高点、提升长远竞争力的重要战略举措，以信息化带动和促进新型工业化、农业产业化、新型城镇化。大力发展电子商务和电子政务，加快"呼叫中心"、"数据中心"、"公共应急指挥中心"等信息服务平台建设。加快发展电子信息产业，扶持发展新型信息服务业。促进信息技术在经济社会各领域的广泛应用，全面提升信息化水平。

（二）兴产业

一是强力推进新型工业化。大力扩张工业总量，力争"十二五"期末，全市工业总产值突破2000亿元，增加值突破650亿元，工业增加值占生产总值比重达到45%以上，过亿元企业300家以上，年产值2000万元以上规模工业企业超过1000家。改造提升传统产业。食品烟草加工、矿产品深加工、轻纺、建材加工、林纸林化、民爆化工六大传统产业都要建成超百亿元产值的支柱产业。做大做强骨干企业。通过兼并重组、技改扩能、靠大引强，不断促进现有优势企业上规模上水平；加大产业承接力度，引进发展一批大企业、大集团。培育壮大新兴产业。突出抓好先进机械制造、电子信息和光伏、新能源新材料及再生资源、生物医药产业。着力打造园区平台。力争凤凰园经济开发区建成国家级经济技术开发区，蓝宁道新加工贸易走廊建成国家级加工贸易区。二是大力发展现代农业。强化农业基础地位不动摇，不断加大强农惠农力度，逐步建立工业反哺农业、城市带动农村的长效机制。加强农业基地建设和规模化经营，全面实施粮油百亿产业工程，努力建成全国重要粮食生产基地和粮油加工基地；提升发展烤烟生产，建设全国烟叶大市；加快林业发展步伐，新造速生丰产林 200 万亩。推进农业结构战略性调整，大力发展生态农业、特色农业、休闲农业、城市农业和外向型农业。加强龙头企业建设，整合提升、引进新上一批规模农产品加工企业，创建一批名牌企业和产品。完善农业社会化服务体系，扩大农产品流通、农机服务、农业科技推广、动植物疫病防控等农业公共服务。实施现代农业示范园区和农业现代化示范县区创建工程，重点抓好市现代农业科技示范园建设，整合各部门资金、项目和各种要素，集中投入，力争五年建成全国一流农业科技园区和新农村建设样板区。三是做大做强文化旅游产业。整合全市文化旅游资源，大力促进文化发展与文物保护、新农村建设、交通建设和旅游发展的深度融合，把文化旅游产业建成重要的新兴产业。全面完成旅游"十个十"工程，突出抓好以"一城两江三山四湖"为重点的旅游景区建设，力争创建 1 个 5A 级、9 个 4A 级旅游区，新建 5 家五星级、10 家四星级旅游饭店。打造旅游精品线路，扩大旅游产品开发。加强历史文化的抢救、保护、开发和利用，推进永州历史文化精髓的深度挖掘和研究。加大文化旅游宣传推介力度，继续举办好祭舜大典、阳明山"和"文化节、柳文化节、周敦颐国际理学文化节等旅游文化节庆活动，新办全国或国际性的怀素、何绍基书法大奖赛，充分利用国内外主流媒体强化宣传推介工作，不断扩大永州旅游文化的知名度和影响力。四是发展壮大商贸物流业。依托区位交通，力争把永州建成湘粤桂边界区域商贸物流中心、中国—东盟重要物流中转基地。突出抓好国际航空物流园、蓝宁道新保税物流中心、永州粮油批发大市场、潇湘汽贸城、永州商务会展中心、永州海关和永州出入境检验检疫项目建设。加快发展新型服务业态，重点发展金融保险、信息、咨询、会展、创意设计、科技服务等生产性服务业，全面提升物业管理、居家养老、生活保健、社区服务、家政服务等生活性服务业。

（三）建新城

一是加快推进零（陵）冷（水滩）两区一体化。抢抓国家促进中部崛起规划把永州作为 100 万~200 万人口的大城市进行培育的难得机遇，强力推进中心城市建设。加快零冷两区联城步伐，全面增强中心城市集聚辐射带动功能。大力实施"一圈两轴两带三组团"战略，加快推进生态新城建设，力争三年成骨架，五年现雏形。把永州打造成国家历史文化名城、国家级旅游城市、国家级卫生城市和全国宜居城市。二是加快推进市域城镇一体化。坚持统筹城乡、集约发展、以大带小、均衡布局，加速构建以中心城市为核心、以县城为骨丁、以重点建制镇为节点的新型城镇体系。优先实施和全面提升市域城际"纽带"工程，打造北五县区半小时经济圈、中心城区至南部六县两小时经济圈以及南六县区域间的一小时经济圈。三是加快推进城乡发展一体化。统筹城乡规划，积极探索城乡经济社会发展规划、土地利用规划、城乡土地总体规划"三规"整合。统筹城乡产业发展，着力提高城乡产业关联度、市场集中度和经济融合度。统筹城乡基础设施建设，支持城市公共设施向村镇延伸。

（四）重环保

坚持走绿色发展之路，努力打造绿色永州。一是抓好湘江源头保护工程。按照省委、省政府将湘江打造成东方"莱茵河"的要求，加强湘江和潇水流域污染源治理，所有企业和项目必须实现达标排放；强力推行项目建设"三同时"制度，潇湘两水流域范围内杜绝新上高污染项目，严格控制污染源。二是抓好垃圾污水处理工程。进一步完善中心城市和县城垃圾污水处理设施，提升配套功能，充分发挥效能。推进重点乡镇垃圾处理和污水处理设施建设，潇湘两水流域所有乡镇和重点村都要加强垃圾处理和污水控制。

（五）惠民生

坚持以人为本、民生为重、富民优先，把保障和改善民生作为一切工作的出发点和落脚点，加快形成符合市情、比较完整、覆盖城乡、可持续的民生保障体系，努力构建和谐永州。

怀化市 2010～2011 年产业经济
发展研究报告

怀化市人民政府研究室

　　2010 年，面对严峻复杂的国内外经济形势，怀化市委、市政府团结带领全市人民，紧紧围绕"构筑商贸物流中心、建设生态宜居城市"的战略目标，以调结构、转方式为主线，坚持以新型工业化带动农业产业化和现代服务业，产业经济继续保持又好又快的发展态势。

一　2010 年怀化市产业经济运行情况

（一）工业经济较快增长

　　怀化市深入开展"工业年"活动，从组织领导、资金扶持、目标管理、协调服务等方面出台一系列新办法、新措施，工业经济实现速度加快、效益提升、结构向好、实力增强的目标。一是整体实力明显增强。2010 年全市实现工业增加值 256 亿元，同比增长 22%，其中规模以上工业增加值 254.4 亿元，增长 23.8%。实现利税总额 36.89 亿元，其中实现利润总额 19.86 亿元，增长 60.72%，实缴税金 17.03 亿元，增长 20%。全市工业化率达 38%。二是工业结构不断趋好。把大力改造提升传统产业，加快发展特色产业，积极培育新兴产业作为重中之重，实施了辰州矿业金锑钨深加工、金大地循环经济等项目，新上了娃哈哈枫林饮料、北大未名（怀化）生态科技园等一批特色项目，同时积极推动镁合金新材料、沅陵槽式太阳能热发电等新兴产业发展，工业结构明显优化。三次产业结构比为 14.4∶42.8∶42.8，第二产业比重同比提高 3.3 个百分点。主导产业规模不断壮大，八大产业规模工业实现增加值 230 亿元，占全市规模工业增加值的 90.5%。企业规模结构日趋合理，2010 年全市规模工业企业 615 家，其中主营业务收入过亿元企业 170 家，过 10 亿元企业 5 家，过 20 亿元企业 3 家。三是重点项目建设力度加大。2010 年完成工业投资 127.27 亿元，同比增长 25.6%，实施工业项目 247 个，其中竣工投产 156 个。建立健全项目建设目标管理责任制，加强对 17 个重点项目的调度，制定项目赶超实施方案，有力推动了怀化（新加坡）生态工业、镁合金新材料、靖州金大地年产 150 万吨新型干法水泥、骏泰浆纸 35 万吨液体包装等项目建设。加大科技创新力度，实施科技创新项目 16 个，支持辰州矿业、湘维、正清等争创国家级、省级技术研发中心，2010 年新增省级技术中心 1 家，国家驰名商标 1 个。四是平台建设步伐加快。市工业园开发建设形势较好，累计完成水、电、路等基础设施建设投资 7.5 亿元，入园企业达 31 家。加快怀化（新加坡）生态工业园建设，目前已签约入园企业 10 家。各县（市、区）工业园规划筹建力度明显加大，产业集聚能力不断增强。创业平台建设成效较好，四〇七中小企业创业基地初具规模，河西小商品加工基地和泰格林纸配套工业小区正式启动。五是工业招商形势较好。采取小分队招商、组织专场招商、加强央企对接等形式，全年全市完成工业招商项目 97 个，合同引资 135 亿元，到位资金 36 亿元，其中市本级完成工业招商项目 17 个，合同引资 28 亿元，到位资金 10 亿元；各县（市、区）完成 5000 万元以上招商项目 40 个，完成全年任务的 148.2%。加快融资担保体系建设，成立资本达 1 亿元的市中小企业信用担保公司，担保余额达 3 亿元。六是节能减排取得新成效。围绕转变发展方式，加大节能技改力度，实施辰州矿业有限公司能量系统优化及电机改造等 3 个万吨以上的节能项目，项目完成后可实现节能量 5.44 万吨；实施东和实业靖州木业有限公司热能中心燃煤锅炉改造等 19 个 5000 吨以上的节能项目，项目完成后可实现节能量 36.3 万吨；加大节能奖励力度，从工业发展资金里安排 100 万元，专项用于对节能项目的奖励；加大淘汰落后产能力度，2010 年关停不符合国家产业政策、工艺装备落后的企业及生产线 32 家（条），万元规模工业增加值能耗下降 10%，二氧化硫和化学需氧量排放分别削减 20% 和 28%。

（二）农业基础日益稳固

全年完成农林牧渔业总产值 163.06 亿元，同比增长 4.4%；增加值 97.43 亿元，同比增长 4.4%。一是粮食和生猪等大宗农产品持续增产。粮食生产方面，总产量继续保持增长。2010 年全市粮食单产 384.6 公斤，比上年提高 1 公斤。粮食总产量 188.4 万吨，比上年增加 5 万吨，其中水稻 151.91 万吨，比上年增加 7.16 万吨，旱粮 41.37 万吨，比上年增加 14.75 万吨。养殖业生产方面，2010年，全市出栏（笼）猪、牛、羊和家禽分别 330.7 万头、13.93 万头、39.95 万只和 4249.6 万羽，比 2009 年分别增长 3.2%、3.3%、2.4% 和 3.3%。全市畜牧水产业产值达 62 亿元，养殖业产值占农业总产值的 40.6%。其他经济作物种植面积和产量基本稳定。二是农业产业结构不断优化。通过实施优质粮食工程，大力推广良种良法，农产品品种结构不断优化，全市落实农业部万亩高产示范片 11 个，建立万亩以上优质稻示范片 21 个，千亩以上示范片 53 个，示范面积 92.3 万亩；建立完善县级牛品改站 8 个，乡村牛冷配站 115 个，形成了 1 个市级牛羊品改中心站、11 个县级品改站、80 个乡村品改站的四级牛羊品改技术推广网络，累计实施牛冷配 44862 胎次，生产杂交牛 30962 头。围绕做大做强粮油、果蔬、畜禽、竹木、中药材五大农业支柱产业，继续推动优质资源向优势区域集中，在全市 13 个县（市、区）建立柑橘、茶叶、葡萄、杨梅、梨、金银花等标准园示范点 18 个。以市检测中心为龙头，以 12 个县级质检站为骨干，以市场自律检测室为基础，着力构建农产品质检网络体系，加强对高致病性重大动物疫病的防治，健全完善农业生产标准体系，推进无公害产品产地认定，加强以蔬菜为主的农产品市场检测，农产品质量结构明显优化。三是农产品加工项目建设加快推进。全市规模以上农产品加工企业发展到 180 家，其中过亿元的 14 家。拥有市级以上农业产业化龙头企业 118 家，其中国家级 1 家、省级 17 家、市级 100家。农业产业化重点项目建设力度加大，启动或完成湖南佳惠百货农产品物流配送中心、怀化盛源油业特色食用油品质提升技术改造等重点建设项目 22 个，湖南大康牧业顺利上市。四是农业产业化经营迈出新步伐。九大优势农产品基地建设年度计划全面完成，其中，优质超级稻完成 8.2 万亩，柑橘低产园改造完成 3.62 万亩，工业原料林完成 36 万亩，优质油茶新造 10.96 万亩，新建生猪生态养殖小区 21 个、肉牛养殖小区 18 个，种植烤烟 1.16 万亩、优质茶 1.01 万亩、中药材 6.85 万亩。

（三）第三产业更趋繁荣

一是商贸物流业活力增强。围绕构筑十大批发市场和两大特色零售网络，积极推进城乡商业网点、市场体系建设，大力发展物流配送、连锁经营、电子商务等新型业态，城乡市场日益活跃。全年在建、筹建商贸物流项目 53 个，总投资 230 亿元，完成投资 31 亿元，完成年计划的 103%，其中 18 个市级重点项目完成投资 23.6 亿元，榆树湾棚户区及周边区域整体改造（新商业步行街）、怀化国际生态农产品博览中心暨现代商贸物流园、中国西部汽车物流产业城、火车站商业广场、怀化华侨钢材市场、怀化烟草物流中心等项目建设或前期工作进程加快，医药物流园、再生资源市场、铁路口岸建设也列入议事日程。2010 年 3 月举办了"万家商企迎春大联销暨第二届购物节"，实现销售额 54.07 亿元（不含房地产），2010 年 4 月中旬举办了"湖南西部第二届汽车展销节"，3 天时间销售汽车 894 台，销售额 1.2 亿元。二是文化旅游业方兴未艾。加快芷江和平园、洪江古商城、通道万佛山等旅游项目建设，推进红色文化、商道文化、民俗文化与旅游业融合发展，举办第四届芷江国际和平文化节、中国沅陵第五届全国传统龙舟大赛，万佛山被评为国家级风景名胜区和世界自然遗产提名地；全市接待国内外游客 1200 万人次，实现旅游总收入 70 亿元，分别增长 50% 和 53%。三是房地产业规范发展。竣工商品房 219.4 万平方米，销售商品房 324.2 万平方米，分别增长 28.3% 和 112.1%。2010 年，全市实现社会消费品零售总额 233.86 亿元，同比增长 20%，增幅居全省首位。

一年来，怀化市产业发展虽然取得了较为明显的成效，但发展的质量和水平依然不高，在三次产业结构中，农业比重偏大，高出全国 4.2 个百分点；第二产业比重偏低，分别比全省、全国低 3.2 个和 4 个百分点，工业总量小，带动支撑能力还不强；第三产业比重虽然较高，达到 42.8%，但仍以传统的商贸和餐饮业为主，金融、保险、信息、旅游、文化等生产性服务业和现代服务业发展缓慢，加快产业发展、实现后发赶超任重而道远。

二 2011 年怀化市产业经济发展环境分析

从外部看：金融危机带来了世界经济的深度调整，国内外产业转移步伐明显加快，为怀化承接产业转移提供了广阔的空间；我国工业化、信息化、城镇化、市场化、国际化深入发展，为怀化扩大产业投资和消费需求创造了巨大的市场空间；国家促进中部崛起、支持武陵山区脱贫致富和湖南省深入推进湘西地区开发，同时继续实施积极的财政政策，把信贷资金更多投向实体经济特别是"三农"和中小企业，为怀化向上争取支持赢得了宽松的政策空间。

从内部看：近些年来，随着怀化交通、城建基础设施的极大改善，进出条件彻底改变，城市品位不断提升，吸纳集聚能力迅速增强，必将对沿海产业和外商外资产生巨大的吸引力，对文化旅游、商贸物流业的发展提供有力的支撑；随着市工业园和怀化（新加坡）工业园基础设施的日益完善，工业发展的平台已经搭建，各种产业发展的利好政策相继出台，必将对产业集聚产生深远的影响；随着九大农业产业基地全面启动，农业产业化程度和规模效益明显提高，农产品资源呈现出多样性、丰富性的特点，必将刺激农产品加工业的迅速发展；同时，随着怀化市现有的一大批产业发展项目陆续投产见效，怀化产业发展必将迎来一轮新上升期。

三　2011 年怀化市产业经济发展工作思路和重点

总体要求是：围绕调整三次产业结构和产业内部结构，着力解决发展路径单一、资源依赖过多、能源消耗过大、发展成本偏高等问题，推动产业发展由低端向高端跨越，由粗放增长向绿色崛起转变，努力实现怀化产业经济又好又快发展。主要目标是：生产总值增长 14%、财政总收入增长 20% 以上；实现规模工业增加值 295 亿元，增长 25%，工业投资完成 165 亿元，增长 30%；农林牧渔业增加值同比增长 5% 以上，农民人均现金收入增长 12% 以上；实现社会消费品零售总额 280 亿元，同比增长 20%，实施商贸物流项目 50 个，完成投资 35 亿元。

（一）继续做大做强工业

力争完成工业投入 165 亿元，实现规模工业增加值 295 亿元。加快推进安江电站、会同巫水流域梯级电站、怀化 20 万吨啤酒、骏泰浆纸 35 万吨液态包装纸、麻阳 1000 吨优质白酒技改、康师傅饮品生产等项目建设。支持湘维、辰州矿业、恒光化工等企业创建国家级、省级技术研发中心，改造提升化工、建材、纺织服饰等传统产业。尽快启动实施沅陵槽式太阳能热发电设备、雪峰山风能发电、镁合金新材料、正清制药生产基地异地扩建、10 万吨新型节能环保型醇基汽油、芷江和平光电 LED 项目、中方白云石资源综合利用、装机 2 万千瓦城市垃圾焚烧发电等项目建设，培育发展新能源、新材料、现代制造、生物医药、节能环保等战略性新兴产业。按照园区城市化、产业高新化、布局专业化、机制市场化的要求，加快园区配套设施建设，努力构筑园区体制优势、环境优势，真正把各级各类园区打造成对外开放样板区、改革创新试验区、产业发展集聚区、高新技术孵化区、城镇延伸区和高素质人才创业区。切实加大工业招商力度，盯紧世界 500 强、中国 500 强企业，加强与央企对接，争取更多的战略投资者落户怀化。立足怀化战略性新兴产业的培育、低碳经济的发展和产业结构优化，大力引进技术含量高、财税贡献大、资源消耗低、环境污染小的项目，坚决克服"饥不择食"、"捡到篮子里便是菜"的倾向。潜心研究发达地区的资本流向和产业转移动态，延伸信息触角范围，及时掌握外商投资新热点和新动向，组织专业小分队，积极走出去，主动敲门招商、以情感商，务求实效，力争引进工业项目120 个，合同引资 90 亿元，到位 47 亿元。

（二）全面提高农业现代化水平

加快中低产田改造，建设高标准农田，依靠科技推广、良种良法等手段，确保粮食播种面积稳定在 500 万亩、总产量稳定在 190 万吨以上。按照安全、生态、优质、高效的要求，继续抓好九大农业产业及基地建设和"菜篮子"工程，力争完成杂交稻制种 8 万亩，新建和改造油茶 11 万亩、柑橘 6 万亩、名优茶 1万亩，新造和补植工业原料林 40 万亩，建设标准化商品猪场 50 个、规模化肉牛养殖小区 22 个，新增中药材 8 万亩、无公害蔬菜基地 2 万亩，种植烟叶 4.7 万亩、收购烟叶 14 万担。加快推进年产 10 万吨油茶深加工、年产 6 万吨脱水蔬菜精粉加工、沅陵山野菜基地建设及深加工、新晃牛肉系列食品深加工、通道"牛百岁"乳制品加工、靖州杨梅果汁及果酒生产线等一批农业产业化项目建设，力争农产品加工业销售收入达 120 亿元以上。突出抓好鹤城生态休闲农业示范园、溆浦金银花种植基地、沅陵湘西黑猪生产基地、麻阳高山富硒刺葡萄基地、通道香港强记菜业等项目建设，推动发展观光休闲农业和特色生态农业。积极扶植农民专业合作组织，加强农产品质量安全工作，健全五大社会化服务体系，统筹做好防汛抗旱、库区移民、气象预警防灾、森林防火及病虫害防治等工作。全面落实各项支农惠农政策，抓实农村劳动力技能培训和转移就业，加强农田水利建设，积极发展各类农业政策性保险，培养农民经纪人，扩大农产品销售，千方百计促进农民增收。

（三）繁荣搞活商贸物流业

完成"百纺五副"和肉食水产公司 5 家企业改制后续工作，加快推进市物行办 6 家企业改制步伐。加快实施西南汽车物流产业城、怀化电器大世界、华桥钢材市场、步步高商业新天地、怀化商场（重建）、烟草物流中心等 16 个重点项目建设。积极引进上海惠尔物流、大润发、家乐福等一批知名企业来怀发展。加快商贸信息平台建设，大力发展连锁经营、物流配送、电子商务等新型业态。加快城区农贸市场改造和建设步伐，推进农村现代流通服务网络工程建设。支持开展各类促销活动，落实"家电下乡"、"家电以旧换新"等优惠政策，加快培育健身娱乐、旅游休闲、汽车、住房等消费热点，进一步激发城乡居民消费潜力。认真落实"保供应、稳物价"的各项措施，切实保障粮食、肉类、食用油等居民生活必需品的市场供给。进一步健全价格监测、预警和应急机制，加强市场监管，规范市场价格秩序，依法打击各种价格违法违规行为，遏制物价过快上涨。

（四）坚持把文化旅游作为战略性新兴产业来打造

加强旅游产品的文化内涵开发，着力挖掘民族文化、商道文化、和平文化、红色文化，开发建设一批特色文化旅游产品；重点抓好洪江古商城、芷江和平园、黔阳古城、荆坪古村（康龙）、夜郎古国及八江口温泉、中国·湘西文化村、"通道转兵"旧址及万佛山侗民俗文化长廊等项目建设，着力推进高 A 级旅游景区、高星级旅游饭店建设。不断丰富旅游内涵，开发加工一批民族服饰、民间工艺、地方土特产等旅游商品，组织编排一批民族歌舞、民间绝技、实景演出等娱乐节目，挖掘推出一批风味小吃、地方菜肴等特色饮食，增强对游客的吸引力。切实加强宣传促销，整合包装几条精品线路，针对长株潭及周边地区客源市场，重点推出"两日游"、"自驾游"及"周末休闲游"；鼓励发展"农家乐"等乡村旅游，大力提倡怀化人游怀化，力争全年实现接待国内外游客 1400 万人次，旅游总收入突破 80 亿元。

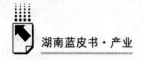

（五）规范发展房地产业

加强规划调控，引导开发一批设施配套、环境优美、管理规范的精品楼盘，严格控制规模小、环境差、管理乱、质量劣的零星楼盘开发，坚决拆除"两违"建筑。支持发展物业管理、住房租购等中介组织，鼓励二手房交易，扩大住房消费需求。着力调整住房供应结构，大力发展节能省地、环保宜居的普通商品住房，推进保障性住房建设，平衡住房市场供应关系。

B.33

娄底市 2010～2011 年产业经济
发展研究报告

娄底市人民政府研究室

一 2010 年娄底市产业经济运行情况分析

2010 年是经济形势较为复杂的一年，娄底积极应对、奋发努力，坚定实施"科学发展、加速赶超"战略，着力"转方式、调结构"，不断做大做强产业项目，三次产业结构由 2009 年的 16.2∶50.9∶32.9 调整为 14.6∶53.8∶31.6，确保了经济社会平稳较快发展。全年实现生产总值 678 亿元，增长 14.7%；完成财政总收入 56.3 亿元，增长 20.96%；城镇居民人均可支配收入 15086 元，农民人均纯收入 3364 元，分别增长 12.4% 和 8.6%；万元 GDP 能耗、二氧化硫排放量和化学需氧量等控制指标完成省定任务。

1. 工业主导作用日益增强

随着"一化三基"战略的深入实施，娄底工业的基础和优势得到进一步彰显，主导地位更加凸显。2010 年扎实开展"工业企业服务年"活动，实现工业增加值 331 亿元，增长 19.8%。规模工业企业达到 664 家，总产值首次突破千亿元大关，实现增加值 302 亿元，增长 21.9%。传统产业改造步伐加快，完成技改投资 160 亿元，增长 16.8%。继续开展"科技创新年"活动，完成全社会研发投入 5.8 亿元，申请专利 980 件，授权 423 件，分别增长 6.5% 和 52%，获省科技进步奖 4 项，科技示范基地达到 132 个，高新技术企业达到 54 家，完成高新技术产品增加值 104 亿元，增长 54.5%。

2. 农业基础地位不断巩固

2010 年，实现农业增加值 98.8 亿元，增长 5.1%。农业综合生产能力不断提高，形成了生猪和草食动物、优质稻、中药材、南竹、果蔬五大产业集群。粮食播种面积 406.05 万亩，总产量 163.3 万吨。农业产业化水平提升，湖南黑猪、湘中黑牛等特色产业不断壮大，种养大户超过 5 万户，市级以上龙头企业达到 102 家，农产品加工产业完成销售收入 59.41 亿元，增长 24.3%。农民专业合作组织达到 459 家，流转土地 36.32 万亩，带动农户 17.53 万户。休闲农业企业达到 252 家。农产品质量安全监管体系不断完善，获得无公害农产品质量认证 87 个、绿色食品认证 25 个、有机食品认证 7 个。科普惠农跃上新台阶。农业机械化率达到 34%。新化县被评为全国粮食生产先进县，双峰县获得全省粮食生产标兵县和"中国碾米机之乡"称号，涟源市被评为全省农业产业化发展先进市。蔬菜示范基地建设卓有成效，娄底城区万亩蔬菜基地初步建成。

3. 服务业发展进一步加快

2010 年实现第三产业增加值 214.2 亿元，增长 12%。完成社会消费品零售总额 219.6 亿元，增长 18.3%。进出口总额突破 15 亿美元，增长 76.5%。在全省率先启动乡村旅游富民工程，成功创建中国优秀旅游城市，旅游接待 750 万人次、总收入 39 亿元，分别增长 38% 和 42%。继续推进"汽车、家电以旧换新"，"家电、汽摩下乡"，"新网工程"和"万村千乡市场工程"，发放财政补贴 1.99 亿元，带动直接消费 18 亿元。房地产、交通运输、邮电通信、批发零售等传统服务业不断壮大，金融、保险、"网上供销社"等现代服务业加快发展。

在取得良好成绩的同时，娄底产业经济运行还存在一些问题。一是工业结构不优。资源型产业比重过大，在规模以上工业企业中占比达到 80% 以上；轻重工业比例失调，重工业在规模以上工业中占比达到 90% 以上；大中小企业结构不合理，大企业不多，中小企业不强，没有形成大中小企业互补配套的发展格局。二是农业质量不高。经营规模小，生产档次低，产业链条短，全市农产品加工业产值与农业总产值之比仅为 0.32∶1，远低于全省的 0.79∶1；耕地面积少，竞争能力弱，人均耕地仅 0.62 亩，低于全省 0.84 亩和全国 1.42 亩的人均水平，农业与工业化、城镇化和生态建设争地的矛盾比全省、全国更为尖锐。三是服务业活力不足。增速偏低，2010 年服务业增速比工业增速低 7.8 个百分点；增加值占 GDP 的比重偏低，仅为 31.5%，比全国平均水平 43.0% 低 11.5 个百分点，比全省平均水平 41.8% 低 10.3 个百分点；物流业、现代服务业发展不足，自主品牌企业少，开放程度低，利用外资少，2010 年全市服务业实际利用外资占总量不到 1/5。

二 2011 年娄底市产业经济发展趋势分析

（一） 发展环境总体利好

一是娄底仍处于交通大建设、大提升时期，交通瓶颈制约将进一步缓解，区域性交通枢纽粗具雏形，市域内"一小时经济圈"将有效形成。交通格局的积极变化将吸纳更多的人流、物流，有力促进重大产业布局的优化调整和城镇建设的加快推进。二是"两型"综合配套改革深入推进，"两型社会"建设全面实施，市域经济与长株潭经济一体化深入对接融合，"3＋5"城市群区域协作发展更加紧密，城市群增长极更加凸显，娄底有望在重大项目、资金投入、产业布局、体制机制创新等方面，争取国家更多的支持。三是转变发展方式成为全年的发展主线，技术创新将成为经济发展的重要驱动力，国家将加快发展战略性新兴产业，为娄底加快发展以特种汽车和电动汽车为龙头的先进装备制造业，以汽车板、电工钢为主的新材料，以煤层气、风力发电为主的新能源等带来广阔的发展空间，进一步促进全市产业结构的调整优化。四是扩大内需将成为主要任务，国家将建立鼓励消费的长效机制，健全城乡居民社会保障体系，加快医疗事业发展，为娄底加快发展第三产业、消费品制造业，改善产业结构，完善公共服务体系，提高人民生活水平提供了新机遇。五是国家实施中部崛起、西部大开发、促进资源枯竭型城市可持续发展等区域发展战略，政策、体制和资金等叠加效应将进一步释放，将大大促进娄底的基础设施建设、生态环境保护治理和产业结构优化升级。

（二） 发展挑战依然存在

一是后金融危机时代以抢占新科技革命制高点为核心的竞争更趋激烈，科技创新步伐加快，科技对经济增长的贡献加大，拼资源、拼消耗、粗放式发展难以为继。娄底钢铁、建材、化工等传统支柱性产业均为国家重点调控的产能过剩行业，新的支柱产业尚未形成，战略性新兴产业尚处于起步阶段，保增长、促民生与转方式、促可持续发展的双重矛盾放大。二是娄底与省内先进发达市州差距在扩大，与落后市州相比无显著发展优势，"赶超"任务相当艰巨。三是土地供求

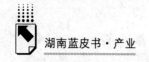

矛盾和环境约束力将进一步加剧。"十二五"时期,娄底将进入项目建设又一高峰期,土地供给将面临长期偏紧的严峻局面,同时,经济社会加快发展与资源环境约束矛盾日益突出,"两型社会"建设的任务更加艰巨。

(三) 发展思路更加清晰

面对新形势、新环境、新任务,娄底产业经济以科学发展为主题,以转变发展方式和优化产业结构为主线,以"3+5"城市群"两型社会"建设为契机,以产业融入对接和承接为重点,以自主创新为支撑,坚持工业主导,项目带动,着力打造园区发展平台,改造提升传统优势产业,积极培育战略性新兴产业,加快发展现代农业和服务业,努力构建既符合产业发展规律、又体现娄底特色,新型工业、现代农业和现代服务业互相融合、协调发展、富有竞争力的现代产业体系,增强内生动力,提升区域竞争实力,促进产业经济又好又快发展。

(四) 发展目标非常明确

2011年娄底市产业经济按照"调优一产、做强二产、搞活三产"的思路,将三次产业结构调整为14∶54∶32,规模以上工业增加值增长16%,农业增加值增长4%,服务业增加值增长17%,生产总值增长12%以上;财政一般预算收入增13%以上,进出口总额增长10%以上,全社会固定资产投资增长20%以上;城镇居民人均可支配收入和农民人均纯收入均增长11%以上;节能减排完成省定目标。

三 娄底市产业经济发展对策建议

立足娄底实际,下一步重点是要加快构建现代产业体系,做到"六个加快",推动产业经济科学发展。

(一) 加快推进新型工业化,壮大产业支撑

改造提升传统产业。以高端化、高新化、"两型"化、规模化为目标,推动冶金、能源、建材、机械、化工等传统优势产业提质升级。壮大涟钢、冷钢等骨干企业,推进和实施方瑞钢管、三星锻造、华新水泥、汇源新材料、双峰不锈钢

产业园、湖南海螺二期等一批技术改造项目，完成技改投资 150 亿元。加快煤矿集团化、机械化、标准化建设。

大力发展战略性新兴产业。深入实施战略性新兴产业发展规划，强化政策支持，选择有一定基础、具有比较优势的领域先行发展，促进规模扩张，加快集群集聚。重点发展先进装备制造、新材料、新能源及电动汽车、电子信息四大产业，鼓励和支持发展生物、节能环保、文化创意等新兴产业，加快大丰和绿色动力科技园、金华车辆等项目建设，着力打造汽车制造产业集群。

加快发展园区工业。加快园区基础设施和标准厂房建设，促进产业向园区集聚，强化园区综合管理职能和管理职权，赋予园区更多自主权。鼓励支持园区走"特色化"、"差异化"、"专业化"路子，支持娄底经济开发区创建国家级经济技术开发区。加快娄底铁路口岸和海关建设，有效承接产业转移。确保园区规模工业增加值占全市规模工业增加值的比重提高 1~2 个百分点。

切实提高自主创新能力。深入推进产学研结合，巩固拓展产业技术创新战略联盟，实施"质量兴企、品牌立市"战略。建设闪星锑业理化分析实验室、红太阳电池材料工程研究中心、轻型低速电动汽车及关键零部件等研发中心。打造娄底市薄板材料新型装备制造产业基地服务平台和新化特种陶瓷、涟源矿山机械、双峰农业机械公共技术与产业化服务平台。确保高新技术产业和战略性新兴产业产品增加值占规模工业增加值的比重达到 25% 以上。

（二）加快推进农业现代化，巩固产业基础

毫不放松地抓好农业生产。严格保护耕地，扩大优质稻种植面积，确保粮食总产 165 万吨以上。下大力气抓好"菜篮子"工程，高标准建设好杉山、小碧、桥头河、中阳、青树坪等蔬菜示范基地，确保蔬菜种植面积增加 1.5 万亩，湖南黑猪和湘中黑牛产业产值增长 10% 以上，生猪、肉牛出栏量分别增长 4% 和 8% 以上，保障主要农产品有效供给。实施优质种苗工程。大力发展特色农业，新造油茶林 8.3 万亩，低改油茶林 2.7 万亩，低改南竹 30 万亩，发展油菜 50 万亩、软籽石榴等名特优水果 2 万亩。

努力改善农业发展基础条件。加大水利建设投入，突出抓好小型病险水库治理、农村饮水安全、大中型灌区续建配套、小型农田水利设施、城市防洪、农村电气化等重点工程，强化水资源管理，做好第一次全国水利普查工作。加快农村

公路建设，争取完成通畅工程400公里。推广高效节能农机具，大力推进农业机械化。完成农业科技培训11万人次、职业技能培训3万人次。加快防汛抗旱指挥中心和物资储备中心建设。加强农产品质量安全监管、气象水文预报、山洪灾害预警、森林防火、动物防疫、农林有害生物防控等体系建设，提高综合防控能力。

积极推进农业产业化经营。延伸农产品加工产业链，力争农产品深加工产值增长30%以上。积极引进培育龙头企业，力争国家级农业产业化龙头企业实现零的突破。加快土地依法有序流转，大力发展农村专业合作组织，促进农业向规模化、集约化、产业化、品牌化发展。发展"网上供销社"，利用信息手段拓展农产品市场。

（三）加快发展服务业，彰显产业活力

做大做强生活性服务业。加快区域性商业中心和特色商业街建设，培育娄底汽贸城等区域性专业市场，逐步推进农贸市场标准化改造，提升餐饮、住宿、商贸等传统服务业水平。加快发展农业生产资料现代经营服务网络，促进"农超对接"。加大商务综合执法力度，完善供需和物价调控体系，继续推进"万村千乡市场工程"、"双百市场工程"、"新网工程"等活动，拉动直接消费，确保社会消费品零售总额增长18%。

大力发展生产性服务业。加快娄底湘中国际（陆港）物流园等项目建设，发展现代物流业。鼓励发展金融、信息、保险、证券等生产性服务业。实施"科技兴贸"战略，加快发展加工贸易和服务外包产业，引导鼓励民营企业开展对外贸易，加快农产品省级出口基地创建，建好娄底出口产品原产地签证处。全年实现进出口总额增长10%以上，加工贸易增长15%以上。

进一步壮大文化和旅游业。加快构建以文化旅游、现代传媒、新闻出版、广告会展等联动发展的产业框架。全面实施乡村旅游富民工程，推进旅游业与农业、林业、水利、新型城镇化融合发展。抓好水府庙国家湿地公园旅游开发，打造国际影视新城。建设以新化为核心的湖南大梅山文化旅游经济协作区。推进紫鹊界梯田、中华蚩尤始祖文化园、曾国藩故里、梅山龙宫、大熊山、龙山、湄江、波月洞等重点景区的提质升级。扩大中国优秀旅游城市品牌的影响力，把旅游业培育成娄底市战略性支柱产业，确保旅游接待人数和总收入均增长30%以上。

（四）加快推进信息化，增强发展动力

加强信息产业基础建设。以统一城市通信管道资源建设为突破口，完善、整合网络资源，促进电信网、广电网、互联网"三网融合"。推进城市骨干信息管网向农村辐射延伸，扩大网络覆盖面。加强电子政务建设与信息资源开发，促进部门信息共享，提供透明、方便、快捷的网上政务服务。

大力发展信息产业。推进娄底太和信息产业园等基地建设，积极发展电子信息材料、电子元器件等信息产品制造业，把信息产业培育成新的经济增长点。推进电信业由传统运营业向信息服务业转变，培育互联网增值服务。以全国移动商务在湖南开展试点为契机，着力发展电子商务、物联网、虚拟经营、连锁经营等信息产业。

（五）加快推进示范区建设，打造"两型"产业

狠抓片区示范。加快万宝新区和东部新区建设，加快娄星北部经济园区顶层设计。完成潭邵高速娄底连接线扩建工程，加快娄星南路、仙女大道、高丰路、高铁南站站前广场、娄益高速连接线、园区内部道路、22 万伏变电站等基础设施建设，加快鸿帆铝业、湖南煤机等已落地项目的建设进度，推进红宇耐磨、新世界建材城、移动大厦等项目动工建设，加快引进战略性新兴产业和绿色环保产业项目，确保年内完成投资 20 亿元，构建新区基本轮廓，引领全市"两型"产业发展。

推进节能减排。增强节能意识，扎实推进企业节能行动，发展循环经济，大力促进社会节能，实施瓦斯抽采利用等项目。坚持源头治理，严格落实环保"三同时"制度，坚决杜绝高能耗、高污染产业与项目进驻。严格责任目标考核，进一步形成节能减排的协作机制、监督机制和约束机制。

加强环境治理。启动锡矿山地区砷碱渣污染治理项目，推进涟钢和冷钢周边环境治理，推进资水、涟水、孙水等流域综合治理，强化重点行业和企业强制性清洁生产审核。

（六）加快优化经济环境，强化发展保障

解放思想，开阔视野。倡导全市各级各部门树立广阔的世界眼光，着眼于世

界发达国家的发展水平，着眼于世界范围内的产业竞争，着眼于以世界最先进的科技发展态势来谋划产业定位和发展思路，利用好国际国内"两个市场"、"两种资源"改造、引进、发展市域产业。当前重点在于立足"3＋5"城市群之间的产业合理分工与协作，主动接受长株潭产业、科技、人才的辐射与带动，为现代产业体系构建开拓更大的发展空间。

改进方法，破解瓶颈。切实拓宽融资渠道，破解资金制约瓶颈。大力招商引资，突出产业招商、以商引商，注重发挥商会组织与娄商作用，重点加强与世界500强、全国500强、央企和沿海产业的对接合作，高起点承接产业、资金、技术转移，实现内联引资130亿元以上，力争150亿元，到位外资1.8亿美元。切实加强土地储备，破解土地制约瓶颈。盘活现有的土地存量，加大工业用地储备力度，优先保障先进制造、高新技术等重点产业的土地供应。切实加强关键领域改革，破解体制制约瓶颈。改革户籍制度、土地流转制度、投融资体制，充分发挥政府和市场"两只手"的作用，重点利用市场这只"无形的手"来配置资源。

提高效率，优化服务。提高办事效率，开辟"绿色通道"，实行全程代办手续、一个窗口收费、一站式服务，优化产业发展的政务环境。提高执法效益，本着"既要规范，更要发展"的原则，依法执法、文明执法，杜绝乱收费、乱作为，优化产业发展的法制环境。提高办事效率，积极应对和驾驭复杂局面，从快从重打击"三强"等不法行为，优化产业发展的社会环境。

加强学习，提高能力。鼓励广大干部职工特别是党政领导认真借鉴国际国内在现代产业体系建设方面的成功经验，吸取教训，选择好切合实际的发展路径，及时跟踪国际国内产业发展的新动向和政策扶持的新举措，力争在理念和思路上有更大创新，在路径和模式上有更大改进，在加快现代产业体系构建上有更大作为，努力推动产业经济又好又快发展。

B.34

湘西自治州 2010 ~ 2011 年
产业经济发展研究报告

叶红专*

2010 年，面对国家信贷收紧、优惠电价取消、洪涝灾害频发、矿山整治整合等严峻挑战和巨大压力，湘西自治州积极应对，攻坚克难，依托资源，突出特色，大力推进新型工业化、农业产业化和旅游产业发展，产业建设取得较好成效。

一　2010 年湘西自治州产业发展情况

（一）以矿业整治整合为重点的新型工业化有新进展

坚持新型工业化第一推动力不动摇，抢抓国际金融危机、优惠电价取消、重大矿难事故发生等形成的倒逼机制，加大推进工业结构调整和发展方式转变，促进工业转型升级。一是矿业整治整合力度加大。针对矿业发展"散、小、弱"状况和严峻的矿山安全形势，湘西自治州州委、州政府强力推进锰锌整治整合。二是项目建设推动有力。52 个湘西地区开发产业项目、6 个省"双百工程"、10个省"四千工程"加快推进，30 个投资 5000 万元以上重点工业技改项目启动 28个，100 个投资 500 万元以上的工业技改项目全部开工建设，全州完成技改投资37 亿元，增长 15.2%。三是工业园区建设成效明显。吉凤经济开发区区划调整基本到位，完成工业总产值 12.3 亿元。湘西广州工业园引进产业转移项目 9 个，投资额达 3.6 亿元。全州实现招商引资 71.8 亿元，增长 28.7%。四是协调服务

---

* 叶红专，中共湘西土家族苗族自治州委副书记、湘西土家族苗族自治州人民政府州长。

明显加强。大力开展"企业服务年"活动，在财政补贴、税费减免、技术改造等方面，加大对企业的扶持力度，帮助企业解决实际困难，一批骨干企业生产经营形势向好。全州销售收入过亿元的企业达 51 家，其中丰达合金、金旭公司销售收入过 8 亿元，酒鬼酒公司、太丰公司、三立集团销售收入过 6 亿元。2010 年全州实现工业增加值 102.21 亿元，增长 5%，其中规模工业增加值 90 亿元，增长 4.4%，规模工业实现主营业务收入 240.5 亿元，增长 15.7%；实现利税 22.8 亿元，增长 30.3%。

（二）以椪柑、烟叶提质为重点的农业产业化建设有新起色

2010 年全州粮食总产量达 87.9 万吨，连续五年增长。巩固提升柑橘产业，完成品改低改 14.8 万亩，总产量达 75 万吨；举行了柑橘营销签约仪式、"2010 年泸溪椪柑俄罗斯推介会"等系列活动，签订购销合同 56 万吨，均价达到每斤 0.7 元以上。大力推进现代烟草农业建设，完成烟叶收购 51.3 万担，完成"两烟"税收 3.3 亿元。狠抓茶叶产业建设，新扩良种茶园 2 万亩，茶叶销售价格大幅上涨，古丈毛尖在第八届国际名茶评比中荣获金奖，保靖黄金茶荣获 2010 年中国茶品牌年度"金芽奖"。畜牧水产业不断发展，全州规模养殖大户达 4603 户，500 头以上的规模养殖场达 366 个，年出栏量达 115 万头，斑点叉尾鮰、银鱼等养殖规模不断扩大。林业产业化建设得到加强，集体林权体制改革超额完成省定任务，发证率达 97.4%，5 个县市进入全省第一行列。"八百里绿色行动"纵深推进，整合资金 6420 万元，完成造林 4.56 万亩，两条风景线绿化成效明显。

（三）以凤凰为龙头的旅游产业建设有新发展

一是旅游项目加快推进。实施了一大批旅游基础设施和景区提质项目，总投资达 15 亿元。启动了凤凰 10 大旅游提质项目，沱江风光带夜景亮化工程完工，南华山森林公园整体开发、沱江风光带三期工程等项目主体工程完成。芙蓉镇景点圈旅游资源整合进展顺利，湘西（王村）文化生态旅游基础设施建设项目获国家发改委立项。乾州古城景点圈建设明显加快，投资 9100 万元修复"三门开"城楼、古城巷道和古建筑，古戏楼、万溶江风光带建设项目完工，矮寨特大悬索桥工程景观建设正在加紧实施。投入 2000 万元实施了泸溪沅水风光带建

设，涉江阁、橘颂塔等项目建设顺利完成。里耶景点圈建设完成旅游开发投入8400 万元，里耶秦简博物馆、遗址公园正式对外开放。"百千万"特色民居保护工程取得实效，惹巴拉、张家坡、德夯、岩门古堡寨等特色村寨民居整治全面推进。二是旅游宣传促销力度加大。成功举行了秦简博物馆开馆和里耶古城遗址公园开园、湘西苗族百狮会、湘西德夯帐篷节、古丈茶祖节等旅游营销活动。与广州军区、潇湘影视集团联合拍摄了湘西题材电视连续剧《借问英雄何处》。组织开展"湘西之歌"创作活动，新创作湘西歌曲 20 多首。通过一系列宣传促销活动的开展，"神秘湘西"旅游品牌不断提升，旅游产业发展迅速，全年接待游客1255.6 万人次，实现旅游收入 63.5 亿元，比上年增长 14.4% 和 25.3%。三是行业管理得到加强。行业标准化水平逐步提高，新创建星级饭店 9 家，省级家庭旅馆 107 家，星级旅行社 4 家，星级乡村旅游景点 11 家。建立了一体化旅游投诉处理系统，旅游投诉处理率达 100%，投诉处理满意率达 90% 以上。从业人员素质不断提高，开办旅游培训班 8 期，培训从业人员 2000 多人次。大力实施百个乡镇街道整脏治乱绿化行动，旅游集镇、旅游景区、旅游通道得到有效整理，旅游环境不断优化。

二 2011 年湘西自治州产业建设重点

（一）促进工业转型升级

坚定不移地把新型工业化作为富民强州的第一推动力，继续实施工业强州战略，强化工业主导地位，加强结构调整和发展方式转变，推动工业优化升级。力争工业增加值、规模工业增加值分别增长 14% 和 16% 以上。一是加快矿业整合步伐。坚持锰锌整合目标不动摇，2011~2012 年将全州电解锰企业由 60 家整合到 8~10 家，电解锌企业由 14 家整合到 4~5 家。二是扶持骨干企业发展。加强对重点骨干企业的协调服务和跟踪管理，落实扶优扶强的政策措施，进一步发展壮大优势骨干企业，力争丰达合金、三立、金旭、酒鬼酒等企业年销售收入过10 亿元，太丰、振兴、东锰、金瑞、蓝天、金天、兴业、轩华等企业年销售收入过 5 亿元的企业。三是推进工业项目建设。把项目建设作为推进新型工业化的战略重点来抓，全面实施"451"工程，即完成技改投资 40 亿元，启动 50 个投资 1000 万元以上的工业企业技改项目，突出抓好 10 个投资 1 亿元以上的对湘西自治州工业未来发展有重大影响的重点项目，继续推进 52 个湘西地区开发产业项目、省"双百工程"、"小巨人"项目建设，力争全年完成技改投资 40 亿元，增长 20%。四是加快工业园区建设。加人项目招商力度，积极承接产业转移，突出基础设施建设和项目入园，力争吉凤经济开发区工业总产值突破 20 亿元。五是抓好科技创新。大力推进产学研结合和州校合作项目建设，加快科技创新平台和技术服务平台建设，组织实施一批重大科技专项，加大自主研发力度，开发一批具有自主知识产权的高端产品。重点抓好酒鬼酒公司、东锰集团、老爹公司、金旭公司四个省级技术中心和湘西国家锰深加工高新技术产业化基地、湘西省级锌深加工高新技术产业化基地建设，提高科技创新能力。六是加强节能减排。鼓励和引导企业开展资源节约利用活动，抓好重点节能工程和节能项目建设，积极推进清洁生产，提高企业处理污染物的能力。下大力气集中整治重点区域、重点企业的污染，继续抓好"锰三角"污染治理，巩固治理成果，关闭破坏资源、污染环境的企业。严格实行节能减排问责制和"一票否决"制，全面完成节能减排任务。

（二）加强现代农业建设

把调整优化农村经济结构作为发展现代农业的切入点，着力提升农业产业化水平。一是抓好特色农业开发。巩固提升椪柑产业，加强椪柑品改、低改和病虫害防治，扶持营销大户和专业组织发展，培育壮大椪柑精深加工。加快龙山茨岩、永顺泽家、松柏、芙蓉镇和凤凰禾库等现代烟草农业基地建设，稳步扩大种植规模，确保收购烟叶 55 万担，力争 60 万担以上。加快优质绿茶基地建设，加强品牌建设和市场营销，提升古丈毛尖和保靖黄金茶品牌影响力。大力发展蔬菜产业，突出发展专业蔬菜基地和高山反季节蔬菜，打造绿色富硒品牌。抓好猕猴桃、百合、中药材、油茶、养殖等特色产业发展，培育壮大畜牧水产业，支持农业产业化龙头企业和农村经济合作组织发展，完善农产品流通体系，促进农民增产增收。二是搞好农业配套服务。抢抓国家大兴水利的机遇，加快农田水利设施建设，实施病险水库治理、终端渠系配套、城市防洪工程、农村安全饮水、水源工程、防汛抗旱工程，改善农业灌溉条件，提高抵御自然灾害的能力。以农村土地承包经营权流转为重点，引导农村土地向种植大户流转，发展农业规模经营。

加强农业基层科技服务体系建设，继续实施农业科技特派员制度，继续开展"百万农民大培训"，抓好优质种苗、科普示范、科技入户工程，提高农民劳动技能和整体素质。三是加大扶贫开发力度。积极争取国家西部大开发、扶贫开发、湘西地区开发等政策，启动新一轮连片"整村推进"扶贫开发和第一支部书记驻点移民村工作，加大中高海拔地区产业扶贫开发力度，抓好"湘西坊"等创业园建设，全面推进农村低保和扶贫开发政策的有效衔接，加快农民脱贫致富步伐。继续抓好新农村"千村示范工程"，启动实施"百城千镇万村"试点工程，加强主导产业发展、村庄整治和村风文明建设，改善农村生产生活条件。

（三）优先发展旅游产业

大力实施旅游优先发展战略，加快精品景区景点建设，完善旅游配套设施，加强旅游宣传推介和行业管理，进一步提升"神秘湘西"旅游品牌，力争全年接待游客突破 1400 万人次，旅游收入突破 70 亿元。一是打造精品景区景点。突出凤凰旅游龙头带动作用，加快 10 大旅游提质项目建设，力争"烟雨凤凰"山水实景演艺项目取得突破性进展，搞好凤凰古城申报 5A 级景区工作，将凤凰古城、里耶秦城和老司城打捆申报世界文化遗产。加快乾州古城基础设施和万溶江沿线风光带建设。抓好峒河沿线风光带建设，启动矮寨悬索大桥桥头公园和德夯苗寨整治工程建设，策划具有民族特色、与游客互动的演艺节目，确保 2011 年10 月 1 日前以全新面貌对外开放。二是提升文化内涵。依托生态文化资源，加强文化和旅游的深度融合，推进武陵山区（湘西）土家族苗族文化生态保护试验区建设，深入挖掘整理凤凰古城、黄丝桥、南方长城的兵站文化，老司城的土司文化，里耶的秦汉文化，猛洞河、小溪、红石林、坐龙峡的山水风光和地理文化，搞好民族习俗和民间古绝文化的保护、发掘和传承，提升"神秘湘西"的核心内涵。积极开展凤凰苗族四月八、德夯苗鼓文化节、花垣苗族赶秋节、龙山土家族摆手节、永顺土家族社巴节等民俗文化节庆活动，邀请国内顶尖级导演，充分汲取湘西自治州民族民间文化精华，打造几台高水平的民族演艺精品节目，谱写几首流传广泛的旅游歌曲，编排几台极具特色的民族舞蹈，提升民族文化内涵。三是完善配套设施。抓好旅游大通道和景区环线旅游公路建设，加快建设连接各核心景区的快速旅游通道，形成湘西 1 小时旅游经济圈。加快四星级以上宾馆及高档度假型、商务型酒店建设，满足高端游客需求。规划建设一批星级农家乐，完善家庭客房、农家旅馆等辅助接待设施。抓好各核心景区的换乘中心、停车场、游客服务中心、厕所等配套设施建设，提升景区服务水平。开发具有民族特色、地域特点的文化旅游商品，积极发展旅游定点购物，提高旅游消费水平。四是培育市场主体。推进旅游景区经营权与所有权分离，积极引进、培育国际国内大型旅游企业和全国知名的品牌酒店、旅行社、旅游商品企业，提升旅游企业整体竞争力。继续坚持政府引导、市场运作，以企业为主体，以媒体为纽带，加大市场化运作力度，巩固和拓展以北京、上海、广东、成都、重庆、长株潭为主的国内市场，拓展港澳台和以日本、韩国为主的东亚市场，积极培育欧美高端市场，加强与周边地区的区域协作，促进差异化竞争、差别化发展，加快旅游一体化进程。五是优化旅游环境。规范发展旅游协会、旅行社分会、饭店分会等行业协会，充分发挥行业协会的作用。引导旅行社、宾馆饭店、旅游景区之间建立分工合理的协作机制，形成互利共赢的利益分配机制，防止恶性、无序竞争。强化旅游从业人员的服务意识，加强业务素质培训，提高导游、酒店服务人员的业务能力和服务水平，营造良好的旅游软环境。

园 区 篇

Industrial Zone Reports

B.35

2010 年湖南开发区产业
发展研究报告*

湖南省统计局

2010 年，湖南开发区克服后金融危机的影响，进一步拓宽发展思路，转变发展方式，发挥区位优势，改善投资环境，调整产业结构，扩大对外开放，在全省经济发展中发挥着重要的示范、辐射和带动作用。

一 2010 年湖南开发区发展整体向好

1. 开发区在省内分布广泛

到 2010 年底，湖南拥有省级及以上开发区 78 家，分布在全省 14 个市州、77 个县（市、区）。其中国家级开发区 9 家，比 2009 年增加 3 家，主要分布在

---

* 本文湖南开发区是指湖南省省级及以上开发区。

长沙、株洲、湘潭、岳阳、常德和郴州6市；高新技术开发区5家，分布在长沙、株洲、湘潭、衡阳和益阳5市（见表1）。

表1 2010年湖南省开发区类型 览表

单位：家

市 州	按级别分		按类型分			合计
	国家级开发区	省级开发区	工业开发区	高新技术产业开发区	综合开发区	
长沙市	4	5	5	1	3	9
株洲市	1	4	1	1	3	5
湘潭市	1	4	3	1	1	5
衡阳市	0	8	3	0	4	8
邵阳市	0	5	0	0	5	5
岳阳市	1	5	5	0	1	6
常德市	1	5	0	0	6	6
张家界市	0	1	0	0	1	1
益阳市	0	6	1	1	4	6
郴州市	1	9	5	0	5	10
永州市	0	7	4	0	3	7
怀化市	0	2	1	0	1	2
娄底市	0	5	0	0	5	5
湘西自治州	0	3	0	0	3	3
湖南省	9	69	28	5	45	78

2. 省内开发区规模有所壮大

到2010年底，全省开发区已开发面积达624.7平方公里，比2009年增加106.9平方公里，增长20.6%。全省78家开发区拥有企业13256家，比2009年增加2271家，增长20.7%；拥有从业人员148.33万人，比2009年增加24.12万人，增长19.4%（见表2）。

表2 2010年湖南省开发区发展情况

指 标	单位	2009年	2010年	同比增长（%）
规划面积	平方公里	1518.6	1783.5	17.4
已开发面积	平方公里	517.8	624.7	20.6
企业数	家	10985	13256	20.7
年末从业人数	万人	124.21	148.33	19.4

3. 开发区招商引资能力持续增强

2010 年，开发区充分利用各项合作交流活动扩大招商引资规模，提高核心企业凝聚力，推进配套产业的发展，开发区招商引资和项目建设成效显著。全年全省新批外商直接投资项目 213 个，比 2009 年增加 69 个，实际到位外资金额 15.7 亿美元，增长 31.1%，占全省利用外资的 30.4%，其中长沙经济技术开发区、长沙高新技术产业开发区、株洲高新技术产业开发区外商投资金额均超过 1 亿美元。全省实施省外境内合作项目 1232 个，比 2009 年增加 352 个，实际到位省外境内资金 568.5 亿元，增长 37.2%，占全省利用内资的 32.8%（见表 3）。

表 3   2010 年湖南省开发区招商引资情况

指　　标	单位	2010 年完成额	同比增长或比重比率提高(%)
新批外商直接投资项目个数	个	213	47.9
实际到位外商直接投资金额	亿美元	15.7	31.1
占全省利用外资比重	%	30.4	4.3
实施省外境内合作项目个数	个	1232	35.9
实际到位省外境内资金	亿元	568.5	37.2
占全省利用内资比重	%	32.8	4.1

4. 工业引领开发区发展

2010 年，全省开发区拥有工业企业 7530 家，比上年同期增加 1249 家；实现工业总产值 8230.20 亿元，同比增长 44.8%；规模以上工业增加值 2221.94 亿元，增长 30.0%，占全省规模工业增加值的 37.7%（见表 4）。

表 4   2010 年湖南省开发区工业经济发展情况

指标　开发区	工业企业数(家)		工业总产值(亿元)		规模以上工业增加值(%)	
	本期	同比增加	本期	同比增长	本期	同比增长
湖南省开发区	7530	1249	8230.20	44.8	2221.94	30.0

5. 开发区高新技术产业发展迅速

2010 年，全省开发区拥有高新技术产品企业 1303 家，比上年同期增加 257

家，占园区企业总数近 1 成；实现高新技术产品产值 4475.0 亿元，同比增长 42.6%；高新技术产品增加值 1388.0 亿元，同比增长 45.9%，占园区规模工业增加值的 62.5%；其中 5 家高新技术产业园区完成高新技术产品增加值 653.9 亿元，增长 38.1%，占全省园区高新技术产品增加值比重的 47.1%（见表5）。

表5 2010 年湖南省开发区高新技术产业主要指标

指　　标	单位	湖南省开发区		高新技术产业开发区	
		绝对值	增速（%）	绝对值	增速（%）
高新技术产品企业数	家	1303	24.6	653	20.3
高新技术产品企业年末从业人员	人	435360	24.6	173669	20.1
当年科技活动经费支出总额	亿元	200.1	54.0	61.5	37.7
高新技术产品产值	亿元	4475.0	42.6	2022.7	38.3
高新技术产品增加值	亿元	1388.0	45.9	653.9	38.1

6. 开发区出口创汇有所增加

2010 年，湖南开发区大力发展对外贸易，出口创汇能力不断提升，共拥有出口型企业 434 家，比上年增加 91 家，增长 26.5%；实现出口交货值 494.52 亿元，增长 32.7%。全省开发区中，共有 41 家开发区出口交货值超过 1 亿元，其中 10 家开发区的出口交货值超过 10 亿元，其出口交货值占开发区总出口交货值的 74.6%。

7. 开发区经济效益回升明显

2010 年，湖南开发区经济运行质量较好，经济效益回升较快。全省开发区实现利润总额 613.29 亿元，增长 53.7%；主营业务税金及附加 97.35 亿元，增长 46.4%；上交税金总额 327.60 亿元，增长 17.8%，上缴税金过亿元的开发区由 2009 年的 35 家增加到现在的 53 家。

8. 国家级开发区主体作用突出

国家级经济开发区凭借其规范的运作模式，广阔的发展空间，成为推动湖南开发区经济快速增长的主要力量。2010 年，全省 9 家国家级开发区实现技工贸总收入 4616.13 亿元，增长 44.1%，占全省开发区的 48.1%；实际利用外资 8.09 亿美元，增长 16.0%，占全省开发区的 51.5%；实际利用内资 132.94 亿元，增长 20.4%，占全省开发区的 23.4%，主要经济指标占全省开发区的比重均超过 20%（见表6）。

表6　2010 年湖南省国家级开发区主要经济指标及占比情况

指　标	单位	国家级开发区		占全省开发区比重(%)
		绝对值	增速(%)	
技工贸总收入	亿元	4616.13	44.1	48.1
实际利用外资	亿美元	8.09	16.0	51.5
实际利用内资	亿元	132.94	20.4	23.4
工业增加值	亿元	1294.09	38.5	48.0
出口交货值	亿元	151.76	55.9	30.7
上交税金总额	亿元	181.05	6.6	55.3

二　发展中存在的主要问题

1. 土地资源和建设资金紧张

近年来，湖南省开发区加大招商引资力度，一批发展空间较好的园区，不断引进新的投资项目，入园企业不断增加。但经济快速发展的同时，面临着未来可开发土地资源不足、土地开发成本较高、融资困难和建设资金紧张等问题。一方面，由于规划面积较小和选址不当等原因，部分开发区没有连片征收土地，使得后期开发时出现征地难、征收成本过高的局面。全省 78 家开发区中，规划面积不足 10 平方公里的超过 1/3，这些开发区剩余的，可开发土地面积已出现紧张趋势；另一方面，受国家政策调控、评估费用过高和贷款手续复杂等因素的制约，开发区中小企业普遍存在融资困难的问题，导致企业扩大生产受阻、项目建设缓慢，错失发展机遇。

2. 区域间发展不平衡

湖南开发区呈现出不均衡的分布状况，不同市州之间的差异较大，主要表现在：从湖南各市州拥有开发区的数量来看，最多的市州达到 10 家，最少的市州只有 1 家，在占全省面积不到 15% 的长株潭地区内集中了超过全省数量 60% 的国家级开发区；一点一线地区，拥有开发区 42 家，占全省开发区总数的 53.8%，而湘西地区的 26 个县（市、区）仅有 9 家开发区，占全省开发区总数的 11.5%。

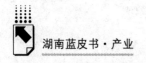

3. 开发区规模有待扩大

目前全省 78 家开发区，部分园区存在企业数量偏少、引进资金不多、发展相对缓慢等问题。全省 78 家开发区中，企业数超过 100 家的仅有 29 家，有 21 家开发区的企业数不足 50 家，其中 1 家开发区的企业数不足 10 家。历年累计固定资产投资总额不足 10 亿元的开发区有 7 家，工业总产值不足 10 亿元的开发区有 6 家。

4. 招商引资力度需进一步加强

2010 年，全省开发区招商引资情况，从总体来看增速较快，但针对部分开发区来说，招商引资能力需进一步加强。全省没有外商投资的开发区达 37 家，其余 41 家中，实际到位外商直接投资额过 5000 万美元的开发区仅 12 家。全省 78 家开发区中，实施省外境内合作项目不足 10 个的近半数，实际到位省外境内资金不足亿元的有 5 家。

5. 产业结构雷同且技术含量低

近年来，湖南开发区产业集聚效应日益突显，但在发展过程中也存在着主导产业不突出、区域产业布局趋同等问题。从全省开发区的产业分布看，多集中于电子、机械、纺织、汽车零部件和食品加工业等，这些行业多属于资金密集型和劳动密集型行业，处于产业链低端，生产方式粗放，容易造成资源的浪费和环境的污染。一些区内企业存在自主创新能力低、拥有知识产权和知名品牌少、高新技术产品比重偏低等现象，全省 78 家开发区中，45 家开发区科技活动经费支出总额不足 5000 万元，其中 2 家没有科技活动经费支出。全年创造高新技术产品产值不足 1 亿元的开发区有 11 家，其中 6 家产值为零，这些都在一定程度上影响到全省开发区的可持续性健康发展。

三 推进湖南开发区快速发展的对策建议

1. 切实提高开发区的经济话语权，增强开发区的经济促进作用

做大做强开发区是提高开发区战略地位的根本途径，针对湖南开发区规模较小、招商引资力度有待提高和发展潜力需进一步发掘等问题，各地政府及相关部门应在政策和资金上给予开发区真正的行政和经济管理权限，各开发区也应加大自身软硬环境的建设投入。一方面要加强基础设施项目建设，加大水、电、气、道路、网络、通信等基础设施建设，不断优化开发区环境，满足扩大招商引资的需求；另一方面要加快人才、资金和信息的流动，充分发挥开发区的辐射和带动作用，从而不断增强开发区的经济实力和发展后劲，努力把开发区建设成当地经济最重要的增长极。

2. 努力做到全省一盘棋，充分整合各种社会和自然资源

要根据各地开发区的资源特点和产业基础，充分发挥主导产业的比较优势，进一步优化产业结构，大力发展高新技术产业、先进制造业等技术含量高、经济效益好、环境污染小的项目，积极培育综合实力强、带动能力大、配套产业多的龙头企业，整合资源，引进技术，不断提升产业层次，做大做强开发区。鼓励符合国家产业政策、技术先进、能形成规模效益的投资项目向开发区集中，确保开发区的总体发展规划必须符合当地的发展规划，实现开发区建设与经济和社会的协调发展，在土地、资源等分配中，应优先满足开发区特别是发展势头好的开发区的需要，促进开发区发展。

3. 大力推进开发区的可持续发展能力，实现开发区的长期、稳定、健康发展

开发区应坚持科学发展和保护生态环境的原则，加强对区内各种资源的合理开发和利用，从而促进人与自然环境的和谐发展。积极推进绿色核算体系，进一步完善电力、供排水、供热、通信、道路、排污等相关配套基础设施的建设，同时对排污总量控制、污染防治和生态保护等方面要制订出合理的建设发展规划，大力发展循环经济，鼓励按循环经济模式规划、建设、改造开发区。

4. 提高开发区各方面的创新能力，加强产业集聚效应，促进产业配套能力

开发区要在学习国内外先进理念、管理模式和经验的基础上，从园区定位、战略目标、规划建设、绩效评估等方面着手，进一步加大改革力度，进一步提高开发区自身的创新能力，鼓励各开发区建立属于自己的科研中心，增强原始创新能力，对技术水平低、能源消耗多和环境污染大的项目，要加快改造步伐，通过提升企业产品的技术含量和整体效益，扩大企业规模，培育一批经济效益高、发展前景好的优势产业。

B.36
长沙经济技术开发区
产业发展研究报告

杨懿文[*]

在湖南加快推进"四化两型"进程中，长沙经济技术开发区紧抓主业，突出重点，全力打造"中国力量之都"。2010年，全区实现规模工业产值915亿元，实现技工贸总收入超过1000亿元，完成工商税收50亿元，获得了"国家新型工业化工程机械产业示范基地"、"全国城市和园区知识产权试点示范工作先进集体"和"湖南最具投资价值示范产业园区"等荣誉称号。

一 2010年园区发展的基本情况

(一)两大主导产业引领园区发展

园区形成了以三一集团、中联重科、山河智能、中铁轨道为龙头，以其他企业为骨干的工程机械产业集群，形成了混凝土输送泵、隧道岩石挖掘机、静力压桩机、盾构机、汽车起重机等较为健全的产品体系。2010年工程机械产业实现产值645.9亿元，同比增长53.69%，占全区工业总产值的70.56%。

汽车产业形成了以广汽菲亚特、广汽长丰、众泰汽车、北汽福田、博世汽车等为龙头的产业集群，长沙经济技术开发区已经成为国内拥有最完整车系制造能力的开发区。2010年全区汽车产业实现产值103.8亿元，首次突破百亿元大关，占全区工业总产值的11.34%。

---

* 杨懿文，长沙经济技术开发区党工委书记、长沙县委书记。

（二）骨干企业支撑作用增强

园区工业总产值过 10 亿元企业达 10 家，实现产值 784.9 亿元，占全区工业总产值的 85.8%。三一重工、山河智能、中联浦沅、北汽福田、博世汽车等企业继续保持蓬勃的发展势头。全区围绕主导产业，坚持招大引强，全力推进"十百千万工程"（即"十大项目、百亿投资、千亿产能、万亩土地"），千方百计抓好重大项目的引进、落地、开建、投产。2010 年，全区引进的项目中，总投资 2 亿元以上的内资项目 9 个，投资 10 亿元以上的项目 3 个，引进世界 500 强企业 5 家。投资 50 亿元的广汽菲亚特项目是近年来引进的最大项目，该项目达产后将形成 30 万辆轿车、30 万台发动机的产能，实现产值过 400 亿元。同时，北汽福田长沙新工厂、工程机械展示交易中心、6 吋晶圆、丰源迪美、山河工业城、中铁轨道二期等重大项目也纷纷选择在园区投资落户，为全区未来发展奠定了坚实基础。

（三）高新技术产业快速增长

2010 年，长沙经开区以推进"国家知识产权试点园区"建设为契机，把科技创新作为提高主导产业核心竞争力的重要支撑。一是建立了专项扶持资金。鼓励和帮助企业申请新型工业化引导资金、技术改造专项资金、节能专项资金、国际市场开拓资金和中小企业发展专项资金等。二是创新平台建设加快。鼓励产学研结合，支持企业建立国家实验室、国家级技术中心等研发机构，鼓励企业自主研发核心零部件。区内先后建起了三一集团、中联重科、山河智能 3 个国家级企业技术中心、7 个省级技术中心和 3 个博士后工作站。三是高级人才的引进与培养加快。出台了《关于引进高层次人才的决定》，重奖对科技进步有特别贡献的高级人才，重奖取得突破性进展的科技研发牵头人和攻关小组。经过园区大力工作，2010 年园区全年实现高新技术企业产值 817.4 亿元，同比增长 50.1%；实现新产品产值 357 亿元，同比增长 43%；园区专利授权也实现井喷式增长，达 453 件，同比增长 40%，共获得 4 项国家、省级科技进步奖，有 13 家企业获得国家创新基金立项支持，园区科技创新能力不断增强。

（四）园区配套产业快速发展

园区在发展主导产业的同时，注重发展配套产业。一是引进了配套零部件企业。通过举办工程机械和汽车产业零部件招商会，特别是中国（长沙）国际工程机械零部件博览会成效显著，2010年园区成功引进了住友轮胎、美国空气化工、宝钢加工配送中心等一批知名零部件项目。二是大企业自建配套园增多。一批龙头企业，如二 集团、广汽菲亚特、北汽福田、山河智能等创建了自己的配套园区，本地配套率不断提高。三是鼓励产业配套的政策不断出台。制定了《鼓励区域内工程机械配套企业发展的优惠政策》、《工业发展专项资金管理办法》等，对主机企业和配套企业给予重点奖励。完成了长沙经济技术开发区《工程机械产业零部件发展规划》、《汽车零部件配套产业发展规划》。四是配套项目建设加快。2010年中国工程机械质量监督检测中心和中国（长沙）工程机械交易展示中心项目破土动工。预计到"十二五"期末，园区工程机械属地配套率将达到30%，汽车产业属地配套率将达到40%。

（五）园区投资环境满意率再创新高

一是抓工作调度，贴心服务。坚持每天早餐会、每周一碰头、每月一调度、每季一讲评的工作机制，定期召开主任会议，不定期召开专题会议，为企业实时解决问题。二是推进"深度招商"，延伸服务。在引进企业项目的同时，挖掘企业深层次需求，同步引进、学习企业的理念、文化、团队意识和管理方法。同时，优先保证土地供应，优先安排主导产业主机企业和零部件配套项目的发展用地。三是着力提升服务水平。在继续完善"首问责任制"、"全程代办制"、"宁静日制度"的基础上，全区全面推进"学习与服务"活动，工管委班子成员率部门负责人上门向企业学习，为企业服务，全年收集并解决各类问题200多个。开展"向企业承诺、为企业服务、请企业评价"活动，向企业公开承诺，将企业反映的问题以"交办会"的形式督促职能部门限期解决。全面清理、精简审批事项，改进审批方式，优化办事流程，大大提高了工作效率和顾客满意率。2010年企业对全区总体投资环境满意率达93.26%，比上年提高了5个百分点。

二 2011年园区产业发展面临的形势

经开区作为湖南工业经济的主要集聚区，承担着发展工业经济的重大任务。近年园区十分明确地提出：在当前和今后相当长的一段时间内，工业经济始终是经开区发展的第一方略，服务业要紧紧围绕工业经济的发展而完善，经开区的一切人力、物力、财力、精力都要投到招商引资、项目落地和产业发展上来。为此园区还设计了以"中国力量之都"为核心理念的新标识。按照国际货币基金组织预测，2011 年世界经济将进一步复苏，产业经济将加快发展。作为产业重要载体的长沙经开区，2011 年区内主要产业将面临良好发展机遇。

（一）园区主导产业发展分析

一是工程机械将快速发展。据业内人士分析，工程机械行业仍将延续 8～10 年的黄金期，"十二五"期间工程机械零部件业将获得更多的政策支持，将有更大的发展空间。二是汽车产业机遇与挑战并存。2011 年，中国将进入第十二个五年规划发展时期，未来 10 年将是中国汽车工业实现从制造大国迈向产业强国的时期。中国汽车业由大变强，绝不只是量的增长，更应是质的提升。专家认为，中国汽车产业已经产能过剩，未来汽车产业的竞争将更为激烈，汽车产业的发展必将走向兼并重组与"洗牌"。广汽菲亚特的落户、众泰汽车电动汽车的下线、北汽福田长沙新工厂在园区的布局，住友轮胎、三菱汽车及相关配套企业的入驻，园区有望迎来新一轮汽车产业发展的高潮，形成全国新兴汽车板块。三是新兴产业方兴未艾。战略性新兴产业将成为转方式、调结构的重点，将成为 2011 年经济发展的热点，国家将对战略性新兴产业加大政策支持力度，应抓住机遇，因势利导，乘势而上。

（二）园区发展中存在的主要问题

尽管园区产业发展面临许多发展机遇，但园区发展中存在的一些问题和困难也不容忽视。主要表现在：一是规划"瓶颈"未能突破，承载空间亟须扩大；二是产业结构需要调整，主导产业配套不完善的问题没有得到根本解决，零部件产业规模小，研发能力弱，发展速度还不快，新兴战略产业尚未崛起；三是开发成本日益增长，融资压力增大，开发公司自身造血功能不强；四是公益性基础设施配套和居民商业文化生活配套不足，宜居园区建设任重道远；五是园区快速发展给资源环境带来新的考验。

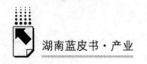

三　加快园区发展的对策建议

根据园区发展规划，到 2015 年，实现工业总产值 3000 亿元，力争达到 3500 亿元，工商税收 180 亿元，形成工程机械和汽车及零部件两个千亿产业集群，培育 10 个百亿企业，挺进国家级开发区 15 强，着力打造"世界工程机械之都"、"中国汽车产业集群新板块"。2011 年，园区将在突出发展主导产业、积极培育战略性新兴产业、加快发展现代服务业等方面着力，全面提升产业核心竞争力。

（一）做大做强工程机械产业，打造"世界工程机械之都"

大力引进世界 500 强和国内外知名工程机械企业在园区设立独资或合资公司。加快引进整机生产配套的液压件及液压附件、变速箱、驱动桥、变矩器、柴油发动机、变速器、车用空调、专用汽车底盘、高强度钢材等配套零部件生产企业，延伸产业链，提高本地配套率。重点扶植三一集团、中联重科泉塘基地、山河智能等核心企业提高资本运作能力，扩大国际国内营销网络，提升核心产品与技术竞争力，支持企业开发新的产品和产业，增强产业带动能力。鼓励核心企业通过二次裂变、投资入股、产学研联合等方式发展一批配套企业。建好中国工程机械交易展示中心、工程机械配套园、三一配套园、中联重科泉塘基地配套园、山河工业城等一批重点项目。力争到 2015 年，实现工程机械产值 1600 亿元，零部件本地配套率达 30%，三一集团、中联重科两家核心企业进入世界工程机械制造商前 10 强，创建 3 个以上世界知名品牌、20 个以上国家级名牌、50 个以上省级名牌，打造"世界工程机械之都"。

（二）大力提升汽车及零部件产业，建设中国汽车产业新板块

依托广汽菲亚特、广汽三菱、北汽福田等一批骨干企业，保持越野车，专用车，轻、中、重型载货车优势，积极发展节能环保经济型轿车，提升中级轿车竞争力，扩大轻型车生产规模，促进重型车提升档次。重点支持广汽三菱 30 万辆乘用车、广汽菲亚特 50 万辆乘用车、北汽福田 20 万辆重卡和 SUV 及皮卡、众泰汽车 10 万辆轿车、陕汽 5 万辆重卡等生产能力建成达产。增进整车企业、高校、科研院所和零部件企业之间的有效沟通合作，整合资源，构建集制造、研发、商贸、服

务为一体的合作开发联盟，着力打造资本构成多元化、企业组织集团化、生产经营规模化、产品市场国际化的现代汽车及零部件产业基地。鼓励、引导和帮助整车企业在园区建立技术研发中心，建设公共的技术研发与服务平台、高水平汽车质检中心和试车场。发挥整车带动作用，编制关键零部件发展及项目引进目录，进行大力度的政策性倾斜引进，重点加强对发动机、变速箱、转向器、底盘、汽车模具与车身、车桥、动力电池、汽车电子电器、汽车空调等产品发展的支持，努力建设面向全球供货的零部件生产基地。吸引国际国内关键零配件企业入驻园区，鼓励园区骨干企业通过采购联盟的方式吸引工程机械、汽车制造等主导产业关键零配件厂商在区内设置分支机构，打造"零配件超市"。力争到2015年，实现园区各类整车产能120万辆，零部件平均配套率达到50%，产值达1000亿元，打造中国汽车产业新板块。

（三）突出发展战略性新兴产业，培育新的经济增长点

立足现有产业基础和比较优势，围绕国家和省市有关战略性新兴产业发展专项规划，突出发展高端装备制造、电动汽车、电子信息、新材料、可持续建筑等战略性新兴产业，努力培育新的经济增长点。及早出台战略性新兴产业用地、财税、投融资、审批服务等优惠政策和措施，对具有核心技术的自主创新和高科技产业化项目，争取国家、省市在投资、财税、金融等政策上的扶持，营造投资注地。加大战略性新兴产业的招商引资力度，力争战略性新兴产业发展速度高于园区平均速度10个百分点以上，到2015年，产值过100亿元的企业5家以上，战略性新兴产业实现总产值1000亿元，其中高端制造和电动汽车600亿元，电子信息、新材料、可持续建筑等400亿元。

（四）加快发展现代服务业，推进产城融合

加快发展现代服务业，重点发展服务外包、现代物流、产业金融、工业设计等生产性服务业，逐步解决园区产业单一、产能集中、配套不全的结构性问题，形成二三产业良性互动、传统产业与新兴产业竞相发展、大中小企业梯次推进、整机企业与配套企业齐头并进的发展格局。加快产城融合步伐，进一步完善公益设施，塑造公共空间，满足公共服务，提高生产生活配套水平，促进产业发展和城市功能配套互补、良性互动、相得益彰。要高起点、高品位地打造一批空间紧凑、业态发达、配套齐全、生态优美、低碳环保、管理有序的产城融合示范区，提高城市化水平。

B.37
长沙高新技术产业开发区发展研究报告

长沙高新技术产业开发区经济发展局

长沙高新技术产业开发区创建于 1988 年 10 月。1991 年 3 月，经国务院批准，成为首批国家级高新区。2009 年 10 月，经科技部批准，成为全国第九家国家级创新型科技园区。目前已形成了以先进装备制造、电子信息、新材料、生物医药、新能源与节能环保、现代服务业六大产业为主体，其他产业竞相发展，企业集聚，产业集群的特色园区。

一 2010 年园区产业发展现状

（一）2010 年取得的成就

1. 经济总量稳步提高

2010 年，长沙高新区核心区技工贸总收入突破千亿大关，达到 1088 亿元，居全省园区第一位，比上年增长 43%，与 2005 年相比，增长 2 倍；实现总产值900 亿元，同比增长 36.4%；实现规模工业总产值 730 亿元，同比增长 40.4%。"十一五"期间，核心区技工贸收入年均增长 23%，总产值年均增长 27%，规模以上工业产值年均增长 33% 以上。完成财政总收入 35.5 亿元，财政一般预算收入 14.6 亿元，年均增长 36% 以上。五年来，园区取得了技工贸总收入三年翻一番、财税收入两年翻一番的好成绩，经济总量稳步提高。

2. 产业集群发展形势喜人

经过近几年的发展，园区先进装备制造、新材料、电子信息、生物医药、新能源与节能环保等主导产业在规模经济、产业集聚、品牌打造、自主创新等方面都取得了良好的成效。形成了以工程机械、数控精密机床、电力和电站设备等为特色的先进装备制造产业集群，以软件、服务外包、信息服务、智能仪表制造、计算机终端制造为特色的电子信息产业集群，以先进储能材料、先进复合材料和高性能结构材料等为特色的新材料产业集群，以现代中成药、生命科学、生物医药等为特色的生物医药产业集群，以太阳能光伏产业、环保设备制造、资源综合利用、洁净产品生产、环境保护服务等为特色的新能源与节能环保产业集群。2010 年，先进制造产业完成规模工业产值 561.9 亿元，比上年增长 47.1%；电子信息产业完成规模工业产值 46.3 亿元，比上年增长 29.0%；新材料产业完成规模工业产值 52.1 亿元，比上年增长 10.4%；生物医药完成规模工业产值 40.6 亿元，比上年增长 9.4%。园区产业集群式发展格局基本形成，步入了产业经济由企业集聚到产业集群跨越式发展的新阶段。

3. 产业投资多元化发展趋势明显

近年来，园区加大招商引资和扶持企业融资上市力度，产业投资取得了较好成绩。截至 2010 年底，全区企业总数达到 4000 多家。其中，产值过百亿元的企业 1 家，过 10 亿元的企业从 2005 年的 9 家增加到 15 家，过亿元的企业从 2005 年的 43 家增加到 60 家。一是招商引资成效好。2010 年，全区共引进省外资金 18 亿多元，市外境内资金 27 亿多元。合同引进外资 3.2 亿美元，比上年增长 33%；实际到位外资 1.7 亿美元，增长 38%，比上年提高 5 个百分点。二是注册企业数量增长快。2010 年新注册企业 727 家，同比增长 40%，其中注册资本 1000 万元以上的企业 100 家，1 亿元以上的企业 10 家，引进了富士康、霍尼韦尔两大世界 500 强企业。全年签约购地项目计划投产产值突破 800 亿元，实现了招商引资向招商选资的转变。三是积极培育上市资源。2010 年，培育上市公司 4 家，一大批企业已经或正准备上市，目前区内上市企业数量已达 28 家，排全省园区第一位，占全省上市公司总数的一半左右。新三板工作在全国处于领先地位，麓谷小额贷款公司成为全省首批小额贷款试点企业。截至 2010 年底，全区共有各类投资基金 91 家，注册资本达 40 多亿元，极大地推动了园区产业投资的多元化发展。

4. 一批重大项目快速推进

2010 年，园区完成新开工工业项目达 18 个，竣工工业项目 25 个，完成全社会固定资产投资 100 亿元，比 2005 年增长 5 倍多。其中，工业投资达到 40 多亿元，比 2005 年增长 4 倍多。全年完成科技投入 25 亿元，实现了比 2005 年翻一番的奋斗目标。在深入开展"两帮两促"活动中，园区项目建设效率不断提高。一期投资 14 亿元、产能 500 兆瓦的中电 48 所光伏产业项目和总投资 6 亿元的力

宇燃气动力设备制造基地等重大项目进展顺利。同时，湖南省环保产业示范园落户麓谷，80余家节能环保企业集聚，一批重大产业项目顺利实施。

5. 创新能力不断提升

2010年，全区498家工矿企业实现新增专利授权总量651件，同比增长54.1%。截至2010年底，园区企业授权专利总数累计达到1万余项，累计开发高新技术项目和产品1900多项，92%以上具有自主知识产权。其中有130项列入国家、省（部）级火炬计划，100多项列入国家创新基金项目，30多项列入国家863计划重大技术创新项目，区域技术创新能力综合加权在全国国家级高新区排名第六。园区拥有重新认定的高新技术企业319家，是全省通过高新技术企业认证最多的园区，占到全省总量的26%，占全市总量的52.3%。同时，全年园区共签订各类科技合作项目260项，签约金额达252亿元，有效促进了产学研合作。建成国家混凝土机械工程技术研究中心等6家国家级企业技术中心、9家市级企业技术中心，22家博士后科研工作站。全年获各级各类人才奖励基金2000余万元，孵化器、加速器体系建设力度不断加大，岳麓山科技人才创业示范区、麓谷企业广场等重大创新平台正在启动建设。

（二）存在的主要问题

一是产业链关键环节缺失。工程机械主机制造产业优势明显，但本地配套市场发育不良，产业链条缺环现象严重。中联重科等主机企业50%的外购件和外协件不在湖南，其中柴油发动机、变速器、车用空调、专用汽车底盘、高强度钢材、特种焊条焊丝、电机、耐磨材料等大部分依赖省外乃至国外供货。

二是生产型服务业发展不足。与先进装备制造、电子信息、新材料等产业相关的生产性服务业发展不足已成为制约园区主导产业集群发展的主要障碍。尤其是信息咨询服务、融资服务、法律服务、技术服务、人才培训、会展服务、物流配送等。

二 2011年主要工作思路

（一）全力做好招商引资，加快推进项目建设

始终坚持项目立园、产业兴区的发展理念，把招商引资作为创新发展、加速

发展的重中之重。积极探索信息搜集、项目分工负责、招商谈判整合集中、统一决策调度的工作机制。大力加强专业招商、定向招商和网络招商，创新招商引资模式。继续深化落实"两帮两促"，开辟项目建设"绿色通道"，全面优化办事审批程序，提升政务服务效率，促进一批重点项目缩短建设工期。进一步加快中电48所太阳能光伏项目、中电软件园、中冶长天冶炼专用设备制造基地、湘投金天钛高性能钛板带等重大项目的建设进度。

（二）不断完善创新体系，提升自主创新能力

以建设国家创新型园区为契机，加强以企业为主体、以市场为导向、以政策为支撑的创新体系建设。要在出台《关于建设国家创新型科技园区的若干政策意见》和相关实施细则的基础上，深化创新体系建设，形成较为完善的政策扶持体系。积极引导企业实施"品牌、标准、专利"三大战略，支持产学研合作、高端人才引进、创业富民等创新创业活动。要在现有5000万元创新专项资金的基础上，逐年提高专项资金规模，对关键共性技术研发、创新龙头企业、重大创新项目给予项目配套、财政贴息和奖励补助等支持。抓好创投引导基金有限公司的组建，采取参股合作、跟进投资等方式，吸引各类风险投资、基金投资公司落户麓谷。

（三）不断健全投融资体系，优化创新支撑

健全以政府资金为引导、以企业投入为主体、以创业和风险投资为辅助的多元化投融资平台。加大创投引导基金投入，由5000万元增加到1亿元；采取参股、跟股投资方式，进一步吸引和集聚各类投资基金、创业投资和风险投资机构入园；做大融资平台，加大财政贴息比重，积极探索采取股权投资方式，支持初创型科技中小企业破解融资瓶颈。推动银企合作，探索知识产权抵押贷款。5000万创新专项资金要重点用于向科技型中小企业银行贷款的贴息，发挥财政资金对培新育小的支撑和放大作用；加快推进新三板工作，新增完成内核企业10家，力争进入国家首批新三板扩大试点园区范围。大力引进和培育上市公司，推动符合条件的企业上市融资和再融资，新增上市公司4~5家；积极探索和筹组设立科技银行，加强与浦发银行等商业银行的合作，创新中小企业融资产品，支持高新产业发展。

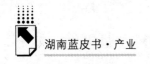

（四）强化经济运行动态监控，确保园区经济较快发展

一是加强运行分析调度。突出重点企业和重大项目，做到每月一调度、每季一分析、半年一总结。围绕企业突出问题，组织相关专家，开展专题调研和经济分析座谈会，及时掌握重点企业和重大项目的运行态势，采取积极的应对措施。深入研究先进装备、新材料等主导产业国际国内市场动态、发展趋势等信息，办好《产业发展动态》。结合全区企业运行数据，对比年度目标，认真做好园区经济预测预警工作。二是深入推进"两帮两促"工作。对确定的 100 个重点帮扶企业和项目，建立工作台账，分小组深入企业，走访调研，现场办公，切实帮助企业解决困难和问题，全力推进项目建设和企业发展，为企业和项目解决各种实际问题。三是加大生产要素保障力度。安排专人加强与能源供应、管理单位的联系，帮助企业协调解决水、电、气、公共交通等问题。

三　2011 年加快园区发展的对策建议

根据园区"十二五"规划思路，园区将实施"6543"工程目标，即到 2015 年，计划完成 40 平方公里产业开发建设，全力打造 6 大产业集群、5 大专业园区；岳麓山高科技园技工贸总收入跨 3000 亿台阶，将长沙高新区建设成空间布局合理、基础设施完善、产业集群发展、经济实力雄厚、人居环境优美、城市功能完备的现代化生态科技产业新城，成为国家创新体系的重要支撑和区域创新体系的中枢。结合园区当前产业实际，应着重突出三方面工作。

（一）突出重点，打造特色，以大手笔引领大发展

抢占产业链高端，打造六大产业集群。结合长沙高新区以及长株潭产业发展现状与需求，研究相关产业的技术、资本、人才、企业的全球分布情况，紧盯各大特色产业价值链的高端产业，采取强有力的措施，一手抓培育、扶持，鼓励核心企业不断创新，提高核心竞争力；一手抓引进，开展产业招商地图计划，针对园区需要的产业链缺失环节招商，加大高新技术引进、消化和吸收。同时，大力发展知识与智力密集型产业，促进产业结构优化、延伸，不断向高端化发展。实施"聚能"计划，把主导产业做大做强，打造"千百十工程"，即千亿产业、百

亿基地、十亿企业，重点建设以下六大产业：突出工程机械产业，着力打造国际一流的先进装备制造产业集群；突出软件、移动电子商务和服务外包产业，着力打造电子信息产业集群；突出先进电池材料、复合材料等新材料产业，着力打造新材料产业集群；突出中成药与生物基因工程，着力打造生物医药产业集群；突出太阳能光伏、节能环保设备、废物回收利用等新兴行业，着力打造新能源与节能环保产业集群；突出高技术服务业，着力打造现代服务业集群。大力发展麓谷现代物流业，促进设计开发、检测和试验、信息咨询、专业市场、保险、审计、法律等高附加值的生产性服务业和知识密集型服务业发展。大力培育文化传媒、动漫游戏、创意等新型产业和新兴业态。

（二）坚持项目兴区战略，以大项目带动大发展

一是突出产业特色，招大引强，积极引进战略投资者。围绕园区产业集群发展，做实重点产业基地，突出特色产业项目，抓住央企、上市公司、跨国公司新一轮战略扩张机遇，以产业规划为指导，定向开展招商。重点建设工程机械配套产业园、新材料产业基地。大力发展楼宇经济，鼓励扶持以现代物流、商务商贸、设计咨询、文化创意等为代表的现代服务业，积极发展服务外包和生产性服务业，加快产业结构优化升级。二是整合各方资源，重点抓好"五大平台"项目建设，助推高新技术产业发展，即公共技术平台、创业人才服务平台、创新创业投融资平台、国际科技创新合作平台和科技成果交易与转化平台。三是加强重大基础设施项目建设，进一步提升园区产业承载能力。按照"第一年打基础、第二年攻坚、第三年扫尾"的总体思路，三年拉开整体路网框架体系，实现整体开发的建设目标，在加快"六纵四横"路网框架建设的基础上，加快细化和确定专业园区规划，启动配套设施建设，争取使专业园区早日达到能够承接产业项目的目标。

（三）突出优质服务，建立三大企业发展支持体系

一是进一步建立完善创业企业支持体系。优化提升现有创业服务中心、生产力促进中心、863 软件专业孵化器、大学科技园、留学人员博士创业园、大学生创业就业中心以及金荣、橡树园等民营企业孵化器，扩大孵化器面积，拓展服务领域，提升服务水平，发挥各类园区、产业化示范基地和孵化器的集聚效应，为

高新区的创业发展提供良好的载体。二是进一步优化高成长性企业支持体系。建设60万~80万平方米以上的科技企业加速器，为从孵化器毕业的高成长性企业提供融资、技术合作、管理咨询、租赁或定制生产厂房等专业化服务。引导麓谷创业投资公司等投融资机构与国家开发银行建立针对高成长性企业的绿色融资服务通道，探索和推进小额信用贷款、信誉担保联盟、股权抵押贷款的多种融资渠道。针对高成长企业股权融资需求增强的特点，积极推动快速高成长企业在"主板"、"中小企业板"和"新三板"等多层次资本市场上市融资的建设。通过政府基金、政府采购等措施，加大政府对高成长性企业的扶持。三是龙头企业支持体系。提升重点企业的自主创新能力。重点支持中联重科、威胜等龙头企业承担"863"计划、火炬计划等国家科研项目，并加大对重大项目产业化的配套支持。四是以开发专业产业园区为重点，加强载体建设。按照开发区领导牵头、总公司负责运作、专人负责实施的横向综合协调模式，保证征地、拆迁、建设、招商、产业等工作及时跟进，全面推进专业园区建设。

湘潭高新技术开发区产业发展研究报告

肖克和*

为全面贯彻落实湘潭市委、市政府的决策部署，高新区在总结创业成绩、经验的基础上，认真研究当前面临的机遇和挑战，进一步明确了"千亿园区"建设的基本思路和工作举措，正在全力营造建设"千亿园区"的良好氛围。

一 园区建设取得的主要成就

"十一五"以来，湘潭高新区年年超额完成市委、市政府下达的各项指标任务，推动了产业集群，推进了自主创新，实现了高新区的成功晋级，促进了高新区经济社会的协调快速发展。

（一）发展平台不断拓展

2009年3月，国务院批复同意湘潭高新区晋升为国家高新区，成为全国第55家、湖南省第3家国家级高新区。2010年9月，市委、市政府作出了《关于调整湘潭高新区产业发展空间的决定》，新增可开发面积38平方公里，困扰高新区多年的产业发展空间不足问题基本解决。"十一五"期间，湘潭高新区获得了国家火炬计划机电一体化特色产业基地、国家新能源高技术产业基地、全国科技兴贸创新基地、国家知识产权试点园区、全国产学研合作创新示范基地六块金字招牌；成为湖南省首批创业带动就业示范基地，建成首个大学生科技创业园。合作成立全市首家风险投资机构——湘潭创新资本创业投资有限公司和注册资本为1亿元的湘潭麦肯特中小企业投资担保有限公司，园区开发建设的融资主平台——园区公司融资能力增长近6倍，11家银

---

* 肖克和，中共湘潭市高新区党工委书记。

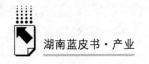

行与高新区成为了战略伙伴，五年间共计融资到位近50亿元，发展环境进一步优化。

（二）经济实力大幅提升

2010年，全区高新技术企业产值253亿元，同比增长47%，是2005年的5.5倍，年均增长率达41.6%，高于上一个五年16个百分点；高新区核心区全年工业总产值同比增长68%，是2005年的8.8倍，年均增长率达56.2%，高于上一个五年4.5个百分点；财政收入同比增长49.6%，是2005年的4.8倍，年均增长率为36.9%，高于上一个五年16.2个百分点；固定资产投资48.7亿元，同比增长45%，是2005年的8.4倍，年均增长率为53.6%，与上一个五年增长率基本持平。经济实力的快速提升，为下一轮跨越发展打下了坚实基础。

（三）特色产业快速发展

五年中，引进风电龙头企业湘电风能，带动引进核心配套企业铁姆肯湘电轴承，以及风电电控、风电电缆、风机偏航等风电制造主要配套项目，促成全国唯一的国家风能实验室和注册资金达20亿元的湘电新能源投资公司在高新区落户，组成了有24家企业（项目）参与的风电新能源产业联盟。2010年湘电风能生产的国内首台5MW永磁直驱海上风力发电机成功下线，公司年产值40亿元以上，税收已突破亿元，风电新能源产业实现链群扩张。设立新材料工业园，关停整治"两高一低"企业，申报并实施减排关键技术与工程示范节能减排重大科技专项，摘除了竹埠港地区多年的"重污"帽子，五年内产值增长210%，税收增长240%，废水减排51%，废气减排66%，能源消耗下降13%，实现了产业的转型提升。积极探索培育以环保节能为特色的战略性新兴产业，先后引进了列入国家"863"计划的磁悬浮光纤传感器项目以及蓝绿光电、邦贝尔、天利恩泽、普兰德、威高特等企业，为高新区的快速、健康、持续发展注入了新活力。

（四）创新资源有效集聚

自2006年始，争取部、省、市的大力支持，签订共建协议，聘请长城战略研究所编制总体规划方案和实施方案，投入近10亿元，倾力构建以火炬创新创业园（简称火炬园）为主体的自主创新平台，目前园区孵化面积已达35万平方米。引进搭建以国家级机电专利信息中心等为代表的政务服务体系，以江南机器集团国家级技术中心等为代表的技术服务体系，以湘潭创新资本创业投资公司等为代表的投融资服务体系，以德国 TUVSüD、智联招聘等为代表的中介服务体系，以法国索迪斯公司等为代表的商务服务体系，创新服务体系不断完善。围绕机电一体化、新材料、新能源、LED 等产业已引进科技孵化企业（项目）228 家，全国唯一的国家风能实验室和湖南首家服务园区企业院士工作站落户高新区，大学生科技创业园成功开园，创新项目及资源实现了新的集聚。"十一五"期间，高新区承担国家"863"计划项目 9 项，国家火炬计划项目 25 项，国家创新基金项目 41 项，其他科技项目 15 项，申请专利 734 项，获得授权专利 563 项。一个辐射中部地区、服务体系日益完善、创新资源日趋聚集、创业环境日渐优化的研发创新高地和专业服务基地已经成形。

（五）社会事业协调发展

五年间，大力推进新型城市化建设，新修晓塘路、团竹路等道路 8.7 千米，新铺设供水管线约 17.5 千米、通信管线约 56 千米，完成 30 个项目的电力改造，为湘潭城市中心的东移和河东新城的崛起作出了巨大贡献。坚持集中安置，建成范金、长塘、新造、云峰、邓桥等 9 个安置区，建成安置楼 132 栋，建筑面积约 45 万平方米，安置人口约 8000 人；在全省范围内率先开展养老保险全覆盖示范区建设，失地农民参保率达 51%，959 人领取养老金；举办各类培训班 33 期，推荐就业和再就业约 11600 人次，有效解决了被征拆后农民在居住、养老、就业等方面的后顾之忧。投资近 5000 万元，建成省内标准较高的火炬学校，解决了河东城市中心区适龄儿童的就学难题，学校已成为湘潭乃至湖南公办义务教育的窗口示范学校。计划生育、综合治理、低保社保、创园创建、社区建设等工作取得的显著成绩，为河东城市中心区的社会和谐与稳定奠定了坚实的基础。

二　园区建设面临的基本形势

（一）面临的有利条件

1. 各级政府高度重视

一是目前国家对国家高新区的发展有新的要求。2009 年 3 月，国务院出台

《关于发挥科技支撑作用促进经济平稳较快发展的意见》，明确提出国家高新区要充分发挥在引领高新技术产业发展、支撑地方经济增长中的集聚、辐射和带动作用，促进国民经济平稳较快发展，承担起深化改革、探索新形势下发展新路的责任。这是"后危机"时代国家对高新区发展的新要求，责任十分重大。二是省委、省政府对湘潭高新区的发展有新的期望。2009 年 5 月，省委、省政府出台《湖南省加速推进新型工业化"四千工程"实施方案》，明确提出湘潭高新区要成为全省着力打造的 10 个千亿园区之一，成为国内外优势发展要素、承接产业转移的洼地。三是湘潭市委、市政府对湘潭高新区发展有新的期待。2010 年 4月市委十届十次全会提出大力实施"22335 工程"，2010 年 9 月市委、市政府下发《关于调整湘潭高新区发展空间的决定》，都明确要将高新区建成"千亿园区"与全市自主创新的引领区。国家、省、市党委和政府给高新区的发展指明了方向，确定了目标，高新区必须深刻认识自己肩负的历史使命，站在经济发展大局的高度，切实增强加快湘潭高新区发展和建设的使命感。

2. 良好的宏观经济形势

一是国际国内经济发展形势趋好。2010 年，全球步入"后危机时代"，世界各国稳定金融和刺激经济增长政策的正向效应进一步显现，世界经济形势已开始出现好转。尤其是我国，已经在全球率先实现经济形势总体回升向好，市场信心明显增强，正处于重要的战略机遇期。特别是 2010 年 10 月党的十七届五中全会审议通过了我国"十二五"规划的建议，提出要在"十二五"时期实施深化改革开放、加快转变经济发展方式的发展战略。这些有利因素，为湘潭高新区下一个五年的加快发展营造了良好的外部环境。二是湖南省发展步伐更趋稳健。"十一五"时期的前 4 年，全省固定资产年均增长达 31.6%，财政年均增长达19.1%，并提前两年完成"十一五"经济总量突破 1 万亿元的规划目标；未来五年，湖南省明确将全面推进"四化两型"建设，坚定不移地加快发展步伐。就湘潭而言，"十一五"时期，湘潭地区生产总值年均增长率达 14%，财政总收入年均增长率达 25.4%；未来五年，GDP 将保持年均 13%的增长，财政收入将保持年均 20%的增长。综合以上因素，湖南省、湘潭市仍将处于一个平稳较快发展的阶段，这为湘潭高新区建设"千亿园区"营造了优良的局部环境。三是湘潭高新区已具备建设"千亿园区"的基础条件。经过 18 年的开发建设，目前高新区已形成了一定的基础和优势，获批为国家高新区；德国工业园、双马工业园的园区建设已具规模，新能源装备制造产业正在成长，精品钢材深加工产业正在培育。特别是随着高新区发展空间的拓展、新团队的搭建，以及湘潭市委、市政府对湘潭高新区行政审批和经济管理权限的明确，高新区的发展条件将更加优化。机遇难逢，高新区必须敢于"亮剑"，借势发力，乘势而为，全面加快发展与建设步伐。

（二）面临的挑战

一是转方式、调结构带来的挑战。转方式、调结构已成为我国下一阶段经济建设的基调，党的十七届五中全会再次重申要以加快转变经济发展方式为主线推动科学发展。虽然湘潭高新区没有转方式、调结构的过重包袱，但如何巧借转方式、调结构良机，找准新的着力点，找出新的增长点，抢占新的制高点，真正将高新区导入又好又快发展的轨道，仍是湘潭高新区面临的重大课题。二是政策优势弱化带来的挑战。自 2010 年国家启动省级高新区升级国家高新区工作以来，全国国家高新区的数量已达到 70 家，国家高新区正面临数量增多、政策弱化的窘境。特别是受央行将银行存款储备金率提高到一个历史新水平以及加息的影响，与开发建设紧密相关的融资将遇到新的瓶颈，这对正准备掀起开发建设新高潮的湘潭高新区来说，不利影响不可小视。三是湘潭高新区自身不足带来的挑战。目前，在湘潭高新区，"经济总量不大、支柱产业不强、政策支持不特、团队服务不优"等不足均有不同程度的存在，这是湘潭高新区建设"千亿园区"过程中的拦路虎，必须在工作实践中认真研究并加以解决。为此，高新区务必保持清醒的头脑，增强忧患意识，牢固树立发展是第一要务的思想，坚定信心，在发展中解决问题，在解决问题中发展。

三　科学谋划未来，锁定建设"千亿园区"目标

（一）指导思想

坚持以科学发展观为指导，全面贯彻党的十七届五中全会精神，抢抓国家实施深化改革开放和加快转变经济发展方式战略、湖南加快推进"四化两型"进程、湘潭加快实现"两个率先"的大好机遇，按照市委关于"推动大开放，建

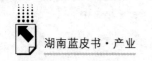

设新湘潭"的要求，加快高新技术产业集聚，着力推动科技创新，努力把湘潭高新区建设成自主创新的核心区、科学发展的示范区、现代产业体系的先导区、国际科技合作的承载区和体制机制创新的先行区。

（二）奋斗目标

力争到 2015 年，在湘潭高新区内形成一个以上国内领先的产业集群，主营业务收入突破 1000 亿元，高新技术产值达 750 亿元，财政收入达 40 亿元以上，园区工业增加值率在 30% 以上、利润率在 8% 以上，万元增加值能耗低于 0.5 吨标准煤，园区规模以上企业研发投入高于 4%，在实现千亿园区的同时，创新型国家高新区建设初见成效。

（三）基本思路

为实现上述奋斗目标，湘潭高新区要以园区为载体，以壮大主导产业和培育发展战略性新兴产业为着力点，全面实施以坚定一个方向、提升两个能力、发展三大产业、实施四项战略为内容的"1234 工程"。

坚定一个方向。即坚定打造国家创新型特色园区的方向。依托目前产业基础和创新优势，通过发展理念创新和体制机制创新，推动创新资源与要素集聚，促进创新活动频繁有效开展，加快主导产业的集群化、高端化、规模化、国际化进程，使湘潭高新区在"十二五"期末成为产业特色突出、发展模式创新的国家创新型特色园区，成为支撑区域创新、辐射带动区域发展的中坚力量。

提升两个能力。一是全面提升自主创新能力。强化创新发展导向，进一步改革创新管理体制，大力开展产学研结合、产业技术创新联盟等创新活动和创新行为，大力推进知识产权试点园区工作，积极构建创新金融支撑体系和产业支撑体系，促进企业自主创新能力的提升。二是提升产业超常规发展能力。大力引进新能源装备制造、精品钢材深加工、运输装备制造产业链项目，支持中小企业快速成长，扶持高成长性企业发展壮大，倾斜支持龙头企业向产业价值链高端发展，尽快形成优势产业集群，实现超常规发展。

发展三大产业。一是重点发展以新能源装备为主的高端制造产业，强化产业配套协作，延伸产业链条，形成产业集群，力争到 2015 年，新能源装备基地产值实现 400 亿元以上。二是重点发展精品钢材深加工产业，依托湘潭钢材资源优势，扶持深加工配套企业发展，力争到 2015 年，精品钢材深加工产业基地实现产值 300 亿元以上。三是大力发展以矿山装备、城市轻轨、运输装备关键零部件等为主的现代运输制造产业，力争 2015 年实现产值 200 亿元以上。同时，大力发展现代服务业，积极培育和发展战略性新兴产业，力争 2015 年产值 100 亿元以上，初步形成"3＋1"的产业发展格局。

实施四项战略。一是实施品牌发展战略。充分利用长株潭乃至湖南地区产业优势，以德国工业园和双马工业园为平台，促进新能源装备制造、精品钢材深加工成长为优势产业集群，促进现代运输制造产业成长为特色产业集群。二是实施创新发展战略。以火炬园为载体，引进中介服务机构、研发机构等，完善创新服务体系，打造国内一流科技孵化器，推动中小企业创新发展；争取部、省、市项目支持，改造提升传统产业，助推龙头企业、重点企业提升自主创新能力，增强核心竞争力，创造竞争新优势。三是实施开放发展战略。大胆探索，大胆突破，在区域范围内营造开放提升、共赢发展的氛围，促进高新文化形成；进一步加强国际国内战略合作，提高外资利用水平，与世界 500 强、央企、大型国企有效对接，通过合资合作做强主导产业，培育战略性新兴产业，提升产业竞争力。四是实施协调发展战略。争取支持，加强协调，推动体制机制创新，努力形成上级关注、同级支持的良好工作格局；坚持科学发展，更加注重以人为本，大力推进以安居、就业、社会保障等为主的民生工程，创造和谐环境。

四 加快园区建设的对策建议

（一） 狠抓政策扶植，大力推动产业集群

一是强化政策扶持，支持主导产业发展。充分利用国家级试点园区、国家级特色产业基地等品牌资源，争取国家、省、市对高新区主导产业项目的支持。全面落实招商及产业发展的优惠政策，综合运用税费减免、财政贴息、奖励扶持等工具，支持新能源装备制造、精品钢材深加工、现代运输制造业等主导产业发展壮大。二是坚持产业定位，推进招商选资。始终把握国家高新区的发展要求，把握高新技术产业发展规律，坚决摒弃"捡到篮子里就是菜"的招商思维，围绕高新区产业定位，瞄准世界 500 强、国内百强的企业（项目），放手招大商、选

优资；围绕高新区科技优势，引进技术含量高、环境污染少、发展潜力大、经济效益高的中小科技项目，储备一批未来的龙头项目、重点企业。三是坚持集群发展，打造产业洼地。全力打造新能源装备制造产业集群，力争"十二五"期末成为国内领先的产业集群；大力发展精品钢材深加工产业，推动精品钢材深加工产业的集群化、高端化；大力培育战略性新兴产业，推动湘潭特色的新兴产业集聚发展，奠定后发基础优势；要充分依靠湘机、湘钢、江南等国有大中型企业产业链条的延伸，推动高新区产业扩张；要继续支持德国工业园、双马工业园现有企业的做大做强，使之成为高新区产业发展的排头兵；大力发展以火炬园为基地的现代科技服务业，形成以现代物流、地产开发、餐饮酒店、娱乐休闲、现代金融等为主的三产业集群；加大总部经济的引进力度，提高高新区的总体效益。

（二）狠抓融资投入，奋力推进园区建设

一是深挖资源潜力，确保基础投入。实施土地分类管理办法，充分发掘土地资源的价值，用活土地融资担保功能，认真谋划一批变性土地，最大限度地发挥土地效益，以此弥补工业用地资金的缺口，促进建设资金的良性循环和园区的滚动发展；成立基础设施项目股份公司，鼓励农民以征拆资金入股，引进有实力的投资者实行建设—转让合作，多方筹措建设资金。加大投入力度，加快推进新能源产业园入园项目、钢材深加工产业基地项目和被征拆户集中安置区项目等用地的征拆，加快形成新区域内"两纵三横"（东二环、青年路、沿江风光带、迅达大道、霞光东路）路网格局，着力推进供水、供电、供气等基础配套项目建设，提升园区产业承载能力。二是拓展融资渠道，确保产业投入。依托重点企业和高科技项目，通过项目运营、引进基金公司和发行银行票据与企业债券，实现市场融资；加强银政、银企合作，大力推进与各金融机构的深度合作，支持创业投资、担保融资等投融资机构在高新区的发展，推动龙头企业上市；创新商业模式，大力引进天使资金，稳步提升政府资金投入比例，培育一批科技项目实现产业化，增强科技孵化活力，带动中小企业发展壮大。

（三）狠抓征地拆迁，强力推进项目落地

一要认真执行征地拆迁的政策法律法规。2010年，市委、市政府出台了新的征地拆迁文件，对房屋拆迁、土地征用、设施补偿标准作出了明文规定，对违

纪、违法的人和事，坚决予以依法打击、严肃处理。二要加快推进征拆的进度。各乡、镇、村、组及全区人民，征地拆迁公告一经发出，就要全力配合，以当家做主的身份，推进征地拆迁。特别是丈量、登记、复核、土地征收收入分配及青苗补偿腾地等工作，必须日夜加班、加快推进。三要将征地拆迁工作列入乡、镇、村、组干部的考核内容。对推进速度快、效果好的基层干部要表彰、奖励、提拔，对推进速度慢、影响发展的，要通报批评甚至就地免职；严格实行乡（镇）书记、乡（镇）长包乡（镇），村支部书记、村主任包村，村民组长包组的征地拆迁责任制，以高效的征地拆迁工作推进高新区的跨越发展。

（四）狠抓民生改善，推动和谐发展

一要大力建设好集中安置区。通过科学选点、合理布局、广泛发动，将集中安置区建设成环境优美、配套齐全的花园式现代小区，让被征地群众出行便捷、生活方便，享受城市化成果。"十二五"期间，要建成茶园、双马、板塘、东二环以及邓桥集中安置区，妥善安置被征地群众，免除他们的后顾之忧。二要倾力打造就业乐业工程。配套建设好集中安置区内的多功能就业培训中心，优化软件设施。根据高新区产业发展需求，建立被征地农民培训工作机制，提高失地农民就业能力；针对被征地农民身份转变的发展实际，开展好就业再就业工作，着力解决失地农民就业难题，让广大被征拆群众失地不失业。鼓励辖区农民就地开展多种方式的服务业，多途径实现发家致富。三是强力推动社会保障工程。大力推进高新区养老保险全覆盖示范区建设，确保社保、医保等民生领域的投入，让高新区的农民充分享受高新区快速发展带来的实惠，努力做到户户住高楼、人人上岗位、家家达小康、个个有保障。

（五）狠抓协调服务，全力营造优良环境

一是优化政务环境。坚持"人人都是服务员、个个都是协调员"的理念，按照市委"两转一增强"的要求，立足职能转变，强化服务意识，紧紧围绕"千亿园区"目标，在确保依法行政、依规办事的基础上，努力创造条件为基层、为企业、为项目提供一切便利。同时要以重点工程建设和企业周边环境整治为重点，加强综合治理，强化治安环境，严厉打击封门堵路、强包强揽、强拉强运、无理阻挠项目施工等不法行为，重点打击打着维护农民利益的幌子暗中为个

人牟取好处的人和事。最大限度地消除人为阻力，确保项目建设和企业发展一路绿灯，不断优化高新区的政务环境。二是优化科研环境。加强以火炬园为主体的创新平台建设，优化火炬园南片区建设规划，加快第三期标准厂房建设步伐，完成科技企业加速器的建设，引进中介服务机构、研发机构，大力建设国家级公共技术服务平台、省级以上工程技术研究中心或企业技术中心，引进院士及其项目；加强科技项目申报工作，做好企业科技产品的推广，促进企业与各类资本、项目有效对接，为企业个性化、专业化、标准化、全方位的科技配套服务；力争到 2015 年，火炬园区孵化场地总面积拓展到 100 万平方米，成为国内一流科技孵化器。三是优化协调服务。由高新区全程代理项目前期工作；制定政策保护高新区企业的正常营业，未经高新区管委会批准同意，任何单位都不得到高新区企业开展检查；由高新区协调相关部门单位，共同为高新区企业的发展破解难题；及时协调企业与企业、企业与村组的矛盾纠纷；及时为区内企业提供民事、经济等法律服务，从而保证高新区企业的健康快速发展。

湘潭九华示范区产业发展研究报告

杨亲鹏[*]

湘潭九华示范区（包括九华经济区、湘潭台湾工业园）始建于 2003 年底，是国家"两型社会"建设示范区、省级台商投资区。园区总体规划面积 138 平方公里，辖响水乡全境，总人口 13.8 万人，先后被科技部评定为机电一体化特色产业基地、中国汽车及零部件产业集群品牌 50 强，被省政府认定为车辆及装备制造高新技术产业基地、湖南省信息产业园、湖南省环保装备制造基地、湖南省产业转移示范园区，是湖南省重点建设的十大千亿产业园区之一。

一 产业发展现状

（一）园区总体实力快速增长

2010 年，园区实现技工贸总收入 180.1 亿元，同比增长 1.2 倍；完成工业总产值 161.3 亿元，同比增长 98.1%；完成规模以上工业增加值 44.65 亿元，同比增长 76.3%；完成固定资产投资 72.08 亿元，同比增长 88.15%；实现财税收入 7 亿元，同比增长 40.1%；规模以上工业企业实现利润总额 7.56 亿元，同比增长 31.5%；招商引资到位外资 8355 万美元，实际到位内资 25.8 亿元；出口创汇 1.24 亿美元，同比增长 1.1 倍。

（二）三大主导产业基本成形

目前，累计入园企业 176 家，总投资 830 亿元，已投产企业 98 家，其中有德国西门子、法国佛吉亚、韩国三星、日本美达王、台湾联电等世界 500 强企业

---

[*] 杨亲鹏，湘潭市人民政府副市长、九华示范区党工委书记。

和吉利控股集团、中冶京诚等国内500强企业。以浙商为主体的汽车及汽车零部件制造产业，以台商、韩商为主体的电子信息产业和以江麓科技、中冶京诚为龙头的装备和制造产业三大主导产业已经成形。

（1）汽车及零部件产业。2010年，汽车及零部件产业产值达到72亿元，同比增长44%，占园区工业总产值的44.7%。以吉利汽车为龙头，汽车及零部件生产企业达到了22家，汽车物流企业3家，汽车4S店集群近20家。其中，吉利汽车形成了年产10万台整车的生产能力，2010年产销整车7万台，总产值突破60亿元。

（2）电子信息产业。2010年，电子信息产业累计入园企业达19家，总投资规模达94亿元，实现产值31.1亿元，同比增长2.3倍，占园区工业总产值的19.3%。形成了以韩资三星爱铭电子、台资全创科技、内资兴业太阳能和时代软件为龙头的电子信息产业集群。

（3）装备和制造产业。2010年，累计入园装备和制造企业达56家，总投资规模达到115亿元，实现产值36.5亿元，同比增长1倍，占园区工业总产值的22.7%。装备和制造产业充分发挥了湘潭传统装备制造的优势，培育出了以中冶京诚、江麓科技为龙头的先进装备制造产业集群，并向上下游延伸产业链条，捆绑上游原材料供应商和下游产品消费企业，实现共同快速发展。

（三）产业核心竞争力不断增强

（1）高校和科研院所合作不断深入。2010年，全区实现高新技术产值78.5亿元，增长61.3%，研发经费支出1.9亿元，占生产总值约1.2%，园内金海重工、中冶京诚、三峰数控、新天和分别与湖南大学、湘潭大学等高校签订了产学研合作协议。如金海重工与湖南大学进行产学研合作，成立"钢结构工程技术联合研发中心"，填补了省内无重钢结构与空间结构加工能力的空白；三峰数控与湖南大学合作成立国家高效磨削工程技术中心湘潭基地，成功研发了多功能数控磨床样机，形成了一定的规模和优势。

（2）企业的自主创新能力不断加强。出台各项政策，大力支持企业自主创新和品牌创建，如吉利汽车、恒润高科获得中国驰名商标，中冶京诚被批准为省级企业技术中心，聚宝米业、中冶京诚等6家企业被认定为湖南省著名商标。

（3）园区科技创新水平不断提高。加快产业结构调整和技术升级，促进产业资源和科技资源有机结合，构建九华示范区产学研协调发展的科技创新体系。开工建设了一座以科技创新、成果转化为主体的 20 层高的创新创业大楼及标准厂房，全方位服务园区企业发展。

但是，园区产业在发展过程中也存在一些困难。一是主导产业集群的竞争优势仍不明显。区内属于全国领先的规模产业相对较少，缺乏足够的行业龙头企业，没有形成极具竞争力的规模优势，辐射带动作用力不强，产业和企业间的关联度还不强，各产业链环节紧密融合程度不高。二是自主创新能力亟待提高。目前区内还没有国家级企业技术中心、国家重点实验室，企业创新创业孵化中心还未成熟，产学研相结合的程度还不高，部分核心企业产品生产还有一部分处于加工装配阶段，核心技术的研发和关键零部件的配套生产能力较弱，产品附加值普遍不高，品牌带动效应尚不明显。三是现代服务业发展相对滞后。生产性和生活性服务功能还不够完备，高科技支撑服务体系不够健全。四是用地不足成为发展瓶颈。示范区发展形势喜人，新引进了一大批重特大项目，但用地缺口巨大，项目建设用地不足。目前，已签合同未交地的工业项目有 39 个，总投资达 210 亿元，用地需求 5000 亩，沿江风光带、隆平高科、步步高摩尔城、西湖城、湘江学院、中心医院、新都汇等大批基础及配套服务设施总投资达 140 亿元，用地需求 9000 亩，土地不足将会成为制约示范区发展的关键因素。

二 园区推进产业发展的经验启示

（一）转变经济发展理念

九华示范区按照建设资源节约型、环境友好型社会的要求，在各个领域大胆先行先试，改革探索，大力转变经济发展方式，破除一切唯 GDP 是从的思想观念，从传统的盲目扩大数量、单纯追求经济增长速度的发展模式，转变到注重经济增长的数量与质量、速度与效益相统一的发展方式上来，把经济发展的重点放到提高九华经济的整体素质和持久竞争力上，使九华经济发展的质量越来越高、发展的空间越来越大、发展的道路越来越宽。

（二）优化升级产业结构

（1）用世界眼光规划产业体系。由具有国际一流规划设计水准的新加坡裕廊国际工程有限公司为园区拟定产业发展规划，充分借鉴国内外先进园区的发展经验，结合湘潭和九华示范区的实际，确定了九华经济发展的三大主导产业——汽车及零部件制造、电子信息、先进装备制造，明确了九华打造"两型"产业体系的发展方向。

（2）用规模经济助推产业集群。利用已有的江南汽车目录资源，引进浙江吉利汽车，在湘潭建设年产 30 万辆整车、30 万台发动机和 30 万台自动变速箱生产基地，形成了九华的汽车产业集群；利用湘潭对台人脉资源优势，引进台湾电子信息产业，引入鼎鑫科技、全创科技等一批台湾著名的电子信息企业，与三星电子、时代软件等企业一起，初步形成了九华的电子信息产业集群；充分发挥湘潭传统装备制造的优势，实施"大企业裂变"战略，培育出以中冶京诚、江麓科技为代表的先进装备制造产业集群。

（3）用项目建设加速产业壮大。九华示范区坚持一切工作以服务项目建设为中心，各项工作紧紧围绕三大主导产业，围绕重大工业项目的建设，不断提升服务，优化环境。

（4）用产业链条延伸捆绑配套企业。为打造完整的汽车产业链，促使吉利汽车整车生产能力顺利实现，引进了汽车及零部件生产企业 22 家，汽车物流企业 1 家，汽车 4S 店集群近 20 家，为吉利汽车提供了全面的配套服务和坚实的支撑，大大增强了汽车产业集群的整体实力；电子信息产业集群以发展壮大全创科技、三星爱铭、时代软件等领军企业为突破口，引进配套关联企业，打造九华笔记本电脑、蓝光 DVD 等整机生产基地。

（5）用"大服务"理念营造产业发展环境。设立特别服务中心，专门协调解决企业建设生产经营中的困难和矛盾。推进大型钢材物流园、保税物流园建设，为入园企业提供系统完善的综合物流服务。建设高档住宅区、五星级酒店，为入园企业提供一流的休闲生活居住环境。打造湖南软件职业学院、湘江学院等一流的职业教育培训基地，为入园企业提供充足的高素质人才资源。

（三）坚持"两型"导向

（1）产业发展突出"两型"。大力发展符合"两型"要求的低碳环保产业，在不断引进太阳能光伏产业、新能源电动汽车等项目的同时，特别是注重市内知名企业的高新技术成果的转化应用，如湘钢、江麓、江南、湘潭电机等知名企业实现高新技术的裂变，引导这些企业进入园区，实现节能减排目标。2010年底，单位工业增加值能耗、水耗分别为0.46吨标煤/万元、2.9立方米/万元。

（2）突出集约节约用地。狠抓多层厂房建设。如三星爱铭数码建成三层标准厂房2.1万平方米（占地20亩），每亩投资强度高达2300万元，产出亩均可达1亿元。正在建设的创新创业中心20层标准厂房，一期工程10万平方米2011年可建成投入使用。建设集中统一的产业社区。规定所有入园企业必须严格控制办公和公共绿化用地，企业不得自建职工宿舍。按照"两型"社会建设的要求，统一规划，统一建设生活配套服务区。三星产业社区占地仅30亩，建筑面积4.5万平方米，可容纳1万余工人入住，极大地节约了土地资源。

（3）突出环境友好。九华示范区是湖南首家通过ISO14001环境管理体系认证的工业园，建园伊始，园区就编制了10平方公里先行开发的环境影响报告书和39平方公里的规划环评。一是坚持"环保为第一审批权"的指导思想，任何项目都必须经环保部门初步审核同意后才能入园，且都必须获得环评审批后才能动工建设。对所有投产企业在规定时间内必须搞好环保"三同时"验收（建设项目中防治污染的措施必须与主体工程同时设计、同时施工、同时投产使用）。二是大力推广使用清洁能源，禁止使用燃煤锅炉，严格控制一氧化碳、二氧化碳、二氧化硫等污染物向大气排放。加强污水处理，掌控工业废水排放总量，严格控制工业废水中的化学需氧量和各类重金属、有毒有害物质，建成62公里长的排污管网，统一将工业废水和生活污水排入湘潭河西污水处理厂。引进市场化的管理队伍进行道路、绿化的管理和维护，将九华示范区打造成"天蓝、水碧、山青、草绿、地洁"的宜居家园。

（四）深入推进制度创新

（1）改革行政管理体制机制。一是推进人事制度改革。实行全员聘用制、中层干部竞争上岗制、岗位工资制、双向选择制，全面激活队伍活力。二是行政审批制度改革。2009 年 8 月，湘潭市委、市政府正式授予湘潭九华示范区行使 69 项市级行政管理权，其中直接实施的行政审批项目 62 项，和相关单位联合会审的行政项目 7 项。代表行政权力的相关公章一并授予九华示范区，由九华示范区采取市人民政府编号专用章（审批章）和相关部门编号 2 公章的形式使用。

（2）改革投融资体制。一是通过土地储备、建设产业社区等措施，做大做强九华经济建设投资有限公司融资平台，通过银企洽谈周、银企座谈会等形式搭建银政企合作平台，为企业牵线搭桥，确保了九华示范区基础设施建设的资金供给，有效缓解企业融资难的问题。二是引进香港黄河集团和中交集团、中国五矿集团等重大战略投资者，与九华建立战略合作伙伴关系，采用建设—转让等多种方式参与九华基础设施、配套设施建设，加快了九华基础设施和配套公用设施建设的进程。三是成功发行九华 10 亿元市政建设债券。

（3）改革征拆安置机制。一是探索土地预征机制。对符合产业规划和土地利用总体规划、急需建设的重点项目用地，探索预征机制，即先行征收，先征后转，加快了项目建设进度，减少了征拆成本。二是制定出台《湘潭九华示范区集体土地被征地农民住房货币安置实施办法》，在全市范围内率先实行货币安置。货币安置办法让老百姓得到了更多实惠，同时，可节约用地 70% 以上。

三　加快园区产业发展的对策建议

2011 年，园区的目标是实现技工贸总收入 350 亿元，工业总产值 240 亿元，固定资产投资 100 亿元，财税收入 10 亿元，出口创汇 2 亿美元。"十二五"期间，技工贸总收入按照 40% 的增长速度增长，财税收入按照 50% 的增长速度增长，到 2015 年，工业总产值过 1000 亿元，财税收入过 50 亿元，3~5 家企业上市。为保证目标的实现，将从以下几方面着力。

（一）全力保障重大项目投产达效

（1）做大做强已投产项目。截至 2010 年底，已投产项目 67 个，总投资 173 亿元。全力支持吉利汽车、钢材物流园、江麓科技、全创科技、三星爱铭数码、中冶京诚等龙头企业发展壮大。这批项目到 2015 年将实现技工贸收入 837 亿元，其中工业产值 607 亿元、技贸收入 230 亿元。

（2）全力推进在建项目投产。截至 2010 年底，在建项目有 32 个，总投资 67 亿元，要求 2011 年底全部建成投产，重点项目有兴业太阳能（湖南）产业园、王老五、泰富国际、利欧科技，这批项目投产后按合同约定在 2015 年前产值可达 210 亿元。

（3）抓好已签约项目开工建设。截至 2010 年底，已签约正在预征拆待开工项目有 23 个，总投资 103 亿元，我们将在 2011 年 10 月底全部交地，11 月全部开工，2012 年底全部建成投产，重点项目有桑德环保、德邦重工、美国塔奥、中铝集团等，投产后按合同约定在 2015 年产值可达 229 亿元。

（二）全力推进基础设施建设

（1）大力推进重大基础设施项目建设。2011 年计划总投资 50 亿元用于建设重大基础设施，全力以赴打通对接长沙的通道，重点是推进沿江风光带建设。2011 年计划完成投资 22 亿元，在 10 月之前全线开工，两年内要建成通车，实现与长沙潇湘大道对接；两年半之内建成九华大道，与长沙坪塘大道对接。同时抓好奔驰路、沪昆客运专线站场等重要基础设施建设。

（2）打造大型商业及配套服务设施。重点抓好两大标志性商业广场建设，即投资 10 亿元的日本原弘产新都汇商业广场和投资 20 亿元的步步高总部项目。建设好投资 8 亿元的黄河集团东方威尼斯项目（索菲特五星级大酒店和威尼斯生态水系住宅区）。加快建设投资 100 亿元的西湖城及投资 70 亿元的隆平高科等重大配套服务设施项目。

（3）着力发展现代服务业。重点发展钢材物流、汽车物流、保税物流、生产性技术服务中心以及金融、保险、资讯等现代服务业，优先发展配套生活性服务业。重点改善园区交通和生活居住环境，切实解决吃、住、行等实际问题，加快职业教育基地、国际学校、国际医院、高尚住宅、酒店、休闲、旅游、餐饮等配套设施建设。

（三）全力抓好政策保障

（1）优先高效配置资源，全力扶持骨干企业。对 2015 年前可实现年产值 10 亿元或一次性投入 5 亿元以上的骨干企业，特别是对汽车及零部件、电子信息产业集群关键配套企业和重要台资企业，实行"一企一策"的特殊政策扶持，资源优先配置。采用建设—转让、入股、建设标准厂房、建设基础设施和研发投入等方式予以支持。在用地政策上给予重点扶持,优先安排用地计划,在土地出让价格、土地出让金缴纳方式等方面给予优惠,并提供工业用地规模10%左右的商居配套用地,按工业用地出让价格予以优惠。

(2)拓宽融资服务渠道,大力支持优势企业上市融资。重点支持优势企业上市融资,对上市企业内部产权转让以及因土地等资产变性等环节产生的税费,属地方财政留成部分的采取即征即返的优惠政策。搭建银企合作平台,引进担保公司、小额贷款公司、风险投资公司、创业投资基金。对进驻九华并为企业融资的相关融资机构按实际融资额给予一定比例的奖励。

(3)建立科技创新基金,加快高新技术产业化进程。以创新创业服务中心建设为载体,设立科技创新基金,保护知识产权,重点支持鼓励企业自主创新和技术改造,建立技术中心,与国内外高校、科研院所进行技术合作,进行重大科技项目攻关等。对新建立国家级、省级工程技术研究中心、工业技术中心、重点实验室、博士后流动工作站的企业,一次性奖励50万元(国家级)或30万元(省级)。

(4)加强知识产权服务,提高企业核心竞争力。提高产品的市场竞争能力,建设知识产权服务体系,为园区企业产品研发搭建技术信息等知识产权服务平台。同等条件下,优先推广使用园区企业产品,特别是向省、市政府部门推荐使用园区企业自主创新产品,对企业自主创新产品优先纳入政府采购范围;对获国家、省名牌和驰名商标的企业按规定予以奖励。积极鼓励企业进行技术标准研究,对参与省级以上相关行业技术标准研究并拥有最终成果的企业,予以奖励。

(5)重视人才引进与培养,为产业发展提供智力支持。引进各类高级专业技术人才,建立高端人才及专家服务人才库,实行VIP管理;对到园区重点企业创新创业的海外留学人员、博士,给予一定比例的资助和奖励;对重点企业引进的专业技术人才实行社保补贴;对重点企业新引进人才实行人事代理费、档案保管费补贴;帮助重点企业培育实用型技能人才;以载体建设吸引人才,努力改善区内工作、学习和居住条件。

(6)建立廉洁服务、优质高效服务保障机制。推行廉政承诺制度,强化纪律监督,坚决杜绝索、拿、卡、要之风。坚持"所有的部门都是服务部门,所有的岗位都是服务岗位,所有的公务员都是服务员"的理念,树立良好的服务形象。对重点龙头企业做到难事必办、急事急办、特事特办，疑难问题优先解决，立项、环评、报建等优先办理。

（四）全力优化发展环境

（1）强力推进征地拆迁。一是推进预征拆工作。当前亟须完成 3 万亩土地的征拆任务，才能满足项目建设和"千亿园区"推进实施的要求。二是坚定不移地推行货币安置政策。三是责任落实到基层尤其是到村、到组。四是充实征拆人员，提高人员素质。

（2）铁腕推进队伍建设。一是狠抓作风建设。必须把廉洁作为招商引资第一环境来抓，层层签订党风廉政建设责任状，部门公开服务承诺，营造风清气正的发展环境。二是推进人事制度改革。推行全员聘用制、中层干部竞聘上岗制及岗位、职员"双向选择"制，激发干部队伍活力，营造干事创业氛围。三是加强基础管理。坚持周例会制度，实行"一周一碰头、一周一督查；一月一小结、一月一讲评"。

（3）科学推进城市管理。一是重点抓好文明施工。按照省会城市施工管理的要求制订园区建设工地文明施工实施方案。二是建立园区公交车公司、出租车公司，方便群众出行。三是加强社区管理。对社区实行物业化管理，净化社区风气，彻底改变社区"脏乱差"现象，积极创建文明社区。

B.40
岳阳经济技术开发区产业发展研究报告

欧江平*

　　岳阳经济技术开发区（以下简称岳阳经开区）是沿江开放城市创办的首批开发区。1991年经湖南省人民政府批准设立，1992年正式开发建设，2010年升级为国家级经济技术开发区，现辖2个管理处、3个乡镇，面积253平方公里。建区以来，特别是"十一五"期间，岳阳经开区不断扩大优势、创新管理、强势开发，产业规模加速扩张，基础条件持续改善，城市建设快速推进，经济实力明显增强，已成为区域产业发展的增长极和城市建设的样板区。

一 "十一五"时期主要成就及2010年经济发展的基本特点

　　"十一五"期间，岳阳经开区始终坚持以经济建设为中心，以招商引资和项目建设为抓手，以科技创新为动力，积极抢抓国家中部崛起战略、东部沿海产业转移等重大历史机遇，有效应对国际金融危机的冲击，不断加快经济建设和社会各项事业发展的步伐，全面超额完成了"十一五"规划目标。2010年实现了由"省级"向"国家级"的跨越。"十一五"期间的主要成就包括以下四点。

　　（1）综合实力显著增强。"十一五"期间，地区生产总值、工业总产值、财政总收入年均增幅分别为16.97%、36%和34.13%，期末总量分别是"十五"末的3.85倍、5.19倍和4倍，其中财政总收入近三年年均增幅近40%，年均增长额度为1.32亿元。规模工业增加值、固定资产投资、社会消费品零售总额年均增幅分别为25.23%、32.61%和17%，均高于"十五"平均水平。三次产业结构比调整为2.5∶83.8∶13.7，其中第二产业比重提高了19.6个百分点，特别

---

　　* 欧江平，岳阳经济技术开发区党工委书记。

是工业税收翻了三番。2010年，城镇居民平均可支配收入和农民人均纯收入分别达到19076元和6733元，均高于全省平均水平。

（2）产业集聚效益明显。以"不污染、占地少、效益高"为核心的招商引资约束、激励机制建立健全，五年来累计到位内资74.04亿元、外资9100多万美元，规模以上工业企业达到150家，其中产值过亿元的64家。工业项目效益显著提高，亩均产出税收是2005年的5倍以上，税收过千万元的企业达到9家，过百万元的企业52家，工业税收占财政总收入的比重达54%以上。中科电气成功上市，实现了开发区本土培育上市企业零的突破。支柱产业初具规模，先进制造、生物医药、健康食品、电子光伏等产业产值占工业总产值的75%以上。产学研合作步伐加快，省级高新技术企业达到31家，占全市40%以上，创立国家级和省级工程技术中心5个，累计授权专利335个，高新技术产品增加值占规模工业增加值的52.5%。品牌建设成效显著，已有中国驰名商标4件、著名商标9件、省级名牌13件。

（3）城市建设快速扩张。坚持统筹城乡发展，加强城乡规划编制，基本形成了"覆盖全区、层次分明、相互衔接"的城乡规划体系。城市东扩步伐加快，武广高铁、S301线竣工通车，随岳高速、岳长高速、市体育中心等一批重点工程相继开工建设，污水处理厂一期工程投入使用，巴陵中路（延伸段）、金凤桥路、黎家冲路、狮子山路等一批城市骨干道路相继拉通，城市建成面积扩大5.28平方公里，已实现由"107"国道以西向"107"国道以东发展的历史性跨越。园区建设快速推进，累计完成水、电、路、气、通信等基础设施建设投入20多亿元，新建康王高科园，提质改造机械材料工业园，工业园面积达到了8平方公里，同时还启动了10.2平方公里的木里港工业园、8.7平方公里的金凤桥现代金融商贸区建设，初步形成了特色鲜明、功能齐全、配套完善的"一区多园"格局。

（4）社会事业长足进步。高度重视教育发展，2006年以来，仅教育基础设施投入就达8785万元。就业和再就业工作成效明显，累计新增农村劳动力转移就业2.13万人，新增城镇就业1.17万人。社会保障水平大幅提升，五类保险累计参保人数达50680人，覆盖率达到80%，城镇低保覆盖面达100%，农村低保保障面达到农村人口的5%，建设集中还建房3000多套。"平安开发区"深入推进，综合治理、安全生产、防火防汛等工作不断强化。

2010 年，岳阳经开区坚持以科学发展观为指导，按照国家级经济技术开发区"三为主、两致力、一促进"（以提高吸收外资质量为主，以发展现代制造业为主，以优化出口结构为主，致力于发展高新技术产业，致力于发展高附加值服务业，促进国家级经济技术开发区向多功能综合性产业区发展）的发展方针，扎实践行"民本岳阳"的执政和发展理念，围绕"提速、升级、增效、惠民"的总体要求，真抓实干，奋发有为，完成和超额完成了全年目标任务，实现了"十一五"计划的完美收官。主要表现在以下四个方面。

（1）经济发展大提速。全区实现地方生产总值 132.7 亿元，同比增长 16.8%，其中规模工业增加值 105.19 亿元，增长 28.1%；实现规模工业总产值 415 亿元，增长 37%，其中高新技术产业产值 168.8 亿元，增长 41%；完成全社会固定资产投资 48.21 亿元，增长 27.6%；实现财政收入 9.06 亿元，增长 55.7%，其中完成税收收入 6.8 亿元，占财政总收入的 75%。

（2）招商引资大提质。全年新引进项目 45 个，实际到位内资 25.59 亿元、外资 2583 万美元；新开工各类项目 50 个，实际完成投资 16.91 亿元；新投产项目 39 个，实际完成投资 19.23 亿元。

（3）产业转型大发力。全年新增规模以上工业企业 15 家；新增省级以上高新技术企业（重新认定）7 家；完成专利申请 46 件，其中发明专利 8 件；获工矿企业专利授权 38 件。创业中心获批湖南省首批中小企业核心服务机构。筑盛阀门、科美达电气、吉祥石化、巴陵油脂等企业都已进入省市重点扶持上市企业行列。

（4）平台建设大突破。开发区已成功晋升为国家级经开区，并集国家级高新技术创业服务中心、国家级高新技术产业孵化器、湖南省承接产业转移示范园区、湖南田谷电子信息工业园等一批"金字招牌"于一身，开发区投资、创业的平台越来越多，层次越来越高，园区品牌优势和政策叠加效应更加明显，综合竞争力显著提升。

二 "十二五"时期发展的总体思路和主要目标

"十二五"期间，是岳阳经开区实现科学发展、转型发展、跨越发展，加速国家级经开区和谐崛起的关键时期。经济社会发展的指导思想是：深入贯彻落实科学发展观，紧紧围绕湖南省委、省政府"四化两型"和岳阳市委、市政府"五市一极"的发展战略，全力打造"产业发展示范区、城市建设样板区、改革创新先行区、投资环境优良区和社会关系和谐区"。

主要预期目标是：到"十二五"末，实现地区生产总值500亿元，其中规模工业增加值350亿元；完成规模工业总产值1000亿元，其中高新技术产业产值600亿元；财政总收入达到30亿~35亿元，工业税收占财政收入比重达到60%以上；综合经济实力达到中部地区国家级经开区中等水平。

贯彻"十二五"指导思想，完成"十二五"工作目标，重点是强力推进"四大战略"。

一是产业高端化战略。着力"实施三大计划、培育三大产业，建设三大基地"，即新兴产业崛起计划、现代服务业集聚计划和传统产业提升计划。重点培育先进制造、生物医药、高端服务三大产业，着力打造全国电磁装备制造、石化装备制造、造纸与环保装备制造三大基地。"十二五"期末，形成3条以上产值过100亿元的特色产业链，培育50个以上产值过10亿元的骨干企业和上市企业。

二是园区品牌化战略。加速推进木里港工业园、机械材料工业园、金凤桥现代金融商贸区、洪山物流园和文化主题公园建设，以每年2000亩左右的速度，加快征地拆迁和基础设施建设，为产业发展提供优质平台。坚持"高标准规划、高质量建设、高效能管理、高水平经营"，进一步整合优质资源，放大诸多"金字招牌"的政策叠加效应，同时努力创建新的国家级平台，不断提升园区品牌形象和综合竞争实力。

三是城乡一体化战略。以缩小城乡差距、实现城乡融合为目标，推进新型城镇化和城乡一体化，努力建设城市化的乡村、乡村化的城市。主要通过"三个集中"（工业向园区集中、农民向城镇集中、土地向规模经营集中）、"三个统一"（统一城乡规划编制实施、统一人口户籍管理、统一社会保障标准）、"三个缩小"（缩小城乡收入差距、缩小城乡人居环境差距、缩小城乡基础设施差距）和"三个延伸"（公交向农村延伸、职业培训向农村延伸、文教体卫等公共服务资源向农村延伸），努力打破城乡经济社会二元结构，构建城乡联动发展、城乡和谐融合、城乡共享现代文明的一体化新型社会形态，逐步实现城乡一体化。

四是社会和谐化战略。重点提升"三大指数"，即提升人民群众的富裕指数、幸福指数和平安指数。进一步提高就业水平，完善教育、医疗卫生、住房保障和文化发展体系，构建高水平、全覆盖的社会保障机制，实现社会事业全面发展。大力实施为民办实事工程，使改革开放的成果惠及全体群众，使社会各阶层、各利益群体和谐相处、共同发展。大力强化社会稳定保障，深化平安开发区建设，强化"大平安"格局，健全"大调解"机制，完善"大防控"休系，增强人民群众的安全感。

三　园区发展面临的机遇与挑战

（一）面临的机遇

一是经济全球化继续深入。随着全球经济逐渐复苏，全球贸易和投资还会继续增长，将进入空前的技术创新和产业振兴时代，这必将更加有利于开发区充分吸收和引进国际国内资本、技术和人才。

二是我国经济社会长期向好的基本面没有变。加快转变经济发展方式将进入深水区，特别是国家进一步加大了对发展新能源、新材料等七大战略性新兴产业的鼓励和支持力度，为中西部开发区进一步发挥后发优势、建设新兴产业园、推进跨越赶超创造了更为有利的宏观条件。

三是岳阳经开区正处于多重叠加的战略机遇期。国家实施《促进中部地区崛起规划》，明确提出要加快形成沿长江、陇海、京广和京九"两横两纵"经济带；湖南省大力推进"四化两型"战略，加快建设长株潭"两型社会"建设试验区和"3＋5"城市群；岳阳市确立并全力推进"五市一极"发展战略，而岳阳经开区是实施这一战略的主战场和支撑点。只要用足用活自己的独特优势，就完全可以成为区域"注意力经济"的新亮点。

四是岳阳经开区已进入"井喷"式增长的拐点。通过"十一五"期间特别是近三年的艰苦努力，岳阳经开区已经逐步走出发展困境，并从理念观念、园区载体、创新平台、产业基础、体制机制、队伍素质等多方面为新一轮发展积蓄了腾飞能量。

（二）面临的挑战

一是全球经济复苏的过程延长且存在二次探底的风险，发达国家纷纷开始了新一轮的"再工业化"，海外资本输出暂时处于低谷状态，各种贸易保护主义倾向抬头；国家宏观调控偏紧，2011年中央将按照"积极稳健、灵活审慎"的宏观经济政策，实施稳健的货币政策，中小企业资金供应偏紧，政府投融资平台受限；资源能源环境约束不断强化。

二是新一轮区域之间的发展竞争愈演激烈，争要素、争政策、争项目、争技术、争人才、争位次将呈现空前白热化状态。截至2010年底，国家级经开区已由54家增至107家，边境经济贸易区已增至14家，仅各开发区之间的竞争就非常激烈，所以小进也是退，稍有懈怠就会落伍。

三是推进科学发展、实现和谐崛起任重道远。目前，岳阳经开区面临着扩大经济总量和加快转型升级的双重艰巨任务，产业发展还缺乏大项目支撑，经济实力还不强大，财政负债较重，还建安置欠账较多，部分干部员工思想观念、能力素质、工作作风也有待提升，跨越发展还没有真正形成强大惯性。这些因素有可能影响岳阳经开区2011年甚至今后一个时期的发展。因此，必须付出比以往更大的努力，在"十一五"年年进步的基础上继续冲刺。

四　2011年产业发展目标与对策建议

2011年，岳阳经开区经济工作总体要求是：全面贯彻落实中央和省、市经济工作会议精神，扎实践行"民本岳阳"的执政和发展理念，围绕"四化两型"和"五市一极"发展战略，以科学发展为主题，以转变发展方式为主线，着力加快科技创新，着力优化经济结构，着力推进城乡一体，着力保障和改善民生，加速推进国家级经开区和谐崛起。

主要预期目标是：完成地区生产总值180亿元，同比增长35%左右；实现规模工业总产值540亿元，增长35%；实现财政总收入12亿元以上，增长30%以上；单位生产总值化学需氧量、二氧化硫排放量分别削减4%；城镇居民可支配收入和农民人均纯收入分别增长15%和13%。

（一）狠抓项目建设，着力增强现实生产力

把2011年作为"项目建设加速年"，始终坚持"不污染、占地少、效益高"的总体要求，突出"好"字优先，不断提高项目质量和使用土地的税收贡献率，

全力以赴加快项目建设。一是招商引资实行全民动员。进一步完善招商引资考核奖励机制，激发全民招商热情，延伸招商引资触角，创新招商引资手段，形成招商引资的强大合力。重点是引进一批先进制造、电子光伏、生物医药等优势产业链上的龙头项目或配套项目，并在引进国际国内500强企业投资项目方面实现突破。二是项目建设实行速战速决。进一步强化项目服务，切实提高与上级项目审批和建设主管部门沟通、与投资客商会商以及各部门之间协调的能力，合力突破项目建设瓶颈。在进一步提升服务效能的同时，辅之以法律、行政、经济综合手段，倒逼项目加快建设。三是各类政策性项目实行大小必争。抢抓中央和本省财政、项目投向等"一揽子"政策机遇，主动跟踪，加强协调，抓好项目对接，争取更多支持，力争全年到位政策性项目资金2亿元以上。

（二）大幅度优化产业结构，着力抢占转型升级制高点

进一步加大财政扶持、引导力度，放大政策效应，挖掘帮扶深度，加速产业转型升级。一是促进企业内涵式扩张。实施品牌战略，重点支持一批重大项目建设，培育产值超10亿元的企业10家，超50亿元的企业2家，税收过1000万元的企业15家。二是推进产业集群化发展。以国家十大产业振兴规划为导向，依托核心企业、骨干企业的纵向延伸和横向拓展，形成系列配套的产业链和优势互补的产业集群，促进优势产业做大做强做优做长。重点培育先进制造、生物医药、高端服务业等主导产业，着力打造全国电磁装备制造、石化装备制造、造纸与环保装备制造三大基地，力争主导产业产值占工业总产值的比重达到80%以上。三是提升产业高新化水平。坚持走产学研一体化之路，以国家级高新技术创业服务中心为平台，充分发挥企业的创新主体作用，着力在工业磁力、石化装备、电子光伏、高速纸机、生物工程、节能工程等领域抢占自主创新高地，培育一批具有自主知识产权和核心竞争力的创新型、科技型企业。

（三）大气魄加快基础设施建设，着力展示国家级经开区新形象

围绕把开发区建设成为宜工、宜商、宜居的现代生态新城，实行招商引资与财政投入并举，大力推进城市基础设施建设，不断提升专业园区和城市生活配套区公共服务水平。一是以重点工程建设为推手加速城市扩张和园区提质。竭力做好随岳高速、岳长高速、杭瑞高速、市体育中心等重点工程的征地拆迁和建设协

调工作；新建珍珠山路、老贯冲路、对门山路、滨湖游路和王家垄路等骨架道路，完善中心城区电力设施、城市供水、教育、医疗和市政工程等基础配套设施。加速推进木里港工业园开发、机械材料工业园区扩容提质和金凤桥现代金融商贸区建设，新增成熟用地 2000 亩左右，为产业发展提供优质载体。同时，按照建设生态宜居城市的要求，高效、有序推进房地产开发。二是以"五创提质"工作为抓手提升城市建管水平。深化"五创提质"活动（创建全国文明城市、国家交通管理模范城市、国家社会治安模范城市、国家绿化模范城市和国家环保模范城市），全面实行创建工作常态化管理，建立健全城市管理长效机制，切实抓好美化、亮化、绿化、净化工程，引导市民逐步形成科学文明的生活方式，营造整洁优美、功能完善、和谐有序的人居环境。三是以优化机制为核心强化控建拆违力度。坚持"铁腕控建、铁腕拆违、铁腕查处"精神不动摇；建立健全"控违村（社区）为主、拆违乡（镇、管理处）为主、查处部门为主、考核区为主"的工作机制；进一步加大拆违力度，坚决铲除所有违法建筑并一律不予补偿，坚决打击违法建设中的涉黑涉恶势力，坚决做到违法建设 100% 拆除；进一步加大问责力度，坚决查处工作失职甚至包庇、纵容、参与违法建设的党员干部和控违拆违的工作人员。四是以新农村建设为着力点加速城乡一体化。进一步加大涉农投入，积极争取和落实好上级支农建设项目，充分发挥新农村建设示范村（片）的引领和辐射作用，大力加强农田水利、道路、电网、通信、文化、沼气等基础设施建设，全面开展"清洁家园"行动，加快改变农村生产生活面貌，加速推进城乡一体化。

（四）大手笔改善投融资环境，着力建设金融生态安全区

加快构建安全、快捷、便利的投融资服务体系，为开发建设和企业发展提供有力的资金支持。一是增强造血功能。加强调查研究，借鉴先进经验，整合优质资源，加快组建开发建设集团公司，从根本上解决开发区长远发展的资金问题。二是扩大贷款规模。充分运用国家金融支持政策，进一步深化与各金融机构的合作，争取更大规模的信贷支持。探索建立市场化运作机制，发展银行、民企、外商、国资等共同参与的多元化投融资体制，集聚更多资金加速开发建设，助推主导产业、骨干企业做大做强。三是做活土地文章。科学编制土地利用规划，扎实做好"退二进三"和容积率调整工作；进一步清理闲置用地，盘活存量土地；

积极争取用地指标，利用各种项目多批土地，储备土地；进一步完善进区项目土地出让程序，合理调整土地出让底价，最大限度地提高土地集约节约利用水平，确保优质项目按时落地，最大限度地发挥土地的资产功能和资源效益。四是扶持企业上市。大力扶持吉祥石化、科美达电气、巴陵油脂、筑盛阀门、儿鼎饲料、国泰机械、巴陵节能炉窑等企业加快上市融资步伐，力争新增 1 家上市企业。积极挖掘有上市潜力的企业，加大对上市后备企业的培育，形成企业上市梯次格局。五是破解中小企业融资瓶颈。进一步优化信用环境，充分发挥"一会两公司"中小企业融资平台和小额贷款公司作用，加强对个私民营、中小企业的信贷支持和金融服务，努力缓解中小企业融资难的问题。

（五）大投入兴办惠民实事，着力提高社会稳定和谐度

立足人民群众对美好生活的新要求、新愿望、新期待，进一步调整优化财政支出结构，更加注重保障和改善民生，加快推进社会事业发展。一是大力推进安居工程建设。2011 年，要把拆迁户安置房建设作为保障和改善民生的重要任务，认真做好"十二五"期间拆迁安置小区的规划，进一步加大投入，创新机制，力争让拆迁户早日喜迁新居。同时，积极创造条件，适时启动廉租房、公租房建设和棚户区改造，及时、足额发放经济适用房货币补贴和廉租房租赁补贴。二是加强就业和社会保障工作。坚持把就业作为民生之本，强化激励和扶持就业的政策措施，千方百计扩大就业，确保城镇就业和再就业人员都有新的增加。积极构建覆盖全区的社会保障体系，确保城镇职工社会保险参保率、城镇居民基本医疗保险参保率不断提升，基本实现新型农村合作医疗保险和城乡低保全覆盖，启动新型农村社会养老保险试点，探索建立失地农民利益保障机制，建立健全弱势群体的社会救助体系，为开发区老百姓织就可靠的社会保障网。三是加快发展各项社会事业。扎实推进校舍安全工程，巩固提高教育现代化水平。大力发展文化事业，加快构建覆盖全社会的公共文化服务体系。加快城乡医疗卫生服务体系建设，进一步整顿和规范医疗卫生服务、药品生产流通秩序，着力提升基层卫生服务能力。着力夯实人口和计划生育工作基础，促进优生优育，加强综合治理出生人口性别比，千方百计稳定低生育水平。四是切实维护社会大局稳定。坚决维护社会公平正义和社会公共秩序，深入推进"平安开发区"建设，强化社会治安综合治理；继续开展"守法规、讲道德、促和谐"主题教育活动，加大信访工

作力度，加强宣传工作和舆情引导，从源头上防范和化解社会矛盾；始终保持"严打"的高压态势，深入持久地开展各类打击、整治专项行动，严厉惩处各类违法犯罪行为；切实加强安全生产监管，建立健全应急救援体系；继续抓好护林防火、防汛防旱和重大动物疫病防治工作，努力维护群众生活的安宁；加大社区建设的指导和投入，充分发挥社区信访维稳的桥头堡作用，要确保社会大局持续稳定、投资客商放心发展、人民群众安居乐业。

B.41
郴州有色金属产业园区产业发展研究报告

陈绪元 *

湖南郴州有色金属产业园区（出口加工区）是 2003 年 4 月经湖南省人民政府批准设立的省级开发园区。郴州出口加工区位于郴州有色金属产业园区中心位置，是 2005 年 6 月经国务院批准设立的国家级出口加工区。园区管辖面积 100 平方公里，其中建设规划面积 43 平方公里。园区先后被认定为湖南稀贵金属深加工产业基地、湖南数字视讯产业基地、湖南省信息产业郴州基地、湖南省新材料产业郴州基地、湖南省承接产业转移示范园区、湖南省循环经济示范园区、湖南十大最具投资价值产业园区等。

一 产业发展现状

（一）园区经济快速发展

2010 年，园区完成工业总产值 106.81 亿元，同比增长 105.99%，其中规模以上企业 105.4 亿元，同比增长 111.43%；完成工业增加值 32.1 亿元，同比增长 106.37%，其中规模以上企业完成工业增加值 31.68 亿元，同比增长 111.81%；完成财政总收入 3.1 亿元，完成年任务的 104%，同比增长 61.44%；社会固定资产投资 28.32 亿元，同比增长 97.09%。

（二）主导产业初具规模

建园以来，园区共引进企业 130 多家，形成了以柿竹园、钻石钨、金贵银业

---

* 陈绪元，郴州有色金属产业园党委委员、总工程师。

等企业为龙头的郴州有色金属新材料产业，以台达电子、华磊光电、高斯贝尔、华录数码等企业为龙头的电子信息产业，以郴州粮机、农夫机电等为龙头的装备制造产业。

有色金属新材料产业。2010 年，园区完成有色金属总产值 77.00 亿元，占园区总产值比重为 73%，工业增加值 23.13 亿元，销售收入 71.86 亿元，实现利润总额 3.7 亿元。园区有色金属产业已实现由矿产加工向资源综合利用的转变，由有色金属冶炼向新材料开发方向的发展。

电子信息产业。2010 年园区电子信息产业完成工业总产值 20.00 亿元，占园区总产值的 19%，实现产品销售收入 19.22 亿元，实现利润 1.59 亿元。初步形成了以手机、液晶电视、数字电视机顶盒、卫星接收器、安防设备、DVD、电纸书等电子产品产业，以 LCD 显示器、小型变压器、电子线缆等为主的电子元器件产业，以 LED 芯片生产、封装及 LED 路灯为主的 LED 节能照明产业。

先进装备制造产业。园区的装备制造业发展形势良好，特别是在园区确定先进制造业作为主导产业之一以后，已有一批装备制造企业入驻，形成了以郴州粮机、农夫机电等为主的农业机械产业，以来威机械为主的矿山机械产业和以大川筑路为主的路桥机械产业。2010 年园区机械制造工业产值 7.62 亿元，占园区总产值的 7%。

（三）高新技术产业发展迅猛

园区高度重视企业自主创新能力的培育，注重发挥高新技术产业的先导作用，园区目前有柿竹园、钻石钨、金贵银业、金旺实业、华磊光电、华录数码等 15 家高新技术企业，省知识产权优势培育企业 3 家（金贵银业、高斯贝尔、金旺实业），郴州市知识产权试点企业 9 家。2010 年，规模工业研发经费支出占规模工业增加值的 8.6%，居全省园区最高水平，高新技术产品增加值占规模工业增加值的 65.6%。金贵银业"多金属复杂高砷物料胶砷解毒及综合利用产业化关键技术"成功入选国家"863"计划子项目，实现了郴州市企业首次独立承担国家"863"计划子项目的突破。由金贵银业、铸万有实业等企业承担的"稀贵金属高效提取及深加工技术开发与示范"项目被列入省科技重大专项，实现了郴州市独立承担省重大科技专项零的突破。园区的钨冶炼系列产品、硝酸银、银基纳米抗菌材料、高纯铋、超细氧化铋、钴盐制品、环保型铜（银）基钎料、变形镁合金连续挤压产品等被认定为高新技术产品。高斯贝尔已经开发了全球第一款骨神经传导手机，骏峰电子、海利微电子的彩色平板显示器（LCD），华磊光电生产的LED外延片和芯片，填补了省内空白。

（四）园区功能进一步健全

郴州出口加工区保税物流拓展功能实现了加工制造、物流枢纽和贸易平台三大功能的组合升级。拓展保税物流功能后的郴州出口加工区，是目前我国所有对外开放区域中层次最高、政策最优惠、功能最齐全最明显的海关特殊监管区域之一。为了进一步加快园区发展，郴州市委、市政府赋予园区市级综合经济管理权限。为了更好地承接产业转移、发展加工贸易，园区强力推进基础设施建设，70万平方米的标准厂房和职工公寓及相关配套设施建成并投入使用，为园区"筑巢引凤"搭建了良好的平台。

二　园区推进产业发展的经验启示

（一）科学制订规划，认真谋划园区发展战略

园区从建园开始，就把规划作为园区建设的首要工作，高标准制订了园区总体规划。根据园区发展的新形势，最近园区又制订了"十二五"发展规划，明确了有色金属新材料、电子信息、先进制造、现代服务为园区的主导产业，同时，对园区的建设规划也进行了修编。

（二）以招商引资为抓手，积极引进主导产业大项目

面对产业转移步伐的加快和高铁经济的到来，园区及时调整思路，提高招商引资水平。一是抓好大项目招商。重点针对园区主导产业大项目，瞄准世界500强企业、国内500强企业开展招商。二是抓好以商引商。利用园区龙头企业的优势，引进相关配套企业。三是抓好产业链招商。利用园区重点企业的产业优势，引进上下游企业，延伸重点产业的产业链。四是抓好大型活动招商。主要抓住珠三角，拓展长三角，放眼台湾岛，坚持"走出去"与"请进来"相结合的招商

方式，积极组织和参加各级各类招商活动。五是抓产业集群招商。围绕四大产业尤其是电子信息和先进制造产业，引进产业集群，建设园中园。

（三）优化环境，实现招商引资"洼地效应"

园区的发展靠项目，项目建设是园区工作的中心任务。项目建设要围绕园区的主导产业，围绕重大项目加强服务，优化环境。一是落实市级经济综合管理权限，不断完善服务功能。二是放手先行先试，用好用活各项优惠政策。特别是省政府的"34条"对园区提供了有力保障。三是完善服务配套设施，进一步完善园区水、电、路等基础设施建设，加强校企合作、校园合作和员工培训基地建设，组建园区人力资源市场，加强园区市政设施和区容区貌管理，提升园区品位。四是强化工作责任，提高管理水平。坚持领导联系企业制度和驻园单位联席会议制度，切实为企业排忧解难。

（四）以财源建设为支撑，实现园区经济良性运行

一是要培育发展壮大一批龙头企业，重点抓好柿竹园、钻石钨、金贵、金旺、铸万友、台达、华磊、华录等龙头企业和纳税大户。二是要加快引进一批新企业，培养新的经济增长点，注重引进一批财税贡献率高、产业带动强的龙头企业，要注重第三产业开发，拉长第三产业这条"短腿"，促进经济持续增长。三是要加快土地开发，做活土地经营文章。加快土地收储工作，不断盘活存量土地，让有限的土地发挥最大的效益。

三 园区未来发展面临的形势

（一）园区产业发展面临的有利条件

一是产业定位明确，主导产业初具规模。经过几年的发展，园区已形成有色金属新材料、电子信息两大支柱产业，先进装备制造产业也正在起步。园区有色金属产业已形成了钨、钼、钴、镍、硒、碲及金、银等稀贵金属再生利用为特色，以柿竹园、金旺实业、金贵银业等企业为龙头的有色金属产业集群；电子信息产业形成了以高端数字视讯产品、电子元器件、LED等为特色，以台达电子、

华录数码、华磊光电等企业为龙头的电子信息产业集群；先进装备制造产业初步形成了以农业机械、矿山设备、路桥设备为特色，以郴州粮机、农夫机电、来威冶金机械、大川筑路等企业为代表的机械制造产业集群。根据园区的发展实际，园区"十二五"规划明确有色金属新材料、电子信息、先进装备制造、现代服务为园区主导产业。二是沿海产业转移浪潮汹涌，园区承接条件不断完善。为了承接产业转移，园区大力完善了基础设施，大量修建了标准厂房和员工宿舍，制定了一系列承接产业转移优惠政策。三是积极开发新项目，龙头企业发展强劲。柿竹园、金贵银业、钻石钨、金旺实业、台达电子、华录数码、华磊光电、骏峰微电子等园区重点企业发展势头强劲。在生产经营稳定增长的情况下，各自制订了企业发展规划，积极开发新项目、新产品。四是紧跟国家发展战略，培育战略性新兴产业。根据园区实际，紧跟国家发展战略，制订园区"十二五"发展规划。重点发展四大主导产业，规划建设的大部分项目都是符合国家鼓励发展和重点扶持的战略性新兴产业项目，在项目实施中得到了国家的大力支持和扶持。五是现代服务业联动，助推工业新型化。随着园区工业的发展，现代服务业的滞后严重制约园区产业的发展。园区近两年将发展休闲娱乐、商贸、物流、金融、技术服务、房地产等为主的现代服务业摆上和发展产业同等重要的位置，随着服务业的发展，极大地改善了园区招商引资条件，进一步助推了园区工业产业的发展。六是建设产学研合作平台，进一步提升创新能力。为适应园区产业发展对技术进步的需求，园区依托骨干企业以及中南大学、湖南大学、湘南学院等高校，建设了各类技术研发平台、高新技术产业孵化平台、产学研合作创新平台。通过这些平台的项目实施，取得了大量的科技成果，园区企业获得专利近 200 项。七是出口加工区功能拓展，进一步提升园区竞争力。该功能拓展后将进一步扩大政策空间，有效地满足发展国际贸易、转口贸易、保税物流等方面的政策需求，有利于参与国际分工与合作，承接国际及珠三角高科技、高附加值产业和服务业的转移，进一步提升对外开放的档次和水平。

（二）产业发展中存在的主要问题

一是用地需求不断增加，土地供求矛盾日益突出。随着园区积极承接产业转移，着力发展有色金属新材料产业、电子信息产业、先进装备制造产业和现代服务业，企业数量和企业规模都将急速扩大，用地需求不断增加，而国家核定的 5

平方公里土地已完全开发完毕，土地供求矛盾日益突出，影响项目入园建设。二是基础设施建设薄弱，公共服务平台欠缺。通过几年的开发建设，园区基础设施建设已有一定基础，但与省内其他发达地市园区相比，园区基础设施投资仍然不足。园区标准厂房和员工公寓仍显紧张，难以满足入园企业的需要；园区内文化娱乐、卫生医疗、体育设施、商业网点等各项城市功能载体欠缺，不利于吸引、稳定人才；国家级出口加工区的优势没有得到充分发挥；园区中与有色金属、电子信息、机械制造等产业相配套的社会化服务体系（信息咨询、金融、法律、技术服务、人才培训、销售市场、会展服务、物流配送）欠缺等问题制约了园区的发展。三是建设资金短缺，融资能力不足。园区财政总量和可用财力较小。贷款还本付息压力较大，可抵押贷款的有效资产不足，影响进一步融资。由于国家限制了政府平台融资，导致园区融资能力下降。面对大开发、大发展的需要，建设资金已成为制约园区发展的瓶颈。四是产业集聚程度低，产业链短。园区产业空间集聚的多，内部关联的少，协作配套能力偏弱。园区龙头企业数量较少，带动效应不明显，目前园区有 130 多家企业，其中产值过亿元的企业仅有 20 家。园区乃至整个郴州市的配套体系发展都相对滞后。如高斯贝尔的铝合金冶炼、喷塑等外围配件只能自己生产，华录数码等企业生产所需的原材料基本依靠从珠三角地区采购。同时，园区资源开发利用的总体水平偏低，有色金属产业尽管形成了以钻石钨、柿竹园、金贵银业为首的龙头企业，但采选冶业产值仍占有色金属工业总产值较大比重，产业链延伸不足，没有形成完整的产业链。

四　推进产业发展的主要对策

2011 年，园区力争全年完成工业增加值 46 亿元，增长 45%；实现财政收入 4.8 亿元，增长 50%；完成固定资产投资 42.5 亿元，增长 50%；完成进出口总额 3.41 亿美元，增长 35%，其中加工贸易 1.3 亿美元，增长 70%；招商引资到位内资 24.5 亿元，实际利用外资 9782 万美元，引进项目 30 个，其中投资超过 1 亿元或年销售收入过 5 亿元的项目不少于 12 个，加工贸易项目不少于 5 个；完成标准厂房建设面积 80 万平方米。为实现目标，需要重点从以下五个方面下工夫。

1. 坚持规划先行，环保优先，进一步优化产业布局

园区作为"跨越式发展的两型新城区"，对园区经济增长速度、发展质量和生态环保水平提出了更高的要求。园区建设要坚持规划先行，高标准建设，高标准引进项目，对于园区主导产业发展配套必不可少的、达不到城市规划区环保要求的项目，可按"一园多区"的发展思路，在区外环境承载力高的地区，规划建设配套工业园。把有色金属冶炼等上游配套产业放在配套工业园建设。现规划区着力发展有色金属新材料、电子信息、先进装备制造等产业以及物流、交易、金融、研发等生产性服务业，形成区域总部经济。

2. 拓宽融资渠道，破解资金瓶颈，推进基础设施建设

"十二五"期间，园区基础建设投资总额将达185亿元。为筹措巨额建设资金，园区应采用多元化的融资方式拓宽资金来源。园区的基础设施建设，要实行统一规划、综合配套、联建共享，最大限度地提高公共基础设施的覆盖范围和利用效率。要继续建设标准厂房，尤其是多层标准厂房，促进中小企业集聚创业和集约发展。要集中力量，加快完善道路、管网、污水处理、固废处理等基础设施，提高配套能力。

3. 针对主导产业，瞄准世界500强，做好招商引资文章

一是要按照园区的产业定位重点，针对有色金属、电子信息、先进制造和现代服务四大主导产业，瞄准世界500强企业、国内500强企业；二是要利用园区龙头企业的优势，引进相关配套企业，如引进台达电子配套企业；三是利用园区重点企业的产业优势，引进上下游企业，如利用华磊光电的LED芯片生产能力引进LED封装、应用企业；四是要积极参与和举办各种招商活动，重点放在珠三角、长三角、台湾等产业转出地；五是围绕产业转移重点的电子信息和先进制造产业，引进产业集群，建设园中园。

4. 培养与引进相结合，实施人才发展战略

（1）加强职业教育机构及技能人才培养基地建设，推进校企合作。一是依托职业教育机构，为园区企业定向培养专业技术人才和熟练技术工人。二是要有针对性地帮助企业和中南大学、湖南大学、湘南学院、郴州职业技术学校等院校建立长期的合作关系，为园区企业培养高级研发与管理人员。

（2）建立、健全人才引进柔性机制。本着"不求所有、但求所用"的原则，采取智力引进、智力借入、业余兼职、人才派遣等多种柔性方式引进园区急需的专业技术人才及管理人才。与国内知名高等学校、科研院所合作，在园区共同搭建研发平台，吸引高技术人才为园区服务。

（3）实施人才开发工程，培育园区建设本土人才。一是有计划地选派干部外出学习深造和培训。二是加强对年轻干部的岗位能力培养，强化基层锻炼，选派干部到省内外的大型企业、科研单位挂职锻炼。三是举办各种专题讲座和园区企业家联谊活动，为企业家学习、交流搭建平台。四是帮助指导企业开展各种形式的管理层培训，开展企业中高级管理人员职业岗位培训，提高管理水平。

（4）创新体制机制，激励企业高端技术人才。鼓励技术成果转化，积极探索知识产权等无形资产入股投资；设立"人才发展"专项基金，用以资助培养高级人才和重奖有突出贡献的专门人才；对园区建设开发急需的人才要在个人所得税、购房、社会保险、户籍办理、子女入学等方面给予相应的优惠政策。

5. 加速服务平台建设，优化园区发展环境

（1）技术创新平台建设。一是科技研发平台，二是高新技术产业孵化平台，三是产学研合作创新平台。

（2）投融资平台建设。一是建立产业发展风险投资基金，采取多元化筹资方式，吸引民间风险资金，按照市场机制进行操作和管理，为园区重点发展的产业提供金融服务支撑。二是以扩大直接融资和增强金融企业综合服务功能为重点，建设与园区发展需要相适应的现代金融服务体系，搭建银企合作桥梁。

（3）公共服务平台建设。要围绕产业发展共性需求，整合各类服务资源，积极构筑公共服务平台，提高专业服务水平。主要包括工业设计、检验检测、试验试制、技术咨询和推广等科技中介服务平台，现代物流平台和各类行业协会等。

B.42
浏阳生物医药园产业发展研究报告

张贺文 *

浏阳生物医药园区是 1999 年由湖南省批准建立的专业化产业园区。到 2010 年，园区已有工业企业 218 家，实现了与生物技术领先的美国、加拿大、古巴等国家的战略合作，成为国内既是国家级生物产业基地，又是国家新药创制孵化基地的园区之一。

一 产业发展现状

经过 12 年的创业发展，浏阳生物医药园已形成了生物医药、电子信息、健康食品三大主导产业。产业发展呈现以下几个特点。

（一）产业综合实力显著增强

2010 年，园区实现工业总产值 170.82 亿元，增长 31%（见图 1）；财政总收入 5.2 亿元，增长 25%；固定资产投资 43.5 亿元，增长 26%。"十一五"期间，园区工业总产值由 2005 年的 35 亿元增加到 2010 年的 170.82 亿元，增长了 3.9 倍；其中规模工业总产值由 2005 年的 28.2 亿元增加到 2010 年的 161.76 亿元，增长了 4.7 倍；财政收入由 2005 年的 1.52 亿元增加到 2010 年的 5.2 亿元，增长了 2.4 倍。伴随产业集聚效应的凸显，产业影响力持续扩大，园区威尔曼、泰尔等 7 家企业跻身湖南医药企业前 10 位，蓝思科技成为长沙市电子信息产业领军企业。

（二）主导产业集群优势凸显

生物医药、电子信息两大产业主导格局初步形成。2010 年，生物医药产

* 张贺文，中共浏阳市委副书记、浏阳生物医药园管委会主任。

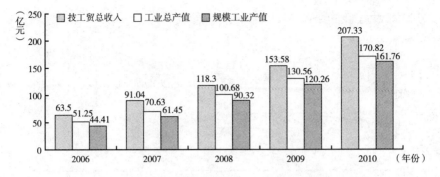

图1　2006～2010年园区工业经济情况

业实现产值76.99亿元，占工业总产值的45.1%；电子信息产业实现产值46.09亿元，占工业总产值的27.0%。两大产业产值占工业总产值的72.1%。金融危机肆虐来袭之时，园区通过互助担保、打捆融资等方式成功抵御，生物医药产业抗风险能力稳步提升。2008年以来，紧抓产业转移机遇，引进蓝思科技、台湾介面光电等企业，初步形成手机视窗、触控面板等高端配件为龙头的信息产业群，成为长沙电子信息产业的重要产业集群和主要硬件生产组团。

（三）产业创新步伐明显加快

2010年，园区获批为国家级新药创制孵化基地。同时，留学生创业园晋升为国家级高新技术创业服务中心，全年新增孵化企业4家，新增孵化项目30项，新引进美国密歇根等大学3个留学生团队。企业科技进步成效显著。益康生物制药公司的"高产优质虫草子实体生产技术研究与应用"、九典制药公司的"抗感染新药塞克硝唑及系列制剂产业化"项目分别荣获省科技进步二等奖。高新技术企业数量由2006年的16家增加到2010年的43家，高新产品产值由2006年的26.02亿元增加到2010年的149.21亿元（见图2）。到2010年，园区各医药企业和科研单位共开发、在研国家级新药112个，其中在研一类新药18个，湖南已获批的两个国家一类新药全部都在园区生产；共批准专利数530件，其中发明专利106件；设立工程（技术）中心30家，其中省部级16家；被认定的中国驰名商标1个、省著名商标15个，绿之韵公司获得湖南省第一张直销牌，实现湖南省直销企业零的突破。

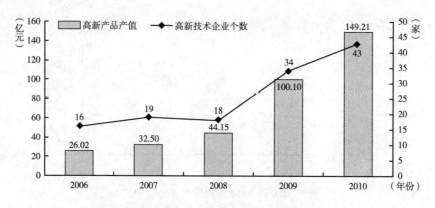

图2　2006～2010年园区高新技术产业发展情况

（四）骨干企业群体不断壮大

在经历了长达10年的中小企业孵化之后，园区骨干企业开始厚积而薄发，骨干企业群体不断壮大。到2010年，园区产值过10亿元的企业有3家，过5亿元的有6家，过1亿元的有21家。更为可贵的是，蓝思科技公司成为长沙市十大百亿工程标志性企业之一，2010年纳税5700万元，进出口额超过3.5亿元，位居全省第二。威尔曼制药公司纳税5000万元，创造园区制药企业纳税新高。九芝堂斯奇、永清、尔康、丰日、绿之韵、九典、迪诺7家企业，纳税均超过1000万元。

（五）资本、技术、市场日益融合，企业并购引领规模发展

现在，长沙国家生物产业基地的发展已由科技孵化走向资本重组的黄金季节。2010年，上市公司重庆莱美药业公司以巨资并购康源制药，并在园区增资5亿元启动符合美国FDA标准的制药厂建设；医药商业连锁企业湖南老百姓大药房有限公司重组安邦制药公司；浙江万邦药业并购麓山制药公司；深圳科兴生物制品公司并购继蒙制药公司；明瑞制药并购正太制药公司；华泽制药公司并购玄夏制药公司；深圳嘉信达公司并购康尼格拉生物公司。通过并购重组方式调整产业结构，适当提高集中度，改变了原先单靠土地、资金等优惠政策吸引投资的单一渠道，也改变了企业规模小、产业过于分散、不利于技术进步和实现规模经济的局面，产业集群发展之路愈发生机盎然。在园区企业并购成长的同时，园区企

业上市步伐加快。永清环保公司率先通过中国证监委审批，2011年3月8日率先实现敲锣上市；尔康制药、威尔曼制药完成股改，已向证监委递交材料；盐津铺子、蓝思科技、泰尔制药等已基本完成上市前期工作。

二 园区推进产业发展的主要经验

（一）坚持高起点、高科技、高水平的建园理念

工业园区是浏阳经济发展的主战场，把浏阳的工业带往何处，工业园区责任巨大。十多年来，园区以发展高科技产业、抢占新型工业制高点为目标，把调整浏阳产业结构和招商引资相结合、工业配套环境与基础设施建设相结合、特色产业城市与实现农民身份转换相结合，创造了生态环保园区与高科技产业协同发展的成功案例。浏阳从手工作坊式工业跨到高科技工业，工业基础、思想基础、交通基础、外部环境都比长沙其他开发区有更多的困难。管委会没有也无力走通常的招商建设道路，而是确定了通过集中一个产业树立品牌、带动工业环境改善的战略。因此，管委会没有加入拼低价、让税收、牺牲园区和公众的利益搞恶性竞争，而是通过打造产业平台，靠服务来赢得投资者。从最初基本上靠体力来做专业服务，到后来由政府、企业多种力量共同构造的科技平台；从最初的园区统筹企业采购、营销联合体统筹纳入城乡医保目录，到后来的由中介机构搭建企业互助担保协会、生物产业基金、劳动力市场；从园区政府投资建公共实验室、动物实验中心、药物食品安全评价中心，到后来企业投资建公共物流中心、供热中心、辐照中心、开放式省级工程中心。这些思路与大部分措施不仅开举了浏阳发展工业的先河，也走在了全省开发区的前列，成为省内外竞相学习的典范。

（二）坚持与企业共同发展、共建环境的改革理念

企业与政府共赢是园区持续发展的前提和保证。多年来，园区重大的产业政策调整、重大基础设施项目的建设和管理、向国家和省提出产业发展的重要战略性建议等，都坚持了与园区企业、特聘顾问的充分协商和沟通。园区还依托园区的政府背景，代表企业与银行、国外科研单位和投资机构洽谈，实施各种联合行动方案，为企业也为自己创造了更新的发展机会。与企业以各种灵活的方式共同

防范环境污染，共同争取国家政策和项目资金，共同引进高端人才，共同谋划上市和配套基地的建设等，使许多中小企业难以办成的事情提前或低成本实现。企业也积极参加园区的对外活动，为发展献计献策，如产业化高科技平台的管理，就创造出了企业或留学生代管等模式。园区和企业家真正成了战略合作者、合伙人。

（三）坚持战略优先、特色优势的招商理念

好的理念需要有好的战略和好的执行力去实践。生物医药是高新科技，浏阳没有基础，十多年来园区依靠自己的力量，走了先花小代价培育高校的科技项目，再把这些尽管小却有潜力的项目拿出去嫁接招商的路子。在省药监局支持下，园区率先抓住了全省医药证照服务、GMP改造等机遇，快速集聚了资源。如果没有快捷的抢抓机遇决策的机制，医药集群就不可能在浏阳形成，也就没有长沙国家生物产业基地的今天。电子信息技术的招商也是如此，多年前就前往广东调查研究，规划发展特色电子信息产业。通过提前规划，依托医药形成的服务品牌和科技品牌，又走了一条完全不同于医药招商的新路子，即以产业转移为契机，优先抓龙头企业落户，优先抓手机配套件，形成特色后再实施产业链招商跟进。

（四）坚持自我积累、滚动发展的建设理念

招商引资实际上是地区间硬件环境、资本实力、干部素质的全面较量。浏阳属内陆县，在思想解放度、资本集聚度、城市化水平上与沿海发达城市都差距明显。为了加快园区建设，2000年起浏阳市委、市政府毅然对工业园实施授权封闭式管理等一系列改革。管委会代表浏阳市委、市政府统筹管理派出机构，行使用人、工资、对外投资等权力，特别是实施了税收地方实得大部分返还等一系列措施，使得管委会自筹资金滚动式发展成为可能。十年来，园区累计创税26亿元，其中地方收入实得8亿元，上交浏阳本级1.8亿元，园区投入自我发展6.2亿元。依托这一政策，园区实现银行贷款累计达到12亿元，累计筹措资金23亿元，基本满足了招商引资重点企业的用地需求和实施企业招商引资优惠政策的需要。因此，实施授权封闭式管理、自我积累、滚动开发的方针，是园区发展的一条重要经验。

三 园区产业发展面临的基本形势

（一）园区未来发展面临的有利条件

（1）经济全球化和产业转移提升招商优势。全球制造业的加速转移，在生物技术和电子信息领域表现明显。创新药物的服务外包、以临床为主的研发机构产业转移、仿制药物制剂的生产和出口等，正为作为国家主要生物产业基地的园区带来新的机遇。用工和房地产价格的上涨，沿海生产成本难以维系加工贸易的发展，为出口导向型产业向内地的转移提出了迫切要求，作为长沙主要的工业园区招商优势更为凸显。

（2）长株潭区域经济一体化提升产业优势。国家实施中部崛起区域发展规划和"两型社会"发展战略，将进一步推动长株潭城市群投资政策的优化、对外开放度的增加和人才洼地的集聚。园区的生物医药、电子信息、环保等主导产业的"两型产业"特点，将有机会使园区和企业继续获得国家和省市政策的支持。

（3）交通网络体系提升竞争优势。长沙东部集中的铁运、空运、水运和南北、东西两条主干高速公路，为产业转移创造了良好的条件。开元东路，建设中的长浏高速、浏醴高速、大浏高速和即将启动的长浏轻轨线，都在园区有联结口和站点，使园区的区位交通即将成为新的优势。

（4）浏阳工业新城启动的投资优势。近三年来，浏阳市委、市政府提出了建设工业新城、助推浏阳经济进入高速时代的战略构想并大力推动。形成了工业新城投资公司、长沙国家生物产业基地、浏阳制造产业基地三个投资主体。浏阳在对接长沙省会经济圈、连通珠三角与长三角的思路和实践上，达到了前所未有的统一。这有利于浏阳全市在发展现代工业中集中精力和资源，有利于政策持续、长远规划，对激活投融资、企业招商引资、产业集聚和城市建设都是很好的契机。

（二）园区产业发展中存在的主要问题

（1）区域竞争压力加大。近些年园区在生物科技项目水平、产业规模、建

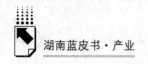

设力度上与武汉、泰州、苏州等地生物产业基地的后来居上、发展迅猛相比，明显缺乏大手笔、大政策。长沙先导区和其他园区依托母城优势和财力优势加速壮大，园区面临更加激烈的区域竞争和严峻挑战。

（2）资源瓶颈约束日益突出。受制于先天条件，园区在土地资源、融资能力上短腿明显。在交通、供气、供暖和垃圾、污水处理等基础公用设施上，在降低企业生产成本，尤其是原料成本和用工成本上，还须努力跟上招商引资和企业发展的步伐。

（3）城市化进程有待进一步加快。配套第三产业发展滞后，资本、技术、人才等要素市场以及相关服务环境还处在较低的县级水平，不能满足全球化、市场化的需要。园区城市品质还亟待进一步提升，与沿海发达地区政府公共服务管理水平相比还有待提高。

四　产业发展指导思想和总体目标

指导思想：按照长株潭"两型社会"建设试验区的建设要求，把握国际产业转移与国内新型工业化快速发展的机遇，以产业集聚集群发展为主线，坚持生物技术产业的科技成果转化、信息技术产业承接沿海转移的思路，创造高科技发展的配套环境，保持产业特色，培育产业龙头，全面提升园区综合竞争力，全面提升园区城市化水平，打造千亿园区，将园区建设成长沙东部科技新城、中部最大的医药产业基地和全国唯一的生物经济社区。

2011年总体目标：工业总产值240亿元，增长41.2%，其中，产值过100亿元企业1家、产值过50亿元企业1家；实现财政收入7.5亿元，增长48%，其中信息技术产业3亿元，税收过2亿元企业1家，税收过3000万元企业3家，税收过1000万元企业10家；固定资产投资20亿元；招商引资到位资金35亿元。

五　推进产业发展的主要对策

（一）统筹发展规划，抓好重点项目的建设和管理

建设一批涉及长期发展的战略项目。一是要在园区构建快速物流配送体系。

协助建设、管理好长浏轻轨、长浏高速机场快速通道，使园区更好地与长沙城市交通融为一体；力争长沙海关在园区设立办事处，增强园区承接产业转移的能力。二是对捞刀河、洞阳河统筹改造治理，与洞阳水库、马尾藻水库一起成为园区蓄水基地和亮丽风景。三是在南园和东园各打造一个按照新理念设计的生物经济社区和电子信息园区，并启动东南园的高尔夫球场和国际合作区的建设，使长沙国家生物产业基地的建设水平跨入一个新时代。四是积极规划并争取在"十二五"期间建成至少一个五星级酒店，并建成万人体育运动场、国际药用辅料全国市场、长沙高端手机配套件市场、国家新药创制中心等重大项目。

（二）努力引大引强，改善招商引资产业配套环境

要下决心解决好企业反映突出的供热成本较高、配套成本较高、人工成本较高等突出问题，创造更优的物流配送、用工和培训、治安保证等投资环境。要集中精力抓好生物医药、电子信息产业龙头企业的招商引资工作。在抓好加拿大流感疫苗项目洽谈，重庆莱美第二期工厂基地建设，江西仁和制药、海南海灵制药等大型医药企业落户工作的同时，派出小分队邀请国内最大制药企业来园发展。电子信息产业则以蓝思科技、介面光电为龙头，抓好产业链的配套招商。围绕广东省的产业转移和台湾、韩日电子企业，重点筛选一批优质的整机、配套件的手机制造企业招商，使手机配套能力逐步向广东看齐。食品产业招商方面，要进一步促进吉林修正等一批著名企业在园区构造产销一体的食品产业联合体，形成品牌企业群参与的食品安全区。适应申报国家经济技术开发区的变化，园区除了抓好医药延伸的化妆品、生物农业等领域外，还要进一步拓展环保、新材料等高科技领域。作为国家发改委和商务部的重要国际合作平台，园区还要进一步瞄准国际大企业、先进技术招商引资，重点引进加拿大、美国、法国等具有行业领先优势的跨国公司、领军企业来园发展。

（三）扶持园区科技名牌，鼓励企业做大做强

一是以国家新药创制孵化基地获批和实施为契机，筛选 5 ~ 6 家重点企业项目，在国家资金和园区产业基金配套支持下，开展技术改造和市场推广，争取"十二五"期间形成几个单品种年产值 2 亿 ~ 5 亿元的重磅产品，迅速提高医药产业的经济分量和话语权。二是以园区的一类新药和独创性技术产品为重点，以

财政奖励、补贴等形式提高园区科技成果产业化水平，形成既奖励企业整体税收规模，又奖励科技产品创税能力的新机制，形成一批既在国内技术领先又有较高市场占有率的高端产品。三是进一步推进园区企业的兼并重组。完善政策扶持奖励机制，促进威尔曼、尔康制药、盐津铺子等企业尽快上市。对上市成功的企业一次性奖励50万元，完成私募、递交材料的给予10万～20万元的资助。对上市企业在园区的再兼并再投资，实行快速报批、报建，减免税收和土地优惠的政策。四是打造园区企业家团队。对在园区兼并重组成绩显著、对园区公共建设热情参与的园区企业家，给予奖励。五是加大对公共科技平台和留学生创业园的投入，增加园区科技专项资金规模，突出提高适用性、方便性，加大院校合作力度，促进更多的具有国际先进水平的创新技术在园区企业和创业园孵化、投产。

（四）以产业配套为重点，提升园区城市化水平

以建设长沙东部主要的科技新城为目标，在园区建设过程中，园区将突出高科技园区建设品质，注重把生态环境的保护、工业园区的配套、商业的繁荣、生活品质的提高有机结合起来。"十二五"期间，园区将重点建设好南园和东园两个片区。南园将以广州大学城、武汉光谷生物城为参照规划建设，力争"十二五"期间完成5平方公里的高水平新医药园的建设。东园将突出电子信息产业发展，并配套适合其特点的生产、生活设施，"十二五"期间将新增开发面积10平方公里，规划人口达到15万人，成为管理规范、商贸繁荣、物流便利的产业转移基地。

（五）进一步深化体制机制改革

大力推进园区体制机制改革。对管委会直属企业，坚持市场化改革方向，把属于非公共性营利业务纳入市场化竞争运作机制。开发投资公司要逐步实现从园区基础设施建设向房地产业、科技产业等多领域投资转型，最终转变为国有控股的上市投资公司。对管委会内部机构，继续推进企业化高效管理模式改革，积极吸纳各类专业技术人才、高级管理人才和财经人才进入管理队伍。

B.43
宁乡经济技术开发区产业发展研究报告

吴仕荣*

宁乡经济技术开发区（以下简称宁乡经开区）于2002年11月由湖南省政府批准设立。2010年底，国务院批复宁乡经开区升级为国家级经济技术开发区，是湖南省第7家国家级的开发区。

一 宁乡经开区产业发展情况

（一）经济总量快速攀升

2010年园区工业总产值135亿元，工业增加值42亿元，增长速度均保持在35%以上。现有入园企业125家，其中正式投产的规模工业企业79家；完成财政总收入5亿元，其中工商税收达3亿元；园区累计引进项目169个，合同引资220多亿元，实际到位县外资金112亿元。"十一五"期间宁乡经开区快速发展，固定资产投入累计达158亿元，其中基础设施投入达28.6亿元，各项主要经济指标圆满完成了"十一五"规划目标。

（二）主导产业初具规模

2010年底，宁乡经开区逐步形成了以食品、机电、新材料以及现代服务业组成的"3+1"产业模式，主导产业已初具规模（见图1、表1）。

一是食品产业异军突起。园区现有食品企业5家，虽然数量不多，但品质较好。加加集团、青岛啤酒、宏全国际、美怡乐，个个都是叫得响的品牌。2010年食品工业实现税收1.5亿元，占据园区税收收入的半壁江山。即将启动建设的

---

* 吴仕荣，宁乡经济技术开发区产业发展局经济运行科科长。

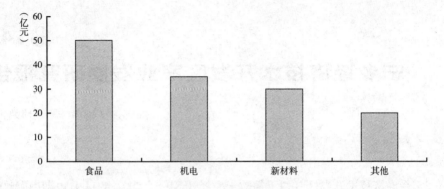

图1　2010年宁乡经开区产业工业总产值

表1　宁乡经开区三大主导产业代表企业

序号	食品产业代表企业	机电产业代表企业	新材料产业代表企业
1	加加集团	飞翼股份	海纳新材料
2	青岛啤酒	盛泓机械	雅城新材料
3	宏全国际	盛隆机械	佳飞科技
4	美怡乐	湘电长泵	远大住工
5	长城肠衣	楚天科技	恒佳铝业
6		凯瑞重工	吉唯信

乐福来火腿肠以及有意落户我区的联合利华项目，将是园区食品产业的又一亮点。由于有一批高品质的食品企业落户园区，2010年我区被中国食品工业协会授予"中国食品工业示范园"称号，为园区食品产业的发展奠定了良好的基础。

二是机电产业后发优势强劲。宁乡经开区依托长沙"工程机械之都"的优势，大力发展长沙工程机械第二梯队及工程机械配套企业。通过几年的发展，现已初见成效。第二梯队主机企业有飞翼股份、盛隆机械、凯瑞重工、盛泓机械等，配套企业有湘电精铸、协力液压、恒利重工、中京机械、中粮机械、钜泰机电等20余家，形成了一定规模的产业集群。

三是新材料产业扩改增效后劲十足。海纳新材料与杉杉集团联姻后，计划投资20亿元建设锂离子电池前驱材料生产基地。吉唯信被世界500强日本东洋铝业株式会社全资收购后，计划建设亚洲最大的微细球形铝粉生产基地。建筑新材料的代表企业有全国行业排名第二的中财化建，湖南省第二品牌海大铝业，外资企业马克菲尔，引进德国先进设备的江盛建材以及总投资 11 亿元的远大住工。新材料产业正蓄势待发，后劲十足。

（三）产业升级成效显现

首先，园区为企业技术升级搭建了多个平台，详见表2。其次，园区高新技术企业数量不断增长。截至 2010 年底，园区现拥有高新技术企业 11 家，正在申报的高新技术企业 3 家，据不完全统计，园区拥有专利 550 多件，其中发明专利 150 多件，楚天科技专利数达到 350 多项，加加、飞翼、海纳、佳飞、利洁、拜特、吉唯信、广和等 30 余家企业拥有专利，绝大部分专利已转化为生产力。最后，园区还有省级技术中心 2 家（加加、楚天），市级技术中心 8 家，省、市级技术创新项目 20 项，历年来已成功申报各类科技、技改项目 300 多个，其中获得国家创新基金支持的有佳飞科技、新源氨基酸、广和化工、聚力催化剂。2010 年全区共有飞翼股份、加加集团、青岛啤酒、海纳新材料、盛泓机械等 19 家企业启动技术改造项目，技改总投入约 11 亿元，技改完成后，可新增工业总产值 32 亿元，新增税收 2.3 亿元，产业升级成效显现。

表 2　宁乡经济技术开发区产业发展平台

类　型	名　称	完成时间
政府平台	湖南省首届十大投资环境诚信安全区	2004 年
	行政授权、职能部门驻区办公	2006 年
	全国模范劳动关系和谐工业园区	2007 年
	湖南省首批"循环经济试点园区"	2008 年
	全国"中小企业信用体系建设示范园区"	2009 年
	湖南省"两型社会"试点园区	2009 年
	中国食品工业生产基地	2009 年
	湖南十大最具投资价值产业园区	2010 年
服务平台	创业服务中心	2006 年
	科技孵化器（标准厂房）	2008 年
	机电一条街	在建
	融资平台（长沙邓万氏社会经济咨询有限公司）	2010 年
	法律服务平台	2010 年
	其他中介服务机构（如友谊咨询集团等）	2010 年

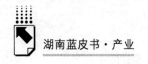

二 园区发展存在的困难分析

1. 企业核心竞争力有待加强

宁乡经开区三大主导产业目前仍缺乏核心技术的支撑，在一定程度上存在"技术空心化"问题，有两个省级技术中心，还没有一个国家级技术中心或科研基地。主体园区的专利数有100多件，但发明专利甚少，不足20件，企业科技创新能力相对滞后。研发资金投入和自主开发创新能力尚显不足，拥有自主知识产权的核心技术和产品还不多。缺乏一批实力过硬的研发人员。另外，企业科技创新的商务环境和政务环境有待改善。一方面，缺乏发达的风险投资、担保机构、上市培养等投融资机制，导致好产品、好企业、好产业规模做不大；另一方面，行政审批程序繁琐，降低了科技成果转化的产出效率。此外，企业团队缺乏竞争力。园区具有开拓精神的企业家不够多，管理者的企业家精神不足，企业普遍感到中高端人才缺乏。

2. 资本市场运作能力不强

至"十一五"末，园区暂没有一家独立上市的上市公司，只有加加集团、飞翼股份、楚天科技迈入了上市辅导期，其他企业只能在"十二五"期间规划上市工作。此外，风险投资、担保贷款、企业债券等资本运作也不理想，只有佳飞科技获得长沙科技风险投资有限公司的1600万元投资，担保机构也非常少，没有一家企业发行企业债券。整体来说，资本市场运作能力相对薄弱。

3. 产业链条不够完善

园区现有的三大主导产业主要以加工制造为主，产业链条上下游较短，产业类型较为单薄，同一类型产业企业关联度不高，龙头企业带动力不够，在园区内尚未形成强有力的庞大共生体系，产业整体实力较弱，没有形成具有明显整体竞争优势的产业集聚。

4. 园区生产要素有待进一步加强

用水方面，现有供水能力较弱，还需再建一座工业水厂，按企业用水质量要求实行水资源的梯级利用；要加强水资源的循环利用，重点建设污水处理厂、再生水厂及配套管网。用电方面，为满足园区发展的需要，还要重点建设11万伏和22万伏变电站，并且在能源集约利用方面要采取措施，杜绝高能耗企业入园。

供气方面，现有的华油燃气根本不能满足园区企业的用气需求，还需引进有实力的天然气企业为园区企业供气。供汽方面，天宁热电一期建成投产后，可为园区部分企业提供蒸汽；随着联合利华等重大项目的引进，供汽压力将会大增，要尽快启动天宁热电二期建设，以满足园区企业的供热要求。路网建设方面，园区路网建设基本完成，但需提质改造，提升园区形象；待开发区要尽快拉通路网，以利于招商引资和园区发展。其他方面，绿化、亮化、网络、通信、市政工程等配套设施等都有待完善。

三 2011 年及未来产业发展对策

（一）强力推进战略性新兴产业

战略性新兴产业是新经济的增长点和发展热点，湖南制定了《战略性新兴产业规划纲要》，并将战略性新兴产业的发展重点明确为：先进装备制造产业、新材料产业、文化创意产业、生物产业、新能源产业、信息产业和节能环保产业。宁乡经开区在发展战略性新兴产业方面已有一定的基础。根据产业筛选原则及发展先进装备制造、新材料、节能环保产业的需要，宁乡经开区将电子信息产业纳入产业规划范畴，重点发展战略性新兴产业的四大领域——先进装备制造、新材料、节能环保、电子信息。

（1）新材料产业。重点发展大功率动力电池材料及高性能金属材料，依托中南大学、国防科大等科研院所，通过实施产学研一体化工程，打造国内一流的电池材料生产基地。做大做强现有的海纳新材料、雅城新材料、佳飞科技等电池材料企业，积极引进大功率动力电池材料生产企业及配套企业，初步形成产业集群。目标引进一家年产值过 10 亿元的大功率电池材料企业，至"十二五"期末，电池材料产业年产值达到 40 亿元。依托日本东洋铝业（吉唯信）、东宜冶金粉末等重点发展高性能金属粉体材料及粉末冶金材料。扶植吉唯信年产 1.2 万吨微细球形铝粉项目，形成年产值 10 亿元的亚洲最大的微细球形铝粉生产基地，稳步推进东宜冶金粉末等企业粉末冶金材料的发展。

（2）先进装备制造业。依托"长沙工程机械之都"发展先进装备制造业，宁乡经开区在先进装备制造领域重点发展混凝土机械装备、工程与建筑起重机、高性能动力电池。鼓励现有企业加大科技投入，积极创新，走差异化发展道路，并引进一家年产值超过 30 亿元的龙头企业带动该行业的发展，壮大产业集群。高性能动力电池主要依托园区电池材料生产基地的优势，引进 1～2 家动力电池主机企业，大力发展大功率动力电池及汽车动力电池，形成年产值过 20 亿元的生产规模。

（3）节能环保产业。重点发展节能建材、再制造技术与装备、城市垃圾与固体废物处理。一是以远大住工为龙头，拉长产业链，发展节能建材行业，至 2015 年，形成年产值 100 亿元的生产规模。二是以蓝天再生和格力集团再制造产业园为龙头，形成年处理城市垃圾与固体废物 2 万吨的能力。三是以盛隆机械、飞翼股份为骨干，发展工程机械类再制造，主要再制造产品为混凝土输送泵、拖泵、高速铁路制梁泵；以三星机床、合丰数控机床为骨干，发展机床类再制造，并提升再制造产品的科技含量；以友诚机械、道和汽车零配件为骨干，发展汽车类再制造，从汽车零配件再制造开始逐步过渡到汽车发动机、变速器等再制造。

（4）电子信息产业。宁乡经开区电子信息产业基础较薄弱，已有的亿佳电子、烨星电子、威胜科技等企业，规模小，效益差。"十二五"期间力争引进数字化整机企业一家、新型元器件企业若干家。电子信息产业在"十二五"期间要打好基础，稳步发展。

（二）做大做强特色产业

在现有基础上做大做强传统产业，使之成为宁乡经开区发展的基石。

（1）食品产业。按照产业发展有所为有所不为的原则，重点发展食品加工业。宁乡的食品加工业已有一定基础。"十二五"期间，食品产业的目标任务是工业总产值达到 350 亿元，其中农业科技园完成工业总产值 100 亿元，重点发展农副产品深加工及其他中档食品加工业。重点发展方向为：一是大力发展以加加集团为龙头的调味品，以联合利华为龙头的休闲食品，以青岛啤酒、宏全企业为龙头的饮料饮品，以乐福来为主的肉类制品。二是培育知名企业与引进龙头企业相结合。加快发展加加集团二期建设步伐，力促青岛啤酒纯生生产线尽快上马、宏全企业增资扩股、长城肠衣的肝素钠达产增效，力保联合利华顺利签约，积极跟踪皇室果冻及其他重大项目。三是加强食品安全、食品质量控制体系的建设，重点在食品行业实施 HACCP 计划。四是引进配套企业，拉长产业链条。重点引进食品包装、食品添加剂等配套企业，拉长产业链条。五是鼓励有条件的食品企业发展工业旅游、休闲消费吧。六是重点发展食品行业的物流仓储业，特别是冷链物流配送，为食品企业做好配套服务。

（2）传统制造业。传统制造业涵盖了园区的机电产业和新材料产业，已有一定的基础，代表企业有中财化建、海大铝材、湘电长泵、协力液压、中京机械等。传统制造业在"十二五"期间重点是提质改造，利用高新技术改造传统制造业，提高产品的附加值。

（3）家电产业。以引进格力电器股份有限公司为契机，建设全球第七大生产基地，其中废旧家电回收再制造基地设计产能 120 万台/年。与华良中意开展战略合作进军冰箱、洗衣机市场，设计产能 500 万台/年，年产值 100 亿元。

专题篇
Specific Reports

B.44
抢抓机遇　求实创新　推进承接
产业转移和加工贸易实现新跨越

罗双峰 *

　　近年来，湖南省坚持以科学发展观为指导，坚决贯彻落实省委、省政府关于承接产业转移、发展加工贸易的一系列战略部署，抢抓武广高铁开通及沿海产业加速向内陆地区转移的重大机遇，落实各项引导支持政策，不断完善体制机制，强化各项工作措施，认真做好协调服务，承接产业转移和加工贸易工作扎实向前推进，呈现出量质齐升、后劲增强的良好发展势头。

一　湖南省承接产业转移发展加工贸易的基本情况

　　面对国际和沿海产业加速内移的重大战略机遇，省委、省政府敏锐研判形势，及时作出一系列重大部署，全省承接产业转移发展加工贸易工作迈出了新步

---

* 罗双峰，湖南省商务厅副厅长。

伐。2010年，全省承接产业转移项目2795个，其中国际产业转移项目531个、区域产业转移项目2264个，投资总额1000万美元以上的国际产业转移项目199个；全省实现加工贸易进出口额17.89亿美元，同比增长65%，高出全国平均增幅37.7个百分点，其中出口11.64亿美元，同比增长70.8%，进口6.25亿美元，同比增长55.4%。

1. 承接产业转移项目量质齐升

2010年，湖南省政府与全球电子信息产业的领军企业、具有重大带动力和聚集力的富士康集团签订了合作框架协议，宣告富士康正式落户湖南，在长沙、衡阳等地设置"三网融合"、电子产品研发基地和硬件生产工厂，还将吸引其上下游产业链迅速在湖南集聚。此外，广汽菲亚特、戴尔、米塔尔与华菱合资的电工钢和汽车板项目，住友橡胶，欧姆龙电子，介面光电，富士电梯，兴业太阳能等一批世界500强企业和战略投资者项目也成功落户湖南。大力承接产业转移，为全省经济社会加速发展、产业结构调整和布局优化注入了强劲动力，极大地带动了全省汽车产业及电子信息、航空航天、节能环保等新兴产业的快速发展，2010年转移项目新增加税收22.86亿元，新增加就业人数27万人。

2. 加工贸易增势强劲

2010年，湖南省加工贸易进出口快速增长，屡创新高，有10个月的增幅保持在50%以上，其中12月当月实现2.19亿美元，创下全省当月加工贸易进出口历史新高。全省加工贸易进出口额过千万美元的企业达34家，同比增加了11家，其中过亿美元的企业由上年的1家增加到3家。34家企业加工贸易进出口额15.2亿美元，占全省总量的85%，重点企业的强劲增长有力拉动了全省加工贸易的快增长，其中蓝思科技、台达电子、南洋鞋业、荣阳鞋业、爱铭数码、全创科技等一批转移企业已经成为全省加工贸易的主要力量。全省目前共有204家企业开展了加工贸易业务，同比增加了52家。加工贸易企业数量和规模的不断扩大，为全省加工贸易更好更快地发展打下了坚实的基础。

3. 平台建设日益完善

2010年，岳阳经开区、常德经开区、宁乡经开区先后晋升为国家级经济技术开发区，全省目前已有国家级园区9家，在中西部地区位居前列；衡阳市、常德市成功获批加工贸易梯度转移国家重点承接地，加上前两年获批的郴州、永州、益阳、岳阳，全省现有6个国家级重点承接地，为中西部省份最多。为了在更高层次、更大范围内打造承接产业转移平台，目前正积极筹划将湘南打造成国家级承接产业转移示范区。评选认定了10个承接产业转移示范园区和13个承接产业转移特色基地，以充分发挥园区在承接产业转移中的主阵地和示范带动作用。2010年全省共建成标准厂房面积1232万平方米，极大地降低了境内外转移企业的投资成本，缩短了项目落地时间，像衡阳白沙洲工业园在2010年成功引进富士康和欧姆龙两个世界500强项目，园区标准厂房就起到了非常重要的作用。

4. 承接产业转移对接活动成效明显

2010年5月，湖南在珠三角地区成功举办了"2010年粤洽周活动"，签约228个合同项目，引资近900亿元。活动首次邀请香港中华总商会等五大知名商会作为协办单位，扩大了活动的影响力和吸引力。以武广高铁为切入点宣传"速度湖南"，取得良好成效。该活动得到省领导的充分肯定，周强书记和梅克保副书记均作了重要批示，明确指出"要建立'粤洽周'的长效机制"。此外，湖南还成功举办了"沪洽周"、"台湾活动周"，积极参与中部博览会、泛珠三角合作论坛等活动，取得很好的效果。

5. 政策机制和政务环境不断优化

湖南省委、省政府支持郴州承接产业转移先行先试的34条政策措施，进一步深化和拓展，适用范围扩大到了所有国家级重点承接地和重点县。出台了《关于进一步推动承接产业转移发展加工贸易的若干措施》，明确了支持引导的方向和重点；为强化激励约束作用，又研究制定了全省承接产业转移发展加工贸易的考核评价办法，修改完善了承接产业转移重点（试点）县动态管理考核办法。省际和部门合作机制进一步健全，2010年8月，湖南与广东签订了进一步深化湘粤经贸合作的协议。政务环境不断优化，出台了《关于招商引资项目行政审批代理制的指导意见》，全面实施项目审批代理制，推行限时审批、服务承诺制；在全省范围内实施投资环境评价体系。

6. 齐抓共促的良好氛围初步形成

湖南省委、省政府对承接产业转移发展加工贸易工作高度重视，将其作为促进全省经济发展方式转变和开放型经济跨越发展的战略支点来抓。省主要领导亲力亲为，周密部署：周强书记多次到市州调研承接产业转移工作；徐守盛省长来湖南不久，就对招商引资、承接产业转移工作提出了明确要求；梅克保副书记、陈肇雄副省长以及甘霖原副省长亲自督促承接产业转移工作；省人大、省政协的领导给予了高度关心和支持，提出了许多建议。省承接产业转移发展加工贸易工作领导小组 28 家成员单位通力合作，在政策、资金等方面予以了大力支持，共同推进工作快速发展。各市州、县市区政府把承接产业转移作为当地发展的"第一菜单"，多管齐下，工作推动力度明显加大。

全省承接产业转移发展加工贸易工作虽然取得了一定的成绩，但在产业配套、市场供应、投资环境等方面仍然存在许多不足，如承接产业转移平台建设及承接能力有待提高，加工贸易基础薄弱，物流成本高，通关便利化程度不高，用工矛盾凸显，供地不足，企业融资困难等瓶颈制约依然突出，这些都需要在以后的工作中不断改进和完善。

二　当前全省承接产业转移发展加工贸易面临的形势

后金融危机时期，全球产业格局面临大整合、大调整、大变革，产业转移势不可当，并呈现出一系列新的特点和趋势。对此，湖南省要科学分析研判，积极主动对接，更加有深度、更为有效地融入国际经济大循环，参与国际产业大分工。

分析现状，我们认为还存在一些不利因素。一是区域竞争加剧。当前，全国各地大都出台承接产业转移的区域性发展规划，有些甚至上升到国家战略层面，如安徽皖江承接产业转移示范带、广西桂东承接产业转移示范区、重庆沿江承接产业转移示范区等，这些地区发展势头猛，对沿海甚至全球的资本和产业转移吸引力大；沿海省市自身也纷纷出台政策，鼓励和引导企业向本省欠发达地区转移。在此背景下，区域承接产业转移竞争日趋激烈，湖南面临巨大的压力与挑战。二是沿海产业呈跨越式转移趋势。目前，沿海企业特别是珠三角企业已开始呈现跨越式转移的特点，从珠三角跨过湖南，直接转移到中西部其他地区。如 IT 行业转移到四川、重庆、河南，食品加工行业转移到湖北仙桃等。三是人口红利时代基本结束。产业转移的决定因素由过去的主要依靠人力资源等比较优势转向市场供应、产业配套、投资环境等综合因素。

但总体看来，湖南面临的有利条件更多。一是省委、省政府高度重视，以承接产业转移为重点的开放型经济的推动力度加大。2008 年以来，省委、省政府出台一系列促进开放型经济发展的文件，全省承接产业转移将迎来新的战略发展时期。二是沿海产业向内陆转移的步伐正在加快。目前，沿海产业从原来受金融危机、人工成本等因素影响的"被动转移"转向寻求转型升级的"主动转移"，沿海地区的劳动密集型产业和部分制造业将全部或部分工序转移到中西部地区，这势必将给具有承接珠三角产业转移比较优势的湖南带来新的发展机遇。三是国家对中西部地区的政策支持力度不断加大。国家实施《促进中部地区崛起规划》和《关于进一步做好利用外资工作的若干意见》，鼓励和引导外资向中西部地区转移和增加投资，《国务院关于中西部地区承接产业转移的指导意见》已颁布实施，国家部委的相关配套政策也将陆续出台，都为湖南带来了良好的政策机遇。四是基础设施不断完善。湖南"四化两型"战略的实施为改善投资环境和承接条件奠定了坚实基础，特别是已经通车的武广高铁，将湖南真正融入了粤港澳经济圈，沪昆高铁也已开工，将使湖南成为全国首个高铁交会区；同时，湖南高速公路在建与通车里程已由 2007 年的全国第 17 位跃居到 2010 年的全国第 3 位，黄花国际机场扩建工程即将完工，湖南作为中部地区交通枢纽的地位更加突出。

三 2011 年发展重点

2011 年，全省承接产业转移发展加工贸易工作的具体目标任务是：承接产业转移项目 2800 个；加工贸易进出口额 26.85 亿美元，同比增长 50%。为此，要重点做好以下几个方面的主要工作。

（一）打造承接产业转移大平台

一是将湘南打造成国家承接产业转移示范区。在省政府领导下，配合省发改委，会同郴州、衡阳、永州三市政府成立相应的工作机构，做好湘南国家承接产业转移示范区的规划编制及申报工作。同时，积极争取国家发改委、商务部等部委的支持，力争使湘南获批为国家承接产业示范区。二是进一步加强承接平台建设。重点加强加工贸易梯度转移、国家重点承接地以及园区基础设施建设。加强环保、物流、通关等配套设施和公共服务平台建设，推进园区标准厂房和智能化楼宇厂房建设。支持郴州出口加工区和金霞保税物流中心的加快发展，加快推进衡阳出口加工区的报批和建设，积极争取在长沙、岳阳新设出口加工区或综合保税区，积极申报金霞开发区为国家级保税园区。三是发挥重点（试点）县和示范园区的示范带动效应。进一步完善园区的综合承载功能，推动产业集聚、企业集群、开发集约，将园区做大做强。对承接产业转移的重点（试点）县、示范园区实施动态考核管理，严格实行末位淘汰。

（二）抓大项目，引大做强

一是全力办好 2011 年"粤洽周"活动。根据省委主要领导的指示，2011 年继续在珠三角地区举办承接产业转移专题招商活动。组织部分市州参与协办，主动加强与珠三角地区商（协）会的联系，以园区和企业为主体，立足"小而精"，突出实效性和针对性，全力办好 2011 年的"粤洽周"活动。二是着力引进重大项目。瞄准重大项目进行招商，对于大型龙头企业、世界 500 强企业以及影响力大、带动力强的战略投资项目，及早跟踪、及时掌握转移动态，采取"一企一策"，实行特事特办、高层推动。三是抓好重大项目的跟踪服务。切实加强跟踪服务，完善物流特别是航空物流以及通关、检验检疫等平台建设，充实海关、商检等部门的工作力量，促使富士康等重大项目早日投产。省政府已将富士康项目列为省级重点项目，要在土地、用工、税收、通关物流、融资、资金扶持等方面为其提供便利条件，支持富士康在湖南做大做强。此外，要以富士康等战略型龙头企业落户湖南为契机，实施产业链招商，推动产业集聚，实现集群式发展。

（三）大力创新体制机制

一是健全统筹机制。加大对重大项目的推动力度，定期进行调度，及时研究企业转移和建设过程中的有关重大问题。充分发挥省承接产业转移发展加工贸易工作领导小组办公室的作用，完善联席会议制度。二是建立承接产业转移激励机制。对符合国家产业政策、符合本省产业发展需要的产业转移项目，成功引进的产业转移项目及配套企业、承接产业转移工作开展得好的单位和个人给予一定的奖励。三是进一步完善和落实责任考核机制。将承接产业转移纳入开放型经济工作的考核评价体系，并作为衡量干部绩效的重要依据，同时切实加强绩效考核，做到准确及时、客观公正。

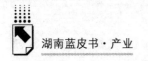

（四）积极营造良好环境，努力解决瓶颈制约

物流通关方面。一是改善物流通关条件。进一步深化关贸、检贸、信贸、汇贸协作机制，积极配合海关、检验检疫机构推进"大通关"建设，创新通关监管机制，深入推进区域通关改革和"属地申报、口岸验放"通关模式，提高通关效率，促进贸易便利化。二是创新物流模式。积极配合、大力推进铁海联运、江海联运及"五定班列"建设，同时大力引进实力雄厚的国际物流企业，如近铁物流等，争取更多大型外贸物流公司落户湖南，从而有效降低企业的物流成本。三是根据企业需要，积极开通和加密国际航线，进一步增加航空货运能力。

用工方面。广泛利用各种渠道特别是乡镇、村、街道办事处、居委会的优势，提高组织化程度，开展灵活多样的招聘活动，搞好企业与劳动者之间的对接。积极发挥职业技术学院的作用，开展订单培训。进一步提高工人收入水平，改善生产条件，完善生活配套设施，采取更人性化的管理模式，加强工人权利保护，让工人安心、舒心、省心地在本省工作和生活。

融资方面。积极搭建银企融资平台，组织银行、担保公司和企业之间的对接，支持担保公司对中小企业进行融资担保，降低贷款门槛，扩大放贷比例，延长偿还周期。积极开展企业股权、保单、业务订单质押贷款，缓解中小企业融资难问题。

B.45

新时期战略性新兴产业发展研究

——对长沙市战略性新兴产业的调查与思考

张剑飞*

后金融危机时代，战略性新兴产业成为促进经济复兴的重点选择和改变世界经济增长轨迹的新动力。大力发展战略性新兴产业是应对金融危机、促进经济社会又好又快发展的重大战略选择。本文从长沙的实践出发，分析了当前战略性新兴产业发展中存在的重大瓶颈，探寻了新时期加快发展战略性新兴产业的新方法、新举措。

一 长沙市促进战略性新兴产业发展采取的主要措施

近年来，长沙市持续实施兴工强市战略，按照"扶持壮大特色支柱产业、精心培育新兴产业、提质改造传统产业"的思路，大力推进新型工业化进程，战略性新兴产业发展已具备一定的优势。到 2009 年末，作为战略性新兴产业主体的高新技术产业总产值 1483 亿元，初步形成了以文化创意、新材料、信息产业、生物医药、新能源、电动汽车产业为主的战略性新兴产业发展格局。为培育、促进战略性新兴产业发展，长沙主要抓了四个方面的工作。

（一）立足基础优势，培育特色支柱产业

充分利用长沙的地理、成本、人才、智力和生态环境优势以及后发优势，抢抓发展机遇，坚持以"有市场、有基础、有优势"为导向，精心培育战略性新兴产业，打造产业支柱。到 2009 年，全市规模以上工业中，高端制造、生物医

---

* 张剑飞，中共长沙市委副书记、长沙市人民政府市长。

药、新材料等支柱产业实现增加值445.30亿元，比上年增长26.1%，对规模工业增长的贡献达49%，比上年提高6.4个百分点，拉动全市规模工业增长9.7个百分点。文化创意产业经济规模和贡献率在全国省会城市中居第三位，仅次于杭州和广州。先进储能材料形成了从电池材料、电池到电动汽车的完整产业链雏形，主要电池材料国内市场占有率在60%以上，博云新材的飞机刹车盘覆盖国内67%的市场。浏阳生物医药园成为国家级生物产业基地，初步形成现代中药、生物育种和基因药物三大产业集群。数字内容、软件外包和电子商务等信息产业快速发展，被确定为中部地区唯一的国家软件产业基地、国家移动电子商务示范基地、国家动漫游戏产业振兴基地、国家数字媒体产业基地和国家服务外包城市。

（二）以园区为载体，促进产业集群化发展

坚持战略性新兴产业向园区集聚，以长沙高新区为核心大力发展电子信息产业、新能源产业，以长沙经开区为重点积极培育高端先进制造业，以浏阳生物医药园为载体发展壮大生物医药产业，以金霞物流园和青竹湖服务外包基地为平台精心扶持现代物流、服务外包业，初步形成园区功能完善、发展重点突出、产业特色鲜明的战略性新兴产业发展格局。实施项目带动战略，共引进杉杉新材、比亚迪、广汽菲亚特、蓝思科技、中航起落架、金泰制药等一批战略性新兴产业重大项目。建立重大项目跟踪服务机制，加快项目建设，先后实施战略性新兴产业重大项目50余个，新增投资400亿元以上，战略性新兴产业产能迅速扩大，并形成一批龙头企业，增强了产业发展带动能力。

（三）注重科技创新，提升产业核心竞争力

立足长沙较为丰富的科技资源，加强战略性新兴产业科技创新，以技术创新引领产业创新发展。长沙先后建设国家级、省级重点实验室、工程中心、工程技术中心和工程技术研究中心106个，博士后科研流动站71个，博士后工作站34个。围绕主导产业和新兴产业，组建数字媒体、先进电池材料及电池、汽车及零部件等产业技术联盟15个，中国科学院、清华大学等10多家高校与科研院所在长沙成立了技术转移中心，基本形成以高校、科研院所为主体的知识创新体系和以企业为主体的技术创新体系。碳/碳刹车材料、千万亿次超级计算机、动力电

池材料等一批重大科技成果居国际领先水平，基因工程、基因诊断与治疗、干细胞工程等领域取得重大突破，电动汽车制造的电池、电机和电控三大关键技术全面掌握。

（四） 加大政策扶持，营造良好的发展环境

长沙市委、市政府先后出台《关于实施高新技术带动战略的决定》、《进一步加快高新技术产业发展的决定》和《关于进一步促进产学研合作，加快科技成果产业化的暂行规定》等政策文件。每年安排 1 亿元设立科技成果转化专项资金、中小企业创业基金，市本级科技发展专项经费达 2.25 亿元。2009 年，全市研发经费占 GDP 的比重提高到 2.0%。进一步完善产业服务平台体系，重点建设了长沙科技成果转化基地、国家（长沙）工程机械质检中心、数字卡通内容制作及传播公共技术平台、常设性科技成果及技术产权交易平台，建成生物、软件、数字媒体、动漫游戏和科技兴贸出口创新、软件服务外包等 10 多个国家级高新技术特色产业基地，形成了较完善的技术研发、成果转化、产品检测、人才与技术产权市场等服务体系。

二 制约战略性新兴产业发展的瓶颈

（一） 产业规划引导有待进一步加强

截至 2010 年 9 月上旬，全国已有江西、湖南、湖北、河南、辽宁等省制定了本地区战略性新兴产业发展总体规划。从这 5 个省来看，产业同质化倾向比较明显，尤其是新能源、新材料、生物医药、电子信息等产业都被摆在突出位置（见表 1）。战略性新兴产业市场需求是有限的，如果国家层面缺乏整体上的统筹规划和宏观控制，势必造成重复建设、无序竞争，形成新的产能过剩和资源浪费。

（二） 部分产业有效需求有待进一步释放

从国务院公布的七大战略性新兴产业来看，新材料、生物医药、高端制造产业市场发育相对较好，而新能源、节能环保、信息网络、电动汽车产业市场发育还不全，存在国内市场需求不足、国外市场壁垒太高的问题。以新能源产业为例，

表1　2009 年我国部分省战略性新兴产业规划情况

省　　份	战略性新兴产业发展重点
湖南省	先进装备制造、新材料、文化创意、生物、新能源、信息
江西省	太阳能光伏、风能与核能、新能源汽车及动力电池、航空制造、半导体照明、金属新材料、非金属材料、生物、绿色食品、文化创意
辽宁省	先进装备制造、新能源、新材料、新医药、信息、节能环保、海洋、生物育种、高技术服务
湖北省	新能源、节能环保、电动汽车、新材料、生物医药、信息
河南省	电子信息、生物、节能环保、新材料、新能源、新高端装备制造、新能源汽车

2009 年长沙市能源结构中煤、成品油、电占到了 78% 的比重，新能源消费市场还没有真正培育起来；动漫产业由于初期制作成本偏高，商业链延伸不够，衍生产品未能及时跟进，85% 的动漫企业处于亏损状态。

（三）中小企业创业融资瓶颈有待进一步突破

战略性新兴产业投入大，专业性强、周期长、风险大，资金缺乏成为制约战略性新兴产业发展的重大瓶颈。突出表现为融资渠道窄，资金需求得不到有效解决。从我们对长沙市"两区九园"110 家战略性新兴产业企业的调查统计看，企业自有资金占 58%，银行贷款占 13.1%，民间借贷占 26.9%，上市融资占 2%。此外，中小企业财务制度不健全或缺乏抵押物也为融资困难因素。长沙 110 家战略性新兴产业企业因担保、无抵押、财务制度不健全等原因被拒的高达 83.2%（见图 1）。银行贷款少，上市融资门槛太高、渠道不畅，民间借贷资金比重较大，增加了企业融资成本和融资风险。

（四）产业创新能力有待进一步提升

战略性新兴产业对核心技术的依赖性非常强，高端人才、核心技术对整个产业的发展起着决定性的影响。《Kelly Services 2010 年中国关键人才能力报告》显示，受访的中国战略性新兴产业企业 92% 认为制约性的问题是高端人才缺乏，68% 的企业认为高端人才缺乏对高新技术产业产生较大以上影响（见图 2）。目前，我们就缺乏把中小企业发展成核心龙头企业的职业高层次管理人才和高层次的市场经营人才。同时，引进技术的便利，使相当一部分企业对技术研发重视不够，缺乏核心基础技术的积累，出现不掌握核心技术、没有自主品牌的"空心"企业。

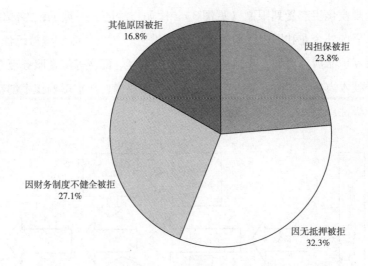

图1 长沙市战略性新兴产业中小企业贷款被拒原因分析

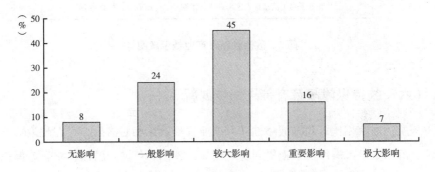

图2 高端人才缺乏对战略性新兴产业企业的影响调查

（五）专业化配套服务体系有待进一步健全

专业化配套服务对战略性新兴产业发展至关重要。我国战略性新兴产业发展的专业配套服务存在三大问题：一是公共服务体系不完善，公共服务滞后。主要表现为以政府为主导、以企业为主体、产学研相结合的研发体系不健全，技术服务、信息共享、人才培训、金融服务、行业协会等公共平台建设滞后。二是产业链相对缺失，产业配套滞后。主要表现为产前的孵化缺失，好的产品设计难以付诸生产的现象较为严重；产中的配套企业缺少，没有形成产业集聚发展的格局，龙头企业规模化生产受到限制（见图3）。比如长沙的三一重工，零部件和重部件主要依靠国外企业和国内江浙地区的企业供应。三是外部环境持续优化不够，知识产权保护滞后。比如，我国动漫产业中的翻译、配音等配套服务至今仍主要依靠国外技术力量。同时，知识产权侵权行为较普遍，严重影响技术创新、产品创新的积极性。

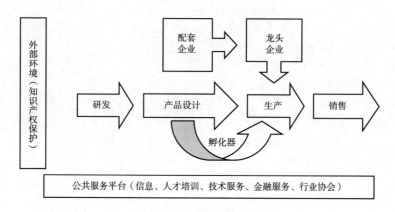

图3 战略性新兴产业链示意图

（六）扶持保障政策有待进一步创新

与发达国家相比，我国战略性新兴产业发展政策相对滞后，存在政策缺乏导向性、落实难、可操作性不强等问题。比如，美国、英国、巴西、欧盟等都在政府采购、试点示范、保护国内市场、鼓励开辟国际市场等方面制定了比较成熟的扶持政策；我国只提出设立战略性新兴产业发展专项资金，没有具体的资金预算计划，而美国却是"真金白银"落实到重点发展的战略性新兴产业的每个具体产业和每个产业的具体环节（见表2）。

表2 中外战略性新兴产业保障政策比较

政策领域	中 国	外 国
财政税收政策	对节能型汽车补贴3000元/辆。正在研究相关政策，对战略性新兴产业企业所得税、营业税实行更多优惠，加重高耗能行业的消费税	美国俄勒冈州规定购买混合动力和电动汽车可抵税1500美元

续表

政策领域	中　国	外　国
资金扶持政策	拟设立战略性新兴产业发展专项资金，设立 200 项战略性新兴产业创业基金，并正在研究银行利率优惠、中小企业集合发债等政策	美国加大产业资金直接扶持力度，其中技术创新 1 亿美元、制造业 180 亿美元、先进交通 20 亿美元、智能电网 45 亿美元、新一代航空 8.65 亿美元、宽带扩展 85 亿美元，今后 10 年投 4000 万美元用于海洋技术、1720 亿美元用于潮汐发电
产品标准政策	正在研究制定碳标准体系	欧盟颁布汽车材料回收法，规定汽车材料 85% 必须可再利用
进出口政策	正在研究对出口退税政策进行结构性调整，取消资源型产品出口退税政策，对先进设备及零配件实行出口税收减免	巴西规定国内航空公司购买航空产品须经政府批准，对与本国企业呈竞争关系的整机产品征 50% 关税，以支持国内企业发展
其他		美国加利福尼亚州圣何塞市规定购买混合动力和电动汽车可免费停车

三　新时期促进战略性新兴产业科学发展的对策

（一）强化科学规划指导，坚持政府推动作用

发展战略性新兴产业，必须在坚持全国一盘棋的前提下，既体现国家战略，又呈现区域特点。一是科学确定战略性新兴产业发展重点。既要立足当前，重点发展信息、高端装备制造、节能环保、生物制药、新能源、新能源汽车、新材料等产业，又要把握形势发展，适时调整，瞄准世界科技前沿，研究储备新技术。要坚持"有所为、有所不为"，选择重点领域大胆突破，形成竞争优势。二是加强组织保障。抓紧成立国家战略性新兴产业发展领导小组，建立多部委共同参加的部际协调工作机构，定期研究发展中的问题和瓶颈，定期通报全国战略性新兴产业发展情况。分产业成立产业发展专门班子和专家咨询委员会，协调和指导战略性新兴产业发展，跟踪分析战略性新兴产业发展状况，促进高效推进。三是制定和落实扶持政策。一方面，出台规划、财税、科技、金融、土地、人才、工商、信息等方面的普惠性扶持政策。另一方面，分产业有针对性地制定"一揽子"切实可行的产业扶持政策。四是高起点规划示范基地（城

市、园区)。依托各类国家级开发区和工业园区,利用现有的基础,打造若干重要的战略性新兴产业创新基地和生产制造基地。对战略性新兴产业示范基地(城市、园区),重点在用地计划、基础设施建设、项目布局、财税和融资支持等方面予以倾斜。

(二) 加快科技创新,抢占战略性新兴产业发展高端

核心技术是战略性新兴产业的"命脉"。培育发展战略性新兴产业的根本着力点,在于突破核心技术,掌握自主知识产权。一是加快攻克核心技术。瞄准产业高端、技术高端、产品高端,组织实施战略性新兴产业重大研发专项,对前沿性、关键性、高端共性技术和瓶颈技术进行重点突破。加快组建一批产业技术创新战略联盟,支持联盟成员单位加强关键核心技术的研发和重大科技成果的产业化。二是完善公共服务平台。加快培育中介服务组织和技术服务机构,提升产业发展专业化配套服务水平。对承担战略性新兴产业服务项目的服务性机构给予项目资金支持,在申请国家相关服务体系建设资金时给予优先推荐。三是加强科技创新载体和基地建设。加快培育一批科技企业孵化器和科技创业园。支持重点企业和科研院所建设一批以前瞻性应用基础研究为主的工程实验室、重点实验室,以重大产业关键共性技术开发和工程化验证为主的工程(技术)研究中心,以新产品新工艺研发为主的企业技术中心。对企业新组建的重点实验室,给予配套支持。四是强化高端人才支撑。国家海外高层次人才引进计划等人才引进工程重点向战略性新兴产业倾斜。完善激励创新和创业的制度和机制,支持企业对高级管理人才实行股权奖励、优惠购股和期权激励,实行引进人才柔性服务,解决人才创业的后顾之忧。

(三) 创新投融资支持,增强对战略性新兴产业的投入力度

充分发挥政府与市场、企业的共同作用,建立完善战略性新兴产业发展投融资引导机制,形成以市场为支撑的多元化融资格局。一是发挥政府配置资源的引导性作用。鉴于新兴产业投资的风险性,产业发展前期,要积极鼓励和引导国有资本投资战略性新兴产业发展。二是强化市场化多元融资。鼓励战略性新兴产业相关企业上市融资,对创业板变"审批制"为"登记制",放开限制。完善知识产权质押制度,允许投资者以知识产权投资入股。推进未上市企业股

权流通，推进"非上市企业代办股份转让系统试点"工作。鼓励各类金融机构开发适合战略性新兴产业成长的信贷产品。加快完善信用担保体系，加大对战略性新兴产业领域初创企业的融资担保力度。三是大力推动风险融资支持。鼓励一批城市开展国家新兴产业创投计划首批试点工作。设立战略性新兴产业创投基金，支持风险投资机构发展，鼓励和支持各类资本投资处于初创期、成长期的战略性新兴产业企业。创新战略性新兴产业风险投资补偿机制，对为战略性新兴产业提供融资担保的机构给予风险补偿资金重点安排。四是鼓励企业主体投入。实行战略性新兴产业企业年研发经费税前列支，确保企业主体性投入的持续增长，逐步引导战略性新兴产业年研发经费达到企业年销售收入的5%～8%，避免出现"政府介入过多、市场参与不够、企业激情不足"的不良倾向。

（四）加强专项实施，把发展战略性新兴产业落实到项目上

把重大项目建设作为战略性新兴产业发展的重要抓手全面推进。一是加快建立战略性新兴产业重大项目库。按照产业发展要求，实施项目通盘管理。完善重大项目准入和淘汰机制，加强调度和协调，做到动态管理、滚动实施，确保重大项目落实。二是加紧实施战略性新兴产业专门行动计划。根据总体规划，抓紧制订各产业专门行动计划，分年度明确计划目标、行动重点、工作要求。由工业行业主管部门统筹规划，确定最急需支持的核心项目，选择具有产业及技术基础的大企业作为载体，连续2～3年给予集中支持。三是建立重大项目跟踪服务机制。对重点投资项目建立快速审批通道，优先审批，优先供地，优先扶持，采取一事一议的方式制定扶持政策。坚持优化项目发展环境，对列入规划的战略性新兴产业重点企业、重点项目提供"一站式"服务，提高服务效率，创造宽松环境。

（五）实施技术改造，加快战略性新兴产业与传统产业融合发展

战略性新兴产业的源头主要有四个方面，即重大技术突破催生的新业态、产业融合发展价值链分解形成的新产业、政策环境变化要求出现的新产业以及与国家或地区经济发展和市场结构相关联的产业，传统产业的升级改造就是战略性新兴产业发展的重要途径。一是运用高新技术和先进适用技术改造提升传

统产业。依托和结合国家重大科技、重点产业调整振兴规划和传统产业技术改造等重大工程，充分借助其资金、政策、机制和科研设施优势，专项实施战略性新兴产业重大技改专项，转化、催生一批新兴产业。二是加快传统产业重点领域产业化和规模化进程。大力推广传统产业新兴技术，培育传统产业新兴业态，促进传统产业新转型，推动产业优化升级和高端化发展，使战略性新兴产业和传统产业形成系统合力，形成有效衔接、有机结合、相互促进、共同发展的良好局面。

B.46

农民组织化与湖南现代农业的发展

刘茂松　刘励敏*

农民组织化是实施农业现代化战略的一个根本性的制度安排，而自愿性合作则是尚处于小农经济状态的中国农业实现农民组织化的必由之路。现在看来，在工业社会推进农业现代化，必须有效运用现代工业组织形式促进农民间的联合，逐步实现农业生产规模化、集约化、标准化和高效化。这是目前我国加快实现农业现代化所要解决的一个关键问题。基于此，我们在承担国家社科规划课题"我国农业小部门化时期现代农业的战略地位与发展对策"的研究过程中，对农民组织化问题进行了较为系统的调查和研究。

一　农民生产经营合作组织的主要形式

为了解决分散生产与大市场的矛盾，自20世纪80年代中期以来，广大农民群众在坚持农村家庭承包经营制度的基础上，逐步兴办了各种形式的专业合作组织，走自愿合作生产经营的道路，成为连接农户与市场、农户与企业、农户与政府的桥梁和纽带。截至2010年6月底，仅在工商部门登记的各类农民专业合作社就达到31万家，实有入社农户2600万左右，约占全国农户总数的10%。而且产业分布广，辐射领域不断拓展。根据我们的调查研究，现阶段我国在实际经济活动中运行的农民合作组织，主要有以下6种具体形式。

（1）信息中介型——合作组织＋农户：信息中介型组织形式，合作组织（协会）对于农家的农产品不进行加工、销售等任何经济行为，而是向农户提供

---

* 刘茂松，教授、博士生导师，享受国务院特殊津贴专家，湖南省经济学学会理事长，湖南省"十二五"规划专家委员会委员，湖南师范大学商学院首任院长；刘励敏，湖南师范大学教师，现日本东洋大学全日制博士留学生。

农产品买卖信息、交易场所和生产技术的指导等。合作组织和农户之间并不存在紧密的经济利益关系。

（2）收购加工型——合作组织（工厂）＋农户：这是一种合作组织和其所有的企业收购农户所生产的农产品，再通过合作组织（主要是合作社办的加工企业）深加工成农业制成品向市场销售的组织方式。合作组织再按社员成员户的股金额度分配利润，使农户能分享到农产品工业加工环节的利润。

（3）代理型——合作组织＋农户：合作组织以代理人的形式按一定的标准和约定，以优惠价或保护价从农家采购农产品，然后统一向市场出售。其中专业合作社还要按社员成员户的交售额返还利润。

（4）交易型——企业＋农户：企业和农户之间签订生产和收购合约。农户按企业对农产品的品种、质量、用药、施肥等栽培标准进行生产，然后企业按收购合约中规定的质量等级及价格对农产品进行收购。在这里，农业企业与基地相结合是比较理想的经营模式，农户的利益能得到比较好的实现，可比较好地形成规模化、标准化、专业化的大工业生产。而公司简单地与农户结合的模式，主要是一种单纯的交易关系，往往由于市场的变化而导致两者结合关系的不稳固。

（5）合作交易型——企业＋专业合作社＋农户：专业合作社介于企业和农户之间。合作社按企业的标准对农户进行统一管理，并向农户统一提供技术和经营管理指导，农户将所生产的农产品交售给合作社。合作社和企业之间签订购销合约，企业按合约规定的质量等级及价格收购合作社的农产品，加工后向市场出售。这种方式对企业来说，通过合作社可以一次和大量的农户进行交易，以得到稳定的货源，降低其成本。对农户来说，通过合作社能够提高同企业的交涉和谈判能力，以防止强势企业对弱势农户的剥夺，维护农户的经济利益。

（6）农田共同开发型：合作组织和企业通过签订合约对农地进行共同开发。农户和合作组织之间签订土地流转协议，将农户的农地都集中起来，由企业对农田施行统一管理，进而实现大规模的现代农业种植和养殖，或者建立农业加工基地和观光农庄。

前3种组织形态可称为农户横向合作型，这是指两个以上的农户为了抵御市场的风险和实现互利的目的，通过资金、技术、土地等生产要素联合起来组建合作组织；第4种组织形态也可称为纵向契约型，指农户与农业加工企业签订生产和销售合约，农户从事专业的农业生产，而企业向农户提供生产资料和信息技术指导，然后按一定标准收购农户的农产品，是通过企业联结小农走向大市场的组织制度安排。最后两种组织形态可称为复合型的产业组织，农业企业和农民合作组织的作用都能比较充分地发挥，农户的主权和利益也能得到较好的保障。农户横向合作型和纵向契约型方式交叉组合将有可能向复合的农民合作组织发展。

二 湖南农民专业合作组织案例调查分析

我们从 2006 年 9 月到 2009 年 6 月先后在省内实地调查了 20 个农民专业合作经济组织，下面对几个具有典型代表性的合作组织进行剖析。

（一）湖南省长沙县汇龙蔬菜专业合作社的做法

该合作社从 2004 年下半年开始组建，紧紧围绕薤头及优质水稻、瘦肉型猪和以薤头为主原料的酱腌菜等农产品加工三条产业链，不断吸收薤头种植 3 亩以上的农户、优质水稻种植在 4 亩以上的农户和瘦肉型猪常年存栏 100 头以上的农户加入合作社，到现在，入社社员 325 户，入股股金 112.68 万元。他们的经营模式是"统一种苗，统一培管，统一收购，统一加工，统一销售，按交售量返利，按股金额分红"，取得了较大的社会效益和经济效益。2007～2009 年，合作社每年收购社员和生产基地的薤头、优质稻、刀豆及蔬菜原材料 7000 多吨，加工以蔬菜为原料的产品 15 个共 6000 吨，安置当地农村劳动力 600 多人，累计加工产值 7000 多万元，该社种、养、加、销共实现年产值 1.2 亿元，利税 500 多万元，股金分红给社员 11 万元，交售农产品返利 32 万元。其具体做法有以下三点。

一是抓加工和品牌创新，提高产品市场竞争力。该社的重要经验是合作社的稳定发展取决于"四保"，即保股金不贬值，保产品收购，保二次分利（即按交售产品返利后的净盈余分配），保社员素质提高。而实这"四保"的关键又在于农产品的工业加工和产品品牌的打造。基于此，该社从抓建社初期"种什么、卖到什么地方、得到什么价格"的简单经营向创品牌、争名牌、以名牌立社的经营理念转变，创办以薤头为主体的蔬菜精加工厂，投资 120 万元对加工厂房进行标准化和卫生安全的整合与改造，建立了基地农业标准化生产制度，注册了"金菜王"和"大年初一"两个商标，在所有商标包装上统一合作社的社徽和商标标识，同时还通过了 ISO9001：2000 质量管理体系认证。这些措施为合作社树品牌、创名牌提供了基础条件，拓展了销售市场，增强了产品市场竞争力，其中薤头产品已远销日本。

二是抓标准化生产，提高产品科技含量。合作社所在地是湖南薤头种植的主要基地，以往由于分户经营，零星种植，标准化生产不能全面到位，农产品产量和内在质量都难以提高。合作社成立后，主要采取了三条措施：①组建种植基地（农业生产管理中心），配备 6 名农技人员，还从湖南农业大学和中南林业科技大学聘请 3 名专家作技术顾问，购进 2 套土、肥检测设备，并将农技人员划片分区到种植基地，长年累月到田间指导标准化生产。②在专家和技术人员的参与下，通过调查农户总结成功经验，制定了"长沙地区无公害薤头生产技术规程"，并印成易学易懂的小册子，发送到每个薤头种植户手中，照章实施。③在基地内分片区培植了 24 户标准化生产示范户，从种、到管、到收都逐一加强技术辅导，已有 2300 多人次到示范户观摩学习，合作社收购的薤头等级合格率比原先提高 10% 以上，而合格率的提高为农民增加收入 150 多万元。

三是抓技术知识培训，提高社员综合素质。2008 年，合作社筹措资金 30 万元，装修了 200 平方米的社员培训学校，添置了可供 120 人上课的桌椅和电脑、音响、投影等全套电教设备。薤头的种、管、收，良种猪的饲养和防疫，优质稻及油茶的栽、培、管都进行了专门的讲课传授。2008～2009 年，合作社举办培训班 24 期，发放技术资料软盘和小册子 10000 多份，培训社员 2600 多人次，培训效果十分明显。如薤头往年在 4～5 月这两个月的雨季，容易病菌性死苗，通过上课使社员掌握了防治技术，统一使用灭菌药提早防治，连续三年实现了不死一兜苗、不坏一粒果，减少社员田间损失 60 万元以上。通过培训，社员种、养业务素质和科学水平明显提高，咸薤头的产品合格率一直保持 97% 以上，名列湖南薤头加工企业前列。

（二）湖南省望城县隆平乌山贡米合作社的做法

望城县乌山镇距省城长沙半小时车程，土质肥沃，水质优良，且市场通达，历来是湖南商品粮（水稻）的主产区之一。2007 年 4 月在原水稻生产协会的基础上组建"望城隆平乌山贡米种植专业合作社"，309 家农户自愿参加，入股股金 31.88 万元，水稻种植面积 12000 亩。农户合作开展优势稻的种植、收购、加工、销售等生产经营活动，较之单家独户的小农经济优势明显，入股成员亩均增收节支 300 元以上。目前合作经营高档优质稻已辐射周边乡镇，合作社成员已发展到 500 户，股金 44.6 万元，合作种植的水稻面积扩大到 51000 多亩，其中乌山镇有 25000 多亩，占该镇总耕地面积的 70%。合作社开展粮食收购、流通、加工、销售一条龙的产业经营活动，2008 年粮食流通总量 4200 余吨，创流通、加工总利润 50 余万元，社员股金分红率达到 28%。他们的主要做法是以下三点。

一是标准化的生产技术服务。组织成员统一采购生产资料，全社三个优质稻核心示范区和其他成员户均由合作社统一采购供应种子和有机农肥，通过集体采购，成员亩均节支 50 元之多，且保证了质量；统一进行病虫害统防统治，合作社引进南通牌机动喷雾机 12 台，实施了优质稻病虫害的统防统治工程，降低成本，成员户节约防治投入亩均 60 ~ 80 元；组织成员户开展技术培训和为成员户提供生产技术指导，先后聘请湖南农大、隆平高科等农业科研院所专家教授为合作社成员进行专题讲座和现场指导，合作社专业技术人员定期为成员发送专用技术资料，下村组现场指导。

二是开发和打造优质稻品牌。乌山有在明朝向皇帝进贡"山贡米"的历史记载。该合作社开发注册了"隆平乌山贡米"商标，产地获准了湖南省农业厅颁发的"绿色无公害农产品产地认证"，"乌山贡米"获准了质量安全认证，通过产品包装打入城乡超市。随后，围绕"加大品牌开发力度，全面提升产品质量"这一主题，2009 年又实施了三个千亩有机稻核心示范区的科技示范基地建设工程，被长沙市科技局列为重点支持的建设项目，进一步提升了产品的科技含量和品牌价值。

三是建设打造完整的产业链。在各级各部门的支持下，该合作社租赁原乌山粮库作为仓储加工基地，创办了"乌山贡米"精加工厂，融资引进了日产大米 60 吨含色选、自动称重、真空包装的精深加工生产线一条，并购置了粮食运输机、自动灌装机、智能电子地磅等专用器械，全社总固定资产净值 150 余万元。至此，该社优质稻产、加、销产业链基本形成，年产能逾 2000 吨，纯利润达到 100 万元，社员分红可在原有基础上翻一番。

（三）湖南省凤凰县果业联合社的做法

自 20 世纪 90 年代以来，为发展农业的多种经营，实现农精增产增收，凤凰县针对该县的自然地理条件,大力发展水果产业,全县干、水果开发面积达 20 多万亩,其中椪柑 12 万亩,橙柚 1.5 万亩,猕猴桃 15 万亩,梨 3 万亩,桃、李、板栗等其他小水果 3.5 万亩。2004 年 10 月,在原有乡镇分散的果业协会的基础上成立了凤凰县果业联合社,联合了 14 个果业协会,拥有会员 2651 个,覆盖该县 16 个水果生产乡镇、89 个村、1.8 万户农户。几年来联合社的主要做法有以下三点。

一是强化生产技术培训,提高果农生产技能。联合社成立之初,通过对全县柑橘基地进行抽查后,发现普遍存在栽植密度不合理、生产管理水平低下、病虫危害严重、品质参差不齐等问题,严重影响产业发展提质。于是,联合社多次召开柑橘生产技术指导会,并通过乡镇农技员、协会会员采取多种形式向果农传授从优质水果品种选定、产中培管到水果摘收、贮藏等方面的技术和经验,极大提高了联合社成员和果农的生产技术水平。

二是进行基地低产改造,确保水果业增产增收。为了做大做强以柑橘为支柱的水果产业,2006 年 2 月~4 月联合社在县农办的支持下,与水田等 5 个乡镇的柑橘协会联合,共同对辖区内的 12 个村 50 户柑橘种植户、面积为 300 亩的基地进行低产技术改造,共投入资金 13.8 万元,改善了栽植过密、树龄偏长、品种不优、产量不高等问题。为了抗御山区经常发生的干旱,联合社曾多次召开抗旱灾的专题技术指导会议,并对有条件的柑橘基地修建桔园水池,或是购买水泵、水管抽引水浇灌等。

三是充分发挥桥梁作用,全面搞好中介服务。首先,为果农和客商提供购销场地。承租了原生资公司杜田仓库,整改后建成柑橘批发市场。联合社成员自筹资金 20 多万元,在市场内安装水电和一条自动选果、分级、包装生产线,通过精品包装使柑橘价格比周边县市每公斤提高 0.2~0.3 元,仅此一项大约每年为果农增加收入近 350 万元。此外,果业联合社还积极发挥桥梁作用,在网上发布市场信息,并派员或去函与全国各大市场联系,邀请外地客商来县购货。联合社还为客户提供仓库、组织货源、组织劳力包装和下车、联系车辆、代办相关证卡等服务。这样开辟了更多更宽的销售渠道,引来了全国各地客商 30 多个,使凤凰水果销到了河南、内蒙古、黑龙江、吉林、北京、湖北、贵州等 10 多个省市。

(四)湖南省双峰县农村科技合作社的做法

双峰县农村科技合作社自 2004 年 7 月建立以来,在全县建立了 16 个(乡)

镇联合社和320个分社，在850个村设立了村级科技推广业务代理人员，发展社员8750人。各（乡）镇联合社联络员165人，聘请省、市、县专家7人，吸纳农业、畜牧技术人员32人。合作社将先进的农业技术、科技成果、政策、信息送到了千家万户和田间地头，把农产品营销连接到了省内外大市场，有力地推动了该县农业增产和农民增收。该社的主要做法有以下几点。

一是建设科技基地和科技服务平台。几年来，县科技合作社已建立种植、养殖、农产品加工等各类科技示范基地50多个，开发基地面积达1万亩以上，最高的亩产收入达4000元以上。与此同时，在省科技厅的支持下，合作社建立和开通了全县96318科技信息互联网平台，农户参与总户数12万户，达65万人，社员年人均纯收入比当地农民普遍高出300元以上；组建了科技110服务队，组织农业技术专家下乡100多次，培训全县新型农民1200多人；着力培育农村经纪人，组织农产品中介营销，销售额达1200万元以上。

二是争取和加大惠民科技服务项目投入。自创社以来，该社已实施完成部、省、市重点科技计划项目12项，争取部、省项目资金85万元；加大了农村科技服务的投入，为社员提供银行贷款贴息资金320多万元，贴补利息20万元；加大农业产业结构的调整升级力度，争取商务部"万村千乡"市场工程，在全县创建农村科技超市和农资农家连锁店120家，成为农户科技致富和信息及物流配送致富的大本营；建设科技服务品牌，为该县名优水果、药材、大米、茶油等30个农产品注册了"谐美"商标品牌。

三是逐步完善科技服务机制。创新发展服务机制，与国际农业接轨，拓宽发展空间，进一步完善服务章程和各种目标责任管理制度，降低服务价格，农产品生产技术服务（施肥治虫等培管）一般每亩年费200元，农产品营销服务按销售额的4%收费，总收费的20%为科技服务发展基金，通过科技惠民项目回馈社员农户；创新农业投资机制，通过社费收入提留、社员股金合作、招商引资、项目融资，加大银行贷款的贴息扶植政策，建立多种合作的农村科技投入信用体系；创新农业风险保险机制，合作社加大农业科技发展风险基金的提留水平，争取财政加大对农业技术保险的支持力度，并启动了"农业保险"试点工作，在500多户社员农户中试点"中华兴农保险"，每年每户入保120元，开展水稻、房屋、人身医疗等综合性农业保险，成为化解农业风险的一个重要途径。

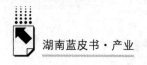

三 湖南农民专业合作组织发展的主要建议

（一）在家庭承包经营制的基础上坚持"民办、民管、民受益"的原则

从我们调查的情况来看，一条最基本的经验是办农民专业合作社和其他合作组织要始终坚持家庭承包经营制这个制度基础，加入自愿、退出自由，不搞强迫命令，不搞"大归堆"，真正让合作组织的成员独立自主地开展劳动合作、技术合作、营销合作和资本合作，并实行民主选举、民主管理、民主决策、民主监督，充分保障成员对合作组织内部各项事务的知情权、决策权、参与权和监督权。特别是通过合作经营和合作服务在市场上获取比以往分散经营大得多的效益，最大限度地增加合作组织成员收入，这样才能真正调动广大农民办合作社的积极性。

（二）办专业合作社要以农民为本、让农民得到看得见、摸得着的好处

根据上述合作组织的经验，第一要发挥专业合作组织团购谈价的规模优势，统一采购质优价廉的生产资料供应成员使用，做到实惠安全；第二要在对成员的生产进行技术服务和技术培训时，专业合作社应坚持免费服务，而协会类的中介组织只能按实际成本收费；第三要坚持惠顾返还和分配盈余的原则，以高于市场价格水平的优惠价或保护价收购成员交售的产品，并按交售量向社员户返还扣除成本、提留及亏损后的盈利，而向社员户吸收了股金的还必须按股分红（主要是工业加工环节的利润）。总之，要使农民办合作组织有甜头、有奔头。

（三）要有懂经营、会管理、有技术的能人和大户当领头人

我们在调查中感到，当前我国农村合作组织办不办得起、办不办得好、办不办得大、办不办得久，最为核心的是两大要件，即法规和能人，两者缺一不可。法律法规是人们行为选择的规则。现在我国农民专业合作法已经颁布实

施，制度安排的主要矛盾已基本解决，于是"能人"就成了核心中的要害了。上述我们调查的这几个合作组织的领头人都非常精明能干，是很优秀的农民经营者和企业家，而且又有很好的地缘人脉关系，人力资本在这里起到了决定性作用。

（四）立足于农产品的精深加工，打造特色产品和品牌价值

应该说，这是上述几个农民专业合作组织最成功的一条经验。传统农业天生就是分散性的、全流程式的、自给自足的小生产，合作的基因很少，只有搞现代农业才真正需要合作。这个合作基因就是立足于商品化、标准化和规模化生产基础上的农产品加工，因为这是单家独户无法进行的。这一方面是合作的技术基础，只有合作起来搞技术研发、技术指导、技术推广、技术培训，才能贯彻标准化、规模化和低成本的现代化原则；另一方面这又是合作的经济基础，立足于商品化、标准化和规模化生产基础上的农产品工业加工，创出自己有特色的产品和有市场价值的品牌及商标，就可以大幅度提高农产品的附加值和增加农民就业，农民能够直接分享到农产品加工环节的利润，较大幅度提高农民的收入水平。只有这样，农民专业合作组织才能长久办下去，才能越办越好。

（五）依托农民专业合作社和专业生产基地创办现代农业企业

以往那种农业产业化的过程中比较普遍采取"公司＋农户"的模式，基本上是一种比较单纯的产品交易关系，由于公司规模比农户大，商业话语权比农户强，双方力量对比悬殊，公司便有可能利用自身的强势在产品收购价格上压价，而农户也会因此经常毁约，导致公司与农户结合的关系不稳固，影响公司和农户的生产发展。从我们调查的情况来看，农业企业与农民专合作社结合，或者农业企业与农业生产基地和农民专业合作社相结合是比较理想的经营模式，不仅双方的力量相对均衡，能够形成比较对称的谈判机制，农户的利益能得到比较好地实现，而且公司与农户间有一个生产服务合作的环节，即通过合作社或基地对农户的生产进行标准化的技术服务和培管，改变以往单纯的交易关系，这样就能比较好地形成稳定的规模化、标准化、专业化的农业工业化生产。

（六）各级政府全面组织、指导、扶植农民办好专业合作组织

我们认为，农民专业合作组织就是团结小农、示范小农、帮助小农成为大农

的必由之路，是当前中国特色社会主义最大的政治经济问题。各级政府应以最大的政治热情、最大的工作精力、最大的物质投入来办这件大事情。要在财政、金融、税收、科技、人才等方面出台强有力的扶持政策和措施，营造一个良好的宏观发展环境，使农民专业合作组织快速发展和健康发展，使农民办社有靠山（国家）、有武器（法律）、有动力（效益）、有后劲（科技），这是办好农民专业合作组织的必要条件。

B.47
加快湖南农业现代化的政策建议

曾福生*

湖南省委、省政府提出了"四化两型"发展战略的思路，应该说这是新形势下落实科学发展观、富民强省、建设和谐湖南的创新思维的具体体现。那么，如何基于"四化两型"加快湖南农业现代化进程，笔者提出了如下建议。

一 以统筹城乡发展思想为指导，通过新型工业化和新型城市化带动和提升农业

实施"四化两型"战略，农业现代化是关键与基础、重点与难点。建设现代农业的过程，就是改造传统农业、不断发展农村生产力的过程，就是转变农业发展方式、促进农业又好又快发展的过程。发展现代农业必须置于整个国民经济的宏观背景下，与国民经济发展的阶段相适应。我国已经进入工业化中后期，农业现代化发展离不开工业化和城市化的支持与带动。因此，要统筹城乡发展，加快转变城乡二元结构，加快形成以工补农、以城带乡、产业协同互动的一体化发展新格局。一是注重城乡统筹发展，坚持三次产业协调发展，通过"两新"带动现代农业发展。按照城乡一体化的要求，并行不悖地推进城镇化和新农村建设，形成城乡经济社会发展一体化的新格局。加快城市化进程，增强城市的集聚、辐射和带动功能。同时，充分利用城市资金、科技、人才和信息对农业和农村的辐射，改造传统农业，建设现代农业。从而实现以城带乡、以城促农与服务城市、支撑城市化的协调发展目标。二是以新型工业化带动和提升农业现代化。要把农业产业化作为新型工业化的重要组成部分，用新型工业化理念谋划农业，用新型工业化的思路抓农业，用现代物质条件装备农业，用工业生产方式推进农

---

* 曾福生，湖南农业大学副校长、教授、博士生导师。

业，运用先进组织模式组织农业，促进农产品资源优势转化为产业优势，提高农业产业化经营水平。三是建设现代农业引领区。将现代农业引领区规划纳入"两型社会"建设的整体规划。加快完成现代农业引领区（特别是核心区）的主要功能区的定位与规划，完成农业空间开发与布局规划、土地利用总体规划、"两型"农业的模式与布局规划、现代农业引领区的投融资规划等专项规划。形成主题鲜明、体系完整、全面涵盖的现代农业引领区规划体系。

二 以经济结构调整作为主攻方向，运用现代"两型"农业产业体系提升农业

一是着力构建现代农业产业体系。加快构建供给稳定、储备充足、调控有力、运转高效的粮食安全保障体系，把发展粮食生产放在现代农业建设的首位。要依靠科技进步、改善生产条件、推广良种良法，确保全省粮食总产稳定在600亿斤以上。推进农业结构战略性调整，发展生态农业，推广农业清洁生产技术，扩大绿色、有机、无公害等生态农产品生产。大力发展特色农业、休闲农业、都市农业和外向型农业。从种苗、种养、加工到品牌全产业链升级，构建优势农业产业链。二是着力强化现代农业基础支撑。加强高标准农田建设，加快中低产田改造步伐，加强农田水利设施基础配套；率先推进产粮大县农田标准化。严格保护耕地，推进农村土地综合治理，大力提升旱涝保收高标准农田比重。全面加强农田水利特别是小型、微型农田水利设施建设，着力实施和加强管护山区集水工程、机电井等工程。"高起点、高标准、高水平"建设一批农业现代化示范县（市、区）和创建县（市、区），充分发挥其典型示范和辐射作用，推动农业生产水利化、良种化、信息化和机械化。根据各地基础条件和比较优势，选择不同的侧重点进行示范创建，形成各具特色的现代农业建设亮点。加快推进农业机械化，开发适地适业农机具新产品，大力支持农业机械进村入户。三是完善农业社会化服务体系。推进农业公共服务能力建设，建立健全动植物疫病防控体系、农产品质量安全检测体系等公共服务机构，逐步建立乡镇村级服务站。推进农业社会化服务组织多元化发展，加快建立以村级服务机构为依托、以专业合作组织为基础、以龙头企业为骨干、以其他社会力量为补充的新型社会化服务体系，提供多元的生产经营服务。推进农产品流通服务体系建设，加快健全农产品营销网

络，建设一批农产品批发交易市场和国家重要的稻谷、生猪、食用油等战略储备基地。加快农村超市建设和长沙农产品期货交易市场建设。

三　把发展规模化、集约化和产业化经营作为重要
着力点，用现代经营形式和组织方式发展农业

湖南农户规模小、经营分散，必须稳定和完善农村基本经营制度，推动农业生产组织方式和经营形式创新，不断满足现代农业发展的新要求。目前，湖南有1300多万农户，户均土地经营规模约6亩。受资源条件和国情的双重限制，湖南需要加快发展种养大户、龙头企业、农民专业合作组织、家庭农场等农业规模化经营主体。推进现代农业示范县以及一批出口导向型农产品基地建设。积极推进农业基地化、标准化生产，规模化、集约化经营，推行"公司＋基地＋农户"、"期货＋订单"的经营模式。积极推进农村土地承包经营权流转，积极支持种养大户、农民专业合作社和农产品加工龙头企业参与土地流转；大力发展农民专业合作组织，带动农户加入合作组织，推进农业集约化经营，大力构建"两型"农业生产体系。推进农业功能区打造，优化农业结构和区域布局。加快构建长株潭城市群都市农业区、环洞庭湖适水农业区、湘中南丘岗节水农业带和山地生态农业带四个农业主体功能区。围绕产业链建设，大力发展农产品加工业，提升农业产业化经营水平。重点培育一批起点高、规模大、带动能力强的农产品加工龙头企业，引导龙头企业与合作社、农户有效对接。扶持发展农产品加工园区，按照要素集约、布局集中、功能集合的要求，延伸产业链条，推动农产品加工走园区化、集群化发展路子。鼓励园区土地利用向内涵式转变，促进农业园区与城镇功能整合、经济互动和设施共享。加强品牌建设，打造一批在全国有竞争力的知名品牌和驰名商标。重点建设生猪、品牌茶叶、优势水果和环洞庭湖优质水产品等重大产业工程。

四　切实把农业科技进步和创新作为重要支撑，
运用现代科技改造传统农业

建立农业科技投入稳定增长的机制，建立以政府为主体、社会力量广泛参与

的多元化农业科技投入体系。大力调整和加强农业科研机构，优化农业科技布局，合理配置农业科技力量，切实稳定和建设农业科研机构和队伍。增强各类体系农业龙头企业的开发能力，促进农业科技企业的发展，构建新的农业科技体系。要根据国家和区域性农业综合生产能力的要求，组织重大科研项目的攻关。加强产粮大县、商品粮基地建设，主要依靠改良土壤、机械作业、良种良法、防灾保产等手段提高粮食综合生产能力。重点改造提升水稻、畜禽、茶叶和油料等10大支柱产品。根据区域特色，实现多样化科技成果转化模式。推进丰产工程、农业节水、疫病防控、防灾减灾等领域科技集成和应用。要建立农业科技推广基金，加快农业科技成果转化和组装配合。要加快培育现代农业经营队伍，培养一批职业化新型农民，培育农村科技致富带头人和农业现代化建设生力军。

五　以提高现代农业投入和资金管理的效率为杠杆，运用资金要素支撑农业

要切实加大现代农业建设的资金支持力度。进一步调整国民收入分配和财政支出结构，建立财政支农支出稳定增长和以工促农、以城带乡的长效机制。财政支农项目资金应向现代农业项目倾斜。财政部门要安排专项资金，将财政支农投入的增量、国家固定资产投资用于农村的增量、政府土地出让收入用于农村建设的增量用于支持现代农业建设中的技术推广、试点示范、项目实施等。建立政府财政投入引导、信贷投入助推、农户投入为主体、社会广泛参与的多元化农业投资体系。要建立支农资金会商协调机制，整合财政支农资金，提高资金使用效率。设立现代农业发展专项基金，较大幅度地增加农业生产环节的补贴。要优化农业发展环境，开展招商引资工作。改善农村金融环境，促进农村贷款主要用于农业农村。积极探索市场化运作机制并加强资金的有效管理。

六　以积极培育现代农民作为主动因素和主体，用新型农民经营农业

湖南正处在由传统农业向现代农业的转型过程中，如何把现有农业劳动力培

育成现代新型农民甚为重要。现代新型农民不仅能够适应农村现代化建设的需要，具有现代思想观念和现代科学知识技能，而且能够生存就业、自我发展、不断提高生活质量。一是按照统筹城乡发展的要求，调整国民收入分配结构，加快改革步伐，加快形成城乡发展规划、产业布局、基础设施、公共服务、劳动就业和社会管理一体化新格局，消除城乡二元体制，保证现代农民身份的同一性。二是不断整合各种资源，创新培养培训模式，不断提高农民素质，充分依托大中专院校有重点地培养一批高素质的现代农民。鼓励外出务工农民回乡创业，支持工商企业、大专院校和大学毕业生服务现代农业。要加快发展农村社会事业。继续改善农村办学条件，促进城乡义务教育均衡发展。加快发展农村职业技术教育和农村成人教育。农民培训要以种养能手、科技带头人、农村经纪人和专业合作社负责人为重点，加快新型农民培训和农村实用人才培养。

七 把农村改革作为关键环节，通过体制
机制创新增强农业发展活力

稳定和完善农村基本经营制度。赋予农民更加充分而有保障的土地承包权，继续深化集体林权及配套改革。实行"注册农户"制度，对专业农户、兼业农户、农村"非农户"实行区别政策，解决农民职业身份、农民合作组织属性，理顺国家与农户、农户之间土地流转过程中的责任、义务和权利，发挥财政支农政策和社保政策的效果。培养专业农户和发展高效农业，促进农业走专业化道路。不要过分鼓励工商资本下农村，正确引导农业规模经营发展，抑制规模经营发展"大跃进"。实现土地规划管理法制化，把握"公益性"征地的政策边界，解决好土地征用中的补偿问题，实现城乡建设用地市场统一，构建完备的土地法规体系，深化土地制度改革。以社会化养老保障体制和医疗保障体制为突破口，深化社会管理体制改革，实现农民"城外市民化"，实现村民自治向小城镇自治转变。以增强地方自主权为核心全面调整国家行政管理体制。进一步深化农村综合改革，深入推进财政体制改革，提高县乡基本财力保障水平，加快公共财政覆盖农村的进程。加大强农惠农政策实施力度，建立支农项目协调机制，扩大地方特别是县一级政府使用支农资金的自主权，改进项目、资金管理制度和监督考核办法，落实和规范各项支农政策，通过支农体制改革提高支农政策效率。

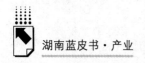
湖南蓝皮书·产业

八　把"两型"农业和绿色农业放在突出位置，
走可持续发展之路

　　坚持可持续发展战略，把经济、社会、技术同农业自然资源与环境保护结合起来，促进资源、环境和现代生产要素优化配置，是实现新世纪农业和农村经济发展目标、农业现代化的基本保证。现阶段湖南省农业和农村经济发展受资源环境与国内外市场的双重约束。因此，不能再走掠夺自然资源、破坏生态环境、追求短期效益的传统农业的老路，必须选择培育和保护资源、优化生态环境、提高综合生产能力的"两型"可持续发展道路。要把科技作为实现农业可持续发展的技术保障。要建立和探索多种多样具有区域特点的"两型"农业模式。推行清洁生产，提高资源利用效率，积极开发农村替代能源和资源，推进农村沼气建设。要把现代"两型"农业与建设生态工程联系起来，突出各产业的有机联系，尤其是重视各产业之间的能量转化和物质连接。同时，必须与时俱进，引入环境保护理念、可持续发展理念、绿色产品理念，并以人与自然和谐发展为准则，以实现经济、社会、自然环境的可持续发展为目标，把农业现代化与可持续发展、建设生态文明有机地统一起来，把建设资源节约型、环境友好型农业放在农业现代化发展战略的突出位置，使农业现代化同资源、环境及相关产业协调发展。

B.48
产业集群视角下的长株潭
"3+5"城市群发展战略

刘友金　胡黎明[*]

随着经济信息化、网络化、全球化的加速，全球的生产要素和资源越来越集聚于那些富有产业集聚优势的创新型城市群地区，现代区域竞争越来越表现为创新型城市群之间的竞争。本文从产业集群这一新的视角入手，结合长株潭"3+5"城市群的实际情况，设计长株潭"3+5"创新型城市群发展的系统模式、基本方略与政策措施。

一　现状与机遇

（一）长株潭"3+5"城市群发展的现状

1. 长株潭"3+5"城市群空间结构

长株潭"3+5"城市群是以长株潭三市为核心，拓展到周边的岳阳、益阳、常德、娄底和衡阳五市。现在长株潭"3+5"城市群总面积9.96万平方公里，人口4000多万。以长株潭三市为核心已确定的规划面积为8848.18平方公里。目前，长株潭"3+5"城市群已经形成了"一核、两圈、三轴、四带、五心"的空间结构（见图1）。

2. 长株潭"3+5"城市群产业集群的优势

伴随着工业经济的腾飞，以三一重工、中联重科和山河智能为代表的长沙工程机械产业异军突起，成为国内工程机械行业发展的亮点。产品涵盖工程机械

---

* 刘友金，湖南科技大学副校长、商学院教授、博士生导师；胡黎明，湖南科技大学建筑与城乡规划学院讲师。

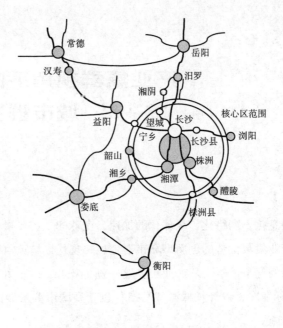

图1 长株潭"3+5"城市群空间结构示意

18大类中的12大类100多个品种,长沙已成为"中国工程机械之都"。此外,长沙的汽车及其零部件产业集群、新材料产业集群、生物医药产业集群和家电产业集群等都初具规模。湘潭比较典型的产业集群主要包括钢材压延加工产业集群,新能源装备产业集群,矿山装备及工程机械产业集群和以肉类、湘莲、槟榔为主的食品产业集群。株洲拥有轨道交通产业集群、有色金属冶炼及深加工产业集群、石油化工产业集群。其他五市产业集群也取得了较大的发展,具体见表1。

3. 长株潭"3+5"城市群发展面临的主要问题

目前,长株潭"3+5"城市群发展面临的问题主要表现在四个方面。第一,产业集群化程度不高。当前,城市群内产业集群普遍存在集群经营规模较小、层次较低、产业的本地配套率较低、产品同质化严重等问题。第二,产业结构层次偏低。一方面,三次产业结构还不合理,传统型农业还占据较大比重,工业和第三产业比重不高;另一方面,产品竞争力弱,经济外向度不高。第三,中心城市竞争力不强。中国社会科学院发布的《中国城市竞争力报告No.8》从环境、基础设施、结构、开放、科学技术、人才、企业管理、文化、政府管理、制度、资本、综合区位12个方面,对51个重点城市分项竞争力进行比较,长沙仅文化竞争力

表1 长株谭"3+5"城市群八个城市产业集群及其特性

城　市	重点产业集群类型	特　性
长　沙	工程机械、新材料、生物医药、卷烟、烟花鞭炮	需求拉动式产业集群和创新驱动式产业集群
	电子信息、现代家电、文化； 建材、商贸物流； 汽车零配件	创新驱动式产业集群 需求拉动式产业集群 配套式产业集群
株　洲	交通装备、基础化工、有色冶炼、陶瓷； 医药食品、服饰商贸物流	需求拉动式产业集群和创新驱动式产业集群 需求拉动式产业集群
湘　潭	机电、机械； 冶金、生物医药、电子信息、建材、商贸物流、旅游； 新材料、化纤纺织、食品加工	需求拉动式产业集群和创新驱动式产业集群 配套式产业集群 需求拉动式产业集群
岳　阳	石化、林纸； 能源、循环经济、农产品加工、航运物流； 医药、旅游	需求拉动式产业集群和创新驱动式产业集群 需求拉动式产业集群 配套式产业集群
常　德	棉麻纺织、烟草食品； 农副产品和都市生活消费品加工、非金属开采加工； 机电配套加工、建材、职业教育、商贸物流、旅游	需求拉动式产业集群和创新驱动式产业集群 需求拉动式产业集群 配套式产业集群
益　阳	新材料、新能源、农产品及其加工； 交通运输设备、机电设备、休闲旅游	需求拉动式产业集群 配套式产业集群
娄　底	钢铁、小型农机； 建材、农产品加工； 煤炭、有色金属、物流、旅游	需求拉动式产业集群和创新驱动式产业集群 需求拉动式产业集群 配套式产业集群
衡　阳	输变电设备、盐卤化工及精细化工； 钢管、有色冶金、小型机械； 汽车零配件、电子信息、物流商贸、职业教育	需求拉动式产业集群和创新驱动式产业集群 需求拉动式产业集群 配套式产业集群

刚进入前10名。第四，八个城市融合不够。长株潭"3+5"城市群在城市之间规划的协调性和全局性、中心城市的集聚力和辐射力、城市间的产业联系和分工关系等方面还存在"联而不合、合而不融"的问题。

（二）长株潭"3+5"城市群发展的战略机遇

一是后金融危机时代竞争新格局的形成。进入后金融危机时代，世界经济竞

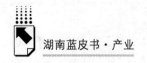

争格局正在经历深刻的变化，新兴国家的发展与城市化进程不断提速，中国的GDP总量已于2007年超过德国，于2010年5月超过日本。世界经济竞争新格局已经形成，为中国经济的发展带来了主动性。

二是国际国内产业转移的加速。进入新世纪以来，全球经济环境发生了变化，尤其是受全球金融危机的冲击和周边国家竞争加剧的影响，要素成本的上升和外部需求的减弱，沿海地区产业出现了加速向内地转移的态势。在此背景下，中部地区作为承接国际国内新一轮产业转移的腹地和桥头堡，为长株潭"3+5"城市群发展迎来了难得的历史新机遇。

三是中部崛起战略的实施。中部崛起战略为长株潭"3+5"城市群发展构筑了重要基础。根据规划，到2015年，中部地区经济发展水平显著提高，粮食生产基地、能源原材料基地、现代装备制造及高技术产业基地、综合交通运输枢纽"三个基地、一个枢纽"地位进一步提升；经济发展活力明显增强；可持续发展能力不断提升。

四是"两型社会"建设的推进。"两型社会"综合配套改革试验区拥有先行先试的优势，将提升长株潭城市群的投资吸引力，使其成为资金、人才、信息、技术的汇集地，促进城市群的产业结构升级。

二　长株潭"3+5"城市群发展的战略方案

（一）思路与目标

1. 战略思路

按照"结构有序、功能互补、整体优化、共建共享"原则，高效整合群内资源，在战略推进方式上，采取"政府推助、城市主导、市场配置三位一体协同联动模式"，科学定位城市产业功能，精心打造城际产业链，合理构建产业分工体系，大力培育产业集群，实现长株潭"3+5"城市群经济、社会、生态、文化四位一体发展。

2. 战略目标

到2015年，长株潭"3+5"城市群发展成空间布局合理、功能健全、基础设施完备和共建共享、生态环境共存共生、要素市场一体化、产业发展一体化的高效率、高品质的多中心型城市群。形成以长株潭三市城区为增长核、以城市间的快速交通设施（高速公路、快速路、轨道交通）为纽带的核心区组团，以铁路和高速公路为发展轴，向周边地区放射的城镇网络群体。

（二）战略重点

1. 合理设计城市群发展模式

科学的城市发展模式是城市群健康、持续发展的重要条件，我们建议从三个方面进行构建。第一，在空间结构方面，采取"一核三带辐射联动"发展模式。"一核"即为长株潭核心区，其功能是集聚城市群的核心功能，向城市群边缘带和外部区域传递辐射作用；"三带"包括岳阳—长株潭—衡阳城镇产业聚合发展带、长株潭—益阳—常德城镇产业聚合发展带、长株潭—娄底城镇产业聚合发展带。其功能是依照区域内城镇连绵带和交通通道的格局整合，三带衔接互动，培育和壮大区域内部的城镇产业空间。第二，在运作机制方面，采取复合作用型发展模式。可以兼取长三角"强政府型"和珠三角"强市场型"发展模式的成功经验，采用复合作用型发展模式。除了属于区域公共产品的合作项目必须由政府来操作实施之外，其他区域合作项目应推行市场化的企业运营机制，争取资源利用最大化。第三，在组织管理方面，采取"准都市政府型"发展模式。可以在八个城市的基础上建立具有明确组织形式和调控职能的"准都市政府"——有一定行政职能的城市群协调机构，并赋予一定的实权，解决区域内的协调发展问题。

2. 全面构建技术创新体系

大力推进以企业为主体的技术创新体系建设，重点抓好以下工作。构建科技创新公共基础平台，建设一批行业性工程技术中心、工程实验室、中间试验基地。鼓励高校、科研机构与企业开展长期合作，建立以企业为主体、高校和科研机构参与的产学研联合体，组建关系紧密型战略联盟。建立科技创新创业孵化服务平台，按照发展形式多样化、投资主体多元化、管理服务网络化的总体要求，培育一批专业性、综合性孵化器。搭建科技成果转化交易服务平台，加强与高校科研院所的合作，提高科技成果转化率。建立国际科技合作平台，以重大科技合作项目为纽带，以特色科技园区和留学生创业园为载体，建设一批国际科技合作基地。建立科学数据与科技文献资源共享服务平台，以科技信息研究机构、知识

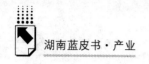

产权信息中心等为载体，整合科技文献信息资源、网络资源。建立知识产权信息服务平台，完善知识产权信息利用服务系统、专利技术交易系统和知识产权专家咨询系统。

3. 高效整合群内资源

城市群是一个复杂的巨系统，城市群的效率与竞争优势来自城市群内部资源的有效整合。针对长株潭"3＋5"城市群的发展现状与特征，应当做到以下几点。第一，空间结构优化整合。可以沿着城市中心轴线，分层次、有序地展现产业、文化、商业、体育、居住等个性化主题，使城市丰富、特色分明，这就要求在规划布局、土地利用和空间结构上优化整合，通过空间布局优化，提高用地的效率和效益。第二，产业结构优化整合。其重点是，一方面，要提升城市产业关联度，城市群内城市间的产业和产业之间要形成产业链。另一方面，要提升城市群支柱产业和品牌效应，以城市群内名优产品和名牌企业为基础，形成城市群支柱产业，打造优势产业集群。第三，资本要素优化整合。资本要素的优化整合主要是指城市资本的集聚、利用和重组。重点考虑和关注的问题，一是土地置换整合土地资本，二是畅通渠道整合城建投资资本，三是拓宽整合无形资本。第四，科学定位各城市的产业功能。通过对各城市的产业功能定位，实现功能互补、错位发展。

三 长株潭"3＋5"城市群发展的战略措施

1. 选准主导产业群

长株潭"3＋5"城市群在发展过程中，应该着力选准主导产业。湖南省目前已形成十大优势产业，在湖南"十二五"规划中要求进一步发展"十一五"规划中所明确提出重点培育的 50 个产业集群，如长沙工程机械产业集群，汽车及零部件产业集群，岳阳石化产业集群，株洲（湘潭）轨道交通、装备制造产业集群等。但我们应该清醒的认识到，现阶段的力量是有限的，发展产业集群不应该"求全、求多"，而应该"求精、求强"。

2. 培育战略性新兴产业

以战略性新兴产业发展为切入点推进产业结构调整是改变我国粗放式经济增长的必然途径。从目前的情况来判断，城市发展战略性新兴产业的重点是，以低碳经济为主线，以新能源为战略性新兴产业的先导产业，以节能环保产业抢占战略性新兴产业发展的制高点，以生物产业作为战略性新兴产业的支撑，以新材料产业作为战略性新兴产业的基础。在这种情况下，长株潭"3+5"城市群要根据自己的基础与条件，规划重点发展的战略性新型产业，主要包括先进装备制造业、新材料产业、新能源产业、生物产业及文化创意产业。

3. 扶植龙头企业

龙头企业是产业集群中比较特殊的一种经济行为主体，在产业集群的内部网络结构中占据重要地位。龙头企业通过具有正外部性的投资以及与其他企业之间的协作，可以促进集群内部资源的共享；通过不断创新形成"新鲜产业空气"，带动其他企业的创新；通过与集群内其他企业的交流合作，实现知识在不同企业间的转移和扩散；通过品牌扩散并主导树立地区声誉，为集群其他企业提供营销支持。长株潭"3+5"城市群建设，应该围绕主导产业集群发展抓项目建设，支持重点骨干企业推进自主创新、技术改造，提高工艺装备水平，改善产品结构，扶植这些骨干企业成为龙头企业。

4. 实施项目牵引

以长株潭"3+5"城市群的发展为契机，开发和包装一批大项目，向世界银行、亚洲银行等国际金融机构争取优惠贷款。以城市群整体形象向海内外招商，重点对象是行业世界领先企业、战略性高新技术企业、与优势产业配套的核心部件生产企业。积极争取国家政策性试点项目，包括现代金融、证券、产权交易等。同时，要准确把握国际国内产业和资本加速转移的最新趋势，重点谋划一批对经济发展和技术进步带动作用强、产业关联度大、产品附加值高、具有品牌效应、市场前景好的产业项目，以项目吸引投资，放大国家政策资源效应，使项目真正成为产业的支撑，带动和促进产业集群发展。

5. 实现产业园区联动

要进一步发挥好长沙、株洲、湘潭三个国家级高新区的带动作用，建好衡阳、岳阳、益阳省级高新区，合理配置资源，实现产业园区联动，使高新区成为长株潭"3+5"城市群高新技术产业发展的集聚地。鼓励各城市共同创办产业集聚园区，如联合建设长沙金霞国家级区域物流中心，发挥岳阳城陵矶港口优势组织共同开发。开展利益共享式产业配套与服务合作，培育一大批富有创新性、成长性和竞争力的产业集群。可以出台相关的政策法规性文件，确立每个城市重

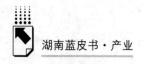

点支持某类或相关产业的集聚发展，通过增量调整方式优化产业结构，促进功能性城市逐步成形。

6. 建立城际协调机制

我国的城市群制度目前还处于创建基础性政策的初始阶段，已有的各类政策仍然处在单体城市推进城市化发展的框架中。因此，各单体城市的管理者不可能将自己管理的城市放在城市群发展的视野之下，存在单体城市行政区划设置管理与城市群整体规划管理的矛盾，省域、市域甚至县域、城镇都是在具体的行政区内发展的，未能够形成以经济、社会、文化发展为纽带的跨行政区域的城市群发展机制。在这种条件下，长株潭"3＋5"城市群的建设，要以制度整合和政府职能转变为手段，建立跨市域的合作机构与有效的城际协调机制，实现跨行政区的管理协调。

B.49
加快湖南创新型产业发展对策研究

胡振华　覃子龙　易经章　邝一飞 *

　　创新型湖南建设是一个系统工程，涵盖了知识创新、技术创新、体制创新等诸多方面，其中，培育和发展创新型产业是促进创新型湖南建设的重要着力点。创新型产业是指以知识技术为重要生产要素，依赖于自主创新能力不断提升而高速发展的产业。具有以下特征：以自主创新为动力，以知识技术为主导，以高速发展为表现。

一　发展创新型产业的意义

　　创新型产业代表着知识技术创新的方向、产业发展的方向，是知识技术与产业的高度融合。积极培育创新型产业有着重大而深远的意义。

　　第一，加快培育和发展创新型产业是应对国际金融危机的必然选择。后国际金融危机下，世界产业格局面临深刻调整。在复苏中如何抢占先机，是各国政府面临的重大难题。加快发展以自主创新为动力的创新型产业，有利于为后金融危机时代的湖南经济发展提供源源不断的动力。

　　第二，加快培育和发展创新型产业是提高区域综合竞争力的战略抉择。新时期的区域竞争，是以知识技术为最主要生产要素的资源竞争，依赖物质要素高投入的粗放型增长方式只能是阻碍区域综合实力提升的桎梏。加快发展以知识技术为主导的创新型产业，有利于湖南在激烈的区域竞争中立于不败之地。

　　第三，加快培育和发展创新型产业是推动产业结构升级的重要举措。创新型产业大多是技术主导型产业，具有高度渗透性、高度倍增性和高度带动性。它既

＊　胡振华，中南大学商学院书记，教授、博士生导师，主要研究领域产业集群与区域经济；覃子龙、易经章、邝一飞，均系中南大学商学院博士。

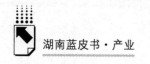

是区域产业结构调整的先驱，也是区域产业升级的重要推动力量，同时还将为结构调整提供市场需求和技术支撑。

二　创新型产业发展思路

以"政府主导、企业主体"为原则，以"统筹兼顾、自主创新"为方针，以"转型发展、集群发展"为思路来培育和发展创新型产业，提升传统产业，壮大特色产业、培育新兴产业。

（一）提升传统产业

1. 有色金属产业

湖南是享誉世界的"有色金属之乡"，但湖南有色金属的产业链条呈现出明显的"两头小，中间大"的"橄榄形"特征，即中间冶炼能力大，上游矿产原料及下游深加工能力小，特别是附加值高的产品深加工率过低。虽然企业数目多，但规模小且产业集中度低，专业分工程度不高，技术装备落后，关键技术自给能力较低，物耗、能耗居高不下，是典型的以资源的大量消耗为特征的粗放型发展模式。

发展思路：由原来的高资源依赖、高能耗、高污染、低效益、低端产品的"三高二低"增长方式转变为高科技含量、高质量、高效益、低消耗、低污染的"新三高二低"增长方式。鼓励企业重组、并购，使资源向优势企业和重点园区集中，形成规模和集聚效应。大力发展循环经济，加大技术改造力度，采用先进技术和装备来提升有色金属产业，从源头抓节能减排，抓资源的再生利用。不断提高企业自主创新能力，形成新的竞争优势。

2. 电子信息产业

"十一五"期间，湖南省电子信息产业的规模、结构、技术水平都得到了大幅提升。但与沿海省市及中部强省相比，湖南省的电子信息产业仍然存在较大的差距。比如规模偏小，占 GDP 比重较低，增速相对于全国平均水平而言还比较落后；部分产业层次偏低，产业链不完备，尚未形成产业集聚发展的良性态势；缺乏高层次领军人才和创新型人才，关键核心技术较少，承接世界先进技术与产业转移和自主发展的能力也亟待加强。

发展思路：重点在应用软件系统、数字媒体、网络产品与网络安全、电子商务、新型电子元器件等领域开展攻关，力争在 IC 设计技术、信息安全技术、电子信息材料技术、视频编码解码技术、传感技术等领域取得突破；推进"三网融合"和物联网应用试点工程，加速先进适用技术的集成创新和推广应用，实现设计制造数字化、生产过程智能化和企业管理信息化；积极推进重点行业、产业集群和工业园区信息化服务平台建设，不断提高电子信息产业的核心竞争力。

（二）壮大特色产业

1. 先进装备制造业

"十一五"期间，湖南省的先进装备制造业持续发展，年增幅保持在 30% 以上，产业规模总量居湖南省工业之首。但仍存在一些突出问题。除工程机械、轨道交通等优势比较明显的领域外，其他领域普遍存在规模小、竞争力弱的缺点；拥有自主核心技术的产品偏少，主要依赖于引进消化吸收国外先进技术或者模仿设计；基础零部件的自主配套率较低，制约了产业转型和升级；智力型、技能型人才缺乏问题日益凸显。

发展思路：以技术创新为突破口，以技术改造为重点，全面提升先进装备制造业的整体素质和技术水平；以工程机械装备、轨道交通装备、数控设备、航空航天装备、冶金装备、汽车、船舶等领域的产品为重点，大力扶持一批骨干型企业；鼓励和引导大专院校整合教育资源，建设人才培养基地，培养一批具有创新意识的高技术人才，把湖南建成中部地区具有强大市场竞争力的先进装备制造业基地。

2. 文化创意产业

近年来，湖南省制定了一系列政策措施优化发展环境，文化创意产业规模不断壮大，2009 年总产出达到 1594 亿元。"十一五"期间，文化创意产业增加值年均增长 20%，达到 682 亿元，已成为全省第六个过千亿元的产业。基本确立了以广电、出版为龙头的产业框架，形成了包括广播影视、出版、报刊、文娱演艺、动漫、网络、文博等在内的产业体系。但是，湖南省文化创意还存在很多问题，包括产业链还没有有效整合和延伸、向传统产业渗透不足、体制改革滞后、缺乏较完善的公共服务平台等。

发展思路：鼓励社会资源以各种形式参与文化创意产业基础设施建设和产业

园区建设，推动创意过程数字化、传播网络化、产品市场化、服务社会化；重点支撑创意产业的技术研发，在数字动漫、网络游戏设计、软件、工业与城市设计、媒体内容制作及影视制作、演出、出版等领域掌握一批关键和共性技术；依托文化创意产业园区，建立和完善激发文化创意产业发展的科技平台以及各类中介机构和公共服务平台；提高企业技术装备水平和创新能力，提高文化创意产品附加值，在数字影视、数字图书、网络出版、动漫原创及衍生产品、网络游戏等方面，融合湖湘文化元素，不断推出新的创意品牌。

（三）培育新兴产业

1. 生物医药产业

近年来，湖南省生物医药产业发展势头强劲。2006年以来，生物医药工业年均增长高达35.8%，2009年湖南省生物医药工业总产值达320亿元，在全国的排名由第20位跃升到第14位。药用辅料的产品数量、产地规模居全国首位；已初步形成了中成药、化学原料药及制剂、生物制品、中药饮片、医疗器械、卫生材料、制药机械与医药包装七大类品种齐全的生物医药工业体系。然而，湖南省生物医药产业"两小"、"两低"的问题依然比较突出。一是缺乏大企业、龙头企业。全省230家药品生产企业中，年产值不足5000万元的占71.2%。二是经济总量偏低。2009年，湖南省生物医药工业总产值仅占全国的3%。三是科技含量低、产品附加值低，主要靠卖原材料、粗加工，经济效益差。

发展思路：扬长避短、突出重点，既要走高端化，又要走差异化发展之路。以引进消化吸收再创新并梯次集成和适度原始创新为动力，攻克产业发展薄弱环节和制约瓶颈，大力推进核心关键技术开发，培育领先全国、跻身世界前列的重大创新品种和特色产品。引导生物医药企业加大研发投入，构建以企业为主体的技术创新体系，推进产学研深度融合，集聚优势条件重点破解关键技术瓶颈，研发一批有自主知识产权、有旺盛市场需求的优势产品，努力提升湖南省生物医药产业的核心竞争力。

2. 新能源产业

湖南省具有一定的资源优势。已探明铀矿储量2.6万吨，居全国前三位；年太阳能总储量1.25万亿千瓦左右，约占全国总储量的1.7%；10米高度处风能资源总储量约为5720万千瓦，技术可开发量为95万千瓦。目前，湖南有国家级企业技术研发中心 9 个，省部级重点实验室和工程研究中心 9 个。培育形成了湘电集团、南车时代、南车电机、中电科技 48 所、衡阳特变等一批核心骨干企业。但是，目前新能源企业的技术研发零散，缺乏统一规划；由于研发投入高，开发周期较长，企业融资困难；侧重于对生产企业的政策补贴，消费方面的鼓励政策缺乏；新能源发电并网等瓶颈也制约了发展。

发展思路：突出发展核电，形成以水电和核电为主体，以生物质发电、风电、光伏发电和新能源汽车为辅，以半导体照明、光热设备、光电建筑、地热工程以及生物燃气、燃料为补充，以传统能源节能技术为切入口的多元化新能源体系。重点发展风电装备、太阳能装备、核电装备、热泵及氢能装备。争取国家政策支持，建设一批新能源示范工程和国内一流的工程技术中心、实验室，形成以大企业、高新技术企业、科研院所、高校为主体的新能源产业创新体系。

3. 节能环保产业

湖南省节能环保产业已具备一定基础。总产值从 2003 年的 276 亿元发展到 2008 年的 548 亿元，年均增长 14.7%；大型节能环保企业向长株潭城市群集聚，节能环保设备制造企业和服务企业主要集中于长沙，资源利用企业主要分布在郴州、汨罗和衡阳；资源循环利用产业初具特色，形成了株冶集团和汨罗、永兴、郴州"一企三园"有色金属循环经济产业；有一定研发实力，拥有 6 个省部级重点实验室、5 个省部级工程技术研究中心。但与发达地区相比，仍有很大差距：一是产业规模总量较小，上下游间缺乏配套，缺少大型龙头企业；二是创新能力不强，缺乏核心技术，产品低端化趋势严重，关键装备制造技术是制约瓶颈；三是扶持产业发展的政策机制不完善，融资渠道不畅，人才匮乏。

发展思路：重点支持污水处理、废弃物处理、大气质量控制、噪声控制、土壤改良等环保技术的开发和应用，引导企业采用清洁生产技术，开发、生产环境友好型产品；大力扶持拥有核心技术、著名品牌、市场占有率高及能够提供较多就业机会的优势环保企业发展，支持不同企业、行业之间形成资源高效利用的产业链和区域循环经济生产模式；大力实施节能技术改造，在工业、建筑、交通运输和政府机关等重点领域推广工业节能和生活节能，提高固体废弃物的综合利用率；建立健全比较完善的富有竞争力的节能环保产业生产运营体系、研发创新体系、管理服务体系和政策标准体系，推动节能环保产业的稳步发展。

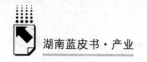

三 创新型产业支撑体系

（1）创新意识强化。实施全民科学素质行动计划，推进"长沙制造"向"长沙创造"的意识转变。大力营造"勇于创新、尊重创新、激励创新"的社会氛围，积极倡导"敢为人先、勇于竞争、鼓励成功、宽容失败"的创新风尚，使一切有利于经济发展的创新愿望得到尊重，创新活动得到鼓励，创新才能得到发挥，创新成果得到肯定。

（2）创新环境营造。建立健全以专利、商标、版权、商业秘密等为主要内容的知识产权体系，大力提高对知识产权创造、管理、运用和保护的能力。加大对知识产权专项资金的投入，着力推进科技管理体制改革，建立健全社会化、网络化的知识产权中介服务体系。提供优质知识产权公共服务和市场环境，促进自主创新成果的知识产权化、商品化、产业化。建立以企业为主体、高校和科研机构参与的产学研联合体，推动高校、科研院所面向创新型产业，开展关键和共性技术研究、应用基础研究和高新技术应用研究。

（3）创新资金支持。健全以政府投入为引导、以企业投入为主体、以社会投入为补充的多元化创新投入体系。由政府设立专项资金，采取直接投入、补贴、贷款贴息等多种方式，鼓励企业自主创新。加大税收支持，加大对企业自主创新投入的所得税前抵扣力度，允许企业加速研究开发仪器设备折旧。加快发展创业风险投资，引导社会资金流向创业风险投资业。支持有条件的企业在国内主板、创业板、香港和海外资本市场上市以及发行企业债券融资。鼓励政策性金融机构对国家重大科技专项、科技产业化项目的规模化融资和科技成果转化项目、高新技术产业化项目、引进技术消化吸收项目、高新技术产品出口项目等提供贷款。

（4）创新人才开发。调动在湘高校、科研院所的积极性，围绕创新型产业的发展需求，扩大人才培养规模；加强高等职业教育，培养一批创新型产业急需的高技能实用人才；吸引留学人员和海内外高科技人才来湘创业，重点引进产业领军人才、资本运作人才和高端技术人才。鼓励企业家创新，建立健全企业家创业发展的服务体系。建立自主创新人才评价指标体系，完善收入分配制度，促进技术要素参与收益分配。

（5）创新载体建设。利用国家级园区的技术、政策、人才等创新优势，建设创新型园区，搭建创新型产业参与国际竞争的服务平台。以推进产业集群为重点，引导中小企业参与龙头企业的产业配套，延伸产业链。重点围绕各创新型产业，集中力量实施一批重大战略产品计划和工程专项，加快形成产业集群。着力引进战略投资者。以世界 500 强、行业排名靠前的跨国公司及国内知名大企业、大集团和上市公司为重点，由简单的引进资金、引进项目向引进核心技术、营销网络和管理理念转变，增强消化吸收再创新能力。

B.50

"十二五"湖南推进新型
工业化战略要点分析

蔡建河*

新中国成立 60 年来，中国工业化取得巨大成就，但当前发展正面临深刻变化，转变经济发展方式势在必行。湖南必须审时度势，紧紧把握转变发展方式主题，进一步理清思路，科学推动新型工业化进程，开创"十二五"富民强省新局面。

一　认清形势：深刻变化中的发展环境

（一）宏观环境

总体来看，"十二五"我国发展潜力依然巨大，潜在经济增长率将继续保持较高水平，但宏观经济运行将面临相对复杂的局面。多年来我国发展中积累的问题，如房地产价格上涨过快、部分行业产能过剩、货币超量发行等，对"十二五"宏观经济形成挑战。与此同时，我国经济国际化程度不断提高，国际经济中的不稳定因素更多地影响我国，加大了我国宏观调控的难度。在上述因素作用下，预计"十二五"我国经济年均增长率将下降到 8% 左右，工业经济增长也将相应下降，推进工业化的宏观环境总体上不及"十五"和"十一五"宽松。

（二）发展阶段

"十一五"之后，我国重化工业产能过剩问题凸显。这标志着我国重化工业

---

* 蔡建河，湖南省人民政府经济研究信息中心产业处处长，副研究员。

高速增长阶段基本结束。与此同时，我国高技术产业始终保持快速发展。国际金融危机后，国家进一步出台促进战略性新兴产业发展的政策措施。装备制造、新材料、新能源、新能源汽车、节能环保、生物、信息等战略性新兴产业成为国家重点支持的产业，未来有望延续快速发展态势。这表明"十二五"我国工业化有望进入高加工度工业加速发展阶段。在此阶段，促进我国工业增长的核心动力将出现变化，创新驱动的重要性日益强化。

（三）资源要素

"十二五"时期，要素成本上升对工业发展制约将更加明显。土地方面供应从紧局面难以改观。能源方面，尽管我国 GDP 仍只及美国 40% 左右，但能源消耗已居世界第一，近年来国内能源供应紧张局面时有出现，复杂的国际形势下全球油价前景不容乐观，如不能有效提高能源利用效率，能源供应必将越来越成为制约我国工业化的瓶颈。劳动力方面，各地越来越频繁地出现"民工荒"，工业化进程中的"刘易斯拐点"已然可见。劳动力供需局面的改变及收入分配政策的调整，使我国低成本劳动力时代正逐步结束。

（四）目标导向

"十二五"我国转变发展方式进入关键时期。发展目标导向上，对 GDP 增长的关注必将弱化，而更具基础性的问题将强化。一是"两型化"发展。要求建设资源节约型与环境友好型社会，这是克服资源环境瓶颈制约的必由之路，也是建设幸福城乡的重要内容。二是民生为重。要求产业发展提高质量，带动就业，改善收入分配，最大限度地惠及民生。发展目标的自觉调整，需要体制机制、发展政策的相应变革。

（五）国际竞争

金融危机后经济全球化呈现新特点，对我国发展喜忧参半。一方面，我国出口导向战略调整势在必行。近年来，我国始终保持较高的出口顺差，成为以美国为首的众多国家责难的借口。事实上，这一战略一定程度上已呈现"招怨而损己"的特征。出口顺差导致国家外汇储备过高，不仅存在因美元贬值而受损的风险，也致使人民币基础货币投放过多，形成国内通货膨胀压力；为扩大出口而压低要素成本，劳动者工资福利增长严重滞后于 GDP 增长，不合理定价使我国相对不足的资源能源低价输出，同时带来环境的污染和破坏。在经济发展方式转型的要求下，依赖低成本要素的出口导向型战略势必加速调整。同时，金融危机后发达国家推行"再工业化"战略，美国等对扩大出口高度重视，中国出口将面临更激烈的竞争。另一方面，随着我国经济实力的增长与国际地位的提高，使中国企业"走出去"的条件更趋改善。预计"十二五"时期我国企业"走出去"浪潮将更加迅猛。而"引进来"方面，内外资将在公平的平台上竞争，招商引资对技术、环保、规模等具有更高的要求。

二 把握方向：转型发展的总体要求

"十二五"时期，湖南推进新型工业化的总体要求应为：以加快转变发展方式为统领，顺应国家工业化发展趋势，在继续保持适度较快增长的同时，加快工业"两型化"转变，切实走可持续发展之路；切实落实以人为本，不断提高工业发展质量，使产业发展最大限度地惠及国家和人民，为增进民生幸福创造不竭源泉；继续以追赶国际先进水平为目标，不断提高产业国际竞争力，为国强民富提供坚实基础。具体来看，要把握以下几点要求。

（1）更趋"两型"。工业"两型化"是建设"两型社会"的基础和关键。"十二五"要力争实质性突破。具体从湖南看，长株潭是全国资源节约型和环境友好型社会建设综合配套改革试验区，湖南也是重化工业比重相对较高的省份，推进"两型社会"建设和节能减排系使命所在。一是要以长株潭为龙头，加快探索以"两型"为特征的新型工业化道路，使长株潭各行业节能降耗环保达到全国领先水平，发挥试验区在全国"两型社会"建设中的示范作用，引领全省工业"两型化"发展。二是全省要以资源能源消耗高、对环境影响大的产业为重点，以国内外先进水平为参照，制定"十二五"期间产业"两型"改造目标，力争"十二五"末达到国内先进水平。三是制定并严格实施投资"两型"准入标准，管好产业增量，使新增产业投资"两型化"，改变"先污染后治理"的传统发展模式。

（2）更高质量。"中国制造"规模已成世界第一，提升质量已成亟待解决的任务。要从微观与宏观两个层面着力。微观层面上，使工业产品质量不断改善，性价比不断提高;加强安全性,提升产品技术性能,降低生产和使用成本,使消费者实惠最大化。宏观层面上,要形成优化合理的产业结构,满足消费者多元性需求;提高产业经济效益,提升产品附加值水平;建立合理分配结构,使产业发展既从满足需求也从促进增收两方面惠及民生。具体从湖南看,轻纺工业要在创名牌、强特色、提高产品科技含量、加强产品安全性能等方面狠下工夫,以质量求发展,做精做强湖南的食品、纺织、造纸等工业。重化工业要以提高核心竞争力为重点,加大技术改造力度,提高劳动生产率和产品加工深度;加大产品创新力度,大力开发科技含量高、附加值高的产品,加快淘汰落后产品;进一步培育优势企业、产业集群,打造具有核心技术的产业链,提高规模经济与范围经济效益。以战略性新兴产业为重点的高技术产业要突出重点,在湖南具有较强创新基础、技术基础、产业基础的领域提升创新能力,突破关键技术,把产业做大做强、产品做精做优。

(3)更强优势。当前,要素成本的逐步上升,使以往"中国制造"赖以建立竞争优势的基础改变。中国工业必须在转变发展方式的进程中,努力谋求国际竞争新优势。一是增强工业品出口竞争力,使出口效益不断提升;二是使中国企业"走出去"的实力不断增强,能更有力地进入国际市场;三是使国内市场中国企业与产品同样拥有较强的信誉和竞争力,与国外企业和产品有力抗衡,防止国外企业的垄断。具体从湖南看,重点是提升全省工业对外开放水平,提高外向型经济竞争力。一是着力提高出口商品质量,优化进出口商品结构,扩大具有比较优势的劳动密集型产品、机电产品、高技术产品的出口,严控"两高一资"型产品出口,稳步提升出口效益。二是提高企业国际化经营能力。保持"十一五"以来湖南企业"走出去"的良好势头,进一步提高企业技术与国际化管理水平,培育湖南的"跨国企业群",推动大型优势企业、具有优势的中小企业到海外投资并购,实现规模扩张与实力提升。要突出在资源能源、装备制造、具有优势的轻工纺织等领域扩大海外投资。

三 理清思路:变革中的发展动力

随着我国经济进入根本性转型阶段,工业化进入高加工度工业加速发展阶段,我国工业化面临发展动力的变革。需求方面,我国将逐步从生产主导型向消费主导型的增长方式转变，消费在带动增长中的作用不断上升；供给方面，创新驱动的作用需要大大强化，构成创新与投资"双轮驱动"的格局。同时，产业结构的优化、三次产业协调发展、国际化水平提高，都将对工业化形成有力推动。"十二五"时期，湖南要把握工业化动力结构转换的内在规律，进一步理清新型工业化推进思路。

（一）需求拉动力

预计"十二五"时期，在总需求三个组成部分净出口、投资、消费中，净出口带动增长的作用下降，投资作用稳中趋降，消费作用上升。净出口方面，中国出口难以再现21世纪前十年的高速增长格局，净出口将趋于下降，从而对经济增长拉动力降低。投资方面，"十二五"我国投资空间依然广阔，但应对通货膨胀、推动集约型发展等方面的要求，将使中央对投资增长的调控更趋审慎。预计"十二五"投资仍可较快增长，但相比"十五"与"十一五"增速会降低，使投资对产业拉动作用相应下降。消费方面，中央和各地"十二五"规划建议对民生高度重视，对促进居民收入增长着力强调，有利于我国消费较快增长，在总需求中所占份额逐步回升，从而增强对产业发展的带动作用。另外，我国消费结构也将逐步升级，消费品更注重绿色生态、安全可靠、先进适用等方面的要求，将对未来工业发展产生深远影响。

（二）创新驱动力

增强创新在工业化发展中的作用，是转变发展方式的本质要求。"十二五"时期，要突出在以下方面创新突破：一是突破节能、降耗、环保、循环经济等"两型"技术，为工业"两型化"改造提供有力支持；二是在传统产业领域发展新技术、新工艺、新产品，推动以高新技术和先进适用技术改造传统产业，在各行业稳步推进信息化与工业化的融合；三是在战略性新兴产业领域积极突破关键技术和核心技术，加快提高产业综合实力，培育核心竞争力；四是着力推进管理创新，提高企业在国内外市场中的竞争与发展能力。

（三）投资驱动力

湖南总体上仍处于工业化中期，投资驱动依然是工业规模扩张、技术提升的重要基础。"十二五"时期，湖南要继续促进投资，但必须提高投资项目质量，促进工业在技术、"两型"、产品结构等方面提升。要大力推进技术改造投资，实现传统产业技术升级和结构优化；大力推进新兴产业投资，加速提升新兴产业规模与影响力。要更好地将招商引资与激活内源投资有机结合，不断优化投资结构。

（四）结构优化推动力

结构调整是推动工业发展的有效途径。一方面，要素从劳动生产率低的部门转向高的部门，有助于从整体上提高工业劳动生产率；另一方面，工业行业之间、企业之间分工协作关系的加强与产业整合的深化，区域产业集群、产业链的形成，有助于促进区域优势集成和强化，提升区域产业整体竞争力。"十二五"时期，要突出发展技术进步快、需求收入弹性高的产业；进一步发展产业集群，打造创新型优势产业链，强化区域竞争优势；创新园区发展机制，大力发展特色型、创新型、生态型园区，提高园区集约化发展水平和产业集聚密度；积极推进县域新型工业化，形成全省工业化新的区域增长点。

（五）产业联动推动力

随着工业化水平的提高，三次产业的协调发展，工业与服务业的协调联动愈来愈重要。现代服务业的有力支持，是工业吸引投资、降低成本、优化资源配置、提高创新能力的重要保障，是区域产业结构逐步从低端向高端升级的强大动力。目前，金融、物流、商务服务等现代服务业发展滞后，已成为推进新型工业化的障碍，成为加快发展方式转变的瓶颈。"十二五"时期，湖南必须从战略的高度重视生产性服务业发展，促进服务业与制造业有机联动，为新型工业化注入更强的发展动力。

（六）国际化推动力

"十二五"时期，进一步融入经济全球化，扩大和深化对外开放，是我国转变发展方式、加快推进工业化的必然选择。"十二五"我国工业化面临的诸多问题，都可望在更广阔的全球市场找到更多切实可行的解决途径。要科学把握全球化新趋势，结合我国工业化新特点，将对外贸易、招商引资、"走出去"有机结

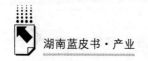

合，更好地拓展工业化发展空间，提高工业国际竞争力，稳步提升经济国际化
水平。

四　强化措施：新时期推进湖南新型工业化的对策建议

（一）推动政府转型与政策创新

经济发展方式转变需要政府管理与政策创新。"十二五"期间，政府要顺应
时代要求。一是创新发展理念。按照利转型、利长远、利民生的要求推动经济发
展，不可只着眼于 GDP 增长采取短期化措施。二是政府职能转变。政府重在为
产业发展创造可预期的法制化市场环境，科学制订区域产业发展与布局规划，创
造设施优良、服务优质、管理规范的发展平台。三是创新产业政策。实施竞争导
向的产业政策，把保护包括知识产权在内的各类财产权利、维护公平竞争放在优
先位置。行业管制要以节能、环保、安全标准等为重点，不再延续对企业生产和
投资中规模、品种等的直接干预。四是重整经济秩序，严管严控经济泡沫，使资
源配置到有利于实体经济发展的领域。

（二）强化工业化创新驱动力

一是营造有利于创新的社会氛围。建立严格管理的市场，法制严明、竞争公
平、官风清正的社会，才能引导和"逼迫"经济主体自觉走创新之路。二是强
化创新激励机制。建立健全创新投入、人才、知识产权保护等政策，支持创新主
体能力建设，提升创新主体积极性。建立和完善创新成果转化机制，积极发展风
险投资。改进政府支持创新的政策，避免撒胡椒面式的补贴办法，着力支持新产
业、新技术供应链瓶颈环节的突破。三是抓好一批重点创新工程的突破。力争在
传统产业技术改造、战略性新兴产业关键技术以及清洁生产、节能降耗、环境保
护等领域，推动一批重点技术攻关，取得一批创新成果并实现转化，为转变发展
方式提供有力支撑。

（三）进一步优化多元化投资格局

一是积极促进国有企业投资，继续推动省内企业对接央企，提升湖南企业在

央企全国布局中的战略地位。二是大力抓好招商引资。强调"招商选资",提高选资标准,突出引进集约化程度高、有助于产业结构优化与技术升级的投资项目,禁止高耗高污染项目。三是下大力气在推进民间投资方面取得突破。完善并切实落实推动民营经济发展的政策措施,消除各种歧视民企的"显规则"和"潜规则",打破垄断,建立国企、外企、民企公平竞争的市场环境,为民间投资的快速增长创造条件。

(四)促进制造业与服务业协调发展

积极创造条件,激发创新活力和增长潜力,加大投入力度,使"十二五"生产性服务业发展取得实质性突破。加快发展金融业,努力把湖南打造成金融强省。大力发展物流业。打造长株潭国家级物流中心,建设全省结构优化的物流体系,加强基础建设,提高物流业营运与管理水平,力争"十二五"全省物流成本占 GDP 比重下降 5 个百分点左右。大力发展法律、会计评估、工商咨询、专利代理、产权交易等中介服务业,进一步提升批发零售服务业,壮大行业规模,提升服务能力,为全省产业结构向高端延伸创造条件。

(五)进一步提高国际化水平

全方位深化对外经济技术合作。出口要进一步拓展市场,扩大规模,提高效益。稳步提高引进外资的规模与质量,促进内外资公平竞争。将推动企业"走出去"作为"十二五"发展开放型经济的重中之重,力争"走出去"上规模,上档次。支持行业优势企业及特色型中小企业积极稳妥地推进跨国投资经营。研究制定境外投资产业指导目录,明确"十二五"目标和重点。建立促进对外投资的政府和社会公共服务体系,为企业"走出去"营造良好的外部环境。重点支持对有利于缓解经济发展瓶颈的境外资源的投资;有助于产业结构优化升级,能够带动产品、设备和技术等出口及劳务输出的境外生产型设施和基础设施的投资;有利于引进国际先进技术、管理经验和专业人才的境外研发中心的投资。要注重风险防范,健全境外投资经营风险防范体系。

(六)加大"两型"推进力度

一是深化认识,确立"环境优先"的工业发展理念。二是完善制度,依法依规推进"两型"。根据各区域具体特点，从严制定区域各行业"两型"准入标准和执行细则，将区域企业全部纳入考核。理顺管理体制，做到监管到位、管理高效。三是加大投入。大力开发节能降耗环保技术，发展环保制造业和服务业，发展循环经济。推进环保基础设施建设，加强污染治理。建设环保信息化监控网络。推动国家完善要素价格定价机制，推进发展合同能源管理和碳交易市场。加强对外环保科技、产业合作，积极追赶世界先进水平。四是强化社会力量参与。

（七）切实落实以人为本

一是加强劳动者权益保护。改善劳动条件，保障劳动者的人身健康安全与合法权益。改革分配制度，使劳动者收入增长不低于企业劳动生产率增长速度。二是带动就业。工业发展中重视就业岗位的创造，支持和扶持劳动密集型企业的发展。制定有力的政策措施，加强劳动者培训教育，提升工业劳动者素质，提高劳动生产率与就业质量。三是维护消费者利益。提供优质安全产品，严厉打击假冒伪劣工业品生产与损害消费者利益的各种行为。四是强化企业社会责任意识，建设和谐社会。

B.51
促进湖南省环保产业发展对策研究

禹向群*

环保产业是以防治环境污染、改善生态环境、保护自然资源为目的而进行的技术产品开发、商业流通、资源利用、信息服务、工程承包等活动的总称，也叫"环境产业"或"生态产业"，被列为继"知识产业"之后的"第五产业"。环保产业作为湖南省重点支持发展的战略性新兴产业之一，在未来的经济发展中起着举足轻重的作用。近年来，湖南省环保产业在各级各部门的大力支持下，取得了前所未有的发展。

一 湖南省环保产业发展情况

环保产业是一个跨产业、跨领域、跨地域，与其他经济部门相互交叉、相互渗透的综合性新兴产业。发展环保产业对促进湖南经济社会的"两型"发展和提高经济的可持续发展能力具有重要作用。

（1）产业规模逐年提升

2010年，湖南省环保产业总产值已超过500亿元（仅统计产值超过200万元的企业），是2004年的8.32倍，年均增长42.3%，高出同期经济增速近30个百分点；占全省地区生产总值的3.14%，比2004年提高2.05个百分点，已经逐步成长为湖南经济增长的重要动力。

（2）产业领域相对集中

湖南省环保产业主营业务主要集中在环保装备制造、资源综合利用、环保服务和洁净产品四大领域，其中资源综合利用又占行业总产值的70%以上。同时，在燃煤电厂脱硫、重金属废水处理、城市生活污水和垃圾处理等领域具有较高竞

---

* 禹向群，湖南省人民政府经济研究信息中心产业处副处长，助理研究员。

争力，尤其是在脱硫、重金属处理装备制造和技术方面已经处在全国先进水平，印染、电镀、线路板、造纸等行业废水治理也具备了较为完善的技术和装备体系。

（3）产业区域集聚较高

环保产业与经济发展水平有较高的关联性。长株潭"3＋5"城市群是国家"两型社会"综合配套改革试验区，也是湖南经济社会发展较快的地区。2010年，环保产业总产值和单位总数的70％都集中在长株潭"3＋5"城市群。其中，环保装备企业和环保服务企业主要集中在长沙，分别占全省装备和服务总产值的70％和30％以上；资源综合利用企业主要分布在郴州、岳阳和衡阳，三市资源综合利用总产值占全省的60％以上。环保产业的区域集聚，有力地促进了湖南环保产业的集群集约式发展。

（4）产业园区迅速发展

园区是产业发展的重要载体。湖南省环保产业园区主要有湖南环保产业科技园、长沙高新技术产业开发区、株洲清水塘循环经济工业区、长沙经济技术开发区、永兴循环经济示范园和汨罗循环经济工业园六大园区，其中长沙拥有主要园区数量的一半。同时，全省主要大型环保企业基本上分布在长沙高新技术产业开发区、长沙经济技术开发区、湘潭九华台商投资区和株洲清水塘循环经济工业区等园区。

（5）产业科研能力增强

科研能力的强弱是决定产业竞争力的重要因素。目前，湖南省从事环保技术研发的机构主要有省环保研究院、中冶长天、省化工研究院，以及中南大学、湖南大学、湘潭大学等单位。全省现有省部级环保重点实验室3个，部级环境工程技术中心1个，省级环境工程技术研究中心1个。中南大学研发的"重金属废水生物制剂法深度处理与回用技术"，可低成本实现镉、铅、锌等重金属废水深度处理，已在株冶集团实施产业化。华时捷公司研发的"地球守望者环境在线监测系统"等一批产品与技术开发项目获得了科技部创新基金重点支持，"总镉等水中重金属污染物监控预警装备的产业化"项目被列入国家火炬计划。当前，湖南已涌现出了一批具有较强研发能力的科研院所和企业技术研发中心，环保产业科研实力大为增强。

二 湖南省环保产业发展面临的形势

（一）湖南省环保产业发展面临的机遇

1. 国际竞争手段的多样化发展，加快了环保产业发展

国际金融危机导致发达国家经济严重衰退，新兴市场国家经济增速大幅放缓，世界主要经济体纷纷把发展节能环保等新兴产业、降低企业生产成本作为解决经济困境的新举措和推动经济发展的新引擎。发展环保产业，实现绿色发展已成为全球共识。美国、英国、日本等发达国家都在推出促进环保产业发展的经济刺激计划，抢占未来经济制高点。同时，为配合环保产业发展，各种与环保有关的贸易保护主义措施逐步抬头，发达国家已着手研究征收"碳税"、"碳关税"。

2. 各级政府高度重视，产业发展动力十足

发展环保产业是党中央、国务院作出的重要战略决策，发展环保产业已经写入了国家"十二五"发展规划，并在财政税收等方面出台了一系列政策措施，刺激了环保市场的形成和发展，为环保企业发展提供了动力。在新一轮的竞争中，湖南省环保产业必须抢占先机和制高点，提高市场占有率，才能在未来经济竞争中不被打下阵来。从 2007 年开始，环保支出科目被正式纳入国家财政预算，政府对环保工作提出了新思路、新对策。受益于此，中国环保行业将继续高速增长，且增速进一步提高。

3. 长株潭"两型社会"建设要求发展环保产业，促进经济转型

2007 年，长株潭获批国家"两型社会"综合试验区，对湖南省单位 GDP 能耗和污染物排放强度提出了更高要求。发展环保产业，可以为"两型社会"建设提供坚实的物质基础和有力的技术支持。随着中国经济的持续快速发展，城市化和工业化进程的不断加快，环境污染日益严重，国家对环保的重视程度也越来越高。

4. 环保产业是朝阳产业，发展空间很大

据不完全统计，2011 年全球环保产业的市场规模已从 1992 年的 2500 亿美元增至 20000 亿美元，年均增长率达 26%，远远超过全球经济增长率，成为各个国

家十分重视的"朝阳产业"。进入 21 世纪，全球环保产业步入快速发展阶段，逐渐成为支撑产业经济效益增长的重要力量，并正在成为许多国家革新和调整产业结构的重要目标和关键所在。全国化学需氧量排放量、二氧化硫排放量、主要污染物排放量均实现下降，首次出现了"拐点"，污染防治由被动应对转向主动防控，环保实现历史性转变。美国、日本和欧盟的环保产业将成为全球环保市场的主要力量。

（二）湖南省环保产业发展面临的挑战

1. 技术创新基础薄弱

核心技术尚未完全掌握。环保产品中除除尘器、脱硫设备、污水处理设备等装备能够自给外，经济高效污泥处理技术、高浓度难降解工业废水处理技术、燃煤氮氧化物控制技术，以及电除尘器供电电源的控制芯片、袋式除尘器的耐高温滤料和脉冲阀、脱硝催化剂、高强度抗污染垃圾渗滤液膜材料等关键设备还需进口。

2. 技术研发支撑体系不完善

表现为环保开发经费不足和产学研结合不够。2009 年，全省环保科研经费不到财政科技投入的 0.5%，而德国、韩国在 2005 年就分别达到了 3.4% 和 4.6%。环保设备的设计手段、试验测试方法和平台建设与先进国家相比差距也较大，科技成果转化周期较长，企业的创新主体地位尚未确立。

3. 盈利机制尚未理顺

企业盈利机制尚未理顺主要表现在两个方面。一是污染治理收费不到位。按照国务院文件规定，各地污水处理费收取不得低于 0.8 元/吨，而湖南省城市污水处理费除长沙是按照 0.8 元/吨的标准收取以外，其他 13 个市州都没有征收到位，加上欠费、逃费、拒缴等问题的存在，全省城市污水处理费征收率不足 30%，垃圾处理费的征收率更低。二是税收等优惠政策落实不到位。目前环保企业基本上是按照一般企业缴纳 25% 的所得税，大多数土地也不是按照公益性企业性质要求划拨的，承担了大部分土地转让费用，在投资抵扣、加速折旧等方面很少享受优惠，产业激励力度较小。由此，导致环保企业盈利困难。

4. 财政资金投入不足

当前，发达国家财政资金占全社会环保支出的 40% 以上，而湖南还不到 30%，比重相对偏低。在资金投向方面，湖南财政资金大多投向城市污水处理厂建设，而这个领域恰恰是社会资金相对容易进入的地方，造成资金需求较大的管网建设资金严重短缺，降低了财政资金的乘数效应，既抑制或挤出了民间投资，又造成了污水处理设施投入营运之后出现"大马拉小车"甚至"大马拉空车"的现象，投资效率低下。2009 年，全省已建成的 156 座污水处理厂平均运行负荷率为 70.3%，部分甚至不超过 50%。

5. 融资渠道并不顺畅

从国内外环保产业发展来看，财政资金以外的融资渠道往往包括发行市政债券、排污权交易、特许经营、信贷、风险投资、私募基金、产业基金和 IPO 等多种方式。受国家资本市场和环境交易市场限制，直接通过上市、发债、排污权交易、产业基金、风险投资等渠道筹资的规模相对较小，难以满足环保产业发展的资金需求。目前环保产业融资很大程度仍然依赖特许经营和银行贷款，企业融资渠道并不顺畅，融资难制约了产业发展。

总之，发展绿色经济、低碳经济、循环经济已成为世界经济发展一大趋势。尽管我国环保产业总体规模相对还很小，但其边界和内涵仍在不断延伸和丰富。随着中国社会经济的发展和产业结构的调整，中国环保产业对国民经济的直接贡献将由小变大，逐渐成为改善经济运行质量、促进经济增长、提高经济技术档次的产业。湖南要着力推动科技创新和科研成果推广应用，促进环保产业发展，积极参与国际竞争，抢占未来发展制高点。

三 国内外发展环保产业的主要经验

发达国家环保产业发展都比较早，除了得益于其完备的环保立法外，资金支持也是环保产业快速发展的重要原因。国内的河北、山东、江苏等省都在环保产业发展上积累了一定经验，可供湖南学习借鉴。

（一）健全的法制体系是环保产业发展的重要保障

为促进环保产业发展，国内外在法制上提供了重要保障。发达国家采取的对废品回收实行强制收费制度使得回收处理企业可以盈利，如日本在实施《汽车再利用法》之后，报废汽车处理工厂在出售部分较好的零部件获利的同时，还可以从国家获取回收补助；采取的强制绿色采购制度为产业发展提供了市场需求，颁布的《绿色采购法》要求政府、企事业单位对环境友好型产品实施优先购买，调动了企业发展环保产业的积极性。对引进再循环设备的企业减少特别折旧、固定资产税和所得税。日本对在使用年度内的废旧塑料再生处理设备，除普遍退税外，还按取得价格的14%进行特别退税；对废纸脱墨、玻璃碎片杂物去除、空瓶洗净、铝再生制造等设备实行3年的退还固定资产税等政策。这些政策法规的实行，为环保产业发展提供了重要保障。

（二）资金支持是环保产业发展的重要支撑

奥巴马政府把环保产业当做新一轮工业革命的重要抓手，十分重视环保产业在经济发展中的作用。1975年，美国联邦政府财政支出用于污染控制的经费是1970年的6.6倍，占GDP的比重至今保持在1%以上。日本国会也在2000年以来每年通过与环保有关的预算资金近130亿美元，资金拨给环境省、经产省、农林省和国土交通省等主要相关部门，用于支持环保产业发展。对生产废弃物再资源化工艺设备，给予相当于生产、实验费1/2的补助；对引进先导型能源设备的企业予以1/3的补助等。目前日本污染控制的财政支出占GDP比重基本稳定在0.5%~1.3%，占全社会环保支出的比重也保持在40%以上。德国政府批准了总额为5亿欧元的电动环保汽车研发计划预算。韩国政府专门成立了绿色发展委员会，计划在五年内投入107万亿韩元，相当于每年将2%的GDP用于绿色发展，并制定了《新增长动力规划及发展战略》，将绿色技术、低碳产业相结合，力保环保产业成长为新增长动力。我国也在国债资金分配中，重点向环保产业倾斜。在国外，政府还通过中小企业金融公库、国民生活金融公库对引进3R技术设备的企业提供低利融资，对从事循环经济研发、设备投资、工艺改进的企业分别给予政策贷款利率。国内的河北省建立了我国第一个省级环保产业发展专项资金，专项用于支持环保企业发展，仅2001年和2002年两年就带动环保投资7亿多元。山东省也于2005年设立了环保专项资金，主要用于支持环保科技创新和环保技术进步，加快环保产业发展。江苏省环保投资中社会资金占70%以上，充分发挥了政府资金的引导作用。

四　促进湖南省环保产业发展的对策建议

（一）　加快环保产业政策体系建设

要制定促进环保产业发展的地方法规和政府规章，拓展市场领域。一是建立科学的财政补助制度。环保产业具有一定的公共产品性质，单靠市场是难以完成的，需要政府给予适当补助，予以引导。补助资金主要用于环保企业贷款利息补助，技术专利权、工业产权等非实物抵押风险担保和环保企业上市融资补助。二是建立有利环保产业发展的税收机制。尽快制定高新技术环保企业企业所得税优惠、新设立的规模以上环保企业税收豁免等相关税收优惠政策。适时开征环境税，发挥税收的杠杆作用。三是建立环保产品消费鼓励政策。支持企业采用环保产品、更新环保设备，明确规定政府采购中要求有一定比例的环保产品，并规定政府优先采购省内环保企业的产品。鼓励环保监测市场化经营，促进环保监测服务公司化改革。四是其他政策支持。制定环保企业建设用地优先保障政策，政府可以土地作价入股的方式参与环保企业建设，并按出资额度享有所有者权益，纳入财政国有资产管理，降低企业开办成本。

（二）　加快环保产业园建设

环保产业园是环保产业发展的重要载体。日本生态环保城就是由政府资助建设管理的重要基础设施。要积极抓好《环保产业"十二五"发展规划》落实，重点建设一批环保产业专业园区，重点促进环保装备制造业发展和提高资源综合利用效率。各级各部门要在专业环保产业园区建设过程中给予大力支持。对园区内的道路、水电等基础设施建设给予适当财政补助，鼓励环保企业入园发展，提高园区内企业资源、能源的综合利用效率。支持产业园设立科技服务平台，建立有利于环保产业快速发展的政策支持体系。

（三）　加快环保科技创新

加强政府引导，突出企业在环保科技研发、应用过程中的主体作用。一是积极争取中央财政科技支持资金，提高环保科研项目进入国家产业扶持"笼子"。

鼓励环保企业尤其是民营企业参与国家环保建设的重大专项课题，充分发挥产学研的协同优势，加速优秀环保科技项目的转化和产业化。二是支持企业设立各级企业工程技术中心。对设立各级企业技术中心、工程研究中心和工程实验室的企业给予适当补助。扶持以企业为中心的技术创新体系建设，采用"先期贷款、后期以奖代补"的形式，支持环保企业开展技术改造、研发和引进。支持建立全省统一的行业技术验证平台和产品测试平台，确保环保技术和装备具有较高的性能和品质。三是积极搭建共性技术研发平台，促进产学研用相结合。瞄准未来技术发展的制高点，提前部署现代环保技术的研发。依托重大公共环境工程，加大引进技术的消化、吸收和再创新，掌握核心技术，支持环保科技攻关。四是支持建立完善的环保技术成果转化机制和示范推广体系。支持全省各大环保产业园适时设立环保科技孵化中心，对设立孵化中心的产业园每年给予适当的资金资助。支持环保行业协会发展，发挥协会的桥梁纽带作用。建立环境技术贸易促进机制，设立专门的环保装备和服务贸易促进机构，消除贸易过程中存的体制、资金和信息障碍。

（四）开展排污权交易和世界碳交易试点

加大排污权交易政策研究，加快排污权交易试点和推广。要及早修订现行法规当中关于排污总量控制的目标设定、排污量检测和适用对象规定，完善初始排污权的分配机制，规范排污权交易市场，积极组建专业排污权中介机构，推动排污权抵押贷款研究和试点，逐步扩大排污权交易规模。积极与发达国家合作，在提高森林覆盖率、降低资源能源消耗的基础上，开展世界范围内的碳汇交易，赚取碳汇资金，用于环保产业发展。

B.52
湖南推进创业经济发展的对策建议

左 宏*

创业是经济发展的基本原动力，发展创业型经济是当前增就业、扩内需、转方式的主要手段之一。纵观世界经济史，数量众多的创业型中小企业是各国经济发展的源泉；回顾我国改革开放以来的发展历程，浙江、广东等省活跃的创业型经济推动和加速了区域经济的腾飞。近年来，湖南省在推动创业经济方面取得了一定成效，但还需要进一步探索如何充分发掘创业经济潜力，更好地推进"四化两型"战略，实现富民强省的目标。

一 湖南创业经济发展情况

湖南近年来对创业经济越来越重视，不断加大对创业的政策扶持和环境改善力度。特别是国际金融危机之后，鼓励创业的政策密集出台，湖南省企业数量呈现出较快的增长，创业经济发展态势良好。

（一）私营企业及个体工商户数量增长加快，创业经济趋于活跃，带动就业成效显著

2010 年 1~6 月数据显示，新登记注册的市场主体①中，私营企业及个体工商户所占比重超过 97%，成为创业活动主战场。私营企业创业效果显著。2006~2010 年上半年，私营企业数从 100459 个增加到 174609 个，年均增长约 16%，企业数和注册资本已占到全部企业的 66.6% 和 41.3%，同比分别提高 3.5 个和

---

* 左宏，湖南省人民政府经济研究信息中心产业处主任科员，湖南省经济学会理事，助理研究员。
① 市场主体包括内资企业（国有及集体企业）、私营企业、外资企业、个体工商户和农村专业合作社。

4.1 个百分点，在数量、注册资本规模上都已成为最大的企业群体。带动就业人数也从 2006 年底的 1858292 人增加至 2009 年底的 2237972 人，净增 379680 人（见图 1）。

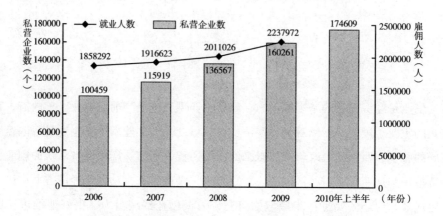

图 1　2006～2010 年上半年私营企业数量及就业人数

数据来源：《湖南非公经济发展报告》。

个体工商户从 2006 年的 979187 个增加至 2010 年上半年的 1306056 个，年均增长 10% 左右，带动的就业人员也从 2006 年底的 1994944 人上升至 2009 年底的 2065168 人（见图 2）。

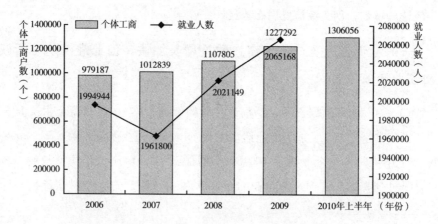

图 2　2006～2010 年上半年个体工商户数量及就业人数

数据来源：《湖南非公经济发展报告》。

（二）创业领域不断拓展，结构趋于优化，第三产业创业经济日趋活跃

近年来，湖南省创业领域不断拓展，个体私营经济面对的行业壁垒不断被打破。除目前处于国家垄断的烟草、电信、航空、铁路、管道运输等行业外，非公经济已全面进入，其中，从事金融业，科学研究、技术服务和地质勘察业，水利、环境和公共设施管理业，教育的私营企业实现了零的突破，新创数量和规模都迅速上升。与2005年末相比，个体私营经济第一、三产业比重上升，第二产业比重有所下降，这与政策偏重于扶持生存型创业以解决就业问题有关，第二产业创业大部分属于机会型创业，政策影响效果有限。从具体行业来看，2010年6月末湖南私营企业集中在批发和零售业、制造业、租赁和商务服务业，其户数分别占企业总数的33.98%、17.80%和10.97%（见表1）。2007年底～2010年

表1　湖南省私营企业、个体工商户行业结构比例*

单位：%

产业类别	行业类别	私营企业（2010年上半年）	总计	个体工商（2009年）	总计
第一产业	农林牧渔业	3.20	3.20	0.52	0.52
第二产业	采矿业	1.78	24.94	0.29	6.78
	制造业	17.80		6.17	
	电力、燃气及水的生产和供应业	1.47		0.12	
	建筑业	3.89		0.20	
第三产业	交通运输、仓储和邮政业	2.10	71.86	4.14	92.70
	信息传输、计算机服务和软件业	7.99		0.96	
	批发和零售业	33.98		69.26	
	住宿和餐饮业	1.44		6.86	
	金融业	0.37		0.01	
	房地产业	4.56		0.09	
	租赁和商务服务业	10.97		1.04	
	科学研究、技术服务和地质勘察业	3.84		0.04	
	水利、环境和公共设施管理业	0.83		0.01	
	居民服务和其他服务业	3.39		9.12	
	教育	0.18		0.04	
	卫生、社会保障和社会福利业	0.15		0.36	
	文化、体育和娱乐业	2.01		0.70	
	其他	0.05		0.07	

*按户数统计。

数据来源：湖南省工商局。

6月末，私营企业实有户数增幅较大的有科学研究、技术服务和地质勘察业①（+120%），农林牧渔业（+118%），租赁和商务服务业（+83%），交通运输、仓储和邮政业（+77%），教育（+72%）和建筑业（+67%）；采矿业和制造业增幅较小，仅为9%和25%。

（三）创业区域分布呈极化特征，长株潭创业活力进一步凸显，中心城市的创业优势不断增强

从全省企业的区域分布来看，集中度非常高，主要集中于长株潭"3+5"城市群中，长株潭作为湖南的创业核心区极化效应越来越明显。2009年底，长沙、株洲、湘潭、岳阳、常德、益阳、娄底、衡阳8市企业共计52135户，占全省企业总数的64%，其中，企业数量最多的是长沙市，为17878户，占全省22%（见表2）。从就业人数来看，"3+5"城市群个私企业就业人数共计2683054人，占全省的72.79%。

表2　2009年湖南省企业户数区域分布

市　　州	2009年实有企业户数（户）	注册资本（金）总额（亿元）	所占全省总户数比重（%）	所占全省注册资本（金）总额比重（%）
省局本局	2330	1473	3	35
长　　沙	17878	723	22	17
株　　洲	5331	308	7	7
湘　　潭	3564	244	4	6
衡　　阳	7443	234	9	6
邵　　阳	8791	114	11	3
岳　　阳	6083	190	7	4
常　　德	4237	187	5	4
张家界	1449	56	2	1
益　　阳	4271	129	5	3
郴　　州	4485	158	5	4
永　　州	5319	123	7	3
怀　　化	5059	108	6	3
娄　　底	3328	133	4	3
湘西自治州	2284	54	3	1

数据来源：湖南省统计局。

---

① 科学研究、技术服务和地质勘察业，教育业均为2008年至2010年上半年的增幅数据，2007年两个行业私营企业数为零。

2007 年以来, 鼓励创业多方面措施陆续出台, 各市州创业经济都有较大的发展, 进展各不相同, 与各地的经济状况和鼓励创业政策的效果有较大相关性。从当期新开业私营企业数量来看, 全省 2009 年全年新开业户数为 160261 户, 比 2007 年全年多了 9351 户, 增长 44.4%。其中常德 (107%)、益阳 (93%)、永州 (70%)、娄底 (66%) 增幅较大, 邵阳出现负增长 (见图 3)。

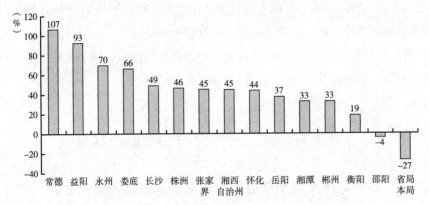

图 3　2007～2009 湖南各市州当期新开业私营企业增幅对比

数据来源: 湖南省统计局。

从当期新开业个体经营户数量来看, 全省 2009 年全年新开业户数为 1227292 户, 比 2007 年全年多了 62206 户, 增长 30.62%。其中湘西自治州 (122%)、岳阳 (99%)、娄底 (65%)、永州 (58%)、张家界 (57%) 增幅较大, 益阳、长沙出现负增长。

(四) 加大对创业的政策扶持力度, 创业环境不断改善

一是改善了创业经营环境。湖南省逐步落实"非公经济 36 条"和"民间投资 36 条", 鼓励新创企业开拓行业领域。同时, 对全省现行的行政审批、行政处罚、价格管理、行政事业性收费、行政检查、年检年审、达标评比表彰活动等进行压缩、调整和精简, 大大地放松了对企业创业经营的管制。二是拓展了融资渠道。湖南省针对企业初创、发展、壮大各阶段和环节的融资需求分别进行政策扶持, 形成小额贷款促创业、担保体系助发展、金融创新拓渠道的多层次创业融资体系。截至 2009 年底, 全省中小企业信用担保机构达到 142 家, 担保资本金达到 70 亿元。截至 2010 年 8 月末中小企业贷款余额 3308.9 亿元, 增长 25.5%,

快于同期贷款增速 4 个百分点，占全部人民币贷款的 31.4%。三是完善了创业服务体系。全省逐步建立完善了信息服务、融资服务、技术支持、人才培训、管理咨询、创业辅导、市场开拓、政策法律 8 个社会化服务体系，建立了覆盖全省的社会化服务网络。加快创业平台搭建，为创业提供孵化基地。截至 2009 年底，省级以上科技企业孵化器已达到 30 家，孵化场地总面积约 50 万平方米，在孵企业 1000 多家。四是加大了对创业的直接扶持力度。财政资金对创业的公共基础建设和薄弱环节加大投入。省级中小企业发展专项资金从 2007 年的 1000 万元增加至 2009 年的 4000 万元；2007 年设立中小企业信用担保机构风险补偿金，并不断追加投入，从最初的 2000 万元增加到 4000 万元。

二 湖南省创业经济发展存在的问题和瓶颈

（一）创业主体发展基础薄弱，创业氛围不够活跃

湖南省个体私营经济作为创业领域吸纳就业最为活跃的主体，发展基础还较为薄弱，在全国比重偏低，在中部也处于靠后位置，对就业的吸纳能力不够。以私营企业为例。2009 年底，湖南实有私营企业户数、注册资本、户均资本规模分别排全国第 15 位、第 17 位和第 13 位，私营企业户数仅占全国总数的 2.2%。与中部六省相比，2009 年底，湖南省实有私营企业户数、注册资本在中部六省中分别排第 4 位和第 5 位，私营企业户数仅为湖北的 69.5%、安徽的 84.6%，只有户均资本规模略有优势，在中部六省排第 2 位，仅次于山西（见表 3）。

表 3 2009 年中部六省私营企业情况

	户数	排位	注册资本（亿元）	排位	户均资本规模（万元/户）	排位
河南	260613	1	4455.728	1	170.97	6
湖北	230567	2	4285.311	2	185.86	4
安徽	189525	3	3655.908	3	192.90	3
湖南	160261	4	3338.407	5	208.31	2
山西	139263	5	3483.342	4	250.13	1
江西	136628	6	2477.101	6	181.30	5

资料来源：《2006～2009 年湖南省私营企业发展情况分析》。

（二）创业经营环境不优，发展瓶颈亟待突破

湖南省创业环境近年虽有改善，但与沿海等发达地区相比，还有较大差距，关键瓶颈问题没有得到根本解决。一是创业融资渠道不畅。省工商局调查显示，近年全省中小企业贷款需求满足率不到5%，综合融资成本折合年利率高达20%以上，融资难问题成为创业的最大瓶颈。而在当前银根紧缩政策的影响下，融资困境将进一步加剧。二是创业行业准入门槛高。特别是在一些行政垄断部门和行业、公用事业和基础设施领域，表现为"明放暗不放"的情况。比较突出的是以资本实力、技术水平和从业资历等各种理由抬高行业准入门槛，使得新创企业难以进入。此外，创业手续繁琐等问题也增加了创业准入成本。调查中，某地企业老板反映，当地新建厂房过程中需要盖70~100个公章。三是实际税费负担相对于发达地区偏高。根据调查，很多有过省外办厂经验的企业主表示，湖南的实际税负水平是沿海地区的三倍以上，各种收费尚未包括在内，很多人不愿到湖南创业办企业。四是创业服务效果不佳。当前建立的创业服务体系存在针对性不强、实用性不够等问题。例如，专家顾问团等服务形同虚设，没有发挥实际作用；评估等专业中介机构与相关权力部门形成利益链条，服务质量不高。

（三）创业扶持重点领域不够明确，政策需要进一步落实

近年来，湖南省创业扶持政策不断加码，取得了较好的效果。不过，从我们对创业政策效果的分析来看，还有一些方面需要完善。一是政策以扶持生存型创业为主，对于机会型创业政策力度不够。由于近年的创业政策需要应对就业压力，着力点偏重于对生存型创业的扶持，重点扶持对象是高校毕业生和返乡农民工等主体，而他们自身就是困难就业群体，所拥有的资源和经验严重不足，往往创业成功率较低；较少关注机会型创业，对有资源、有经验人士的创业活动缺乏相应的扶持政策。这导致创业领域层次偏低，创业企业存续时间短，浪费了大量创业资源。二是科技型创业瓶颈有待突破。目前，湖南科技成果数量和研发实力在全国各省市中排名前列，截至2010年底，湖南发明专利授权量连续3年居中西部第1位和全国第9位，而湖南的高技术产业发展水平仅为第15位左右。把大量的科技成果转化为生产力应成为湖南省的工作重点，但是有效的成果（创意）转化机制一直难以形成。三是创业扶持政策落实难。调查中，我们发现县

区及以下企业要获得中央、省市的政策支持一般要通过各级部门的上传下达，有些地区存在基层部门分成的潜规则，通常企业能拿到扶持资金的60%～70%就很不错了。下发到街道的创业培训费用也层层克扣，到居委会一级往往采取做假账的方式核销，没有用到实处。四是创业企业存续扶持政策要进一步加强。目前政策侧重于企业创立，对于企业的存续扶持不够，也缺乏全方位、长期性的跟踪服务。

三　加快建设创业型湖南的对策建议

（一）将构建"创业湖南"确立为"十二五"时期发展的重要方略，全方位打造创业经济培育体系

"十二五"时期，湖南应围绕"四化两型"建设，明确提出"创业湖南"战略，进一步加大建设创业型社会的工作力度。全省要制订创业经济发展专项规划，将培育创业经济作为一项长期性的重点任务来抓，以激活创业主体、健全创业机制为着力点，立足于壮大本土创业力量，加快实施"走出去"、"引进来"双向创业，最广泛地调动一切积极因素，放手让一切劳动、知识、技术、管理和资本的活力竞相迸发，充分激发各阶层的创造活力，形成政府鼓励创业、人人关心创业、社会支持创业的良好氛围。要进一步解放思想，弘扬创业精神，培育湖湘创业文化，搭建公平竞争平台，形成中部创业创新聚核效应。进一步深化改革、放开搞活，利用"两型"综改契机，探索不同形式的城乡产业孵化机制，提高创业资源和服务的共享程度，集约利用创业资源，突破发展瓶颈。

（二）以提高创业成功率为目标，针对不同创业主体的诉求，进一步完善创业政策体系

解决短期就业可以借助于生存型创业活动的开展，而要形成长期的就业容纳能力、切实促进经济的快速高效发展，则必须依赖于机会型创业活动。生存型创业和机会型创业所需政策不尽相同，下一阶段，我们应针对不同类型、不同主体的政策诉求，分别建立和完善相应的扶持体系。一方面，继续关注生存型创业，不断完善和落实扶持政策，政策着力点落在县级层面，加快解决税费负担过重、

金融机制不活、行政环境不好等创业瓶颈，规划诸如创业街、创意夜市、地摊经济等多形式的创业平台，充分发挥"放水养鱼"的政策效应。另一方面，加快研究制定针对机会型创业的扶持政策，加大政策倾斜度，切实提高创业层次和成功率。要鼓励企业进行新项目拓展创业、二次创业。鼓励有资金、技术、经验等创业资源的人员创业，支持其积极正面地追求自我价值的实现，引导其增强回报社会的创业理念，以强化机会型创业的动力。

（三）以建立创业资金支持体系为重点，确保资金高效集约利用

创业扶持资金不能仅仅依赖于财政的单方面投入，要引导社会资金的加入，着力形成资金运行的集约化、可持续发展机制。一是积极拓宽创业融资渠道。加快构建中小企业贷款担保体系，建立适应中小企业的信用评估和授信及贷款审批制度。创新融资担保方式，探索推行企业间联保或企业与社区、乡镇政府联保等融资担保方式。借鉴浙江发展经验，推动湖南农村信用社体制机制改革，重点针对创业企业和中小企业开展信贷业务。二是大力发展以创业种子基金①为代表的创投机制。可考虑率先成立长株潭创业种子基金，并鼓励其他市州、园区在条件成熟的时候推出各自的种子基金。将各类创业扶持资金尽可能地纳入创业种子基金项目，以股份方式向创业企业注资，形成滚动壮大态势，避免扶持资金"打水漂"的情况。此外，大力引进产业投资基金、风险投资基金和私募基金，加快资金与技术的融合，建立现代产业创业投资机制。三是优化政策扶持环节，保证扶持资金投入的高效集约。湖南扶持资金使用方面存在低效率、浪费的情况，因此有必要对各环节的资金投入情况重新摸底，进一步优化投入机制。建议大部分资金留在县区级使用，不能太分散，以便于监督，集约高效使用。

（四）着力降低创业成本，建立社会化创业服务体系

进一步加大政策、信息、技术、市场、资金、人才等方面的支持力度，建立健全全方位、多层次的创业支持和服务体系。一方面要注重搭建低成本创业平台。发展各种形式的创业基地，降低创业费用，支持高校创办大学科技园、大学

---

① 种子基金是对技术创新项目和科技型创业企业提供权益性资本，直接参与企业创业过程，以支持高新技术成果转化，在高科技企业成功后获取资本增值的一种特定基金。

生创业街，利用现有闲置场地、厂房等建设一批创业大厦、街区，在繁华地带开辟创意夜市等创业场所。另一方面加快建立全方位、长期性创业跟踪服务机制。重点发展由政府补贴的市场服务机构，包括加强创新中介服务，大力发展信用、法律、知识产权、人才服务等专业服务组织，对创业企业进行经营指导和效果评估。特别是对初步成功的创业，应有意识地"扶上马，送一程"，使其走上良性循环发展轨道。此外，鼓励利用互联网等新兴载体开展创业。网络创业成本低、方式灵活，湖南省应尽快研究出台相关扶持政策，积极鼓励各类人员特别是大学生开展网络创业。

（五）整合孵化资源，探索科技成果（创意）转化迅捷机制，重点打造长株潭"创业之都"品牌

目前，国内和省内有大量资金找不到投资方向、科研成果找不到资金和市场、企业的新项目和新产品开拓不够，湖南省应发挥作用为各类资源要素的对接创造条件，形成洼地效应，吸引省内外创业资源集聚，打造中部的"创业之都"。重点依托长株潭科技成果丰富、研发能力强的优势，建立湖南科技创新联盟，加强高校、科研机构、战略投资商、中小型民营科技企业之间科研成果项目的对接和转化，搭建集聚各类创新创业资源、促进产学研金结合、加快科技成果孵化和转化的平台。以长沙高新区创业服务中心、株洲高新区创业中心等为依托，提升现有孵化基地的发展水平，打造一批国家级示范孵化器，形成中部最大的产业孵化群。探索建立孵化器管理服务机构，整合孵化器资源，提高孵化器的营运能力和服务水平。借助媒体、网络、中介组织、行业协会等一切渠道大力宣传长株潭"创业之都"品牌，以"两型"、"绿色"、"低碳"为主题，以宜居宜业宜行为重点，吸引有资金、有技术、有管理经验的人才到长株潭城市群开展高科技绿色创业。

（六）建立城乡统筹、创业就业联动的一体化发展体系

湖南省县域以下人口占全省80%以上，生产总值占全省65%左右。县及以下地区是创业活动的重要区域，却长期不被重视，城乡创业资源不均衡现象明显。同时，县及以下地区的创业与就业往往难以分开，个体创业、农户创业等灵活创业就业形式较普遍。因此，建议进一步统筹城乡创业就业资源，打造城乡一

体化的创业就业联动机制。一方面，健全省、市、县三级创业就业公共服务体系，打造以城市为中心、以县域小城镇为支点的城乡双层创业就业平台，将创业和就业两方面的公共服务资源整合起来，统筹管理，形成由省、市、县三级综合性公共创业就业服务机构和街道（乡镇）社区基层服务机构组成的公共服务体系。另一方面，以小城镇创业经济发展为重点推进城乡一体化创业就业体制构建。加大财政投入，加强县域小城镇基础设施建设，形成城乡创业发展的主要平台；在金融政策、土地政策、社保政策各方面向小城镇倾斜，鼓励小城镇创业发展；发挥产业政策和三农政策的导向作用，因地制宜地引导农户、回乡农民工利用本地资源开展特色农业、农产品加工、生态农业、乡村游等创业。

附　　录

Appendix

B.53
2010年湖南产业发展大事记

1月6日　湖南省人民政府与中国电子科技集团公司重点产业发展对接会在长沙举行。

1月8日　湖南省杂交水稻和柑橘联盟成为国家级产业技术创新战略联盟试点。

1月9日　《湖南省新能源产业振兴实施规划（2010～2020年）》（以下简称《规划》）下发，明确将新能源产业作为湖南省培育新兴产业的主攻方向。《规划》提出，新能源利用重点以核能为主，重点发展风电装备、太阳能装备、核电装备、热泵及氢能装备。

1月15日　中国·长沙汽车零部件合作洽谈会在长沙经开区举行。

1月22日　《湖南省人民政府关于加快农产品加工及物流业发展的意见》（以下简称《意见》）出台。《意见》提出，到2015年，全省农产品加工业销售收入达到7100亿元、农产品加工比重由目前的20%提高到30%、打造一批农产品加工驰名商标和著名品牌等目标。

2月11日　《湖南省文化强省战略实施纲要（2010～2015年）》（以下简称《实施纲要》）颁布。《实施纲要》提出构建民族文化、文物和非物质文化遗产

"大保护、大利用"的长效机制，并将整体规划建设湘西文化生态保护区列为
2010~2015 年的主要任务。

2 月 24 日 《中共湖南省委、湖南省人民政府关于加大统筹城乡发展力度加
快现代农业建设步伐的意见》出台，提出坚持以优势产业为依托，推进规模化、
集约化经营和标准化生产，构建供给有力、结构优化、特色鲜明、优质高效、生
态安全的现代农业产业体系。

2 月 25 日 湖南湘投控股集团有限公司与招商证券股份有限公司签订战略
合作框架协议，合作设立 200 亿元的湘江产业投资基金，主要用于股权投资、并
购重组、上市公司定向增发等项目，重点投向优势行业，推动湖南产业结构优化
升级。

3 月 2 日 《湖南省矿产资源开发整合总体方案》颁布，提出优化矿产资源
勘察开发布局，提高开发规模化、集约化程度，改善矿山安全生产状况、生态环
境等目标。

3 月 8 日 湖南省人民政府组织召开全省生猪标准化规模养殖工作会议。

3 月 18 日 湖南省人民政府办公厅转发省工商局《关于推动经济发展方式
转变和经济结构调整若干措施》，主要措施有支持发展循环经济、低碳经济、绿
色经济、战略性新兴产业、现代服务业等。

4 月 2 日 湖南省环保产业示范园授牌暨项目签约仪式在长沙高新区举行，
长沙高新区成为湖南首个，也是唯一一个环保产业示范园区。

4 月 2 日 中国（湖南）轻工产业园在湘阴工业园内奠基。园区建成后可吸
纳入园企业 300 多家，年产值预计可达 1000 多亿元，解决就业 30 多万人。

4 月 9 日 华夏银行长沙分行正式开业。

4 月 12 日 三一重工印度产业园开业，这是三一国际化进程中又一重大里
程碑。

4 月 12 日 由郑州商品交易所和湖南证监局共同主办的"期货服务三农"
系列活动在常德市举行。

4 月 18 日 "2010 年青藏绒品牌发展峰会"在株洲市政府大礼堂举行，正式
吹响了株洲市发展服饰品牌、打造千亿元服饰产业集群的号角。

4 月 29 日 湖南省科技厅出台《湖南省关于推动产业技术创新战略联盟构
建与发展的实施办法（试行）》。

5月4~13日 2010年湖南承接珠三角产业转移活动周在广东东莞、深圳、广州、佛山等地举行。长沙、株洲、湘潭、衡阳、岳阳、益阳、郴州、永州8个市共签约316个项目。其中外资项目65个，总投资额31.01亿美元，引资额30.64亿美元；内资项目251个，总投资额670.65亿元，引资额667.78亿元。

5月9日 2010株洲汽车零部件产业招商推介会在株洲举行，10个项目签约，投资金额21.2亿元。株洲计划在3~5年内将汽车产业打造发展成一个千亿产业集群，把株洲建设成全国、中南地区有较大影响力的汽车产业生产制造基地。

5月13日 湖南·株洲（佛山）建材产业暨旅游招商推介会在广东省佛山市举行，株洲市共引进内资52亿元、外资10.12亿美元。作为产业承接地区，株洲茶陵县规划5年内建成建筑陶瓷工业园，并将其打造成全省首个大型的、专业的建筑陶瓷工业园。

5月19日 湖南省信息化和信息产业发展工作座谈会在长沙召开。

5月26日 湖南省委书记周强主持召开省政府常务会议，部署"两烟"产业。

6月2日 中共湖南省委办公厅、湖南省人民政府办公厅《关于加快推进"四千工程"实施的意见》（以下简称《意见》）出台。《意见》导向明确，措施有力，注重激励，形成了较为完备的政策引导和扶持体系，对实现"四千工程"整体目标，引导和促进产业、集群、企业、园区加快发展，具有重要保障作用。

6月2日 《湖南省新型工业化考核奖励办法（修订）》（以下简称《办法》）出台。《办法》规定，对市州11大类25个指标、县市区9大类18个指标、省级及以上产业园区9大类16个指标，以及规模工业企业8大类12个指标分别进行考核。

6月3日 全省休闲农业工作会议召开。湖南省政府计划通过5年努力，在全省打造30个休闲农业园区，建设200个精品休闲农庄，到"十二五"末，形成年产值超过200亿元的农业新型产业。

6月17日 科技部下发《关于认定有关国家高新技术产业化基地和现代服务业产业化基地的通知》。株洲国家电动汽车高新技术产业化基地、衡阳国家输变电装备高新技术产业化基地、湘西国家锰深加工高新技术产业化基地顺利通过认定。

6 月 20 日　湖南省人民政府与浙江大学在杭州正式签署战略合作协议。双方将重点就先进制造、新能源装备、生物医药等战略性新兴产业加强科技合作，联合组建研发中心、工程技术研究中心、技术转移中心等科技创新服务平台，促进科技成果转化和产业化。

6 月 22 日　促进医药产业发展座谈会在长沙举行。省食品药品监管局公布《关于促进示范性医药企业发展的意见》草案，提出扶持和促进重点医药企业发展的六项具体措施，培养医药产业"航母"级企业。

6 月 23 日　湖南省人民政府办公厅发出《关于成立湖南省发展湘菜产业工作领导小组的通知》，决定成立湖南省发展湘菜产业工作领导小组，明确将湘菜作为千亿产业来打造。

6 月 25 日　湖南省人民政府办公厅转发省物价局《关于运用价格杠杆促进经济发展方式转变若干意见》，提出包括扶持战略性新兴产业、加快淘汰落后产能等 12 条意见。

6 月 25 日　《湖南省文化产业振兴实施规划（2010～2012 年）》（以下简称《规划》）下发，《规划》重点提出优化产业布局、调整产业结构、推进园区项目建设、培育壮大骨干企业、完善市场体系、促进对外交流与合作、深化体制改革七项重要任务。

6 月 28 日　湖南广播电视台暨芒果传媒正式挂牌成立，湖南广电第三轮改革扬帆起航。

6 月 30 日　长株潭城市群正式获批为三网融合试点，是全国首批 12 个试点中唯一的城市群。

7 月 5 日　《湖南省人民政府办公厅关于加快高技术产业基地建设的意见》（以下简称《意见》）出台。《意见》指出，到 2015 年，布局建设以长株潭"3 + 5"城市群综合性国家高技术产业基地（约 25 个园区）为龙头，以省级综合性、专业性高技术产业基地（约 30 个园区）为支撑的高技术产业基地发展体系；到 2020 年，全省高技术产业增加值突破 8000 亿元，占全省 GDP 比重达 30% 以上，使高技术产业基地发展在中部地区处于领先地位，总体上处于国内先进水平。

7 月 9 日　国产 C919 大型客机起落架系统和机轮、轮胎及刹车系统合作意向书在长沙正式签署，这标志着湖南航空航天工业发展迈上新台阶。

7 月 21 日　全省工程机械和汽车产业产需合作对接会在长沙召开，共签订各类协议 95 个，协议金额达 49 亿元。其中，衡阳市签约项目金额达 28.6 亿元，衡阳市还被省政府授予全省首个"湖南省汽车零部件产业示范基地"。

7 月 27 日 《湖南省知识产权战略实施纲要专项工程推进计划（2010~2015年）》下发。该计划制定了知识产权优势企业培养工程、知识产权强县富民示范工程、知识产权人才培养工程、知识产权产业化推进工程、长株潭城市群知识产权示范工程、知识产权信息平台建设工程六大工程 24 个具体举措。

8 月 3 日 湘潭高新区世通电气等 5 家公司成为湘潭市风电产业技术创新战略联盟的成员。至此，湘潭市风电产业技术创新战略联盟成员企业增至 16 家。

8 月 9 日 《湖南省人民政府办公厅关于支持湖南城陵矶临港产业新区加快发展的意见》出台，提出支持设立湖南城陵矶临港产业新区、支持岳阳市修订《岳阳市城市总体规划》等 23 条意见。

8 月 12 日 《中共湖南省委、湖南省人民政府关于加快经济发展方式转变推进"两型社会"建设的决定》（以下简称《决定》）颁布。《决定》对加快转变发展方式、推进"两型社会"建设作出一系列重大部署，是进一步开创湖南省科学发展、富民强省新局面的纲领性文件。

8 月 14 日 长沙经开区与世界第六大轮胎公司——日本住友橡胶工业株式会社成功达成合作，一个年产能达 1000 万条的轮胎基地正式落户长沙。

8 月 16 日 长株潭地区三网融合试点工作举行启动仪式。

8 月 20 日 益阳市首个省级产业技术创新战略联盟——"湖南竹麻深加工产业技术创新战略联盟"正式成立。

8 月 25 日 湖南省人民政府与中国医药集团总公司签署战略合作框架协议，在医药工业、医药流通、医药研发、医药综合服务四个领域开展全面合作。

8 月 30 日 中共湖南省委、湖南省人民政府正式发布《加快培育发展战略性新兴产业的决定》和《湖南省培育发展战略性新兴产业部门责任分工》，湖南省人民政府同时印发《湖南省加快培育和发展战略性新兴产业总体规划纲要》和《湖南省加快培育和发展战略性新兴产业专项规划》。七大战略性新兴产业分别是湖南具有比较优势和发展潜力的先进装备制造、新材料、文化创意、生物、新能源、信息、节能环保产业。

8 月 30 日 全省推进承接产业转移工作会议在衡阳市召开。

9 月 1 日 湖南首次评出"十大最具投资价值产业园区"。株洲高新技术产业开发区、益阳高新技术产业园区等园区荣膺"十大最具投资价值产业园区";长沙经济技术开发区、长沙高新技术产业开发区被评为"湖南最具投资价值示范产业园区"。

9月6日 湖南省人民政府与国家开发银行在长沙举行高层联席会议暨《转变经济发展方式、推进"两型社会"建设开发性金融合作备忘录》签字仪式。双方将共同设立200亿元"两型城市"发展基金,以加快推进湖南"四化两型"建设为重点,开展专项规划项目建设、综合金融服务等领域的合作。双方还分别签署了长株潭"两型城市"发展基金合作投资战略协议和支持湘江重金属污染治理系统性融资合作协议。

9月9日 中航集团航空发动机项目选址湖南株洲。中航工业集团旗下的南方航空工业(集团)有限公司、中国航空动力机械研究所与湖南省所属的湘江产业投资有限责任公司、株洲市国有资产投资控股集团4家单位出资50亿元,共同组建湖南通用航空发动机有限公司,建设航空发动机项目。

9月15日 《湖南省人民政府关于进一步促进建筑业改革和发展的意见》出台,这是"十二五"期间指导湖南省建筑业改革和发展的纲领性文件。

9月26日 第五届中博会主题活动"湖南汽车及零部件产业推介会暨项目签约仪式"在南昌举行。15个汽车零部件生产项目签约,签约金额达65亿元。

9月29日 华声在线股份有限公司在长沙挂牌创立,成为国内首家完成股份制改革的地方重点新闻网站,标志着华声在线的发展有了新起点、进入了新阶段。

9月29日 2010湖南经济合作洽谈会暨第四届湘商大会在常德开幕。

10月8日 娄底市战略性新兴产业三大项目——鸿帆铝工业园、大丰和绿色动力科技园与金华车辆有限公司特种汽车及底盘项目集中开工奠基。

10月9日 湖南省优质稻产业技术创新项目现场会在长沙县春华镇召开。该项目将从优质稻育种、栽培、加工和布局四个方向,力争在5年内突破高档优质杂交稻、高档优质晚稻、优质稻高产高效栽培技术集成、优质稻有机栽培等七大关键技术。

10月12日 由湖南省人民政府和中国华融资产管理公司发起组建的华融湘江银行股份有限公司在长沙正式挂牌成立。华融湘江银行是中国华融在重组湖南"四行一社"基础上新设立的区域性股份制商业银行,总部位于长沙,注册资本

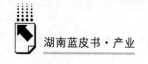

40.8 亿元。

10 月 12 日 2010 年中国（长沙）科技成果转化交易会在长沙隆重开幕，再制造产业成为关注的焦点和亮点。未来的 10 年，浏阳再制造产业聚集区占地面积将达到 10 平方公里，总产值将达到 150 亿 200 亿元。

10 月 13 日 湘潭市政府与湖南华菱集团举行全面战略合作协议签字仪式。双方合作共建钢材深加工产业基地，在"十二五"期末形成千亿产业规模，打造中南地区最具影响的"钢铁之城"。

10 月 16 日 由长丰集团与美国迪美科技集团联手打造的丰源迪美汽车电子产业园在长沙奠基。该产业园致力于发展汽车关键零部件和汽车电子产业，计划 5 年内投入 20 亿元，形成年产 100 万台（套）汽车电子产品的生产能力，年销售收入可达 50 亿元。

10 月 18 日 "湖南省食用菌产业技术创新战略联盟"在长沙正式成立。

10 月 21 日 国内首台 5 兆瓦永磁直驱海上风力发电机下线暨海上风力发电技术与检测国家重点实验室授牌仪式在湘潭电机股份有限公司举行。这是我国风电产业发展史上的重要里程碑，也标志着湖南在大型风电装备制造领域已经跻身世界前列。

10 月 20 日 湖南—东盟产业合作对接会在广西南宁举行，东盟已成湖南第三大出口市场。

10 月 23 日 《株洲高新技术产业开发区国家生态工业园区建设规划》专家论证会在北京举行，株洲高新区成为湖南省首个通过论证的高新区。

11 月 5 日 株洲轨道交通千亿产业园区签约 12 个项目，总投资达 43.2 亿元。这些项目建成投产后，预计一年可新增产值 100 亿元以上，新增就业岗位超过 5000 个。

11 月 9 日 由湖南顶立科技有限公司担纲的水溶法制备纳米碳化钨钴复合粉关键项目装备研制及产业化项目通过专家组验收，这是我国纳米材料及其产业化领域技术难题的重大突破，一举打破了我国超细晶硬质合金高档工具依赖进口的局面。

11 月 10 日 中国五矿集团公司与株洲市政府签署战略合作框架协议，双方将共建有色金属新材料精深加工株洲基地。力争在 10 年内实现年销售收入 500 亿元以上，使株洲成为"国内第一、世界一流"的有色金属新材料研发及精深加工基地。

11 月 10 日 2010 湖南信息产业发展与投资项目对接洽谈会在长沙举行，共签约 66 个项目，涉及金额 189.36 亿元。

11 月 14 日 文化部批准湖南大剧院成为湖南省演艺板块第二个"国家文化产业示范基地"。

11 月 17 日 国际超级计算机 TOP500 组织公布由国防科技大学研制的"天河一号"二期系统在第 36 届世界超级计算机 500 强排名中位居世界第一。"天河一号"是国防科技大学在其承担的国家 863 计划"千万亿次高效能计算机系统研制"重大项目中取得的标志性成果，它的研制成功，对提升我国综合国力具有战略意义。

11 月 26 日 湖南省人民政府决定成立湖南省粮油千亿产业工程领导小组。

11 月 26 日 长沙市工程机械产业集群产值突破千亿元庆典在长沙橘子洲上举行，长沙晋升为国内工程机械行业首个产值过千亿元的城市。目前，长沙工程机械产业共有规模企业 30 家，近 5 年来，行业产值以平均每年 60% 的速度增长，工程机械产值占全国的 23%。

11 月 26 日 全球排名前 5 位的触控面板商——台湾介面光电的湖南厂项目正式在生物产业基地奠基。该项目总投资 14 亿元，总占地 190 亩，2012 年完成全部投资建设后，年产值将达到 160 亿元，用工量达 1.5 万人。

11 月 27 日 国家火炬计划软件产业基地 15 周年座谈会暨软件产业化创新与合作峰会在长沙高新区举行。长沙软件园预计软件产业总收入达 200 亿元，在湖南软件产业中所占比重超过 75%。

11 月 28 日 以"天河一号"为计算设备的国家超级计算长沙中心在湖南大学正式奠基。它是经科技部批准的信息化建设重大项目，计划于 2011 年底全部建成，建成后运算能力每秒将达 300 万亿次。该中心由湖南大学负责运营，国防科技大学提供计算设备和技术支持。

11 月 30 日 《湖南省人民政府关于加快蔬菜产业发展保障市场供应的意见》（以下简称《意见》）出台。《意见》将从加强蔬菜生产能力建设、加强蔬菜流通体系建设、加强蔬菜质量安全体系建设、加强蔬菜调控保障体系建设四大方面促进湖南省蔬菜产业发展。

12 月 3 日 第四届"湖南海联（海外联谊会）三湘行"项目签约仪式举行，

共签约 26 个项目,合作领域涉及工业制造、食品加工、餐饮服务、电子商务、商贸酒店等众多领域,总计资金达 320 多亿元。

12 月 6 日 湖南省联合产权交易所、湖南股权交易所在长沙挂牌成立。前者是以湖南省产权交易所为龙头,整合湖南省 13 个市州产权交易机构及排污权储备交易中心、版权交易所而成的集物权、债权、股权、排污权、知识产权等交易服务为一体的专业化产权交易市场;后者由湖南省联合产权交易所、长沙先导投资控股有限公司等 7 家机构共同出资设立,是湖南省唯一的非上市企业股权综合服务平台。

12 月 8 日 湖南省人民政府与世界 500 强企业富士康集团在长沙签署合作框架协议。富士康集团将在长沙和衡阳进行硬件制造、软件开发、三网融合以及新产品研发、生产、销售,并促成上、中、下游厂商转移至湖南。省政府将该合作项目列入省、市重点工程。

12 月 12 日 湖南杉杉新材料有限公司与日本户田工业株式会社、伊藤忠商事株式会社在长沙签署锂电池正极材料合资协议。该项目通过海外合作招商引资近 10 亿元,三方将合资设立湖南杉杉户田新材料有限公司,共同打造全球顶级锂电池材料产业基地,满足多样化市场及动力电池汽车产业的发展需要。

12 月 15 日 《全省打击侵犯知识产权和制售假冒伪劣商品专项行动工作方案》下发,同时成立湖南省打击侵犯知识产权和制售假冒伪劣商品专项行动领导小组。

12 月 19 日 湘煤集团在高科技产业领域取得重大突破,该集团旗下投产仅一年时间的郴州华磊光电 LED 产业,2010 年实现利润 4000 万元,进入全国同行业十强,排名第 7 位。

12 月 20 日 中国建筑材料集团有限公司在湖南投资建设的新能源产业基地落户衡阳。此次投资 50 亿元,在衡阳建设 4 条不同型号的太阳能玻璃和导电膜玻璃生产线,项目全部投产后,销售收入将过百亿元。

12 月 20 日 世界 500 强企业中国五矿集团公司与衡阳市政府签订战略合作协议,在湖南打造南方有色金属产业基地。

12 月 23 日 总规模 30 亿元的湖南文化旅游产业投资基金和总规模 10 亿元的湖南创业投资引导基金在长沙正式成立。

12 月 29 日 最新统计显示,2010 年湖南林业产值将突破 1000 亿元大关。

第一产业以油茶、毛竹为主，年产值达到 360 亿元；第二产业已形成木竹浆纸、人造板、家具制品、林产化工、森林食品、森林药材六大支柱产业，年产值达到 470 亿元；第三产业以森林生态旅游为特色，产值超过 200 亿元。

12 月 30 日 湖南电视四十周年纪念大会在长沙举行。湖南广播电视台的年经营总收入首次突破 100 亿元大关，成为除中央电视台之外规模最大、增长最快、我国第一个总收入过百亿元的省级广电媒体。

（湖南省政府经济研究信息中心产业处汇编整理）

图书在版编目（CIP）数据

2011 年湖南产业发展报告/梁志峰主编. —北京：社会科学
文献出版社，2011.6
（湖南蓝皮书）
ISBN 978 - 7 - 5097 - 2382 - 1

Ⅰ.① 2… Ⅱ.①梁… Ⅲ.①产业 - 经济发展 - 研究报告 -
湖南省　2011　Ⅳ.①F127.64

中国版本图书馆 CIP 数据核字（2011）第 096667 号

湖南蓝皮书
2011 年湖南产业发展报告

主　　编/梁志峰
副 主 编/唐宇文

出 版 人/谢寿光
总 编 辑/邹东涛
出 版 者/社会科学文献出版社
地　　址/北京市西城区北三环中路甲 29 号院 3 号楼华龙大厦
邮政编码/100029

责任部门/皮书出版中心（010）59367127　　责任编辑/陈　帅　安　蕾
电子信箱/pishubu@ ssap. cn　　　　　　　　责任校对/邓晓春
项目统筹/邓泳红　桂　芳　　　　　　　　　责任印制/董　然
总 经 销/社会科学文献出版社发行部（010）59367081　59367089
读者服务/读者服务中心（010）59367028

印　　装/三河市尚艺印装有限公司
开　　本/787mm×1092mm　1/16　　印　张/29.75
版　　次/2011 年 6 月第 1 版　　　　字　数/506 千字
印　　次/2011 年 6 月第 1 次印刷
书　　号/ISBN 978 - 7 - 5097 - 2382 - 1
定　　价/69.00 元

中国皮书网全新改版，增值服务大众

规划皮书行业标准，引领皮书出版潮流
发布皮书重要资讯，打造皮书服务平台

　　中国皮书网开通于2005年，作为皮书出版资讯的主要发布平台，在发布皮书相关资讯，推广皮书研究成果，以及促进皮书读者与编写者之间互动交流等方面发挥了重要的作用。2008年10月，中国出版工作者协会、中国出版科学研究所组织的"2008年全国出版业网站评选"中，中国皮书网荣获"最具商业价值网站奖"。

　　2010年，在皮书品牌化运作十年之后，随着"皮书系列"的品牌价值不断提升、社会影响力不断扩大，社会科学文献出版社精益求精，对原有中国皮书网进行了全新改版，力求为众多的皮书用户提供更加优质的服务。新改版的中国皮书网在皮书内容资讯、出版资讯等信息的发布方面更加系统全面，在皮书数据库的登录方面更加便捷，同时，引入众多皮书编写单位参与该网站的内容更新维护，为广大用户提供更多增值服务。

www.pishu.cn

盘点年度资讯　预测时代前程

从"盘阅读"到全程在线阅读
皮书数据库完美升级

·产品更多样

从纸书到电子书，再到全程在线阅读，皮书系列产品更加多样化。从2010年开始，皮书系列随书附赠产品由原先的电子光盘改为更具价值的皮书数据库阅读卡。纸书的购买者凭借附赠的阅读卡将获得皮书数据库高价值的免费阅读服务。

·内容更丰富

皮书数据库以皮书系列为基础，整合国内外其他相关资讯构建而成，内容包括建社以来的700余种皮书、20000多篇文章，并且每年以近140种皮书、5000篇文章的数量增加，可以为读者提供更加广泛的资讯服务。皮书数据库开创便捷的检索系统，可以实现精确查找与模糊匹配，为读者提供更加准确的资讯服务。

·流程更简便

登录皮书数据库网站www.pishu.com.cn，注册、登录、充值后，即可实现下载阅读。购买本书赠送您100元充值卡，请按以下方法进行充值。

充值卡使用步骤：

第一步
· 刮开下面密码涂层
· 登录 www.pishu.com.cn
· 点击"注册"进行用户注册

第二步
登录后点击"会员中心"进入会员中心。

第三步
· 点击"在线充值"的"充值卡充值"，
· 输入正确的"卡号"和"密码"，即可使用。

社会科学文献出版社 皮书系列
SOCIAL SCIENCES ACADEMIC PRESS (CHINA)

卡号：8317915313691498
密码：

(本卡为图书内容的一部分，不购书刮卡，视为盗书)

如果您还有疑问，可以点击网站的"使用帮助"或电话垂询010-59367227。